Herzblut

KLÜPFEL
KOBR

Herzblut

Kluftingers neuer Fall

Weltbild

Besuchen Sie uns im Internet:
www.weltbild.de

Genehmigte Lizenzausgabe für Verlagsgruppe Weltbild GmbH,
Steinerne Furt, 86167 Augsburg
Copyright der Originalausgabe © 2013 by Droemer Verlag
Ein Unternehmen der Droemerschen Verlagsanstalt
Th. Knaur Nachf. GmbH & Co. KG, München
Umschlaggestaltung: Atelier Seidel - Verlagsgrafik, Teising
Umschlagmotiv: plainpicture, Hamburg (© Kniel Synnatzschke)
Gesamtherstellung: GGP Media GmbH, Pößneck
Printed in the EU
ISBN 978-3-86365-336-1

2016 2015 2014 2013
Die letzte Jahreszahl gibt die aktuelle Lizenzausgabe an.

Für Klufti.
Vergelt's Gott für alles und nix für ungut!

Michi & Volki

Erster Tag

»Nicht hinschauen, zefix. Nichthinschauennichthinschauenbloß-
nichthinschauen!« Kluftinger schlug den Kragen seines Loden-
mantels hoch. Ein ungewöhnlich langer und harter Winter neigte sich nun dem Ende zu. Dennoch fröstelte ihn seit drei Tagen
immer aufs Neue, wenn er über den Innenhof seiner Dienststelle
laufen musste. Vorbei an dem Taxi in der kleinen Fahrzeughalle.
Dem Taxi mit der gesplitterten Windschutzscheibe. Mit der
blutbespritzten gesplitterten Windschutzscheibe.

Mindestens zehnmal war er schon hier entlanggegangen, hatte
seinen Blick nicht abwenden können, hatte die Männer in den
weißen Ganzkörperanzügen angestarrt, die Klümpchen geronnenen Blutes vom geborstenen Glas kratzten. Die das gesamte
Auto mit ihrem schwarzen Pulver überzogen, um jeden noch so
flüchtigen Fingerabdruck zu sichern.

Er hatte schon mit dem Gedanken gespielt, an diesem Abend
einen anderen Weg zu seinem Büro zu nehmen, doch das war
auch eine Frage der Ehre. Seine Kollegen trieben genug Spott
mit ihm wegen seiner Leichenunverträglichkeit, da wollte er
ihnen keine unnötige Angriffsfläche bieten.

Ein Blitz ließ den Hauptkommissar zusammenzucken. Er
blickte zu dem Mann mit dem Fotoapparat, der aussah wie einer
dieser Astronauten von der ersten Mondlandung. Langsam hob
der Vermummte die Hand und winkte Kluftinger zu.

Pfeifend sog der Kommissar die Winterluft in seine Lungen. Er war froh um die Kälte, so musste er sich wenigstens keine Sorgen um irgendwelche Gerüche machen, die möglicherweise von dem Gefährt ausgingen. Er hob den Kopf und schaute in einen sternklaren Himmel. Es könnte heute Nacht noch einmal eisig werden. Sein Blick kehrte zurück zur Garage. Obwohl er am liebsten schnell weitergegangen wäre, stand er einfach nur da, die Hände tief in seinen Manteltaschen vergraben, die Augen auf das Taxi gerichtet. Während er auf das Auto starrte, das in der von Neonröhren grell erleuchteten Fahrzeughalle stand, schossen ihm Bilder durch den Kopf, von denen er wusste, dass sie ihn noch lange verfolgen würden. *Es musste ebenso dunkel gewesen sein wie jetzt, als der Schuss gefallen war. Und ebenso kalt. Vor drei Tagen. Mitten ins Herz. Von hinten. Wie kaltblütig konnte man sein …*

»He, Klufti, jetzt kostet's dann bald Eintritt!« Willi Renns Stimme drang gedämpft aus einem der Anzüge. Der Leiter des Erkennungsdienstes war ganz in seinem Element. Ihm hatten sie es zu verdanken, dass das Taxi wie die Attraktion einer makabren Geisterbahn in ihrem Hof stand. Da sich die Tat komplett im Wagen abgespielt hatte und auch außerhalb des Tatorts keine nennenswerten Spuren zu finden gewesen waren, hatte Willi veranlasst, das Taxi hierherzubringen, um es mit seinem Team genau unter die Lupe zu nehmen. Ihm schien es nichts auszumachen, den Schauplatz eines so grausamen Verbrechens im Erdgeschoss stehen zu haben.

Kluftinger winkte genervt ab und ging weiter. Er war nicht in der Stimmung für Willis Sticheleien. Doch Renn ließ nicht locker und rief ihm etwas hinterher, von dem er nur das Wort »Pressekonferenz« verstand. Er wandte sich noch einmal um: »Willi, mit Menschen in Ganzkörpersocken kann ich nicht vernünftig reden. Außerdem pressiert's mir.«

Er sah auf die Uhr. In zehn Minuten würde jene Pressekonferenz beginnen. Polizeipräsident Lodenbacher hatte sie angesetzt, weil man dringend etwas zur Beruhigung der Leute tun müsse, wie er sich ausgedrückt hatte. Kluftinger verstand das sogar: Der

Buchloer Taximord, wie er inzwischen in den Medien genannt wurde, hatte für großes Aufsehen gesorgt. Ein derart brutales Verbrechen im Allgäu – da hatten es viele mit der Angst zu tun bekommen.

Der Haken an der Sache war nur: Sie hatten nichts vorzuweisen, was zu einer Beruhigung hätte beitragen können. Alles, was sie hatten, war dieses verfluchte Taxi mit durchschossenem Fahrersitz und jeder Menge Blut auf Scheibe, Armaturen und … einfach überall. Und einen Mörder, der nach wie vor frei herumlief und weiß Gott was im Schilde führte. Zudem ahnte Kluftinger, dass Lodenbacher einmal mehr ihm die Aufgabe zuschieben würde, der Öffentlichkeit irgendetwas zu vermelden, was wenigstens ein bisschen nach Ermittlungserfolg aussah.

Als er am Eingang zum Trakt mit dem großen Konferenzraum angelangt war und die Hand schon das kalte Metall der Türklinke berührte, hielt er noch einmal inne. Er versuchte, die Bilder in seinem Kopf loszuwerden, um sich für die nun anstehende Aufgabe zu sammeln, doch alles, was ihm gelingen wollte, war ein gezischter Fluch: »Kreizhimmel!« Dann öffnete er die Tür.

Das Gewimmel traf ihn zwar nicht unvorbereitet, dass es aber derart zugehen würde, hatte er nicht erwartet. Überall standen Leute mit Kameras, Mikrofonen und Fotoapparaten herum, ab und zu zuckte ein Blitzlicht, alle redeten aufgeregt durcheinander. Kluftinger senkte den Kopf, um möglichst ungesehen an den Pressevertretern vorbeizukommen, von denen er nur die wenigsten kannte. Die Logos auf ihren Geräten verrieten, dass sich mittlerweile ganz Deutschland für diesen spektakulären Fall interessierte.

Der Kommissar hatte es beinahe bis in den kleinen Besprechungsraum geschafft, da hörte er hinter sich eine durchdringende Stimme über den Gang rufen: »Ah, der Herr Hauptkommissar. Du, Klufti, komm, können wir vorher noch schnell was machen?« Er seufzte. Die Stimme gehörte Rainer Leipert, dem Fotografen der Lokalzeitung, der immer dann zur Hochform auflief, wenn besonders viel auswärtige Presse anwesend war.

Dann konnte er den Kollegen zeigen, wer hier der Platzhirsch war und wer über die besten Kontakte verfügte. Mit einem gequälten Lächeln drehte sich Kluftinger zu dem Fotografen um, der hektisch winkend auf ihn zukam: »Du, Rainer, es ist jetzt ganz …«

»Papperlapapp, nur schnell ein paar Fotos vorab. Bevor die …«, bei diesen Worten rümpfte er verächtlich die Nase und deutete auf die anderen Pressevertreter, »… auf euch losgelassen werden.«

»Na, wirklich, ich …«

»Jetzt komm, ich hab mir schon was überlegt: Du stellst dich ins Foyer vor die Vitrine mit den historischen Polizeimützen und …«

»Heu, der Lodenbacher ist ja auch schon da!«, unterbrach ihn Kluftinger und deutete vage in Richtung Eingang. Er wusste, dass Leiperts Aufmerksamkeit sehr selektiv war und immer dem gerade ranghöchsten oder prominentesten Anwesenden galt.

»Wo?«, bellte der und entschwand in die Richtung, in die Kluftinger gezeigt hatte.

Der Kommissar stieß erleichtert die Luft aus und verschwand in einem kleinen Besprechungsraum. Die Stimmung hier unterschied sich drastisch von dem aufgekratzten Gewusel auf dem Gang. Eugen Strobl und Roland Hefele saßen gelangweilt am Tisch und spielten wortlos mit den Kaffeebechern in ihren Händen. Sie sahen nur kurz auf, als ihr Chef den Raum betrat, und versanken dann wieder in ihrer Lethargie. Nur Richard Maier lief aufgeregt hin und her, wobei er angestrengt auf die Karteikärtchen in seinen Händen starrte und halblaut vor sich hin sprach. Kluftinger setzte gerade an, die anderen Kollegen zu fragen, was Maier da treibe, da kam von Strobl schon die Antwort: »Der Richie ist heut wichtig. Ist doch seit neuestem stellvertretender Pressebeauftragter. Und der echte ist ausgerechnet jetzt in Urlaub, wo's mal was zu vermelden gibt. Da muss jetzt eben der Herr Maier die Journalisten foltern …«

»Moderieren«, blaffte Maier zurück.

»Hm?«

»Ich moderiere die Pressekonferenz, koordiniere die Fragen, delegiere die Antworten …«

»… traktiere die Kollegen so lange, bis ich mich ganz schlimm blamiere«, vollendete Hefele.

»Wie bitte?«, fragte Maier gereizt.

»Du weißt schon, was ich meine.«

»Meinst du, ich mach das gerne? Hier vor die Presse zu gehen?«

Die anderen drei Kollegen sahen sich vielsagend an.

Maiers Gesicht verfärbte sich rot. »Ist mir doch egal, was ihr denkt. Ich würde mir an eurer Stelle lieber mal überlegen, warum die *mich* dafür ausgesucht haben und nicht einen von … euch.« Dem letzten Wort verlieh er einen abschätzigen Unterton.

»Weil wir nicht so mediengeil sind?«, versuchte Hefele eine Antwort.

»Oder weil wir lieber richtige Polizeiarbeit machen?«, sprang Strobl ihm bei.

Kluftinger hatte das Gefühl, die Situation entschärfen zu müssen. »Jetzt beruhigt's euch alle mal. Keiner von uns freut sich über so dämliche Pressekonferenzen.« Maier wollte etwas sagen, doch der Kommissar ließ ihn nicht zu Wort kommen. »Und trotzdem sind wir hier, weil das heutzutage halt dazugehört. Also reißt's euch zusammen, dann haben wir's wenigstens schnell hinter uns.«

Es klopfte an der Tür, und ein uniformierter Polizist steckte seinen Kopf herein. »Wo bleibt ihr denn, es geht gleich los.«

»Also dann, Leut, fangen wir an, wird mer fertig, kommt mer hoim!«, sagte Kluftinger und klatschte in die Hände.

»Und schaltet bitte eure Handys aus«, fügte Maier noch hinzu, woraufhin sein Chef ihn seufzend durch die Tür schob.

Die Journalisten hatten bereits Platz genommen und ihre Kameras und Mikrofone aufgebaut; das Durcheinander war nunmehr einer gespannten Ruhe gewichen. Nur hin und wieder klackte ein Fotoapparat. Kluftinger wunderte sich, dass auch Georg Böhm an den zusammengerückten Tischen saß, die das Podium bildeten. Dass Lodenbacher selbst den Gerichtsmediziner herzitiert hatte, zeigte, wie wichtig ihm die Veranstaltung war. Gerade als sie sich setzten, stürmte auch noch Willi Renn in den Raum, zu Kluftingers Entsetzen noch immer in dem weißen Ganzkörperanzug, mit dem er eben noch in dem blutbesudelten Taxi …

»Meine Herrn, die Damen!« Dietmar Lodenbacher bahnte sich seinen Weg durch die Menge. Kluftinger merkte an seinen gravitätischen Gesten, mit denen er sich Platz verschaffte, dass er groteskerweise sehr zufrieden über den großen Zuspruch schien.

Er hatte das Podium noch nicht erreicht, da rief ihm einer der Journalisten zu: »Wo ist denn der Pressesprecher, der Herr Bachmann?«

»Der ist im Urlaub. Offenbar hat er hellseherische Fähigkeiten.«

Kluftinger beobachtete anerkennend, wie Lodenbacher mit ein paar Scherzen die Stimmung auflockerte. Die nächste Bemerkung trübte diese jedoch gleich wieder ein: »Der Herr Maier wird heute die Pressekonferenz leiten.«

»Auweh!«, raunte einer der Journalisten und erntete dafür leises Gelächter nicht nur seiner Kollegen. Maier ignorierte es einfach und ordnete seine verschiedenfarbigen Karteikärtchen.

Kluftinger ließ seinen Blick schweifen. Er sah in viele fragende Gesichter. Am anderen Ende des Raums klickte und blitzte es auf einmal, als Sandy Henske hereinkam. Sie zischte Leipert, dem Fotografen, mit gespielter Empörung etwas zu und ging dann mit geröteten Wangen weiter. Der Kommissar grinste: Bei Sandys Verehrern verlor selbst er hin und wieder den Überblick.

Dann hatte der Polizeipräsident das kleine Podium erreicht und nahm mit einem Nicken Platz. »Guten Abend, meine Damen und Herren«, eröffnete Lodenbacher, um Hochdeutsch bemüht. »Herr Maier wird Ihnen kurz die anwesenden Beamten vorstellen, dann werde ich ein paar einleitende Worte sagen, anschließend können Sie Ihre Fragen stellen und dann …« Er runzelte die Stirn. Er wusste offenbar selbst nicht so genau, was dann noch passieren würde, also endete er mit »… müsst mer's haben«.

Die Vorstellungsrunde begleitete er mit wohlwollendem Nicken. Maier schloss mit den Worten: »Ich übergebe nun wieder an unseren allseits geschätzten Polizeipräsidenten.«

Kluftinger seufzte. Dieser Satz, gesprochen im Beisein praktisch der gesamten Direktion, würde Maier noch einmal leidtun.

»Jo, oiso, der Mord an dem Taxifahrer, diesem Herrn Siegfried Holz, ist über das Dienstliche hinaus uns allen an die Nieren gegangen. Wegen gerade einmal zweihundertsiebenundfünfzig Euro einem Menschen kaltblütig in den Rücken zu schießen, is … wia soll i sogn …«

»Unfassbar«, schlug Maier vor.

»Jo, jo, sicher.« Lodenbacher schien durch Maiers Zwischenruf aus dem Konzept gebracht. »Jedenfalls san unsere Leute mit den Ermittlungen weit fortgeschritten, wir erwarten sehr bald schon die Klärung. Aber oiß Weitere wird Eahna jetzt eh der Hea Kluftinga, unser leitender Hauptkommissar, sogn, do möcht ich goar ned vorgreifen.«

Priml! Er hatte es also wieder getan. Nun musste Kluftinger versuchen, die Erwartungen der versammelten Presse zu befriedigen – mit … nichts. »Ja, also, grüß Gott zusammen. Als wir vor drei Tagen nachts nach Buchloe an den Tatort gerufen worden sind, da wussten wir noch nicht viel«, begann er zögernd, um sich etwas Zeit zu verschaffen. »Inzwischen sieht es so aus, als habe es sich um einen Raubmord gehandelt. Die bescheidenen Tageseinnahmen des Fahrers fehlen offensichtlich. Die Spurensicherung läuft unterdessen auf Hochtouren …« Er blickte zu Willi, der mit den Schultern zuckte. »Aber dazu kann Ihnen der Herr Renn dann Näheres sagen.« Der Chef des Erkennungsdienstes warf ihm einen vernichtenden Blick zu, den Kluftinger seinerseits mit einem Achselzucken quittierte. Warum sollte es Willi besser ergehen als ihm? »Wir wissen mittlerweile auch, dass der Täter in Kaufbeuren am Bahnhof das Taxi bestiegen hat, und …«

»Wie kommen Sie zu der Erkenntnis?«, rief eine Journalistin

dazwischen, eine hübsche Frau mit dunklen Haaren. »Ich meine, Herr Holz war ja, wie wir wissen, keinem Taxiunternehmen angeschlossen und hat demnach auch niemandem seine Route durchgegeben.«

»Ich habe die Fragerunde noch nicht eröffnet«, mischte sich sofort Maier ein. »Entweder Sie halten sich an das Prozedere, oder ich … ich lasse den Saal räumen.«

Die Beamten warfen ihrem Kollegen fragende Blicke zu. Kluftinger fuhr fort: »Schon gut, ich wollte eh gerade darauf kommen. Vielen Dank für die gute Frage.«

Maier verschränkte beleidigt die Arme und lehnte sich zurück.

»Also, wir haben so ein Ding gefunden bei dem Taxifahrer, mit dem hat der seine Fahrten angenommen. Da haben wir das gesehen. Und die Daten stimmen mit dem Taxameter überein.«

»Ding?«, fragten mehrere Pressevertreter gleichzeitig.

»Ja, mei, Sie wissen schon. So ein Handy.«

»Sie meinen, er hat einen Anruf gekriegt?«

»Ja. Nein. Keinen Anruf. Er hat so ein …« Kluftinger warf einen hilfesuchenden Blick zu Maier, der jedoch demonstrativ wegsah. »Also, so ein … Apple.«

Die Fragestellerin sah ihn zweifelnd an. »Er hatte ein iPhone?«

»Ja, schon.« Kluftinger knetete nervös seine Finger. Er spürte die fragenden Blicke der Journalisten und der Kollegen und sah noch einmal zu Maier. Der schien noch einen Moment mit sich zu ringen, dann flüsterte er: »Eine App.«

»Hm?«

Maier nahm ein Blatt und schrieb darauf: »Sprich: Ebb.«

Jetzt hellte sich die Miene des Kommissars auf. »Genau, er hatte so eine Ebb, mit der man sich als Taxler rufen lassen kann, auf dem Handy. Deswegen wissen wir, von wo er abgefahren ist, das zeichnet das Handy dann alles auf, also … quasi online. Leider nützt uns das nichts für die Ermittlung des Täters, denn das Handy, mit dem der Auftrag erteilt worden ist, ist vor einiger

14

Zeit gestohlen worden und hatte nur eine Prepaidkarte drin. Soweit wir wissen, war Siegfried Holz der Einzige, der so ein neumodisches Dingsda in Betrieb gehabt hat, in Kaufbeuren. Manchmal kann neue Technik halt ganz schön gefährlich sein, gell?« Kluftinger blickte in erschrockene Gesichter und fand selbst, dass seine Worte reichlich deplaziert klangen. »Ich wollt sagen, er hatte halt Pech, dass er der Einzige war, da in Kaufbeuren. So mein ich.«

Die Journalistin, die gerade die Frage gestellt hatte, hob nun die Hand, doch Kluftinger fuhr fort: »Ja, wir haben die Kollegen am Bahnhof bereits befragt, und die erinnern sich auch, dass er da gewesen ist. Es hat wohl ein bissle Streit gegeben, weil er keine Taxirufzentrale benutzt, sondern eben dieses neue Zeugs. Aber leider kann sich kein Kollege an den Fahrgast von Holz erinnern.« Sie senkte die Hand wieder und nickte dem Kommissar lächelnd zu.

»Wie sieht es denn mit den Spuren aus, von denen Sie vorher gesprochen haben?« Diesmal war es ein Mann in einem abgewetzten Sakko, der die Frage stellte. »Deutet da schon etwas in eine bestimmte Richtung?«

Maier beugte sich wieder vor, sein Kopf war gerötet. Als er aber sah, dass ein Finger nach dem anderen in die Höhe fuhr, sagte er: »Hiermit eröffne ich jetzt die Fragerunde.«

»Vielen Dank, Richie«, versetzte Kluftinger leise. Dann wies er auf Willi: »Zu den Spuren wollte sich Herr Renn …«

Dessen Kopf fuhr herum. »Wollte? Soso. Also. Die Spuren. Es sind sehr viele, es handelt sich ja um ein Taxi, da hinterlässt jeder Mitfahrer Abdrücke, Haare oder Hautschuppen. Von Textilfasern ganz zu schweigen.«

Nach dieser Anmerkung des Erkennungsdienstlers blieb es ein paar Sekunden lang still, dann ergriff Maier wieder das Wort, der sich die Hoheit über den Ablauf offenbar zurückerobern wollte. »Ja, danke, Herr Renn, für diese Einschätzung. Gibt es vielleicht Fragen an den Herrn Böhm, unseren Gerichtsmediziner? Und bitte, wenn Sie ihn zitieren, achten Sie darauf, dass Sie

nicht wieder Pathologe schreiben, das ist ja hier kein Fernseh-
krimi, Pathologen sind nämlich …«

»Danke, Richard, ich glaube, die Damen und Herren haben
verstanden«, mischte sich Böhm ein, der auch zu diesem Anlass eine seiner Baseballkappen trug – eine Respektlosigkeit, die
Kluftinger Respekt abnötigte. »Also, was ich sagen kann, ist, dass
dem Opfer von hinten direkt ins Herz geschossen wurde. Der
Täter saß also auf der Rückbank, und es gab keinen Kampf, das
Opfer hatte den Blick nach vorn gerichtet, als es von der Kugel
getroffen wurde. Immerhin dürfte er davon nicht viel mitbekommen haben, er war sofort tot, denn die Kugel kam aus einer groß-
kalibrigen Waffe und hat ein ziemliches Loch gerissen.«

»Deswegen ist auch im ganzen Auto so eine Sauerei«, zischte
Willi, was ihm einen strengen Blick des Polizeipräsidenten eintrug.

»Zu weiteren Erkenntnissen können wir im Moment wenig
sagen«, schaltete sich Maier wieder ein. »Sie finden alle Infos
auch noch auf dem Fact-Sheet, das ich Ihnen zusammengestellt
habe. Herr Lodenbacher, wenn Sie vielleicht noch …«

»Ja, dankschön, Herr Maier, fein ham S' des g'mocht.« Maier
winkte mit gespielter Bescheidenheit ab, und Lodenbacher hob
zu einer Ode an die örtliche Polizeiarbeit an, versicherte, dass
keinerlei Gefahr für die Bevölkerung bestehe, man alles im Griff
habe, man … In diesem Moment ertönte blechern eine bekannte
Schlagermelodie. Lodenbacher stockte und kniff die Augen zusammen, die anderen Anwesenden sahen sich fragend an – bis
auf Kluftinger, der versteinert ins Nichts starrte. Seine Nase verfärbte sich dunkelrot. Nach wenigen Sekunden verstummte die
Melodie, und Lodenbacher fuhr etwas irritiert fort: »Oiso, wia
gsogt, wir rechnen in Kürze mit einem durchschlagenden …«

Die rote Sonne von …

Wieder hatte die Musik Lodenbacher unterbrochen, der nun
ins Publikum zischte: »Daadn S' amoi den Schmarrn ausmocha?«

Nun beugte sich Kluftinger nach unten und zog im Schutz
des Tisches sein Handy heraus, woraufhin der Polizeipräsident

ihn ungläubig anblickte. Der Kommissar zuckte entschuldigend die Achseln.

… für dich und mich scheint sie immer noch …

In der Hektik kam er auf den falschen Knopf und nahm den Anruf versehentlich an. »Ja«, flüsterte er in den Hörer, was Lodenbachers Kiefer herunterklappen ließ.

»Jo, ich … woit sogn … wo war ich …«, holperte Lodenbacher weiter, während Kluftinger versuchte, sich auf das Gespräch zu konzentrieren. Doch alles, was er hörte, waren dumpfe Laute, von denen er nicht einmal sicher war, ob es sich um Stimmen oder andere Geräusche handelte. Einmal meinte er einen Fluch zu hören, doch es konnte auch sein, dass der von Lodenbacher kam, der nun sichtlich geladen und fahrig seinen Vortrag zu Ende brachte, wobei sein Blick zwischen dem Kommissar und den Journalisten hin und her wechselte.

»Hallo?«, fragte Kluftinger in den Hörer, was, auch wenn es leise geschah, nicht zur Deeskalation der Situation beitrug. Mit zusammengepressten Zähnen zischte Lodenbacher ihn an: »Kluftinga, wenn Sie Ihr Gespräch kurz unterbrechen könnten, hier wären noch ein paar Fragen.«

Der Kommissar tauchte wieder unter dem Tisch hervor, sein Kopf war wegen der gebeugten Haltung und der peinlichen Situation stark gerötet. Da er nicht wagte, noch einmal seinen Blick zum Telefon zu senken, drückte er blind darauf herum, in der Hoffnung, es so abzuschalten. Dann steckte er es wieder in die Hosentasche.

»Fragen? Gern«, erwiderte er und schaute lächelnd in die Runde, als habe es den Anruf überhaupt nicht gegeben.

»Meinen Sie, das könnte irgendein Mafiazeichen sein?« Wieder die hübsche Journalistin.

Kluftinger verstand nicht, was sie meinte.

»Na, in Mafiakreisen gibt es doch Strafen für Verräter zum Beispiel, die dann eben auf eine bestimmte Art aus dem Weg geräumt werden. Könnte hier ein solcher Fall vorliegen?«

Ratlos blickte Kluftinger seine Kollegen an, die nur mit den

Schultern zuckten. »Also, wir haben keinerlei Hinweise auf eine Beteiligung der organisierten Kriminalität«, erklärte er. *Das tät uns gerade noch fehlen,* fügte er in Gedanken hinzu.

Ein weiterer Finger ging hoch, und während Maier noch damit beschäftigt war, sich die Reihenfolge der Wortmeldungen zu notieren, rief der Kommissar die Fragesteller bereits auf: »Gibt es im Kaufbeurer Bahnhof Überwachungskameras?«

Kluftinger nickte. »Ja, die Bahnsteige sind kameraüberwacht, aber die Bänder haben nichts ergeben. Wir können da niemanden zuordnen. Wir wissen ja noch nicht mal, ob der Täter mit der Bahn gekommen ist …«

»… was aber sehr wahrscheinlich ist und in unseren Ermittlungen eine wichtige Rolle spuit«, vervollständigte Lodenbacher.

Kluftinger sah ihn entgeistert an und beschloss, aufgrund der angespannten Atmosphäre einfach zu nicken. Nach weiteren mehr oder weniger belanglosen Fragen wurde er langsam ungeduldig und versuchte, Maier mit Blicken zu sagen, das Ganze nun besser schnell zu beenden. Sein Kollege verstand und sagte deshalb: »Die letzte Frage jetzt bitte. Ja, Sie da vorne, das bekannte Gesicht aus dem Fernsehen …«

Der Mann lächelte und begann: »Wenn Sie schon wissen, dass der Täter am Buchloer Bahnhof eingestiegen ist …«

»Am Kaufbeurer Bahnhof«, verbesserte Maier. »Bitte ein bisschen Konzentration, auch für uns ist es nicht leicht zu dieser Stunde, ja?«

»Verreck«, entfuhr es in diesem Moment dem Kommissar, der ruckartig aufstand, woraufhin der neben ihm sitzende Maier sich unwillkürlich duckte, was bei den Journalisten für ebenso große Erheiterung sorgte wie bei Lodenbacher für Bestürzung.

Im Gehen bedeutete Kluftinger seinen Kollegen Hefele und Strobl, mitzukommen, und sie verließen schnellen Schrittes den Raum, von den fassungslosen Blicken Maiers und Lodenbachers begleitet. Im Hinausgehen hörte Kluftinger noch, wie Lodenbacher wieder das Wort ergriff und erklärte: »Der Herr

Kluftinga hat gerade … per Telefon … einen wichtigen Einsatz … mehr darf ich Ihnen darüber leider nicht sagen, Sie verstehen.«

»Herrgott, Klufti, jetzt sag halt: Was hast du denn?«

Strobl und Hefele hatten Mühe, mit ihrem Vorgesetzten, der die Treppen zu ihrer Abteilung im Laufschritt nahm, Schritt zu halten.

»Gleich, oben«, keuchte er und stieß nur wenige Augenblicke später die Tür zu seinem Büro auf. Dort ließ er sich schwer atmend in seinen Drehstuhl fallen. Die Kollegen postierten sich vor dem Schreibtisch und sahen ihn fragend an.

»Buchloe«, presste Kluftinger atemlos hervor. Als jedoch jegliche Regung in den Gesichtern ausblieb, schob er noch ein »Bahnhof!« nach.

»Den versteh ich auch nur«, brummte Strobl und erntete dafür ein Kopfnicken von Hefele.

»Männer, was fällt euch denn sofort ein, wenn ihr Buchloe hört?«

»Hm«, begann Strobl zögerlich, »also … Ostallgäu, Autobahn, Kleinstadt, dann war da mal was mit so einem großen Fleischverarbeiter, ein Skandal, aber das ist schon länger …«

»Nein«, fiel ihm Hefele ins Wort, »der Klufti hat recht: Eigentlich ist das Wichtigste an Buchloe der Bahnhof.«

Strobl sah ihn mit zusammengezogenen Brauen an.

»Ja, klar, alle Züge, die aus Richtung München und Augsburg fahren, gehen über Buchloe. Und meistens muss man da auch umsteigen.«

»Schaut's, Kollegen«, erklärte der Kommissar, dessen Atemfrequenz sich wieder einigermaßen normalisiert hatte, »wir wissen, dass der Täter am Bahnhof in Kaufbeuren das Taxi bestiegen hat. Und dass der Mord in Buchloe passiert ist. Also müssen wir uns doch fragen, wie er aus Buchloe wieder weggekommen ist, oder? Klar, kann sein, er hat dort ein Auto postiert, vielleicht wohnt er sogar in der Stadt. Aber vielleicht ist er eben auch die paar hundert Meter zum Bahnhof gelaufen und in einen der vielen Züge eingestiegen. Draufgebracht hat mich der Heini vom Fernsehen, der Buchloe mit Kaufbeuren verwechselt hat!«

Strobl kniff die Augen zusammen. »Du meinst, wenn wir die Überwachungsbänder von Buchloe ...«

»Genau, ihr holt die Videobänder aus Buchloe, sagen wir, ab dem errechneten Tatzeitpunkt noch drei Stunden. Und dann vergleichen wir die Leute auf dem Bahnsteig mit denen, die in Kaufbeuren angekommen sind. Und hoffen auf einen Kreuztreffer!«

Kluftinger lehnte sich in seinem Stuhl zurück. Er holte tief Luft, was jedoch ein leichtes Stechen in der Brust hervorrief. Immer wieder hatte er dieses seltsame Ziehen in den letzten Tagen gespürt. Auf der linken Seite. Er hustete und schob den Gedanken beiseite. Vielleicht hatte er sich einfach ein wenig überanstrengt, als er die Treppen hochgestürmt war. Er zog die unterste seiner Schreibtischschubladen auf und legte ächzend seine Füße darauf. Umständlich fummelte er sein Handy aus der Hosentasche und warf es auf den Tisch. Es blinkte. Seltsam, normalerweise leuchtete das kleine Lichtchen nur, wenn eine SMS gekommen war. Er drückte wahllos einige Tasten, das Blinken jedoch blieb und wurde nun noch durch ein Vibrieren flankiert. Immerhin gelang es ihm, sich die Anrufliste anzeigen zu lassen, die als letzten Eintrag jedoch nur ein »Anonym« verzeichnete.

»Priml«, brummte der Kommissar, da wurde seine Bürotür aufgerissen. Komisch, er hatte gar kein Klopfen ...

»Kluftinga, san Sie narrisch woarn?«

Er zog seine Füße von der Schublade und richtete sich in seinem Stuhl auf, während Lodenbacher mit rotem Kopf in den Raum stürmte, Richard Maier im Schlepptau. Noch bevor der Kommissar Luft holen konnte, setzte er bereits zu einer niederbayerischen Schimpftirade an: »Moanan Sie, Sie kennan sich oiß erlaubm? Sie mochan mi ja zum Deppn vor dene ganzn Journalisten! Nehman S' Eahna bloß ned z'viel raus!«

Kluftinger entging nicht, dass Maier, der noch immer hinter dem Polizeipräsidenten stand, jeden der Vorwürfe mit einem energischen Kopfnicken begleitete. Nur bei Lodenbachers »Nehman Sie sich ein Beispiel am Kollegen Maier!« hob er wieder übertrieben abwehrend die Hände.

»Vielseitig einsetzbar is der Mo«, schloss Lodenbacher, der ein wenig den Faden verloren zu haben schien.

»Und, wenn ich das noch hinzufügen darf«, meldete sich Maier nun selbst zu Wort, »ich bin äußerst motiviert und gewillt, das Amt des Pressesprechers während dessen Abwesenheit adäquat auszufüllen, was mir, bei aller Zurückhaltung, doch recht gut gelungen ist, obwohl ich durch den Anruf und das plötzliche Verschwinden der Kollegen doch hart auf die Probe gestellt wurde!«

»Wia?« Lodenbacher hatte offensichtlich nicht richtig zugehört. »Übertreiben müss ma aa ned, Herr Maier, gean S'!«

Richard Maier presste zerknirscht die Lippen aufeinander. Kluftinger nutzte die kleine Gesprächspause für eine Rechtfertigung: »Ich hatte gute Gründe für mein Verhalten!«

»Aha? Da sind wir ja mal gespannt, nicht wahr, Herr Polizeipräsident?«, tönte Maier und verschränkte die Arme.

»Also«, fuhr Kluftinger fort, »zunächst mal wollte ich eben nicht, dass ein möglicherweise dienstlicher Anruf einfach unbeantwortet bleibt. Kann ja immer was Wichtiges sein, gerade in so einer heißen Phase einer Mordermittlung.« Kluftinger ließ seinen letzten Satz einen angemessenen Augenblick nachhallen. »Und was mein plötzliches Verschwinden angeht: Mir ist schon klar, dass Sie sich darüber gewundert haben müssen. Aber schauen Sie, als dieser Journalist auf einmal was vom Bahnhof in Buchloe gefragt hat, da hat's ›klick‹ gemacht bei mir. Verstehen Sie? Vielleicht ist der Täter ja mit der Bahn gefahren nach dem Mord. Wir brauchen also so bald wie möglich die Überwachungsvideos von den Buchloer Bahnsteigen.«

Lodenbacher sah ihn stirnrunzelnd an, sein Kinn in die rechte

Hand gestützt. »Jo … eh. Leiten S' des in die Wege, Kluftinga! Schickan S' jemand noch Buchloe, ma muaß de Videos holen!«

»Bereits erledigt, die Kollegen Hefele und Strobl sind schon auf dem Weg.«

Lodenbacher nickte anerkennend und wandte sich dann Maier zu. »Sehng S', Herr Maier, do nehman S' sich mal ein Beispiel am Kollegen Kluftinga! Immer bei der Soch. Immer geistig voll auf Zack. Do kennan S' no wos lerna.« Dann rauschte er davon.

Kluftinger bedachte Richard Maier mit einem überlegenen Lächeln. »Mir ham schon einen tollen Chef, gell, Richie? Ein allseits beliebter und geschätzter Polizeipräsident ist das, unser Herr Lodenbacher. Findest du nicht?«

Maier ließ sich mit starrem Blick auf einen Sitz fallen.

Kluftinger wollte gerade nachlegen, als die Tür erneut ohne Klopfen geöffnet wurde. Willi Renn, mittlerweile wieder in einer seiner karierten Hosen, trat ein, gefolgt von Georg Böhm.

»So, Klufti, hat's dir aufs Häusle pressiert, oder wie? Oder hat deine Erika angerufen und gesagt, dass die Kässpatzen anbrennen?« Renn grinste, wandte sich um und zwinkerte dem Gerichtsmediziner zu.

»Schmarrn, ich hab … rein dienstlich … hab ich wegmüssen, sofort!«

»Also doch das Häusle!«, kommentierte Böhm lächelnd. »Kann ja jedem mal passieren, dass es die Peristaltik zusammenhaut.«

»Ach hört's doch auf mit eurem Schmarrn! War noch was Wichtiges auf der Pressekonferenz?«

Renn winkte ab. »Nein, gar nix, noch ein paar belanglose Fragen, das war's, gell, Richie?«

Maier schwieg.

»Wir wollten nur sagen, dass wir noch was trinken gehen«, sagte Böhm. »Wir gehen rüber ins Rimini. Wie schaut's aus?«

Maier schoss hoch: »Toll! Ich bin dabei! Da können wir auf meine erste PK anstoßen.«

Böhm und Renn wechselten einen düsteren Blick. Kluftinger schüttelte nur den Kopf.

»Nix los mit dir, Klufti?«, insistierte Renn.

»Nein, es gibt wirklich noch was zu tun, der Roland und der Eugen sind grad noch unterwegs, danach müssen wir noch ein bissle schaffen.«

Maier runzelte kurz die Stirn, nahm dann aber seine Jacke vom Sessel und klatschte in die Hände: »Also, Freunde, auf geht's!«

Böhm blies die Luft aus und sah auf seine Armbanduhr. Auf einmal stieß er mit weit aufgerissenen Augen hervor: »Au Mensch, so spät schon! Du, Willi, ich weiß gar nicht, ob sich das noch ausgeht, mit dem Rimini! Ich hab ja noch das … Dings heut!«

Kluftinger verstand sofort: »Richie, du hast leider auch keine Zeit, ich brauch dich noch für die Überwachungsvideos. Schön dableiben.«

Renn und Böhm nutzten die Gelegenheit und verdrückten sich eilig. Maier nahm schmollend wieder Platz.

Kluftinger fläzte sich auf einen der Sessel in seinem Büro. Gut zwei Minuten schwiegen sich die beiden Kollegen an. Bis Richard Maier sich auf einmal aufrichtete und mit einer fahrigen Handbewegung in Richtung Couchtisch zeigte: »Sag mal, wieso blinkt und vibriert denn dein Handy dauernd? Das macht mich hochgradig nervös! Kannst du das mal bitte abstellen?«

Das konnte er nicht, weshalb Kluftinger das Mobiltelefon beiläufig ein Stück in Maiers Richtung schob. »Mach's doch grad selber aus.«

Maier griff sich das Telefon, drückte einige Tasten und verkündete mit wichtiger Miene, der Kommissar habe ein Voicememo des Anrufs, der während der Pressekonferenz eingegangen war.

»Was hab ich?«, fragte Kluftinger besorgt.

»Ein Voicememo hast du erstellt zu dem Anruf!«

»Ist das schlimm?«

Maier runzelte die Stirn. »Wie, schlimm? Du hast doch das Gespräch mitgeschnitten. Soll ich's löschen?«

»Ja … klar. Mitgeschnitten. Mach ich immer. Nix wird da gelöscht! Lass es doch bitte grad noch mal laufen.«

Maier startete die Aufnahme, wobei Kluftinger versuchte, sich die Tastenkombination einzuprägen, die dafür nötig war. Wenig später drangen aus dem kleinen Lautsprecher knackend und scheppernd ein paar undefinierbare Geräusche: Es raschelte und brummte, und Maier begann sofort, einen Vortrag über die mangelnde Klangqualität von Kluftingers altem Handy zu halten. Der schüttelte den Kopf und beschloss, die Sache auf sich beruhen zu lassen. Vielleicht hatte sich ja einfach jemand verwählt.

Eine Stunde später meldeten sich Hefele und Strobl vom Auto aus: In wenigen Minuten wären sie mit dem Filmmaterial da. Kluftinger machte sich auf in den kleinen Besprechungsraum, wo Maier bereits einen Beamer vorbereitet hatte.

»Und, alles klar, Richie?«, fragte er, als er den abgedunkelten Raum betrat. Maier saß an einem Laptop, der Projektor warf ein blaues Rechteck an die Wand.

»Sicher! Ich hab sogar eine Splitscreen vorbereitet.«

»Auweh.«

»Ich werde beide Überwachungsfilme parallel laufen lassen, damit wir eventuelle Kreuztreffer besser identifizieren können!«

»Aha.« Kluftinger setzte sich und war froh, dass in diesem Moment auch seine beiden Kollegen mit dem Material aus Buchloe eintrafen. Maiers Vorträge über moderne Projektions- und Videotechnik hätte er nur schwer ertragen nach all dem, was passiert war.

»Du, Richie, lass doch gleich noch mal das aus Kaufbeuren laufen. Sagen wir, wir beginnen eine halbe Stunde vor dem Tatzeitpunkt, dann sind wir wieder in der G'schichte drin«, bat Kluftinger.

Wenige Minuten darauf liefen parallel dazu die Bilder aus Buchloe. Die beiden Aufnahmen zeigten ähnliche Szenen: Menschen, die Züge verließen, andere, die wartend und frierend auf den Bahnsteig kamen, den Kopf eingezogen, die Hände in den Taschen, und die sich an Stellen kratzten, an denen man das nur tut, wenn man sich unbeobachtet wähnt. Reisende betraten und verließen den Bahnsteig, ein junges Pärchen turtelte eng umschlungen, eine Frau telefonierte, ein abgerissen aussehender Typ mit Kapuzenjacke hielt seine Hände schützend vors Gesicht, um sich eine Zigarette anzuzünden …

»Stopp, zefix!«, schrie Kluftinger auf einmal. Erneut fuhr ihm dieses Stechen in die Brust, doch er achtete nicht weiter darauf. Maier hielt die beiden parallel laufenden Filme an, während sich der Kommissar der Leinwand näherte.

»Richie, fahr zurück. Rechts, in Buchloe, der Typ mit der Kapuzenjacke. Der mit der Zigarette im Mund … der war vorher in Kaufbeuren. Hundertprozentig, ich erinnere mich an den!«

Nun lief der Film langsam zurück, und der Mann, den Kluftinger gemeint hatte, ging rückwärts wieder in Richtung Treppe.

»Minimal vor!«, rief Kluftinger. Das Bild ruckte zweimal, und Maier konnte das Gesicht des Mannes heranzoomen. Es war nicht ganz deutlich, aber man konnte ihn erkennen. Er hatte für einen kurzen Moment Richtung Kamera geblickt, als er den Bahnsteig betreten hatte.

»Kennt ihr den?«

Die Kollegen schüttelten die Köpfe.

»Richie, lass uns den auf dem Kaufbeurer Film suchen!«

Zwei Minuten später sah man auf der Leinwand nebeneinander tatsächlich denselben jungen Mann: einmal das Gesicht der Kamera zugewandt, einmal, auf dem Video aus Kaufbeuren, mit gesenktem Kopf.

»Bingo«, sagte Maier.

Hefele wirkte verblüfft. »Hut ab, Klufti, du erstaunst einen immer wieder, echt.« Die anderen nickten zustimmend.

»Der Lodenbacher, ihr wisst schon, unser allseits beliebter und geschätzter Polizeipräsident …«, der Kommissar machte eine Pause und sah zu Maier, »… der wird sich auf jeden Fall freuen. Richard, du versuchst, ein möglichst gutes Bild rauszuziehen, und schickst es ans LKA wegen der Dingsda, der Verbrecherkartei. Vielleicht haben wir Glück, und der Herr hat schon was auf dem Kerbholz. Würd mich doch wundern, wenn der nicht zumindest was mit Betäubungsmitteln am Hut hat, so fertig, wie der aussieht. Wenn die einen Treffer haben, werden sie sich ja melden. Ich lass das Handy an, ruft durch, wenn ihr was wisst.«

»Können wir dann auch heimgehen?«, fragte Strobl.

»Wenn ihr das habt: logisch. Aber haltet euch alle bereit, falls was wär.«

Zwanzig Minuten später öffnete Kluftinger sein Garagentor. Er war guter Dinge; der Fall hatte eine überraschend positive Wendung genommen. Beim Parken des alten Passats achtete er darauf, exakt in dem Moment anzuhalten, als der Sektkorken, der an einem Faden von der Decke baumelte, die Windschutzscheibe berührte. Er hatte diese Hilfskonstruktion entworfen, damit er nicht zu weit hineinfuhr – und so am Ende noch seinen Zweitwagen beschädigte, der momentan hinten quer in der Garage im Dornröschenschlaf lag. Er wollte den rosafarbenen Smart, den er sich umständehalber im letzten Jahr hatte zulegen müssen, nicht leichtfertig zu irgendeinem Spottpreis verschleudern, sondern ihn lieber aufheben, bis der Passat eines Tages seinen Dienst versagte. Gegen Erikas Bitten, den Kleinwagen doch angemeldet zu lassen, schließlich sei sie dann tagsüber viel mobiler, hatte er plausible finanzielle Gründe ins Feld geführt – und seine Frau irgendwann klein beigegeben. Außerdem hatte es ihn viele Stunden und ebenso viele Flüche gekostet, den Wagen in diese Position zu rangieren.

Er lehnte das Tor an – es schloss wegen der Doppelbelegung der Einzelgarage nicht mehr ganz – und betrat den Hausgang. Tief sog er den Duft in seine Lungen: So roch es immer montags, wenn Erika ihm seine Kässpatzen machte. Das Aroma von Zwiebeln und Käse mischte sich mit jenem wohligen Eigengeruch, der sich im Laufe der Jahre in jedem Haushalt bildet.

Der Kommissar zog seine Haferlschuhe aus, schlüpfte in seine Fellclogs und steuerte sein Wohnzimmer an, wo er Erika vor dem Fernseher vermutete. Im Türrahmen setzte er gerade zu einem »Bin dahoim!« an, hielt jedoch die Luft an, als er sah, dass seine Frau vor dem Fernseher eingenickt war. Also machte er sich seufzend auf in die Küche. Er war den ganzen Tag über nicht zu einer richtigen Mahlzeit gekommen, hatte gar keinen richtigen Hunger verspürt. Zu schwer waren ihm der rätselhafte Fall und die drohende Pressekonferenz im Magen gelegen. Doch nun waren sie einen entscheidenden Schritt weitergekommen, und er wollte sich zu dieser späten Stunde wenigstens noch einen kleinen Imbiss gönnen.

Die Kässpatzen standen allerdings bereits aufgeräumt in einer mit Folie abgedeckten Schüssel auf dem Küchentisch. Na gut. Gab es sie eben morgen, abgeröstet. Gegen ein kaltes Abendessen war auch nichts einzuwenden. Nur drei Minuten später hatte Kluftinger drei Butterbrote, eine Scheibe Leberkäse, ein paar Radieschen und Essiggurken, einige Rädle Salami und einen ordentlichen Ranken Bergkäse auf einem hölzernen Brotzeitbrettchen drapiert und den Inhalt einer Flasche Bier in seinen Lieblings-Steingutkrug umgefüllt. Gerade wollte er wieder ins Wohnzimmer gehen, da fiel sein Blick erneut auf die Kässpatzenschüssel. Kleine Wassertröpfchen hatten sich an der Klarsichtfolie gebildet. Er zog sie ein Stück auf: Ein betörender Duft strömte heraus, und sein Entschluss geriet ins Wanken. Vielleicht doch? Andererseits hatte er ja schon die Brote geschmiert … Mit zwei Fingerrücken prüfte er die Temperatur samt Zwiebelauflage: Die Spatzen waren handwarm, also eigentlich noch zum Verzehr geeignet.

Kluftinger schürzte die Lippen. Wer sagte denn eigentlich, dass nur Wurst, Käse, Marmelade und Butter adäquate Brotauflagen waren? Warum nicht mal neue Wege gehen?

Kurzerhand schichtete der Kommissar die Auflage auf seinem Brettchen ein bisschen um, bis drei üppige Kässpatzenbrote den Mittelpunkt bildeten.

Im Wohnzimmer stellte er sein Abendessen ab, deckte Erika

mit einer Wolldecke zu und suchte nach der Fernbedienung. Er fluchte leise, als er sie entdeckte: Erika hatte sie zwischen ihrem Oberschenkel und dem Sofa eingeklemmt. Vorsichtig zog er an dem Eckchen, das herausschaute, was allerdings zur Folge hatte, dass seine Frau sich drehte und das Gerät nun vollständig unter sich begrub. *Priml*. Und nun? Wenn er sie wecken würde, könnte er die Idee mit den Kässpatzenbroten gleich vergessen – Erika achtete neuerdings, aufgehetzt von Doktor Langhammer und dessen Frau Annegret, auf kohlenhydratarme Ernährung am späteren Abend und versagte sich und Kluftinger sogar die geliebten Salzletten.

Er schaute resigniert zum Fernseher. Ausgerechnet Nachrichten! Er schob seinen Sessel so nah an das Gerät, dass er mit den Zehen an die kleine Wippe zum Umschalten der Programme kam. So hatte er das früher auch öfter gemacht, als sie noch einen Fernseher ohne *Drücker*, wie sie es nannten, gehabt hatten. Wenn Erika schon im Bett war, jedenfalls …

Er fläzte sich also tief in den Sessel, stellte die Brotzeitplatte auf seinem Bauch ab und streckte seinen Fuß in Richtung Fernsehapparat, als eine Meldung seine Aufmerksamkeit erregte: Mal wieder hatte eine Studie ergeben, dass die Deutschen zu fett, zu viel und zu kohlenhydratreich aßen und daher bei den Herz-Kreislauf-Erkrankungen einen unrühmlichen Spitzenplatz in Europa einnahmen. Die seien nach wie vor Todesursache Nummer eins in Deutschland, über vierzig Prozent der Sterbefälle ließen sich darauf zurückführen. Der Kommissar schluckte einen Bissen Kässpatzenbrot hinunter, spülte mit einem Schluck Bier nach und schaute schließlich schuldbewusst auf seine Brotzeitplatte. Mit ungutem Gefühl dachte er wieder an das Stechen, das ihn in den letzten Tagen begleitet hatte. Um sich den Appetit nicht zu verderben, schaltete er mit dem Zeh weiter.

Auf dem Sportkanal räkelte sich gerade eine halbnackte Blondine in kniehohen Stiefeln auf einem Motorrad und rieb sich am ganzen Körper mit Motorenöl ein. Kluftinger schüttelte ungläubig den Kopf. Am unteren Bildrand lief ein Laufband mit einer Telefonnummer und offenbar erotisch gemeinten Kurznachrichten, die wegen der vielen Fehler wie Grüße aus der Orthografiehölle wirkten. *Priml.* Ob der Satz »Geiles, moliges Kätzchen (XXL-Titten) sucht gut bestükten Kater zum gemeinßamen Mausen« wirklich Männer dazu bewog, eine Hotline anzurufen, bei der jede Minute etwa den Gegenwert seiner Brotzeit kostete?

Kluftinger warf einen prüfenden Blick zu Erika, um sicherzugehen, dass die noch schlief, schaltete weiter und zuckte ein wenig zusammen, als er auf einmal ein allzu bekanntes Gesicht auf der Mattscheibe sah: sein eigenes. Der Allgäusender brachte einen Bericht über die Pressekonferenz. Immerhin, so unvorteilhaft kam er nicht einmal rüber, fand Kluftinger – zumindest im Vergleich zu Maier, dem man die Nervosität schon ansah, wenn die Kamera nur an ihm vorbeischwenkte. Er grinste: Nun war Lodenbacher zu sehen, wie er gestenreich ein paar beschwichtigende Worte sprach. Auf einmal wurde ihm jedoch ganz heiß: Während Lodenbacher weitersprach, schwenkte die Kamera ausgerechnet in dem Moment auf ihn, als er sein Handy aus der Tasche zog! Sogar *Die rote Sonne von Barbados* war im Hintergrund schwach zu vernehmen. *Zefix!* Er warf einen Blick zu Erika, doch die hatte noch immer die Augen geschlossen. *Gott sei Dank!* Er drückte den Umschaltknopf und genehmigte sich einen Bissen Leberkäse. Ohne Brot, weil das ja viel gesünder war, wie er nun wusste.

Endlich: ein Film. Noch dazu ein alter. Der dramatischen Musik nach zu schließen, war es ein Krimi, wie hieß der gleich … richtig … jetzt schlich sich der Mann von hinten an und versuchte, die Frau zu töten, während sie telefonierte … genau, das war der Titel: *Bei Anruf Mord!*

»Verreck!«, entfuhr es Kluftinger, wobei er sich verschluckte und derart heftig hustete, dass sein Kopf rot anlief. Eilig stellte er das Brettchen auf den Fußboden und klopfte sich gegen die Brust, woraufhin er wieder das Stechen spürte. Er rannte in den Hausgang, wo auf dem kleinen Schränkchen sein Handy lag. Mit zitternden Fingern nahm Kluftinger es an sich, wobei einige Rechnungen, die Erika zum Überweisen bereitgelegt hatte, zu Boden segelten. Fahrig versuchte er, die Tastenkombination zu wiederholen, die Maier vorhin gedrückt hatte, um den Mitschnitt des mysteriösen Telefonats zu starten. Nachdem einmal die Frage »Aufzeichnung wirklich löschen?« auf dem Display erschien und er atemlos und vorsichtig eine andere Kombination probierte, gelang es ihm schließlich im dritten Anlauf. Konzentriert hörte er die Aufnahme ab.

Auch wenn er die Geräusche immer noch nicht zuordnen konnte, das Rascheln, diese dumpfen … was auch immer, das Gurgeln … alles zusammengenommen war er sich plötzlich sicher, dass er heute Abend telefonischer Zeuge eines Mordes geworden war. Noch einmal drückte er auf die Wiedergabetaste. Er senkte den Kopf, vertiefte sich ganz in das, was er da hörte – bis ihn ein gellender Schrei zusammenfahren ließ. Doch das Schreien war nicht aus dem Telefon, sondern aus seinem eigenen Wohnzimmer gekommen.

»Erika? Was ist denn passiert?« Er riss die Tür auf.

»Also weißt du, geht's eigentlich noch? So eine Sauerei!«

Der Kommissar stutzte. Er hatte den »Sportsender« doch weggeschaltet …

»Du hast sie doch nicht mehr alle!« Erika hinkte auf ihn zu.

»Hast du dich verletzt?«

»Verletzt? Wieso denn jetzt verletzt?«

»Ja, weil du so hinkst!«

»Soll ich dir sagen, warum ich so hinke? Weil ich in deine Brotzeit getappt bin, wie ich den Fernseher hab ausmachen wollen! Sag mal: Siehst du schlecht, oder wieso stellst du eigentlich den Sessel jetzt dreißig Zentimeter vor den Bildschirm? Hm? Was hast denn da überhaupt angeschaut?«

»Wie … angeschaut? Also das mit den nackten Weibern, das war bloß … beim Umschalten …«

»Nackt?«

»Du bist doch auf der Fernbedienung gelegen! Und da hab ich halt improvisieren müssen. War übrigens viel los heut im G'schäft, aber wir sind beim Taximord ein gutes Stück weitergekommen.«

Erika hatte sich mittlerweile hinkend in die Küche bewegt, wo sie nun ihren rechten Fuß mit Küchenkrepp von den Kässpatzenresten befreite.

»Sag mal, was war denn das? Seit wann isst du denn kalte Spatzen auf einem Butterbrot? Mal ganz ehrlich: Deine Cholesterinwerte möchte ich gar nicht sehen – aber du gehst ja eh nie zur Kontrolle.«

Kluftinger schluckte. Er wusste natürlich, dass er längst mal wieder so einen *Up-Tscheck* hätte machen lassen müssen. Aber seine Bequemlichkeit, die tiefe Abneigung davor, freiwillig seinen Hausarzt Dr. Martin Langhammer zu konsultieren, und nicht zuletzt die Furcht vor einem besorgniserregenden Ergebnis hatten dies in den letzten Jahren immer wieder verhindert. Er beschloss, einfach das Thema zu wechseln, vielleicht würde das Erikas Groll vertreiben.

»Du, Erika, ich brauch mal deine Hilfe!«

Ohne zu ihm aufzusehen, wischte Erika weiter an ihrer Fußsohle herum und sagte: »Ach, lass mich doch in Ruh!«

Der Kommissar bückte sich zu seiner Frau und legte beschwichtigend einen Arm um sie: »Nein, wirklich, ich hab da heut so einen komischen Anruf gekriegt. Es gibt einen Mitschnitt davon. Bitte hör ihn dir mal an und sag mir, was du davon hältst.«

Erika richtete sich auf und nahm mit skeptischem Blick das Handy entgegen, das ihr Ehemann ihr hinstreckte. Sie drückte auf Wiedergabe, lauschte konzentriert und sagte dann: »Wenn du mich fragst: Da hat sich einer verwählt und dann vergessen, das Gespräch zu beenden. So, und ich geh jetzt schlafen, ich bin müde und hab den ganzen Abend auf dich gewartet. Und duschen muss ich auch noch, ich hab keine Lust, mit einem Zwiebelfuß ins Bett zu gehen.«

»Erika, jetzt wart halt! Das ist ein Mord! Da hört man, wie ein Mensch umgebracht wird, glaub mir«, rief Kluftinger in den Hausgang.

Seine Frau drehte sich noch einmal um und erklärte nüchtern: »Butzele, ganz ehrlich: Vielleicht solltest du nicht ganz so viele Hitchcock-Filme anschauen und lieber mal ein bissle früher schlafen gehen!«

Zweiter Tag

Ein weißes Boot, im Sonnenglanz …

Es war ein schöner Tag, sonnig, warm, fast frühlingshaft. Kluftinger blickte zufrieden aus dem Fenster seiner Almhütte auf den schneeweißen Sandstrand.

… und du schenkst mir den Blütenkranz. Ich folgte dir ins Paradies …

Er wollte nur hier sitzen bleiben und den Kühen zusehen, die am Strand grasten, doch irgendetwas brummte an seinem Hintern, und er wusste instinktiv, dass das mit dem Paradies nichts zu tun hatte, und als er aufsah, war der Himmel nicht mehr blau, sondern grau, die Landschaft vereist und …

… ein Märchenland, das Barbados hieß …

Er wachte auf. »Zefix!« Er hatte einen so schönen Traum gehabt, doch jetzt blickte er durch das Schlafzimmerfenster in die Dämmerung eines trüben Tages.

Die rote Sonne von Barbados …

Er spürte das Vibrieren wieder, und nun wurde ihm auch klar, dass es sein Handy gewesen war, das ihn aus seiner Traumwelt gerissen hatte. Er musste gestern Nacht darüber eingeschlafen sein, als er den Anruf immer und immer wieder abgehört hatte.

… für dich und mich scheint sie immer noch …

»Himmel!« Er wälzte sich herum, doch er konnte das Telefon

nicht sehen. Erika wurde bereits unruhig, und er wollte sie zu dieser frühen Stunde nicht wecken.

... mit den Wolken nach Süden ziehn ...

Da! Das Klingeln kam genau aus der Ritze zwischen den zwei Matratzen. Er langte hinein, fuhr mit der Hand herum, zog es heraus und nahm den Anruf sofort an, damit der Klingelton endlich verstummte.

»Ja?«, flüsterte er. »Was ist denn?«

»Morgen, Kollege.« Es war Strobls Stimme. Er klang, als wäre er schon eine ganze Weile auf den Beinen. »Du machst dich besser gleich hübsch und kommst her, wir haben ihn.«

»Wen?«

»Na, den Taximörder. Dank deiner scharfsinnigen Birne. Ganz ehrlich, ich weiß nicht, wo du das immer hernimmst, wo du doch sonst eher ...«

»Du mich auch«, knurrte Kluftinger und beendete das Telefonat.

Sie hatten ihn! Das schien doch ein guter Tag zu werden. Er sprang förmlich aus dem Bett, woraufhin der Boden unter ihm zu schwanken begann, sein Kopf eigenartig leicht wurde und sein Sichtfeld sich immer mehr einengte. Automatisch griff er nach dem Vorhang, um nicht das Gleichgewicht zu verlieren und der Länge nach hinzuschlagen. Er blieb starr stehen und versuchte, sich zu konzentrieren, bis das Schwindelgefühl wieder nachließ und das Kribbeln in seinem Kopf abebbte. Als es vorbei war, verfluchte er sich für seine Aktion. Er war aus dem Bett gehüpft wie ein Teenager – allerdings im Körper eines Endfünfzigers. Er atmete erleichtert ein – was er wieder mit einem stechenden Schmerz in der Brust bezahlte. Stärker als in den letzten Tagen. Er griff sich panisch an den Brustkorb – war es das nun? Der Herzinfarkt? Seit sein Vater eine Bypassoperation gehabt hatte, fürchtete er sich vor dem Moment, wo es auch ihm so ergehen würde.

»Ist was, Butzele?« Erikas besorgte Stimme riss ihn aus seinen düsteren Gedanken. Mit einem Mal ließ der Schmerz nach.

»Na, alles gut«, erwiderte er, doch ihm war klar, dass er wenig überzeugend war, so wie er dastand: eine Hand in das Schlafanzugoberteil auf der Brust gekrallt, die andere am Vorhang, seine Stirn bedeckt von Schweißtröpfchen.

Entsprechend beunruhigt blickte seine Frau drein. »Hast du was am Herz? Wieder dieses Stechen?«

»Am Herz? Schmarrn. Ich bin … wo draufgetreten. Weil bei uns auch immer so ein Verhau ist und alles rumliegt.« Mit diesen Worten lief er aus dem Schlafzimmer.

»Hast du denn schon bei dem Spezialisten angerufen? Bei dem dein Vater in der Reha war?«, rief ihm seine Frau nach.

»Ja, hab ich. Aber der hat bloß gesagt, ich soll erst mal zum Langhammer gehen.«

»Kennt der ihn denn?«

»Herrgott, jetzt schrei doch nicht so.« Kluftinger stampfte zurück zur Schlafzimmertür. Wenn sich seine Frau einmal Sorgen machte, ließ sie einfach nicht locker. »Ich glaub, der Langhammer gibt in der Rehaklinik irgendwelche Kurse. Jedenfalls hat er ihn recht gelobt, der sei für einen Hausarzt ein richtiges Ass.«

»Siehst du, Butzele, das hab ich doch immer gesagt.«

»Ja, ja, Aas hat er wahrscheinlich sagen wollen.«

»Ach komm, ich mach dir einen Termin beim Martin.«

»Warum denn, ich … hab ja eh nix.« Besonders glaubhaft klang sein Protest nicht, immerhin hatte er selbst so seine Zweifel. Dann drehte er sich um und ging mit einem »Ach, mach doch, was du willst!« ins Bad. Er wusste, dass seine Frau das als Ermutigung verstehen würde – diesmal durchaus in seinem Sinne. Denn selbst um eine Audienz beim Doktor nachzusuchen kam für ihn nicht in Frage.

Im Badezimmer blieb er erst einmal ein paar Minuten stehen, um sicherzugehen, dass keine Schmerzen mehr zu spüren waren. Da das der Fall war, begab er sich erleichtert zum Waschbecken und schüttete sich eiskaltes Wasser ins Gesicht. Beim anschließenden Blick in den Spiegel erschrak er dennoch: Seine Augen wirkten müde und lagen in tiefen, dunklen Höhlen. Auch kam ihm seine Haut fahl, fast grau vor. Er hatte zwar nie besonders gesund gelebt, war aber dafür immer besonders gesund *gewesen*. Darauf war er stolz. Praktisch keine krankheitsbedingten Fehltage im Beruf, immer wie ein Fels in der Brandung des Lebens … und nun? Seit der Sache mit seinem Vater hatte er sich manchmal dabei ertappt, wie er sich Sorgen um sich selbst machte. Aber so früh? Sein Vater war immerhin schon über achtzig, hatte den Großteil seines Lebens gelebt. Ganz im Gegensatz zu ihm. Erika brauchte ihn doch, und Markus war zwar beim Studieren, aber noch weit von einem selbständigen Leben entfernt. Kurz: Es gab noch so viel zu tun, das Feld war noch nicht bestellt.

Mit leerem Magen setzte er sich wenige Minuten später ins Auto. Er hatte am Frühstückstisch keinen Bissen heruntergekommen. Trübe Gedanken verfolgten ihn die ganze Strecke bis nach Kempten. Erst kurz vor der Polizeidienststelle beschloss er, das Radio anzuschalten, um durch ein bisschen Musik auf andere Gedanken zu kommen. Kaum hatte er den Knopf gedrückt, wurde er blass. Aus dem Lautsprecher dröhnte ein Achtziger-Jahre-Hit: *Alles hat ein Ende, nur die Wurst hat zwei …*

»Ist der Aufzug kaputt?« Hefele sah Kluftinger mit großen Augen an, als der gerade vom Treppenhaus in den Gang im zweiten Stock einbog, in dem ihre Büros untergebracht waren.

Kluftinger verstand nicht, was sein Kollege meinte, und wechselte das Thema: »Wo ist er?«

»Sitzt im Vernehmungszimmer. Hat schon gestanden. Wolfgang Schratt heißt er.«

»Echt?« Der Kommissar war ein wenig enttäuscht.

»Ja, ist doch gut. Keine Angst, alle wissen, dass wir ihn ohne dich nicht so schnell gekriegt hätten.«

»Darum geht's mir doch gar nicht. Lass mich mal schauen.«

Er ging zu dem Besprechungsraum neben dem Verhörzimmer. Dort saß Maier vor einem Schwarzweißmonitor, der außer einem uniformierten Polizisten auch Eugen Strobl zeigte, wie er gerade einen kleinen, bärtigen Mann in Handschellen vernahm.

»War es das bisschen Geld wirklich wert?«, hörte er Strobl fragen, doch der Tatverdächtige rührte sich nicht und schwieg.

»War der die ganze Zeit so schweigsam?«, wollte Kluftinger wissen.

Maier schüttelte nur den Kopf.

»Und du bist auch nicht gerade gesprächig heute, oder wie?« Kluftingers Kollege wirkte verstimmt.

»Wir haben ihn nur angebohrt, dann ist alles aus ihm rausgesprudelt«, beantwortete nun Hefele seine Frage. »Leugnen hätte auch wenig Sinn gehabt: Wir haben in seiner Wohnung Geldbeutel und Uhr des Ermordeten gefunden. Er hat sofort zugegeben, dass er es wegen des Geldes getan hat. Habgier. Riecht nach ner astreinen Mordanklage.«

»Aber warum hat er ihn denn dann gleich erschossen?«

Hefele zuckte die Achseln.

»Ich geh noch mal rein. Aber vorher …« Er kramte sein Handy aus der Tasche und ging damit zu Maier: »Wegen dem Anruf, der Aufzeichnung, weißt du …«

»Du brauchst ja jetzt nicht auch noch drauf rumzureiten! Kam ja sogar im Lokalfernsehen. Wirft ein tolles Licht auf die Polizei, wirklich … Aber was soll's. Wir belassen es einfach dabei, gut?«

Kluftinger runzelte die Stirn und steckte das Handy wieder weg. Deshalb war Maier so verschnupft. Er würde später einen neuen Versuch starten. Dann begab er sich in den Vernehmungsraum.

Strobl begrüßte ihn mit einem Kopfnicken. Noch bevor er sich setzen konnte, ergriff Schratt das Wort: »Schon wieder einer! Ich muss aber meine Geschichte jetzt nicht noch mal erzählen, oder?«

»Sie werden sie so oft erzählen, wie wir es für richtig halten«, erwiderte Kluftinger ruhig. »Vielleicht erklären Sie mir mal, wie Sie gerade auf den Siegfried Holz gekommen sind.«

»Ich hab das jetzt langsam satt. Aber zum Mitschreiben: Es hat geheißen, der hat immer einen Haufen Geld bei sich. Und es war ja auch ziemlich bequem, man hat ihn mit dem Handy rufen können. Hat immer schön angezeigt, wo er gerade war.«

»Zweihundertsiebenundfünfzig Euro nennen Sie einen Haufen Geld?«

Schratt senkte den Kopf. »War wohl ne falsche Info.«

»Und warum haben Sie ihn dann hinterrücks erschossen? Sie haben ihn ja regelrecht hingerichtet. Nicht einmal wehren konnte er sich.«

»Auch das hab ich schon mehrfach gesagt: Der Schuss … hat sich gelöst.«

Kluftinger blickte zu Strobl, der nickte, was so viel heißen sollte wie »Das reicht fürs Erste«. Sie verließen den Vernehmungsraum.

Die Runde vor dem Monitor hatte sich inzwischen um einen gut gelaunten Polizeipräsidenten erweitert. »Jo, oiso, Manner, ehrlich, i woaß goar ned, wos i … Maier, tun S’ mir sofort eine Pressemeldung verfassn. Des solln alle wissn, wia schnöll mia den Fall … wirklich, des wird beim Ministerium für Aufsehen sorgen, und die Leut da draußen wird’s beruhigen. Guat hommer des gmocht.« Mit diesen Worten verließ er den Raum.

»Wir? Ich hör immer wir«, sagte Hefele, ihm nachblickend. »Was hat er noch mal genau zur Aufklärung beigetragen?«

»Hm, was ist?« Kluftinger hatte nicht zugehört. Seine Gedanken kreisten um den geheimnisvollen Telefonanruf. »Setzt euch mal alle hin, Männer … und Frauen.« Sandy Henske, die gerade mit einem Stapel Akten das Zimmer betrat, sah ihn überrascht an. Als alle saßen, legte Kluftinger sein Handy in die Mitte des Konferenztisches und spielte die Aufnahme ab, die er sich in den letzten Stunden so oft angehört hatte. Er kannte jede Stelle genau, wusste, wo das, was er für ein Murmeln hielt, in ein dumpfes Poltern überging, und blickte bei jedem Geräusch erwartungsvoll in die Gesichter seiner Kollegen. Als die Aufnahme endete, wartete er gespannt auf eine Reaktion. Da diese ausblieb, fragte er: »Und?«

»Wie: und?« Strobl hob verwirrt die Augenbrauen.

»Na, was habt ihr gehört?«

»Gehört?« Hefele zuckte die Schultern. »Nix. Dass dein Handy einen furchtbar schlechten Lautsprecher hat, vielleicht.«

»Jetzt denkt's doch mal genau nach. Was ist das für eine Aufnahme, hm?«

Maier meldete sich zu Wort: »Ein Livemitschnitt aus der Hosentasche deines Anrufers? Garniert mit ein paar Verdauungsbeschwerden?«

»Oder du beim Mittagsschlaf im Büro?«, ergänzte Hefele.

»Himmelherrgott! Fräulein Henske?«

»Ich?« Sandy schaute hilfesuchend in die Runde. »Ich, also ich … hab bei so was ja gar keine Fantasie! Und ich muss sowieso schnell noch zu dieser … Sache.« Sie stand auf und verließ hastig den Raum.

Der Kommissar seufzte, hielt mit theatralischer Geste sein Handy hoch und erklärte: »Ich sag euch jetzt mal, was da drauf ist: Ein Mord ist da nämlich drauf. So!«

Ein paar Sekunden blieb es still, dann prusteten die Kollegen los: »Ja, sicher«, sagte Strobl, »aber von einem Wurm am Nachbarwurm, tief unten im Erdreich.«

Hefele stimmte lachend ein: »Oder zwischen zwei Fischen.«

Die Äderchen auf Kluftingers Nase füllten sich mit Blut: »Hört's zu, ich hab ja auch erst nicht gewusst, was, aber dann hab ich gestern im Fernsehen diesen Film …«

»Ah, jetzt haben wir's!« Hefele klatschte in die Hände. »Der Herr schaut zu viel Krimis.«

Jetzt platzte dem Kommissar der Kragen, und er sprang auf. »Herrschaft, so borniert, wie ihr manchmal seid's, da könnte man nicht meinen, dass wir bei der …« Er merkte, wie ihn der Schwindel von heute Morgen wieder heimsuchte und seine Stimme brüchig wurde. Er hielt sich am Stuhl fest und riss die Augen auf.

Sofort verstummte das Gelächter. »Ist was, Klufti?« Strobl stellte sich besorgt neben den Kommissar.

»Ich hab's mir eh schon gedacht, du siehst in letzter Zeit nicht gesund aus«, befand Maier, und alle anderen nickten.

Doch Kluftinger, der sich nun wieder gefangen hatte, winkte gereizt ab: »Ach was, was soll schon sein, ich hab bloß … Jetzt kümmert's euch doch um euren eigenen Scheiß.«

Zehn Minuten später saß der Kommissar in seinem Büro und stierte zum Fenster hinaus. Hinter seinem halb durchsichtigen Spiegelbild jagten graue Wolken über den Himmel. Sah er wirklich so schlecht aus? Wenn es sogar den Kollegen aufgefallen war, die in solchen Dingen sonst nicht allzu sensibel waren? Er senkte seinen Blick auf das Mobiltelefon, das er gedankenverloren in seinen Händen hielt. »Ach was, vom Rumsitzen wird's auch nicht besser«, sagte er schließlich halblaut und stand auf.

Er wählte den schnellsten Weg durch die Gänge seiner alten Dienststelle oberhalb der Iller, wo nun das Polizeipräsidium Schwaben Süd-West untergebracht war. Normalerweise besuchte er immer, wenn er hierherkam, ein paar der Kollegen, von denen sie seit dem Auszug der Kripo räumlich getrennt waren. Doch heute scheute er den Kontakt, befürchtete er doch Kommentare zu seinem gestrigen Auftritt im Lokalfernsehen. Beinahe wäre er an seinem Ziel vorbeigelaufen, dann hielt er aber inne. »W. Zint, Phonetik«, las er auf dem Schild neben der Bürotür. Er klopfte und trat ein, ohne auf eine Antwort zu warten.

»Ja, mi leckst am Arsch: der Klufti höchstpersönlich!« Ein Mann mit mächtigen Ausmaßen in der Höhe wie in der Breite saß auf einem viel zu kleinen Bürostuhl in einem Raum voller technischer Gerätschaften, von denen der Kommissar nicht die geringste Ahnung hatte, wozu sie gut waren.

»Servus, Werner. Du, du musst mir mal helfen.«

»Ja, danke der Nachfrage, mir geht's gut. Ja, ja, den Kindern auch.«

»Ach, jetzt hör auf mit dem Schmarrn. Ich hab da wirklich was Ernstes.«

Zint rollte auf seinem Stuhl etwas auf ihn zu. Kluftinger fürchtete, dass das Möbel unter dieser Belastung zusammenbrechen würde. »Hm, wenn du dich selber herbequemst und nicht den gescheiten Richie schickst, scheint es ja wirklich was Wichtiges zu sein. Dann schieß mal los.«

Als Kluftinger sein Handy aus der Tasche holte, verzog der Mann seine wulstigen Lippen zu einem breiten Grinsen. »Ha, brauchst du einen neuen Klingelton? Oder willst du wissen, wie man während Pressekonferenzen auf lautlos schaltet?«

Hatte es sich also doch schon bis hier herumgesprochen. Geduldig ließ Kluftinger die Späße auf seine Kosten über sich ergehen, dann spielte er Zint die Aufnahme vor. Wenn ihm einer helfen könnte, dann er. Eigentlich machte solche akustischen Auswertungen das Landeskriminalamt, und ebendort hatte Zint früher gearbeitet. Glück für sie, dass er nun wieder in seine Heimat zurückgekehrt war – seine Fähigkeiten waren ihnen schon mehr als einmal von großem Nutzen gewesen. Doch Zints Reaktion war nicht besonders ermutigend, auch er konnte keinen Mord aus dem Mitschnitt heraushören. Immerhin hatte er einige Geräusche, die selbst Kluftinger noch nicht zuordnen konnte, schon beim ersten Hören identifiziert.

»Also, da sind auf jeden Fall Kuhglocken drauf.«

»Kuhglocken?«

»Ja, sicher. Und dann könnte noch ein Auto oder so … im Hintergrund.«

»Respekt. Aber wenn du es mit deinen Maschinen da …«, Kluftinger zeigte vage in den Raum, »… also verarbeitest oder so, dann müsstest du doch noch mehr hören, oder?«

»Ja, schon, wahrscheinlich. Aber ich seh da wenig Sinn, deine Liveübertragung von der Almhütte …«

»Ich seh aber Sinn drin.« Kluftinger klang nun sehr bestimmt.

»Außerdem hab ich ja vorher schon was gehört von dem Anruf, bevor ich … also bevor ich das Ganze geistesgegenwärtig aufgezeichnet habe.«

Zint nickte. »Also, von mir aus, schließlich werd ich für die Zeit bezahlt, die ich hier bin, ob ich sie sinnvoll verbringe oder nicht.« Er erhob sich ächzend und nahm vor einem großen Bildschirm wieder Platz, wobei auch der andere Bürostuhl bedrohlich knarzte. »Gib mir mal dein Sync-Kabel.«

»Hm?«

Zint stieß hörbar die Luft aus. »Dann mail mir das Audiofile.«

»Hm?«

»Hättest du dann die Güte, es mir als Datei per MMS zu schicken?«

Die beiden taxierten sich ein paar Sekunden, dann sagte Kluftinger: »Was hältst du davon, wenn ich's dir einfach in die Hand gebe?«

Werner Zint grinste und langte nach dem Telefon, das Kluftinger ihm hinstreckte. Dann zog er die Schublade einer kleinen Kommode auf, kramte eine Weile darin herum und entnahm ihr schließlich etwas, das er vor dem Gesicht des Kommissars schwenkte. »Schau, Klufti, das ist ein Sync-Kabel, damit kann man das Handy am Computer an-stöp-seln.«

»Ach was«, versetzte Kluftinger gelangweilt, »ich wüsst nicht, wofür ich das brauchen sollte. Erstens hab ich gar keinen Computer daheim, und mein Bürorechner hat auch nur äußerst selten das Bedürfnis zu telefonieren.«

Zint sog die Luft ein. »Schau, ein Handy schließt man ab und zu am Computer an, um …« Er hielt inne und warf Kluftinger einen skeptischen Blick zu. »Ach, vergiss es! Ich schau gleich, vielleicht kann ich auf die Schnelle schon was Brauchbares rausholen. Wart mal einen Moment.«

Zehn Minuten lang blickte Kluftinger Zint gebannt über die Schulter. Der hatte einen großen Kopfhörer aufgesetzt, so dass der Kommissar nichts mitbekam, sondern lediglich die oszillierenden, wellenartigen Ausschläge sah, die sein Mitschnitt auf dem Bildschirm verursachte. Immer wieder drückte der Fachmann auf Maus und Tastatur herum, woraufhin sich neue Fenster öffneten.

Auf einmal zog Zint den Kopfhörer ab und blickte den Kommissar von unten an: »Also, Kollege, ich hab jetzt mal zwei Geräusche, die man auf deiner komischen Aufnahme hört, isoliert. Die sind lauter als der Rest, die kann ich dir direkt vorspielen, alles andere ist furchtbar verrauscht. Da brauch ich eine Weile dafür. So, und jetzt spitz mal die Ohren, hier kommt Nummer eins.«

Zint drückte eine Taste, und vertraute Töne drangen aus den Lautsprecherboxen. Der Ausschnitt an sich war zwar nur kurz, doch er begann immer wieder von vorn. Kluftingers Mundwinkel hoben sich: Er hörte das Läuten von Glocken. Es müsste schon mit dem Teufel zugehen, wenn das sanfte Gebimmel nicht von glücklichen Allgäuer Kühen stammte.

»Das ist doch irgendwo bei uns, oder?«, murmelte er.

»Na ja«, gab Zint zu bedenken, »ich würd mir jetzt nicht zutrauen, eine Allgäuer Schelle von einer Vorarlberger oder einer Garmischer zu unterscheiden, aber es ist mal nicht ganz unwahrscheinlich, dass das im Allgäu ist. Wieso sollte jemand von außerhalb auch ausgerechnet dich anrufen?«

Kluftinger runzelte die Stirn, und Zint fuhr fort: »Okay, ich sag dir gleich, jetzt wird's diffiziler. Dieses Brummen hier, wofür hältst du das?«

Kluftinger senkte den Kopf und lauschte konzentriert. »Hm … ein Traktor … Lkw …«

»Ich hätt eher an was anderes gedacht. Aber wart mal, ich versuch, noch mal einen anderen Rauschfilter drüberlaufen zu lassen.«

Eine Minute später war das Brummen wieder zu hören, ein wenig dumpfer und ohne das störende Rauschen von vorher.

»Ein Flugzeug!«, rief Kluftinger.

»Könnte hinkommen, ja. Eine Düsenmaschine vielleicht,

ziemlich tief, wahrscheinlich im Landeanflug auf Friedrichshafen oder Memmingen.«

»Kannst du mir genau sagen, wann das war?«, fragte Kluftinger aufgeregt.

»Wann was war?«

»Na ja, ich mein halt, wann das Geräusch aufgenommen worden ist.«

»Ja, schon. Wir wissen ja, wann der Anruf auf deinem Telefon eingegangen ist – das ist ja sogar von Fernsehkameras festgehalten worden …«

»Werner«, entfuhr es Kluftinger drohend.

»Ja, ja, schon recht. Also, wie gesagt, das kannst du dir auf die Sekunde ausrechnen. Das Geräusch beginnt genau siebzehn Sekunden nach Beginn des Anrufs. Laut Datei also um neunzehn Uhr sechsundzwanzig und neununddreißig Sekunden. Und wenn's dir zu ungenau ist, dann extrahieren wir die Zeitdaten aus der Aufnahmedatei.«

Kluftinger dachte nach. Ob ihm das weiterhelfen könnte? Mit Hilfe von Flugdaten vielleicht? Immerhin, ein erster Strohhalm, und er hatte vor, sich daran zu klammern. »Okay. Brauchst du mein Handy noch?«

»Nein, den alten Knochen kannst du wieder mitnehmen, ich hab mir das Audiofile runtergezogen.«

»Alter Knochen, jetzt hör mal, ich hab das erst …«

»Weißt du, Klufti, die Mobilfunktechnik entwickelt sich fast so schnell wie dein Ranzen.«

Kluftinger presste die Zähne zusammen. »Wann krieg ich die anderen Geräusche?«

»Sobald ich was Vernünftiges hab, ruf ich dich an. Aber ob das heut noch was wird, kann ich nicht versprechen.«

Er drückte noch ein paar Tasten auf Kluftingers Handy und reichte es ihm mit einem spöttischen Grinsen.

Den Kommissar ließ das kalt. Sollten die Kollegen doch ruhig alle die Nase rümpfen, nur weil er nicht mit einem dieser Smartphones herumlief. Wofür hatte er Mitarbeiter wie Richard Maier? Sein Handy war prima zum Telefonieren geeignet. Und zu mehr war weder das Gerät noch dessen Besitzer gedacht.

»Roland, du musst was für mich ermitteln.« Grußlos hatte Kluftinger das Büro des Kollegen Hefele betreten.

»Aha. Gut, dass ich Polizist bin, das Ermitteln liegt mir sozusagen im Blut. Was darf's denn sein?«

»Du musst beim Luftfahrtbundesamt was nachfragen.«

»Beim … unser Taximörder ist doch mit der Bahn gefahren.«

»Es geht ja gar nicht darum. Frag bitte, wo am Montagabend, um genau neunzehn Uhr sechsundzwanzig, ein Flugzeug übers Allgäu geflogen ist, und zwar so, dass es hörbar war, wahrscheinlich also im Landeanflug.«

Hefele sah den Kommissar fragend an. In diesem Moment öffnete sich die Tür, und Richard Maier kam herein.

»Kann das nicht der Richie …«, begann Hefele, wurde aber von Maier unterbrochen: »Nein, das kann der Richie nicht. Der Richie muss auf Anweisung von ganz oben«, bei diesen Worten zeigte er mit dem Finger in Richtung Decke, »eine Pressemeldung verfassen.« Er schnappte sich eine Akte und verließ den Raum.

»Und wofür brauchst du diese Flugzeugsache?«, knurrte Hefele. »Willst du den anzeigen, weil er zu laut war, als er über deinen Garten geflogen ist, oder wie?«

»Schmarrn.«

»Ach so, hat er die Toilette ausgerechnet beim Flug über dein Haus entleert, hm?«

»Sehr witzig. Dann würd ich mich aber wohl nicht so für den Ort interessieren, weil ich ihn ja schon wüsste, Herr Superermittler!«

»Ist ja schon gut. Aber jetzt sag halt, warum du das wissen willst.«

»Weil, na wegen … ich mein … dem Wetter.«

»Dem Wetter?«

»Ja, und den … Abgasen.«

»Du bist ein bissle überarbeitet, glaub ich.«

»Überarbeitet?«, zischte Kluftinger auf einmal und war selbst überrascht, wie aggressiv er dabei klang. »Ich gehör noch nicht zum alten Eisen, bloß weil …«, er fasste sich unwillkürlich an die Brust, »… weil ich vielleicht … ach, ist ja auch egal! Wenn du Ergebnisse hast, will ich sie sofort haben, klar?« Mit diesen Worten stürmte Kluftinger aus dem Zimmer.

In seinem Büro ließ er sich auf seinen Schreibtischstuhl fallen und lehnte sich zurück. Er seufzte tief. Was war nur los mit ihm? Warum lief er gerade so neben der Spur? War es das Alter, das ihm zu schaffen machte? Der normale, schleichende Prozess, der jedem noch so gesunden, noch so belastbaren und noch so vitalen Menschen unwiderruflich widerfuhr und ihn letztendlich zum tattrigen Greis werden ließ? Würde das Leben jeden Tag beschwerlicher, mühseliger werden? Oder hatte er wirklich eine ernstzunehmende Krankheit, die ihm die Lebenskraft und seinen sprichwörtlich langen Atem nahm? Irgendeinen Grund musste es doch haben, dass er sich zurzeit alles so zu Herzen nahm, sein Nervenkostüm so dünn war, dass er bei jeder Gelegenheit gleich aufbrauste …

Er stand auf, öffnete das Fenster und atmete mit geschlossenen Augen tief ein. Zum ersten Mal roch es heute nach Frühling. Bald war es wieder Zeit für die dünne Trachtenjacke, dann hatte der dicke Strickjanker für ein halbes Jahr ausgedient. Er öffnete die Augen wieder. Im Haus gegenüber stand anscheinend der Frühjahrsputz an: Alle Fenster waren geöffnet, Betten hingen über die Brüstung des Balkons, wo sich Uschi, eine der Prostituierten, die dort ihrem Gewerbe nachgingen, gerade einen Kaffee schmecken ließ. Kluftinger trat einen Schritt zurück, ihm war nicht nach einem Schwätzchen mit dem »leichten Mädchen«, an dem der Zahn der Zeit freilich auch schon seit ein paar Jahren merklich nagte.

Er lehnte sich an der Rückseite seines Schreibtisches an und starrte ins Leere. Sein Atem ging schwer. Ihm war, als könne er auf einmal tief in sich hineinhören. Er spürte dieselbe dunkle Leere, die ihn umfing, wenn er nach langem Wachen in einen steinschweren Schlaf fiel, aus dem er dann morgens schweißgebadet aufwachte.

Es half nichts.

Er brauchte einen Arzt.

Das Klingeln seines Büroanschlusses riss ihn unsanft aus diesem seltsamen Zustand zwischen Wachen und Dösen. Er lehnte sich über den Tisch und hob ab.

Es war sein Vater. Er wollte zunächst nicht so recht mit der Sprache raus, verriet sich dann aber zwischen den Zeilen doch irgendwie: dass seine Schwiegertochter bei ihm angerufen und ihm von diesen Beschwerden erzählt habe, die ihren Mann auf einmal plagten. Dass sie ihn gebeten habe, doch deswegen mal bei ihm anzurufen. Das habe er ja jetzt getan, und damit könne man die Sache als erledigt betrachten. Daraufhin legte Kluftinger senior auf.

Kluftinger hätte später nicht mehr genau sagen können, wie er die nächste halbe Stunde verbracht hatte. Er wusste nur, dass er den täglichen Lagebericht des Präsidiums im Computer gelesen hatte, ohne gedanklich daran Anteil zu nehmen. Das Spektakulärste waren ohnehin seit Tagen seine eigenen Berichte zum Taximord. Dennoch las er alles über die Einbrüche, Betrügereien, Verkehrsdelikte und Fahndungen, ohne auch nur das geringste Detail davon in sein Gedächtnis aufzunehmen.

Er hatte gar nicht gehört, wie Eugen Strobl in sein Büro gekommen war. »Komm, Klufti, auf geht's ins Forum! Essen fassen.«

»Ich komm gleich, Eugen!«, sagte er, froh über die Aussicht, dass ihn die gemeinsame Mahlzeit mit den Kollegen im Einkaufszentrum wieder auf andere Gedanken bringen würde.

»Sag mal, Klufti, du schnaufst ja heut wie eine alte Dampflok! Hast du heimlich das Rauchen angefangen, oder ist bei dir eine Erkältung im Anzug?« Eugen Strobl grinste, als sie die Drehtür des Shoppingcenters passiert hatten.

»Schmarrn. Die Frühjahrsluft schlaucht mich ein bissle, sonst bin ich topfit, wie immer«, hörte er sich brummig erwidern, ohne seinen Worten selbst den geringsten Glauben zu schenken.

»Und? Was gibt's heut? Leberkäs oder Halssteak?«, fragte Hefele in die Runde und streichelte sich über seinen immer ausladender werdenden Bauch.

»Also, ich hol mir heut was Gesundes«, erklärte Kluftinger und ließ seine Kollegen staunend zurück.

Fünf Minuten später gesellte er sich wieder zu ihnen an einen hohen Tisch mit unbequemen Barhockern, schob belegte Semmeln und Speziflaschen beiseite und schaffte Platz für sein Mittagsmenü.

Gebannt beobachteten seine Kollegen, wie er nacheinander Pommes frites, Ketchup, Mayonnaise und Cocktailsauce sowie frittierten Backfisch aus einer Tüte zog. Dazu stellte er eine kleine Mineralwasserflasche und machte sich mit einer hölzernen Gabel ans Essen.

»Aha«, kommentierte Strobl, »ist das bei dir jetzt Diätessen …«

»Ja, sicher«, rechtfertigte sich Kluftinger barsch, »ist ja vegetarisch!«

»Vegetarisch? Und was genau ist mit dem Fisch?«, fragte Maier und biss mit hochgezogenen Brauen in eine Bratensemmel.

»Beim Vegetarischen geht's ja mehr um Säugetiere. Um … Säugetiere, die an Land leben und … Geräusche von sich geben!«

Strobl lachte laut auf. »Aha. Deswegen kriegt man in vegetarischen Restaurants auch die besten Entengerichte. Und Wal und Delphin sollen da auch vorzüglich sein.«

»Jedenfalls ist Fisch saumäßig gesund wegen dem … Omega… dings. Fürs Herz ist das am allerbesten.«

»Stimmt, da bleibt's im Training«, erwiderte Hefele und klopfte ihm auf die Schulter. »Ach ja, übrigens: Die von der Flugsicherung rufen zurück, wenn sie die Daten überprüft haben.«

»Was für Daten?«, erkundigte sich Maier.

»Nicht so wichtig«, wiegelte Kluftinger ab. Auf eine Diskussion über die Sinnhaftigkeit seiner Ermittlung wegen des Tötungsdeliktes, das er hinter dem Anruf vermutete, hatte er gerade überhaupt keine Lust.

Die weitere Mittagspause verlief ruhig, alle kauten zufrieden schmatzend ihren Imbiss. Bis auf Kluftinger, der vom Fisch alles andere als begeistert war: Er schmeckte fad, und irgendwie hatte er das Gefühl, seinen Körper um die gute, nahrhafte Fleischportion betrogen zu haben, die er sich unter normalen Umständen einverleibt hätte. Deshalb schnappte er sich beim Aufbruch heimlich den Rest von Hefeles dritter Leberkässemmel, schob ihn sich auf einmal in den Mund und marschierte schwer kauend hinter den Kollegen her. Es dauerte den ganzen Fußmarsch lang zum Büro, bis er den riesigen Brocken gekaut und hinuntergeschluckt hatte. Als Strobl dann noch bemerkte, er sei auf dem Weg ungewöhnlich still gewesen, zuckte er nur seufzend mit den Schultern.

Sandy Henske kam sofort auf den Korridor gestürzt, als sie hörte, dass die Beamten wieder aus der Mittagspause zurück waren. »Herr Kluftinger«, rief sie aufgeregt, »da sind Sie ja endlich. Ihre Frau hat angerufen, Sie sollen umgehend zu Doktor Langhammer kommen. Er zieht Sie extra vor. Ehrlisch gesagt: Sie klang ziemlich besorgt.«

Die Kollegen sahen sich erstaunt an.

Sandy biss sich schuldbewusst auf die Unterlippe. »Tut mir leid, ich wollte das ja nich an die große Glocke hängen. Aber wenn ich fragen darf: Was ham Se denn?«

»Ich hab gar nix, ich … achte auf meine Gesundheit und lass mich deshalb … immer mal wieder durchchecken. Eine Weile müsst ihr mich noch ertragen, fürchte ich. Aber wenn ich mal über den Jordan geh, seid ihr sicher die Ersten, die es erfahren. Könnt ja ein schönes Gesteck bestellen!«

»Ach was, Klufti«, sagte Strobl und klopfte ihm freundschaftlich auf die Schulter, »wir legen alle zusammen und kaufen einen Kranz: *Für unseren lieben, immer gut gelaunten und humorvollen Vorgesetzten.*«

»Für das Geld, das ihr zusammenkratzt, wird's wahrscheinlich nicht mal ein Kaktus.«

»Die Gesundheit geht vor«, mischte sich Maier ein. »Ich sag immer: Die Gesundheit ist das höchste Gut. Wenn du mal ein paar Entspannungs- und Meditationstipps brauchst, ich hab da allerhand Fachliteratur, die ich dir leihen könnte. Autogenes Training zum Beispiel, oder Qigong.«

Der Kommissar lehnte dankend ab und schob in Hefeles Richtung nach: »Bis ich wiederkomme, hätt ich gern die Ergebnisse vom Luftfahrtbundesamt, ja?«

Mit gemischten Gefühlen zog Kluftinger gerade mal eine halbe Stunde später die Tür zu Langhammers Praxis im Herzen seines Heimatörtchens Altusried auf. Erika hatte er am Handy noch einmal hoch und heilig versprechen müssen, dass er auch wirklich sofort und ohne Umwege dorthin fahren würde. Nun war er einerseits froh darüber, dass er schon bald Gewissheit über seinen wahren Gesundheitszustand haben würde, andererseits war er sich nicht sicher, ob er die denn überhaupt haben wollte. Außerdem stand zwischen ihm und dieser Gewissheit noch eine Herkulesaufgabe: die Untersuchung durch Dr. Langhammer.

Mit trockenem Mund betrat er die Praxis. Die Sprechstundenhilfe Frau Ruth, wie sie von allen genannt wurde, arbeitete schon seit einer halben Ewigkeit hier und wusste über die Zipperlein des halben Dorfes Bescheid. Wobei sie mit den ihr anvertrauten Informationen nicht immer diskret umging.

»Ja, Herr Kluftinger«, sagte sie, als er vor ihrem Tresen stand, »das wird heute was Längeres, oder?«

Der Kommissar zog die Brauen zusammen und sah die Frau forschend an. *Was Längeres?* Wusste sie mehr als er?

»Hm?«, hauchte er vorsichtig.

»Na ja, so was kann schon langwierig sein – je nachdem, was rauskommt, gell? Dann sehen wir uns ja vielleicht jetzt öfter. Wenn Sie noch im Wartezimmer Platz nehmen, der Doktor hat gleich Zeit für Sie. Er hat Ihnen extra den Vorrang gegeben – wenn Sie schon mal freiwillig kommen, müsste es ziemlich ernst sein, hat er gesagt!«

Irgendwie wurde Kluftinger das Gefühl nicht los, einen besorgten Unterton aus ihrer Stimme herauszuhören. Dann stellte sie ihm einen Becher hin.

»Danke, ich mag jetzt nix trinken.«

Sie schaute ihn amüsiert an. »Das kann schon sein, aber ich bräuchte etwas Flüssigkeit von Ihnen. Danach einfach in die Klappe zum Labor stellen.«

Er wurde rot. »Ach ja, freilich …« Schnell schnappte er sich das Gefäß und ging damit auf die Toilette.

Als er so dastand, den Becher in der richtigen Höhe haltend und auf den ersten Tropfen wartend, kam allerdings nichts. Da auch alles Walken, Ziehen und Drücken erfolglos blieb, warf er den Becher in den Papierkorb und schlich sich schuldbewusst an der Sprechstundenhilfe vorbei.

Er betrat das Wartezimmer mit einem gemurmelten »G'ß Gott«, was die drei anderen Patienten ähnlich nuschelnd erwiderten: ein junger Mann, ein älterer Herr und eine Mutter mit Säugling in einem dieser Tragetücher. Er suchte sich den Platz aus, der am weitesten von allen anderen entfernt war. Kaum saß er, brach der ältere Herr in einen rasselnden Husten aus.

Priml, dachte Kluftinger, *wer hier nicht schon krank reinkommt, geht als Patient wieder raus.*

Er griff sich willkürlich eine Zeitschrift, die auf dem gläsernen Tischchen in der Mitte des Zimmers lag. Im Schutz des aufgeschlagenen Magazins sah er sich um. Zumindest von dem jungen Mann drohte keine Ansteckungsgefahr: Er trug eine aufwendige Knieschiene, neben ihm lehnte ein Paar Krücken.

Kluftinger schaute das erste Mal auf die Uhr: Diese öde und

51

sinnlose Warterei in Arztpraxen. Er verstand nicht, warum man die Patienten nicht so bestellen konnte, dass möglichst wenig Lebenszeit vernichtet wurde. Gelangweilt wanderte sein Blick auf eines der Bilder an der Wand. Er wusste, dass es Urlaubsfotos des Doktors waren, denn die meisten hatte er schon bei dessen gefürchteten Heim-Diaabenden gesehen. Hier dominierten Bilder von einer Reise nach Afrika: Auf einem war der Doktor sogar selbst zu sehen, umringt von dunkelhäutigen Menschen, die fröhlich lachten. Sicher über Langhammers Tropenkleidung samt Safarihut, schoss es Kluftinger durch den Kopf. Dieser Gedanke ließ sogar den Anflug eines Lächelns über seine Mundwinkel huschen. Doch schon als er ein Stück weiter blickte, verflog dieses Lächeln wieder: Eine Schautafel zum Thema Herz-Kreislauf-Erkrankungen prangte wie ein Warnschild an der Wand. Sie wies mit Darstellungen von verstopften Blutgefäßen, verfetteten Herzen und einer Ernährungspyramide in bunten Farben auf die Gefahr zu hoher Cholesterinwerte für Leib und Leben hin. Kluftinger seufzte und widmete sich wieder seiner Illustrierten. Erst jetzt bemerkte er, was er sich da überhaupt gegriffen hatte: Es handelte sich um das »Adelsspecial« der »Aktuellen Post«. *Priml*, das war ja genau sein Interessenschwerpunkt. Fahrig blätterte er die ersten Seiten durch. Jedem der europäischen Fürstenhäuser waren gleich mehrere Doppelseiten gewidmet; die jungen Prinzessinnen waren besonders häufig abgebildet.

Vom rasselnden Husten seines Nebenmanns begleitet, kam eine neue Patientin herein, eine ältere Dame mit weißen Haaren, die einen Stich ins Lila hatten: Berta Grüning. Kluftinger kannte sie flüchtig, sie war eine Bekannte seiner Mutter, die sich wie diese bei den Landfrauen engagierte. Er nickte der Frau zu und senkte seinen Blick wieder auf die Zeitschrift.

Sie setzte sich direkt neben ihn und neigte ihren Kopf ebenfalls über seine Lektüre. Dann sah sie ihn vorwurfsvoll an und räusperte sich noch einmal, bevor sie ihren Blick wieder senkte. Er folgte ihm – und spürte, wie seine Wangen zu leuchten begannen: Auf der Doppelseite waren Bilder von mehreren nackten Frauen in eindeutigen Posen abgebildet, deren Gesichter und Geschlechtsorgane von schwarzen Balken verdeckt waren. Wie er der Schlagzeile entnehmen konnte, ging es um »Perverse Orgien bei Hofe«.

Schnell blätterte er weiter. *Priml,* schon bald nach dem nächsten Bastelnachmittag der Landfrauen würde ihn wohl ein Anruf seiner Mutter erreichen. Dabei hatte er im Moment weiß Gott andere Sorgen.

Er zuckte zusammen, als der Mann wieder in ein derart dröhnendes Husten ausbrach, dass er höchste Ansteckungsgefahr vermutete, Tbc oder am Ende sogar Diphtherie … Noch nicht einmal die Hand hielt der sich ordentlich vors Gesicht. Kluftinger bekam es mit der Angst zu tun. Mittlerweile war sicher schon die ganze Luft in dem kleinen Wartezimmer kontaminiert. Mit jedem Atemzug erhöhte sich die Gefahr, ebenfalls einer dieser heimtückischen Krankheiten zum Opfer zu fallen. Deswegen versuchte er nun, nur noch ganz flach hechelnd Luft zu holen – eine Technik, die ihn nicht nur schnell außer Puste kommen ließ, sondern ihm auch einen entsetzten Blick seiner Sitznachbarin eintrug.

Just in diesem Moment trat Frau Ruth ein und bat ihn, mitzukommen. Als er ihr gegenüberstand, musterte sie ihn und klopfte ihm aufmunternd auf die Schulter: »Wird schon, Herr Kluftinger, bloß nicht nervös sein.«

»Wenn Sie schon einmal ins Behandlungszimmer gehen wollen?«

Kluftinger folgte ihr widerwillig. Er fand es lächerlich, welchen Wind Ärzte in ihren Praxen um sich selbst machten. Bis man die Mediziner überhaupt einmal zu Gesicht bekam, musste man zahlreiche Hürden überwinden: die Sprechstundenhilfe, das große Wartezimmer, dann der Aufstieg ins kleine Wartezimmer – in der Regel nur ein paar Stühle vor dem Behandlungsraum – und dann der Behandlungsraum selbst, in den der Doktor, wenn man von den herumstehenden Gerätschaften,

Körper-von-innen-Modellen, Fachbuch-Wälzern und Weiterbildungsurkunden ausreichend eingeschüchtert war, mit wehendem Kittel stürmte.

Der Kommissar setzte sich auf einen dieser Designerstühle, die es schafften, mit geringstem Materialaufwand die größtmögliche Unbequemlichkeit zu gewährleisten. Er erinnerte Kluftinger an barocke Kirchenbänke, die den reuigen Sünder in eine Demutshaltung zwingen sollten. Immerhin hatte diese Sitzgelegenheit noch einen Hebel für die Feineinstellung. Als er diesen drückte, zischte es, und die Sitzfläche rauschte derart rasant nach unten, dass ihm ein kehliger Laut entfuhr. Sosehr er sich auch abmühte, er brachte das Möbel nicht mehr in die ursprüngliche Position, weswegen er es vorzog, stehend auf den Doktor zu warten.

Er begutachtete Langhammers Kunstgegenstände, afrikanische Statuetten aus Ebenholz mit grotesk langen Gesichtern – und Gliedern.

»Tja, da werden Sie neidisch, was?« Kluftinger fuhr herum, als der Doktor mit wehendem Kittel hereinstürmte.

»Was?«

»Na … egal. Aber nehmen wir doch Platz.«

»Danke, ich steh lieber.«

Langhammer drohte ihm scherzhaft mit dem Zeigefinger: »Na, na, na, keine Widerworte, hier sind Sie in meinem Reich. Sonst setzt es nachher noch ein paar Spritzen mit der stumpfen Kanüle!«

Widerwillig nahm der Kommissar auf dem Stühlchen Platz, das nun etwa auf die Sitzhöhe eines Bobbycars eingestellt war.

Der Doktor blickte ihn etwas irritiert von oben herab an, dann fragte er: »Und bei Ihnen?«

»Wie: bei mir?«

»Na, alles im Lot aufm Boot?« Er deutete mit dem Kopf auf die Statuen. »Sind die Segel noch gesetzt? Der Mast hart im Wind, wenn Sie verstehen, was ich meine?« Er zwinkerte ihm zu.

»Kein Wort. Könnten wir das … hier alles jetzt hinter uns bringen?«

»Aber sicher doch, mein Lieber. Erika klang etwas besorgt.«
Er blätterte in einem Ordner. »Sagen Sie mal: Kriegen Sie ihn
nicht mehr hoch?«

Kluftinger lief rot an. »Ich glaub, bei Ihnen hakt's. Ihre An-
züglichkeiten können Sie vielleicht mit Ihren Sprechstunden-
hilfen …«

Langhammer hob den Kopf und sagte ganz ruhig: »Ich meine
den Stuhl.«

»Ich … ach so.«

»Sie müssen nur den Hebel ziehen und den Knopf drücken.
Und schon geht's nach oben.«

»Aha, danke … Ja, besser. Und jetzt?«

»Wo drückt uns denn der Schuh?«

In beiläufigem Ton schilderte Kluftinger seine Beschwerden,
ließ allerdings auch nichts aus – man konnte ja nie wissen, ob es
nicht am Ende doch etwas Ernstes war …

Der Doktor lehnte sich zurück und hörte ihm aufmerksam zu.
Als Kluftinger fertig war, befand Langhammer: »Nun, so etwas
kann vergleichsweise harmlos sein, etwa von Blockaden im Rücken kommen, aber es könnte sich natürlich auch um ein kar-
diologisches Problem handeln, was in Ihrem Fall naheliegt. Wir
müssen das auf jeden Fall abklären. Damit ist nicht zu spaßen, Sie
fallen genau in die Risikogruppe: zu dick, schlechtes Essen, keinen
Sport, stressiger Job. Na ja, Letzteres vielleicht nicht gerade …«

Der Kommissar überhörte die Spitze, hatte er doch auf eine
Diagnose gehofft wie »*Ach, das, na da brauchen Sie sich keine Sorgen
zu machen*«.

»Jetzt lassen Sie sich mal abhören. Bitte den Oberkörper frei
machen.«

Der Arzt hatte ihn vor einiger Zeit schon einmal untersucht,
bei ihm zu Hause, das war damals beinahe in eine Prügelei aus-
geartet. Diesmal leistete Kluftinger keinen Widerstand, er hielt
buchstäblich den Atem an, auf ein erlösendes »*Gott sei Dank*«
oder »*Ist doch gar nicht so schlimm*« wartend. Doch der Doktor
zeigte keinerlei Reaktion.

Stattdessen stand er auf, murmelte mit geschürzten Lippen etwas von einem »großen Blutbild« und holte ein metallenes Tablett mit allerlei Röhrchen und einer Spritze darauf. Kluftinger schluckte.

»Ich mach das ja nicht mehr allzu oft, normalerweise übernehmen das meine Helferinnen«, sagte Langhammer, als er sich neben den Kommissar setzte. »Aber in diesem Fall lass ich mir das natürlich nicht nehmen.« Dann legte er eine Manschette um Kluftingers Oberarm, zog sie so fest zu, dass dieser sicher war, sein Arm würde innerhalb weniger Sekunden absterben, sprühte etwas Desinfektionsmittel auf und sagte grinsend: »Jetzt wird's gleich höllisch weh tun.«

»Au.«

»Ich hab doch noch gar nicht richtig angefangen …«

»Ach so, ja. Wollt mich bloß schon mal warm schreien.«

»Herr Kluftinger, keine Angst. Wenn Sie das jetzt wie ein großer, tapferer Junge durchstehen, gibt's hinterher auch einen Lolli vom Onkel Doktor.«

Kluftinger hatte gewusst, dass es so kommen würde. Er drehte seinen Kopf, dass es aussehen musste, als beobachte er den Arzt bei seiner Tätigkeit, starrte aber in Wirklichkeit auf einen Punkt am Boden und sang zur Ablenkung innerlich den Schneewalzer ab.

Als Langhammer schließlich von seinem Rollhocker aufstand, drängte er: »Jetzt machen S' halt mal des mit dem Blut.«

Der Doktor runzelte die Stirn. »Aber ich bin doch schon fertig.«

»Ich … freilich, ich hab ja nur gemeint … das Labor«, stammelte der Kommissar mit einer Mischung aus Scham und Erleichterung. Dann griff er sich sein Hemd: »Rufen Sie mich dann an, wegen den Ergebnissen?«

Langhammer hob drohend den Finger: »Wir zwei sind noch lange nicht fertig miteinander, mein Lieber.«

Fünfzehn Minuten und diverse erniedrigende Untersuchungen später, bei denen Kluftinger unter anderem ein zu hoher Blutdruck, Adipositas und schlimme Haltungsschäden, ein hohes Risiko für einen Bandscheibenvorfall an der Halswirbelsäule sowie Irritationen im Brustwirbelbereich attestiert worden waren, stand er mit nacktem Oberkörper vor einer Art Trimmrad, das an einen Computer angeschlossen war. Allein der Anblick des Gerätes, gepaart mit der Furcht vor dem Ergebnis des Belastungs-EKGs, trieb ihm den Schweiß auf die Stirn. Besonders belastbar war er in letzter Zeit nicht gewesen.

»Hier, trocknen Sie sich mal ab, Sie schwitzen ja jetzt schon wie ein brunftiger Eber.« Langhammer reichte ihm ein Handtuch. Die Sprechstundenhilfe, ein hübsches, blondes Mädchen, das der Doktor nur mit »liebe Sonja« ansprach, gluckste, als sie dem Kommissar die Saugnäpfe der Elektroden anlegte.

Schließlich saß er auf dem Rad und sah aus wie ein zu dick geratener Roboter, mit all den Kabeln, die aus seinem Körper herauszuwachsen schienen.

Langhammer setzte sich vor einen Monitor und tönte mit lächerlich verstellter Stimme: »Meine Damen und Herren, wir begrüßen Sie hier beim letzten, entscheidenden Zeitfahren der Tour de Farce. Am Start scharrt schon der diesjährige Favorit mit den Hufen, der ungeschlagene, gefürchtete Kluftinger, das Urvieh aus dem Allgäu.«

Wieder unterdrückte die »liebe Sonja« ein Lachen, was den Doktor anzustacheln schien: »Besonders bei den Bergetappen hat unser Favorit die Konkurrenz mit einem einfachen Trick deklassiert: Er hat sie auf dem Weg nach unten einfach überrollt.«

Auf einmal piepste der Computer vor Langhammer. »Was ist denn jetzt los?«, fragte der irritiert. »Ihr Blutdruck steigt ja jetzt schon gefährlich an, und wir haben noch gar nicht begonnen.«

»Tja, ich weiß auch nicht, woran das liegen könnt«, erwiderte Kluftinger bitter. Dann begann er zu treten. Wider Erwarten ging es ziemlich leicht, und seine Anspannung schwand, so dass

57

er geradezu beschwingt war: Wenn das schon eine Belastung sein sollte, dann hieß das ja, dass er kerngesund …

»Ich sehe schon, mit Stufe null haben Sie noch keine Probleme«, attestierte der Doktor. »Lassen Sie uns doch gleich mal zu Stufe fünf springen.«

Kluftingers Lächeln erstarb, als er den Widerstand spürte, der sich ihm nun auf einmal bot, und er lehnte sich unwillkürlich ein wenig nach vorn, um mehr Kraft auf die Pedale zu bringen. Dabei merkte er, dass sein Kopf rot anlief, und er war froh, dass Langhammer gerade mit seiner Sprechstundenhilfe scherzte, was diese mit kokettem Lachen erwiderte. Kluftinger freute sich schon darauf, mit der fantasievoll ausgeschmückten Nacherzählung dieser Episode Erikas Bild vom vorbildhaften Doktor ins Wanken zu bringen.

Als der Arzt den zufriedenen Blick seines Patienten bemerkte, wurde er wieder ernst und bat seine Helferin: »Können Sie mal diesen Spezialisten für mich anrufen, Sie wissen schon …«

Der Kommissar schluckte. Einen Spezialisten? Stand es so schlecht um ihn, dass der Doktor mit seinem Hausarztwissen nicht mehr weiterkam? Sogleich strengte er sich noch mehr an, umklammerte den Lenker so stark, dass seine Knöchel weiß wurden, und trat japsend in die Pedale. Wieder bemerkte er das Stechen in der Brust, doch der Apparat, an den er angeschlossen war, gab keine Warntöne von sich.

Langhammer wechselte wieder in die Kommentatoren-Stimme: »Unser Favorit biegt eben auf die Champs-Élysées ein, drauf und dran, die Tour der Leiden zu beenden. Und er ist ganz allein! Hat er die anderen abgehängt? Nein, deren Zieleinlauf war ja schon gestern …«

Die Tür ging auf, und Sonja kam wieder herein. Kluftinger senkte den Kopf und trat mit geschlossenen Augen weiter. Der Schweiß rann ihm in Strömen über das Gesicht, und er prustete lautstark. So hörte er auch nicht, wie die junge Frau leise zum Doktor sagte: »Der Herr Fischer, wegen unserer Heizungsanlage, ist jetzt am Apparat. Soll ich durchstellen?«

Langhammer blickte zum Kommissar: »Mein Lieber, jetzt überanstrengen Sie sich mal nicht, nicht dass Sie mir noch hier in der Praxis den Löffel abgeben. Macht keinen so guten Eindruck, wenn hier einer die Füße voraus rausgetragen wird, nicht wahr?« Er drückte auf einen Knopf. »So, jetzt wieder Stufe null, zum Abwärmen. Ich muss nur mal schnell einen wichtigen Anruf tätigen.«

Der Kommissar nickte wortlos und trat weiter.

Langhammer verschwand im angrenzenden Sprechzimmer, die Tür fiel jedoch nicht ins Schloss, so dass Kluftinger hören konnte, wie er zum Telefon ging und sich mit den Worten meldete: »Schön, dass Sie sich gleich Zeit genommen haben, aber ich habe hier auch einen ganz schwierigen Fall, da brauche ich die Meinung eines Fachmanns.«

Vor Schreck hörte er kurz auf zu treten, woraufhin der Computer piepste und die Sprechstundenhilfe ihn aufforderte, doch weiterzumachen, bis der Doktor wiederkomme. Mechanisch trat Kluftinger in die Pedale, allerdings so, dass er möglichst wenig Krach machte. Dazu hob er den Kopf und drehte ihn ein wenig zur Tür, hinter der der Doktor gerade sagte: »Haben Sie sich die Messwerte angesehen? Also, wenn Sie mich fragen: Die Pumpe ist kaum mehr zu retten. Überlastung über viele, viele Jahre. Und natürlich ein schlechter Allgemeinzustand des ganzen Systems. Ich würde da gerne mal Ihre Meinung dazu hören.«

Obwohl er schwitzte, wurde dem Kommissar plötzlich eiskalt. Das konnte nicht sein. Sicher würde der andere Arzt gleich sagen, dass …

»Aha, verstehe, sehen Sie genauso«, tönte Langhammer. »Und ich glaube, wir dürfen keine Zeit verlieren. So bald wie möglich raus damit, sonst geht irgendwann gar nichts mehr, nicht wahr? Klar, das wird natürlich eine größere Operation.«

Bilder von sich selbst auf einem OP-Tisch tauchten vor Kluftingers innerem Auge auf, hilflos, an Schläuche angeschlossen, Langhammer mit seiner Riesenbrille und grünem Mundschutz tief über ihn gebeugt … »Das reicht ja jetzt wohl!« Mit diesen

Worten sprang er vom Rad und riss sich die Elektroden von der Brust; er konnte sie plötzlich nicht mehr ertragen.

»Halt, Moment, das dürfen Sie nicht einfach so.« Sonja eilte herbei und nahm, begleitet vom wilden Piepsen des Computers, die restlichen Schläuche kopfschüttelnd ab.

In diesem Moment betrat der Doktor wieder den Raum. Er wirkte seltsam abwesend, fast niedergeschlagen. Sein Gesicht war blass.

»Ist was?«, fragte Kluftinger vorsichtig.

»Wie? Ach so, ja … nein. Alles … gut. Man muss sich eben damit abfinden, dass nichts von ewiger Dauer ist. Da muss man jetzt handeln, sonst kann sich das übel lange hinziehen. Das belastet ja dann nur, bis es dann endlich vorbei ist. Ach herrje, ich weiß gar nicht, wie ich es meiner Frau beibringen soll …« Die letzten Silben ließ er wie dunkle Wolken im Raum schweben.

Seiner Frau? Wenn überhaupt, dann war doch Erika diejenige, der etwas beigebracht werden musste. Nur: was? Kluftinger wagte nicht nachzufragen. Ihm war nur klar, dass er es seinen Lieben selbst beibringen würde, auch wenn er noch keine Ahnung hatte, wie.

Doch plötzlich übernahm sein Überlebenswille das Ruder, und seine Stimmung änderte sich schlagartig. Nein, so leicht war ein echter Kluftinger nicht totzukriegen. Er würde kämpfen. Sein Vater hatte es ihm vorgemacht, er würde …

»Wird schon nicht so schlimm sein, gell? Irgendeine Hoffnung gibt es immer.«

»Ich weiß nicht. Man muss sich da wohl mit den Gegebenheiten abfinden. Aber ich will Sie nicht damit langweilen.«

Langweilen? Langhammer war wirklich der unsensibelste Quacksalber, der ihm je untergekommen war. Wie kam er denn bitte darauf, dass ihn sein lebensbedrohlicher Zustand langweilen würde?

Er zog sich rasch an, um diesem Ort des Schreckens zu entkommen. Er musste zuerst selbst über alles nachdenken.

»Ich möchte bis zur endgültigen Beurteilung noch die Laborwerte abwarten«, fuhr der Doktor geistesabwesend fort. »Haben wir denn schon Ihre Urinwerte?«

»Ich ... die sind in Ordnung, hat's geheißen.«

»Aha, stellen meine Mitarbeiter jetzt schon die Diagnosen? Na ja, egal. Ich will mich da jedenfalls noch gar nicht festlegen. Was ich aber jetzt schon sagen kann, ist, dass eine Umstellung Ihres Lebenswandels einschließlich der Ernährungsgewohnheiten angezeigt ist, egal, was die Werte sagen.«

»Eine Umstellung?«, fragte Kluftinger und schöpfte wieder Hoffnung.

»Ja, ich geb Ihnen die Adresse von einer Rehaklinik in Oberstaufen, die verfolgt einen holistischen Ansatz.«

»Also, mit so religiösem Zeug hab ich's nicht so.«

Langhammer blickte ihn irritiert an. »Wie auch immer. Melden Sie sich da. Die behandeln auch ambulant. Für eine Kur fehlt Ihnen ja doch die Geduld. Zuständig ist ein Doktor Steiner, sehr fähiger Mann.«

»Ja, ja, den kenn ich.« Er verschwieg ihm, welch hohe Meinung der Arzt selbst von Langhammer hatte.

»Und wegen Ihrer Verspannungen an der Wirbelsäule schreib ich Ihnen achtmal Fango und Massagen auf. Das müsste eigentlich die Blockaden lösen. Vielleicht sollten Sie auch mal einen Osteopathen aufsuchen, das hat schon manchem geholfen. Ein Advocatus Diaboli würde jetzt natürlich ...«

Er machte eine kurze Pause. »Sie wissen doch, was das heißt, oder?«

Kluftinger nickte mechanisch. »Klar, der ... Diabolus halt.«

»Diaboli. Genitiv, mein Lieber. Verwechseln viele. Jedenfalls müsste ich eigentlich sagen: Vorsicht – alternative Heilmethode. Aber, wie sagt schon Hamlet zu Horatio: Es gibt mehr Dinge zwischen Himmel und Erde, als unsere Schulweisheit sich träumen lässt. Probieren Sie's einfach mal.«

Kluftinger atmete hörbar aus. Die paar Verspannungen im Rücken belasteten ihn im Moment vergleichsweise wenig.

Der Doktor blickte auf die Uhr: »Oje, böses Ührchen. Jetzt

61

hab ich aber ganz schön viel Zeit mit Ihnen vertrödelt. Also, ich melde mich dann, wenn ich die Werte habe, dann schauen wir, wie's weitergeht.« Dann schlug er ihm auf die Schulter und raunte ihm zu: »Und immer dran denken: Heute ist der erste Tag vom Rest Ihres Lebens. Carpe diem!«

Draußen musste sich Kluftinger erst einmal auf eine Bank setzen. Es war kalt, und er war verschwitzt, doch was konnte ihm nun eine Erkältung noch anhaben? Er hatte wahrlich größere Sorgen. Ein paar Minuten saß er wie paralysiert da, während Begriffe wie Spenderherz, Transplantation und Testament durch seinen Kopf schwirrten. Ächzend stand er auf, atmete tief durch und ging mit gesenktem Kopf in den benachbarten Supermarkt. Wie oft hatte er schon von Menschen gelesen, die allein durch eine radikale Änderung ihrer Lebensweise dem Tod von der Schippe gesprungen waren? Menschen, die noch weit schlimmere Probleme hatten als er, zum Beispiel … na, jedenfalls schlimmere.

Er gab sich einen Ruck, bahnte sich entschlossen seinen Weg durch das verlockende Warenangebot, schritt an der Wursttheke vorbei wie ein Präsident, der den letzten Zapfenstreich abnimmt, und verabschiedete sich dabei im Geiste von all den heiß geliebten Speisen in der Auslage, dem dunkel schimmernden Presssack, dem saftig-rosafarbenen Leberkäse, der blutroten Rindersalami. Vor dem Kühlregal mit den Milchprodukten machte er schließlich halt.

Vor allem die Joghurts schienen ihm verlockend, denn die mit Kürzeln wie »LC1« und »A,C,E« sowie bunten Bildchen von Früchten versehenen Produkte verhießen nicht nur vollmundigen Geschmack, sondern auch heilsame Wirkung. Allein vom eingehenden Studium der ihm weitgehend unbekannten Inhaltsstoffe fühlte Kluftinger sich gesünder, jünger, merkte, wie die Lebensgeister zurückkehrten, spürte die Überlegenheit des kritischen Konsumenten gegenüber den armen, triebgesteuerten Kreaturen, die neben ihm zum Sahnepudding griffen.

Schließlich entschied er sich für einen Magermilchjoghurt mit »probiotischen Kulturen und cholesterinregulierendem Alphakollagen«, was ihm zwar ebenfalls nichts sagte, aber wahnsinnig gesund klang. Aus der Gemüsetheke fischte er sich dann noch eine Gurke.

Als er damit zufrieden an der Kasse stand, blickte ihn die Kassiererin über den Rand ihrer Hornbrille skeptisch an. »Du, Klufti, ich glaub, du hast den falschen Einkaufswagen erwischt. Das wird ja kaum alles sein, oder?«

Er senkte den Blick auf seine Waren und schluckte: Tatsächlich boten die Gurke und der Joghurt ein erbärmliches Bild. *Priml.* Das also war sein neues Leben?

Er presste trotzig die Lippen zusammen: ja. Das war es. Sein neues Leben. *Leben!* Alles andere war unwichtig.

»Stimmt«, antwortete er deswegen, machte einen Schritt zur Seite, fischte sich aus dem Regal an der Kasse noch einen fettarmen, zuckerreduzierten Bio-Getreideriegel und legte ihn zu den anderen Sachen aufs Band. »Jetzt hab ich alles.«

»So, Herr Kluftinger, wie sieht's aus? Sind Sie noch zu retten, oder sollten Sie sich besser keene Langspielplatte mehr kaufen?«

Sandy Henske empfing den Kommissar grinsend auf dem Korridor der Kemptener Kriminalpolizeiinspektion. Unmittelbar darauf traten auch Strobl, Hefele und Maier aus ihren Büros.

»Und, hat dich der Doktor gelobt, weil du heut Mittag so gesund gegessen hast?«, gluckste Eugen Strobl. Von Besorgnis war bei seinen Kollegen keine Spur zu erkennen.

»Redet doch nicht so saudumm daher! Habt's ihr keine Arbeit?«, bellte Kluftinger sie an.

»Ich muss wirklich sagen: Hört auf, den Chef so zu foppen!«, sprang Maier ihm bei. »Auch psychosomatische Erkrankungen oder Erschöpfungszustände sind nicht auf die leichte Schulter zu nehmen! Ich stand vor einem halben Jahr auch ganz knapp vor einem Burn-out – aber das habt ihr unsensiblen Rüpel ja nicht gemerkt!« Seine Stimme wurde brüchig. »Nur die Sandy hat damals ein offenes Ohr für mich gehabt!« Er warf der Sekretärin einen dankbaren Blick zu, dem diese jedoch betreten auswich.

»Richie, ich kann mich schon selber verteidigen«, sagte Kluftinger emotionslos, »aber trotzdem danke.«

Maier hob die Arme und ging wortlos in sein Büro zurück.

»So, Roland, wie schaut's mit den Flugdaten aus?«

»Also: Zur fraglichen Zeit gab es genau einen Überflug einer Passagiermaschine, die tief genug war, dass man sie hätte hören können: Die King Air 285 aus Wien im Anflug auf den Flughafen Friedrichshafen. Das Gebiet lässt sich auf etwa zehn Kilometer eingrenzen, zwischen Immenstadt und Thalkirchdorf, also Richtung Oberstaufen.«

»Hm ... ein bissle genauer geht's nicht?«

»Anscheinend nicht. Aber sagst du mir jetzt mal, was das genau soll? Warum willst du das denn so genau wissen?«

»Himmelarsch, weil man genau an dem Ort, wo dieses Flugzeug drübergeflogen ist, einen Menschen umgebracht hat«, platzte Kluftinger heraus. »Ob ihr mir das jetzt glaubt oder nicht. Ich find die Leiche, und wenn es das Letzte ist, was ich tue.« Kluftinger erschrak selbst über seine Worte, die durch seinen Arztbesuch so ungewollte Brisanz erhalten hatten, und schob nach: »Ihr wisst schon, was ich meine.«

»Bitte, du bist ja der Chef hier«, lenkte Hefele ein. »Wir müssen wahrscheinlich auch nicht alles verstehen, was in deinem Hirn so vor sich geht. Aber ich glaub nach wie vor, du hast dich da in was verrannt!«

»Wir fahren jetzt in die Wohnung von diesem Schratt, unserem Taximörder. Gehst schon mit, oder?«, fragte Strobl, sichtlich bemüht, seinen Chef nicht weiter zu reizen.

»Nein, Männer«, versetzte der kraftlos, »macht ihr das bitte. Ihr müsst auch lernen, dass ihr allein zurechtkommt, wenn mal was sein sollte.«

Damit drehte Kluftinger sich um und ließ seine Mitarbeiter ratlos zurück.

Nur eine halbe Stunde später betrat der Kommissar seine Wohnung mit einem matten Seufzer statt seines gewohnten »Bin dahoim!«, schlüpfte in seine Fellclogs und ging zur Küche, in der Hand eine Plastiktüte mit der Gurke und dem Joghurt. Auf der Türschwelle hielt er inne und sah Erika versonnen dabei zu, wie sie an der Küchenmaschine hantierte. Da fasste er einen Entschluss: Er würde ihr die Wahrheit über seinen Zustand schonend und in kleinen Dosen beibringen. Dann trat er ein und legte ihr eine Hand auf die Schulter.

Seine Frau zuckte zusammen und fuhr herum. »Ja, sag mal, musst du mich so erschrecken?« Sie atmete schwer und legte sich eine Hand auf die Brust. »Du kannst dich doch nicht hier reinschleichen wie der Sensenmann! Da bleibt einem ja schier das Herz stehen!«

Kluftinger schluckte. Bevor er etwas erwidern konnte, stellte seine Frau die Maschine ab und fragte: »Wie war's denn beim Martin? Ich hab versucht, dich zu erreichen. Hat er was feststellen können? Jetzt sag halt: Was meint er?«

Kluftinger hob beschwichtigend die Hand. »Mei, er weiß noch nix Genaues, er muss die Blutergebnisse abwarten, das dauert ja, bis die kommen.«

»Aber nix Gravierendes, was er vermutet, oder? Und wegen diesem Stechen in der Brust?«

»Also … er hat … ich soll jedenfalls mal die Ernährung umstellen. Kann man ja mal probieren.«

»Die Ernährung, na dann …« Erika klang ein wenig erleichtert. »Das hab ich dir aber schon lang gesagt – und der Martin auch. Bei dem vielen Fleisch, das du isst, das kann ja nicht gesund sein. Von mir aus können wir gern öfters fleischlos und ein bissle fettreduziert essen. Die Annegret hat mir da einen Haufen Rezepte gegeben. Ich find's toll, dass du das auch ausprobieren willst, Butzele!«

»Hier, ich hab schon was mitgebracht.«

Er streckte seiner Frau die Tüte hin und wunderte sich, dass sie sich bereits mit dieser kurzen Erklärung zufriedengab. So konnte er selbst entscheiden, wann er seine Familie mit dem ganzen Ernst der Lage konfrontieren würde.

Erika griff sich den Beutel, sah hinein und blickte ihren Mann ungläubig an. »Du hast allen Ernstes eine Gurke gekauft? Wusstest du denn überhaupt, wo die im Laden liegen? Oder hast du fragen müssen?«

»Gurke ist doch gut. Kannst ja mal was Feines draus zaubern. Aber wenn du jetzt schon was vorbereitet hast mit der Küchenmaschine, können wir ja auch morgen …«

»Nein, Schmarrn, ich hab nur Semmelbrösel gemahlen. Ich mach uns schon was Gesundes.«

Der Kommissar nickte, zog die Kühlschranktür auf, langte nach einem Bier, um sich dann jedoch kurzerhand für die Mineralwasserflasche zu entscheiden, deren Inhalt er schließlich leise seufzend in seinen Steingutkrug goss. Mit hängenden Schultern verließ er die Küche.

»So, ich hab uns einen schönen Kräuterjoghurt gemacht, Tomatenspalten und Gurkensticks dazu. Und Staudenselleriestücke, die sind auch toll zum Dippen. Kommst du rüber an den Esstisch?«

Kluftinger erhob sich ächzend aus seinem Sessel, in dem er seit einer halben Stunde vor sich hin dämmerte. Sein trüber Blick wanderte über das Abendessen. Ob es da nicht doch besser wäre, die lukullischen Genüsse, die er so liebte, bis zum großen Knall auszukosten?

»Hm, und wo ist das Brot?«

»Gibt's nicht. Keine Kohlenhydrate abends.«

»Na ja, aber vielleicht ein Brot ohne Kohlen…dings?«

Erika legte ihm die Hand auf den Arm. »Schau, aller Anfang ist schwer. Du schaffst das schon. Und wenn du erst mal dran gewöhnt bist, dann willst du das ungesunde Zeug gar nicht mehr. Nach einer Weile können wir ja dann ein paar Vollkornprodukte dazu nehmen, gell?«

»Mhm«, brummte er resigniert, griff sich ein Stück Gurke, tauchte es in den Joghurt und kaute mit langen Zähnen darauf herum.

»Deine Mutter kommt noch vorbei, sie bringt Bärlauch aus dem Garten.«

»Priml«, stöhnte Kluftinger. Er konnte gut auf diesen Terror der »saisonalen Produkte« verzichten: Die Bärlauchzeit ging nahtlos in die Spargelzeit über, dann gab es überall Holunderblüten, um schon bald von Pfifferlingen und, am allerschlimmsten, von Kürbis abgelöst zu werden, bis man alles so überhatte, dass es ein Jahr brauchte, um es wieder essen zu können.

Wie auf ein Stichwort klingelte es an der Tür. Erika stand auf und kam zwei Minuten später mit Kluftingers Eltern im Schlepptau wieder herein.

»Griaß di, Mutter, griaß di, Vatter«, sagte Kluftinger mampfend, ohne das Essen zu unterbrechen.

Dennoch entging ihm nicht, wie sich das Gesicht seiner Mutter bewölkte. Erschrocken blickte sie auf die Teller, dann zu ihrem Sohn und schließlich zu ihrer Schwiegertochter. Man merkte ihr förmlich an, wie sie mit sich rang, dann sagte sie mit mühsam unterdrücktem Beben in der Stimme: »Heu, ihr habt's aber eine gesunde Vorspeise heut Abend!«

»Sicher«, murmelte Kluftinger.

Doch damit gab sich seine Mutter nicht zufrieden. Sie maß Erika mit einem tadelnden Blick, dann setzte sie sich neben den Kommissar, ergriff seine Hand und sagte mit heiligem Ernst: »Du bist doch eh so schmal worden! Ein richtiger Strich in der Landschaft! Erika, schaust du schon, dass er ein-, zweimal am Tag was Warmes hat, oder?«

Erika sog scharf die Luft ein. »Ich werd am besten gleich mal den Bärlauch in den Kühlschrank packen«, sagte sie und eilte aus dem Zimmer.

Ihre Schwiegermutter blickte ihr nach und zuckte die Achseln: »Ich mein ja bloß. So ein bissle Gemüse, das ist doch kein Essen für einen gestandenen Mann.« Dann wandte sie sich an ihren Sohn: »Ich will halt, dass es dir gutgeht, Bub! Komm doch mal wieder auf eine gescheite Fleischmahlzeit bei uns vorbei!«

»Jetzt gib einfach a Ruh, bittschön, Mutter, dann geht's mir gleich besser.«

Hedwig Maria Kluftinger stand beleidigt auf, fügte jedoch noch halblaut einen Satz an, eine Angewohnheit, die Kluftinger regelmäßig zur Weißglut trieb: »Schon recht, wenn meine Anwesenheit hier nicht gewünscht ist, geh ich halt mal in die Küche und geh der Erika ein bissle zur Hand …«

Es folgten einige Minuten einvernehmlichen Schweigens zwischen Vater und Sohn. Dann sagte Kluftinger: »So, Vatter. Und?«

»Schon recht. Und selber?«

»Du, mei … schon.«

»Gut.«

Wieder ein paar wortlose Minuten.

»Sag mal, Vatter, was hast du eigentlich nach deinem Bypass gemacht? Bei der Reha?«

»Wieso willst das denn jetzt auf einmal wissen, das war vor zwei Jahren!«

»Wollt halt mal fragen.«

Kluftinger senior zuckte mit den Schultern. »Mei, einen Haufen Untersuchungen halt. Übungen, Training, lauter so Zeug. Und man kann ja auch selber viel machen.«

»Aha. Was denn?«

»Du, so dies und das …«

»Machst du da was?«

»Regelmäßig Trimm-dich.«

»Regelmäßig?«

»Mhm.«

»Wie oft?«

»Glaubst mir's nicht?«

»Doch, ich mein bloß.«

»So … einmal im Monat. Weißt schon, auf dem Trimm-dich-Pfad beim Freilichtspiel. Und dann geh ich ja in die Berg und in die Pilze, und der Garten hält mich auch fit.«

»Und mit der Ernährung? Da hältst du dich doch nicht dran, oder? Das würd doch die Mutter gar nicht zulassen …«

Sein Vater blickte verschwörerisch zur Tür. »Bub, was ich dir jetzt sag, das musst du unbedingt für dich behalten, ja?« Seine Stimme hatte einen verschwörerischen Ton angenommen.

Kluftinger zog verwundert die Brauen zusammen.

»Also? Du sagst niemandem was?«

»Nein, Vatter, jetzt red halt!«

Kluftinger senior rückte noch ein wenig näher. Schließlich flüsterte er: »Ich ess immer heimlich ein bissle rohes Gemüse und Obst vor dem Essen. Meistens hol ich's direkt aus dem Garten. Wegen den Vitaminen und so. Weißt du, deine Mutter kocht wunderbar, aber halt ziemlich mächtig und schwer. Es würd sie unendlich kränken, wenn ich sagen tät, sie darf ihre geliebten Braten nicht mehr machen und ihr weich gekochtes Gemüse. Wahrscheinlich würd sie sich auch viel zu viele Sorgen machen um mich, das will ich nicht. Und so denkt sie halt, ich kann einfach nicht mehr so viel essen, seit der Operation. Verstehst du?«

»Ich versteh schon, Vatter, ich versteh schon«, versicherte Kluftinger. Er betrachtete seinen Vater und hatte Mühe, seine Rührung zu verbergen vor diesem Mann, der seine ruppige Schale kultivierte wie kaum ein Zweiter und doch im Kern ein so rücksichtsvoller und liebender Mann war.

Dritter Tag

Kluftinger hatte in dieser Nacht wider Erwarten tief und fest geschlafen und war früh aufgewacht. Erika war mit ihm aufgestanden und hatte ihm ein Frühstück mit koffeinfreiem Pulverkaffee und einem Vollkorn-Marmeladenbrot gemacht. Zu seiner Verwunderung hatte ihm diese Mahlzeit einen ebenso kraftvollen Start in den Tag ermöglicht wie sein traditionelles Frühstück. Was ihm jedoch Sorgen machte, waren nach wie vor die leichten Schmerzen im Brustkorb, die sich von den ersten beiden gesunden Mahlzeiten offenbar noch nicht in die Flucht hatten schlagen lassen.

In der Kaffeeküche der Inspektion kam er sich jetzt ein wenig deplaziert vor mit seiner Tasse kalter Milch und einer Mineralwasserflasche. Aber wenigstens verkniffen sich die Kollegen heute ihre Kommentare.

Bis auf Maier, der sich an den Stehtisch zum Kommissar gesellte und fast wie ein Bauchredner mit eingefrorenem Grinsen durch die Zähne flüsterte: »Ich find's super, dass du dich entschlackst!«

Kluftinger verstand nicht. »Hm?«

»Du brauchst mir nix vorzumachen: erst mit der Milch entgiften, dann mit Wasser durchspülen und die restlichen Giftstoffe aus der Niere ausleiten. Genau so geht's! Wenn du's nach Ayurveda machen willst, sollte das Wasser übrigens heiß sein.«

»Schmarrn ... Veda! Ich will halt mal auf was verzichten in der Fastenzeit!«, zischte Kluftinger.

»Sehr schön, spirituelles Fasten kann dich in ungeahnte körperliche und vor allem geistige Zustände führen.«

»Aha, dann fastest du also schon seit zehn Jahren, oder, Richie?«

Maier sah ihn verwundert an. »Auf jeden Fall hab ich dir mal einen kleinen Ratgeber auf den Tisch gelegt. Da geht es um die Mattigkeit und Abgeschlagenheit in der Midlife-Crisis. Die kommt bei dir zwar ein bissle spät, aber dafür umso heftiger, glaub ich.«

Kluftinger holte schon zu einem Gegenschlag aus, doch auf einmal bremste ihn ein warmes Gefühl der Rührung: Wenigstens gab es neben Sandy noch einen Polizisten in der Abteilung hier, der sich nicht nur darum sorgte, wie es ihm selbst, sondern auch wie es seinen Mitmenschen ging. Er klopfte Maier auf die Schulter und flüsterte: »Schon gut. Danke, Richie, aber ich komm klar.«

»So, die Herren«, platzte auf einmal Strobl so laut in ihr Gespräch, dass Kluftinger zusammenzuckte. Er hatte gar nicht gemerkt, dass sich der Kollege von hinten genähert hatte. »Darf ich die Selbsterfahrungs-Männergruppe mal stören?«

»Jetzt red doch nicht so blöd daher, Eugen! Wir haben grad über den ... Dings gesprochen ... den Taximord!«

»Den Taximord, so. Im Endeffekt müssen wir unserem Täter wirklich nur noch nachweisen, dass es auch ein Mord war und nicht bloß ein Totschlag, gell? Ich nehm mir den Typen heut noch mal vor. Übrigens: Die Wohnung ist ein total verkommenes Loch, eher so ein Pensionszimmer. Außer ein paar versifften Klamotten und alten Einwegspritzen findet sich da gar nix Verwertbares. Wenn sich der Richie und der Roland um die restlichen Zeugenaussagen kümmern, könnt ich schon mal die Akte für die Staatsanwaltschaft fertig machen, oder? Und irgendjemand müsst auch die ganzen Spuren noch asservieren.«

»Kannst das nicht auch du machen?«

»Mei, kann ich schon. Wobei ich nachher auch noch zu diesem Bauernhof rausmuss, nach Weidach, wo heut Nacht die Tenne gebrannt hat. Der KDD meint zwar, dass ein Kurzschluss an irgendeiner Pumpe schuld war, aber ich würd mir gern noch mal den Herrn Landwirt vornehmen. Bei dem hat's nämlich vor vier Jahren schon mal gebrannt. Oder willst du da raus?«

»Nein, Eugen, mach du das ruhig!«, winkte Kluftinger ab. »Ich hab noch was anderes vor. Richie, vielleicht kannst du ja mit.«

»Schwerlich, ich habe noch ein Fernsehinterview zum Taximord heute Vormittag.«

»Aha, wer kommt da?«

»So ein Boulevard-Magazin, die wollen explizit den Pressesprecher. Sie würden auch gern was vor dem Auto machen …«

»Stimm das ja mit dem Präsidium ab, gell? Nicht dass uns der Lodenbacher da aufs Dach steigt, wenn zu viele Internas rausgehen. Und so Extraschmarrn machen wir nicht.«

»Interna«, versetzte Maier kaum hörbar.

»Hm?«

»Es muss Interna heißen. Singular: Internum – Plural: Interna.«

»Mein Gott, Richard, du machst es einem auch wirklich nicht leicht, dich zu mögen, ganz ehrlich!«

»Also, ich muss schon sagen: Für jemanden, der die große Trommel in der Musikkapelle spielt, ist dein Gehör noch recht beeindruckend.«

In Kluftingers Gesicht schlich sich ein zaghaftes Lächeln – das erste des heutigen Tages. Dabei war es schon Nachmittag.

»Doch, wirklich«, fuhr Werner Zint fort. »Allerdings ist deine Fantasie mindestens so gewaltig wie dein Gehör. Weil, von einem Tötungsdelikt hab ich jedenfalls nix gehört.«

Kluftingers Lächeln verschwand. »Jetzt sag einfach mal, was du herausgefunden hast.«

»Gut, nimm Platz.« Der Akustikexperte deutete auf einen der durchgesessenen Bürostühle. »Also, ich hab noch mehrere

Geräusche isolieren können. Das Flugzeug und die Kuhglocken hatten wir ja schon, aber jetzt kommt das …«

Er klickte mit seiner Maus herum, und auf dem Bildschirm erschienen wieder die Kurven. Gleichzeitig hörte Kluftinger ein dumpfes Schlagen. Wobei: Es war mehr ein Tuckern, wie von einem …

»Traktor!«, sagte er.

Zint nickte zufrieden. »Genau. Ein ziemlich alter noch dazu. Zwei- oder Dreizylinder, luftgekühlt. Wie sie die sparsamen Bauern hier noch oft im Einsatz haben. Würde zumindest deine erste Vermutung untermauern, dass es irgendwo bei uns in der Gegend war.«

Sie schwiegen eine Weile, dann spielte Zint eine weitere Datei ab. »Bei dem hier bin ich mir gar nicht sicher. Klingt seltsam, irgendwie … ach, weiß auch nicht. Sperr mal die Lauscher auf.«

Kluftinger hörte sich das Geräusch an, das irgendwie klang wie ein … blecherner Schluckauf. »Hm, vielleicht eine ganz alte Hupe?«

»Weiß nicht. Mir fällt nix Vernünftiges dazu ein.«

»Müsst man sich noch ein paarmal anhören. Ich spiel's vielleicht morgen mal den Kollegen vor. Und sonst? War das schon alles?«

»Fast. Das Beste hab ich mir für den Schluss aufgehoben.« Werner Zint verzog die Lippen zu einem spöttischen Grinsen. »Wird dir gefallen.«

»Jetzt schwätz nicht rum, lass es laufen!« Kluftinger fuchtelte ungeduldig mit den Armen.

»Schon gut.« Sein Kollege klickte wieder, und aus den Boxen drang ein langgezogener Laut, der wie ein leises Stöhnen klang. Kluftinger schluckte. Die Kritik seiner Kollegen hatte ihn selbst schon an seiner Hypothese zweifeln lassen, doch nun schien sich seine Vermutung zu bestätigen. Mit großen Augen sah er zu Zint.

»Hast du's verstanden?«, fragte der.

»Wie, verstanden?«

»Das Wort!«

»Das Wort?«

Zint seufzte und tippte etwas in seinen Computer: »Okay, jetzt hab ich die Höhen noch etwas verstärkt und es noch mal verlangsamt. Pass auf.«

Kluftinger neigte den Kopf in Richtung der Boxen und schloss die Augen. Dann startete sein Kollege die Aufnahme erneut. Bei der reduzierten Geschwindigkeit klang der Laut noch klagender, doch diesmal hörte Kluftinger das Wort heraus. Als er die Bedeutung der zwei Silben realisierte, machte sich eine Gänsehaut in seinem Nacken breit: »Teufel«, presste die Stimme hervor.

Bin mit Annegret in der Sauna, Essen steht im Kühlschrank, Bussi E.

Kluftinger saß nach einem in jeder Hinsicht unproduktiven Tag deprimiert am Küchentisch und las immer wieder den Zettel, den seine Frau ihm hinterlassen hatte. Eine Woge des Selbstmitleids hatte ihn übermannt. Ja, Erika würde auch ohne ihn zurechtkommen, das stand fest. Jedenfalls weitaus besser als er ohne sie. Er blickte in den Kühlschrank, und zum zweiten Mal an diesem Tag lächelte er: Sie hatte ihm eine kleine Auswahl an geschnittenem Gemüse und verschiedenen Dips hergerichtet. Es sah gar nicht mal schlecht aus, auch wenn er von vornherein wusste, dass er davon nicht wirklich satt werden würde. Es war schon komisch: Von solchen Speisen konnte er essen, so viel er wollte, sie gelangten einfach nicht dahin, wo sein Hunger saß. Entsprechend lustlos mampfte er sein Abendmahl in sich hinein, was ihm wiederum ein schlechtes Gewissen verursachte, weil sich Erika damit doch solche Mühe gegeben hatte.

Doch seine Appetitlosigkeit rührte nicht nur daher. Er hatte vor sich das Telefonbuch und eine Allgäu-Karte ausgebreitet. Es war das Einzige, was er im Moment für sich und seine gesundheitliche Situation tun konnte, denn sie hatten ja keinen privaten Internetzugang mehr, seit Markus zum Studium weggezogen war und seinen Computer mitgenommen hatte. Sein Sohn hatte ihn immer gewarnt, dass er es eines Tages noch bedauern werde, so von der Welt abgeschnitten zu sein, aber Kluftinger hatte lediglich die Achseln gezuckt und geantwortet, früher sei es auch ohne gegangen.

Aber früher hatte er eben auch nicht nach den Kontaktadressen der Herzkliniken und Kardiologen in seinem Umkreis suchen müssen. Früher … Das Wort schmeckte bitter, es suggerierte ihm, der größte Teil seines Lebens sei bereits vorbei. Nüchtern betrachtet war er das ja auch. Er rieb sich die Augen und konzentrierte sich wieder auf die kleine Liste mit Telefonnummern, die er anfertigte. Im Radio lief eine Reportage über seltene Tiere. Er hatte Bayern 2 eingeschaltet, einen Wortsender, den er sonst fast nie hörte. Aber dem zwanghaften Frohsinn, der auf den anderen Frequenzen verbreitet wurde, hielt er heute nicht stand.

Immer wieder glich er die Adressen der Ärzte, die er für geeignet hielt, mit der Landkarte ab. Vielleicht war das die Route zu seiner Genesung, dachte er.

Ein jammervolles Quaken aus dem Radio ließ ihn kurz aufhorchen. Es stammte von einer seltenen Krötenart, wie der Sprecher sagte. Eine Krötenart, deren Lebensraum immer mehr ins höher gelegene Alpenvorland zurückgedrängt wurde und die nun nur noch an bestimmten Gewässern unter anderem im Allgäu zu finden war. Nun sei die Spezies vom Aussterben bedroht. »Wie ich«, flüsterte Kluftinger niedergeschlagen und fühlte sich den Amphibien auf eigentümliche Art und Weise verbunden.

Nach einem großen Schluck von dem alkoholfreien Bier, das Erika ihm hingestellt hatte, das jedoch einen so schalen Nachgeschmack hatte, dass er angewidert das Gesicht verzog, stand er auf, legte das Telefonbuch weg und verstaute seine Ärzteliste sorgfältig in seinem Geldbeutel. Es wäre nicht gut, wenn Erika sie finden würde.

Vierter Tag

Wirre Träume suchten ihn in dieser Nacht heim, Träume von Operationssälen im Wald, deren Personal keine Menschen waren, sondern fette, hässliche Kröten in weißen Kitteln, die, mit Skalpellen bewaffnet, auf ihn zukamen und … Plötzlich schreckte er auf. Sein Gesicht war schweißgebadet, sein Herz schlug viel zu schnell. Unwillkürlich griff er sich an die Brust, doch da war kein Schmerz. Das Geräusch! Natürlich. Er war so sehr mit sich selbst beschäftigt, dass ihm das nicht aufgefallen war. Das jammervolle Quaken der Kröten aus dem Radio hatte er schon einmal gehört. Und zwar am selben Tag im Büro von Werner Zint. Es war das Geräusch, das sie nicht hatten identifizieren können. Das Geräusch von der Tonaufnahme mit dem Mord.

Halb benommen wankte er in die Küche, darauf bedacht, möglichst keinen Laut zu verursachen, um Erika nicht aufzuwecken. Bei jedem Knarren der hölzernen Stufen verharrte er kurz und lauschte. Auf dem Tisch lag noch immer die Karte. Er drehte sie herum. Wie hatte es im Radio noch geheißen? Die Krötenart komme nur an bestimmten Gewässern in Süddeutschland vor. Eines davon erkannte er nun auf der Karte, es war der Große Alpsee. Zwischen Immenstadt und Oberstaufen, das würde also passen. Er beugte sich über die Karte. Wenn man diese Daten noch einmal genau mit denen der Luftfahrtbehörde abgleichen würde …

In diesem Moment übersprang sein Herz einen Schlag. Zuerst glaubte er, er habe im Halbschlaf halluziniert, doch dann las er es: Direkt neben dem Alpsee lag noch ein viel kleineres, unscheinbares Gewässer. Er hatte es bisher nicht gekannt, doch seinen Namen würde er von nun an nie wieder vergessen: Es war der Teufelssee.

Er hatte sich nicht einmal die Zeit genommen, sich etwas Vernünftiges anzuziehen, und so saß er nun mit dem Lodenmantel über dem Schlafanzug in seinem Auto und fuhr mitten in der Nacht nach Immenstadt. Es passte alles so gut: die Umgebungsgeräusche und dann noch dieses Wort, Teufel, das ihm nun wie der Wegweiser eines Verstorbenen vorkam. Ihn fröstelte.

Die Zeiger der Uhr seines alten Passats standen auf kurz vor halb fünf. Er bewegte seine Zehen, die nackt in seinen Winterstiefeln steckten, um sie so etwas aufzuwärmen. Zwar wich der Winter jeden Tag ein wenig mehr zurück, aber zu so früher Stunde war es noch empfindlich kalt.

Nach einer halben Stunde Fahrt, auf der ihm kaum ein Dutzend anderer Fahrzeuge entgegengekommen waren, hatte er den Alpsee passiert, bog von der Bundesstraße ab und parkte seinen Wagen auf einem Feldweg. Er stieg aus und verharrte ein paar Sekunden lang in völliger Regungslosigkeit, lauschte in die nachtkalte Stille – und zuckte zusammen, als nur ein paar Meter entfernt die seltsam metallischen Laute der Kröten ertönten, die er heute schon zweimal gehört hatte.

Sein Puls beschleunigte sich, als er den Lauten folgte. Die kleine Taschenlampe, die er mitgenommen hatte, ließ er in seiner Manteltasche. Der Mond schien hell genug, so dass er den Weg gut sehen konnte. Dachte er jedenfalls, denn um den Geräuschen zu folgen, musste er schon bald die Schotterstraße verlassen und einen kleinen Abhang hinuntergehen, der in Richtung Ufer führte. Er war so sehr damit beschäftigt, sich in diesem unwegsamen Terrain zu dieser Stunde zurechtzufinden, dass Gedanken daran, warum er nicht bis zum nächsten Tag hatte warten können, gar nicht erst aufkamen. Er hätte heute sowieso keinen Schlaf mehr gefunden. Er hätte … In diesem Moment rutschte er auf einem Grasbüschel aus, ruderte mit den Armen, verlor dennoch das Gleichgewicht und fiel schmerzhaft auf den Rücken, bevor er die letzten Meter des Abhangs hinunterrutschte und schließlich im dichten Gestrüpp der Uferböschung landete.

Ein paar Sekunden blieb er einfach liegen und blies seinen keuchenden Atem als weiße Wolken in die mondhelle Nacht hinaus. Mit solchen Aktionen würde er sein gesundheitliches Problem nicht gerade verbessern, dachte er bitter. Dann richtete er sich auf. Seine Hände und Ärmel waren feucht vom sumpfigen Ufer des kleinen Sees. Er zog seine Taschenlampe heraus, um zu sehen, ob er sich irgendwelche Blessuren geholt hatte. Als der Lichtkegel seine Hand erleuchtete, war er sicher, dass ihn jetzt sofort ein Infarkt niederstrecken würde: Seine Hände, sein Ärmel, der ganze Mantel – alles war voller Blut …

Zwanzig Minuten später saß Kluftinger wieder in seinem Passat am Rand der Bundesstraße. Den Motor ließ er laufen, drückte jedoch das kleine Knöpfchen an der Fahrertür hinunter und verschränkte die Arme vor der Brust. Er zitterte am ganzen Leib, obwohl aus dem Gebläse warme Luft strömte. Seinen Lodenmantel hatte er in den Kofferraum geworfen und gegen den Janker eingetauscht, der zum Glück noch auf der Rücksitzbank gelegen hatte. Vom Ärmel hatte er das Blut notdürftig mit einem Taschentuch abgewischt.

Als er sich wieder aufgerappelt hatte, hatte er plötzlich Beklemmungen bekommen, dort unten am See, mutterseelenallein, am Ort eines furchtbaren Verbrechens. Was das anging, war er sich sicher. Und so hatte er sich nur schnell umgesehen, bevor es ihm ganz die Kehle zugeschnürt und ihn eine regelrechte Panik ergriffen hatte, von der er durch die Dunkelheit zurück zum Wagen getrieben worden war. Ohne sich umzudrehen, war er gerannt, immer schneller, das Pochen seines eigenen Herzschlags im Ohr, begleitet von den klagenden Lauten der Kröten, die ihn hierhergeführt hatten. Erst am Auto hatte er zitternd die Zentrale verständigt.

Eigentlich war für solche Einsätze während der Nacht und am Wochenende der Kriminaldauerdienst in Memmingen zuständig, doch schließlich hatte er den Kollegen am Telefon überzeugen können, gleich seine eigene Mannschaft aus den Betten zu holen. Dass er nur auf eine Menge Blut, nicht aber auf einen Leichnam gestoßen war, hatte er dabei geflissentlich verschwiegen – der oder die Tote würde sich schon einfinden.

Hier an der Straße würden sie ihn besser sehen, wenn sie kämen. Außerdem war es hier nicht ganz so einsam wie unten am See.

Allmählich begann es zu dämmern. *Gott sei Dank.*

Eine halbe Stunde später war von der Einsamkeit am Ufer des Teufelssees, die Kluftinger in der Dunkelheit noch den Angstschweiß auf die Stirn getrieben hatte, nichts mehr zu spüren: Willi war mit seinem Team eingetroffen, und sie durchforsteten nun in weißen Ganzkörperanzügen das Gelände, nahmen Proben vom blutdurchtränkten Erdreich, machten Fotos. Einige uniformierte Kollegen hatten das Gebiet weiträumig abgesperrt. Der Kommissar stand zusammen mit Strobl und Maier ein wenig abseits und wartete auf die Ankunft der Hundeführer, die man alarmiert hatte, um einem ganz speziellen Problem dieses Tatortes auf den Grund zu gehen: Es gab tatsächlich keine Leiche. Zumindest nicht in der näheren Umgebung.

»Sag mal, Willi«, rief Kluftinger Renn zu, der gerade etwas Gras mittels einer Pinzette in ein kleines Tütchen beförderte, »meinst du, dass da Tiere im Spiel sein könnten?«

Willi Renn beschriftete noch in aller Ruhe das Beutelchen, legte es in einen seiner Alukoffer und kam dann zu ihnen. »Wie?«

»Na ja, du weißt schon … Also könnte es sein, dass Tiere den Leichnam … quasi …«

Weiter kam der Kommissar nicht mit seiner Erklärung, denn Renn stieß die Luft aus und sagte kopfschüttelnd: »So ein Schmarrn! Meinst du, dieses niederträchtige Allgäuer Braunvieh hat den Körper weggeputzt? Oder tippst du mehr auf bayerische Hyänen? Haben wir am Ende wieder einen Problembären?«

»Willi, ich mein ja bloß. Der Anruf ist ja schon drei Tage her.«

»Aasgeier vielleicht? Jetzt echt, Klufti, überleg halt mal!« Renn machte sich wieder an die Arbeit.

»Ich will ja nicht unken«, schaltete sich Richard Maier ein, »aber was wäre denn, wenn hier einfach ein Jäger seine Beute, ich meine, ein Tier, ausgeweidet hat?«

»Ein Tier?«, wiederholte Kluftinger spöttisch. »Und das Tier hat mich dann angerufen, von seinem Handy aus, weil es nicht fair behandelt worden ist bei der Jagd, oder wie?«

Erstaunlicherweise sprang Strobl nun seinem Kollegen Maier bei. »Kann ja auch sein, dass der Jäger aus Versehen an sein Handy gelangt hat, als er hier seine Beute zerlegt hat. Und zufälligerweise ist er bei dir rausgekommen. Oder der Anruf hat überhaupt nix damit zu tun.«

»Männer, ihr werdet es schon sehen: Wenn der Böhm kommt, der wird euch schnell sagen, dass es sich da nicht um das Blut eines Tiers, sondern um das eines Menschen handelt. Jede Wette!«

»Jede Wette! Wenn du uns da jetzt umsonst aus den Federn hast holen lassen, das kostet aber eine ordentliche Brotzeit, gell, Klufti?«, brummte Strobl. »Da ist es mit einem Kuchen nicht getan. Und mit was Vegetarischem brauchst du schon gar nicht ankommen!«

»Wie gesagt: Ihr werdet schon sehen. Ah, da kommt ja der Georg.«

Vom Feldweg kam der Gerichtsmediziner auf sie zu. »So, Morgen«, grüßte er knapp und tippte sich an seine Baseballkappe. »Was habt ihr?« Es war kein Geheimnis, dass Böhm Einsätze am frühen Morgen verabscheute.

»Nicht viel. Was weißt du denn?«

»Na ja, bis jetzt weiß ich gar nix, nur, dass ziemlich viel Blut geflossen ist. Wo ist denn der Patient? Oder ist es eine Patientin?«

»Hm ... also ... keine Ahnung.« Kluftinger sprach leise.

»Wie: keine Ahnung? So schlimm? Nur ein Torso? Verstümmelt? Fraßspuren?«

Der Kommissar presste die Lippen aufeinander und schüttelte den Kopf. »Wir haben genau genommen ... noch keinen Leichnam.«

»Wie jetzt?« Böhm brauchte ein paar Sekunden, um zu begreifen. »Ihr haut mich aus dem Bett, lasst mich aus Memmingen in aller Herrgottsfrüh hierherkommen, für ... nix und wieder nix? Also, alles, was recht ist, aber euer Depp bin ich nicht!«

»Schorsch, jetzt beruhig dich erst mal wieder, bitte«, versuchte der Kommissar zu beschwichtigen. »Ich bin halt davon ausgegangen, dass sich schon auch ein Opfer einfinden wird, bei dem ganzen Blut, das da geflossen ist. Und wir haben begründete Hinweise, dass hier jemand getötet wurde.«

»Du«, warf Strobl ein.

»Hm?«

»Du hast begründete Hinweise. Wir haben nur Hinweise von dir, die du begründet ...«

»Geschenkt, Eugen. Könntest du dir das Blut gleich mal näher anschauen, Georg?«

»Anschauen? Das Blut? Wird rot sein, nehm ich an. Wenn es älter ist, könnte es auch ins Dunkelbraune gehen ...«

»Nein, ich mein halt, ob es menschliches Blut ist, müssten wir wissen.«

»Und? Soll ich's mal probieren und am Geschmack erkennen? Wenn der Willi mir eine Probe gibt, nehm ich die zu mir nach Memmingen mit, dann hat's das gleich. Aber an der Farbe oder am Geruch erkenn ich da nix.«

»Gut, eine Probe. Klar, genau so machen wir's«, gab der Kommissar kleinlaut zurück und schob noch ein leises »Tut mir leid« nach.

Böhm seufzte. »Schon recht. Aber wirklich, Klufti, das machst du bitte nicht noch mal. Wichtige neue Regel: Böhm kommt nur, wenn Leiche da, klar?«

»Klar. Du hast was gut bei mir, Georg«, versprach Kluftinger und sah dem Mediziner nach, wie er zu Willi Renn ging, sich eine seiner Proben aushändigen ließ und sich schließlich grußlos auf den Heimweg machte.

»Klufti, jetzt kannst du mal ein Kerzle anzünden, dass der Willi früher oder später was findet, sonst steht unser Einsatz nächstens in der Kuriositätenecke von der Gewerkschaftszeitung!« Strobl gluckste.

Willi Renn schlug sich auf Kluftingers Seite: »Nein, Eugen, ich glaub schon, dass an der Geschichte was dran ist. Wir haben da vorn im Schilf eindeutig Kampf- und auch Schleifspuren, wenn ihr mich fragt. Ich wär dafür, dass die Taucher von der Wasserschutzpolizei sich diesen Teufelssee hier mal ansehen. Vielleicht auch noch den Alpsee, weil die Spuren in diese Richtung gehen. Kann dann natürlich eine ganze Weile dauern. Möglich, dass die Hunde was finden. Jedenfalls: Koscher ist das nicht hier – also mit einer Jagdstrecke oder so hat das nix zu tun.«

»Aha? Da seht ihr, was der Willi sagt!« Kluftinger nickte mit wiedergewonnener Selbstsicherheit. »Aber Hauptsache, erst mal recht saudumm daherreden.« Dann machte auch er sich auf den Weg zu seinem Wagen.

Er wusste nicht, wie oft er sich bei Erika schon hatte bedanken wollen, dass sie ihn dazu genötigt hatte, einen Anzug im Büro zu deponieren. *Man weiß ja nie,* hatte sie bedeutungsschwanger geraunt, bis er schließlich nachgegeben hatte. Seitdem hatte er ihn wahrscheinlich öfter angehabt als seinen »guten Anzug«, der bei ihm zu Hause im Schrank auf seinen Einsatz wartete. Der Gedanke, dass er eine Garnitur Wechselunterwäsche brauchen könnte, war jedoch selbst seiner Frau zu absurd gewesen. So zog er sich nun mangels Alternative widerwillig die Anzughose ohne Slip an. Er wusste, dass manche Menschen das freiwillig machten, aus welchen Gründen auch immer, und wenn er *manche Menschen* dachte, meinte er Doktor Langhammer.

Aber als er aufstand, war ihm nicht wohl: Unterhalb der Gürtellinie fühlte es sich nicht so kompakt an wie sonst. Es fehlte der gewohnte Halt, und er hatte den Eindruck, als würde bei jedem Schritt alles noch eine ganze Weile nachschlackern. Er beschloss, seine lilafarbene Schlafanzughose darunterzuziehen. Sie hatte zum Glück nichts von dem Blut abbekommen. Vorher jedoch presste er sie sich aufs Gesicht und roch sicherheitshalber noch einmal daran, um zu testen, ob sie überhaupt fürs Büro taugte. Nachdem er sie geruchstechnisch für unbedenklich befunden hatte, zog er sich um und fühlte sich nun einigermaßen für den Tag gerüstet.

Dann rief er seine Frau an, die sein überstürztes Fortgehen mitten in der Nacht erstaunlich ruhig aufgenommen hatte. Die vielen Ehejahre mit einem Kriminalpolizisten hatten sie, was solche Dinge anbetraf, bedeutend gelassener werden lassen.

Danach schaltete er seinen Computer ein. Als die kleine Sanduhr erschien, musste er unwillkürlich daran denken, dass sie auch ein Symbol für Vergänglichkeit war. Wie viel Zeit würde ihm noch bleiben? Er holte den Geldbeutel aus seiner Manteltasche und zog seine Ärzteliste hervor. Eine Weile betrachtete er sie, dann gab er sich einen Ruck und rief den Internetbrowser seines Rechners auf. In die Suchzeile gab er ein paar der Begriffe ein, die Langhammer bei seinem Telefongespräch mit dem Herzspezialisten benutzt hatte. Zunächst erschienen nur unbrauchbare Ergebnisse, die meist etwas mit Heizungsbau zu tun hatten oder für Installateure warben. Er verfeinerte seine Suche mit den Begriffen *Herz, Transplantation, Tod, Infarkt, Siechtum, Elend.* Zuerst spuckte die Suche eine ganze Reihe wenig hilfreicher Ergebnisse aus: An erster Stelle warb eine Autovermietung, danach appellierte »Ein Herz für Tiere« für mehr Mitgefühl, Sensenmann-Comics wurden angeboten, außerdem häuften sich mit zunehmender Eingabe endzeitlicher Adjektive

Nachrichten über den Zustand der FDP. Die Schlagzeile »Elend im Oberharz – Sagenhafter Urlaub« pries einen Luftkurort an, ein Beerdigungsinstitut stimmungsvolle Beisetzungen, Kliniken berichteten über spektakuläre Operationen, Rechtsanwälte rieten zur zeitigen Nachlassregelung. Kluftingers Miene verdüsterte sich zunehmend.

Die Tür öffnete sich, und Sandy Henske streckte ihren Kopf herein.

»Ich will nicht stören«, sagte sie, als sie ihn am Schreibtisch erblickte. »Ich hab schon gehört, dass Sie heute recht früh unterwegs waren …«

»Nein, nein, Sie stören gar nicht. Machen Sie mir grad mal einen Kaffee? Und dann können Sie gerne reinkommen, ich erzähl Ihnen, was heute schon alles los war …«

Sandy blickte erstaunt zurück. »Ich … freilich, warum nicht?«

»Ach, und bitte ohne Zucker und entkoffeiniert«, rief er ihr noch hinterher.

Sie kamen nicht mehr zu ihrem Schwätzchen, denn kurz darauf trudelten auch die Kollegen ein. Kluftinger war es im Grunde egal, wer ihm Gesellschaft leistete, nur allein wollte er gerade nicht sein. Als die drei Beamten saßen, ergriff Strobl das Wort: »Klufti, ich glaub, wir müssen uns entschuldigen bei dir. Wir sollten mehr auf deinen Instinkt vertrauen, das sag ich ja immer wieder.«

»Ja, pausenlos.«

»Wie auch immer, das war schon …« Hefele suchte nach dem rechten Wort, wurde aber von Strobl ausgebremst: »Und ich finde, der Lodenbacher müsste sich auch entschuldigen. Ich mein, wie der dich rundgemacht hat wegen dem Anruf. Dabei hast du da ja wahrscheinlich doch gerade einen Mordfall an Land gezogen. Kundenakquise, quasi.« Er grinste.

»Ja, und ich finde, es gibt noch jemanden, der sich deswegen bei dir entschuldigen könnte«, ergänzte Hefele. Er blickte zu Maier, der sich sofort in seinem Stuhl aufrichtete und mit zusammengekniffenen Augen zurückgab: »Ich hab nur meine Pflicht getan, verdammt noch mal! Ich sollte die Pressekonferenz leiten. Meint ihr denn wirklich, das hat mir Spaß gemacht?«

»Und wie«, gab Strobl kurz zurück und lachte. Hefele stimmte mit ein, und sie sahen zu Kluftinger, der noch immer mit einem Auge auf seinen Computerbildschirm mit den Rechercheergebnissen starrte.

»Hast du was Wichtigeres zu tun, Klufti?«, fragte ihn Strobl deshalb.

»Hm, was? Ich … ach so, nein, ich hab bloß … Wo waren wir grad?«

»Noch gar nirgends. Wir wollten, glaub ich, drüber sprechen, wie du draufgekommen bist, da zu suchen. Beim Teufelssee. Ich mein, na ja, eine Leiche haben wir zwar nicht gefunden, aber das viele Blut …«

»Ja, ja, der Teufelssee.« Kluftinger nickte abwesend und startete flugs eine neue Suche mit den Begriffen: *Blut* und *Herz*.

»Herrgott, Klufti, wenn du keine Lust hast, dann sag's. Was machst du da überhaupt?« Strobl stand auf und ging auf Kluftinger zu, der das Suchfenster hektisch schließen wollte, dabei jedoch aus Versehen auf einen der Links klickte. Als Strobl um den Schreibtisch herumgelaufen war, starrten sie beide auf die Internetseite, die sich geöffnet hatte: *Blutsbrüder. Die Nummer eins beim Gay-Dating!*

Strobl wollte etwas sagen, doch offenbar fiel nicht einmal ihm etwas dazu ein, also ging er mit betretener Miene wieder um den Tisch herum und setzte sich wortlos. Hefele und Maier sahen ihn fragend an, doch er schüttelte nur den Kopf.

Der Kommissar schaltete den Bildschirm aus und richtete sich peinlich berührt auf. »So, Männer, wir müssen uns jetzt gut organisieren. Es geht ja gerade mächtig zu. Wir sind mit dem einen Tötungsdelikt noch gar nicht fertig, da kommt schon das zweite … ums Eck.«

»Falls es eins ist.«

»Hm?« Kluftinger sah Maier verwundert an.

»Na ja, ihr tut alle so, als wüssten wir schon genau, was sich da abgespielt hat, also wenn ich da mal den Advocatus Diabolus spielen darf …«

»-i«, korrigierte der Kommissar.

»Wie bitte?«

»Diaboli.«

Maier fiel die Kinnlade herunter. Dass sein Vorgesetzter nun auch mit Lateinkenntnissen glänzen konnte, war neu und brachte ihn sichtlich aus dem Konzept. »Ich wollt sagen, dass … vielleicht …«

Die Tür ging auf, und Willi Renn stürmte in den Raum. Seine karierten Hosen steckten noch immer in den riesigen Gummistiefeln, die er am See getragen hatte. Er wedelte mit ein paar Papieren, die er in der Hand hielt. »Ich hab noch nichts, was euch viel weiterhelfen wird. Aber: Es handelt sich um menschliches Blut.« Dabei blickte er sie reihum über den Rand seiner Hornbrille an. »Wir haben schon einen DNA-Test in Auftrag gegeben, ich hoffe, ich krieg heut noch das Ergebnis. Eins ist immerhin ungewöhnlich.«

Renn genoss die erwartungsvollen Blicke seiner Kollegen: »Das Blut war voll chemischer Substanzen, die da nicht hingehören.«

»Drogen?«, fragte Kluftinger.

Willi schüttelte den Kopf. »Glaub ich nicht. Nichts im klassischen Sinn jedenfalls. Aber das lass ich auch gerade abklären.« Er wandte sich um. Im Hinausgehen sagte er: »Alles Weitere später.« Dann fiel die Tür hinter ihm ins Schloss.

Mehrere Tassen entkoffeinierten Kaffees ohne Zucker später – die Taucher hatten noch immer keinen Leichnam gefunden – gab Willi immerhin die ersten Laborergebnisse per Telefon durch: »Der DNA-Test ist noch nicht so weit, aber was der bringt, ist eh fraglich. Klar, wir wissen dann das Geschlecht, aber dass wir eine Übereinstimmung mit einer DNA aus der Datenbank haben, wär schon ein arger Zufall.«

Kluftinger hörte aufmerksam zu und gab nur hin und wieder bestätigende Laute von sich, die sein Interesse signalisieren sollten. Willi war da sehr empfindlich.

»So, jetzt kommen wir aber zum interessanten Teil: die Chemikalie. Also, laut Böhm handelt es sich um ein Medikament. Ein Herzmedikament, um genau zu sein.«

»Ist das alles?«, fragte Kluftinger.

»Alles?«, quäkte Renns Stimme so laut aus dem Hörer, dass der Kommissar ihn ein wenig von seinem Ohr weghielt. »Sonst habt ihr doch überhaupt nichts. Gar nix, mein ich. Aber ich hab was, und wenn du mich ausreden lässt, dann komm ich ja vielleicht auch mal dazu, es dir zu sagen.« Willi wartete ein paar Sekunden, während deren Kluftinger den Atem anhielt. »Also: Diese spezielle Art der Medikation wird nur in einer bestimmten Rehaklinik in Oberstaufen verabreicht. Die Hochgratklinik, hast du vielleicht schon gehört.«

Das hatte er.

»Jetzt bin ich fertig, und du kannst weitermachen.« Renn hängte grußlos ein.

Kluftinger stand auf. Endlich war die Phase des untätigen Wartens beendet. Der Kommissar rauschte ins Zimmer der Kollegen. »Eugen, Roland, auf geht's, wir fahren nach Oberstaufen.«

»Und was soll ich machen?«, fragte Maier, der sich ebenfalls erhoben hatte.

Kluftinger sah ihn an, dachte kurz nach und antwortete dann: »Du kannst ja so lang ein nettes Interview geben, Richie!«

Auf der Fahrt in die Klinik wurde nicht viel gesprochen. Kluftinger schätzte es, dass seine Kollegen – von Maier einmal abgesehen – ähnlich tickten wie er. In stressigen Situationen wurden sie nach außen hin alle ruhiger. Jeder der drei Beamten hing seinen Gedanken nach, als sie die Ortseinfahrt von Oberstaufen passierten. Bei Kluftinger kam zur allgemeinen Anspannung durch den neuen, mysteriösen Fall auch noch der belastende Umstand hinzu, dass er sich nun ausgerechnet in jene Herz-Rehaklinik begeben musste, in der sein Vater nach seiner Bypassoperation behandelt worden war. Kluftinger war nur zweimal dort gewesen, er war einfach kein Freund von Kliniken, aber Erika hatte seine Mutter öfters hingefahren. Und so erfahren, dass die ihrem Mann heimlich koffeinhaltigen Kaffee und Kuchen mitgebracht und auch das eine oder andere Fläschchen Bier unter der Wäsche in die Klinik geschmuggelt hatte.

Die Bilder von damals hatten sich trotz seiner wenigen Besuche eingebrannt: Die Patienten waren ihm schwer krank vorgekommen, sie schienen gezeichnet von Operationen und schlimmen Krankheitsverläufen. Sich selbst hätte er frühestens in dreißig Jahren einmal in einer solchen Klinik vermutet, hatte das Gefühl gehabt, als lägen Welten zwischen seiner bärenstarken Konstitution und dieser Stätte des Siechtums und Verfalls. Gut zwei Jahre war das nun her. Und er selbst drauf und dran, einer von »denen« zu werden.

Er parkte den Passat auf dem Besucherparkplatz des massiven, langgestreckten Baus, der mit seinen dunklen Fenstern und Balkonen ein wenig an die Schwarzwaldklinik aus der Fernsehserie erinnerte.

»Da drüben links ist der Haupteingang mit der Pforte, nach rechts rüber liegt der Patiententrakt«, erklärte der Kommissar.

»Heu, kennst du dich da aus?«, wollte Hefele wissen.

»Ja, mein Vater war doch vor ein paar Jahren mal zur Reha hier.«

»Ich hab schon befürchtet, du meldest dich zur Schrothkur an, wo du jetzt so auf dem Gesundheitstrip bist!« Hefele gluckste.

»Nein, das tu ich nicht. Aber eine Entschlackungskur würd mir sicher nicht schaden. Dir übrigens auch nicht!« Er schlug seinem Kollegen ein wenig heftiger auf dessen rundlichen Bauch, als er vorgehabt hatte. »Wobei es die Schrothkur hier auch gar nicht gibt. Das ist nämlich eine reine Rehaklinik für Herz-Kreislauf-Erkrankungen.«

Seine kleine Recherche zu den Allgäuer Gesundheitseinrichtungen hatte schon Erfolg gezeitigt, den er selbstbewusst zum Besten gab. Nun wusste er auch endlich, was es mit dieser »Schrothkur« auf sich hatte, für die der Kurort Oberstaufen weit über die Grenzen des Allgäus hinaus bekannt war: Dabei ging es gar nicht darum, ständig Getreide zu futtern, wie Kluftinger gemutmaßt hatte. Der Name ging vielmehr auf einen gewissen Herrn Schroth zurück, der vor fast zweihundert Jahren im Selbstversuch eine Heil- und Kurmethode entwickelt hatte. Beim Überfliegen hatte der Kommissar mit Schrecken gelesen, dass die Patienten dabei unter anderem altbackene Semmeln, Getreidebreie und gekochtes Gemüse essen mussten und fast nichts zu trinken bekamen – allenfalls zwei Gläser Wein am Tag. Somit hatte er die Idee, sich einer solchen Tortur zu unterziehen, schon wieder verworfen, bevor sie richtig geboren war.

Noch dazu kannte der Kommissar ja von diversen Ausflügen das typische Bild in den Oberstaufener Kurcafés: Da saßen die unter strenger Diät stehenden Kurgäste nachmittags bei Strudel und Sahnetorte, um sich von den Strapazen ihrer Askese ein wenig zu erholen. Und er hatte auch den wenig schmeichelhaften Reim über den Kurort gehört: *Die Alten und die Doofen geh'n nach Bad Wörishofen. Willst du Weiber oder saufen, musst du nach Oberstaufen.*

An der Pforte wies man ihnen den Weg zu Professor Hansjörg Uhl, dem ärztlichen Direktor der Rehaklinik, der sie bereits in seinem Büro erwartete. Hefele und Strobl durchmaßen den Korridor mit schnellen Schritten, Kluftinger jedoch ließ sich ein wenig zurückfallen. So hatte er Gelegenheit, sich die Aushänge anzusehen. Bei einer Pinnwand mit der Aufschrift »Herzgesunde Ernährung« blieb er stehen und überflog die Angebote und Flyer: Ein Kochkurs für Patienten wurde da beworben, zahlreiche Vorträge über gesundes Essen, Heilfasten und Trinkkuren. Zudem wurden ein Kräuterteeseminar und ein Gemüse-Kochworkshop angekündigt. Als Letztes entdeckte er schließlich den Speiseplan der Klinik. Die verschiedenen Alternativen waren mit Farben gekennzeichnet, wobei Hellblau für »Schonkost« stand.

Für heute waren darunter »Grünkerntaler an Bohnenschaum und Himbeer-Buttermilch-Dessert« aufgeführt. *Gar nicht so ohne,* dachte der Kommissar. Er beschloss, das Erika fürs nächste Sonntagsessen vorzuschlagen – die war schließlich immer froh, wenn er sich auch mal was wünschte. Vor allem, wenn es was Gesundes war.

»Grünkerntaler an Bohnenschaum«, murmelte er wie ein Mantra wieder und wieder vor sich hin, als er zu den ungeduldig wartenden Kollegen aufschloss.

»Was sagst du?«, erkundigte sich Hefele.

Kluftinger schüttelte nur den Kopf. »Davon versteht's ihr eh nix.« Er bat Hefele, sich ein wenig in der Klinik umzusehen, um einen allgemeinen Eindruck des ganzen Betriebs zu bekommen. Vielleicht könnte er auch mit ein paar Patienten Gespräche führen. Kurz nach dem Aufenthalt von Kluftingers Vater hatte ein großer Medizinkonzern die Klinik übernommen; vielleicht stand ja nicht mehr alles zum Besten mit dem Betrieb.

Wenig später saßen Strobl und Kluftinger vor dem Schreibtisch des ärztlichen Direktors. Professor Uhl war erstaunlich jung für die Position, die er innehatte, fand Kluftinger: Er schätzte den Mann auf etwa Mitte vierzig. Er war braun gebrannt, drahtig, hatte dichtes, kurz geschorenes Haar und wirkte in seiner weißen Jeans und seinem hellblauen Polohemd so ungeheuer vital, dass Kluftinger die Einschätzung seines eigenen Gesundheitszustandes gleich noch einmal deutlich nach unten korrigierte.

»Nur zum Verständnis: Sie haben keinen Toten gefunden, nur eine große Menge Blut, das mit Cordial versetzt war.«

»Genau. Der Medikamententest wird doch ausschließlich hier durchgeführt, oder nicht?«

»Richtig. Wir sind als einzige Einrichtung befugt, die klinische Erprobungsphase von Cordial durchzuführen. Wir sind schon in der Endphase der Erprobung – und haben vielversprechende Erfolge verbuchen können. Wir behandeln ja Patienten mit stark eingeschränkter Pumpfunktion des Herzens, etwa wegen einer schweren koronaren Herzerkrankung nach Herzinfarkten oder einfach einer schweren Herzmuskelschwäche. Diese sterben häufig an tödlichen Herzrhythmusstörungen, meistens Kammerflimmern. Zur Verbesserung ihrer Prognose erhalten solche Patienten einen AICD, also einen automatischen intrakardialen Defibrillator. Eine Art Herzschrittmacher, der aber nicht nur das Herz stimuliert, wenn die eigene elektrische Stimulation ausbleibt, sondern auch bei Auftreten von lebensbedrohlichen Herzrhythmusstörungen diese durch einen Elektroschock beendet. Aber so ein Elektroschock, vor allem bei vollem Bewusstsein, ist keine angenehme Sache, um's mal vorsichtig zu formulieren.«

Kluftinger nickte. Er wollte sich das lieber gar nicht vorstellen.

»Bisher gibt es kein Antiarrhythmikum auf dem Markt, das das Leben dieser Patienten mit gleicher Sicherheit verlängern kann wie der AICD. Unser Herzmedikament scheint nun der Durchbruch zu sein.« Uhl klang stolz, als er das sagte. »In Zellstudien konnte es die elektrische Erregbarkeit stabilisieren und in Tiermodellen mit schwerstgradiger Herzmuskelschwäche das Auftreten von tödlichen Herzrhythmusstörungen fast ganz unterdrücken. Wenn die endgültige Zulassung Ende dieses Jahres erteilt wird, werden wir auf diesem Gebiet einen großen Schritt weiter sein.«

»Und niemand sonst kann an das Medikament kommen?«

»Nein.« Die Antwort war eindeutig.

»Mein Kollege Doktor Gordian Steiner, unser Chefarzt in der Kardiologie, leitet übrigens die Testreihe. Sie dient ihm gleichzeitig als Thema seiner Habilitationsschrift. Vielleicht sollten Sie lieber ihn dazu fragen.«

Kluftinger horchte auf. Doktor Steiner, der Chefkardiologe der Rehaklinik, war der Arzt, den er wegen seines Herzstechens konsultiert und der ihn dann zunächst an Langhammer verwiesen hatte. Ob ihm dieses neue Medikament vielleicht auch helfen könnte? Noch wusste er natürlich nicht genau, woher seine Beschwerden kamen. Aber möglicherweise könnte er die Sache mit der Ernährungsumstellung dann ein wenig lockerer angehen.

»Hat das Medikament denn irgendwelche Nebenwirkungen?« Der Kommissar war selbst nicht sicher, ob er das nun aus beruflichem oder doch eher aus persönlichem Interesse wissen wollte.

Uhl zögerte etwas. »Nun ja, wir beobachten eine Verarmung des Körpers an Kalium, wie zum Beispiel im Rahmen einer wassertreibenden diuretischen Therapie.«

»Diu…dings, verstehe.«

»Ist Doktor Steiner denn da?«, fragte Strobl.

Der Professor schüttelte den Kopf. »Leider nein, er befindet sich gerade in seinem wohlverdienten Urlaub. Soviel ich weiß, müsste er morgen oder übermorgen wiederkommen. Sobald er von seiner Reise zurück ist, führt ihn sein Weg mit Sicherheit als Erstes in die Klinik, um sich nach seinen Patienten zu erkundigen«, erklärte Uhl. »Aber zu allgemeinen Fragen kann ich Ihnen auch Rede und Antwort stehen.«

»Wie viele Patienten werden denn gerade mit dem Medikament behandelt?«, wollte Kluftinger wissen.

»Nun, wir haben im Moment acht auf Station, ambulant bekommen aktuell sechs Cordial.«

»Und denen geht es allen gut?«

»Wie meinen Sie das? Die haben natürlich alle Herzprobleme, einige warten auf eine Transplantation oder haben gerade eine hinter sich …«

Der Kommissar präzisierte: »Nein, ich mein, von denen ist niemand abgängig seit ein paar Tagen?«

»Also, die stationären Patienten waren heute früh bei meiner Visite alle noch präsent. Was die ambulanten angeht: Ich kann gern meine Sekretärin anrufen lassen, die Patienten kommen immer nur freitags und montags zu uns – und am Montagabend soll ja das Verbrechen verübt worden sein, wegen dem Sie hier sind, nicht wahr?«

»Genau. Wenn Sie das überprüfen würden, wären wir Ihnen sehr dankbar.«

Professor Uhl gab per Telefon die Anweisung, bei allen Patienten der ambulanten Cordial-Testreihe anzurufen und sich nach ihrem Wohlbefinden zu erkundigen. Dann legte er auf und sah die Polizisten mit wachen Augen an.

Strobl beendete die kurze Stille mit einer Frage: »Herr Uhl, sagen Sie, kann man denn mit Cordial jemanden töten? Ich meine, wenn man die entsprechende Dosis verabreicht? Oder wenn jemand das Zeug nicht verträgt oder allergisch ist oder so?«

Der Arzt lächelte süffisant und stieß die Luft hörbar durch die Nase aus – eine Reaktion, die Kluftinger zur Genüge von Langhammer kannte, wenn diesem laienhafte Fragen zu medizinischen Themen gestellt wurden. »Das sind ja gleich mehrere komplexe Fragenbereiche auf einmal, die Sie da ansprechen. Zunächst einmal: Cordial besteht aus einem Medikamentencocktail, der es durchaus in sich hat. Und ja: Dieses Antiarrhythmikum hat eine sehr schmale therapeutische Breite und verhindert bei Überdosierung nicht mehr die Rhythmusstörungen, sondern begünstigt deren Auftreten.«

Die beiden Polizisten sahen sich an, doch Uhl schränkte sofort ein: »Bevor Sie jetzt auf komische Gedanken kommen: Um einen Menschen zu töten, gibt es wesentlich effektivere Methoden. Zudem ist das Medikament nicht frei zugänglich und sehr teuer. Zu Ihren beiden letzten Fragen: Allergien gibt es immer, und ein anaphylaktischer Schock kann stets auch zu Kreislaufversagen und damit zum Tode führen. Und wenn jemand eine Kontraindikation gegen dieses Medikament hat, kann es natürlich genau zum gleichen Effekt kommen.«

Die Beamten nickten.

»Aber lassen Sie mich ganz kurz eine Gegenfrage stellen: Sie hatten ja von diesem großen Blutverlust gesprochen – gehen Sie denn nicht davon aus, dass es sich dabei um die Todesursache handelt? Vermuten Sie eine Vergiftung durch Cordial?« Uhl klang besorgt. Ob wegen des Mordes oder der möglichen negativen Folgen für seine Tests, vermochte Kluftinger nicht zu sagen.

Strobl antwortete vage: »Da wir noch kein Opfer gefunden haben, müssen wir in alle Richtungen denken. Wer hat denn Zugang zu den Medikamenten?«

»Niemand außer Gordian und mir, zumal wir gegenüber dem Hersteller äußerst akribisch über die Mengen Buch führen müssen, das ist bei Medikamentenerprobungen so üblich, schließlich sind die Substanzen ja noch nicht frei verfügbar. Eine Weile haben wir zwar unseren ambulanten Patienten Ampullen mitgegeben, die dann von den Hausärzten gespritzt wurden, aber das hat sich nicht bewährt. Die Kollegen draußen haben es den Patienten zwar verabreicht, wir konnten aber nicht sicherstellen, dass das auch in der notwendigen Regelmäßigkeit geschah. Ist jetzt schon länger her, dass wir wieder alles selbst spritzen. Also … ich kann mir ehrlich gesagt nicht vorstellen, wer an eine so große Menge Cordial gekommen sein könnte.«

»Fehlt denn etwas von den Medikamenten?«, hakte Kluftinger ein.

»Nicht dass ich wüsste«, erklärte Uhl, »aber ich lasse auch das gleich einmal überprüfen. Wobei: Gordian, ich meine, Doktor Steiner verwaltet den Bestand – ich weiß nicht, ob er gerade auf dem aktuellen Stand der Buchhaltung ist. Notfalls müssten wir das morgen klären, wenn er wieder hier ist. Ich würde ihn ansonsten ja auf dem Handy anrufen, aber er hat die seltene, aber sehr kluge Angewohnheit, im Urlaub schlecht erreichbar zu sein.«

Dann griff er wieder zum Telefon und bat darum, den Vorrat an Cordial zu überprüfen. »Die Kollegin auf der Station kümmert sich darum, meine Herren«, erklärte er, nachdem er aufgelegt hatte.

Kluftinger bedankte sich. »Gut, damit wären wir eigentlich auch so weit.«

»Bitte rufen Sie uns doch kurz an, wenn Sie die Patienten aus dem ambulanten Programm erreicht haben, ja?«, bat Eugen Strobl, erhob sich und reichte dem Professor eine Visitenkarte.

Kluftinger stand ebenfalls auf, ein wenig zögerlich allerdings. Eigentlich hätten ihn persönlich noch Details über die Klinik interessiert, er wollte das aber lieber diskret behandelt wissen. Also reichte auch er Uhl die Hand, und sie verabschiedeten sich.

Kaum hatten sie das Zimmer verlassen, ärgerte sich der Kommissar: Da war er, in seinem Zustand, schon in einer renommierten Herz-Rehaklinik und brachte es nicht fertig, sich nach möglichen Behandlungen und Therapien zu erkundigen. Er überlegte, wie er es einrichten könnte, doch noch kurz unter vier Augen mit dem Professor zu reden, als auf einmal die Tür hinter ihnen aufgerissen wurde.

»Meine Herren«, rief Uhl ihnen nach, »warten Sie doch bitte einen kleinen Moment.«

Kluftinger bat Strobl, doch schon einmal nach Hefele zu suchen. Dann wandte er sich dem Arzt zu. »Ist Ihnen noch etwas eingefallen, Herr Uhl?«

»Nein, aber meine Mitarbeiterin hat mittlerweile vier der sechs ambulanten Patienten erreicht – und alle sind wohlauf. Die anderen hat sie nicht angetroffen. Ach, und das Cordial ist übrigens vollständig.«

Kluftinger war beeindruckt, die schienen hier recht fix zu arbeiten, das war er von Krankenhäusern sonst nicht unbedingt gewohnt. »Gut, Herr Professor, vielen Dank, damit ist uns schon einmal geholfen. Wenn Sie die anderen zwei noch erwischen, sagen Sie uns halt kurz Bescheid, bitte. Den Rest klären wir dann morgen mit Doktor Steiner.«

Weil Kluftinger wie angewurzelt stehen blieb, sah Uhl ihn fragend an.

»Haben Sie denn noch etwas auf dem Herzen?«, fragte der Arzt.

Kluftinger schluckte. Mit einem Schlag war ihm jegliche Farbe aus dem Gesicht gewichen. »Was … wie meinen Sie … woher … wissen Sie das?«

»Woher weiß ich … was?«

»Das mit dem Herzen?«

Ein weiterer fragender Blick.

»Na, Sie haben doch gerade gefragt, ob ich's mit dem Herzen hab!«

»Da muss ich Sie korrigieren, Herr Kommissar, ich habe gefragt, ob Sie noch etwas *auf* dem Herzen haben. Ob ich Ihnen noch irgendwie helfen kann, weil Sie … na ja, nicht gehen. Haben wir uns wohl missverstanden. Aber augenscheinlich hab ich ins Schwarze getroffen, wie? Haben Sie denn Probleme mit der Pumpe?«

Kluftinger schluckte. War jetzt der richtige Zeitpunkt für so ein Gespräch? Hier, zwischen Tür und Angel? Außerdem sprach Uhls Wortwahl nicht gerade für ihn! *Pumpe,* das hatte Langhammer am Telefon auch immer gesagt, als er auf dem EKG-Rad gesessen war.

»Ich? Nein … ein Freund von mir, der hat … Probleme mit der … dem Herzen. Der ist gar nicht gut beieinander grad.«

»Ein Freund, soso.«

»Genau. Ein Freund. Aus … Schulzeiten. Schulfreund, quasi. Der soll radikal seinen Lebenswandel ändern, sonst haut's ihm irgendwann das ganze System zusammen, hat der Arzt gesagt. Einschließlich … Pumpe.«

»Aha. Das ganze System.« Wieder dieser ruhige, fast schon väterliche Unterton in der Stimme des jungen Professors.

Kluftinger merkte, wie sich Schweißtröpfchen auf seiner Stirn bildeten. »Genau. Und für den Bekannten wollt ich nur mal fragen: Diese Kurse, die Sie da anbieten, so zur Prävention, über Ernährung und Lebensgewohnheiten und Entspannungstechniken und so – kann man da auch teilnehmen, wenn man nicht in der Klinik auf Reha ist?«

Uhl lächelte.

»Das kann man schon einrichten, ja. Wir haben immer wieder Teilnehmer hier aus dem Ort, die nur zu Vorträgen und zu bestimmten Übungsstunden kommen. Allerdings müsste Ihr Freund das dann privat bezahlen.«

»Aha, ja … mei, das wär dann sicher … kein Problem für … den Dings.«

Uhl schob grinsend nach: »Aber, Herr Kluftinger, wenn Ihr Freund privat versichert wäre, weil er zum Beispiel Polizeibeamter ist – könnte ja sein, nicht wahr? –, dann wird das übernommen. Und Polizisten sind uns immer willkommen, vor allem, wenn sie sensibel ermitteln und unsere Klinik aus unnötigen Schlagzeilen heraushalten. Seien Sie unbesorgt, Sie können sich einfach auf mich berufen, wenn Ihnen ein Kurs zusagt.«

»Vielen Dank, das ist sehr nett von Ihnen, Herr Uhl, ich such mir was aus«, sagte Kluftinger erleichtert, um mit geröteten Wangen gleich noch korrigierend hinterherzuschieben: »Also, was für meinen Bekannten halt … pfiagott, Herr Professor.«

»Schon klar, alles Gute, Herr Kommissar!«, rief ihm Uhl nach, als Kluftinger sich schon schnellen Schrittes entfernte. Im Vorbeieilen nahm er sich an einem Infoständer noch wahllos ein paar Broschüren mit, stopfte sie in seine Jackentasche und machte sich mit Hefele und Strobl, die schon am Eingang warteten, auf den Weg zum Auto.

Sie waren kaum losgefahren, da fragte Kluftinger seinen Kollegen auf der Rückbank: »Und, Roland, was hast du für einen Eindruck von dem Haus?«

Hefele beugte sich zwischen die Vordersitze. »Du, keinen schlechten eigentlich. Erst mal hab ich mit ein paar Schwestern und mit einem Physiotherapeuten geredet. Die loben die Arbeitsbedingungen durchwegs alle. Und auf den Chef, diesen Uhl, da lassen sie gar nix kommen.«

»Und mit dem Steiner, der dieses Programm mit den Medikamenten durchführt, da gibt's auch nix?«, hakte Strobl nach.

»Nein, gar nix. Aber ich hab auch nur mit ein paar Leuten geredet. Auch mit Patienten übrigens. Sogar das Essen ist okay, haben die gesagt, auch wenn es wenig Fleisch und nur salzarme Kost gibt. Die tun mir echt leid …«

»Warum, das kann auch schmackhaft sein, so was«, erklärte Kluftinger.

»Ganz ehrlich, Leute«, erwiderte Hefele mit betroffenem Unterton, »das sind richtig arme Schweine da drin. Wenn du so was hast, mit dem Herzen, mein ich, da kann's einfach auch schnell mal vorbei sein. Bumm, und weg bist du. Schlimm ist das. Da bist du, glaub ich, froh um jeden Tag, an dem du noch frühstückst, egal ob du Salz im Essen hast oder nicht.«

Kluftingers Mundwinkel begannen zu zucken. »Red doch nicht so saudumm daher, Roland!«, platzte es aus ihm heraus. »Viele Leute haben Herzprobleme und leben ganz normal und unbehelligt Jahrzehnte weiter! Mein Vater war auch in der Klinik, und der ist total fit und merkt gar nix mehr. Du tust ja, als wären die Patienten allesamt dem Tod geweiht.«

Hefele wich erstaunt zurück. »Jetzt flipp halt nicht gleich so aus. Ich hab doch nix von deinem Vater gesagt. Ich mein ja bloß: Da sind Leute dabei, die sind kaum älter wie du, Klufti, stell dir das mal vor!«

»*Als du,* Roland. Wenn scho, dann bittschön richtig.«

»Bin dahoim!«

»Ja, mach mir den Tiger, Butzele.« Eine männliche Stimme drang aus dem Wohnzimmer, und Kluftinger brauchte ein paar Sekunden, um zu realisieren, dass sie seinem Sohn Markus gehörte. Er war überrascht, dass er da war, Erika hatte ihm gar nichts von seinem Besuch gesagt. Vielleicht aber doch, und er hatte es schlichtweg vergessen, weshalb er beschloss, die Sache nicht weiter zu thematisieren. Bevor er seinen Sohn jedoch begrüßte, schlug er den Weg ins Schlafzimmer ein, um endlich die Schlafanzughose gegen eine handelsübliche Unterhose zu tauschen.

Als er wenig später die Tür zum Wohnzimmer öffnete, sah er auch seine zukünftige Schwiegertochter Yumiko, was ihn wiederum nicht überraschte, denn seinen Sohn gab es eigentlich nur noch im Doppelpack mit Freundin.

»Hallo, Herr … ich meine, Papa«, sagte die hübsche Asiatin und schlug errötend die Augen nieder. Auch er hatte sich noch nicht an diese Anrede gewöhnt.

»Warum so förmlich?«, mischte sich Markus ein. »Sag doch endlich Vatter zu ihm. Er steht doch drauf!«

»Depp«, kommentierte der, woraufhin Markus erwiderte: »Auch gut, wenn dir das lieber ist.«

Dann stand er auf und schlug Kluftinger kräftig auf die Schulter. Sein Grinsen wurde jedoch von einem Stirnrunzeln abgelöst: »Sag mal, du siehst aber eher wie der *Ge*vatter aus, wenn ich's mir recht überlege. Irgendwie so blass.«

»Gell, das hab ich auch schon gesagt, aber ich krieg dann ja immer nie eine Antwort.« Erika war hereingekommen und stellte ein Tablett mit Saftgläsern und Keksen auf den Tisch.

»Ach, was ihr immer habt.«

Yumiko blickte betont teilnahmslos aus dem Fenster. Die Kabbeleien der beiden Kluftinger-Männer machten sie immer nervös, wie der Kommissar schon bemerkt hatte. In Japan begegneten sich Eltern und Kinder mit ausgesuchter Höflichkeit und Respekt – hatte er jedenfalls gelesen.

»Jetzt erzählt mal, was eure Hochzeitsplanungen machen«, fragte Erika, wie immer um Harmonie bemüht.

Yumiko und Markus sahen sich an.

»Ihr habt euch doch nicht anders entschieden, oder?« Erika klang ehrlich besorgt.

»Nein, nein, Mutter, keine Angst, ich bleib dir schon nicht übrig. Reicht schon, wenn du mit dem da …«, er deutete mit dem Kopf auf Kluftinger, »… deinen Lebensabend fristen musst.«

»Hauptsache, ihr habt's es lustig«, warf der Kommissar ein. »Also, was gibt's für Probleme? Hat dich Yumiko in der Unterhose gesehen?«

»Nein, Vatter, schlimm wär nur, wenn sie dich in voller Pracht gesehen hätte!«

Betretenes Schweigen.

Erika bemühte sich, die Stimmung wieder zu entkrampfen: »Wie ist das jetzt? Habt ihr einen Termin gefunden? Und wisst ihr schon, *wo* ihr heiraten wollt?«

»Noch nicht«, sagte Yumiko leise. »Meine Eltern sollen sich ja auch erst mal meine zweite Heimat anschauen. Und euch kennenlernen.«

»Ach ja, der Besuch«, sagte Kluftinger und verzog dabei das Gesicht, als habe er wieder Herzstechen.

Erika wechselte schnell das Thema: »Du, Miki, ich hab mal mein altes Hochzeitskleid rausgesucht. Damals hab ich ja auch noch eine so tolle Figur wie du gehabt.« Sie blickte zu Kluftinger, der wusste, dass nun von ihm erwartet wurde, etwas in der Art zu sagen wie »Aber, das hast du doch immer noch« oder »Du bist über die Jahre noch schöner geworden«. Doch für solche *Langhammer-Sätze,* wie er sie nannte, war er heute nicht in der Stimmung.

»Mama, jetzt komm, der alte Fetzen. Wir finden schon was …«

Yumiko unterbrach ihn energisch. »Ich will mir das Kleid aber ansehen, Markus. Ganz ehrlich, ich finde, das ist total süß von deiner Mutter, und in meiner Heimat wäre das eine große Ehre für die Braut.«

Markus hob abwehrend die Hände: »Ja, ja, schon gut, dann zieh's halt an. Die Mottenlöcher geben dem Ganzen vielleicht eine moderne Note. Braucht man schon nix Neues kaufen.«

Ohne darauf zu reagieren, standen Yumiko und Erika auf und machten sich auf den Weg ins Schlafzimmer. Als auch Markus sich erhob, schubste ihn Yumiko wieder auf das Sofa: »Du bleibst schön hier. In einem sind sich unsere Kulturen einig: Die Braut in ihrem Kleid darf der Bräutigam vor der Trauung nicht sehen!«

Als sie draußen waren, stand Kluftinger auf und folgte ihnen.

»He, Vatter, wo willst denn jetzt hin?«

»Der Bräutigam, hat's geheißen, mein Sohn«, antwortete er grinsend. »Vom Bräutigamvater war nicht die Rede.«

»Aber glaub ja nicht, dass ich deinen alten Anzug auftrage, gell?«, rief Markus ihm hinterher.

Wenige Minuten später saß Kluftinger mit Erika auf dem Bett im Schlafzimmer und beobachtete gerührt die Asiatin, die sich vor dem großen Spiegel hin und her drehte. Erikas ehemaliges Hochzeitskleid schien wie für sie gemacht: ein schlichter, zeitlos moderner Schnitt, mit Spitze besetzt und so eng anliegend, dass man jedes überflüssige Pfund gesehen hätte – wenn da etwas zu sehen gewesen wäre.

Ein beklemmendes Gefühl beschlich den Kommissar, und er griff sich unwillkürlich ans Herz. Doch es schmerzte nicht, es war eher bittersüße Nostalgie, die ihn überkam. Yumiko sah bildhübsch aus, und obwohl sie eine Asiatin war, erinnerte sie ihn in diesem Moment derart an Erika, dass sein Blick wässrig wurde und es ihm die Kehle zuschnürte. Er dachte an ihre Hochzeit, daran, wie glücklich und unbeschwert damals alles gewesen war. Schloss sich hier der Kreis für ihn? Würde er die Heirat seines Sohnes vielleicht gar nicht mehr …

»Weinst du?« Erikas Stimme riss ihn aus seinen Gedanken.

»Hm?«

»Du weinst doch.«

Rasch wischte er sich über die Augen. »Spinnst du? Wieso sollt ich weinen. Ich hab nur was im Auge gehabt.« Er stand auf. »Was ihr Weiber immer habt's. Ihr meint's auch, bei einer Hochzeit müsst jeder immer gleich flennen.«

Er sah nicht, wie Erika Yumiko verschwörerisch zuzwinkerte, als er das Schlafzimmer verließ.

»Und, wie schaut's aus?«, fragte Markus gespannt, als sein Vater zurückkam.

»Wie soll's schon aussehen. Schau dir die Hochzeitsbilder von deiner Mutter an, dann weißt du es.«

»Danke für die tolle Auskunft.«

Kluftinger überlegte eine Weile, dann sagte er: »Sie sieht richtig gut aus.«

»Danke, Vatter.«

Als sie eine halbe Stunde später beim Abendessen um einen reich gedeckten Brotzeittisch beisammensaßen, genoss Kluftinger jeden Bissen Vollkornbrot, jeden Schluck des alkoholfreien

Bieres, beteiligte sich munter an allen Gesprächen und sorgte aufmerksam dafür, dass Yumiko immer genügend zu trinken hatte. Er merkte an Erikas Blick, dass sie das zunächst überrascht, dann zunehmend erfreut zur Kenntnis nahm.

Als sie fertig waren, warf Yumiko ihrem Freund einen ernsten Blick zu, woraufhin der nickte und sie sagte: »Also, es fällt mir schwer, das jetzt zu sagen, aber es sieht so aus, als ob das mit dem Besuch von meinen Eltern erst mal doch nichts wird.«

»Gott sei Dank«, entfuhr es Kluftinger. Alle starrten ihn entsetzt an. »… ist nix Schlimmes passiert, dass sie nicht kommen können«, fuhr er geistesgegenwärtig fort. Als ihn trotzdem noch immer drei weit aufgerissene Augenpaare anblickten, setzte er hinzu: »Ich mein, da hättet ihr ja gleich was gesagt, wenn was passiert wäre, oder? Warum kommen sie denn eigentlich nicht?«

»Mein Vater hat geschäftlich sehr viel zu tun gerade. Sie haben ein paar Probleme in seiner Firma, das Erdbeben und der Tsunami haben das gesamte Land und natürlich auch die Wirtschaft in einen Ausnahmezustand versetzt, auch wenn nur ein kleiner Teil direkt betroffen war.«

»Mei, ewig schad«, schloss Kluftinger das Thema für sich ab und nahm einen kräftigen Schluck aus seinem Bierkrug. Über den Rand desselben konnte er erkennen, dass die anderen ein wenig mehr Anteilnahme erwarteten. Deswegen setzte er seinen Krug mit einem wohligen »Ah« ab und erklärte stolz: »Wo ich mir doch extra ein Buch gekauft hab.«

»Ein Buch?« Erika zog ungläubig die Augenbrauen zusammen.

»Ja, ein Buch«, erwiderte ihr Mann und lehnte sich zufrieden zurück.

»Und worum soll's da gehen?«

»Ja, um Japaner halt und ihre komischen … ihre ganz eigenen, urtümlichen Sitten und Gebräuche.«

Erstaunte Gesichter blickten ihn an. Zufrieden rieb er sich den Bauch.

»Zeig mal!«, sagte Markus knapp.

»Was?«

»Dein Buch. Zeig's mal.«

»Herrgott, glaubst du, ich hab das bloß erfunden?«

»Ja.«

»Also, das ist doch … Erika, sag du doch auch mal was zu deinem missratenen Sohn da.«

»Ich würd's auch gern sehen«, erwiderte sie.

Kluftinger kniff die Augen zusammen. Na gut, das könnten sie haben. Nachher erwartete er aber ein paar Entschuldigungen. Er stand auf und ging in den Hausgang. Das Büchlein lag in seiner Arbeitstasche, denn er hatte sich vorgenommen, es in den Mittagspausen zu studieren. Allerdings lag es da nun schon seit ein paar Wochen, vielleicht sogar Monaten, und harrte auf einen weiteren Einsatz. Bislang war er über das Vorwort noch nicht hinausgekommen. Aber es eilte ja auch nicht, wie er gerade erfahren hatte. Er ging ächzend in die Knie und kramte es zwischen gebrauchten Taschentüchern und einer alten Zeitung heraus. Er wollte schon wieder aufstehen, da streifte sein Blick den Titel. Er erstarrte mitten in der Bewegung. »Kreizkruzi…« Er hatte sich nicht mehr daran erinnert, zu lange lag der Kauf des Buches schon zurück. Aber ihm war klar, dass er seiner zukünftigen Schwiegertochter kein Buch unter die Nase halten konnte, das den Titel trug …

»Darum nerven Japaner!« Sein Sohn stand hinter ihm und las laut die Schrift auf dem Einband, dann schlug er sich laut lachend auf die Schenkel. »Vatter, du bist wirklich einmalig. Als würde man mit einem Comedian zusammenwohnen.«

»Pscht, Himmel, ich hab ja nicht mehr gewusst … pscht!« Er legte seinen Finger an die Lippen, und sein Sohn nickte, wobei er sich Tränen aus den Augen wischte.

Zusammen gingen sie wieder ins Wohnzimmer.

»Was habt's ihr's denn so lustig?«, fragte Erika, nur um gleich hinterherzuschieben: »Und wo ist jetzt das Buch?«

»Ich hab's gesehen«, sprang Markus seinem Vater bei. »Es ist wirklich … toll.« Er biss sich auf die Lippen, um nicht erneut loszuprusten.

Als sie sich wieder gesetzt hatten, ergriff Yumiko noch einmal das Wort: »Also, mein Vater würde sich gerne persönlich und in aller Form dafür entschuldigen, dass es nicht so klappt wie geplant. Es tut ihm schrecklich leid. Er schlägt ein Telefonat per Skype vor.« Sie sah Kluftinger mit großen Augen an.

»Ja, freilich, das kömmer ja … mal … machen.« Er setzte erneut seinen Krug an.

»Wunderbar. Er ruft in einer halben Stunde an.«

Kluftinger verschluckte sich heftig. »In einer … also halben … ich mein: heut?«

»Ja, wie gesagt, er …«

»Also, das passt mir jetzt leider gar nicht. Ich muss ja noch zum Ding … wegen diesem … na, Dings halt. Gell?«

Hilfesuchend blickte Yumiko zu Markus, der schließlich erklärte: »Das geht nicht, Vatter. Der Herr Sazuka steht heut extra früh auf wegen dem Gespräch. Das wär echt ein Affront, wenn du das nicht annimmst. Steht das etwa nicht in deinem … Lehrbuch?«

»Ja, schon, aber …« Verzweifelt suchte Kluftinger nach einem Ausweg, sein Blick irrlichterte zwischen den Anwesenden hin und her. Dann hatte er die rettende Idee: »Aber ich kann doch gar kein Japanisch.«

»Das macht nichts«, sagte Yumiko, »ihr führt das Gespräch ja auf Englisch.«

Kluftinger schluckte. Das wurde ja immer besser. »Aber mein Englisch ist, also, auch nicht mehr sooo …«

»Vatter, mach dir keine Sorgen, wir sind ja dabei, dann können wir dir einsagen.«

»Und außerdem hat mein Vater viele deutsche Geschäftspartner, er versteht die Sprache also eigentlich ganz gut, auch wenn er sie nicht spricht.«

Der Kommissar unternahm noch einen letzten verzweifelten Versuch: »Aber, Yumiko, Miki, ich will wirklich nicht, dass dein Vater … also, was das kostet, ich mein: von Japan.«

Markus winkte ab: »Ihr werdet skypen, das kostet gar nix.«

105

»Ist das was mit Satellit? Wir haben doch Kabel.«

»Wenn's nicht so traurig wär, könnt man fast lachen«, erwiderte sein Sohn. »Wir erklären's dir gleich. Und du musst dir auch keine Sorgen machen: Mikis Vater könnt sich einen eigenen Satelliten kaufen, wenn er wollte, so reich ist der.«

Yumiko winkte verlegen ab, und Kluftinger sank in sich zusammen. Ihm war klar, dass es keinen Ausweg gab. Er musste sich dieser Situation stellen, für seinen Sohn und seine Schwiegertochter. Für den Familienfrieden. Auch wenn die Aufregung sicher Gift für sein Herz war. »Gut, wenn ihr meint. Bin gleich wieder da.« Er erhob sich langsam und schleppte sich zur Tür. Draußen kramte er noch einmal sein Buch aus der Tasche. Er wollte auf der Toilette nachschauen, ob nicht wenigstens ein paar Dinge über Telefongespräche drinstanden, die ihm vielleicht weiterhelfen konnten. Wirklich hilfreiche Tipps konnte er auf die Schnelle jedoch nicht finden. Nur den Hinweis, dass es in Japan in Automaten Sexspielzeuge und sogar getragene Damenunterwäsche zu kaufen gab. *Priml.*

Als er wieder zurück ins Wohnzimmer kam, stand Markus' Laptop auf dem Esstisch, und Kluftinger schöpfte wieder Hoffnung. »Ach, telefonieren wir jetzt doch nicht?«, fragte er, wobei er Mühe hatte, seine Freude darüber zu verbergen.

»Doch, doch, Vatter. Aber damit.«

»Mit dem Computer?«

»Mit dem Computer.«

»Du musst deinen alten Vatter nicht immer verarschen, Bürschle, ich kenne sehr wohl den Unterschied zwischen einem Computer und einem Telefon.«

»Und du weißt natürlich auch, dass man mit einem Computer und entsprechender Software telefonieren kann, oder?«

»Ich … ja, Software. Sicher, das machen wir ja auch manchmal … im G'schäft.«

Yumiko lächelte: »Toll, also das wird sicher ein gutes Gespräch.«

»Ich hol dir noch was zu trinken, nicht dass du einen trockenen Mund kriegst«, sagte Erika und stand auf.

»Ich weiß nicht, ob wir so viel reden werden.«

Markus tippte auf dem Computer herum. »So, dann legen wir dir erst mal ein Konto an.«

»Online? Spinnst du? Das räumt mir doch sofort eine von diesen Bazillen da aus. Und warum überhaupt ein Konto? Ich hab doch eins bei der Sparkasse.«

Markus rollte die Augen: »Also erstens: Viren. Zweitens: kein Sparkonto. Hast ja eh nix zum Drauftun. Ich mein ein Skype-Konto.«

Kluftinger verstand nicht. »Ach so. Aber ohne Dispo, gell, die haben bestimmt horrende Zinsen in dem … Internet da. Ruck, zuck bist du überschuldet, das hat's ganz schnell.«

Markus wandte sich an Yumiko: »Bist du sicher, dass wir den Herrn da auf deinen Dad loslassen sollen? Vielleicht kommt er sonst gleich angeflogen und schleppt dich wieder zurück in die Heimat.«

Yumiko stieß ihren Freund in die Seite. »Jetzt sei doch nicht so. Sie werden sich gut verstehen. Ganz sicher.« Die letzten Worte sagte sie etwas zu euphorisch, fand Kluftinger.

»Also, was geben wir dir denn jetzt für einen Benutzernamen?« Markus dachte angestrengt nach. In diesem Moment rief Erika aus der Küche: »Ohne Kohlensäure, gell, Butzele?«

Markus' Gesicht hellte sich auf: »Das ist es, danke, Mutter, gute Idee. Butzele also. Jetzt fehlt uns nur noch ein Kennwort. Nein, Moment, hab schon eins. Mama hat mir erzählt, dass du vorher bei der Anprobe ›was im Auge‹ hattest, gell. Also nehmen wir als Passwort *blaerhafen.*«

»Woher weißt du das, mit dem … Auge?«

»Die Mutter hat noch nie was für sich behalten können, Vatter!«

»Priml.«

»Wär auch gegangen statt Blärhafen.«

»Was ist eine Plärharfe?«, fragte Yumiko interessiert. »Ein Musikinstrument?«

»Ja, aber das jault ein bisschen«, antwortete ihr Freund lachend.

»So, dann kann's ja losgehen.« Mit diesen Worten drehte Markus den Laptop um hundertachtzig Grad, so dass sein Vater nun den Bildschirm vor sich hatte. Ein Fenster erschien, auf dem ein Mann etwas dümmlich in die Kamera glotzte. »Ha, der sieht ja aus wie ich«, sagte Kluftinger, winkte und grüßte freundlich: »Hello!«

»Schon gut, jetzt machst du wieder Sprüche, vorher hast du noch nicht mal gewusst, dass es so eine Möglichkeit zur Videotelefonie überhaupt gibt.« Kluftingers Sohn beugte sich vor. »Aber wart mal, ich mach dein Bild wieder weg, wenn dich das irritiert. Kann ich ja nachvollziehen.«

»Nein, nein, lass mal«, wehrte der Kommissar ab. Eigentlich war das ja ganz praktisch. Ein digitaler Spiegel sozusagen. Er fuhr sich durchs Resthaar und drehte seinen Kopf erst nach links, dann nach rechts.

»Fesch schaust du aus«, befand Erika, als sie wieder ins Wohnzimmer kam und sich ihm gegenübersetzte.

»Ja, das wird die deutsch-japanischen Beziehungen in ungeahnte Höhen katapultieren. Vielleicht solltest du die alte Allianz mit Deutschland mal in einem Nebensatz erwähnen.«

»Meinst du?«

»Um Gottes willen, nein, das war doch bloß Spaß. Keine Politik, okay?«

Yumiko nickte ernst. »Das wäre wirklich besser. Und noch etwas: Mein Vater wird vielleicht das Geschenk ansprechen, das ich euch von ihm überreichen sollte. Es wär ganz gut, wenn du weißt, dass es sehr guter Sake aus Japan war. Wenn du dich dafür bedankst, darfst du aber nicht zu überschwenglich sein, sonst sieht es so aus, als ob du es nicht gut findest. Klingt komisch, ist aber so.«

Kluftinger schwirrte vor so viel Regeln schon der Kopf. »Willst du dich nicht neben mich setzen, Erika? Du kannst ja auch mal was Nettes zum Herrn Suzuki …«

»Sazuka«, korrigierte Yumiko. »Wir Japaner sind da etwas eigen, was die Namen angeht. Aber mein Vater würde dich nie auf den Irrtum hinweisen, deswegen sag ich's lieber vorher. Und es wäre auch besser, wenn du erst mal allein mit ihm sprichst. Meine Mutter wird beim ersten Gespräch auch nicht dabei sein. Aber ich werde zuerst noch meinen Vater begrüßen.«

Kluftinger seufzte tief und lange, dann sagte er: »Also, dann pack mer's. Umso schneller simmer fer… also, in Kontakt, wollt ich sagen.«

In diesem Moment ertönte vom Rechner eine Melodie, und eine Nachricht vermeldete: »Doktor Sazuka ruft an.«

Auweh, dachte der Kommissar, *noch ein Doktor …*

»Also, jetzt gilt's!« Markus reckte den Daumen nach oben und klickte noch einmal, dann verschwand Kluftingers Bild, und das Display zeigte stattdessen einen Mann in einem perfekt sitzenden grauen Anzug mit fliederfarbener Krawatte. Er hatte pechschwarzes Haar, das an den Schläfen schon etwas ergraut war, was ihm einen distinguierten Ausdruck verlieh. Der Mann deutete eine Verbeugung an und sagte dann: »Moshi moshi!«

Der Kommissar war irritiert: *Muschi, Muschi?* Er hatte bei seiner rudimentären Recherche ja einiges über die sexuelle Freizügigkeit der Asiaten und über Geishas gelesen, aber gleich derart mit der Tür ins Haus zu fallen … Vielleicht bedeutete es auf Japanisch ja auch etwas ganz anderes.

In diesem Augenblick begann Yumiko neben ihm in ihrer Muttersprache zu reden, und nun wurde Kluftinger klar, dass dieses »Muschi« ihr Spitzname war. Er nahm sich vor, diesen bei Gelegenheit auch einmal zu benutzen.

Der Mann im Laptop antwortete seiner Tochter, dann nickte er, und Yumiko setzte sich zu den anderen. Kluftinger blickte auf den Bildschirm und wartete, was nun passieren würde, doch es tat sich nichts. Der Mann starrte nur irgendwo neben die Kamera ins Ungewisse, und Kluftinger vermutete, dass dort ein Fernseher lief, was ihn ein bisschen ärgerte. Deswegen beschloss er, das Gespräch selbst in Gang zu bringen: »Grüß Gott, Herr … Doktor. Ei ähm Klaftinscher«, sagte er langsam und sehr laut, als müsse er die große geografische Distanz mit seiner Stimme überwinden.

109

Der Mann deutete eine leichte Verbeugung an: »Hai.«

Kluftinger fand das überraschend leger für ihre erste Begegnung und antwortete entsprechend: »Servus.«

»Hai.«

»Ja, hallo.«

»Hai.«

»Ist was mit dem Mikrofon?«, zischte er seinem Sohn zu. »Der begrüßt mich immer wieder, ich glaub, der hört mich nicht.«

Bevor Markus antworten konnte, tönte es aus dem Rechner: »I can understand you, Kluftinger-san.«

Der Kommissar schüttelte den Kopf. »No. No. Not son. Markus is … ei ähm Vatter … also: faser.«

Markus vergrub den Kopf in den Händen. Kluftinger begann zu schwitzen. Das war noch mühsamer, als er befürchtet hatte.

»Hai.«

»Gut, dann halt noch mal: Grüß Gott.«

»Hai.«

Der Kommissar schnaufte hörbar aus. Er wollte gerade etwas erwidern, da zischte sein Sohn: »Hai heißt ›ja‹, Vatter. Und sag nicht immer ›no‹, das gehört sich in Japan nicht. Da gibt es kein ›nein‹!«

Der Kommissar verbiss sich einen Fluch. Vielleicht war es besser, erst mal zu schweigen.

Es folgte eine Minute der Stille, dann sagte der Asiate gravitätisch: »Thank you for hosting my daughter.«

Kluftinger lief rot an. Hatte er denn immer noch nicht verstanden? »No, no«, platzte es aus ihm heraus, da fiel ihm Markus' Warnung wieder ein, und er korrigierte: »Yes, schon, but … ei ähm not hosting Yumiko … selber. Ei ähm Vatter. Markus immer hosting … ei sink.« Die Japaner gingen noch offenherziger an die Dinge heran, als er gelesen hatte. Vielleicht machte sich der Vater im fernen Japan aber auch Sorgen, ob die beiden Turteltauben in ihrer Leidenschaft entsprechende Vorkehrungen trafen, nicht dass er zu früh zum Großvater würde. »Ei sink … Markus is … kruzifix, na … verantwortungsvoll wiss hosting, you know?«

110

»Hai, hai.« Der Japaner nickte und lächelte. Dann verstummte er wieder. Die Minuten verstrichen, doch der Doktor machte keine Anstalten, etwas zu sagen, stattdessen saß er mit versteinertem Gesicht da und blickte wieder in die Ferne. *Der hat heut wohl koi Bauernsprechstund,* dachte der Kommissar, und obwohl er sich vorgenommen hatte, die Pause auszusitzen, hielt er dem Druck irgendwann nicht mehr stand und nahm das Gespräch wieder auf: »Frau Subaru auch very good?«

Das Pokerface des Asiaten bewölkte sich für den Bruchteil einer Sekunde, ein Auge zuckte etwas, dann hatte er sich wieder unter Kontrolle und lächelte. »Hai.«

»Sazuka«, zischte Markus wütend, und Kluftingers Kopf lief rot an. *Zefix,* er hatte gewusst, dass der Name irgendwas mit Autos zu tun hatte. Aber es war ja auch kein Wunder, so viele Fallstricke, und das unvorbereitet, da konnte man ja nur …

»I am very sorry that we won't be able to visit you the way we intended to«, kam es nun aus dem Laptop.

Kluftinger hatte kein Wort verstanden. Er taxierte Yumikos Vater eine Weile, versuchte, eine Information aus dessen Gesicht herauszulesen, doch da war nichts. Überhaupt nichts.

»Mein Vater hat sich entschuldigt, dass sie nicht kommen können.«

Kluftinger wollte schon eine wegwerfende Handbewegung machen und ihm sagen, dass er sich nicht entschuldigen müsse, da fiel ihm wieder ein, dass man ja nichts verneinen, nichts ablehnen solle, also sagte er: »Ja, das passt schon. Okay. Ich bin ja froh.« Die drei Gegenüber des Kommissars versteiften sich merklich. »Ich mein, ei mihn, also ich bin froh, dass es nix earnestes was. Nicht ernst, gell? Inaff auch in ein, zwei years noch … still.«

Das Gesicht des Asiaten war so ausdruckslos, als lese er gerade das Tokioter Telefonbuch.

Kluftinger schwitzte. Immer diese langen Pausen, das hielt doch kein Mensch aus. Schlimmer, als wenn er mit seinem·Vater telefonierte!

»Sushi!«, hörte er sich auf einmal sagen. Er wusste nicht, warum oder wo das Wort hergekommen war, es war einfach herausgepurzelt. An der Miene seines Gesprächspartners, noch mehr aber an den Gesichtern seines Sohnes, Yumikos und Erikas, konnte er ablesen, dass niemand wirklich verstand, was er hatte sagen wollen. Also erzählte er einfach die einzige Geschichte, die ihm zu diesem Wort einfiel. »Ei eat Sushi, in Kempten-City, then big Wasabi-Bollen, then …« Er machte lautstarke Würgegeräusche. Er hoffte, dass die Pointe auch mit diesen rudimentären Informationen einigermaßen verständlich war. »When you here, Erika macht Kässpatzen. Käs-spatz-en. Hmmm. And Wurschtsalat. You kenn… know Wurschtsalat?«

Sazuka sagte: »Hai«, und fuhr dann fort: »Do you like the gift?«

Jetzt wusste sich Kluftinger doch nicht mehr anders als mit einem »Nein« zu helfen, denn dass sein zukünftiger Gast dachte, Kässpatzen seien giftig, konnte er so nicht stehen lassen. »No, no, kein Gift. Essen, hmm.« Er rieb sich den Bauch. »Gift not good, Mister Sudoku. Gift schlecht. Very bad.« Wieder machte er Würgegeräusche.

Zum ersten Mal zeigte Sazuka eine eindeutige Regung. »You think, the gift is not good?«, bellte er zurück.

»No, not. Ganz very bad.«

In diesem Moment sprang Yumiko auf, stellte sich hinter den Kommissar und sagte ein paar Sätze auf Japanisch. Sofort nahm das Gesicht des Asiaten wieder die undurchsichtige Teilnahmslosigkeit an, die Kluftinger so irritierte. Markus saß mittlerweile resigniert im Sessel. Um diesmal erst gar keine Pause aufkommen zu lassen, stellte Kluftinger sofort die nächste Frage: »Wo ist denn … Miss? Also, Frau? Your Erika?«

Der Mann schien nicht zu verstehen. Da mischte sich Yumiko wieder ein und sagte etwas in ihrer Muttersprache, woraufhin Sazuka ihr zu Kluftingers Empörung den Mittelfinger zeigte.

»Also, das ist doch … Umgangsformen habt ihr …«

Wieder griff Yumiko ein: »Nein, das mit dem Finger heißt:

Meine Mutter ist oben im ersten Stock«, erklärte Yumiko und fügte an, dass manche Gesten kulturell unterschiedlich verwendet würden.

»Please come and visit us, Kluftinger-san«, erklärte Sazuka schließlich, was der Kommissar erleichtert als Einleitung des Gesprächsendes verstand.

»Hai, hai … wahrscheinlich«, sagte er deshalb, woraufhin der Asiate sich leicht verbeugte.

»We come to see you soon«, tönte es aus dem Laptop.

»Ach, it does not … press … it's not pressant«, schloss Kluftinger, dann beendete Sazuka die Konversation mit zahlreichen Verbeugungen.

Erwartungsvoll blickte Kluftinger in die Gesichter seiner Gegenüber. »Ist doch ganz gut gelaufen, oder?«

»Suuuper, Vatter. Ich glaub, wir brauchen in nächster Zeit wohl nicht mit einem Besuch der Sazukas zu rechnen.«

»Sag ich doch«, brummte Kluftinger. »Gut gelaufen.«

Fünfter Tag

Kluftinger war ziemlich spät dran heute, sein Passat war zunächst nicht angesprungen, und so hatte er sich mit Hilfe des Smart und des Überbrückungskabels erst einmal selbst Starthilfe geben müssen. Seine Kollegen waren sicher schon im Büro, in zehn Minuten begann die Morgenlage. Würde er eben heute einmal verbotenerweise im Hof parken müssen. Viel schlimmer war, dass er sich in den nächsten Tagen auch noch um eine neue Batterie kümmern musste.

Er lenkte seinen Passat in hohem Tempo Richtung Kempten, als er auf einmal seltsame Klänge vernahm.

Gott mit dir, du Land der Bayern …

Hatte sein Zustand nun auch das Gehirn angegriffen? Hörte er Stimmen? Und wieso sangen die ausgerechnet die Bayernhymne?

… deutsche Erde, Vaterland …

Bildete er sich das nur ein? Zu den Klängen kam nun auch noch ein seltsames Beben in seiner Brust. Sah so das Ende aus? Man hörte die Bayernhymne und dann … zack?

Über deinen weiten Gauen ruhe seine Segenshand …

Reflexartig zog er das Handy aus der Innentasche seines Jankers. Natürlich, das war es, was da vibrierte und klingelte.

»Herrgott, was für ein Depp hat denn da rumgefummelt? Bestimmt der Zint. Das schöne Barbados-Lied«, zischte er, hob ab und klemmte sich das Telefon zwischen Schulter und Ohr, um seine Hände zum Fahren frei zu haben. »Wer nervt?«, fragte er mürrisch in den Hörer.

»Richie hier, Morgen …«

Irgendetwas in der Stimme seines Kollegen sagte ihm, dass es ernst war. »Was ist los, Richie?«

»Wir haben einen neuen Fall. In der Stiftsstadt, Fürstenstraße, da hinterm Kornhaus. Komm bitte gleich vorbei, ja?«

Kluftinger schluckte. Wenn Maier so sachlich klang, war es in der Regel nicht nur eine kleine Brandstiftung. »Was ist denn los?«

»Tötungsdelikt. Den Rest lieber nicht am Telefon. Bis gleich.«

»Ich kauf mir nur noch schnell eine Brotzeit für später, dann komm ich.«

»Die Brotzeit kannst du dir getrost sparen! Bis dann.«

Der Kommissar seufzte tief. Schon wieder ein Mord? *Die Brotzeit könne er sich sparen,* hatte Maier gewarnt. Kluftinger machte sich auf das Schlimmste gefasst und drückte noch ein bisschen mehr aufs Gaspedal.

Er musste nicht lange suchen: Als er in die Straße hinter dem Kemptener Kornhaus einbog, bot sich ihm ein bekanntes Bild: Streifenwagen, die Dienstwagen seiner Abteilung, der Erkennungsdienst. Die Uniformierten hatten das kleine Sträßchen abgesperrt. Der Kommissar stieg aus, grüßte wortlos mit einem Kopfnicken in die Runde und sah an dem Haus hinauf, vor dessen Eingangstür ebenfalls Beamte warteten: ein renoviertes altes Stadthaus, vier Stockwerke hoch, wie es einige hier in der alten Stiftsstadt Kempten gab. Er gab sich einen Ruck und trat in den Hausgang.

»Ganz oben, Herr Hauptkommissar«, gab ihm ein Polizist noch mit auf den Weg. Kluftinger entging nicht die seltsam gedrückte Stimmung, die hier herrschte. Dieser Eindruck verstärkte sich, als er den letzten Treppenabsatz erklommen hatte. Hefele stand an einem kleinen Gangfenster, er hatte sich abgestützt und atmete schwer.

»Servus, Klufti«, presste er hervor, als er sich umwandte, und fügte leichenblass hinzu: »Das ist nix für dich da drin, glaub's mir!«

»Riecht's schon?«

»Das nicht, muss heut Nacht passiert sein. Der Wohnungseigentümer. Aber ich sag dir: Da war ein Metzger am Werk.«

Kluftinger stieß die Luft aus, nahm all seine Professionalität als Polizist zusammen, zog sich Überschuhe und Latexhandschuhe an, die in Kartonspendern vor dem Eingang bereitlagen, und drückte die Wohnungstür auf. Das Schloss war intakt, keine sichtbaren Einbruchsspuren, notierte er im Geiste. Also hatte das Opfer möglicherweise den oder die Täter gekannt. Drinnen erwarteten ihn ein heller Flur, moderne Holzdielen, Glastüren, weiß verputzte und gekalkte Wände. Eine so moderne, nüchterne Wohnung hatte er hier in der verwinkelten Altstadt nicht vermutet. Er blickte die Korridorflucht entlang. Sie mündete in einen großen Raum, wahrscheinlich das Wohnzimmer, von dem aus eine Tür auf eine große Dachterrasse führte. Davor zeichneten sich unter einer weißen Plane die Umrisse eines Körpers ab. Wie ferngesteuert ging Kluftinger den Gang entlang. Er nahm nur am Rande wahr, dass in der Küche, die als erster Raum links abging, einige Kollegen vom Erkennungsdienst standen und ihn mit leeren Augen ansahen.

Aus einem Raum rechts des Korridors trat Eugen Strobl.

»Wer?«, fragte Kluftinger bloß.

»Christian Hübner. Hat hier allein gewohnt. Ledig, neununddreißig. Versicherungsmakler. Seine Freundin versuchen wir gerade zu erreichen. Keine Einbruchsspuren, aber das hast du wahrscheinlich schon gesehen.«

»Mhm. Wie?«

»Schau's dir besser nicht an, Klufti. Das ist … wie soll ich sagen: So was haben wir alle noch nie gesehen.«

»Jetzt red nicht groß rum, ich will mir selber ein Bild machen.«

Kluftinger wunderte sich über sich selbst. Auf einmal glaubte er seine Leichenunverträglichkeit besiegt – nun stand der Polizist im Vordergrund, der seine Pflicht zu tun hatte. Vielleicht auch, weil er mit sich selbst im Moment so viel zu tun hatte, Sterblichkeit auf eine unerwartete Art ein greifbares Thema geworden war. Dennoch wurde ihm ein wenig flau, als er die riesige Blutlache sah, die sich unter dem Leichnam gebildet und das rauhe Parkett getränkt hatte.

Erschrocken kam Richard Maier vom großen Panoramafenster, das den Blick auf die Basilika Sankt Lorenz und das Kornhaus freigab, auf ihn zugestürzt.

»Nicht, Chef. Das ist heftig, echt!«

»Schon vom Feinen, ja«, pflichtete ihm auch Willi Renn bei, der auf dem Boden kniete und mittels einer Spezialfolie eine Fußspur sicherte. »Ich hab schon Fotos auf dem Laptop, wenn du dir das live nicht antun willst …«

Kluftinger machte eine wegwerfende Handbewegung und bedeutete einem von Willis Kollegen, die Plane vom Körper des Toten zu heben. Der Kommissar riskierte einen schnellen Blick. Und erkannte einen Mann, dessen gesamter Oberkörper über und über mit Blut besudelt war. Der Kopf lag schräg, das Gesicht zu Kluftingers Erleichterung von ihm weggedreht, als wolle der Ermordete noch einmal die beeindruckende Aussicht von seiner Dachterrasse über die Kemptener Innenstadt genießen.

Dann wandte Kluftinger sich ab. Mit aller Gewalt versuchte er, seine Übelkeit niederzukämpfen, den Schwindel und das wieder einsetzende Stechen in der Herzgegend zu ignorieren.

»Richie«, wandte er sich an Maier, »irgendwelche Hinweise auf eine Beziehungstat?«

»Nun, die Freundin ist noch nicht erreichbar, ihr Handy ist aus. Aber sie arbeitet wohl im Krankenhaus, der Roland kümmert sich gerade drum.«

»Haben wir schon die Tatzeit?«

»Der Böhm geht von gestern Nacht aus, zwischen elf und drei, meint er, könnte es gewesen sein.«

»Wo ist denn der überhaupt?«

»In der Küche«, gab Maier knapp an.

»In der Küche? Aha. Wieso ist denn da so ein Auflauf?«

Richard Maier antwortete nur zögerlich: »Du … die haben noch was … gefunden.«

»Himmelarsch, Richie, was druckst ihr denn alle so rum? Ich krieg nicht gleich einen Herzkasper und fall vom Stängele! Also, was haben sie gefunden?«

In diesem Moment kam Georg Böhm in den Raum. In der Hand hatte er einen Plastikbeutel, der aussah, als enthalte er etwas Gefrorenes, ein Stück Fleisch oder … »Wenn das so ist, Klufti«, sagte er trocken, schob seine Baseballkappe aus der Stirn und hielt die Tüte hoch, »hier ist das Herz, das unserem Toten gestern mit roher Gewalt aus dem Körper entfernt wurde. Wir haben es gerade im Gefrierfach gefunden.«

Kluftinger wich jegliche Farbe aus dem Gesicht. Er schwankte zu dem Ledersofa, das vor der Panoramascheibe stand, und ließ sich in die Kissen fallen. Strobl und Maier warfen Böhm schockiert strafende Blicke zu, dann sahen sie mitleidsvoll zu ihrem Vorgesetzten.

»Was denn? Wir sind doch nicht auf einem Kindergeburtstag hier, oder?«, rechtfertigte sich der Gerichtsmediziner.

Dann übermannte Kluftinger mit einem Mal eine schreckliche Übelkeit, er sprang auf, riss die Balkontür auf und sog die frische Morgenluft in seine Lungen. Schneller als erwartet hatte er sich durch die Kälte und den Sauerstoff wieder gefangen und sah starr zu seinen Kollegen zurück. Böhm hatte das Herz mittlerweile auf die Plane zum Toten gelegt.

»Zefix«, presste er leise hervor, »so was kennt man doch sonst höchstens aus diesen brutalen schwedischen Krimis! Und das ausgerechnet bei uns. Meint ihr, das hat irgendeinen rituellen Hintergrund?«

»Schwer zu sagen, aber normal ist das mal nicht«, bemerkte Strobl.

Hinter Roland Hefele, der sich offenbar auch wieder gefangen hatte, traten nun die Bestatter in den Raum. Böhm wies sie an, den Toten mitzunehmen und in die Gerichtsmedizin nach Memmingen zu bringen, während Kluftingers Kollegen zu ihm auf die weitläufige, mit Holz ausgelegte Dachterrasse kamen.

»Kein schlechter Ausblick, wie?«, sagte Richard Maier versonnen.

»Einer nach dem anderen beißt hier ins Gras, das ist doch nicht mehr normal!«, murmelte Kluftinger. »Was ist hier bloß passiert?«

»Das hier, das könnte schon irgend so ein Mafiading sein, wie die Journalistin auf der PK gemeint hat, oder?«, mutmaßte Strobl.

»Jetzt lasst uns nicht wild spekulieren«, sagte Kluftinger, wurde aber von Georg Böhm unterbrochen.

»Also, ich sag mal so: Ich würd zumindest ein Verbrechen nicht ausschließen.«

Entsetzte Blicke trafen den Mediziner.

»Ja, ja, schon recht«, fuhr er ein bisschen weniger forsch fort, »also das war schon eher die Arbeit eines Metzgers als die eines Chirurgen. Das Herz wurde durch einen Schnitt unter dem Rippenbogen rausgeholt. Er hat mehrere Einstiche im Bauchraum, dazu stumpfe Traumata am Kopf. Tatwaffe haben wir bislang keine, auch kein Messer. Was genau zum Tod geführt hat, kann ich euch eh erst nach der Sektion sagen. Ich hol mir da auf jeden Fall einen Kollegen aus München dazu. Vier Augen sehen in dem Fall mehr als zwei – ich gehe davon aus, dass niemand von euch der Prozedur beiwohnen will, oder?« Böhm blickte in betretene Gesichter. »Kein Problem. Ich sag euch Bescheid, wenn ich Genaueres weiß. Also, ich mach mich mal auf den Weg, pfiat's euch zusammen!« Er wandte sich mit einem Kopfnicken um und ging.

»Sagt mal, wer hat ihn denn gefunden?«, fragte Kluftinger auf einmal.

»Ein Nachbar«, erklärte Strobl. »Wohnt nebenan. Der geht recht früh mit seinem Hund raus. Ein ganz kleiner, so ein Beagle ist das. Er geht raus, der Hund ist nicht angeleint und rennt durch die angelehnte Tür in die Wohnung hier – und als er ihn wieder rauspfeift, hat der eine blutverschmierte Pfote. Der Mann ist erstaunlich ruhig. Sitzt unten im Streifenwagen. Willst du mit ihm reden?«

»Das reicht später. Wenn ich nachher runtergeh, schau ich kurz zu ihm.«

»Übrigens hab ich jetzt die Freundin erreicht, in der Klinik oben, die müsste gleich da sein«, vermeldete Hefele. »Sie hatte Nachtdienst auf der Intensivstation, innere Abteilung. Sie weiß aber noch nix Genaues, ich hab nur gesagt, sie soll bitte möglichst bald herkommen.«

»Gut, danke, Roland.« Kluftinger ging ein paar Schritte in Richtung der Brüstung, dann lehnte er sich dagegen und stützte den Kopf auf. Mit zusammengekniffenen Augen sah er über die Stadt. Er atmete schwer. Unter welchen Umständen wurde ein Mensch zu einem solch grausamen Schlächter? Er blieb noch eine Weile stehen, seufzte, holte tief Luft und ging wieder hinein. Versuchte wie immer, den Tatort zu lesen, nahm die Eindrücke in sich auf, speicherte sie. Vertraute darauf, dass die Details später wieder abrufbar sein würden, geordneter als jetzt.

Es gab keine Kampfspuren, nur diese Unmenge Blut. Ein Glas auf dem Tisch, Colaflasche daneben, offen. Eine Packung Pistazien, in der Schüssel daneben die leeren Schalen. Ob er ferngesehen hatte?

»Willi?«, rief Kluftinger.

Renn streckte den Kopf zur Wohnzimmertür herein. »Wer stört?«

»Hast du Fingerabdrücke am Fernseher gefunden?«

»Fehlanzeige. Abgewischt. Aber gut mitgedacht, Kollege!«

Kluftinger ließ den Blick weiter schweifen. Das Parkett war vollgesogen mit Blut. Ansonsten alles sauber, kein Stäubchen am Boden, sicher eine Putzfrau, die dem Versicherungsmakler die Wohnung in Schuss hielt. Dann fiel sein Blick auf einen Teil der getrockneten Blutlache, die irgendwie seltsam aussah. Die ansonsten glatte Oberfläche hatte eine kleine Vertiefung am Rand. Der Kommissar ging neben dem Körper in die Knie und be-

121

trachtete die Lache genauer. Als ihm der metallische Geruch des Blutes in die Nase stieg, richtete er sich reflexartig wieder auf. »Willi?«

Diesmal dauerte es ein wenig länger, bis sich Renn im Türrahmen zeigte. Seinem Gesichtsausdruck konnte Kluftinger entnehmen, dass der Erkennungsdienstler über die erneute Störung nicht eben erfreut war.

»Klufti, ich hab zu tun …«

»Schon klar, Willi, aber diese Lache da, die sieht … irgendwie komisch aus. Habt ihr das gesehen?«

Willi nickte, verschwand wieder und kam ein paar Sekunden später mit einem Plastiktütchen zurück. Er hielt es dem Kommissar vor die Nase. In dem Tütchen befand sich ein weißes Plastikröhrchen, vielleicht fünf Zentimeter lang. Ein kleines Stückchen war herausgebrochen, ein Riss zeichnete sich über die ganze Länge ab. Außerdem war ein Streifen geronnenen Blutes zu sehen.

»Was ist das?«, fragte der Kommissar.

»Nicht die geringste Ahnung. Aber fürs Kombinieren bist du zuständig.«

Kluftinger dachte nach. »Habt ihr schon ein Foto gemacht von der Stelle, wo es gelegen ist?«

Sein Kollege blickte ihn fragend an, zuckte dann mit den Schultern und holte eine Digitalkamera heraus. Er drückte eine Weile darauf herum und zeigte ihm dann das entsprechende Bild.

»Bitte ein bissle größer.«

Willi schnaufte und drückte wieder einige Knöpfe.

Der Kommissar nickte. »Siehst du das? Das Ding ist vom Blut umschlossen, auch unter ihm ist Blut, wie man sieht. Es muss also erst später draufgefallen sein. Das heißt …«

»… es könnte vom Täter kommen.« Willi grinste ihn an. »Ich sag ja: Fürs Kombinieren bist du zuständig.«

Kluftinger lächelte und wandte sich ab. Da sich die Bestatter gerade daranmachten, den Toten in einen Transportsarg umzubetten, beschloss er, sich einmal in den anderen Zimmern der Wohnung umzusehen.

Im Schlafzimmer, einem völlig kahlen Raum mit zwei bodentiefen Fenstern, der von einem riesigen Futon beherrscht wurde, traf er auf Richard Maier, der gerade mit einem Meterstab auf dem Boden herumkroch. Als er seinen Vorgesetzten bemerkte, sah er erschrocken zu ihm auf.

»Sag mal: Was machst jetzt du da, Richie?«

»Ich? Messen.«

»Aha, und was misst du?«

»Das Zimmer.«

»Wofür?«

»Um seine Größe zu ermitteln.«

»So, und für was soll das bittschön gut sein? Wo hast du überhaupt den Zollstock her?«

»Von Willis Leuten.«

»Und meine zweite Frage?«

»Fürs ... muss ich mich jetzt für meine Arbeit rechtfertigen?« Die Antwort kam ein bisschen zu heftig, als dass Kluftinger die Sache auf sich beruhen lassen wollte.

»Fürs Arbeiten nicht. Aber dafür. Also?«

»Für mich soll das gut sein, wenn du es genau wissen willst.«

»Ich hätt's gern noch einen Tick genauer, Richard.«

Der Beamte rang mit sich. »Ich spiel mit dem Gedanken, nach Kempten zu ziehen. Du weißt schon, das ewige Pendeln. Und ... na ja, es gibt nicht so viele ... freie Wohnungen.«

Kluftinger starrte seinen Kollegen mit offenem Mund an. »Du hast doch einen totalen Knall, Richard!«, entfuhr es ihm. »Wie kann man denn in einer solchen Situation an so was denken? Bist du jetzt übergeschnappt?«

Maier drückte die Tür zu und flüsterte in konspirativem Ton: »Ich hab drüben auf dem Schreibtisch Kontoauszüge liegen sehen, die Wohnung ist ein Schnäppchen. Sogar einen begehbaren Kleiderschrank hat die. Nach so einer Tat ist wahrscheinlich sogar noch eine Mietminderung drin. Das schadet ja

123

niemandem. Im Gegenteil: Für den Vermieter ist es ja eine tolle Sache, wenn …«

»Ich sag dir eins: Wenn du mit dem Vermieter Kontakt aufnimmst und dir diese Wohnung unter Vorteilsnahme verschaffst, dann sorg ich persönlich dafür, dass du in Zukunft im betreuten Wohnen haust, kapiert?«

Eine halbe Stunde später hatten sie Isabell März, die Freundin von Hübner, so gut es ging vernommen. Sie hatten sie gar nicht in die Wohnung gelassen, sondern in einem Polizeiwagen mit ihr gesprochen. Immer wieder war die blonde junge Frau in Weinkrämpfe ausgebrochen, hatte sich die Haare gerauft und mit zitternder Stimme immer denselben Satz wiederholt: »Wieso sollte jemand den Chrissi umbringen wollen?« Wenigstens hatten sie erfahren, dass sie außer dem Toten die Einzige war, die einen Wohnungsschlüssel besaß. Und dass das junge Paar kurz davorgestanden hatte, zu heiraten.

Kluftinger stand zwischen den Einsatzwagen herum und schüttelte den Kopf.

Auf einmal zuckte er zusammen: Willi Renn hatte ihm von hinten eine Hand auf die Schulter gelegt. »Klufti, ich fahr. Meine Leut machen oben noch fertig, aber ich kann schon mal ein paar Sachen verschicken und analysieren. Am interessantesten dürfte ein langes, schwarzes Haar sein, das direkt neben der Leiche gelegen hat – von ihm selbst war's mal nicht.«

»Schwarz?«, fragte Kluftinger schnell. »Nicht blond?«

»Nein, das kann ich grad noch unterscheiden. Der Hefele hat mir schon gesagt, die Freundin sei blond.«

Der Kommissar wandte sich noch einmal Frau März im Wagen zu: »Wissen Sie, ob Ihr Freund jemanden mit langen schwarzen Haare gekannt hat?«

Sie sah ihn entgeistert an. »Wollen Sie damit andeuten, er hatte … nein, nein, er kannte niemanden, glaub ich.« Dann schluchzte sie wieder.

Der Kommissar seufzte. Aus ihr würde bis auf weiteres nichts Sinnvolles herauszuholen sein. Er blickte zu Willi. »Und wie finden wir jetzt raus, wem das Haar gehört? DNA?«

»Das Ende des Haars sieht so aus, als wären da genügend Wurzelzellen dran, also werd ich mal einen Test machen lassen in München. Die können das jetzt aus immer weniger Material analysieren. Selbst wenn wir keine Übereinstimmung mit der Datenbank haben, finden wir so wenigstens raus, ob es sich um ein Männer- oder um ein Frauenhaar handelt. Nicht alle Herren haben so eine … na ja, sagen wir Sommerfrisur wie wir, gell Klufti?« Renn strich sich grinsend über seinen kahlen Schädel.

Sie wurden unterbrochen von einem uniformierten Beamten, der aus einem Kleinbus herausschaute: »Der Herr Lechner wär noch hier, Klufti. Willst du den noch selber vernehmen?«

Kluftinger runzelte die Stirn und ging auf den Beamten zu. Der erklärte leise, dass Hans Lechner, der Nachbar, der den Mann gefunden hatte, schon mehrmals nachgefragt habe, ob er gehen dürfe.

Der Kommissar stieg in den Wagen und setzte sich dem Mann gegenüber. »Sagen Sie, haben Sie sich denn öfters mal im Haus gesehen, der Herr Hübner und Sie?«

»Nein, öfters, das kann man nicht sagen«, antwortete Lechner erstaunlich sachlich und gefasst. Kluftinger schätzte ihn auf Ende sechzig. »Er war auch viel unterwegs, glaube ich. Aber wenn, dann hat man sich schon mal Zeit genommen für ein kleines Schwätzle.«

»Wann haben Sie ihn denn zuletzt gesprochen?«

»Gestern Abend.«

Kluftinger sah auf.

»Gestern Abend? Haben Sie das den Kollegen schon gesagt?«

»Nein, noch nicht.«

»Wann genau war das gestern Abend?«

»Na ja, nach den späten Nachrichten bin ich mit der Simba noch mal raus, vielleicht um Mitternacht, und als ich wiederkam, das müsste dann so eine halbe Stunde später gewesen sein, da hab ich immer jemanden aus der Gegensprechanlage gehört. ›Hallo‹ hat er immer gerufen, und als ich nachgefragt hab, hab ich gemerkt, dass es der Herr Hübner war.«

»Was hat er denn gesagt?«

»Nur, dass er nicht weiß, wer geklingelt hat. Ich hab ihm gesagt, dass ich es nicht war und dass bei mir auch immer mal wieder Leute Klingeln putzen. Mit den ganzen Wirtschaften hier in der Nähe – da kommen viel Leut vorbei, oft so Burschen, die einen über den Durst getrunken haben. Die Jugend halt!«

»Genau genommen haben Sie ihn also nur gehört?«

Lechner stutzte. »Genau genommen: ja.«

»Haben Sie denn jemanden vor dem Haus gesehen, als Sie vom Gassigehen zurückgekommen sind?«

»Nein. Das heißt, na ja, ein Stückle weiter, da ist so ein Pärchen gestanden und hat so … also halt so rumgeknutscht. Aber die waren das nicht, die haben was anderes im Kopf gehabt als Klingelputzen!«

Lechner zwinkerte dem Kommissar zu.

»Könnten Sie die beiden beschreiben?«

Lechner schüttelte den Kopf. »Leider nicht. Es war ja mitten in der Nacht.«

»Wohnen die auch da?«

»Nein, der Hübner und seine Freundin waren das einzige Pärchen, das hier ein und aus ging. Also, junge Pärchen. Jemand, der nachts noch rumknutscht, Sie verstehen.«

Kluftinger bedankte sich, stieg aus dem Auto und ging wie ferngesteuert zu seinem Passat. Er musste jetzt erst einmal allein sein.

Es war anders als sonst. Die Stimmung in Kluftingers Büro war gedrückt, seit ein paar Minuten schon hatte keiner etwas gesagt. Diese Tat hatte offensichtlich bei allen Spuren hinterlassen. Nicht nur wegen ihrer unfassbaren Brutalität. Sie hatten schon viel gesehen, so war es nicht. Aber Kluftinger hatte das Gefühl, dass hier eine Grenze überschritten worden war. Sollte etwas davon an die Öffentlichkeit gelangen, und das würde früher oder später passieren, stünden sie alle unter enormem Druck. Die momentane berufliche Belastung und sein angeschlagener Gesundheitszustand gingen eine Mischung ein, die für ihn langsam zum Problem wurde.

Er räusperte sich. Es war an ihm, etwas zu sagen, den Schrecken mit professionellen Floskeln zu überdecken, die es ihnen ermöglichten, sich auf die Arbeit zu konzentrieren, und aus dem Unfassbaren einen Fall machten, den es zu lösen galt. Doch was sollte er nur wenige Stunden nach der Besichtigung eines solchen Tatorts sagen?

Während er nachdachte, starrte er auf eine Plastiktüte mit einem Streichholzheftchen darin. Es hatte sich in Hübners Briefkasten befunden, was seltsam war. Es passte zu der Reihe offener Fragen, die in ihren Köpfen herumschwirrten. Doch direkt weiter kamen sie damit nicht, denn es fanden sich weder Fingerabdrücke darauf noch ein Werbeaufdruck. Es war nichts als ein schwarzes Heftchen mit schwarzen Hölzern darin. Drei schwarzen Hölzern, um genau zu sein. Der Kommissar hatte das sichere Gefühl, dass es nicht zufällig im Briefkasten gelegen hatte.

»Also«, begann Kluftinger zögerlich, »wir müssen uns jetzt erst mal neu organisieren.« Organisieren, das war gut, das klang nach System, nach Überblick. »Richie, ich würde sagen, du kümmerst dich um den Abschluss der Akten von dem Taximord, das dürfen wir nicht aus den Augen verlieren. Vor allem, weil wir da ja schon so gut wie fertig sind.«

Maier sah auf. »Ich?« Es war ihm anzumerken, dass er mit dieser Aufgabe nicht zufrieden war.

»Ja, du. Du stehst ja mit der Presse in engem Kontakt deswegen.«

Ein leises Lachen der Kollegen. Der erste Schritt zurück zu ihrem Alltag.

»Roland und Eugen … ihr schaut euch schon mal die persönlichen Unterlagen des Toten an, die wir aus der Wohnung mitgenommen haben, ja?« Sie nickten. »Vielleicht finden sich schon Anhaltspunkte, bis die ersten Ergebnisse der Befragungen vom E-Zug mit den Angaben der Hausbewohner eintrudeln.«

Kluftinger war ganz froh darüber, dass sie zur Unterstützung den Einsatzzug bekommen hatten, so blieb ihnen noch ein bisschen Zeit, sich und die Dinge zu sortieren. »Der Böhm will heute noch was schicken, der obduziert im Laufe des Tages. Und der Willi ist schon an der Auswertung, denke ich.«

Die Beamten erhoben sich wortlos und verließen den Raum. Die Stille, die sie hinterließen, war für Kluftinger körperlich spürbar. »Fräulein Henske«, rief er deswegen seine Sekretärin.

»Ja, Chef?« Sie streckte den Kopf zur Tür herein.

Er sah sie an und überlegte, was er ihr sagen könnte.

Nach einer Weile nickte sie nur und lächelte. »Is schon gut, Chef.« Dann zog sie die Tür wieder zu.

Eine Viertelstunde später – Sandy hatte ihm noch einen »Nerven- und Beruhigungstee« gemacht – stand er vor dem Polizeigebäude und zog seinen Schal etwas enger. Es war nicht recht warm geworden, Nebel war aufgezogen, und eine feuchte Kälte machte diesen Vormittag unangenehmer, als es am Morgen ausgesehen hatte. Entschlossenen Schrittes setzte er sich in Bewegung. Er wollte noch einmal zum Tatort gehen, denn er hatte den Eindruck, dass ihn der Schreck über das Gesehene bei seinem ersten Besuch gelähmt hatte. Und ein unbestimmtes Gefühl sagte ihm, dass er möglicherweise etwas Wichtiges übersehen hatte.

Sein Weg führte ihn über den Königsplatz. Er hielt kurz inne, denn dort befanden sich keine parkenden Autos wie sonst, sondern riesige Aufbauten, deren Stahlgerüste wie die gekrümmten Finger einer knochigen Hand in den dunstigen Himmel ragten. Erst nach ein paar Sekunden dämmerte ihm, was er da sah: Der Jahrmarkt wurde gerade aufgebaut. Jetzt erinnerte er sich auch wieder an den Hinweis im Intranet, dass es dort nun für zwei Wochen keine Parkmöglichkeit mehr geben würde.

Er zuckte die Achseln und ging zwischen zwei Wohnwagen hindurch auf den Platz. Er mochte den Jahrmarkt, hatte ihn immer gemocht. Vielleicht wäre es ja eine gute Idee, zusammen mit Erika und Markus mal wieder hierherzukommen. Früher hatten sie schöne Stunden auf diversen Rummelplätzen verbracht. Früher, als alles noch anders, unbeschwert gewesen war.

Er wusste nicht, ob es seine düstere Stimmung oder der Nebel war, aber dieser halb fertige, bis auf ein paar Arbeiter verlassene Jahrmarkt verbreitete nicht die fröhliche, lebendige Stimmung, die er mit einem Rummelplatz verband. Im Gegenteil: Bedrohlich, ja feindselig ragten die Metallgerüste in die Höhe, und immer wieder tauchten hinter einer Ecke verzerrte Fratzen der Jahrmarktsdekoration auf. Als er an der Geisterbahn vorbeikam, beschleunigte er seinen Schritt unwillkürlich. Ein riesiges grünes Monster lag vor der Bahn auf dem Boden, den bluttriefenden Rachen weit aufgesperrt, die an Spinnenbeine erinnernden Finger nach ihm ausgestreckt. Kluftinger rannte nun beinahe. Erst als er die Straße vor dem Platz überquert hatte und in den Stadtpark trat, hielt er an und atmete ein paarmal tief durch. Sein Herz schlug schnell. Er konzentrierte sich auf das Gefühl des pochenden Organs in seiner Brust, versuchte, Unregelmäßigkeiten im Rhythmus oder sonstige Auffälligkeiten zu erkennen. Doch bis auf seinen beschleunigten Puls fühlte sich alles normal an, regelmäßig wie ein Uhrwerk. Ein wenig beruhigter setzte er seinen Weg fort.

Als er an der Lorenzbasilika vorbeikam, überlegte er kurz, ob er eine Kerze anzünden sollte, doch er entschied sich dagegen. Er würde seinen Gesundheitsproblemen durch ein Gebet nur noch mehr Bedeutung zugestehen, als sie ohnehin schon hatten.

Wenig später stand er wieder vor dem Haus, in dem sich gerade noch die Leiche befunden hatte. Ein solcher Mord im *Herzen* der Stadt, dachte Kluftinger, und ein bitteres Lächeln schlich sich ob dieser Metapher auf sein Gesicht.

Da er selbst nicht so genau wusste, wonach er suchen sollte, schlenderte er einfach ziellos umher, sah sich um, ließ die Stimmung dieses Ortes auf sich wirken. Er ging an der Haustür vorbei, blieb kurz stehen, sah zu dem Platz, an dem der Nachbar das Pärchen gesehen hatte, ging zurück – und hielt abrupt inne. Fahrig holte er sein Handy hervor und wählte eine Nummer: »Willi, ich bin's«, platzte er heraus. »Ich steh grad vor dem Haus von heut Morgen. Sag mal: Habt ihr eigentlich von der Türklingel auch Fingerabdrücke genommen? Also, von der unteren, draußen, mein ich …«

Es blieb ein paar Sekunden lang still, dann hörte Kluftinger ein knappes »Nein«. Er wollte schon etwas erwidern, da schob Willi Renn noch ein »Bin gleich da!« hinterher und hängte ein. Er wusste, dass es für Willi nichts Schlimmeres gab, als ein Versäumnis seinerseits oder seiner Leute einzugestehen. Doch darum war es dem Kommissar gar nicht gegangen.

Er steckte sein Handy weg und stand unschlüssig herum, die Hände tief in den Taschen vergraben. Ein Stück entfernt, in einer Ecke des kleinen Platzes, öffnete gerade ein Imbisswagen. Kluftinger zuckte die Achseln und spazierte hinüber.

»Grüß Gott, hätten Sie auch einen Tee?«, fragte er die Frau, die in dem Wagen stand und zum Klang eines Schlagers von Howard Carpendale gerade ein paar Semmeln aufschnitt.

»Nein, da muss ich um Verzeihung bitten. Tee, Spritzgebäck und das getrüffelte Lachssüppchen sind leider aus«, erwiderte sie und zeigte auf eine Tafel, auf der die Getränke – Bier, Limo, Cola, Obstler, Kaffee – angeschrieben waren sowie die wenigen Speisen, die hier verkauft wurden: Leberkäse, Currywurst, Pommes, Kässpatzen nach Omas Rezept.

Der Kommissar dachte kurz nach und sagte: »Dann bitte einen Kaffee.«

Während er so dastand und in seinem Kaffee herumrührte, schaute er auf das Haus, das man von hier aus gut im Blick hatte. Beileibe keine schlechte Wohnlage, nobler, renovierter Altbau, eine riesige Dachterrasse, gleich im Zentrum, der Wochenmarkt und die Fußgängerzone um die Ecke. Kein Wunder, dass Maier sich dafür interessierte, auch wenn er den Gedanken nach wie vor abstoßend fand, in einem Haus zu wohnen, in dem ein derartiges Verbrechen verübt worden war. Selbst für einen Polizisten. Gerade für einen Polizisten.

Als er so auf die Eingangstür blickte, wurde Kluftinger plötzlich klar, dass er sich hier geradezu auf einem Beobachtungsposten befand. Ein idealer Punkt, um … Er drehte sich zu der vielleicht sechzigjährigen Frau in der hellblauen Kittelschürze um, die ihn ein bisschen an die »Drei Damen vom Grill« aus der Fernsehserie erinnerte – nur dass sie mit ihrer gewaltigen Körperfülle alle drei in einer Person verkörperte. »Waren Sie gestern auch hier?«

Die Frau sah ihn bitter an, wischte sich mit dem Arm übers Gesicht und erklärte: »Nein, gestern war ich noch am Strand von Malibu, hier bin ich nur freitags.«

Kluftingers Geduld mit ihr und ihrem Sarkasmus war am Ende, und so zückte er seinen Ausweis, was tatsächlich für ein respektvolles Stirnrunzeln sorgte.

»Heu, jetzt aber«, kommentierte die Frau.

»Und?«

»Ach so, ja, war ich. Ich hab aber nix angestellt.«

»Von wann bis wann?«

»Ich komm immer so um halb elf und bleib bis in die Nacht. Bis die Letzten heimgehen. Ich hab da ja eine Heizung für meine kleine Terrasse, und ich hab schon einige Stammgäste. Bei mir darf man nämlich trinken und rauchen.«

Treffer, dachte Kluftinger. »Ist Ihnen gestern was aufgefallen, da drüben? Ein Rufen? Ein Hilfeschrei? Ein ungewöhnlicher Lärm?« Er zeigte auf die Eingangstür.

Die Frau zuckte mit den Schultern, und Kluftinger präzisierte seine Frage: »So zwischen elf und drei?«

»Hm, mal überlegen. Also, um Mitternacht kommen immer noch die Herren von der Spätschicht vom Maschinenbau Kreutzer, da bin ich etwas abgelenkt. Also, nicht dass ich mich sonst für alle Häuser hier interessieren würde …«

»Natürlich nicht.« Jetzt war es Kluftinger, der sarkastisch klang.

»Jedenfalls, hm, da kam der Mann mit seinem Hund raus wie jeden Abend …«

»Haben Sie ein Pärchen gesehen? Das da … rumbussiert hat?« Die Miene der Frau hellte sich auf. »Ja, die hab ich gesehen. War komisch, die sind erst vor der Tür gewesen, dann sind sie auf einmal ein Stück weg, und dann sind sie doch reingegangen.«

»Haben Sie die beiden gut sehen können?«, unterbrach der Kommissar aufgeregt.

»Nein, gut nicht. Ich könnt sie jetzt nicht beschreiben oder so.«

»Und haben Sie sie wieder rausgehen sehen?«

Man sah ihr an, dass sie angestrengt nachdachte. »Raus? Nein, raus nicht. Das muss jetzt aber nix heißen. Um zwei kommen die von der Disko da drüben, da geht noch mal ordentlich was. Vor allem am Donnerstag, da haben die Ü30-Nacht. Eigentlich der Grund, warum ich so lange hier bin.«

»Und Sie können die wirklich nicht beschreiben?«

»Nein, das sind ja immer so viele, da bin ich …«

»Ich mein das Pärchen.«

»Ach so, hm. Verstehe, ja, das wär natürlich schon wichtig, gell?«

Kluftinger konnte ihr ansehen, dass sie gerne eine Rolle in dieser Ermittlung gespielt hätte. »Also, er, das war so einer … ein richtiger Mann, sag ich mal. Nicht zu klein, nicht zu groß. Vom Gesicht her würd ich sagen: markant. Also, nicht dass ich es gesehen hätt, aber als Frau spürt man so was einfach.«

Der Kommissar seufzte. Er war selbst schuld, hatte er sie doch quasi zu einer Angabe genötigt.

»Ist schon gut.« Er nickte ihr dankend zu und wollte schon weggehen, da fiel ihm noch etwas ein. »Haben Sie gesehen, wo sie hergekommen sind?«

»Von da.« Sie zeigte nach links.

»Von da. Verstehe.« Er drehte sich um und ging.

»Haben da geparkt«, rief sie ihm nach.

Er machte noch einmal kehrt. »Ach, Sie haben sie mit einem Auto kommen sehen?«

»Ja. Die haben da geparkt.«

»Was für ein Auto?«

»Das kann ich nicht sagen. Da kenn ich mich leider nicht aus. Sieht für mich eins wie's andere aus. Und es war auch viel zu dunkel und weit weg. Aber eher ein mittelgroßes.«

»Und die Farbe?«

»Hm. So, mittel, würd ich sagen. Nicht ganz hell, nicht ganz dunkel. Nachts lässt sich das auch schwer unterscheiden.«

»Wie alt?«

»Auch so … mittel.«

»Mittel, verstehe.« Er seufzte und lenkte seine Schritte zu dem kleinen Parkplatz, auf dem das Auto der beiden angeblich geparkt hatte, lief die Parklücken ab, von denen nur eine belegt war. Langsam mussten sie sich mit dem Gedanken anfreunden, dass es zwei Täter waren. Die Angaben des Nachbarn und der Imbissfrau jedenfalls legten das nahe. Plötzlich hielt er inne. An einer Stelle war ein schwarzer Fleck auf dem Kopfsteinpflaster zu erkennen. Er ging in die Hocke, um ihn besser sehen zu können. Dann streckte er den Finger aus und legte ihn auf den Fleck. »Öl …«, flüsterte er zu sich selbst.

»Bist du auf eine Quelle gestoßen? Werden wir jetzt reich?« Willi stand hinter ihm und schaute ihm über die Schulter.

»Reich? Eher nicht. Zu wenig.«

»Was gefunden, was uns weiterhilft?«

Kluftinger betrachtete seine schwarze Fingerkuppe. »Wenn ich das wüsste, Willi. Wenn ich das bloß wüsste.«

Ein paar Minuten später standen sie an der Haustür. Renn zog mit einem Plastikklebestreifen einen rußbestäubten Fingerabdruck vom Klingelknopf ab. Dann klebte er ihn auf ein weißes

Blatt, wo sich die Rillen deutlich abzeichneten. Mit dem Papier in der Hand drehte er sich zu Kluftinger um und sagte nur ein Wort: »Reschpekt!«

Willi Renn hatte Kluftinger wieder mit zurück in die Inspektion genommen, wo der Kommissar noch im Hof beschlossen hatte, seine Mittagspause ausfallen zu lassen und stattdessen die Zeit zu nutzen, um nach Oberstaufen zu fahren. Dort wollte er mit Doktor Steiner sprechen, der nun zurückgekehrt sein musste. Er wollte ihn wegen des Medikaments befragen, das man im Blut am Teufelssee gefunden hatte. Nach seinen Entdeckungen am Tatort war er in Ermittlungslaune.

So betrat Kluftinger kurz nach halb eins die Rehaklinik. Er machte sich gleich auf die Suche nach Doktor Gordian Steiner, doch der war ebenso wenig in seinem Büro anzutreffen wie Professor Uhl. Vielleicht hätte er doch vorher anrufen sollen.

Missmutig machte er sich noch einmal auf den Weg zur Pforte, wo man ihm mitteilte, die Ärzte seien um diese Zeit für gewöhnlich im Speisesaal.

Er brauchte nicht lange, dort den Ärztetisch auszumachen: An den meisten Tafeln saßen Menschen mit Trainingshosen oder ballonseidenen »Dahoimrumanzügen«, wie er sie nannte. Nur an einer hatten ausschließlich weiß gekleidete Männer und Frauen Platz genommen. Er näherte sich ihnen, und kaum hatte ihn der Professor erblickt, kam er ihm schon lächelnd entgegen.

»Nanu, Herr Kommissar, so schnell schon wieder bei uns? Möchten Sie sich selbst einliefern, oder hat sich herumgesprochen, dass unsere Klinikküche den Vergleich mit Behördenkantinen nicht zu scheuen braucht?«

»Ha, eine Kantine hat es bei uns noch nie gegeben. Wir mussten immer schon aushäusig essen.« In sachlichem Ton schob er nach: »Ich bin eigentlich noch einmal wegen Doktor Steiner hier. Kann ich ihn kurz sprechen?«

Der Arzt schüttelte den Kopf. »Tut mir leid, er hat sich noch nicht zurückgemeldet aus dem Urlaub. Aber ich hatte mich vertan, er hat heute noch gar keine Termine hier in der Klinik, auch seine Sprechstunde fängt heute noch nicht an. Schade, dass Sie jetzt umsonst gekommen sind, aber ich hätte doch erwartet, Sie würden vorher anrufen.«

Kluftinger schob betreten die Unterlippe vor. »Ja mei, das ist jetzt blöd … irgendwie.«

Der Professor überlegte kurz, dann fasste er den Kommissar an der Schulter und schlug vor: »Wissen Sie was, wir rufen ihn einfach kurz auf dem Handy an, vielleicht geht er ja doch ran. Aber setzen Sie sich doch einstweilen ein bisschen zu uns.«

Er wies auf den Ärztetisch. Einige grüßten mit einem Lächeln oder einem Kopfnicken. Kluftinger willigte ein und setzte sich an den letzten verbliebenen Platz, sicherlich der, auf dem sonst immer Doktor Steiner saß. Er stellte sich kurz vor und sah dem Professor beim Telefonieren zu.

»Mailbox«, erklärte der keine halbe Minute später. »Tun Sie uns doch den Gefallen und essen Sie mit uns, und wir versuchen es einfach später noch einmal. Normal-, Schon- oder salzarme Kost?«, fragte Uhl.

Der Kommissar rang mit sich selbst und presste dann schweren Herzens ein »Schonkost, bitte« hervor. Uhl nickte einem jungen Kollegen zu, der sofort dienstbeflissen aufsprang, um kurz darauf mit einem Tablett wiederzukommen.

»So, einmal die Diätkost, das ist heute, Moment, ich muss überlegen, damit ich es noch zusammenbringe, das ist gedünstetes Frühlingsgemüse und ein Tofubratling an einer Austernpilzsauce. Vegan, low-carb, low-fat, low-salt.«

»Und trotzdem delikat«, ergänzte Uhl. »Vermute ich jedenfalls, ich hatte das Schnitzel.«

Als Kluftingers Blick auf das Gericht vor ihm fiel, traten ihm kleine Schweißperlen auf die Stirn. Er hatte sowieso schon keinen rechten Hunger, aber wie er dieses Grünzeug, das eher wie Grauzeug aussah, hinunterbekommen sollte, war ihm schleierhaft. Bitter schloss er für einen Moment die Augen, trug inner-

135

lich noch einmal den geliebten Zwiebelrostbraten mit Kässpatzen und ordentlich Sauce zu Grabe und stieß die Gabel in den Gemüseberg.

Zehn Minuten brauchte er, dann hatte er es geschafft. Unter seinen Achseln hatten sich große Schweißflecken gebildet, aber immerhin hatte er nicht vorzeitig aufgeben müssen.

»Nachschlag?«, fragte Uhl mit gewinnendem Lächeln.

Kluftinger lehnte erschrocken ab. »Danke. Gut war's … aber fast ein bissle viel.«

»Ja? Das sehen die meisten unserer Adipositas-Patienten aber ganz anders.« Dann wandte er sich an die Kollegen. »Sagt mal, wisst ihr, wann der Gordian zurückkommen wollte?«

»Ich denke, dass der heut Nachmittag kommt«, mutmaßte die Ärztin neben ihm. »Er will sicher die neuesten Ergebnisse der Testreihe einsehen, bevor die Patienten das nächste Mal in die Ambulanz kommen.«

»Meinen Sie, darauf kann ich warten?«, fragte der Kommissar die Frau.

»Kommt darauf an, aber ich könnte mir gut vorstellen, dass er so um halb drei, drei vorbeischaut.«

»Wissen Sie was«, meldete sich Professor Uhl, »nehmen Sie sich doch eine kleine Auszeit und besuchen Sie während der Wartezeit einen unserer Kurse. Nur so, völlig unverbindlich, zum Schnuppern. Sie sind doch interessiert an unseren Programmen, also packen Sie die Gelegenheit beim Schopf!«

Der Kommissar zog unschlüssig die Schultern hoch.

»Was haben wir denn heut Nachmittag?«, fragte der Professor in die Runde.

»Walking wär vielleicht ganz gut …«, empfahl ein weißhaariger Arzt, schränkte dann jedoch ein: »Aber die machen heut eine längere Tour. Oder Hot-Yoga um zwei. Das wär natürlich was für Körper *und* Geist.«

Körper und Geist. Klingt doch gut, dachte Kluftinger. Und er hatte sogar eine vage Vorstellung von dieser Entspannungstechnik, man lag da wohl auf irgendwelchen Matten und döste vor sich hin. »Ja gut, also … wenn Sie meinen, dann tät ich das mit dem Yoga vielleicht mal … aber bloß, wenn's keine Umstände macht. Aber ich hab kein Sportgwand dabei, falls ich da was brauch …«

»Kein Problem, die Mitarbeiterinnen geben Ihnen was, sagen Sie einfach, ich habe Sie geschickt. Herr Kluftinger, wir müssen leider, uns ist keine allzu lange Mittagspause vergönnt heute, wir haben jetzt gleich Konferenz. Aber nehmen Sie sich einfach einen der Relaxchairs auf der Terrasse und eine Decke und ruhen Sie sich noch so lange aus, bis es losgeht, ja?« Uhl deutete auf die Terrasse vor dem Speisesaal, auf der schon einige Patienten in Liegestühlen schlummerten.

Kluftinger nickte und verabschiedete sich. Ohne Umschweife begab er sich nach draußen und genoss die Ruhe in seiner Liege. Ja, so ließ es sich aushalten. So hatte er sich seinen Ruhestand immer vorgestellt: nach dem Essen in den Sessel, eine Wolldecke, und dann ein bisschen dösen und ganz in Ruhe verdauen. Er räkelte sich wohlig unter seiner Decke und fragte sich, ob das wirklich sein Lebensziel sein konnte. War es schon so weit? War er alt? Über diesen Gedanken sackte sein Kopf zur Seite, und er nickte ein.

Er fiel in einen tiefen, traumlosen Schlaf und wurde erst durch ein heftiges Rütteln geweckt. Er blinzelte benommen ins Licht und sah einen Mann mit Trainingsanzug und Halbglatze, der sich über ihn gebeugt hatte.

»Gott sei Dank!«, sagte der erleichtert und ließ von Kluftingers Schultern ab. »Ich dachte schon, Sie sind tot!«

»Was?«

»Ich hab gedacht, Sie sind hinüber, so blass, wie Sie da im Stuhl hängen!«, sagte sein Gegenüber laut, wobei er jede Silbe betonte, als spreche er mit einem gebrechlichen alten Mann. »Geht's Ihnen nicht gut?«

»Doch, doch, alles gut.« Kluftinger musste sich erst einmal besinnen, wo er überhaupt war. Er rieb sich die Augen, sein Nacken

schmerzte. Ein Blick auf die Uhr verriet ihm, dass es höchste
Zeit war für den Kurs.

»Na, dann: gute Besserung«, sagte der Mann und schlurfte davon.

»Du mich auch«, brummte der Kommissar.

Punkt vierzehn Uhr saß Kluftinger im Schneidersitz auf einer
Isomatte im Gymnastikraum der Hochgratklinik und sah seufzend aus dem riesigen Panoramafenster. Die Aussicht entschädigte ihn ein wenig für das, was ihm in den letzten Minuten widerfahren war: Zuerst hatte ihm eine Schwester blau glänzende
Leggins und ein graues Muskelshirt mit dem Schriftzug »Gym«
aufgenötigt. Dann hatte er mit der Frau eine Diskussion darüber
geführt, ob er seine Wollsocken anbehalten dürfte oder doch
lieber die schwarzen, abgetragenen Gymnastikschuhe aus der
Schachtel überstreifen sollte. Als sie ihm schließlich auch noch
ein Frottee-Stirnband andrehen wollte, war er standhaft geblieben. »Glauben Sie mir, das werden Sie brauchen«, hatte sie ihm
hinterhergerufen. Er konnte sich nicht vorstellen, warum man
von ein paar Atemübungen ins Schwitzen kommen sollte, und
schrieb ihre Äußerung seiner Leibesfülle zu.

Als er die anderen Teilnehmer des Kurses betrachtete, entspannte er sich schon vor Beginn der Stunde: Altersmäßig lag er
klar unterm Schnitt, und besonders fit wirkten die anderen auch
nicht. Einige fand er noch blasser und schlaffer als sich selbst,
was bei seiner heutigen Selbstwahrnehmung schon etwas heißen
wollte. Allerdings wurde ihm langsam klar, dass er das Stirnband
doch besser hätte nehmen sollen, denn in dem Raum herrschte
eine Bullenhitze, und die ersten Schweißtröpfchen sammelten
sich auf seiner Stirn. Den anderen erging es zwar ähnlich, doch
ihre Lippen wurden von einem erwartungsvoll-seligen Lächeln
umspielt. Hoffentlich lüftete noch jemand, bevor es losging.

Auf einmal dröhnte draußen eine Stimme, die markige Sportlersprüche absonderte: »Pobacken zusammenkneifen«, hörte er, und »immer frisch, fromm, fröhlich, frei« und »wer rastet, der rostet«. *Priml.* Diese Sportfritzen waren doch alle gleich. Solche Sprechblasen kannte er sonst vor allem vom unermüdlich herumhopsenden Duracellhasen …

»… Doktor Martin Langhammer, die meisten von Ihnen kennen mich ja schon!«

Kluftinger glaubte zunächst an eine Halluzination wegen Unterzucker. Was machte der denn hier? Mit offenem Mund sah er Langhammer dabei zu, wie er in labberigen Leinenhosen und einem weit ausgeschnittenen Batikshirt im Schneidersitz auf einer Gymnastikmatte Platz nahm. In diesem Moment kreuzten sich ihre Blicke.

Auch der Doktor schien überrascht und überlegte ein paar Sekunden. »Na, mein Guter«, tönte er schließlich breit grinsend, »haben Sie ausnahmsweise mal auf meinen Rat gehört und sich hier gemeldet? Oder hat man Sie mit Gewalt hierher verschleppt?«

Kluftinger beschloss, den Raum sofort zu verlassen. Es stand schlecht genug um ihn, da brauchte er nicht noch Psychoterror von Doktor Schlaumeier. Er erhob sich, doch der Arzt war schon bei ihm und drückte ihn wieder zu Boden.

»Schön dableiben, mein Lieber, wir haben noch viel vor.«

Einen Augenblick stutzte Kluftinger: Lag er vielleicht immer noch im Liegestuhl und hatte nur einen Alptraum? Vom Fegefeuer? Heiß genug war es hier ja, und der Leibhaftige trug eben Pluderhosen und polierte Glatze. Allerdings hatte er keinen Pferdefuß, sondern perfekt pedikürte Zehen. Kluftinger seufzte und ergab sich in sein Schicksal. Half ja eh nichts.

Langhammer war auf seine Matte an der Stirnseite des Raums zurückgekehrt und setzte sich der Gruppe gegenüber wieder in den Yogasitz, allerdings ohne sich dabei mit den Händen abzustützen. So viel Körperbeherrschung hätte Kluftinger dem Arzt, der immerhin ein paar Jahre älter war als er selbst, gar nicht zugetraut.

»So, wir repetieren noch einmal ein paar Grundlagen, wir

haben ja einen Jungfräulichen unter uns, bei dem wir wohl nicht auf viel Vorwissen zählen können …« Er ließ eine angemessene Pause folgen, dann fuhr er in belehrend-pastoralem Ton fort: »Wie wir wissen, gibt es zwei verschiedene Arten des Yoga, wir praktizieren hier eine abgewandelte Form des Hatha-Yoga, eine eigene Ausformung des In-sich-Sinkens.«

Kluftinger wäre auch gern versunken, doch er war zum Hierbleiben verdammt.

»Ich nenne es MaLa-Yoga, benannt nach seinem Großmeister …«, es folgte eine Pause, »… Martin Langhammer.« Er lachte kurz und laut über seinen eigenen Witz.

Während sich zu den Herzschmerzen des Kommissars nun auch noch Seelenpein gesellte, lächelten die anderen zu seiner Verwunderung allesamt beseelt den Quacksalber an.

»Das MaLa-Yoga vereint die besten Entspannungstechniken und enthält einige von mir im Zustand tiefster Trance gefundene Figuren, die – wie ich festgestellt habe – auch für das Liebesleben eine explosive Wirkung haben.« Er zwinkerte in die Runde. »Aber bleiben wir bei den Grundlagen: Die erste Sprosse auf der Leiter zu Ruhe und Selbsterkenntnis kann nur erklimmen, wer nicht durch Schmerzen oder gestörte Körperfunktionen von der Meditation abgelenkt wird. Also nicht zu viel Zwiebeln auf die Käsespätzchen, nicht wahr?« Er grinste Kluftinger aus seinem schweißnassen Gesicht an. Warum lüftete hier denn niemand? Allerdings schien sich nur er an den tropischen Temperaturen zu stören, denn der Doktor fuhr ungerührt fort: »Wenn beim Auto der Auspuff kaputt ist, können Sie sich auch nicht auf die Schönheit der Landschaft konzentrieren, stimmt's oder hab ich recht? Also, mein lieber Kluftinger: Halten Sie Ihren Schließmuskel die nächste Stunde im Zaum!«

Einige der Kursteilnehmer glucksten, und Langhammer strahlte beglückt.

»Die anderen Körperfunktionen können Sie bedenkenlos zulassen. Wir machen hier Hot-Yoga, gerade das Schwitzen hat eine kathartische Wirkung.«

Das war also die Erklärung für die höllische Hitze. Was allerdings an einem Katarrh so gesund sein sollte, verstand der Kommissar nicht.

»Bedenken Sie immer: Die Streckbewegungen des Yoga sind von den Raubtieren abgeschaut. Tiger, nicht Auerochse, ja?« Langhammer stand auf und reckte seinen Körper mit geschlossenen Augen und geschmeidig tänzelnden Bewegungen gen Decke, wobei er den Hintern weit herausstreckte, was Kluftingers Schweißproduktion noch einmal befeuerte. »Der Körper ist das Instrument, auf dem unser Geist spielt. Weiß noch jemand, wie die Figur hier heißt?«

»Vielleicht Arschgeige?«, zischte Kluftinger lauter, als er beabsichtigt hatte.

Der Doktor öffnete die Augen wieder: »Nein, mein Lieber, die Arschgeige gehört nicht zu unserem Instrumenten-Repertoire. Die muss aus Ihrem privaten Figurenfundus sein.«

Kluftinger setzte zu einer Erwiderung an, da schwurbelte der Westentaschenguru schon weiter. »Yoga entspannt, kräftigt, verjüngt, strafft, festigt – und kann dafür sorgen, dass sich die geheimen Wünsche an den eigenen Körper erfüllen.« Er sah wieder demonstrativ in Kluftingers Richtung. »Na ja, manchmal muss man vielleicht auch chirurgisch nachhelfen. Die Yogis sagen: Der Körper ist der Tempel der Seele. Bei manchen gleicht er zwar eher einem Obdachlosenasyl, aber auch das lässt sich ein wenig aufhübschen, nicht wahr?«

Die Hitze lähmte zwar Kluftingers Körper, das Hirnareal, das für Gewaltfantasien zuständig war, arbeitete dagegen auf Hochtouren. Innerlich erfreute er sich gerade an einem Bild, in dem er die geschmeidigen Glieder des Doktors zu einem Doppelknoten mit Schleife band. Er lächelte versonnen.

»Ja, genau, lächeln Sie. Wichtig ist, dass Verspannungen gelöst werden. Gerade morgens, wenn der Körper noch steif ist – manche Herren werden das leider nur noch aus der Erinnerung kennen –, lockert Yoga ungemein. Dann noch ein leichtes Frühstück aus Samen, Keimen und Nüssen – ein perfekter Start in einen perfekten Tag. Aber: Gut kauen, die Verdauung beginnt bereits im Mund!«

»Ja, das riecht man«, brummte Kluftinger. Nicht einmal ein Bataillon buddhistischer Mönche könnte die Verspannungen abbauen, die der Arzt binnen Minuten in ihm aufgebaut hatte. Dazu kam, dass er bereits jetzt völlig nassgeschwitzt war, dabei hatten sie mit den eigentlichen Übungen noch gar nicht begonnen.

»So, nun lasst uns aber anfangen und erst einmal die richtige Atmosphäre herstellen. Ich werde dafür ins Du wechseln, denn ihr wisst, im Sie ist das Du gefangen. Zunächst konzentrieren wir uns ganz auf unsere Atmung.« Die Stimme des Doktors summte sanft und gleichförmig. »Wir legen uns auf den Rücken, und du spürst, wie der Atem ganz sanft in deinen Körper fließt. Du hast dich ganz für dich.«

»Du mich auch«, grummelte Kluftinger in sich hinein.

»Du spürst, wie die Luft kommt … und geht. Einatmen. Ausatmen. Einatmen. Ausatmen. Und mit jedem Ausatmen darfst du dir gestatten, das auszuatmen, was dich im Moment belastet, was dir nicht guttut, was du loshaben möchtest …«

»Langhammer. Langhammer. Langhammer«, hauchte Kluftinger nun in jedes Ausatmen und merkte tatsächlich, wie die Spannung ein wenig nachließ. Doch dieser Effekt war nur von kurzer Dauer, denn der Aushilfsyogi fischte zwei Räucherstäbchen aus einer Packung und zündete sie an. Kluftinger meinte schon ein Kratzen im Hals zu spüren, noch bevor die erste Rauchschwade bei ihm angekommen war. Er räusperte sich vernehmlich, was Langhammer jedoch schnell mit dem Hinweis auf die besonders sanfte »Nag-Champa-Aastha-Golokal-Duftnote« abtat. Für Kluftinger roch es eher wie »Asthma kolossal«.

Und der Doktor schien kein esoterisches Folterinstrument ungenutzt zu lassen. Nun griff er zu einer flachen Messingschale, gegen die er mit einem filzumwickelten Klöppel schlug, während er federnden Schrittes durch den Raum ging. Er trug sie vor sich her wie ein Pfarrer den Kelch und forderte die Kursteilnehmer auf, dem »Klang der Harmonie in sich selbst« nachzuspüren.

Kluftinger bemühte sich angestrengt, doch er konnte die Harmonie nicht spüren, wahrscheinlich wegen des blutrünstigen Kriegsgeschreis in seinem Kopf. »*Hoaschiss!*«, entfuhr ihm auf einmal ein heftiger Nieser, woraufhin der gesamte Kurs im Takt zusammenzuckte und ihm empörte Blicke zuwarf. »Nix für ungut, aber da nagt *Champa* ein bissle an den Schleimhäuten«, erklärte er.

Mittlerweile hatte der Doktor seinen Rundgang beendet, bei dem er über jedem mit seiner Klangschale geheimnisvolle Linien in die Luft gemalt hatte. Er nahm wieder Platz und kündigte an, man unternehme jetzt eine gemeinsame Reise ins Land der Fantasie und der Träume. Sofort drückte er auf eine Fernbedienung, und auf einmal erfüllten sphärische Harfen- und Flötenklänge den Raum, vermischt mit Schreien von Möwen, dem Zirpen von Grillen und Wasserplätschern, was in dem Kommissar einen enormen Blasendruck auslöste.

»Fliegen wir jetzt an Orte des Glücks und der Fantasie«, tönte der Doktor salbungsvoll.

Kluftinger wäre sofort in jedes Flugzeug eingestiegen, das ihn von hier wegbrachte, doch er wusste, dass sein Aufenthalt hier noch nicht beendet war. Also entschied er, sich auf das Experiment einzulassen, und schloss die Augen mit dem festen Vorsatz, sich zu entspannen.

»Öffnet euch so weit wie ich.« Langhammer breitete die Arme aus.

Bei dir ist zumindest der Arsch schon mal ziemlich weit offen, dachte Kluftinger.

Langhammers Stimme verfiel in einen meditativen Singsang. »Ist dein Körper schon eins mit dir, oder kämpft ihr noch gegeneinander?«

Wohnst du noch oder lebst du schon, schoss es Kluftinger durch den Kopf.

»Ich überschreibe die Reise mit *Das Lied des Windes,* es geht uns darum, Mitgefühl und Liebe in die Welt zu tragen. Leg dich hin und lass los, spüre, wie deine Arme immer tiefer in den Boden sinken, deine Brauen, deine Lider …«

Kluftinger hatte tatsächlich das Gefühl, als würden seine Glieder wohlig warm und schwer.

»Ihr findet einen Baum auf einer Sommerwiese, ein sanfter Wind bringt die Schäfchen am Himmel nach Hause …«

Der Kommissar sah den Baum auf der Zauberwiese, der voller kleiner, roter Äpfelchen hing, doch an seinem Himmel hingen schwere, dunkle Gewitterwolken.

»Steh nun auf und fliege mit dem Wind an den Ort deiner Sehnsucht.«

Von der Wiese flog Kluftinger an seinen Lieblingsort, sah, wie unter ihm die Freilichtbühne auftauchte, der Altusrieder Kirchturm, das Wohngebiet, erkannte, dass da, wo normalerweise der Flachdachbungalow des Doktors stand, eine Wiese mit einem Kirschbäumchen war, und ein warmes Gefühl der Zufriedenheit durchströmte ihn, er flog, er war schwerelos. Doch auf einmal geriet er in Turbulenzen, wurde regelrecht durchgeschüttelt – und schlug die Augen auf. Er blickte in das erhitzte Gesicht des Mannes, der eben noch auf der Matte neben ihm gelegen war und ihn nun unsanft an den Schultern gepackt hatte.

»He! Mir isses eigentlich egal, ob Sie hier den halben Kurs verpennen, aber Sie schnarchen wie ein Walross, da kann sich kein Mensch mehr konzentrieren!«

Kluftinger richtete sich peinlich berührt auf und wollte sich entschuldigen, da vernahm er schon wieder Langhammers Stimme. »So, damit sind wir am Ende unseres Entspannungsblocks …«

Mein Traum wird wahr!, jubilierte der Kommissar innerlich. Er hatte die komplette Stunde verschlafen und fühlte sich frisch, ausgeruht und leicht wie eine Feder.

»… und beginnen nun mit dem Figurenyoga!«

Kreizkruzifixhimmelarsch! Die Feder verwandelte sich in einen Kuhfladen und platschte unsanft auf den Asphalt.

»Leider hat einer unserer Teilnehmer ja den Sonnengruß verschlafen, aber nun ist er wieder unter uns, auch wenn er eher aussieht wie ein Mondkalb. Kommen wir zur ersten richtigen

Figur. Es dreht sich um eine Gleichgewichtsübung, *Der Baum des Wurzelchakras* – ich nenne es *Sich im Wind wiegender Wipfel*.«

Sieht eher aus wie Sich wild biegender Zipfel, dachte der Kommissar, stand dann aber auf und hob pflichtschuldig einen Fuß. Als er jedoch das »Spielbein«, wie Langhammer es nannte, an das Knie des Standbeins schmiegen sollte, wobei er gleichzeitig die Hände in Gebetshaltung vor seinen Körper und dann nach oben schieben musste, verlor sein Wurzelchakra an Halt, und er geriet mächtig ins Schwanken. Dabei kam er seinem Nebenmann, der ihn eben so unsanft geweckt hatte, bedenklich nahe, was dieser mit einem panischen Blick registrierte. Schnell führte Kluftinger das zweite Bein zu Boden und fing sich wieder.

»Na, na, mein Lieber!« Langhammer wedelte mit dem Zeigefinger herum, als weise er ein ungezogenes Kind zurecht. »Wiegender Wipfel, nicht gefällte Eiche …«

Acht erfolglose Balancierversuche später kündigte der Doktor die nächste Figur an.

»So, jetzt *Der lauernde Löwe auf der Jagd*. Stell dir vor, ein wildes Tier zu sein. Eine Raubkatze, kein Stubentiger, der sich um fünf Uhr mal träge von seinem Nachmittagsschläfchen erhebt und ein bisschen Sheba hinterm Ofen schlabbert.« Langhammer ging auf Zehenspitzen in die Knie, stützte seine Hände vor dem Körper ab, riss die Augen auf und streckte seine Zunge aus dem weit geöffneten Mund. Dabei fauchte er befremdlich. Kluftinger erschrak – das Gesicht des Doktors sah aus wie einer dieser furchteinflößenden Wasserspeier an gotischen Kirchen.

»Wichtig ist, dass du auf den Zehenspitzen bleibst und versuchst, mit der Zunge bis ans Kinn zu kommen. Ihr könnt gern auch brüllen dabei. Ich gehe mal herum und gebe ein wenig Hilfestellung.« Schnurstracks steuerte der Arzt auf den Kommissar zu.

Der kniete sich gerade stöhnend hin, da umfasste Langhammer bereits dessen Bauch, um seine »Körperspannung ein wenig zu forcieren«. Kluftinger wurde sofort stocksteif. Der Arzt presste seine Vorderseite an seinen Rücken, zog ihn etwas hoch und sagte: »Der Löwe ist eine Wildkatze, kein Mops.« Bei dieser aus Kluftingers Sicht unfreiwilligen Umarmung glitschte Langhammer wegen ihrer beider schweißnassen Haut ein wenig ab und packte noch fester zu.

»Uiuiui, Sie tropfen ja schon aus den Bauchfalten«, bemerkte der Doktor. »Sehr gut, das entgiftet – seelisch wie körperlich.« Er wischte sich die Hände an seiner Pluderhose ab und packte dann wieder zu. »So, jetzt noch mal schön aufrichten.« Er ruckte an Kluftingers Körper, doch wieder entglitt ihm der Kommissar, und sie kippten ein wenig zur Seite. Für einen kurzen Moment schwebten sie im Zustand zwischen Stehen und Fallen, und Kluftinger fühlte sich angenehm leicht, dann siegte jedoch die Schwerkraft, und sie schlugen mit einem dumpfen Poltern auf die Matte.

Kluftinger rappelte sich sofort auf, er wollte der feuchten Nähe des Doktors so schnell wie möglich entkommen. Als er sich umdrehte, grinste ihn der Arzt verschmitzt an.

»Na, na, das hier ist Yoga, nicht Kamasutra!«

Der Kommissar lief rot an. Langhammer dachte sicher, dass ihm der Begriff nichts sagen würde, aber er wusste sehr wohl, dass es sich dabei um indische Pornos handelte. Es brodelte in ihm, und als der Doktor von ihm abließ und zum nächsten Patienten ging, bäumte er sich auf, streckte seine Zunge heraus und brüllte all den aufgestauten Hass und die Anspannung der letzten Tage heraus. Alle Köpfe ruckten herum, es wurde still, und kurzzeitig hörte man nur das meditative Dudeln aus dem Lautsprecher. Der Doktor drehte sich um und klatschte dann langsam in die Hände. »Na also, es wird doch, mein Tiger. Grrrrrr.«

Tatsächlich: Nachdem er sich seiner Feindseligkeit akustisch entledigt hatte, fühlte Kluftinger sich erleichtert, ruhiger. Der *lauernde Löwe* schien eine gute Übung, um ein wenig runterzukommen. Und Yoga war vielleicht doch nicht so verkehrt.

Allerdings relativierte er diese Einschätzung gleich wieder, als Langhammer die nächste Figur ankündigte: *Der weiße Kranich spreizt seine Flügel.* Er lachte kurz auf und zwinkerte der Frau rechts neben ihm verschwörerisch zu. »Depperte Namen sind das, gell?«, flüsterte er.

Mit einem Blick, der Kluftinger wieder an den *lauernden Löwen* erinnerte, zischte sie in geschliffenem Hochdeutsch zurück: »Hören Sie, die Yogakunst kommt aus einer Zeit, als Ihre Vorfahren noch mit den Kühen grasten, da brauchen Sie sich nicht drüber lustig zu machen wie ein pubertierender Pennäler. Nur weil Sie versuchen, Ihre körperlichen Unzulänglichkeiten und Ihr mangelndes Selbstwertgefühl durch alberne Witzchen zu überspielen, müssen wir das noch lange nicht hinnehmen. Man muss die Übungen zulassen und sich öffnen. Wir wollen ja nicht alle mal so enden wie Sie!« Dabei musterte sie ihn abschätzig von oben bis unten.

»Zulassen … öffnen, schon verstanden«, brummte er kleinlaut. *Meine Güte,* da schien der Nebenerwerbsguru Langhammer ja noch deutlich mehr Humor zu haben als all seine verspannten Jünger zusammen. Missmutig setzte er sich auf seine Matte und sah aus dem Panoramafenster in die Berge. Er atmete tief ein. Das Stechen in seinem Brustkorb hatte abgenommen. Und das, obwohl er noch keine Übung richtig ausgeführt hatte und sich mindestens genauso auf- wie abgeregt hatte. Und doch fiel es ihm schwer, seinen Frieden mit dieser indischen Gymnastik zu machen, die *zickende Ziege* neben ihm hatte ihm die Stimmung verhagelt.

Er drehte sich frontal zum Fenster, ließ sich nach hinten fallen, stützte sich auf den Unterarmen ab und legte den Kopf in den Nacken.

»Mein lieber Kluftinger, welche Figur soll das bitte sein, die Sie uns da vorführen?«

»Das? Das ist der sich von den Affen abwendende wilde Hund.«

Irgendwann im weiteren Verlauf des nicht enden wollenden Kurses, zwischen *Die weiße Schlange spuckt Gift, Auf den Fuß klatschen und den Tiger zähmen* und *Die Mähne des Wildpferds teilen,* stieg der Kommissar doch wieder ein und machte ein paar Figuren mit. Auf seine Art zwar, aber immerhin: Auf unerklärliche Weise tat es ihm gut, wenn er seine morschen Gelenke streckte und ein wenig bewegte – sollten die Yogaheinis samt ihrem Meister Proper doch über ihn denken, was sie wollten. So vollzog er stoisch gelassen den *Schlag zu den Ohren mit beiden Fäusten* nach und erinnerte sich daran, dass sein Vater diese Übung vor gut vierzig Jahren einmal bei ihm ausprobiert hatte, als er mit zwei anderen Buben die Katze des Bürgermeisters unter Starkstrom gesetzt hatte. Und als er schließlich *Auf einem Bein stehen und den Tiger reiten* praktizierte, fühlte er sich, als sei er nunmehr mit allen ayurvedischen Wassern gewaschen.

Dementsprechend froh war er, als der Doktor die Figurenrunde für beendet erklärte.

»Fast schad, dass es schon aus ist«, sagte er.

»Nicht schwätzen!«, ermahnte ihn Langhammer und erklärte: »Bleibt noch in dieser Ruhe und Harmonie, und drückt nun die wiedergefundenen Emotionen in freiem Tanz aus.«

»Hm?« Kluftinger war sicher, dass ihm seine vom vielen Schwitzen vernebelten Sinne einen Streich gespielt hatten.

»Gefühle tanzen«, wiederholte der Doktor.

»Ganz bestimmt.« Dazu hätte es schon einer ausgewachsenen Gehirnwäsche bedurft. Der Kommissar dachte nicht im Traum daran, sich hier vollends zum Deppen zu machen, und hockte sich demonstrativ wieder hin, wobei er die Haltung, die er dabei einnahm, innerlich als *Die kalbende Kuh bekommt die Presswehen* bezeichnete. Derart von sich selbst erheitert, sah er erst fassungslos, dann zunehmend amüsiert, wie sich ein Dutzend zwar herzkranke, aber doch eigentlich ernstzunehmende Mitteleuropäer mit dem Doktor allmählich in Trance wackelten. Der hatte obendrein kleine Schellen in der Hand, mit denen er unablässig herumbimmelte, während er durch den Raum fegte wie ein Derwisch. Schweißtropfen lösten sich von seiner Glatze und flogen in alle Richtungen, trafen die anderen Tänzer, die das mit geschlossenen Augen und grenzdebil grinsend gar nicht zur Kenntnis nahmen.

Es war ein absurdes Bild: der Doktor in seiner fliegenden Leinenhose und seine Jünger mit den vor Erregung geröteten Backen, die, ergriffen vom Glauben an die Kraft der Meditation, ungelenk Tanzschritte ausführten, die aus Kluftingers Sicht mit dem Wort *Hupfdohlen* nur unzureichend beschrieben waren. Diese Möchtegern-Feierabendbuddhas hatten nichts von der Anmut fernöstlicher Gurus, sie wirkten in ihren quietschbunten Ballonseidenanzügen wie eine Schar zu fett geratener Pfaue, die zu fliegen versuchten.

Irgendwann verschwammen die Bewegungen der Leute, die seltsamen Klänge, die Hitze und die schlechte Luft zu einer so bizarren und absurden Mischung, dass Kluftinger nicht mehr anders konnte: Er lachte einfach los. Es platzte regelrecht aus ihm heraus, als habe man eine unter Druck stehende Sektflasche entkorkt, steigerte sich nach und nach in ein ekstatisches Gelächter, das seinen ganzen Körper in Wallung versetzte und seinen Bauch rhythmisch auf und ab wippen ließ. Tränen kullerten seine Wangen hinunter, und er bekam gar nicht mit, dass die Musik inzwischen verklungen war und der Doktor sich ihm genähert hatte. Der sah ihn an, legte ihm die Hand auf die bebende Schulter und erklärte unter den missbilligenden Blicken des restlichen Kurses laut: »Mein lieber Kluftinger, der Bauchtanz hat zwar einen völlig anderen kulturellen Hintergrund, aber wenn es Ihnen hilft, mit Ihren Problemen fertigzuwerden, tun Sie sich keinen Zwang an. Es gibt schließlich auch den lachenden Buddha, nicht wahr?« Damit schnappte er sich ein Handtuch, zwinkerte dem Kommissar noch einmal zu und verließ mit den anderen den Raum.

Es war fast drei, als Kluftinger wieder in sein Auto stieg. Nachdem er sich beruhigt hatte, hatte er noch eine Weile aus dem Fenster geblickt und mit der Zeit tatsächlich so etwas wie inneren Frieden gefunden. Selbst wenn der mit einem nie gekannten Hass auf Langhammer konkurrieren musste. Aber das war ihm auch Ansporn, denn er würde ihm alles heimzahlen – und dafür brauchte es nicht nur ein gesundes Herz, sondern auch einen langen Atem.

Er ahnte, wie gut ihm ein regelmäßiges Yogatraining tun könnte – wenn der Kursleiter nicht ausgerechnet Martin Langhammer hieß. Und obwohl das Gespräch mit Doktor Steiner nicht mehr zustande gekommen war, weil der Arzt nicht aufgetaucht war, stufte er seine Stippvisite nicht als vertane Zeit ein. Vielmehr fühlte er sich, als hätte er die Lok noch mal aufs richtige Gleis gesetzt – und damit die verbleibende Fahrzeit verlängert.

Seine Tiefenentspannung währte allerdings nur bis zu dem Moment, als er an der Ampel sein Handy einschaltete – und es sofort wie wild zu piepsen begann. Zwölf Anrufe in Abwesenheit zeigte das Display, drei neue Sprachnachrichten warteten auf der Mailbox. Er seufzte und begann, sie abzuhören.

»Nachricht eins, heute, vierzehn Uhr drei«, kündigte eine blecherne Frauenstimme an, dann erklang Richard Maiers näselndes Schwäbisch: »Hallo? Hallo? Haaaalloooo! Sag mal, wo bist du? Es gibt neue Erkenntnisse in unserem Fall, die sollten wir besprechen. Meld dich doch bitte, over and out.«

Er seufzte. Maier wäre sicher für sein Leben gern James Bond geworden, wenn das ein Ausbildungsberuf gewesen wäre.

»Nachricht zwei, heute, vierzehn Uhr siebzehn.«

»Sag mal, was ist denn los? Ich weiß gar nicht, wo du bist! Hast du den Kollegen Bescheid gegeben? Melde dich doch mal schleunigst, bitte. Danke.«

»Nachricht drei, heute, vierzehn Uhr dreiundvierzig.«

»Hallo? Hallohallohallo?« Maiers Stimme hatte inzwischen die Tonhöhe der Computeransage angenommen. »Soll ich dich zur Fahndung ausschreiben lassen, oder wie stellst du dir das vor? So kann eine ordnungsgemäße Polizeiarbeit nicht mehr gewährleistet werden. Wenn du einfach abtauchst. Also, ich weiß nicht, vielleicht sollte ich den Lodenbacher einschalten. Ruf! Jetzt! An! Maier Ende.«

Kluftinger warf das Handy auf den Beifahrersitz. Er hatte

eben erst beschlossen, sich von nichts und niemandem mehr stressen zu lassen, und er wollte diesen Vorsatz nicht schon nach ein paar Minuten wieder brechen. Schon gar nicht für Richard Maier. Es würde sicher reichen, wenn er alles im Büro erfuhr, von unterwegs aus konnte er sowieso nichts tun. Und wenn doch, hätte sich Maier eben etwas konkreter ausdrücken müssen. Ordnungsgemäße Polizeiarbeit waren solche Anrufe ebenfalls nicht.

Eine halbe Stunde später betrat Kluftinger das Büro von Hefele und Strobl. Als er eintrat, war ihm klar, dass in der Zwischenzeit einiges passiert sein musste: Die Geschäftigkeit war förmlich spürbar. Hefele hatte den Telefonhörer in der Hand und schrieb etwas auf, zwischendrin nickte er und sagte immer wieder: »Verstehe!« Strobl hackte nervös auf seiner Tastatur herum und ignorierte das penetrante Klingeln seines Telefons, während Maier damit beschäftigt war, irgendwelche Zettel und Fotos an eine Pinnwand zu heften, die bei Kluftingers Abfahrt dort noch nicht gestanden hatte.

Wie lang war ich weg?, fragte sich Kluftinger. Doch sofort drängte sich in seinen Gedanken eine noch wichtigere Frage in den Vordergrund: *Würde überhaupt jemand bemerken, wenn ich nicht mehr da wäre?*

»Mensch, da bist du ja endlich«, rief ihm Strobl durch das ganze Büro zu, und die beiden anderen Beamten wandten die Köpfe zu ihm um.

»Wo warst du denn bloß so lang?«, fragte Hefele und hielt die Sprechmuschel seines Telefons zu.

»Ich hab dich mehrmals angerufen, hast du das nicht gesehen?«, platzte Richard Maier heraus.

»Ich … nein, hab ich nicht. Aber jetzt bin ich ja da.«

Sie sahen ihn ein paar Sekunden lang an, dann sagte Maier: »Gut, dann kann ich dich ja gleich mal briefen.«

»Spar dir das Porto, Richie.«

Der Kollege sah ihn fragend an. Er hatte sein Wortspiel ganz offensichtlich nicht verstanden, auch wenn Kluftinger es für ziemlich genial hielt.

Der Kommissar winkte ab: »Überhaupt, Richie, was machst du eigentlich hier? Du wolltest dich doch um den Taximord kümmern?«

»Wollte? Von wollte kann ja keine Rede sein. Außerdem dachte ich, ich … helf den Kollegen lieber hier ein bisschen.«

»Ja, noch mal viiielen Dank, Richie.« Hefele hatte sein Telefonat beendet. »Ohne dich wären wir völlig aufgeschmissen gewesen. Du bist uns in schwerer Not beigesprungen wie ein Ritter in rosaroter Rüstung, der …«

»Siehst du das?«, fragte Maier aufgebracht in Kluftingers Richtung. »Jetzt geht das schon wieder los.«

»Was geht los?«

»Na, das Mobben.«

»Leute, jetzt kriegt's euch mal wieder ein, Himmel. Ihr solltet mal ein paar Entspannungsübungen machen. Yoga oder so. Tät euch gut.«

Sie sahen ihn entgeistert an. Offenbar hatte sie die fehlende Ironie im Ton ihres Chefs überrascht.

»Jetzt sagt's mir mal, was es so Wichtiges gibt.«

Alle traten an die Pinnwand, und Maier ergriff das Wort: »Also, wir haben das Alibi der Freundin gecheckt, das ist foolproof.«

»Hä?«, fragte Kluftinger, und die anderen rollten die Augen.

»Wasserdicht, meint der Herr Maier. Wenn ich mich mal einmischen darf: Immerhin hab *ich* das Alibi überprüft«, meldete sich Strobl. »Sie war wirklich im Dienst, das haben mehrere Kolleginnen bestätigt. Eine weitere Vernehmung muss noch ein bissle warten, hat ihr Hausarzt gesagt – sie ist ziemlich fertig. Die anderen Bewohner werden noch befragt, aber da scheint keiner was mitgekriegt zu haben, außer dem Nachbarn mit dem Hund.«

»Ich hab versucht, das Ergebnis der DNA-Analyse von dem schwarzen Haar zu bekommen«, erklärte Hefele, »aber das ist noch nicht da. Ich hab ein bissle Druck gemacht, dass da was vorwärtsgeht.«

»Dafür ist die DNA-Analyse vom dem Blut am See eingetroffen«, meldete sich Maier wieder zu Wort.

Als er nicht weitersprach, fragte Kluftinger ungeduldig: »Und?«

»Ein Mann.«

Sie schwiegen. Wirklich weiterhelfen würde ihnen das nicht.

»Kann man was über das Alter sagen?«, erkundigte sich der Kommissar.

Maier hob erstaunt die Augenbrauen. »Klar, könnte man. Aber du weißt doch, dass das unter den Datenschutz fällt.« Er schüttelte missbilligend den Kopf.

Kluftinger hob abwehrend die Hände. »Will mir eben nicht in den Kopf, dass Blut bei uns in Deutschland Recht auf Datenschutz hat.«

Strobl nickte. »Sogar Individuen wie du haben ein Recht auf Datenschutz.«

»Sehr witzig. Hat denn der Willi schon was gesagt wegen dem Fingerabdruck auf der Klingel?«

»Ach ja, stimmt.« Hefele schlug sich gegen die Stirn, und Kluftinger beugte sich gespannt vor. »Hat nix ergeben. Keine Übereinstimmung mit der Datenbank.«

Der Kommissar stieß resigniert die Luft aus. »Hm, nicht gerade viel. Irgendwas wegen dem Röhrchen?«

»Nein, das konnten wir bisher noch nicht zuordnen. Keine Ahnung, was das ist und wo es verwendet wird.« Strobl hielt ein Foto des Gegenstandes hoch. »Vorschläge werden aber jederzeit gerne angenommen. Immerhin …«

Kluftinger richtete sich auf. »Ja?«

»Immerhin haben wir etwas Seltsames gefunden. An dem Röhrchen sind minimale Anhaftungen von Motoröl.«

Jetzt wurde Kluftinger hellhörig. »Motoröl?«

»Ja, Motorenöl. Ich hab schon gedacht, vielleicht ist das irgendein Autoteil? Komisch, ich weiß, aber …«

»Ich hab unten auf dem Parkplatz schräg vor dem Haus einen Ölfleck gefunden. Die Imbissbudenfrau hat gesagt, da hätte dieses Pärchen geparkt, von dem sie und auch der Nachbar gesprochen haben.«

»Hm, vielleicht ist das Ding am Schuh des Täters hängengeblieben«, sagte Strobl. »Wär doch möglich. Ich kümmer mich drum.«

»Chef?« Sandy Henske hatte die Tür geöffnet und streckte ihren Kopf herein. »Der Böhm ist am Telefon. Ich hab gesagt, dass Sie gerade eine Besprechung haben …«

»Nein, schon gut.« Kluftinger war dankbar für jede Information, die sie in diesem vertrackten Fall erhielten. »Stellen Sie ihn rein.« Er legte den Hörer neben das Telefon und schaltete den Lautsprecher an. »Servus, Georg, die Kollegen sind auch da und hören mit.«

»Ah, verstehe, das ganze Dreamteam vom K1 beisammen, hm?«

»Ja, lass stecken. Was gibt's?«

»Ich bin mit der Sektion so weit fertig, das ganze Ergebnis steht dann in meinem Bericht, den mail ich dir in Kürze. Du kannst doch inzwischen Mails lesen, oder? Notfalls schick ich eine Brieftaube los.«

»Kaum hat der Herr Böhm ein paar Leichen aufgeschlitzt, ist er zu Scherzen aufgelegt«, entgegnete Kluftinger. »Was hast du denn jetzt gefunden?«

»Komisch war, dass ich am Rand der Kopfwunde etwas entdeckt habe.«

»Jetzt mach's nicht so spannend.«

»Öl. In der Wunde waren Spuren von Öl.«

Jetzt war Kluftinger baff. »Motoröl?«

Für ein paar Sekunden blieb es still, dann sagte Böhm: »Also, du hast bei deinem flüchtigen Blick auf die Leiche schon mitgekriegt, dass er nicht überfahren worden ist, oder?«

»Herrschaft, Georg, jetzt spar dir doch mal deine Späße. Was war's denn dann für ein Öl?«

»Oil of Olaz, vielleicht?«, warf Hefele ein.

»Waffenöl.«

»Waffenöl«, wiederholte Kluftinger halblaut und runzelte die Stirn. »Das wird ja immer verworrener.« Er dachte kurz nach. »Woran ist er denn eigentlich gestorben?«

»Herzstillstand«, flüsterte Strobl, und Hefele grinste.

»Er ist den massiven Schädelverletzungen erlegen. Von seiner Organentnahme dürfte er nichts mehr mitbekommen haben. Es gibt übrigens keine Anzeichen für eine Gegenwehr, jedenfalls aus gerichtsmedizinischer Sicht. Keine Abwehrverletzungen oder dergleichen. Und Herzstillstand, wie der Kollege Strobl meinte, war's schon gar nicht. Sein Herz war tipptopp, da hätte sich jeder Herzkranke drüber gefreut. Eigentlich eine Verschwendung, dass wir es als Asservat behalten müssen. Hätt man astrein noch transplantieren können ...«

»Wieso?«, fragte Kluftinger. »Wär das denn noch gegangen? Ich mein, so eine Transplantation ...«

»Ist gut, Klufti. Bis zur nächsten Leiche dann, gell?«

Es knackte in der Leitung. Kluftinger rieb sich nachdenklich das Kinn. »Irgendetwas ist da komisch. Ich komm nur nicht drauf. Irgendwas ...«

Sie sahen ihn gespannt an und warteten auf einen seiner berühmten Geistesblitze.

»Ja, wirklich komisch«, ließ Maier lautstark vernehmen.

Kluftingers Augen verengten sich. Er mochte es gar nicht, wenn man ihn bei einem wichtigen Denkvorgang mit Zwischenrufen unterbrach, das wusste sein Kollege eigentlich. Da weiteten sich seine Augen. »Klar, jetzt weiß ich's. Kommt euch das nicht auch seltsam vor: Wenn Waffenöl in seiner Wunde war, warum ist er dann erschlagen worden? Das passt doch nicht zusammen. Jemand geht mit einer Waffe zu einem Menschen und erschlägt ihn dann?«

Strobl nickte. »Ja, sieht nicht nach einer spontanen Tat aus. Das war vielmehr eine Hinrichtung, die nach einem bestimmten Schema ablief. Dazu würde ja auch das Übertöten passen.«

»Und das bedeutet, wir haben es wahrscheinlich mit einer Beziehungstat zu tun. Also, wenn wir noch irgendwelche Belege dafür gebraucht haben, dann haben wir sie jetzt.« Kluftinger klatschte in die Hände. »Ihr wisst, was das heißt, Männer? Fleißarbeit. Es gibt eine Verbindung zwischen Täter und Opfer, und wir müssen sie finden. Also, bleibt dran: Nachbarn, Bekannte, Akten, seine ganzen Kundenunterlagen von der Versicherung, alles muss überprüft werden. Irgendwo in diesem Umfeld werden wir unseren Mörder finden.« Er schaute in lange Gesichter. »Ich weiß, Kollegen, es ist Freitag. Fürs Wochenende braucht ihr euch gar nix vornehmen. Aber wem sag ich das.«

Hefele winkte ab. »Geschenkt. Mit meinen Überstunden kann ich der ganzen Inspektion bald einen mehrtägigen Ausflug sponsern.«

»Gute Idee«, fand Strobl und schlug seinem Kollegen kräftig auf die Schulter. »Wo geht's hin?«

Als sie zur Tür gingen, wandte sich Hefele noch einmal zu Kluftinger um. »Sag mal, was ist eigentlich bei deinem Besuch in Oberstaufen rausgekommen?«

Der Kommissar sah ihn lange an, dann antwortete er: »Nicht viel. Außer, dass es gar nicht verkehrt ist, ab und zu die Mähne des Wildpferds zu teilen.«

Sechster Tag

Am nächsten Morgen wurde Kluftinger früh wach. Sosehr er sich auch mühte, noch ein Stündchen zu schlafen – es gelang ihm nicht, seine Augen längere Zeit geschlossen zu halten. Fünf Minuten später beschloss er, aufzustehen und die gewonnene Zeit zu nutzen.

Er schwang sich aus dem Bett und blieb ein paar Sekunden lang sitzen. Es war schon zur Gewohnheit geworden, dass er erst eine Tagesdiagnose für sich erstellte. Wider Erwarten fühlte er sich etwas besser als in den letzten Tagen.

Zehn Minuten später stand er in der Küche und deckte den Frühstückstisch für sich und seine Familie. Sogar an einen Krug mit Apfelsaft aus dem eigenen Garten hatte er gedacht. Nun machte er sich am Kühlschrank zu schaffen. Doch so recht konnte er sich nicht entscheiden: Wurst passte nicht mehr zu seinem veränderten Lebenswandel, Käse war zu fett, und bloßer Quark schien ihm keine wirkliche Alternative zu sein. Also griff er zur Milchpackung, schloss die Kühlschranktür wieder, tauschte die vier Brotzeitbrettchen gegen Müslischalen aus, griff sich die Cornflakespackung und die Haferflocken aus dem Hängeschrank und arrangierte alles lächelnd auf dem Tisch. Dann machte er sich auf, seine Familie zu wecken.

Er klopfte an Markus' Zimmertür und schmetterte ein forsches »Guten Morgen« hinterher. Als sich nach einer Minute noch nichts getan hatte, intensivierte er Klopfen und Rufen schrittweise. Als er bei vehementem Trommeln und heftigem Schreien angelangt war, öffnete sich ruckartig die Tür. Der Kommissar wich unwillkürlich ein wenig zurück, als ihm sein Sohn mit zerzausten Haaren, Totenkopf-T-Shirt und Boxershorts gegenüberstand.

Markus blinzelte in den Flur und brummte: »Sag mal, Vatter, hast du komplett den Verstand verloren? Leidest du jetzt auch noch unter seniler Bettflucht, oder was? Wir schlafen hier, es ist ja erst … wie spät ist es denn überhaupt?«

»Kurz vor halb sieben. Ich wünsch mir halt, dass wir von jetzt ab immer zusammen frühstücken, bevor ich ins G'schäft geh!«

Sein Sohn starrte ihn ungläubig an, dann schüttelte er den Kopf, sah ihm fest in die Augen und sagte: »Du bist doch nicht mehr ganz sauber, ehrlich, Vatter!« Dann knallte er die Tür zu.

Verdattert stand Kluftinger im Gang. Er hatte es doch nur gut gemeint. Als er sich schon zum Gehen umwandte, vernahm er im Zimmer auf einmal Yumikos Stimme, die seinen Sohn zurechtwies, dass man so nicht mit seinem Vater spreche und dass das gemeinsame Frühstück doch eine reizende Idee sei und er schon mal trainieren könne, wenn sie bei ihren Eltern wären, denn in Japan sei man noch viel früher auf den Beinen.

Kluftinger lächelte zufrieden. Seine Schwiegertochter würde seinen Sohn schon noch zurechtbiegen und die Fehler korrigieren, die ihm und seiner Erika bei der Kindererziehung unterlaufen waren.

»Mag noch jemand ein bissle Saft?«

»Kannst grad selber trinken, Vatter! Der ist ja so sauer wie selten. Hast du schon wieder von Juni ab das ganze Fallobst gesammelt? Bloß nix verkommen lassen, gell?«

Kluftingers Freude darüber, dass bereits um Viertel vor sieben all seine Familienmitglieder um den Frühstückstisch saßen, war nicht mehr ganz so ungetrübt.

»Mir schmeckt er.« Yumiko lächelte.

»Weißt du was? Lass dich doch am besten gleich adoptieren, Miki! Dann kannst du jeden Tag mitten in der Nacht mit deinem tollen neuen Adoptivvater labbrige Cornflakes mampfen!«

Der Kommissar winkte ab und sagte dann zu Yumiko: »Lass den doch schwätzen. Ich danke dir jedenfalls für deine Schützenhilfe ... Muschi.«

Markus riss entsetzt die Augen auf, und Erikas Löffel fiel lautstark in die Müslischale. Kluftinger lächelte erwartungsvoll. Es folgten ein paar Sekunden Stille, dann sagte die Japanerin, ohne auf die letzte Bemerkung einzugehen: »Ach, euer Sohn ist eine harte Nussschale, aber er hat wirklich eine weiche Birne!« Dabei legte sie ihrem Verlobten die Hand auf die Stirn. Die drei Kluftingers warfen sich stirnrunzelnd einen Blick zu, begannen zu grinsen und brachen schließlich in schallendes Gelächter aus. Yumiko sah sie mit großen Augen an, und Kluftinger war sich nicht mehr sicher, ob ihre Unsicherheit, was deutsche Redensarten anging, nicht nur ein geschicktes taktisches Manöver zur Wiederherstellung des familiären Friedens war.

Eine gute Stunde später betrat der Kommissar beschwingt sein Büro. Dabei hatte sich die Parkplatzsuche heute ungleich schwieriger gestaltet, denn neben dem Jahrmarkt sorgte auch noch der Wochenmarkt für Verkehrschaos in der Innenstadt. Auf seinem Schreibtisch lag wieder einmal ein dünnes Büchlein, diesmal mit dem Titel »Du schaffst es – die heilende Kraft des positiven Denkens«. Er nahm es zur Hand, blätterte es kurz durch, wobei er einige Überschriften überflog, wie »Fange jeden Tag mit einem Lächeln an« oder »Zuerst die gute, dann die nicht ganz so tolle Nachricht«, und beschloss, diese Ratschläge sofort in die Tat umzusetzen. Wieder verspürte er eine gewisse Rührung, als er das Buch weglegte: Maier schienen die Probleme seiner Mitmenschen wirklich nahezugehen.

»Wünsche einen besonders guten Tag«, begrüßte Kluftinger bei der Morgenlage die Kollegen, die ob der ungewohnten Freundlichkeit irritiert waren.

»Besonders gut, hoi, jetzt aber! War der Herr Hauptkommissar über Nacht auf einem Motivationsseminar?«

Hefeles ironische Antwort war für Kluftinger Anlass genug: »Neue Regel, Kollegen: In der Konferenz muss jeder, der das Wort hat, zuerst etwas Positives sagen.«

Drei ratlose Augenpaare blickten ihn an.

»Ich mein halt etwas Positives zur Arbeit. Zum Beispiel find ich es gut, dass wir alle rechtzeitig da sind, und ich bin wirklich zuversichtlich, dass wir in allen laufenden Fällen heut ein mächtiges Stück weiterkommen.«

Strobl und Hefele verdrehten die Augen und stießen hörbar die Luft aus, während Maier mit strahlendem Lächeln sein Wohlgefallen kundtat und erklärte: »Super! Tolle Neuerung! Also, Freunde, als ich heute Morgen aufwachte, da war ich voller Liebe!«

»Vor allem untenrum, oder, Richie?«, konterte Hefele. »Jetzt probier's ich mal: Wir freuen uns alle wahnsinnig darüber, dass wir hier an unserem freien Samstag im Büro sitzen, wo andere Leute ausschlafen oder ihren Hobbys nachgehen, mit ihren Familien schöne Dinge unternehmen oder auf die Jahrmarkteröffnung gehen. Gott sei Dank bleibt uns all das erspart!« Er lehnte sich in seinem Stuhl zurück und verschränkte die Arme.

»Können wir jetzt mal ernsthaft mit der Arbeit anfangen, Männer?«, mahnte Kluftinger.

»Gut«, fasste sich Strobl ein Herz, »wir müssen bei Willi nachfragen, ob es sich bei dem Motoröl, das an diesem seltsamen Röhrchen war, um dasselbe handelt wie beim Ölfleck vor dem Haus. Außerdem müssen wir die Eltern von unserem gestrigen Opfer vernehmen und …«

»Eugen, ich unterbrech dich nur ungern«, hakte Kluftinger ein, »aber es ist wohl so, dass wir schneller und besser vorankommen, wenn wir positivere Wörter benutzen. Hab ich grad gelesen.

Also, wenn wir vielleicht nicht sagen täten ›wir müssen‹, sondern lieber ›wir können‹ oder ›wir dürfen‹.«

Maier nickte eifrig, während sich Hefele zu Strobl beugte und ihm irgendetwas ins Ohr flüsterte. Plötzlich hoben die beiden an zu singen: »Danke für unsre Arbeitsstelle, danke für unsern tollen Boss. Danke dass wir hier sitzen dürfen in uns'rem Märchenschloss …«

»Gerne«, sagte Kluftinger bitter. »Übrigens, das mit dem Öl ist schon geklärt: Es handelt sich bei den Anhaftungen laut Willis Bericht«, er hielt einen Schnellhefter hoch, »um dasselbe Öl wie von der Straße. Das stammt aus einem älteren Motor, wahrscheinlich mit hoher Laufleistung, es ist nämlich ziemlich rußig und verschmutzt, wurde also wohl schon länger nicht gewechselt.«

»Und weiter?«, hakte Strobl nach.

»Weiter nichts. Wagentyp, Farbe und Autokennzeichen lassen sich leider auch bei bester Kriminaltechnik aus dem Motoröl nicht rauslesen.«

»Schade eigentlich.«

»Ich hab noch was Positives«, erklärte Maier: »Laut DNA-Analyse handelt es sich bei dem gestern in der Wohnung gefundenen, langen schwarzen Haar um das einer Frau.«

»Aha, und was genau ist daran positiv?«, wollte Hefele wissen.

»Ja, nix, ich mein … also«, stammelte Maier, »ein Frauenhaar eben.«

»Schad, ein Männerhaar wäre besser gewesen, da gibt's die Länge nicht so oft.«

Dann fragte der Kommissar in sachlichem Ton: »Übereinstimmungen mit der Datenbank, Richie?«

»Keine, leider.«

»Okay, also, Männer, dann machen wir auf dem Weg weiter. Eugen: Familie unseres gestrigen Opfers. Roland: Freundeskreis, Kunden und restliches Umfeld. Richie, du kümmerst dich um die Versicherungsunterlagen. Kunden, Klienten oder wie das bei den Vermittlern heißt. Ich schau mir noch mal die Vermisstenanzeigen durch. Vielleicht kommen wir ja so weiter. Wir treffen uns hier in genau drei Stunden, bis dahin haben wir sicher schon ein paar Anhaltspunkte.«

Kluftinger erhob sich, von seinem Elan selbst ein wenig überrascht.

Die Kollegen hingegen standen eher zögernd auf. Als Hefele an ihm vorbeiging, klopfte er dem Kommissar auf die Schulter. »Komisch, aber ich muss sagen: Gar nicht so schlecht, mit dem positiven Zeugs da.«

Kluftinger sah auf die Uhr und entschied, kurz zu Hause anzurufen, denn bei seiner morgendlichen Parkplatz-Odyssee hatte er den Entschluss gefasst, am morgigen Sonntag einen gemeinsamen Jahrmarktsbesuch zu unternehmen. Schließlich hatte dies in seiner Familie Tradition, auch wenn Markus' Interesse am Rummel in den letzten zehn Jahren merklich nachgelassen hatte.

Zudem beschloss er, sich von nun an regelmäßiger bei Erika zu melden. Schon nach dem ersten Klingeln hob sie ab. »Erika?«

»Ist was passiert?« Seine Frau klang besorgt – wie immer, wenn er unerwartet anrief.

»Nein, es ist nix. Mir geht's gut! Wie wär's morgen mit Jahrmarkt? Lass uns doch alle zusammen gehen, dann bleibt die Küche kalt, oder?«

»Aber ich wollt doch einen Fitnesssalat machen und so einen Grünkerntaler.«

»Das Zeug wird schon nicht verkommen.«

Es blieb ein paar Sekunden lang still am anderen Ende der Leitung. »Du, übrigens, ich hab den Martin beim Einkaufen getroffen, er hat gesagt, deine Blutergebnisse sind gekommen.«

Kluftinger erschrak. Seine gute Laune war wie weggeblasen.

»Hat er was gesagt?«, fragte er vorsichtig.

»Nur, dass nichts Neues rausgekommen sei. Also nichts, was er sich nicht eh schon gedacht hätte.«

Er schluckte. Wie konnte der Quacksalber nur so indiskret und gleichzeitig so unsensibel sein? Seine Frau einfach mit der Wahrheit über seinen Zustand zu konfrontieren. Er wollte sie doch zuerst auf die schlimme Nachricht vorbereiten. »Du, Erika, das ist jetzt alles schwer für dich, aber ich glaube, es gibt einen Weg, der …«

»Schwer für mich, papperlapapp! Ich koch halt ein bissle leichter, und mit dem Cholesterin, da kann man doch aufpassen!«

Er runzelte die Stirn. Er hörte keinerlei Bestürzung oder Panik in ihrer Stimme. »Wirklich, Erika, ich wollt dir das selber sagen, und ich find's auch unmöglich, dass er das ausplaudert.«

»Ist doch in Ordnung. So was muss man doch wissen, damit man sich drauf einstellen kann!«, versetzte Erika mit fester Stimme. »Für ein paar Wochen oder Monate kann man doch mit so einer veränderten Situation leben.«

Ein paar Wochen oder Monate? Mehr Zeit blieb ihm nicht mehr?

»Erika … und wie geht's jetzt weiter?«

»Ich hab schon einen Termin mit dem Martin ausgemacht, dann könnt ihr das Restliche genauer besprechen.«

Das Restliche? Das war es, was nach all den Jahren übrig blieb?

»Butzele?«, hakte Erika nach, da ihr Mann nicht von sich aus weitersprach. »Was hast du denn?«

Da musste sie gerade fragen!

»Also, Ende nächster Woche sollst du vorbeikommen, entweder Donnerstag oder Freitag, gleich um zwei.«

»Nächste Woche erst?«, fragte Kluftinger ungläubig.

»Ja, der Martin sagt, auf Tage kommt es jetzt nicht an, aber in den nächsten Wochen oder Monaten müsste eigentlich was passieren.«

»Soso, in den nächsten Wochen wird's passieren …«, murmelte er.

»Was sagst du?«

»Nix«, versetzte Kluftinger hastig. »Was kann ich dann jetzt machen, bis … na ja …«

»Der Martin hat gesagt: Jetzt einfach das Ruder herumreißen, sich erholen, bewusster ernähren, gesünder leben, Bewegung, sich mal was Schönes gönnen, einfach das Leben leben und genießen.«

Kluftinger schöpfte wieder Zuversicht. Wenn Langhammer

so lang und breit vor ihr ausführte, was helfen würde, gab es ja wohl doch noch Hoffnung.

»Und vor allem«, schob Erika noch hinterher, »positives Denken!«

»Genau«, rief der Kommissar in den Hörer. Es hatte bisher immer irgendeine Möglichkeit gegeben, sich am eigenen Schopf aus dem Sumpf zu ziehen. »Erika, ich muss wieder! Lass dir nur eins gesagt sein: Alles wird gut, ja? Mach dir keine Sorgen.«

»Sorgen?« Erika klang verblüfft. Wie gut sie sich doch verstellen konnte, nur um ihn nicht zu beunruhigen durch ihre eigenen Ängste.

»Bussi, Erika!«, sagte er mit einem Seufzen und legte auf. Alles würde gut werden – er würde überleben, und sei es nur, um noch ein paar Jahre mit dieser starken Frau an seiner Seite verbringen zu können.

Kluftinger sah noch eine Weile den Hörer an, nachdem er eingehängt hatte.

Dann tippte er entschlossen auf seinem Computer herum, klickte auf das Drucksymbol, sprang mit einem »So!« auf, schnappte sich die beiden Blätter und eilte aus dem Büro. Die Zeit des Aufschiebens war vorbei, sein Leben fand heute statt, nicht irgendwann.

Als er die Tür zur Toilette öffnete, schaute er sich erst um, ob sich außer ihm auch wirklich niemand mehr im Raum befand, bückte sich, um unter den Türen in die Kabinen zu spähen, richtete sich wieder auf, nickte zufrieden und verschwand schließlich in einem der Abteile. Auch wenn er schon oft hier gestanden oder gesessen und die eine oder andere erholsame Minute verbracht hatte, nahm er das kleine Separee nun noch einmal genau in Augenschein. Denn was er heute vorhatte, unterschied sich erheblich von dem, wofür die Örtlichkeit eigentlich geschaffen worden war. Als er sicher war, dass der Platz ausreichen würde, klebte er die beiden Blätter aus dem Drucker mit Tesafilm an die Tür, stellte sich locker hin, wie er es beim Yogakurs gelernt hatte, federte etwas in den Knien, verschränkte die Arme vor der Brust und atmete bewusst aus und ein. Noch während er den ersten tiefen Atemzug nahm, musste er feststellen, dass eine Herrentoilette dafür kein besonders geeigneter Ort war. Die Geruchsbelastung lenkte erheblich ab. Doch wenn er es hier schaffte, sich von äußeren Einflüssen zu befreien, würde er es überall schaffen. In Ermangelung einer Gymnastikmatte klappte er den Klodeckel herunter und führte seine Übung im Sitzen fort.

Und es funktionierte, das ruhige, konzentrierte Atmen versetzte ihn wieder in diesen wohlig warmen und schweren Zustand, seine Muskeln entspannten sich, seine Lider wurden schwer, dann rauschte es gewaltig … Er sprang vor Schreck auf, woraufhin die Klorolle herunterfiel, auf dem Boden in die Nebenkabine rollte und einen Schweif aus Papier hinter sich herzog. *Die fliegende Rolle mit dem weißen Schwanz* hätten die Yogis diese Übung wohl genannt, dachte Kluftinger. Er fand, dass er die Terminologie der Gurus schon ganz gut draufhatte. Nun war ihm auch klar, was da so gezischt hatte: Er war in seiner Entspannung zu weit nach hinten gerutscht und aus Versehen an die Spülung gekommen. Es machte ihn stolz, dass er einen solchen Grad der Entspannung in so kurzer Zeit erreicht hatte, auch wenn ein Restzweifel blieb, ob er nicht einfach wieder nur eingenickt war.

Bevor er weitermachte, kniete er sich hin, um die Rolle unter der Trennwand hervorzufischen. Er streckte seinen Arm aus und konzentrierte sich, sie zu ertasten, da ertappte er sich selbst dabei, wie er vor lauter Konzentration die Zunge aus dem Mund herausstreckte. Er hatte ungewollt den Löwen gemacht – diese indische Gymnastik war ihm schon in Fleisch und Blut übergegangen.

Derart beflügelt, verlief *Die weiße Schlange spuckt Gift* ohne weitere Zwischenfälle. Andächtig führte er die Anweisungen auf dem Zettel aus, stand mit ausgestrecktem Arm wie ein Karatekämpfer da, um in einer sanften Bewegung den anderen Arm nach vorn zu bringen. Die verlangte Hundertachtzig-Grad-Drehung ließ er allerdings weg, dazu war die Kabine definitiv nicht geräumig genug.

Nun wandte er sich der zweiten Übung zu, die er sich ausgesucht hatte. Die hatte ihm schon in der Rehaklinik besonders gefallen, vor allem, weil er sie sich zuerst gar nicht zugetraut hätte: *Auf den Fuß klatschen und den Tiger zähmen.* Er verlagerte sein Gewicht auf ein Bein, legte die Handflächen übereinander, dann war das andere Bein dran, schließlich musste die rechte Handfläche nach außen ausgestreckt werden – allerdings ging das nur bis zur Kabinenwand.

Dann kam der Kick, mit dem er schon bei Langhammer mächtig Eindruck geschunden hatte: Er riss den Fuß hoch, rutschte allerdings auf dem am Boden liegenden Klopapier aus, woraufhin er nach vorn kippte und sein Bein nicht mehr rechtzeitig anwinkeln konnte, so dass er mit ausgestrecktem Bein gegen die Kabinentür knallte, den Aufprall aber mit den Armen abfangen konnte. Seine Herzfrequenz erhöhte sich beträchtlich, und er musste sich erst ein wenig beruhigen, bis ihm seine prekäre Lage klarwurde: Er hing in der Kabine in einer Art verunglücktem Spagat fest. Ächzend versuchte er, sich daraus zu befreien, doch es gelang ihm nicht. Je länger er so verharrte, desto angenehmer fand er allerdings auch seine momentane Stellung. Diese Dehnung entspannte wirklich ungemein. Gerade als er das dachte, wurde die Tür geöffnet. Noch ehe er sich fragen konnte, wieso er vergessen hatte, abzuschließen, knallte er mit einem Poltern auf den Fliesenboden. Willi Renn sah ihn fragend an.

Es vergingen einige Sekunden, dann durchbrach Willi die Stille: »Darf man fragen, was da drinnen …«, er zeigte mit dem Finger auf die Tür, »… los war?«

Grünkerntaleranbohnenschaumundhimbeerbuttermilchdessert, betete sich der Kommissar in Ermangelung eines echten Mantras innerlich vor. Dann erwiderte er trotzig Willis Blick und sagte: »Ja, man darf. Das war *Die weiße Schlange spuckt Gift.*«

Willi hob kaum merklich eine Augenbraue und erwiderte: »Mhm, das kenn ich. Mach ich auch manchmal zum Druckabbauen. Vielleicht nicht grad auf der Bürotoilette, aber jeder, wie er meint!« Er zwinkerte ihm zu. »Wobei: Für mich klang das gerade eher wie *Der weiße Riese druckt Würscht …*«

Eine halbe Stunde später – Kluftinger grübelte noch immer darüber nach, in welcher Form Willi die Begegnung auf dem Klo in den nächsten Wochen gegen ihn verwenden würde – machte er sich gerade dran, die Vermisstenanzeigen zu durchforsten. Da öffnete sich die Tür, und ein gut gelaunter Lodenbacher platzte in sein Büro.

Kluftinger wunderte sich, dass der Polizeipräsident trotz der bedrückenden Nachrichtenlage so aufgeräumt war, verstand es aber, als der ihm erklärte, er habe gerade mit diversen Honoratioren die alljährliche offizielle Jahrmarkteröffnung hinter sich gebracht. Zur Demonstration hielt er ein kleines Lebkuchenherz in die Höhe, das um seinen Hals hing.

»Klingt toll, schade, dass ich nicht dabei sein konnte«, kommentierte der Kommissar mit Sarkasmus, was Lodenbacher jedoch verborgen blieb.

»Wo san denn die anderen Manner? San die vor Ort, oder …?«

Das Telefon klingelte. Lodenbacher wollte weitersprechen, da hob Kluftinger ab, woraufhin sein Vorgesetzter scharf die Luft einsog und dann zischte: »Sie solln ned dauernd telefoniern, wenn ich mit Eahna red, do is …«

Kluftinger verzog das Gesicht und winkte ab, was den Polizeipräsidenten jedoch nicht bremste, sondern nur noch mehr anstachelte. »… do is beim letztn Mol scho nix G'scheits rauskemma dabei, wia Sie telefoniert …«

Jetzt hob der Kommissar entschieden die Hand, als würde er einem kleinen Kind den Mund verbieten, was Lodenbacher tatsächlich verstummen und empört nach Luft schnappen ließ. Er brauchte ein paar Sekunden, um sich wieder zu fangen, da keuchte ein blass gewordener Kluftinger in den Hörer: »Und es gibt keinen Zweifel, dass …« Dann nickte er und legte langsam auf. Er ließ sich in seinen Stuhl zurückfallen und starrte mit leeren Augen in den Raum. Lodenbachers Anwesenheit schien er völlig vergessen zu haben. Erst als der sich räusperte, wandte Kluftinger sich wieder seinem Chef zu.

»Wos ham S' denn jetzat wieder?«, fragte der irritiert.

»Sie haben die Leiche gefunden.«

»Ich?«

»Schmarrn, die Kollegen.«

Lodenbacher zog fragend die Augenbrauen hoch.

»Am Alpsee. Da haben sie die Leiche gefunden.«

»Jo, und? Des is doch a guate Nachricht.«

Kluftinger hob den Kopf, die Augen zusammengekniffen. Langsam schüttelte er den Kopf. »Leider nein. Denn der Leiche fehlt etwas. Sie hat kein Herz mehr.«

Eine Stunde später, Kluftinger hatte die Ruhe seines eigenen Zimmers verlassen müssen, stand er im Büro der Kollegen Strobl und Hefele, das kurzerhand zur Zentrale einer neu ins Leben gerufenen Sonderkommission umfunktioniert worden war. Nach dem ersten Schock über den schrecklichen Fund und mit der Erkenntnis, dass sie offenbar von einem Serientäter ausgehen mussten, war Lodenbachers Jahrmarktlaune wie weggeblasen gewesen. Er hatte die sofortige Gründung einer Soko angeordnet, die er ohne nachzudenken auch gleich mit dem Arbeitstitel »Alpsee« belegt hatte. Sie würden so viel Personal wie nötig bekommen, hatte er zugesichert und mehrfach betont, dass nichts, aber auch gar nichts »niamols« an die Presse durchsickern dürfe. Als er sich verabschiedet hatte und die Tür hinter sich zuknallte, war es für einige Sekunden ruhig, dann brach Strobl in ein wieherndes Lachen aus, dem sich nach und nach Maier, Hefele und schließlich auch Kluftinger anschlossen.

»Habt ihr … das … gesehen …?«, presste Strobl mühsam unter Tränen hervor. »Er hat so ein deppertes … Lebkuchenherz umgehabt … *Kempten, Stadt mit Herz* …?«

Ihr Lachen steigerte sich zu einem hysterischen Geschrei, da öffnete sich die Tür, und Lodenbacher stand erneut im Raum. Entgeistert blickte er auf seine Mitarbeiter: »Schön, dass dieser Fall zu Ihrer Belustigung beiträgt, meine Herren. Und es tut mir furchtbar leid, dass wir nichts noch ein bisserl Amüsanteres zu bieten haben, an Amoklauf, Massenmord oder Ähnliches.« Dabei wippte das Lebkuchenherz vor seiner Brust, und die Beamten bissen sich schmerzhaft auf die Lippen, um nicht erneut loszulachen. »So, jetzt ham S' es g'schafft, ich weiß nimma, was ich noch woin hob. Pfiat Eahna, meine Herrn.«

Sie schafften es nicht, ihr Gelächter so lange zurückzuhalten, dass es Lodenbacher nicht mehr hören konnte, doch es war ihnen auch egal.

»Der hat irgendwie … kein Herz für seine Mitarbeiter …«, gluckste Hefele.

»Ja, ja«, kiekste Maier, »sein Herz ist genauso kalt wie das im Gefrierschrank …«

Schlagartig verstummten die Männer, nur Maier kicherte noch weiter. Als er das realisierte, räusperte er sich und schimpfte: »Wieso bestimmt ihr eigentlich immer, wann was lustig ist?«

»Kleiner Tipp, Richie«, sagte Strobl und beugte sich vor. »Wenn's von dir kommt, ist es das im Zweifelsfall nicht.«

Sie suchten sich Plätze in dem eigentlich so vertrauten Büro, das nun ganz anders aussah als sonst: Die Tische aus der Mitte waren an die Seiten geschoben worden, so dass ein großer, u-förmiger Tisch entstanden war, auf dem die Computer und die Telefone plaziert waren. In der Mitte des Raumes stand ein Beamer auf einem kleinen Podest, daneben ein Laptop und an der Stirnseite die Pinnwand. Außerdem hatten sie ein Faxgerät gleich neben den Drucker am Eingang gestellt.

»Mir hat's vorher besser gefallen«, sagte Hefele mit Blick auf die ungewohnte Einrichtung. Er saß etwas verloren allein auf der rechten Längsseite.

»Wieso, ich find's ganz schick«, erwiderte Maier schmallippig. »Besser als vorher. Sieht mehr nach Arbeit aus.«

Sie schwiegen eine Weile, unschlüssig, wie es nun weitergehen sollte. Da setzte sich plötzlich das Faxgerät mit einem metallischen Seufzen in Gang. Alle sprangen auf, als hätten sie genau darauf gewartet. Sie postierten sich um das Gerät herum und starrten gebannt auf das Papier, das sich langsam aus dem Ausgabefach schob: Es war ein Foto, doch es war nicht sofort zu erkennen, worum es sich handelte. Eine teigige Fläche kam zum Vorschein, dann kurze Borsten oder … Haare. Kluftinger schluckte: Es waren Augenbrauen, und unter ihnen blickte er nun in zwei starre, leere Augen. Er ging ein paar Schritte zurück, denn er wusste, was nun kommen würde, wusste, dass es sich bei der Abbildung um den Leichnam vom Alpsee handelte, der inzwischen fünf Tage im Wasser gelegen hatte. Sah das übliche Bild von marmorierter Haut mit dunklen Totenflecken, Pflanzenresten in Mund und Nase, schwarzblauen Lippen … Er war froh, dass das Wasser zu dieser Jahreszeit sehr kalt war, denn so blieben ihm die noch unappetitlicheren Begleiterscheinungen von Wasserleichen erspart.

Als das Fax fertiggedruckt war, nahm Maier es an sich, hielt es hoch und fragte: »Kennt den jemand?«

Sie schüttelten die Köpfe. Es wäre schließlich ein außerordentlicher Zufall gewesen, wenn sie den Mann auf dem Schwarzweißfoto gekannt hätten. Und sie hätten ihn schon gut kennen müssen, wenn sie ihn hätten identifizieren wollen, denn die lange Liegezeit im nassen Grab hatte entstellend gewirkt.

Kluftinger atmete tief durch und warf die professionelle Verdrängungsmaschinerie an. »Kannst du das gleich mal an die Klinik in Oberstaufen durchfaxen? Vielleicht kennen die ihn da, ich mein, möglicherweise war er ja doch ein Patient von denen, irgendwann mal. Oder es ist einer von den Ambulanten.«

»Ist gut, mach ich.« Maier legte das Foto wieder aufs Faxgerät.

»Äh, Richie, ich mein, solltest du nicht vielleicht vorher mal Bescheid sagen? Könnte ja sein, dass die sich wundern, wenn da ein Bild von einer Wasserleiche aus dem Gerät kommt.«

Maier hielt inne. »Hm, ja, das könnte man vielleicht machen …«

Schon zehn Minuten später klingelte das Telefon, für das sie extra eine zentrale Soko-Nummer eingerichtet hatten. Das Display zeigte die Vorwahl »08386« von Oberstaufen.

»Die sind ja flott«, sagte Kluftinger und nahm erwartungsvoll den Telefonhörer ab. Nachdem es so schnell gegangen war, erhoffte er sich eine positive Antwort auf ihre Anfrage.

»Uhl hier«, hörte der Kommissar am anderen Ende und wunderte sich. Er hatte Doktor Steiner am Apparat erwartet.

»Ja, Kluftinger, grüß Gott, Herr Professor. Ist denn der Herr Steiner immer noch nicht da?«

Die Antwort kam kurz und tonlos. »Nein.«

»Ah, schade, ich dachte, er kann uns vielleicht helfen, wegen der Sache am See, wir haben Ihnen nämlich grad ein Bild …«

»Ich hab's bekommen.«

»Aha, und?«

»Er … also wir *können* helfen.«

Kluftinger sah zu seinen Kollegen, die um ihn herumstanden und jedes seiner Worte gespannt verfolgten. Er nickte ihnen aufgeregt zu. »Sie kennen den Mann auf dem Foto?«

»Doktor Steiner.«

»Doktor Steiner kennt ihn?«

»Nein. Es ist Doktor Steiner.«

Der Kommissar schluckte. »Ich … kein Zweifel?«

»Kein Zweifel.«

»Danke. Ich melde mich.«

Kluftinger hängte ein. Er spürte, wie ihm die Gesichtszüge entglitten. Nun war zumindest auch die Frage geklärt, wie der Anruf auf seinem Handy zustande gekommen war. Er hatte ja erst ein paar Tage vor Gordian Steiners Tod mit ihm wegen seines Herzstechens telefoniert und war an Langhammer verwiesen worden. Er hatte …

»Schlechte Nachrichten?«, unterbrach Hefele seinen Gedankengang.

»Kennen sie ihn jetzt oder nicht?«, schob Strobl ungeduldig nach.

»Doch, tun sie.«

»Na, das ist doch gut«, freute sich Maier. »Wer ist es denn?«

»Steiner. Doktor Gordian Steiner.«

»Ach was!« Strobl setzte sich. »Der, mit dem wir eigentlich die ganze Zeit reden wollten?«

»Genau der.«

»Leck mich am Arsch.« Hefele war verblüfft. »Sachen gibt's.«

Kluftinger merkte seinen Kollegen an, dass sie erleichtert waren, so schnell einen Namen zur Leiche zu haben. Es hätte auch eine Weile dauern, eine mühsame Suche werden können. Dennoch konnte er sich ihrer Freude nicht so recht anschließen. Immerhin hatte er den Arzt gekannt, wenn auch nur vom Telefon und aus den Erzählungen seines Vaters. Hatte sich sogar bei ihm in Behandlung begeben wollen – und nun war er selbst gestorben. Ach was, gestorben! Bestialisch ermordet worden.

Der Kommissar war nicht in der Lage, etwas zu sagen. Er saß nur da und brütete vor sich hin.

Auch die anderen nahmen Platz und schwiegen. Irgendwann stand Maier auf, griff sich das Fax mit dem Foto des Ermordeten, ging damit zur Pinnwand, heftete es daran und schrieb mit einem dicken Filzschreiber den Namen des Arztes daneben. Die Blicke seiner Kollegen folgten ihm wortlos.

Dann zog er mit dem Stift eine Linie vom Foto der Wasserleiche zum Bild des getöteten Versicherungsmaklers. In die Mitte der Verbindungslinie malte er ein Herz mit einem Fragezeichen darin.

Sie blieben still. Die Spannung löste sich erst, als Maier sein Diktiergerät herausnahm, es ganz nah an seinen Mund führte und sagte: »Es ist Samstag, elf Uhr vierundfünfzig. Richard Maier hat die entscheidende Frage an der Pinnwand visualisiert. Der Name des Opfers vom Alpsee ist nun bekannt. Es handelt sich um Doktor Gordian Steiner ...«

Jetzt grinste Strobl, und Hefele fragte: »Was machst du da genau, Richie?«

»Ich dokumentiere die Soko-Arbeit. Oder will lieber einer von euch …«

»Nein, nein, das ist gut. Sehr gut sogar, Richard«, beeilte sich Kluftinger zu sagen. Lieber würde er Maiers gefürchtete Diktiergerät-Aufsprüche ertragen, als sich selbst um den lästigen Papierkram zu kümmern, der bei einer solchen Arbeitsgruppe in noch größerem Ausmaß anfiel als bei ihrem normalen Dienst.

»Na gut, dann kommen wir doch mal zur entscheidenden Frage«, fuhr Kluftinger fort und betonte das Wort »entscheidend« besonders mit einem Blick in Maiers Richtung. »Wo liegen die Parallelen in den beiden Fällen?«

»Apropos Parallelen«, schaltete sich Strobl ein. »Ich hab die Eckdaten des Mordes von gestern mal ins *Easy* eingegeben.«

Das Easy, das Ermittlungs- und Analyseunterstützende EDV-System, hatte sich in den letzten Jahren zu einem wichtigen Arbeitsmittel gemausert. Dort wurden alle Spuren eines Falles gesammelt, und man konnte nach beliebigen Stichworten suchen. Manchmal ergaben sich Kreuztreffer, wo man sie nicht vermutet hätte.

»Und?« Kluftinger hob gespannt die Augenbrauen.

Doch Strobl winkte ab. »Mach dir keine Hoffnungen. Es gab mal einen ähnlichen Fall, allerdings im Osten.«

»Haben sie ihn geschnappt?«, fragte Hefele.

»Ja, und es waren ausschließlich Frauen, die dran glauben mussten. Passt wirklich nicht, sorry.«

Sie sahen wieder zur Wand, auf die Maier in der Zwischenzeit die Namen aller Beteiligten und – soweit vorhanden – Bilder sowie sonstige Fotos von Spuren gepinnt hatte.

Plötzlich hellte sich Strobls Miene auf. »Vielleicht ist ja die Krankenschwester, ihr wisst schon, die Freundin, eine Parallele zwischen den Fällen.«

»Aber die hat doch ein Alibi. Schließlich war sie die ganze Zeit beim Arbeiten. Intensivstation«, wehrte Maier ab.

»Ja, schon, ich mein ja auch nicht, dass sie's getan haben muss. Aber sie ist Krankenschwester, der Steiner war Arzt. Und der

173

Versicherungsfritze hat doch bestimmt auch Krankenversicherungen vermittelt, oder?«

Hefele blickte rasch in seine Unterlagen und nickte. »Ja, ja, hat er.«

»Gut, geht dem Aspekt mal nach«, sagte Kluftinger knapp. »Wissen wir schon, wie Steiner zum See gekommen ist?«

»Er hatte Joggingklamotten an, vermutlich wollte er dort laufen gehen«, erwiderte Strobl.

»Bei Immenstadt? Wohl kaum, er wohnt doch in Lindau. Haben wir sein Auto?«

»Noch nicht.«

»Okay, wäre natürlich möglich, dass man ihn dahin verschleppt hat. Wie auch immer: Jetzt geht's los. Ihr wisst schon: Handydaten, die noch zu kriegen sind, Nachbarn von Steiner, seine Wohnung, Familie, Umfeld, Klinik, Mülltonnen um seinen Wohnort und so weiter ...«

»... und so fort«, vollendete Strobl wenig begeistert. Auch seine Kollegen verdrehten die Augen.

»Kommt's Leute«, sagte Kluftinger. »Wer hilft uns denn heute?«

»Heute ist Samstag, wer wird uns da schon helfen?« Strobl klang missmutig.

»Na, hör mal, der Lodenbacher hat das zur Chefsache erklärt«, mischte Maier sich ein. »Wir kriegen so viel Hilfe, wie wir wollen.«

Der Kommissar stimmte zu. »Na, seht's ihr? Ihr wisst selber, dass wir neunundneunzig Prozent von den ganzen Spuren nicht brauchen, aber das eine Prozent, das müssen wir halt finden. Wir müssen ja gar nicht alles selber machen. Unsere Aufgabe wird vor allem das Bündeln und Bewerten sein. Positiv denken, Leut!«

Kluftinger hörte seinen Worten nach. Sie klangen gut, viel besser als das, was er früher zu ihnen gesagt hätte. Er entwickelte sich noch zum großen Motivator seines Teams.

»Richie, Schluss jetzt. Ich fahr selber, und zwar mit meinem Passat!«

Kluftinger war froh, dem Soko-Raum eine Weile zu entfliehen, freilich in dienstlicher Mission: Anhand der Kreditkartendaten des ermordeten Arztes hatten sie ermitteln können, dass der am mutmaßlichen Tag seiner Ermordung noch getankt hatte – vergangenen Montag hatte eine Tankstelle in seinem Wohnort Lindau siebenundsiebzig Euro achtunddreißig von seinem Konto eingezogen. Die letzte Buchung auf Doktor Steiners Konto.

»Chef, du weißt schon, dass streng genommen diese Ausnahmeregelung mit deinem Privatfahrzeug auf tönernen Füßen steht, oder? Wir sind laut Dienstvorschrift gehalten, einen Dienstwagen zu benutzen, wenn einer zu unserer Verfügung steht.«

Kluftinger bog aus dem Parkplatz der Kriminalpolizeiinspektion und deutete nur stumm auf einen Aufkleber, den Markus einmal am Armaturenbrett der Beifahrerseite angebracht und gegen den er eigentlich noch nie etwas einzuwenden gehabt hatte: »Anschnallen und Schnauze halten!«

Eine Viertelstunde lang hielt sich Kluftingers Kollege an diese unmissverständliche Aufforderung, doch auf der Höhe von Weitnau merkte Kluftinger, dass Maier unruhig auf seinem Sitz hin und her rutschte.

»Musst du austreten, Richie?«

»Hm?«

»Musst du biseln?«

»Nein. Ich war noch aufm Klo, bevor wir los sind. Groß, falls es dich interessiert.«

Kluftinger schüttelte den Kopf. »Tut es nicht, Richie.«

»Aber du hast doch selber danach gefragt!«

»Weil du so hippelig bist! Was ist denn?«

»Also, ich weiß nicht, woran es liegt«, begann Maier und klang, als koste es ihn einiges an Überwindung, mit der Sprache herauszurücken, »ich will auch gar nicht in dich dringen, aber ich habe offen gestanden bemerkt, dass du dich in den letzten Tagen ziemlich verändert hast!«

»Aha«, brummte der Kommissar, »und inwiefern, bittschön? Aber wenn du jetzt wissen willst, ob ich dich liebhab: nicht mehr als sonst!«

Maier legte ihm die Hand auf die rechte Schulter, woraufhin Kluftinger im Sitz nach links rutschte, was einen heftigen Schlenker des Autos zur Folge hatte. »Herrgott, spinnst du jetzt?«

»Chef, du musst vor mir nicht den harten Mann markieren. Die Sache mit dem positiven Denken, die Ernährungsumstellung … Wenn's dir nicht gutgeht, kannst du es mir ruhig sagen. Komm, hast du was?«

Der Kommissar sah zweifelnd zum Beifahrersitz. Sollte er wirklich ausgerechnet mit Maier über all das reden, was ihn gerade so belastete? Immerhin war es ihm aufgefallen. Er schien tatsächlich der einzig sensible Mensch in seinem Team zu sein. Andererseits: Es handelte sich um Richard Maier!

»Weißt du, wenn die anderen zuhören, kann man ja kein mitfühlendes Wort reden, aber so unter uns können wir doch einfach mal alles frei bequatschen.«

Bequatschen! Nein, niemals würde sich Kluftinger jemandem anvertrauen, der etwas mit ihm *bequatschen* wollte. Er schüttelte den Kopf und brummte ein wenig überzeugendes »Passt alles«.

»Ist schon gut, du brauchst halt länger als andere, bis du dich jemandem vorbehaltlos öffnest. Aber was ich dir echt sagen muss: Mir gefällt das, dass du jetzt irgendwie feinfühliger bist und auch mal einen stillen Moment bewusst durchlebst, wie jetzt gerade auf der Fahrt.«

Die Geister, die ich rief, dachte Kluftinger.

»Und deine lebensbejahende Einstellung: toll, echt! Im Team herrscht schon eine viel kollegialere und bessere Atmosphäre. Und das, wo wir heut erst angefangen haben damit!«

Maier hatte sich im Sitz nach vorn gelehnt und strahlte seinen Chef an.

»Dankschön, Richard«, brummte der nur.

»Also, mein Angebot steht: Du kannst mich jederzeit anrufen, wenn du jemand brauchst zum …«

»… Bequatschen. Schon klar. Wird nicht vorkommen, aber danke.«

»Hast du denn schon in eines der Bücher reingelesen, die ich dir hingelegt hab?«

Kluftinger überlegte kurz. Wenn er das nun zugab, bedeutete es, Maier einen ganzen Schritt näher an sich ranzulassen. »Schon, das mit den Entspannungstechniken ist gar nicht mal so schlecht. Dieses Yogazeug, das bringt echt was, glaub ich.«

Maier nickte aufgeregt. »Und ob! Wusstest du, dass es auch tolle Quick-Relax-Methoden für unterwegs gibt? Zum Beispiel den Lenkrad-Zudrücker. Pass auf, das können wir gleich machen. Du musst nur bewusst das Lenkrad fest umfassen, bis deine Handmuskeln ganz angespannt sind, und dann wieder loslassen!«

Kluftinger stieß verächtlich die Luft aus. »Das mach ich regelmäßig, wenn ein Württemberger Drimsler vor mir herschleicht. Aber du hast recht, wenn ich danach ein paar ordentliche Flüche raushaue und gegen die Tür trete, bin ich ganz entspannt.«

»Kultivier jetzt bitte nicht wieder deine rauhe Schale. Bei diesen Übungen geht es um dosierte Muskelspannung und -entspannung, um Dehnung und Streckung – im Prinzip also Yoga fürs Auto.«

»Gut, also, ich drück mal kurz das Lenkrad.« Mit zusammengebissenen Zähnen führte er dreimal die von Maier vorgeschlagene Übung aus.

»So, jetzt den Autodach-Knie-Quetscher: Du musst beide Hände nach oben strecken und drücken, dazu noch beide Knie gegeneinanderpressen.«

Der Kommissar sah seinen Kollegen tadelnd an und deutete dann mit dem Kopf auf das Lenkrad, auf dem seine Hände lagen.

»Gut, das ist vielleicht doch eher was für einen Stau oder die rote Ampel. Dann was anderes. Unerlässlich beispielsweise ist die Augenentspannung: Ein hoher Prozentsatz der Kopfschmerzen, unter denen wir leiden, gehen von überlasteten Augen aus, wusstest du das? Wichtig ist: Zuerst mal die Handinnenflächen gegeneinanderreiben …«

177

Maier begann eifrig, seine Hände hin und her zu bewegen, wobei er angestrengt dreinblickte und seine Zunge ein wenig herausstreckte.

»… um sie dann für ein paar Sekunden auf den geschlossenen Augen ruhen zu lassen. Das entspannt und wärmt, zudem kann die Energie viel besser fließen.«

Kluftinger sah ihn entnervt an. »Richie, ich fahr Auto. Wie, bitte, soll ich die Augen zumachen, du Kasperle, kreuzkruzifix!«

»Ich kann derweil lenken, das ist doch kein Problem. Du musst nur loslassen! Also, auch innerlich, mein ich.« Bei diesen Worten langte er Kluftinger bereits ins Steuer, woraufhin dieser heftig ausholte und seinem Kollegen derart auf die Hand schlug, dass es klatschte und der Wagen erneut bedrohlich ins Schlingern geriet.

»Aua, bist du jetzt übergeschnappt?«

»Richie, ich warn dich! Mach das nie wieder, kapiert? Sonst schmeiß ich dich in hohem Bogen raus und betonier dir eine, dass du nicht mehr weißt, wo vorn und hinten ist!«

Maier zog seine Hand zurück, rieb sie sich mit schmerzverzerrtem Gesicht und sagte: »Weißt du, was du brauchst?«

»Nein, aber ich weiß, dass *du* gut mal einen Psychiater vertragen könntest.«

»Du brauchst ein Mantra, das dich beruhigt und deine Aggressionen in positive Energien umwandelt«, sagte Maier beharrlich. Er ließ sich in seinem missionarischen Eifer nicht bremsen.

»Ich brauch keinen Manta, mir tut's mein Passat. Außerdem wird der schon lang nicht mehr gebaut.«

»Du weißt genau, was ein Mantra ist, und willst mich nur provozieren, oder?« Maier wartete die Antwort nicht ab: »Ein Mantra, das ist eine Wort- oder Lautfolge, die der Freisetzung spiritueller und mentaler Energien dient. Gibt es im Hinduismus und im Buddhismus. Und natürlich bei den Yogis. Die Mönche bei den Hindus zum Beispiel kriegen ihr persönliches Mantra von ihrem Guru nach der Einführung in den Ritus. Es ist dein Schatz, und du musst ihn geheim halten.«

»Was du nicht sagst. Und weil du mein Guru bist, verrätst du mir jetzt mein Glücksmantra, oder wie? Ommmm.«

»Ja, mit dem Om liegst du gar nicht so falsch. Es ist bei den Hinduisten der transzendentale Urklang, so was wie die Vibration der göttlichen Macht, das Brummen des Absoluten …«

»Du hast einfach zu viel Zeit, wir müssen dich ein bissle mehr einspannen. Dann vibriert's vielleicht nicht mehr ganz so arg in deinem Hirn.«

»Wir schweifen ab. Also, ein Mantra, das kann natürlich in Sanskrit sein, aber das ist dann eher für Fortgeschrittene. Zum Beispiel das *Om sobhawa shudda sarwa dharma* und so fort.«

»Ach ja, das … genau«, brummte der Kommissar. »Klingt wie eine Verdauungsstörung.«

»Oder das Juwelen-Lotos. Ich würde dir empfehlen, ein nicht-spirituelles Mantra zu suchen, eins, das dich durch die Kraft der Worte wieder ins Gleichgewicht bringt. Dadurch kannst du alles, was dich belastet, loswerden, dich von deinen Zwängen befreien, und du wirst viel ausgeglichener. Lege in die Worte das, was du dir als Lebensziel wünschst, als letzte Instanz des Glücks!«

»Lassmichpensioniertseindamitichdenrichienichtmehrjeden-tagsehenmuss«, summte Kluftinger.

»Ja, spotte nur, wenn es dir guttut. Lass alles raus, was dich einschränkt und hemmt! Ich hab auch ein Mantra, das sehr auf meine Ziele bezogen ist.«

»Und wie geht das?«

Maier schüttelte energisch den Kopf. »Nein, das persönliche Ziel-Mantra eines Menschen ist zu intim, als dass man es auf dem Marktplatz rausschreien würde.«

»Jetzt komm, Richie«, drängte Kluftinger, »ich kann doch schweigen wie ein Grab. Bei mir ist ein Geheimnis gut aufgehoben, das weißt du doch, oder?«

Der Kollege taxierte ihn kurz und schüttelte dann erneut den Kopf. »Niemals.«

Kluftinger zuckte mit den Schultern und tat gelangweilt. »Ich weiß eh, was es ist!«

»Was?«

»Dein Mantra. Kann ich mir schon denken«, erklärte er und setzte ein breites Lächeln auf.

»Sag's!«

»Nein, aber ich hab für mich auch eins gefunden.« Er spürte, wie die wärmende Kraft der Worte seinen Geist durchzog, als er sie dachte: *Lecktsmichdochallemalkreuzweiskreuzkruzifixnochamalihrmalefizhuramentverrecktesaubande.*

»Okay, dann sag mir das mal, dann kann ich dir sagen, ob es gut geeignet ist, um dich deinen Zielen mental näher zu bringen.«

Der Kommissar atmete tief ein und erklärte: »Nein, das persönliche Ziel-Mantra eines Menschen ist zu intim, als dass man es auf dem Marktplatz rausschreien würde, Richie.«

»Jetzt komm, ich will dich doch nur beraten.«

»Niemals.«

Sie schwiegen eine Weile, bis Maier wieder unruhig auf dem Sitz herumrutschte.

»Komm ich in deinem Mantra vor?«, platzte er nach einer Weile heraus.

Kluftinger lachte kurz auf und sagte: »Mei, wie man's nimmt, Richie. Wie man's nimmt!«

Kurz darauf ließen sie die letzten Hügel hinter sich, und der Blick auf den Bodensee öffnete sich zum ersten Mal. Einige Quellwolken hatten sich über den Vorarlberger Gipfeln aufgetürmt, doch der See lag in strahlender Sonne.

»Isch des schee!«, entfuhr es Kluftinger mit einem Mal voller Begeisterung.

»Ja, das find ich auch. Siehst du? Dafür hättest du noch vor einem Monat gar keinen Blick gehabt.«

Da mochte Maier gar nicht so unrecht haben. Doch der Kommissar hatte keine Zeit, weiter über seinen Stimmungswandel zu sinnieren, denn sie verließen die Autobahn und erreichten den

Kreisverkehr, an dem die Tankstelle lag. Der vielleicht letzte Ort, an dem Steiner von anderen lebend gesehen worden war. Außer seinem Mörder natürlich.

Wie immer, wenn er bislang hier vorbeigekommen war, herrschte auch am heutigen Samstag reger Betrieb: Es war die letzte Tankstelle vor der Grenze nach Österreich, und viele Reisende deckten sich noch mit Proviant oder den obligatorischen Autobahnvignetten ein. Zahlreiche Reisebusse standen ebenfalls auf dem Parkplatz.

Kluftinger parkte seinen Passat direkt vor dem Eingang zum Tankstellenshop, was ihm empörte Kommentare zweier Rentnerpaare eintrug, die sich kopfschüttelnd über das »rüpelhafte Benehmen« dieses »Vollidioten« mokierten, der es nicht fertigbringe, »einen Meter weit für sein Bier zu laufen«.

»Lecktsmichdochallemalkreuzweiskreuzkruzifixnochamalihrmalefizhuramentverrecktesaubande«, murmelte Kluftinger kaum hörbar, betrat ein klein wenig entspannter die Tankstelle und ließ den Blick über die voll bestückten Regale wandern, die eher denen eines gut sortierten Supermarktes glichen. Interessanterweise war gerade bei Bier und anderen alkoholischen Getränken die Auswahl am größten. Nun war er es, der den Kopf schüttelte.

Er beschloss, sich hinten an der Kassenschlange anzustellen, um keine weiteren Anfeindungen zu provozieren. Maier stellte sich zähneknirschend daneben. Kluftinger wusste, dass er am liebsten lauthals »Polizei, bitte machen Sie Platz!« gebrüllt hätte. Als die Reihe schließlich an ihnen war, fragte Kluftinger den jungen Mann hinter der Kasse, ob er mit dem Inhaber sprechen könne.

Die Augen des Verkäufers verengten sich. »Wenn Sie sich beschweren wollen, er ist nicht zu sprechen!«, zischte er. Der Kommissar verstand nicht. Hatte er zu konfrontativ gefragt?

»Beschweren, na, ich …«

»Ich weiß, dass wir heute zum dritten Mal die Preise erhöht haben, Sie sind jetzt der Zehnte, der mich darauf hinweist. Und Sie denken natürlich, das ist, weil am Wochenende mehr Leute tanken müssen. Und ja: Es gilt der Preis an der Zapfsäule. Aber ich kann nix dafür, ich bin kein Ölmulti, der die Preise macht, verstehen Sie? Ich bin Student, der hier für noch nicht mal zehn Euro die Stunde jobbt. Welche Säule? Bar oder mit Karte?«

Der Kommissar schüttelte den Kopf und machte eine beschwichtigende Handbewegung. »Junger Mann, ich will mich nicht beschweren. Ich will Ihren Chef sprechen oder jemanden, der gerade für den laufenden Betrieb zuständig ist.« Mit diesen Worten hielt er ihm seinen Dienstausweis unter die Nase.

»Auweh, hat wieder jemand die Zeche geprellt? Kommen Sie hier hinter der Kasse durch, da geht's ins Büro. Die Chefin ist hinten. Nix für ungut wegen gerade eben ...«, sagte er kleinlaut und wies auf eine kleine Tür zwischen den Zigarettenregalen.

Sie traten in ein kleines, verrauchtes Büro mit einem Schreibtisch, der fast den gesamten Raum einnahm. Eine gepflegte Frau mittleren Alters mit rötlich gefärbten Haaren saß daran und wirkte inmitten der Berge von Zetteln, Belegen und Journalrollen ziemlich verloren. Sie stellten sich als Beamte der Kriminalpolizei Kempten vor, woraufhin die Frau sie über ihre rot geränderte Lesebrille gespannt anblickte.

»Keine Sorge, Frau ...«, begann Kluftinger.

»... Buhmann.«

»... Frau Buhmann. Es geht um eine Ermittlung in Zusammenhang mit einem Kapitalverbrechen. Ein Mann, der vergangenen Montag laut seiner Bankdaten noch bei Ihnen getankt hat, ist nur wenig später Opfer einer Gewalttat geworden. Sie haben doch Kameraüberwachung, gell?«

»Ja, die haben wir. Da haben Sie fast schon Glück, die Festplatte wird nach einer Woche automatisch überschrieben. Aber inwiefern kann Ihnen da der Film helfen?«

Kluftinger dachte einen Moment nach. Einerseits war er nicht verpflichtet, ihr darauf zu antworten, andererseits war er darauf angewiesen, dass die Frau mit ihnen kooperierte. Freundlichkeit war also durchaus ...

»Gute Frau, das müssen Sie schon uns überlassen, nicht wahr?«, polterte Maier mitten in seine Überlegungen hinein. »Ich weise Sie darauf hin, dass es sich hier um vertrauliche polizeiliche Ermittlungen ...«

Kluftinger schob ihn rüde beiseite. »Wir wollen einfach mal schauen.«

Maier schnaubte beleidigt und murmelte etwas Unverständliches. Sein Mantra womöglich, schoss es Kluftinger durch den Kopf. Vielleicht *Allesindsogemeinzumiraberwenigstensmagichmichselber?* Er grinste bei diesem Gedanken.

»Um siebzehn Uhr vierunddreißig, sagen Sie?« Frau Buhmann drehte sich zu den Beamten um, die hinter ihrem Schreibtisch standen und ihr dabei zusahen, wie sie die Dateien auf ihrem Computer durchsuchte.

»Sie kennen sich aber gut aus mit der Technik«, bemerkte der Kommissar anerkennend.

Die Frau sah zu ihm auf. »Wir haben diese Tankstelle und noch zwei weitere in Lindau seit fast zwanzig Jahren, mein Mann und ich. Während er sich im Blaumann darum kümmert, dass die Zapfsäulen laufen, mach ich halt den Bürokram. Da lernt man das mit der Zeit. Und ich sag Ihnen ganz ehrlich: Ich glaub, ich hab den angenehmeren Part.«

Er erwiderte ihr Lächeln.

Wenig später sahen sie auf dem Bildschirm in ruckeligen Bildern, wie ein schwarzes Audi-Coupé mit dem Kennzeichen LI-GS an eine Zapfsäule fuhr. Kurz darauf stieg Doktor Steiner in Jogginganzug und Turnschuhen aus und tankte. Dann betrat er den Shop, um zu bezahlen, kam zurück, stieg in sein Auto und fuhr weg.

Kluftinger sah auf die Uhrzeit, die bei der Aufnahme mitlief. *Nicht mal mehr eine Stunde,* dachte er ... Es war ein beklemmendes Gefühl, den Mann, den sie gerade als Wasserleiche auf dem Fax gesehen hatten, hier noch so quicklebendig vor sich zu haben. Ihm bei einer so alltäglichen Tätigkeit wie dem Tanken zuzusehen und schon zu wissen, dass er kurz darauf Opfer eines brutalen Verbrechens werden wird. Immerhin: Nun hatten sie Gewissheit, dass der Arzt allein im Wagen gesessen hatte, denn das sah man deutlich.

»Können wir mal die Bilder aller Ihrer Überwachungskameras zu diesem Zeitpunkt sehen?«, bat Kluftinger.

»Klar«, versetzte Frau Buhmann. »Auch die von den anderen Zapfsäulen?«

»Was hätten Sie denn im Programm? Es geht halt um die Frage, ob ihm jemand gefolgt ist.«

»Vielleicht wäre der Parkplatzbereich ganz interessant. Da haben wir eine sogenannte Overview-Kamera. Darauf werden Sie keine Details erkennen, aber Sie bekommen einen Überblick, wer ein- und ausfährt.«

»Da, Richie! Herrgott, jetzt schau halt genau hin!«

»Sorry, aber ich erkenn da nix.«

»Frau Buhmann, Sie sehen doch auch, dass da, ganz am Rand, ein Auto auftaucht, oder?«

Sie setzte ihre Brille auf, ging noch ein wenig näher an den Bildschirm und nickte schließlich bestätigend.

»Siehst du, Richie? Ein Auto kommt unmittelbar hinter Steiner, stellt sich ganz abseits auf den Parkplatz, bleibt da stehen, niemand steigt aus, schemenhaft sieht man aber, dass zwei Leute drinsitzen. Zwei, zefix, ich hab's gewusst. Es sind doch zwei. Und da: In dem Moment, in dem der Arzt losfährt, verlässt auch der Wagen das Gelände wieder! Dieses Rad und das Stück Kotflügel, das wir sehen, die gehören zu dem Auto, das Steiner an seinem letzten Tag gefolgt ist.« Kluftinger war aufgeregt. Sie hatten hier möglicherweise eine heiße Spur aufgetan. »Sappradi! Wenn man wenigstens den Autotyp erkennen könnte!«

»Mal angenommen, es wäre so«, gestand Richard Maier zu, »gibt es denn eine andere Perspektive, aus der wir dieses ominöse Auto sehen könnten?«

»Hm, vielleicht von der Kasse aus …«, überlegte Frau Buhmann.

Doch die erwähnte Kameraperspektive zeigte nur die Seite eines Busses mit der Aufschrift »Alpspitz-Reisen«. Lediglich der Schatten des fraglichen Fahrzeugs war zu sehen.

»So ein verdammter Mist! Ausgerechnet da muss ein Bus stehen«, schimpfte Maier. »Sonst keine andere Kameraposition?«

»Nein, also, dieser Bereich ist nicht weiter relevant für uns. Wir müssen nur überblicksmäßig schauen, dass es da ordentlich zugeht. Uns geht es ja vorwiegend um die, die ihre Rechnung prellen. Hätte das Auto, das Sie suchen, getankt, dann hätten wir auch die Nummer.«

»Gibt's eine Kamera, die uns den Ein- und Ausfahrbereich zeigt?«, wollte Maier wissen, der sich von der Aufregung seines Chefs hatte anstecken lassen.

»Auch nicht.«

Während Kluftinger zuhörte, beobachtete er weiter den Bildschirm und sah, wie die Reisegruppe allmählich wieder einstieg und schließlich den Parkplatz verließ. Als der Bus abfuhr, war der Platz dahinter leer.

»Kruzifix«, fluchte Kluftinger.

Die Tankstelleninhaberin klickte gerade das Bild weg, als Kluftinger ein lautes »Stopp!« entfuhr, das die Frau zusammenfahren ließ. »Noch mal zurück. Ja, genau, da.«

»Da ist doch nix mehr.« Frau Buhmann schien ratlos, worauf der Kommissar hinauswollte.

»Können Sie das größer machen?«

»Nein, da bräuchten wir schon ein spezielles Programm. Aber ich könnte natürlich …«

»Egal, aber sehen Sie das nicht?« Er zeigte auf den freien Platz, auf dem gerade noch der Bus und dahinter das Auto gestanden hatten. »Da ist doch jetzt so ein Fleck, oder? Nicht groß, aber es könnte …«

»Ein Ölfleck sein!«, vollendete Maier.

»War der vorher auch schon da?«

Die Inhaberin spulte etwas zurück, bis sie eine Stelle auf der Aufzeichnung gefunden hatten, an der der Platz frei einsehbar war. Kluftinger schaute auf die Uhr: zwei Minuten vor Steiners Eintreffen.

»Nichts zu sehen«, sagte Frau Buhmann anerkennend. »Herr Kommissar, das nenn ich mal gute Augen!«

»Ich wusste, was ich suchen musste«, wiegelte der Kommissar ab.

»Nein, nein«, protestierte Maier. »Wie der Eugen neulich gesagt hat: Manchmal weiß man nicht, wo du's hernimmst.«

Sie brauchten nur zehn Minuten von der Tankstelle bis zur Wohnung des Arztes. Maier hatte sie mittels seines Smartphones dorthin navigiert. Sie hatten die Aufgabe, sich dort umzusehen, eigentlich an den Einsatzzug delegiert. Da sie jedoch schon in der Nähe waren, hatten sie beschlossen, noch vorbeizufahren, denn Kluftinger war es lieber, sich die Dinge vor Ort selbst anzusehen – zu Recht, wie sich eben in der Tankstelle gezeigt hatte.

Allein der Anblick des Anwesens, in dem der Arzt residiert hatte, war den Weg wert gewesen, fand Kluftinger. Sicher, er hätte anders gebaut, nicht so modern, so würfelig, wie es zurzeit gerade hier im Bodenseeraum Mode war. Aber schon die Lage des Grundstücks war spektakulär: Nur eine schmale Straße trennte es vom See. Überquerte man diese, hatte man Zugang zu einem kleinen Privatstrand, an dessen Steg ein Motorboot festgemacht war. Kluftinger wunderte sich nicht, dass Doktor Steiner dafür in Kauf genommen hatte, täglich rund vierzig Kilometer zu seiner Arbeitsstelle in Oberstaufen fahren zu müssen. Hier hätte er es auch ausgehalten.

Sie gingen durch den Garten auf die Terrassentür des nahezu vollständig verglasten Hauses zu, in dem sich ihnen das gewohnte Bild bot: Ein paar Kollegen sahen die Papiere durch, andere begutachteten die Schränke; im und ums Haus wurde nach möglichen Hinweisen auf die Tat gesucht; auf den angrenzenden

Grundstücken und auf der Straße wurden Nachbarn und Passanten befragt.

»Habt's ihr schon einen Durchsuchungsbeschluss?«, fragte Kluftinger einen der Beamten, der auf der Terrasse stand und eine Zigarette rauchte. Er kannte den Mann nicht, aber er musste aus dem Einsatzzug sein, der ihnen bei der Spurensicherung half.

Der Beamte schüttelte den Kopf: »Nein, die Schwester hat uns die Erlaubnis erteilt. Euer Strobl hat sie erreicht.«

»Ist sie da?«, fragte Maier schnell.

»Die wohnt irgendwo in Norddeutschland. Aber *er* ist da.« Er zeigte auf einen Mann um die vierzig, der nun durch die Schiebetür trat und sich lautstark die Nase putzte. Als er fertig war, erkannte Kluftinger, dass seine Augen gerötet und feucht waren.

»Sind Sie dann der Bruder?«, fragte Kluftinger.

Der Mann blickte ihn verwirrt an. »Wieso Bruder? Gordian hatte gar keinen Bruder.«

»Ach so, ich dachte … wegen der Schwester.«

Der Beamte drückte seine Zigarette in einen kleinen Aschenbecher, den er anschließend in seiner Jackentasche verschwinden ließ, beugte sich zu Kluftinger und erklärte: »Er hatte nur die Schwester. Sie ist die nächste noch lebende Verwandte.«

»Verstehe. Und wer sind dann Sie?«, wandte er sich wieder an den Mann.

»Ich bin sein Freund. Marius Kreißler.«

»Ach so. War Doktor Steiner denn nicht verheiratet?«

Die Augen des Mannes funkelten ihn feindselig an: »Wie gesagt: Ich bin … war … sein Freund.«

»Ja, ist ja gut, ich hab's verstanden. Dann wissen Sie doch bestimmt, ob der Herr Doktor eine Frau … Freundin oder so …«

»*Ich* war seine Freundin.«

Erstaunt blickte Kluftinger zu Maier, der ihn bereits vielsagend angrinste. Dann verstand auch er. »Ach … so. Jetzat, ja freilich. Mei, dann …«

Er schluckte. Sofort hatte er jegliche Unbefangenheit verloren. Den Umgang mit Hinterbliebenen von Mordopfern war er inzwischen gewohnt, sogar den mit den Tätern. Aber mit Männern, die … nicht, dass er etwas dagegen gehabt hätte, sich irgendein Urteil erlaubt hätte, also, jeder nach seinen Vorlieben, noch dazu: Er kannte ja jemanden, der … vielleicht … man munkelte, Möbius, der Staatsanwalt, habe gewisse Neigungen, die …

Er blickte Maier eindringlich an, und der sprang ihm tatsächlich bei: »Wo waren Sie denn zur Zeit des Mordes?«

Sofort begann der Mann erneut zu schluchzen. *Priml*, das hatte Mister Einfühlsam ja wieder gut hingekriegt, dachte Kluftinger und übernahm wieder. »Woher kommen Sie?«

»Bregenz.«

»Und was machen Sie beruflich?«

»Ich arbeite in einem großen Speditionsbetrieb.«

Die Fragen nach seinem Alltag schienen ihn zu beruhigen. »Können Sie sich vorstellen, wer … also, hatte Herr Doktor Steiner denn Feinde?«

»Nein, im Gegenteil, er war sehr beliebt.«

»Bei wem denn?«, wollte Kluftinger wissen.

Der Mann sah ein wenig verwirrt drein, dann aber antwortete er: »Nun, er hatte einen großen Freundeskreis. Ich habe Ihren Kollegen schon die wichtigsten Namen genannt, die mir eingefallen sind. Er war auch im Segelclub, Rotary, all so was. Allerdings hatten wir nicht allzu viele gemeinsame Bekannte.«

»Haben Sie denn nicht mit ihm hier gewohnt?«

»O nein, wo denken Sie hin.«

»Was soll das denn heißen?«

»Na, Gordian wollte mit Rücksicht auf seine Karriere ein eher … unauffälliges Liebesleben führen, wenn Sie verstehen, was ich meine. Und bei mir ist es dasselbe gewesen. Es gibt leider noch immer Menschen, die mit unserem Lebenswandel so ihre Probleme haben. Vor allem hier, im ländlich geprägten Raum.«

»Ist nicht wahr!«, entgegnete Kluftinger ein bisschen zu schnell.

»Haben Sie sich nicht gewundert, dass er so lange nichts hat von sich hören lassen?«, wollte Maier wissen.

»Nein, eigentlich nicht. Wir hatten eine offene Beziehung. Nichts, was den anderen einengen würde, wissen Sie?«

Kluftinger nickte mechanisch.

»Aber Sie waren schon sein einziger … Freund, oder? Also, *so* ein Freund … halt, ich meine …«

»Ja, ja, die wilden Jahre hatten wir hinter uns. Er war es, der in den letzten Wochen gemeinsame Zukunftspläne geschmiedet hat. Ich war da zurückhaltender.«

Die Lippen des Mannes bebten.

»Haben Sie dann so eine Art … Doppelleben geführt?«, hakte Kluftinger ein.

Kreißler schüttelte energisch den Kopf. »Nein, das nicht. Ich habe es nie thematisiert, zu Hause. Für meine Eltern bin ich nach wie vor der Junggeselle, dem eben keine Frau gut genug sein konnte. Ich bitte Sie: Lassen Sie meine Familie aus dem Spiel, was das angeht, ja?«

»Das heißt, Sie mussten Ihre Beziehung zu Doktor Steiner immer verleugnen?«, wollte Maier wissen.

»Nein, verleugnet habe ich ihn nie. Wir haben wie gesagt nicht weiter darüber gesprochen. Ich hatte ja viele Bekannte, einer davon war für meine Eltern eben Gordian, von dem sie wussten, dass wir oft etwas zusammen unternommen haben. Gerade erst letzte Woche waren wir verreist. Zehn Tage Griechenland. Die Inseln. Das Meer. Und wir beide.« Ein sanftes Lächeln umspielte bei dieser Erinnerung die Mundwinkel des Mannes.

»Jedenfalls arbeitete Gordian nach dem Urlaub immer bis zum Umfallen. Da brauchte ich ihn gar nicht zu stören, das wusste ich. Am Montag haben wir uns zuletzt gesehen. Aber wir waren für heute Nachmittag …« Seine Lippen bebten wieder.

»Ja, ist schon gut. Vielleicht … setzen Sie sich ein bissle.« Kluftinger schob ihm unbeholfen einen der Gartenstühle hin, auf den Kreißler sich weinend niederließ. Kluftinger sah ihn eine

Weile an. Sein Weinen steigerte sich immer mehr zu einem herzzerreißenden Schluchzen. Schnell hob der Kommissar die Hand zum Gruß. »Wir müssen dann auch wieder. Wir melden uns bestimmt noch einmal bei Ihnen. Die Kollegen werden eh alles … Wichtige … pfiagott dann, gell?«

Ohne die Kollegen noch eines weiteren Blickes zu würdigen, zog er Maier mit sich, und sie gingen wortlos durch den Garten. Als sie beim Auto angekommen waren, deutete Kluftinger noch einmal mit dem Kopf in Richtung Terrasse, wo sie Marius Kreißler nun ebenfalls eine Zigarette rauchen sahen.

»Meinst du, das alles hat was *damit* zu tun?«

»Mit seinem netten Haus am See?«

»Nein, Schmarrn, ich mein damit …«

»Mit der Raucherei?«

»Herrgott, mit dem … Dings!«

»Womit denn jetzt?«

»Ja, jetzt komm, du weißt schon. Dass er halt, ich mein, mit Männern …«

Maier schüttelte vorwurfsvoll den Kopf. »Hättest du das auch gefragt, wenn er verheiratet gewesen wäre?«

»Ja, nein, ich mein … schon«, wand sich Kluftinger. »Ich hab ja kein Problem damit, aber man weiß ja nie. Wir müssen auf jeden Fall schauen, ob der Versicherungsmann auch …«

»Der hatte doch eine Freundin.«

»Ja, vielleicht … auch so eine Art Doppelleben. Man glaubt nicht, was es alles gibt!«

»Nein, das glaubt man manchmal wirklich nicht.«

Kluftinger wunderte sich, dass schon kurze Zeit nachdem sie wieder in Kempten eingetroffen waren, auch die Kollegen aus Lindau mitsamt dem halben Hausstand von Gordian Steiner im Gepäck ankamen. Sie trugen eine Menge Kisten in einen Besprechungsraum. Schließlich begannen sie damit, sich die Aktenordner einen nach dem anderen vorzunehmen.

»Du, Eugen«, fragte Kluftinger, »wie ist das mit der Schwester vom Steiner? Kommt die vorbei, oder wie?«

»Nein, die sitzt im Rollstuhl. Sie lebt schon länger in Oldenburg, dahin lässt sie den Bruder überführen und dort einäschern, wenn er freigegeben ist.«

»Und wie ist das mit seinem Freund? Da hättest du mich ja auch vorwarnen können!«

»Was heißt vorwarnen! Die Klinik hatte seine Handynummer für Notfälle. Professor Uhl hat nur gesagt, das sei ein enger Bekannter vom Steiner. Weiter nichts. Habt ihr ihn auch vernommen?«

»Nur kurz. Ich Depp hab ihn nicht mal gefragt, wann er seinen Freund zum letzten Mal lebend gesehen hat.«

»Kein Problem, ich hab schon seine Aussage von den Kollegen. Am Tattag war er noch bei ihm.«

»Interessant. Sonst irgendwelche Neuigkeiten?«

»Ja, der Böhm hat seinen ausführlichen Bericht von der Obduktion der Wasserleiche gemailt. Der Roland hat ihn schon durchgearbeitet. Was ist dir lieber? Selber lesen oder …«

»Ich geh gleich mal zum Roland«, erklärte der Kommissar.

»Wie war das?« Kluftinger blickte Hefele fragend an.

»Wie ich's dir sag: Laut Böhm hatte der Doktor Steiner wenige Stunden vor seinem Tod noch Sex.«

Kluftinger schüttelte bestimmt den Kopf: »Schmarrn, der war doch schwul.«

Roland Hefele zog die Augenbrauen hoch. »Na ja, Klufti, wie soll ich das jetzt sagen: Sex … nicht so, wie du denkst.«

Kluftinger sog scharf die Luft ein. »Aha. Lass auf jeden Fall überprüfen, ob das … dann mit diesem Marius Kreißler war, ja? Und sonst?«

»Sonst war die Sektion auch nicht grad der schönsten eine, wie du dir denken kannst. Ein massiver Schnitt im Bauchraum war die Ursache für den Tod. Durch den wurde auch das Herz entnommen.«

»Priml«, versetzte Kluftinger bitter.

»Das Blut ist identisch mit dem, das du damals nachts gefunden hast, das nur der Vollständigkeit halber.« Hefele seufzte. »Ich sag's dir, auch da ist wieder mit äußerster Brutalität vorgegangen worden. Und auch hier wieder eindeutiges Übertöten.«

Der Kommissar nickte. »Sieht also wieder nach Beziehungstat aus. Aber wenn das bei beiden eine ist, und wir ja von ein und demselben Mörder ausgehen müssen – oder den –, dann stellt sich schon die Frage: Welche Beziehung haben die untereinander? Wo ist die Verbindung?« Er setzte sich. An dieser Frage schienen sie sich die Zähne auszubeißen. »Welche Rechnungen hat der Mörder mit seinen Opfern offen, dass er zu diesem bestialischen Verhalten greift?«

Hefele zuckte die Achseln. »Eins jedenfalls ist klar: Das Herzmedikament hat ihm der Täter vorher noch verabreicht, es hat sich in der gesamten Blutbahn verteilt. Ich hab mit Professor Uhl telefoniert: Der kann so gut wie sicher ausschließen, dass der Steiner sich das Medikament regelmäßig selbst gespritzt hat, schließlich war der kerngesund, und damit hätte er massive Gesundheitsrisiken auf sich genommen. Und gebracht hätte es ihm auch nichts.«

»Hat der Böhm denn feststellen können, wie dem Steiner das Zeug verabreicht worden ist?«, hakte Kluftinger ein.

»Es gibt mehrere Einstichstellen im Bereich des Brustkorbs. Der Täter scheint regelrecht auf ihn eingehackt zu haben. Ach ja, übrigens: Im Blut von unserem Kemptener Opfer findet sich nicht die Spur irgendeines Medikaments.«

»Okay. Sonst noch was Neues?«

»Dass sie den Audi vom Steiner auf einem Wanderparkplatz bei Lindau gefunden haben, weißt du schon, oder?«

»Wanderparkplatz?«

»Ja, ich schätze mal, der wollte da joggen gehen, dann hat man ihn überwältigt und an den Teufelssee verschleppt. Bisschen weniger los als am Bodensee.«

»Und? Spuren im Wagen?«

»Du, die bringen ihn her, damit ihn der Willi auseinandernehmen kann. Aber stell dir vor, was neben dem Auto war!«

»Ein Ölfleck?«, riet Kluftinger.

»Genau. Dazu hat der Willi noch eine Reifenspur sichern können. Der gehen die Kollegen grad nach – das kann aber dauern.«

»Hab ich da grad meinen Namen gehört?« Renn stand in der Tür.

»Ja, Willi, ist das jetzt das Neueste, dass du immer vor irgendwelchen Türen stehst?«

»Keine Angst, Klufti, wenn ich den Verdacht habe, dass du wieder die Anaconda würgst, bleib ich weit weg. Ich wollt euch nur was vorbeibringen, dachte, das interessiert euch vielleicht. Lag im Briefkasten vom Steiner.« Er warf ihnen eine durchsichtige Tüte auf den Schreibtisch. »Da sind keinerlei Spuren dran. Pfiat's euch.«

Die Tür fiel ins Schloss. »Zefix«, zischte Kluftinger und hielt die Tüte hoch. »Wieder so ein Streichholzheftchen. Dasselbe wie das, das wir bei Hübner gefunden haben. Ich glaub, da spielt jemand mit uns Katz und Maus. In dem sind vier Hölzer drin. Was soll uns das sagen?«

»Keine Ahnung.«

Sie schwiegen eine Weile. Kluftinger wollte schon gehen, da fiel ihm noch etwas ein. »Weißt du, wie groß der Ölfleck genau war?«

»Nein, weiß ich nicht. Aber ist das von Bedeutung?«

»Also, es ist ja nicht so, dass ich mich wahnsinnig gut mit Autos auskenne, aber wenn du mich fragst, dann hängt die Größe von solchen Ölflecken von zwei Bedingungen ab – wenn das Leck am Auto sich nicht maßgeblich verändert, jedenfalls.« Er wartete auf eine Nachfrage von Hefele.

»Nämlich von welchen Bedingungen?«

»Schau: Motoröl wird doch dünnflüssiger, je wärmer es wird. Dadurch läuft es viel schneller aus einem Leck heraus. Und je weiter man fährt, desto mehr kann ablaufen, wenn das Auto steht.«

Hefele runzelte die Stirn.

»Aber was ist, wenn es gar nicht darauf ankommt, wie dünn-flüssig das Öl ist, sondern es einfach immer aus dem Auto raustropft?«

»Gute Frage. Aber ich hab beides schon mal bei meinem Passat gehabt: Also, das eine Mal haben die in der Werkstatt die Ölablassschraube schief draufgemacht, jedenfalls hat sie sich gelockert. Ergebnis: Am nächsten Morgen hatte ich einen riesigen Ölfleck in der Garage. Weil es konstant leckte. Ich konnte schon nach einer Nacht nicht mehr fahren. Das andere Mal war irgendein Dichtring zwischen Motor und Getriebe kaputt, aber im Stehen war alles dicht – und was war? Wenn ich weitere Strecken gefahren bin, hat's das Öl danach viel schlimmer unten rausgehaut, als wenn die Erika nur kurz beim Einkaufen war. Wegen der Temperatur und wegen der größeren Menge, die während der Fahrt rausgedrückt wurde.«

»Also ...« Hefele schien nicht zu wissen, worauf sein Chef hinauswollte.

»Also vergleichen wir jetzt mal, wie groß die Ölflecken jeweils waren, und bekommen so vielleicht raus, ob der Täter eher aus der Nähe von Lindau oder eher aus dem Kemptener Bereich kommt. Oder zumindest für die Taten eher kurze oder weite Strecken zurückgelegt hat. Klar?«

Hefeles »klar« kam für Kluftingers Geschmack zwar etwas zaghaft und wenig überzeugt, doch dem Kommissar war das egal. Sie mussten sich im Moment an jeden Strohhalm klammern, um bei der Klärung der mysteriösen Mordfälle wenigstens ein bisschen weiterzukommen.

Kluftingers Knie schmerzten, doch er beschloss, dieses heftige Brennen und Stechen einfach zu ignorieren, nein, mehr noch, er wollte es bewusst ertragen. Kaum eine Stunde war vergangen, seitdem er das unaufschiebbare Bedürfnis verspürt hatte, sein Büro zu verlassen und hierherzufahren: an einen Ort der inneren

Einkehr, der Ruhe und des Friedens. Und – das war vielleicht das Wichtigste – der Hoffnung.

Dass seine Ölflecktheorie von den Kollegen doch noch anerkennend aufgenommen worden war – geschenkt. Dass sie sogar von der Theorie zur Arbeitshypothese geworden war, die besagte, dass der Täter aufgrund der Größe der Flecken zumindest für die Fahrten nach Lindau weitere Wege zurückgelegt hatte als für die nach Kempten – gleichgültig. Dabei hätten solche Zwischenerfolge normalerweise das Zeug dazu gehabt, ihn so zu motivieren, dass er, ohne zu schlafen, die ganze Nacht hätte durcharbeiten können.

Doch jetzt war das anders. Ein neuer Gedanke hatte sich in seinen Kopf geschlichen, immer mehr Raum erobert und war schließlich zur Gewissheit geworden. Zur Gewissheit, dass es noch andere Ziele in seinem Leben geben musste als die, seine Arbeit gut zu machen, seinen Feierabend zu genießen und einigermaßen reibungslos durch den Alltag zu kommen.

Es war nicht mehr die Angst vor dem Sterben, die ihn umtrieb, sondern der Wille, weiterzuleben. Er hatte ein Ziel vor Augen, einen Weg zu gehen – ein besserer Mensch zu werden. Einer, der es wert war, dass man ihn am Leben ließ.

Das hatte der Warnschuss, als den er seine momentane Krise mehr und mehr ansah, ihn gelehrt. Er wollte stärker auf seine Mitmenschen achten, schöne Momente zusammen mit seinen Lieben genießen, seine Einstellung zu unnötigen Ausgaben überdenken, die andere oft als Geiz missverstanden. Er wollte netter, herzlicher und freundlicher sein. Nun ja, zumindest zu den Leuten, die er mochte, schränkte er innerlich ein. Doch auf einmal durchzuckte ihn ein heftiger Schmerz in der Brust, und er revidierte diesen Gedanken sofort. Er beschloss, seine neue Liebenswürdigkeit sogar auf Leute wie Langhammer, Lodenbacher und Richard Maier auszudehnen. In bestimmten Situationen, in denen sie sie auch verdienten.

Der Kommissar sah auf. Es hatte ihn schon das ein oder andere Mal hierhergeführt, wenn er nicht mehr weiterwusste. So existen-

195

ziell wie heute war sein Bedürfnis, diesen Ort aufzusuchen, jedoch noch nie gewesen. Er blieb schwer atmend stehen. Vor ihm standen die beiden Wallfahrtskapellen im »Gschnaidt«, wie der Weiler zwischen Kimratshofen und Frauenzell hieß. Die zwei Örtchen im Grenzgebiet zu Baden-Württemberg gehörten seit der Gebietsreform zu seiner Heimatgemeinde. Schon als Jugendlicher war er manchmal die Straße hinaufgeradelt, hatte auf der Kuppe sein Fahrrad hingeworfen und eine Kerze angezündet für ein Anliegen, das ihn umtrieb. Die kleinen Gotteshäuser hatten ihn seit jeher in ihren Bann gezogen: das größere mit dem prächtigen dreiseitigen Altar und den Votivtafeln, das kleinere, bescheidenere mit dem einfachen Kruzifix und all den Zeichen volkstümlichen Glaubens an Wunder und die helfende Kraft der Heiligen.

Dabei ging es gar nicht um bloße Religiosität. Es waren viel mehr Orte, die ihm die Möglichkeit boten, sich auf sich selbst zu besinnen. Und das Ritual des Entzündens einer Kerze als äußeres Zeichen eines inneren Entschlusses half ihm immer ungemein.

Doch es war noch etwas anderes, was die Faszination dieses Ortes ausmachte, eine düstere, angsteinflößende Seite. Die ging allerdings nicht von den Kapellen aus, sondern vom »Wald der Sterbekreuze«: Nach altem Brauch brachte man aus der Umgebung die hölzernen Grabkreuze hierher, um die Erinnerung an die Verstorbenen noch länger wachzuhalten und für deren Aufnahme in den Kreis der Unsterblichen zu bitten. Heute gemahnten ihn die unzähligen Kruzifixe ganz besonders an die eigene Vergänglichkeit. Sein Interesse, dass schon bald eines mit seinem Namen dazukäme, tendierte gegen null. Nein, so schnell würde er sich nicht kleinkriegen lassen. Er wollte leben, musste leben, würde leben.

Und auf einmal kniete er sich hin und begann zu beten. Es war ein Dankgebet, aber auch ein Versprechen. Dass er eine Chance verdiente. Ein anderer werden könnte.

Er hätte nicht sagen können, wie lange er in dieser Position verharrt hatte. Irgendwann bekreuzigte er sich, stand auf, spürte eine leichte Beklommenheit in der Brust, ein Kribbeln in seinen eingeschlafenen Waden. Na und? Er war nicht mehr der Jüngste, aber zum alten Eisen gehörte er deshalb noch lange nicht. Und als er drei Kerzen anzündete und zu den anderen auf das schwarze Metalltischchen stellte, wurde er erfüllt von einem unbändigen Lebenswillen.

Er hatte Mühe, den Fünfzig-Euro-Schein in den kleinen Schlitz am Opferstock zu bekommen, doch schließlich gelang es ihm. Er lächelte zufrieden. Wenn das kein Zeichen war, dass er sich schon geändert hatte: Es tat ihm kein bisschen weh, so viel Geld einfach zu spenden.

Zumindest kaum.

Weniger als unter normalen Umständen jedenfalls.

»Bin dahoim!« Kluftingers Feierabend-Einläut-Ruf klang frischer, kraftvoller als in den letzten Tagen.

Und ganz im Gegensatz zu sonst freute er sich heute, als er sah, dass Besuch da war. Er schlüpfte in seine Fellclogs, öffnete die Tür zum Wohnzimmer und wärmte sich innerlich an einem Bild familiärer Idylle: Auf der Eckbank saßen, in ein angeregtes Gespräch vertieft, seine Eltern, Erika, Markus und Yumiko. Drei Generationen Kluftinger einträchtig beieinander. Na ja, fast schon dreieinhalb vielleicht, denn es war sicher nur noch eine Frage der Zeit, bis Markus und seine Zukünftige ...

»Was grinst du denn so debil, Vatter?«, riss ihn Markus aus seinen harmoniegeschwängerten Gedanken.

Kluftinger überlegte kurz. Und entschied sich dann gegen eine ihrer üblichen, von Erika so gefürchteten Reibereien. Er freute sich einfach, dass all seine Lieben zusammen waren – mit allen Widrigkeiten, die das eben so mit sich brachte.

Zudem bedurfte es gar keiner eigenen Erwiderung: »Ja, wie redest du denn mit deinem Vatter?«, fragte Kluftingers Mutter empört, woraufhin Kluftinger senior anfügte: »Bei uns hätt's des nicht gegeben, da hätt ich ganz schnell eine gefangen von deinem

Urgroßvater. Da fehlt's wohl ein bissle an der Zucht, seitdem du da bei deinem Studium bist, hm?«

Kluftinger blickte zu Erika und wartete gespannt, denn er wusste, dass dies wiederum das Stichwort für ihre Verteidigungsrede für ihren Sohn war: »Ach, der Markus macht doch nur Spaß, gell Butzele, das weißt du doch.«

»Ja, ja, schon recht«, brummte Kluftinger. »Rutsch mal ein bissle, Muschi«, sagte er, woraufhin seine Eltern ihn entsetzt ansahen. Er zwängte sich neben Yumiko, die stumm den kleinen Dialog verfolgt hatte. Ihre Mundwinkel zuckten ein wenig verunsichert; sie musste ihren Platz im Kluftingerschen Familiengefüge erst noch finden.

»Und Bub, was gibt's Neues im Dienst?« Sein Vater hatte sich erhoben und zwischen Yumiko und ihn gesetzt. Auch das gehörte zu den Ritualen bei Besuchen seiner Eltern: Seinen Vater, den Ex-Polizisten, interessierte vor allem die aktuelle Arbeit seines Sohnes. Jedenfalls weit mehr als sein Gesundheits- oder Gemütszustand. Kluftingers anfängliche Freude über die Familienversammlung begann sich allmählich einzutrüben.

»Ach, Vatter, du weißt doch, dass ich nix sagen darf.«

»Spinnst jetzt? Ich bin doch selber Polizist.«

»Warst. Du warst Polizist.«

»Polizist bleibst du dein Leben lang, das wirst du auch noch sehen, das kriegst du mit nix weg. Also …«, er rückte noch ein Stückchen näher, »… erzähl!«

»Jetzt wird gar nix mehr erzählt, jetzt wird gegessen.«

Kluftinger hatte nicht bemerkt, wie Erika den Raum verlassen hatte, nun kam sie mit dem einzigen Mittel zurück, das in der Lage war, alle ihre innerfamiliären Zwistigkeiten im Keim zu ersticken: Brotzeit.

Unter großem Hallo stellte sie eine reichlich belegte Wurst- und Käseplatte auf den Tisch. Dann ging sie noch einmal hinaus, holte Brot und ein Brettchen mit Gemüseschnitzen und verschiedenen Dips, wofür Hedwig Maria Kluftinger lediglich eine hochgezogene Augenbraue und einen verächtlichen Blick übrighatte. Dieser wandelte sich schnell in blankes Entsetzen, als sie sah, dass nicht etwa Yumiko begann, sich beim Grünzeug zu bedienen, sondern ihr Sohn.

Eine Weile aßen sie still und in beeindruckendem Tempo, so dass die Wurstplatte sich schnell leerte. Kluftinger allerdings biss herzhaft in die Paprikaschnitze und ließ sich seinen neuen Lieblingsdip »Ingwer-Senf« schmecken. Seine Mutter hatte noch nichts angerührt, starrte nur besorgt auf den Teller ihres Sohnes. Kein einziges Stückchen Wurst lag darauf.

»Heu, isst du heut gar nix, Bub?«, fragte sie.

Er betrachtete die Speisen auf seinem Teller, dann antwortete er ohne wirkliches Interesse: »Und du?« Ohne eine Antwort abzuwarten, ließ er seinen Blick suchend über den Tisch gleiten und wandte sich an Erika: »Hättest du mir noch a bissle Gurke?«

»Freilich«, erwiderte die fröhlich lächelnd und stand auf. Sie konnte selbst kaum fassen, dass ihr Mann nun auch einmal zu etwas Bekömmlicherem als Presssack und Leberkäse griff.

Erika hatte kaum den Raum verlassen, da beugte sich seine Mutter zu ihm und zischte: »Kannst du reden, Bub?«

Kluftinger dachte, sie beziehe sich auf seinen vollen Mund, und presste hervor: »Glei!«

Hedwig winkte ab. »Nein, ich mein, wegen … ihr.« Sie deutete mit dem Kopf in Richtung Tür. Aufgrund ihres verschwörerischen Tons hatte sie nun nicht nur seine, sondern auch die Aufmerksamkeit der anderen am Tisch.

»Was meinst denn, Mutter?«, fragte der Kommissar verwirrt.

»Habt ihr was? Ist was?«

»Was soll denn sein?«

»Kriegst du mal wieder nix G'scheits?«

Da fiel bei Kluftinger der Groschen. Er wunderte sich, dass er nicht sofort daraufgekommen war, denn das war all die Jahre immer wieder Thema zahlloser fruchtloser Diskussionen gewesen: Erika stand bei seiner Mutter – trotz seiner Körperfülle – noch immer unter dem Generalverdacht, nicht ausreichend für sein

199

leibliches Wohl zu sorgen. Jedenfalls nicht so, wie Hedwig Maria Kluftinger es sich für ihren Sohn wünschte.

Er sah, dass Markus seiner Freundin mit einem sanften Stoß in die Seite zu verstehen gab, dass es nun interessant werden würde. Sein Vater dagegen hatte das Interesse an dem Thema wieder verloren, er schmierte sich gedankenverloren ein Leberwurstbrot.

»Nein, Mama, mir geht's gut. Und das hier …«, er zeigte auf den Teller mit dem Gemüse, »… ist sehr gesund. Außerdem bist du schon lange nicht mehr für meine Versorgung zuständig, ich bin jetzt Erikas Kind … ich mein, Mann, Herrgott, da wird man ganz narrisch. Ich hab locker fünfzehn Kilo Übergewicht, und nicht etwa, weil die Erika zu schlecht, sondern weil sie eher viel zu gut kocht. Und das seit bald dreißig Jahren.«

Seine Mutter schien das nicht zu überzeugen: »Gesund! Du bist ja bloß noch Haut und …« In diesem Moment betrat Erika wieder den Raum. Ansatzlos wechselte seine Mutter in einen unverbindlichen Plauderton und fuhr fort: »… weil doch die Gertraud, du weißt schon, von den Mayers oben, also die hat gemeint, da könnt man schon mal schauen, ob das nicht vielleicht doch geht.«

Fragend blickte Kluftinger zu seinem Vater, der lediglich mit den Schultern zuckte und sich dann entschlossen einen Schübling auf die Gabel spießte.

»Was ist mit der Mayer?«, fragte Erika nach, doch Hedwig Kluftinger winkte nur ab und konterte mit einer Gegenfrage: »Was gibt's denn morgen am Sonntag zum Essen bei euch?«

Noch während sie die Frage stellte, spürte Kluftinger unter dem Tisch etwas an seinem Bein. Er rückte etwas zurück, blickte nach unten – und wollte nicht glauben, was er da sah: Die knochige Hand seiner Mutter streckte ihm eine dicke Scheibe Salami entgegen. Er lief rot an und stimmte innerlich sein Mantra an: *Lecktsmichdochallemal…* Dann brach er es ab, es schien ihm in Bezug auf seine Mutter unpassend. Er versuchte einfach, fließend und bewusst zu atmen und ansonsten jede weitere Reaktion zu vermeiden, sonst hätte der anfangs so friedliche Abend noch einen ganz und gar unfriedlichen Ausgang finden können. Seine Mutter konnte es einfach nicht lassen: Mal steckte sie ihm heimlich Geld zu, dann wischte sie ihm in aller Öffentlichkeit mit einem spuckefeuchten Taschentuch Schmutzflecken aus dem Gesicht oder brachte ihm selbstgehäkelte Mützen vorbei, wenn sie ihn im Winter mal wieder draußen ohne Kopfbedeckung »erwischt« hatte.

Er nahm also die Scheibe, wünschte sich in diesem Moment zum ersten Mal einen Hund, schob sie aber mangels Haustier in seine Hosentasche.

»Morgen?«, antwortete Erika ihrer Schwiegermutter mit einer Mischung aus Misstrauen und Widerwillen. »Ich hab gedacht, ich mach uns einen schönen Frühlingssalat.«

Hedwigs Miene versteinerte, und Kluftinger wusste, dass sie ihn vor ihrem inneren Auge bereits einen qualvollen Hungertod sterben sah.

»Nein, Schmarrn, wir gehen doch auf den Jahrmarkt!«

»Ach so, ja, wenn's halt vom Wetter passt, oder?«, fragte Erika an Yumiko und Markus gewandt, was diese mit einem nicht allzu euphorischen Kopfnicken zur Kenntnis nahmen.

Kluftinger sah, dass die Nachricht zumindest seine Mutter ein wenig beruhigte.

»Ah, das ist doch schön. Esst ihr ein Schaschlik, hm? Oder ein paar schöne Bratwurstsemmeln. Oder einen Steckerlfisch? Mit Riesenbreze?«

»Ja, ja, mal schauen, Mutter«, brummte der Kommissar.

Fünf heimliche Salamischeiben später war das Abendessen beendet, und Kluftinger stand auf, um die Teller abzuräumen, woraufhin seiner Mutter der Kiefer herunterklappte. Sie haute ihm auf die Finger und schimpfte, es seien doch wirklich genügend Frauen da, er müsse sich ja nicht auch noch um die Küchenarbeit kümmern, er habe doch eh schon einen so anstrengenden Beruf.

Kluftinger seufzte – es hätte sowieso keinen Sinn gehabt, hier nach einem Zusammenhang zu fragen, also setzte er sich wieder und sah den drei Frauen beim Abräumen zu. Sein Sohn fläzte sich auf die Couch und schaltete den Fernseher ein; er hatte offenbar weniger Schwierigkeiten damit, das von seiner Großmutter eingeforderte überkommene Rollenbild zu akzeptieren. *Oma ist sicher mächtig stolz auf ihn,* dachte der Kommissar. Bevor Hedwig den Raum verließ, stieß sie ihren Mann in die Rippen und wies dabei mit dem Kopf auf den Kommissar.

Als alle Frauen in der Küche waren und man das leise Klappern des Geschirrs vernahm, seufzte auch sein Vater und sagte: »Deine Mutter hat mich gerade beauftragt, dich zu fragen, ob was nicht stimmt.«

»Ich hab's bemerkt.«

»Kennst sie ja.«

Sie nickten.

»Und?«, fragte Kluftinger senior nach einer Weile.

»Hm?«

»Alles in Ordnung?«

»Fragst jetzt im Ernst?«

»Ich muss schon irgendein Ergebnis vermelden, sonst krieg ich Händel.«

Alles andere hätte Kluftinger auch gewundert, denn sein Vater war eben nicht der Typ, mit dem er sich normalerweise über Befindlichkeiten austauschte. Dennoch beschloss er, genau das heute zu tun. Er holte also Luft zu einer Antwort, da kam ihm sein Vater zuvor.

»Gut. Hab ich mir gleich gedacht.«

Kluftinger nahm einen Schluck alkoholfreies Bier aus seinem Krug. Er überlegte ein paar Sekunden. »Und bei dir?«

Der Kopf seines Vaters schnellte nach oben. Seine Augen verengten sich misstrauisch. »Wie: bei mir?«

»Wie geht's dir?«

»Wie's mir geht?«

»Herrgott, Vatter, das ist doch eine ganz einfache Frage.«

»Ja, mei, wie soll's mir schon gehen?«

»Genau das will ich ja wissen.«

»Ich merk's.«

»Sagst du's mir heut noch?«

»Jetzt werd nicht gleich patzig.«

»Werd ich gar nicht, ich will bloß wissen …«

»Ich will, ich will, ich will – wie früher. Das zieht vielleicht bei deiner Mutter, aber bei mir nicht.«

Kluftinger öffnete den Mund, doch es fiel ihm einfach nichts mehr ein. Sie hatten derlei Gespräche im Laufe ihres Lebens einfach zu selten geübt. Ein paar Minuten schwiegen sie, dann versuchte Kluftinger vorsichtig, das Gespräch auf ein weiteres Thema zu lenken, das ihm momentan sehr am Herzen lag. »Sag mal, Vatter. Mit dem Älterwerden … das ist ja auch nicht so … oder? Ich mein, das kommt einen schon manchmal hart an, hm?«

Sein Vater drehte versonnen sein Bierglas auf dem Tisch. »Ja, mei, des isch halt, wie's isch. Der Lauf der Zeit. Man kann sich's nicht aussuchen. Aber der Garten macht mir schon eine rechte Freud. Jetzt, wenn's wieder losgeht. Ich hab Tomaten gesät, die sind toll aufgegangen heuer. Ich tu sie tagsüber schon ins Gewächshaus raus. Der Garten, das ist mein Hobby. Auch, wenn er viel Arbeit macht. Aber ich tu's gern. Und das Gemüse können wir gut brauchen. Und ihr ja auch, gell?«

Kluftinger hörte den Worten seines Vaters nach. Sollte das nun eine Antwort auf seine Frage gewesen sein? Vielleicht musste er noch etwas direkter werden: »Du, sag mal, hast du eigentlich schon so ein … du weißt schon, Testament, mein ich, also: Hast du das schon gemacht?«

Nun schien sein Vater auf einmal hellwach. »Aha, hast du's so eilig mit mir? Aber da muss ich dich enttäuschen. Ich fühl mich gut. Und ein großer Geldsegen ist für dich sowieso nicht zu erwarten.«

»Nein, Vatter, so hab ich das doch nicht gemeint, ich …« Der Kommissar verstummte. Wie hatte das Gespräch nur so aus dem Ruder laufen können?

Sein Vater beschäftigte sich wieder mit seinem Bierglas, da fasste sich Kluftinger noch einmal ein Herz: »Also, es ist so, dass ich mich zurzeit irgendwie, wie soll ich sagen, komisch fühle. So getrieben. Und innerlich so unruhig. Vielleicht ist es das Alter oder auch die Sache mit dem Herz, aber ich bin einfach nicht mehr so …«

In diesem Moment sprang sein Vater auf. Zuerst dachte Kluftinger, er habe ihn mit seiner Offenheit erschreckt, doch dann rief der Senior in Richtung seines Enkels: »Du, schalt das grad noch mal zurück. Das war doch der neue Trainer vom FC. Also, das ist mal einer, der wo was taugt.« Mit diesen Worten schlurfte er zu Markus und setzte sich neben ihn auf die Couch, seinen Blick starr auf das Fernsehgerät gerichtet.

Der Kommissar ließ den Kopf sinken. Vielleicht war heute einfach nicht der richtige Tag und das hier nicht der richtige Rahmen, um mit seinem Vater tiefschürfende Gespräche zu führen. Er erhob sich und setzte sich ebenfalls auf die Couch. Da er sich für Fußball überhaupt nicht interessierte, schnappte er sich die Fernsehzeitung und blätterte lustlos darin herum.

So saßen sie einige Minuten still beieinander, bis die Tür aufging und die Frauen nacheinander hereinkamen. Als sie die drei sitzen sahen, entfuhr Hedwig mit einem glücklichen Lächeln: »Mei, schaut's, unsere drei Männer: ein Herz und eine Seele!«

Siebter Tag

Sonntagsdienste waren bei den Kollegen zwar alles andere als beliebt, aber Kluftinger wusste sie durchaus zu schätzen: Man begann später zu arbeiten, und die Stadt lag wie erstarrt unter der Feiertagsruhe, die auch auf den Büroalltag abfärbte. Die meisten Arbeitsplätze in der Inspektion waren gar nicht besetzt, alles war ruhig und friedlich. Außerdem gab es haufenweise Parkplätze, einen Feiertagszuschlag und als Ausgleich einen Tag dienstfrei obendrein. Buchstäblich das Sahnehäubchen waren jedoch die Kuchen und Brotzeiten, die die Kollegen dann immer von zu Hause mitbrachten und die dann geteilt wurden. Besonders Erikas »Auszogene« – in Butterschmalz gebackener Hefeteig – erfreuten sich großer Beliebtheit. Es ging das Gerücht, dass manche Kollegen nur dafür schon den Dienst getauscht hätten.

So erklärten sich wohl auch die erwartungsvollen Gesichter, in die Kluftinger blickte, als er die Tür zu ihrem improvisierten Soko-Raum öffnete. Die Blicke der Männer richteten sich allerdings nicht auf ihn, sondern auf den Korb, den er bei sich trug. Und der Kommissar freute sich wie ein kleines Kind auf die Überraschung, die heute darin untergebracht war.

»Und, pack scho aus.« Strobl eilte zu ihm. Auch die anderen scharten sich um ihren Vorgesetzten.

»Ich hab extra nix gefrühstückt!«, erklärte Hefele, und die anderen nickten ihm wissend zu.

»Von mir gibt's ein paar eingelegte Zwetschgen als Beilage«, freute sich Maier.

Der Kommissar schaute sie mitleidig an, dann stellte er seinen Korb auf einen Tisch, zog das rot-weiß karierte Deckchen ab und sagte triumphierend: »Ich hab heut was viel Besseres dabei.«

Wie erstarrt sahen alle in den Korb, in dem sich eine mit Frischhaltefolie überzogene Schüssel befand, deren Inhalt verdächtig nach Kräuterquark aussah. Der Rest war voll mit trockenen Brotstangen. »Grissini. Dinkel-Vollkorn. Heut früh selbst gebacken«, vermeldete Kluftinger stolz, um jedoch schnell zu korrigieren: »Also, von der Erika halt.«

Die Blicke seiner Kollegen huschten ungläubig zwischen ihm und dem Korb hin und her.

»Verarschst du uns?«, fragte Hefele, und auf die Gesichter der anderen legte sich ein hoffnungsvolles Lächeln.

»Nein, nein«, erwiderte Kluftinger. »Alles für euch, ehrlich.«

Strobl platzte heraus: »Geht's noch? Wo sind Erikas Auszogene?«

Der Kommissar winkte ab. »Ach, die sind viel zu fett, das hier ist viel gesünder, ehrlich, ich will doch nur das Beste für euch, und wenn ihr euch erst einmal drauf einlasst …«

»Gesünder?« Hefeles Stimme hatte einen hysterischen Unterton. »*Gesünder?* Wer will hier gesund, hm? Hand hoch, wer hier gesund will.« Er blickte sich um. Keiner regte sich. »Und was ist gegen Fett zu sagen? Fett ist gut. Fett ist ein Geschmacksträger. Wir mögen Fett. Vor allem am heiligen Sonntag, weil das eine verfluchte Tradition ist.« Er war so laut geworden, dass die Kollegen zurückwichen. Hefele räusperte sich. »Nix für ungut, aber … wenn ich Hunger habe, dann werd ich immer ein bissle unleidlich.«

Maier und Strobl klopften ihm verständnisvoll auf die Schulter.

»Du hast wahrscheinlich bloß Hunger, weil du das Falsche gegessen hast. Die Erika sagt, wenn man das Richtige zu sich nimmt …« Kluftinger hielt inne. Seine Kollegen hatten sich bereits abgewandt und ihre Geldbeutel gezückt.

»Wer geht?«, fragte Strobl, und Hefele hielt nickend die Hand auf. »Für mich drei Pfosen oder Krapfen oder was immer sie haben. Hauptsache …«, Strobl drehte sich zum Kommissar um, »… sie sind recht fett.« Dann legte er ein paar Münzen in die Hand seines Kollegen.

Hefele nickte. »Richie?«

»Ich nehm …« Unsicher blickte er zum Kommissar. »Was magst du denn, Chef?«

»Eine Vollkornsemmel«, zischte der mürrisch. »Ihr wisst einfach nicht, was gut für euch ist.«

»Also, Richie?« Hefele streckte ihm ungeduldig die Hand hin.

»Na, wenn schon mal einer von uns sich gesund ernährt, was ich prinzipiell unterstütze, dann ich auch … dann könnt ihr schon nicht lästern.«

»Was – auch?«

»Na, eine Vollkornsemmel halt. Aber echtes Vollkorn, bitte, ja?«

Kluftinger dämmerte langsam, wie schwer es für Richard Maier manchmal sein musste, hier zu seinen Vorlieben zu stehen. Er nickte ihm lächelnd zu.

»Also gut«, rekapitulierte Hefele, »zweimal g'sund und zweimal gut. Bin gleich wieder da.«

Eine halbe Stunde später hatten sich die Wogen geglättet, und die sonntägliche Bürowelt war wieder im Lot. Sie saßen alle mit vollen Mündern um einen improvisierten Frühstückstisch, da öffnete sich die Tür. Sandy Henske stürmte gut gelaunt herein, eine Plastiktüte in der Hand und ein bunt verziertes Lebkuchenherz um den Hals.

»So, da bin isch ooch, isch kann doch meine Männer nich allein lassen«, sagte sie überschwenglich und packte ihre Tüte aus, in der sich Miniherzen für jeden von ihnen befanden. Kluftinger

207

war gerührt, als er las, was darauf mit Zuckerguss geschrieben stand: Herzbube. Sein neuer Führungsstil schien sich langsam wirklich in einer besseren Büroatmosphäre niederzuschlagen – von der Episode vorhin einmal abgesehen.

»Also, Fräulein Henske, ich muss sagen …«

Die Sekretärin blickte ihren Chef erwartungsvoll an.

»Ach, Sie wissen schon«, endete er.

»Der Chef hat heut so einen gesunden Schmarrn dabei«, sagte Strobl schmatzend, »aber wir haben für ein richtiges Sonntagsfrühstück gesorgt. Komm, setz dich her, sonst ist nix mehr übrig.«

»Nee, danke, ich war grad schon auf dem Markt. Herrlich, da ist noch kaum was los so früh.«

Richard Maier wurde hellhörig. »Aha, und da hast du dieses Herz da bekommen, oder wie? Von wem denn? Und was steht da überhaupt drauf?«

Sandy wurde rot. Sie hatte ihren Halsschmuck ganz vergessen und versuchte nun, das Herz so schnell wie möglich abzulegen. Doch die Kollegen waren schneller.

»Betthäschen«, las Strobl laut vor und pfiff durch die Zähne. »Na, *der* großzügige Spender würde mich aber auch interessieren.«

Hefele verfolgte lustlos kauend das kleine Geplänkel.

»Wird doch nicht ein rechter Rammler sein!«, tönte Maier.

»Richie, Herrgott, jetzt halt doch mal dein blödes Maul«, blaffte ihn Hefele an.

»Aha, ein edler Ritter springt der Jungfrau … na ja, dem Burgfräulein bei. Haben wir hier etwa den Gönner vor uns?«

»Nein, habt ihr nicht. Blödes Volk!« Hefele schob den Rest seines Krapfens von sich, stand auf und setzte sich an seinen Arbeitsplatz.

»So, dann vielleicht der Herr Möbius oder der Valentin Bydlinski, unser österreichischer Kollege?«, mutmaßte Strobl. »Aber der Lodenbacher ist es nicht, oder, Sandy?«

Sandy Henske lächelte keck: »Da mach ich von meinem Aussageverweigerungsrecht Gebrauch!«

Kluftinger sah auf die Uhr: »Auweh, schon zehne. So, jetzt ist mal Schluss mit dem Krampf hier, g'schafft wird, zefix!«

Die Sekretärin atmete auf. Auch die anderen setzten sich nun vor ihre PCs, offensichtlich froh darüber, dass der Kommissar die peinliche Situation entschärft hatte.

»So, Leut, wo simmer? Ah, genau, die Reifenspur wollten wir doch abklären. Ist da schon was rausgekommen?«

Strobl hielt die Hand hoch: »Ja. Bringt uns aber nicht wirklich weiter. Ist ein Billigfabrikat aus Südkorea, recht häufig, ziemlich abgefahren. Der Abgleich mit der Datenbank hat nix ergeben.«

»Hm. Wie sieht's mit der Freundin von dem Versicherungsmenschen und dem Arzt aus? Irgendwelche Verbindungen?«

»Da kann ich was dazu sagen: nix«, erklärte Hefele.

»Was jetzt: Kannst du was dazu sagen oder nicht?«

»Ich kann. Nix. Das ist das, was es dazu zu sagen gibt. Gar nix. Wir haben in alle Richtungen ermittelt, aber keine Überschneidung gefunden. Außer eben, dass sie im medizinischen Bereich arbeiten.«

»Möglicherweise ist es das«, merkte Maier an.

»Hm, möglicherweise.« Kluftinger klang nicht überzeugt. Das alles war wenig ergiebig und brachte sie kaum weiter.

»Haben die Unterlagen von dem Versicherungsmakler schon was gebracht?«

Allgemeines Kopfschütteln.

»Die Spätschichtler vom Imbissstand, du weißt schon, vor der Wohnung vom Hübner …« Hefele wartete ab, bis Kluftinger nickte. »Die haben nix gesehen. War ja auch nicht zu erwarten. Aber was anderes wird dich freuen.«

»Was denn?«

»Also, der Steiner hatte vor seinem Tod tatsächlich mit dem Kreißler, also seinem Freund, noch Sex.«

»Aha, und wieso soll mich das jetzt freuen?«

»Na, weil du's jetzt weißt.«

»Verstehe. Dann dankschön.«

Strobl erklärte, dass es sich bei den Ölflecken mit ziemlicher

Sicherheit immer um dasselbe Auto handele, das habe eine Analyse ergeben.

»Spuren im Audi vom Doktor Steiner?«

»Der Willi ist noch dabei, aber bisher hat er nix vorzuweisen. Wobei: Der Autoschlüssel fehlt.«

»Gut. Wir wollten uns ja eh das Video von der Tankstelle noch mal gemeinsam anschauen. Mit ausgeschlafenen Augen und wenn wir alle einen Blick draufwerfen, fällt uns vielleicht doch noch was auf. Oder jemand erkennt wenigstens das Fabrikat von der Karre. Sie können ruhig auch draufschauen, Fräulein Henske.«

Sandy lächelte. Kluftinger wusste, dass sie sich geschmeichelt fühlte, wenn er sie ab und zu bei Ermittlungsaufgaben miteinbezog. Und warum auch nicht – gerade eine unverstellte Perspektive brachte manchmal ganz neue Erkenntnisse.

Nachdem Maier den Beamer zum Laufen gebracht hatte, flimmerte auf der Wand noch einmal das Überwachungsvideo. Wieder konnten sie hinter dem Reisebus nur kleine Teile des verdächtigen Wagens sehen.

»Himmelarsch, dieser Scheißbus«, schimpfte Kluftinger. »Wenn der nicht wär, wirklich … Was sind das überhaupt für Leut?«

»Irgend ne Reisegruppe«, vermutete Sandy. »So wie die sich dauernd knipsen. Direkt vor dem Bus, was sollen denn das für Fotos werden …«

Kluftinger setzte sich auf. »Moment mal. Wenn die so viele Fotos gemacht haben – dann könnte es doch gut sein, dass auf einem der Wagen drauf ist, den wir suchen, oder?«

Die Mienen der anderen hellten sich auf. »Logisch«, entfuhr es Strobl. »Man müsste halt die Teilnehmer ausfindig machen und befragen …« Schnell trübten sich die Gesichter wieder ein.

»Das kann doch der E-Zug machen«, sagte Hefele, und sein Vorschlag stieß auf ein noch größeres Hallo als Kluftingers Geistesblitz. »Schließlich ist dieses Alpspitz-Reisen doch ein Unternehmen aus Nesselwang, wenn mich nicht alles täuscht, das ist nicht mal so ein Riesenaufwand. Müssen wir halt mal sehen, ob wir da am Sonntag was erreichen.«

»Gut. Die sollen alle befragen, ob sie an der Tankstelle fotografiert haben und ob sich jemand vielleicht an das Auto erinnert. Und ich will alle Fotos sehen, klar?«

»Ich sag's denen. Alle Fotos. Bitte, wenn dein Herz dran hängt …«

Hefele nickte und stand auf, um die Recherche zu veranlassen.

»Das Herz …«, dachte Kluftinger laut.

»Was?«

»Das Herz. Der Arzt hatte beruflich mit dem Herzen zu tun, aber soweit wir wissen, nicht der Versicherungsmakler.«

»Nein. Und ja«, erklärte Richard Maier. »Ich hab da gestern mal noch angefragt bei den Versicherungen: Er hat vieles im Bereich Krankenversicherungen vermittelt. Aber wirklich weiter bringt uns das leider auch nicht.«

»Sagt mal«, warf Hefele ein, der sich wieder zu der Runde gesellt hatte, »meint ihr, wir haben es mit irgendeiner religiösen Gemeinschaft zu tun? Eine abgefahrene Sekte oder so was?«

»Du meinst Ritualmorde?«, hakte Kluftinger nach.

»Na ja, es gibt da doch die abgedrehtesten Sachen: Wenn Leute aus spirituellen Gründen nachts auf dem Friedhof Gräber öffnen, dann könnte es ja auch welche geben, die es toll finden, wildfremden Menschen das Herz aus dem Leib zu reißen.«

»Aber wo ist das Ritual?«, warf der Kommissar ein. »Ich mein: Das zweite Herz lag in einem Gefrierbeutel im Kühlschrank. Das hat nichts mit Opferritus oder irgendwas Spirituellem zu tun, oder? Sagt mal: Wissen wir etwas über die religiöse Ausrichtung der Opfer?«

»Ja«, versetzte Strobl. »Der Steiner ist vor vier Jahren aus der katholischen Kirche ausgetreten, der Hübner war in der evangelischen Gemeinde aktiv. Nicht mal da gibt's eine Gemeinsamkeit. Wir beißen uns echt noch die Zähne aus – nichts verbindet diese beiden Männer.«

»Das heißt …«, begann Kluftinger.

Seine Kollegen beugten sich vor.

»Das heißt, wir müssen neu denken, anders rangehen. So, als hätten die Fälle nichts miteinander zu tun. Als wären es eben Einzeltaten. Ich glaube, wir blockieren uns mit dieser momentan völlig aussichtslosen Suche nach Zusammenhängen bloß. Und außerdem ...« Er hielt inne. Die anderen Beamten sahen ihn gebannt an. Sie wussten, was er sagen wollte, hatten es aber vermieden, es selbst auszusprechen. »Außerdem müssen wir einkalkulieren, dass es schon bald wieder einen ähnlichen Mord geben wird.«

»Eugen, auf ins Ostallgäu!«, rief Kluftinger seinem Kollegen durch den Soko-Raum zu. Mittlerweile war es Mittag.

»Ins Ostallgäu? Muss das sein?«, tönte Strobl augenzwinkernd in Richtung Hefele, der in Roßhaupten wohnte.

»Mei, manchmal muss man in unserem Beruf halt Opfer bringen!« Dann wurde Kluftinger wieder ernst. »Wir haben gute Nachrichten, was den Reisebus angeht: Die Gruppe war auf einer Orgelfahrt in der Schweiz, und ein Mann aus Nesselwang hat das Ganze organisiert.«

»Der ist in die Schweiz zum Orgeln?«

Kluftinger seufzte und fuhr fort: »Die Tankstelle war die letzte Rast vor der Heimat. Er hat den Kollegen die Teilnehmerliste durchgegeben, die telefonieren die grad ab. Aber: Er hat selber Fotos gemacht, unter anderem mehrere Gruppenbilder an unserer Lindauer Tankstelle. Das hört sich vielversprechend an.«

»Meinst du wirklich, wir müssen da hinfahren? Kann er uns die Bilder nicht einfach mailen?«

»Nein, anscheinend ist der schon älter und hat kein Internet daheim.«

»Ach komm! So was gibt's heut noch? Ein Technikverweigerer?« Strobl grinste seinen Chef spöttisch an.

»Ja, stell dir vor! Außerdem hat er analog fotografiert, also noch mit Film, er hat die Bilder noch nicht mal digital vorliegen.«

»Schlimm. Den Mann muss ich mir unbedingt anschauen.«

Nesselwang, mit seiner markanten Kirche in einem Talkessel gelegen, bildete die südwestliche Grenze des Ostallgäus. Auch wenn er nicht dazu in der Stimmung war, zwang Kluftinger sich, die imposante Kulisse der Füssener Berge bewusst wahrzunehmen. Schön war es hier. Er genoss es sogar, sich von Strobl im Dienst-Golf chauffieren zu lassen: Im Unterschied zu seinen beiden anderen Kollegen wurde es dem Kommissar bei ihm im Auto nie schlecht.

»Da muss es sein«, erklärte der Kollege wenig später. Sie hielten vor einem kleinen, geduckten Haus an der Hauptdurchgangsstraße des Ortes, dessen Fassade mit vergrauten Eternitplatten und rot gestrichenem Blech verkleidet war. »Da ist seit dem Autobahnbau auch nicht viel gemacht worden an dem Hexenhäusle.«

Kluftinger nickte. Bis vor vier Jahren hatte Nesselwang unter einem besonderen Problem gelitten: Die A7 hatte kurz vor dem Ort geendet, und die Blechlawine gen Süden hatte sich samt Güterverkehr durch das enge Dörfchen gewälzt. Die Menschen hatten sogar Schwierigkeiten gehabt, auf die andere Straßenseite zu kommen. Für ein Haus wie das, vor dem sie jetzt standen, hätte man damals nicht viel mehr als ein Butterbrot bekommen.

»Wie heißt der Mann?«, wollte Strobl wissen, als sie aus dem Auto ausstiegen.

»Josef Wischnewski. Fünfundsiebzig, pensionierter Lehrer, der war früher hier an der Grundschule. Seine Frau auch.«

Sie drückten den metallenen Klingelknopf neben der weißen Kunststofftür. Kurz darauf hörte man Schritte, das Öffnen einer Windfangtür, dann machte ihnen ein gepflegter weißhaariger Mann in grauem Trachtenanzug auf und streckte ihnen lächelnd die Hand entgegen. Hinter ihm tauchte eine Frau etwa im selben Alter auf, sie war adrett frisiert, die Bluse unter dem fliederfarbenen Walkjanker wirkte frisch gestärkt und derart weiß, dass sie jeder Waschmittelwerbung Ehre gemacht hätte.

»Kluftinger, Kriminalpolizei Kempten, mein Mitarbeiter, Herr Strobl.«

»Wischnewski, Josef, ist mein Name, grüß Sie Gott. Wischnewski, Gerda, meine Frau.« Er machte eine kurze Pause und blickte über die Schulter. »Meine Frau und ich freuen uns sehr, Sie bei uns begrüßen zu dürfen. Ich darf wohl sagen: Wir sind stolz, Ihnen helfen zu können.«

»Wir wollen nicht lang stören«, erklärte Kluftinger. »Sie wollen ja scheint's noch weg.«

»Weg? Warum?«

»Ja wegen ...« Der Kommissar musterte noch einmal ihre Kleidung, sagte dann aber: »Egal.«

»Ich dokumentiere meine Reisen alle fotografisch, müssen Sie wissen«, fuhr Wischnewski geschäftig fort. »Es ist uns eine Ehre, dass Sie sich für die letzte Orgelfahrt interessieren. Ein ganz vielseitiges Thema, wissen Sie? Ich hab auch immer wieder Berichte im Gemeindeblatt oder in der Zeitung drüber veröffentlicht. Es war uns sogar schon einmal vergönnt, den Erbauer der neuen Orgel im Kölner Dom persönlich kennenzulernen. Wussten Sie, dass er auch schon in Ottobeuren in der Abtei eine Orgel saniert hat?«

»Ist nicht wahr ...« Kluftinger versuchte, ein möglichst interessiertes Gesicht zu machen. Typen wie Wischnewski waren der Alptraum jedes Ermittlers. Weil sie sich ungeheuer geschmeichelt fühlten, dass sich jemand für das interessierte, was sie taten, weil sie das Gefühl hatten, helfen zu können, und nicht zuletzt, weil sie sich ganz besonders freuten, dass sie einfach mal Besuch bekamen.

Die beiden Polizisten wurden beschwingt ins Wohnzimmer gebeten, wo der Hausherr auf dem Esstisch bereits mehrere Fotoalben bereitgelegt hatte.

Seine Frau fragte, ob die Herren Kaffee wünschten, und machte sich dann auf in die Küche. Zufällig habe sie noch ein paar Stück Marmorkuchen im Haus, sagte sie beim Gehen.

Kluftinger winkte dankend ab und sah sich ein wenig im Raum um: Das Zimmer strahlte mit seiner alten Holzvertäfelung und den niedrigen Decken etwas Heimeliges aus. Die eichene

Schrankwand mit den nachgemachten Butzenscheiben und die vielen übereinanderliegenden Fleckerlteppiche waren allerdings eine Nummer zu viel für ihn.

Zehn Minuten später hatten die beiden Polizisten nicht nur jeder ein Stück Kuchen mit Sahne auf dem Teller und eine Tasse Kaffee vor sich, sondern auch diverse Informationen über die berühmtesten mitteleuropäischen Kirchenorgeln nebst Angaben zur Zusammensetzung der »Orgelfreunde Allgäu e.V.« erhalten.

»So, Herr Wischnewski, nehmen Sie es uns nicht übel, aber wir müssten allmählich zum Punkt kommen«, versuchte Kluftinger, sein Gegenüber möglichst schonend und freundlich aufs Thema zu lenken.

»Ja, ja, die letzte Reise. Sicher, Sie haben es bestimmt eilig.« Mit diesen Worten schlug er ein umfangreiches Fotoalbum auf. Doch er blätterte nicht etwa suchend herum, sondern zeigte auf die erste Seite. »Aber ein paar Sachen muss ich Ihnen einfach zeigen. Schauen Sie, das ist von unserer ersten Rast bei der Hinfahrt. Ein original Züricher Rahmgeschnetzeltes mit Rösti, das haben wir in einer der besten Autobahnraststätten in der Schwyz gegessen.« Kluftinger biss die Zähne zusammen. Wischnewski sagte tatsächlich *Schwyz* statt Schweiz. »Eigentlich haben wir alle dasselbe gegessen, bis auf die Frau Wiesner. Die Hildegard, also die Frau Wiesner, musste sich mit einem Pilzrahmgeschnetzelten zufriedengeben. Sie ist Vegetarierin, müssen Sie wissen.«

Der Kommissar nickte gequält.

»Ja, drum ist sie auch so verhutzelt, die alte Schachtel«, meldete sich Frau Wischnewski mit einem heftigen Einwurf zu Wort. »Die schaut am Hals ja aus wie eine Schildkröte! Total faltig.« Dabei bedachte sie ihren Mann mit einem bösen Blick. Dann wandte sie sich an die Polizisten: »Wissen Sie, die alten Dackel, wie meiner einer ist, die steigen ihr noch immer nach, der Hildegard. Weil sie nie verheiratet war, sondern immer nur wechselnde Männerbekanntschaften hatte. Und sich immer recht aufreizend anzieht! Pah, so eine alte Frau und läuft rum wie ein junges Mädchen, oder sagen wir lieber wie … eine Professionelle.«

»Hildegard ist drei Jahre jünger als du, Gerda. Und was mich angeht: Ich hab nicht vor, dich jetzt noch zu verlassen.«

Rentiert sich eh nicht mehr, dachte der Kommissar.

»Hätte ja auch gar keine Frau Interesse an dir«, brummte Gerda Wischnewski, dann lehnte sie sich beleidigt zurück und nippte spitzlippig an ihrem Kaffee.

»Das ist Frau Huber, die ehemalige Pfarrhaushälterin von Maria Rain, wissen Sie?«, fuhr ihr Mann fort und zeigte auf ein Foto einer dicken älteren Frau. »Die hat ja jetzt so Wasser in den Beinen, darauf müssen wir bei den Fußmärschen natürlich schon ein wenig Rücksicht nehmen.«

Kluftinger suchte den Blick seines Kollegen, doch der war damit beschäftigt, sich ein Stück Kuchen nach dem anderen in den Mund zu schieben.

»Und das, ha, das war auch lustig.« Wischnewski deutete auf ein Foto, das ein Käsefondue zeigte. »Da haben wir zusammen so einen original ›Schwizer Obig‹, also Abend, verbracht. Und der Herr Wolters, der hat dann … nein, Moment, war das überhaupt der Wolters?« Er hielt sich das Foto ganz nah ans Gesicht. »Also, ich weiß nicht, vielleicht … Gerda, meinst du, das könnte auch der Karlheinz ge…«

»Himmelarsch, Herr Wischnewski, diese Geschichten interessieren doch einen Toten! Jetzt zeigen Sie endlich die geschissenen Fotos aus Lindau, kruzifix!«

Strobl verschluckte sich und hustete trocken, Wischnewski blieb vor Schreck der Mund offen stehen, die Lippen seiner Frau bebten. Einige Sekunden lang sagte keiner ein Wort. Kluftinger lief ob der Vehemenz seiner Worte rot an. Da war wohl der Gaul ein wenig mit ihm durchgegangen.

Gerda Wischnewski löste sich als Erste aus ihrer Schockstarre. Sie maß die beiden Beamten mit einem eiskalten Blick, griff sich die Kuchenplatte samt Strobls angefangenem Stück und trug alles wortlos in die Küche. Bis sie zurückkam, saß ihr Mann stumm da. Dann setzte sie sich wieder, machte aber ebenfalls keine Anstalten, etwas zu sagen.

Kluftinger tat sein kleiner Ausrutscher inzwischen aufrichtig leid, schließlich passte diese flegelhafte Art so gar nicht in sein neues Verhaltensschema. Aber das würde er schon wieder hinkriegen. »Sagen Sie, steht denn nicht in der Birnau, dieser Wallfahrtskirche am Bodensee, auch eine ganz herausragende Orgel?« Er wusste, welche Register man bei solchen Leuten ziehen musste.

»Mag sein«, versetzte Wischnewski leise und verschränkte die Hände vor der Brust. »Die Birnau ist für Orgelexperten uninteressant.«

Kluftinger biss die Zähne zusammen. Da bräuchte es wohl noch mehr geheucheltes Interesse. »Und wenn Sie so unterwegs sind, haben Sie denn da einen Organisten dabei, ich meine, damit Sie die Orgeln auch …«

»Teils, teils«, erklärte sein Gegenüber, noch bevor er geendet hatte.

»Also, Frau Wischnewski, der Kuchen ist … war wirklich ganz, ganz fein«, versuchte nun auch Strobl sein Glück, was jedoch nur ein Kopfnicken und einen Grunzlaut der Frau zur Folge hatte.

Kluftinger sah seinen Kollegen an, der nun ebenfalls vorwurfsvoll die Brauen hochzog. Er beschloss, seine Taktik zu ändern und von nun an einen geschäftsmäßig forschen Polizeiton anzuschlagen. »Gut, Herr Wischnewski, würden Sie uns dann bitte die besagten Fotos aushändigen?«

»Aushändigen?«, wiederholte der ruhig. »Ich habe nicht vor, Ihnen irgendetwas auszuhändigen. Sie können einen Blick darauf werfen, aber ich bin nicht bereit, Ihnen meine Fotografien zu schenken.«

»Aber Sie hatten unseren Kollegen doch versprochen, wir könnten die Fotos haben.«

»Nun ja, da habe ich meine Meinung eben geändert. Wenn Sie mir einen richterlichen Beschluss bringen und die Fotos konfiszieren, dann sieht das natürlich anders aus.«

Kluftinger nickte. »Schon klar, Herr Wischnewski. Es tut mir leid, das von gerade eben, meine ich. Ich wollte Sie nicht beleidigen.«

»Tja«, schaltete sich nun die Frau mit kalter Stimme ein, »wissen Sie, Herr Kommissar, es gibt da ein Sprichwort: ›Es ist so schnelle weh getan und gutgemacht so schwer.‹ Hat meine Mutter immer gesagt. Wie recht sie damit hatte.«

»Da kenne ich auch noch eins«, ergänzte ihr Mann. »Es heißt: ›Was du nicht willst, was man dir tu, das füg auch keinem andren zu.‹ Das sollte man vielleicht zur Maxime seines Verhaltens machen, wenn man mit Menschen zu tun hat. Frei nach Kant, aber den werden Sie nicht kennen, oder?«

»Nicht, dass ich mit dem schon in der Kapelle gespielt hätt.«

»Wie dem auch sei: Wenn Sie wollen, können Sie die Fotos ansehen. Das muss genügen«, bot Wischnewski an.

»Ja«, antwortete Kluftinger. Und als sich die beiden noch immer nicht bewegten, schloss er brummend: »Bitte.«

Die meisten der Bilder waren für ihre Zwecke unbrauchbar, das sah Kluftinger schon beim ersten Überfliegen. Eines jedoch, sie hatten es schon fast überblättert, ließ ihn aufmerken. Er zeigte mit dem Finger auf die untere rechte Ecke des Fotos. Strobl kniff die Augen zusammen.

Auf dem Foto waren sechs ältere Damen zu sehen, allesamt mit Jacken in gedeckten Farben, Handtaschen und Kaffeetassen ausgestattet, mit denen sie sich gerade zuprosteten. Doch am Rand, neben dem Bus, tauchte hinter dem grauen Rock einer der Frauen ein kleiner Ausschnitt eines Autokennzeichens auf.

»Himmelarsch«, presste Kluftinger hervor. Wischnewskis Foto brachte sie tatsächlich weiter. Zwar war der Wagentyp nicht zu erkennen – da würde weder ein Vergrößern noch eine Bearbeitung des Fotos etwas bringen, denn durch die aufgeschwollenen Beine von Frau Huber konnte auch kein Computer hindurchsehen. Aber die erste Buchstabenkombination auf dem Schild konnte man sehen – wenn es auch da Deutungsspielraum gab: ob nun OA für Oberallgäu oder OAL für Ostallgäu auf dem Schild stand, war nicht eindeutig zu bestimmen.

Doch immerhin wussten sie nun, dass sie es mit einem Auto aus der Region zu tun hatten. Kluftinger verbuchte das als Erfolg. Und sogar die Wagenfarbe, ein Anthrazit oder Silbergrau, ließ sich erahnen. Zufrieden bat der Kommissar Strobl, das Foto mittels seines Handys abzufotografieren, zu mehr ließ sich Herr Wischnewski nicht bewegen. Der Kommissar erwog, sich die Negative tatsächlich mit Hilfe eines richterlichen Beschlusses zu besorgen – und sei es nur, um den eingeschnappten Wichtigtuer ein wenig zu ärgern.

Nach einer fast schon lächerlich frostigen Verabschiedung, bei der es das Ehepaar Wischnewski vermieden hatte, die beiden Polizisten überhaupt anzusehen, war er froh, wieder frische Luft atmen zu können. Allzu schnell hatte sich die Heimeligkeit im Wohnzimmer dieses seltsamen Ehepaares in drückende Enge verwandelt.

Kluftinger zückte sein Handy und wählte Maiers Nummer. Der hob sofort ab. »Du, Richie, der Eugen mailt dir jetzt gleich mal ein Bild rüber. Da drauf sieht …«

»Warum warst du denn schon wieder nicht erreichbar?«, schrie der Kollege fast in sein Telefon.

»Du, weil ich das Handy im Auto liegen hatte, ich …«

»Im Auto, im Auto, so ein Scheißdreck immer!«

Der Kommissar stutzte. »Richie, was ist denn los?«

»Was los ist? Unser Taximörder hat einen Selbstmordversuch unternommen, in der U-Haft. Das ist los.«

»Ach du Scheiße! Und?«

»Wie gesagt: Versuch. Er hat's wohl bislang überlebt. Er wollte sich erhängen, mit dem Bettlaken. Mehr weiß ich auch noch nicht. Ich bin schon fast da.«

»Sollen wir helfen?«, fragte Kluftinger der Ordnung halber, auch wenn er erwartete, dass sein Kollege allein zurechtkam.

»Ja, logisch kommt ihr auch!«

»Okay, Richie, wir sind in einer halben Stunde da«, schloss der Kommissar zähneknirschend.

Auch er konnte sich erbaulichere Dinge vorstellen, als am Sonntagvormittag die Überbleibsel eines Suizidversuchs in der JVA in Augenschein zu nehmen. Aber neuer Lebensgeist hin oder her, das Leben als Polizeibeamter war nun mal kein Wunschkonzert.

Mit einem mulmigen Gefühl betraten sie den Empfangsbereich der vor ein paar Jahren neu am Stadtrand gebauten Justizvollzugsanstalt. Das alte Gefängnis in der Stiftsstadt nahe der Lorenzkirche und dem Kornhaus war viel zu klein geworden und darüber hinaus in desolatem Zustand gewesen. Und so hatte Kempten für ein paar Jahre die zweifelhafte Ehre gehabt, eine der modernsten Strafanstalten Deutschlands zu besitzen – mit mehr als doppelt so vielen Plätzen wie die alte. Kluftinger hatte einen psychologischen Effekt beobachtet: Mit dem Wegzug aus der Innenstadt waren die Gefangenen aus dem Bewusstsein der Bürger verschwunden. Hatte man sie früher noch aus den Fenstern schauen und rufen hören, war das neue Areal von der Außenwelt abgeschottet. Nicht nur, dass das Gebäude so in einer Senke lag, dass man von außen allenfalls ein Stück Mauer und Zaun sah. Auch von innen gab es keinen Blick auf die Landschaft oder umgebende Häuser. Eine abgeschlossene Welt mit eigenen Regeln und leider auch einer häufig nicht gerade positiven Eigendynamik. Und mit einer ganz eigentümlichen, beklemmenden Stimmung.

Nun trat einer der Justizbeamten aus seinem Raum mit der riesigen Panzerglasscheibe heraus und grüßte die beiden Beamten mit einem Kopfnicken. Man kannte sich. So bedurfte es auch keiner Aufforderung, dass sie ihre Handys, Geldbeutel und Autoschlüssel in den kleinen Schließfächern an der Garderobe einsperrten, wie das alle Besucher, egal ob Polizisten, Anwälte oder Angehörige der Häftlinge, tun mussten. Eine Vorsichtsmaßnahme, die dafür sorgen sollte, dass die Insassen weder unkontrolliert nach außen kommunizieren konnten noch mittels Bargeld untereinander dealten. Doch auch hier gab es Lücken im Kontrollsystem, die genutzt wurden. Geschichten von im Enddarm eingeschmuggelten Mobiltelefonen und Drogen konnte man immer wieder in der Zeitung lesen.

Wortlos schlossen die Beamten dann ihre Pistolen in der Waffenkammer ein. Erst dann fragte sie der Justizbeamte, der mit seiner bulligen Gestalt und dem Stiernacken eher dem Klischee des Häftlings als dem des Aufsehers entsprach: »Ihr wollt schon zum Suizidversuch auf der 3A, oder?«

»Wollen ist zu viel gesagt, Heinz!«, sagte Kluftinger zähneknirschend, und der Mann klopfte ihm aufmunternd auf die Schulter, als er die erste der schweren Panzerglas-Doppeltüren aufsperrte.

»Ja mei, an bestimmte Dinge gewöhnt man sich nie, gell?«, gab er zurück.

Schon im ersten Korridor war viel los: Eine Handvoll Häftlinge wartete unter Aufsicht auf ihren Besuch. Kluftinger warf einen Blick in die Räume, wo andere Insassen bereits mit ihren Angehörigen reden durften.

Besonders deprimierend wirkten die, bei denen eine dicke Glasscheibe Insassen und Besucher voneinander trennte: Bei den »Giftlern«, die eine Drogenvergangenheit hatten, wurde aus Sicherheitsgründen nur über die Gegensprechanlage kommuniziert. Wenn überhaupt Besuche genehmigt wurden.

Eine der Erfahrungen, die am meisten in die Privatsphäre eingriffen: die völlige Unfähigkeit zur Kommunikation mit dem Umfeld draußen. Keine Anrufe, keine Briefe, die nicht zuerst die Zensur durchliefen, keine SMS, kein Internet.

Es kam vor, dass sie Tatverdächtige in einem von Renns Spurensicherungsoveralls brachten, da die Kleidung untersucht werden musste. Kluftinger wusste jedoch aus Erfahrung, dass in diesem Punkt für sie als Ermittler einiges an Potenzial lag: Wenn der Täter bereit war zu reden, dann konnten die Polizisten im

Gegenzug anbieten, einen Anruf bei der Freundin zu tätigen, ein Auto abzumelden oder einen Vermieter zu verständigen. So entstand oft eine ganz eigene Art des Vertrauens.

Kluftinger hing diesen Gedanken nach, während sie die Gänge und Treppenhäuser durchschritten, die immer wieder durch elektrisch öffnende Doppeltüren versperrt waren, von denen jede einzeln aufgeschlossen werden musste. Die Häftlinge in ihrer lindgrünen Anstaltskleidung, die ihm begegneten, nahm er nur am Rande wahr. Er wich ihren Blicken aus.

Endlich hatten sie den Zellentrakt erreicht, in dem der Suizidversuch stattgefunden hatte. Kluftinger zog die Brauen zusammen: Die Häftlinge der Abteilung standen in kleinen Grüppchen herum und unterhielten sich vor den geöffneten Zellentüren. Neugierig drehten sich einige den Neuankömmlingen zu.

Der Kommissar blickte zu Strobl. Der hob fragend die Schultern und wandte sich dann an einen jungen JVA-Beamten, der an der Wand lehnte. »Strobl, Kripo. Warum sind denn alle auf dem Korridor?«

»Weil gerade Aufsperrzeit ist«, gab der Mann lakonisch und mit einem Fingerzeig auf seine Armbanduhr zu verstehen.

»Sofort alle in ihre Zellen, ich will in fünf Minuten keinen von denen mehr auf dem Gang sehen, ja?«, befahl Kluftinger knapp. Er hatte keine Lust, in dieser Situation Zweifel an seiner Autorität aufkommen zu lassen.

Nickend setzte sich der Vollzugsbeamte in Bewegung und forderte die Anwesenden mit einem »Auf die Zimmer, meine Herren!« auf, den Korridor zu verlassen.

Missmutig schlurften die meisten in ihre Zellen, dunkle Blicke trafen die beiden Kriminaler.

»War klar, dass der Junge sich früher oder später aufhängen tut, oder, Vassili?«, brummte einer der Gefangenen in nicht ganz akzentfreiem Deutsch einem Mithäftling zu, als er an Kluftinger vorbeiging.

»Haben Sie uns etwas zu dem Selbstmordversuch zu sagen?«, hakte der Kommissar sofort nach.

Doch alles, was er als Antwort bekam, war ein breites Grinsen, gefolgt von einem langsamen Kopfschütteln.

»Keine einzige Wort von uns zu Polizei«, erklärte Vassili kurz, dann verschwanden die beiden in ihrem Haftraum.

Heinz führte sie zur Zelle des Taximörders, wo Maier sich gerade mit Albert Seitz, dem Leiter der JVA, unterhielt, den Kluftinger flüchtig von einigen Konferenzen kannte.

Von ihm erfuhren sie, dass Wolfgang Schratt in den Morgenstunden versucht hatte, sich zu erhängen. Er habe als Untersuchungshäftling einen Einzelhaftraum zugewiesen bekommen. Man habe ihn beim morgendlichen Aufschluss noch rechtzeitig gefunden: leblos, ohne Bewusstsein, aber mit relativ normalem Pulsschlag. Im Moment liege der Mann im Koma und sei auf die Intensivstation des Kemptener Klinikums eingeliefert worden.

Kluftinger nahm die Ausführungen nickend zur Kenntnis. Maier und Strobl machten sich derweil daran, die Mithäftlinge zu befragen. Eine Weile sah sich der Kommissar in der Zelle um, die noch kahler, noch karger wirkte als gedacht: Während sich die meisten Gefangenen nach einiger Zeit häuslich in ihren Haftäumen einrichteten, war das den Untersuchungshäftlingen nicht in dem Maße möglich. Hier war, abgesehen von der kleinen Plastikwanne, in der sich Waschzeug, Handtücher und Essgeschirr befanden, rein gar nichts Persönliches. Dazu das Bett nebst dem darauf hingeworfenen, zur Schlinge zusammengewundenen Laken, ein Tischchen vor dem vergitterten, hoch angebrachten Fenster, ein Holzstuhl, ein kleines Regal, eine Deckenlampe, die halb herausgerissene Türklinke, an der Schratt versucht hatte, sich im Sitzen zu erhängen. Keine Post, keine Bilder, keines der aufreizenden Fotos aus den Männermagazinen, die so viele Wände der Zellen hier schmückten. Nur Schratts Haftbefehl lag neben einem Geheft mit den Anstaltsregeln auf dem kleinen Tisch.

Der Kommissar stieß die Tür zu dem winzigen Nebenraum auf, in dem sich eine Toilettenschüssel befand. Waschen mussten sich die Insassen in Gemeinschaftswaschräumen, sicher auch, um zu verhindern, dass die Justizvollzugsanstalten in den Ruf eines Ferienheims kamen. Ein absurder Vergleich für alle, die schon einmal hier waren.

»Wir würden es gern in jedem der Fälle verhindern können«, riss ihn Seitz aus seinen Gedanken. Der blonde Mittfünfziger, der sich mit seinem schicken grauen Anzug und der schwarzen Krawatte vom Einheitsgrün der Häftlinge abhob, klang, als wolle er sich bei Kluftinger für einen persönlichen Lapsus entschuldigen. »Gelingt uns aber nicht. Wenn einer nicht mehr will, dann findet er einen Weg. Das soll nicht resigniert oder fatalistisch klingen, aber die Erfahrung lehrt uns das. Leider.«

Kluftinger wusste, dass es immer wieder vorkam, dass gerade neu eingelieferte Häftlinge mit der neuen, bedrohlichen Situation nicht klarkamen.

»Jeder zweite Suizid passiert in den ersten drei Haftmonaten«, erklärte Seitz. »Das Umfeld, die Einsamkeit, die latente Bedrohung durch die anderen. Wir sprechen vom Inhaftierungsschock. Da drehen einige einfach durch.«

Kluftinger nickte. Eine direkte Folge seiner beruflichen Tätigkeit, mit der er sich so gut wie nie auseinandersetzte.

»Chef, kommst du mal bitte?« Maier hatte die Zelle betreten, und der Kommissar merkte, dass er aufgeregt war. Er ging mit ihm auf den Gang. »Einer von den Häftlingen ist zu einer Aussage bereit – unter der Voraussetzung, dass die anderen nix mitbekommen.«

»Weißt du, was er will?«

Maier schüttelte den Kopf.

»Und warum will er uns was sagen?«

Maier zuckte die Achseln. »Wenn ich ihn richtig verstanden habe, erhofft er sich ein paar positive Worte von uns für eine vorzeitige Entlassung.«

»Na, dann schauen wir mal, was er anzubieten hat.«

Ein paar Minuten später saßen sie in einem der Vernehmungszimmer Hansjörg Frey gegenüber, einem jungen Mann, in dem man auf den ersten Blick sicher eher den drahtigen Bergführer als den Drogendealer aus Sonthofen gesehen hätte, der er war. Allein seine blasse Hautfarbe legte den Schluss nahe, dass er schon seit einiger Zeit auf keinem Gipfel mehr gestanden hatte.

»Also Herr Frey«, begann Maier und legte sein Diktiergerät auf den Tisch, »wir werden Ihre Aussage jetzt aufzeichnen.«

Frey nickte.

»Was haben Sie uns zu sagen?«, wollte Kluftinger wissen.

»Es isch so«, begann der Mann in breitem Oberallgäuer Dialekt, »der Typ, der hat einen tierischen Scheiß gebaut. Ich kenn den schon von draußen. Mir sind ja … Kollegen, irgendwie.«

»Moment, was heißt da Kollegen?«

Frey sah den Kommissar mit großen Augen an. »Wissen Sie denn nicht, dass er gedealt hat?«

Die drei Polizisten blickten sich an.

»Zefix«, presste Frey hervor und biss sich auf die Lippen.

»Im großen Stil?«, fragte Strobl.

»Ich … hören Sie, das geht mich nix an, und ich weiß auch nicht viel.«

»Jetzt werden Sie uns wohl die ganze Geschichte erzählen müssen.«

Der Häftling knetete nervös seine Hände. »Ich will keinen Ärger deswegen.«

»Den kriegen Sie aber, wenn Sie jetzt nicht weiterreden.«

»Jedenfalls, das mit dem Taxifahrer, das haben die hier drin gleich gewusst. Ziemlich heftiges Ding. Hat ihm das Leben auch nicht leichter gemacht, wenn Sie verstehen.«

»Sie meinen die Mithäftlinge?«, hakte Strobl nach.

»Eh klar. Weil wir uns kannten, also geschäftlich«, Frey lachte heiser auf, »haben wir ab und zu geschwätzt miteinander. Er ist zu weit gegangen, hat er immer wieder gesagt. Warum, hab ich ihn gefragt, und er hat gesagt: weil er Angst hat, vor einem

225

Scheiß, den er schon viel früher gebaut hat. Da hat es ein paar erwischt, hat er gemeint.«

»Könnten Sie sich bitte etwas klarer ausdrücken?«, bat Kluftinger sachlich.

»Ich bin mir nicht sicher, aber wenn Sie mich fragen: Der hat gestreckt. Mit irgendeinem Scheißgift. Und vielleicht sind ein paar hopsgegangen. Aber was ihm Angst gemacht hat, sind seine Auftraggeber. Der war doch erst nur Kurier. Und hat dann für sein eigenes Geschäft ein bissle was abgezwackt. Okay, er hat das natürlich nicht so offen gesagt, aber ich hab's mir zusammengereimt. Und da verstehen solche Leute keinen Spaß.«

Kluftinger bedeutete Frey mit einer Handbewegung, weiterzusprechen.

»Ich weiß doch wirklich auch nix Genaues. Wahrscheinlich hat er geglaubt, dass die, die er beschissen hat, hier im Gefängnis auch Leute haben. Kapiert's ihr? Wenn das stimmt, dann wär er hier nicht alt geworden. Die hätten ihn irgendwann kaltgemacht. Oder schlimmer.«

»Schlimmer?«, warf Maier ein, und Freys Blick verfinsterte sich. Er nickte, und alle drei verstanden.

»Keine Ahnung, ob da was dran war. Mir ist hier drin noch nix Schlechtes passiert. Aber ich halt mich an die Regeln von denen. Und ich schau, dass ich mich mit keinem anleg. Und er hat auch Schiss g'habt, dass die zwei, die ihn auf diesen Taxifahrer gebracht haben, vielleicht auch nicht ewig dichthalten. Das hat ihm den Rest gegeben.«

Kluftinger richtete sich ruckartig auf.

»Was haben Sie gerade gesagt?«

»Das hat ihm das Leben zusätzlich …«

»Nein. Das andere.«

»Dass die nicht dichthalten?«

»Ja, ja. Wen meinen Sie denn damit?«, fragte der Kommissar aufgeregt. »Hat Schratt Ihnen gegenüber von Auftraggebern gesprochen?«

»Nein. Also jetzt nicht im Sinn von einem Auftragsmord, so

killermäßig, das jetzt nicht. Die haben ihm, glaub ich, gesagt, dass der Taxifritze irgendwas über ihn weiß oder so.«

»Die?«

»Ja, er hat immer von ›denen‹ geredet. Keine Ahnung, wen er damit gemeint hat.«

Kluftinger blickte zu Strobl. Der räusperte sich und übernahm die nächste Frage:»Hat er gesagt, wer *die* waren?«

»Nicht, dass ich mich erinnern würde.«

»Denken Sie bitte genau nach.«

Plötzlich wechselte Frey das Thema. »Werden Sie denn jetzt ein gutes Wort für mich einlegen?«

»Wir werden sehen, was wir tun können.«

Frey nickte. Er schien den Worten wenig Glauben zu schenken.

Allen war klar, dass das Gespräch damit beendet war. Maier schaltete das Diktiergerät aus und klopfte an die Tür, woraufhin der Vollzugsbeamte kam und Frey hinausführte. Als sie an der Tür standen, drehte er sich noch einmal um. »Ich glaub, es war auch eine Frau dabei, er hat einmal was von ›ihr‹ g'sagt.«

Die Beamten blieben noch eine Weile sitzen.

»Euch ist schon klar, was das heißt, oder, Männer?«, sagte Kluftinger.

Maier nickte. »Klar. Dass unser Täter ganz schön unter Druck gestanden haben muss, ich mein, dass er gleich versucht …«

»Schmarrn, Richie«, unterbrach ihn Strobl. »Dass es vielleicht doch kein Mord aus Habgier war!«

Maier stimmte hastig zu. »Das auch, sicherlich. Das … auch.«

»Also, Richie«, beendete Kluftinger das Gespräch, »deine Akte Taximord kannst du wieder öffnen, bevor du sie richtig geschlossen hast! Kümmer du dich drum, wir drei anderen konzentrieren uns auf die Soko-Arbeit zum Serienmörder. Klar?«

»Klar«, versetzte Maier zähneknirschend und packte sein Diktiergerät ein.

Schon als er und seine Frau die Kreuzung überquerten, erfüllte den Kommissar eine fast kindliche Vorfreude. Dabei trennten sie nur noch ein paar Meter von demselben Jahrmarkt, den er vor wenigen Tagen noch so fluchtartig verlassen hatte, weil ihm die Stimmung während des Aufbaus so kalt und bedrohlich vorgekommen war. Und nun? Konnte er es kaum erwarten, wieder dorthin zu kommen.

Die Lautstärke nahm mit jedem Schritt zu, das Dröhnen, Hupen, Schreien, Lachen, das zusammen dieses so positiv besetzte Grundrauschen des Jahrmarkts bildete. Und erst der Geruch: diese Mischung aus Popcorn, Fischsemmeln, gebrannten Mandeln und Bratwurst, die bei ihm sofort schöne Erinnerungen wachrief.

Der Jahrmarkt hatte in seinem Familienleben immer eine Rolle gespielt. Schon als Kind hatte er darauf hingefiebert, als frisch verliebtes Pärchen waren er und Erika dann oft hierhergekommen, später hatten sie Markus mitgenommen und ihn in das historische Kinderkarussell gesetzt, wo sie ihm vom Rand aus bei jeder Runde hysterisch zuwinkten. Es erfüllte Kluftinger mit einer trotzigen Zufriedenheit, als er sah, dass sich die Eltern heutzutage genauso lächerlich verhielten. Im Gegenteil: Einige fuhren allen Ernstes mit den Kindern mit, um sie während der ganzen Fahrt zu sichern und psychologisch zu betreuen. Dabei war ein Schleudertrauma selbst in den leichtsinnigen frühen Jahren eher die Ausnahme gewesen.

Beim Anblick des vertrauten Treibens wurde ihm so warm ums Herz, dass er sich unwillkürlich an die Brust fasste, was Erika, die sich bei ihm untergehakt hatte, besorgt zur Kenntnis nahm. Doch er schüttelte nur lächelnd den Kopf. Es ging ihm verhältnismäßig gut. Er hatte die unerschütterliche Hoffnung, dass er noch einmal davonkommen würde – weil einfach nicht sein konnte, was nicht sein durfte.

»Wo treffen wir die zwei?«, fragte er seine Frau, als sie den Königsplatz betraten, doch die zeigte nur mit dem Finger auf den Brotzeitstand zwischen dem Spiegellabyrinth und Ferdl's

Witzstadl, vor dem Yumiko und Markus sich gerade eng umschlungen küssten.

Erika streichelte ihrem Mann über den Bauch. »Wie mir früher, weißt du noch?«

Er seufzte. Seine Welt war wieder ein kleines bisschen in Ordnung. Und das war mehr, als er sich für heute hatte erhoffen können. »So ihr zwei«, grüßte er seinen Sohn und dessen Freundin, als sie bei ihnen angelangt waren.

»So ... du einer«, grüßte Markus zurück. Er schien sich nicht ganz so auf den gemeinsamen Jahrmarktsbesuch zu freuen. »Ein Rummel-Bummel mit den Altvorderen – mein Traum«, hatte er Erikas Vorschlag abgetan. Doch Yumiko hatte die Idee putzig gefunden, und wie immer, wenn ihre Frauen für sich etwas beschlossen hatten, fügten sich die Kluftinger-Männer in ihr Schicksal. Auch das setzte sich offenbar von Generation zu Generation fort, konstatierte der Kommissar nicht ohne eine gewisse Schadenfreude.

»Und, wo geht's hin?«, fragte Erika voller Tatendrang.

»Ich find, wir stehen hier schon richtig, ich hab ja noch nix Gescheites gegessen«, erklärte Kluftinger, schob jedoch schnell in Erikas Richtung nach: »Bis auf deine tollen Brotstangen halt.«

Er bestellte ohne Rücksicht auf Kohlenhydratmengen und Weißmehlverbot eine Fischsemmel, die ihm hier immer besonders gut schmeckte, obwohl oder gerade weil sie schon so lange in der Auslage lag, dass der Teig vom Heringswasser ganz durchgeweicht war.

»Solltest ... auch ... gesund«, presste er mit vollem Mund an seinen Sohn Markus gerichtet hervor. »Rohe Zwiebeln? Nein danke, Vatter, das macht jetzt nicht gerade den frischesten Atem – und wir haben heute ja noch was vor, oder?« Bei diesen Worten gab er Yumiko einen Klaps auf den Po und zwinkerte ihr mit einem Auge zu. Die wurde umgehend ein wenig rot. Ein paar Sekunden lang schwiegen alle betreten, dann platzte Erika heraus: »Guck mal, es gibt hier sogar Entenbrust aus dem Wok mit Mangochutney!«

Kluftinger schüttelte den Kopf: Die Zeit machte auch vor Institutionen wie dem Brotzeitstand auf dem Jahrmarkt nicht halt. Dabei zog ein solches Speisenangebot am Ende doch nur Leute wie Langhammer an.

»Und, hat's gemundet, Vatter? Kömmer jetzt weiter?« Markus wirkte ungeduldig.

»Ja, klar, von mir aus kann's losgehen.«

Sie hatten Mühe, mit Markus Schritt zu halten; er hatte offenbar nicht vor, länger als unbedingt nötig hier mit ihnen unterwegs zu sein. Doch Kluftinger wollte sich bei ihrem ersten gemeinsamen Jahrmarktbesuch seit so vielen Jahren nicht hetzen lassen. »Komm, wir holen uns Lose«, rief er plötzlich und steuerte den »Glückshafen« an.

Die anderen folgten ihm bis zu der jungen Losverkäuferin, die dort mit einem umgeschnallten Bauchladen stand. »Sagen Sie mal, Fräulein«, wandte sich Kluftinger an das Mädchen, nachdem er seiner Familie verstohlen zugezwinkert hatte, »haben Sie den Hauptgewinn?«

»Oh, bitte, Vatter, das ist ja wohl der älteste Spruch überhaupt.«

»Wieso? Fragen kostet ja nix. Also, wer will mal ziehen? Fünf Lose für zwei Euro, das ist doch ein Angebot.«

»Vatter, ich will den Hauptgewinn gar nicht haben, das ist eh nur wieder irgendein Schrott, der dann auf dem Dachboden einstaubt!«

Yumiko meldete sich als Einzige und holte schnell eines der Lose aus dem Bauchladen. Kluftinger jedoch ergriff ihre Hand, nahm ihr Los, steckte es ein und zog sie ein wenig zur Seite: »So darfst du das nicht machen, Muschi«, flüsterte er. »Ich hab da eine Technik entwickelt, bei der mir auch meine Polizeiausbildung ein bissle hilft. Hat viel mit Menschenkenntnis und Psychologie zu tun.« Er grinste und nickte ihr zu.

»So, Fräulein, ich fürchte, jetzt haben Sie Ihren Meister gefunden«, eröffnete er ihr kleines *Duell,* wie er es geistig bereits getauft hatte.

Das Mädchen zuckte nur die Achseln.

230

Dann tauchte der Kommissar seine Hand in die Trommel, dabei starr die Augen des Mädchens fixierend. Die zog irritiert die Augenbrauen hoch, hielt dem Blick jedoch stand. Kluftinger rührte in der Trommel, achtete auf jedes noch so unscheinbare Muskelzucken im Gesicht der Losverkäuferin, suchte sich ein Los aus, hob es langsam an, studierte dabei ihre Mimik, ließ es wieder fallen, als sie nicht reagierte, und griff sich ein anderes. In diesem Moment blinzelte das Mädchen.

»Ha!«, rief er, und das Mädchen zuckte derart zusammen, dass alle Lose ein paar Zentimeter in die Höhe hüpften. Mit triumphierendem Lächeln zog Kluftinger eines heraus, hielt es ihr vors Gesicht und reichte es dann nach hinten weiter. Dieses Spiel wiederholte sich mit den restlichen dreien.

Als er fertig war, flüsterte er noch einen Dank für die »Hinweise« und drehte sich um. »So, jetzt macht's eure Gewinne auf!«

Sie öffneten ihre Lose einer nach dem anderen und lasen laut vor: »Leider verloren.«

Besonders Markus zelebrierte das Aufreißen und sagte dann, indem er seinem Vater die Niete vor die Nase hielt: »Scheint, als hättest *du* deinen Meister gefunden. Bist und bleibst halt ein tierischer Unglücksrabe!«

Der Kommissar schluckte, blickte sich zu dem Mädchen um, das seinen Blick mit einem zufriedenen Grinsen erwiderte.

»Dann hat sie selber nichts gewusst«, presste er ausdruckslos hervor.

»Ach was«, gab Markus mit gespieltem Erstaunen zurück. »Sie hat nicht vorher alle Lose mit Röntgenblick durchleuchtet und sich ihre genaue Lage inklusive Gewinn eingeprägt? Gibt's ja gar nicht!«

»Wir hatten mal so einen ähnlichen Betrugsfall, da waren die Dinger gekennzeichnet«, verteidigte sich sein Vater. Dann wandte er sich zum Gehen.

»Und was ist mit Mikis Los?«, bremste ihn sein Sohn.

»Ach so, ja.« Fahrig steckte der Kommissar seine Hand in die Tasche, öffnete mechanisch das Papierröllchen, las die Aufschrift, wollte es schon wegwerfen, als das Wort, das dort stand, in sein Bewusstsein drang: *Nebelhorn.*

»Auch nix?«, fragte Erika, als sie sein starres Gesicht sah.

»Na ja, ich … also …«

Markus blickte über seine Schulter und brach in schallendes Gelächter aus.

»Nebelhorn. Der Hauptgewinn! Sag mal, Miki, willst *du* nicht bei der Kripo anfangen? Die bräuchten da noch Leute mit psychologischem Feingefühl. Oder mit Glück, je nachdem.«

Zähneknirschend wollte Kluftinger das Los der Japanerin reichen.

»Nein, das ist deins«, protestierte sie.

»Aber …« Kluftinger wollte es nicht annehmen, erinnerte sich aber daran, dass er im Ratgeber gelesen hatte, dass man Geschenke von Japanern keinesfalls ablehnen dürfe, und sagte schließlich: »Gut, wenn ihr meint's.«

Dann streckte er der Losverkäuferin den Zettel hin. »Und was krieg ich jetzt?«, fragte er lustlos.

Sie grinste. »Warten Sie kurz hier, ich hole den Gewinn.«

Sie warteten ein paar Minuten, in denen sie beratschlagten, wohin sie als Nächstes gehen sollten, da tippte dem Kommissar auf einmal jemand auf die Schulter. Er drehte sich um – und fuhr erschrocken zusammen. Er starrte in die Augen eines riesigen blauweißen Plüschschlumpfes. Plötzlich kippte das Ungetüm zur Seite, und dahinter tauchte das Gesicht der Losverkäuferin auf.

»Ihr Hauptgewinn. Noch mal Glückwunsch«, sagte sie lachend. Sie wartete erst gar keine Reaktion ab, sondern drückte dem verdutzten Kluftinger das Ungetüm in die Arme und drehte sich um.

»Warten Sie, ich nehm lieber so ein Päckle Waffeln, oder vielleicht ein Feuerzeug?«

Doch Markus erklärte grinsend: »Nein, nein, der Herr nimmt seinen Gewinn schon an. Vielen Dank!«

Sie gingen wortlos ein paar Schritte, wobei die anderen angestrengt versuchten, beim Anblick des Kommissars nicht laut loszulachen, der mit sauertöpfischem Gesicht den riesigen Stoff-schlumpf umarmte.

»Super Technik, das mit deinen Losen, Vatter, das muss ich dir lassen.«

»Ja, lass stecken. Immerhin hätte ich mit der jetzt nix rumzu-schleppen. Kannst du mal das Ding nehmen?«

Markus machte einen Satz zurück. »Nein, berühr mich nicht, du bringst Unglück.«

»Depp! Ich hab dich schon so oft berührt in deinem Leben.«

»Das erklärt vieles.«

Kluftinger trottete ein paar Schritte voraus. Er beschloss, sich seine gute Laune nicht verderben zu lassen. Und tatsächlich hell-te sich seine Miene schon ein paar Schritte weiter auf: Sie stan-den vor dem Autoscooter. Hier war er schon in seiner Jugendzeit der ungekrönte König gewesen.

Mit einem seligen Lächeln drehte er sich zu den anderen um: »Jetzt simmer dahoim!«

Markus zog skeptisch die Brauen zusammen.

»Weißt du noch, Markus«, sagte der Kommissar und legte sei-nem Sohn einen Arm um die Schulter. »Die Bumsautos, das war doch immer dein Lieblings…«

»Die *was?*«

»Die Bumsautos, mit denen bist du doch so gern …«

Sein Sohn brach in schrilles Lachen aus. »Bums … das ist ja so geil. Yumiko, da geht's jetzt nicht um deinen alten Suzuki, obwohl wir in dem ja auch schon …«

Die hübsche Japanerin stieß ihren Freund in die Seite.

»Aha, und wie heißt das denn dann?«

»Autoscooter, Vatter. Schon immer.«

»Stimmt doch gar nicht. Früher, da haben wir … also ich, gell, Erika? Weißt noch, wie wir uns immer bei den Bumsautos ver-abredet haben?«

Seine Frau schien etwas verlegen. »Ja, schon, aber die meisten haben damals auch schon Autoscooter … ach, egal. Jedenfalls warst du da wirklich mein Held.«

»Habt's ihr des g'hört?« Kluftinger reckte selbstbewusst das Kinn nach vorn. »Da hat mir keiner so schnell was vorgemacht.«

»Klar, Vatter. Du bist ja als Rennfahrer bekannt. Was du aus den 54 PS vom Passat rausholst, das ist schon eine Meisterleistung!«

»Schwätz du ruhig! Also, fahr mer eine Runde?«

Markus tippte sich an die Stirn. »Ich glaub, du hast zu viel giftige Dämpfe von deinem blauen Freund da eingeatmet.«

»Warum, das macht doch Spaß. Mei, Erika, wie wir früher …«

»Ja, sicher. Früher schon. Aber vielleicht sind wir doch schon ein bissle zu alt. Ich mein, schau doch mal.« Sie zeigte unbestimmt auf die Jugendlichen, die dort standen und im Takt der Musik wippten, die aus den Lautsprechern drang.

Doch Kluftinger ließ nicht locker. »Yumiko, wie sieht's aus?«

Erschrocken blickte die zwischen Kluftinger und ihrem Freund hin und her.

»Macht doch«, ermunterte sie Markus. »Das wird sicher ein Spaß!«

»Ja, dann …«, erwiderte die Japanerin, »gern.«

»Bestens. Und ihr feuert uns von draußen an, gell?«

»Sonst noch was. Am End sieht mich noch jemand! Wir holen derweil was Süßes, oder, Mama?« Markus nickte seiner Mutter zu, und die beiden setzten sich in Bewegung. »Und fahrt's nicht zu rasant, nicht dass der Miki noch schlecht wird. Die kotzt gern mal im Auto!«

»Ja, ja, ist recht. Bringt's mir einen glasierten Apfel mit«, rief Kluftinger ihnen nach. Dann wandte er sich Yumiko zu. »So, und wir zwei machen jetzt mal die Bahn unsicher.«

Er kaufte ein paar Chips und stellte seinen Schlumpf an den Rand in der Hoffnung, irgendjemand möge ihn einfach mitgehen lassen. Dann blickte er eine Weile auf die Fahrfläche, auf der die Autos wild durcheinandersausten.

»Wollen wir nicht anfangen?«, fragte Yumiko nach einer Weile.

»Ich schau nur wegen dem Auto. Das will gut gewählt sein. Viele denken, die sind alle gleich, aber das stimmt nicht, da gibt's lahme Enten und dann wiederum … solche.«

234

Er zeigte auf einen goldfarbenen Flitzer, dessen Fahrt gerade zu Ende war und der nun von einem der Angestellten zurück an den Rand geschoben wurde. Kluftinger packte Yumiko am Handgelenk und zog sie mit sich. »Das ist unserer«, rief er dem jungen Mann zu, der das Gefährt gerade einparkte. Der schaute das ungleiche Paar halb erstaunt, halb amüsiert an, machte dann eine einladende Geste und sagte halblaut zu Yumiko: »Ich hoffe, das ist nicht zu anstrengend für deinen Großvater.«

Kluftinger tat einfach, als habe er das nicht gehört, und zwängte sich hinter das Lenkrad, was gar nicht so leicht war, waren die Dinger doch offenbar nicht für Menschen seines Umfanges gebaut. »Früher waren die größer«, erklärte er Yumiko ächzend, woraufhin diese freundlich nickte und sich mit einer geschmeidigen Bewegung auf den Beifahrersitz gleiten ließ.

»Vielleicht werfen Sie besser zwei Chips ein, bei dem Gewicht!«, rief ein Jugendlicher mit Baseballkappe, woraufhin er und seine Kumpels laut lachten und einander abklatschten.

»Einfach nicht drauf hören«, sagte Kluftinger, als er mit einem letzten Ruck hinters Lenkrad gerutscht war. »Jetzt zeigen wir denen mal die wahre Kunst beim Bums… beim Autoscooter. Die meisten meinen nämlich, man müsste möglichst viele andere anbumsen. Aber die eigentliche, große Kunst ist, die Lücken zu finden, sanft dahinzugleiten. Das hat schon die Erika immer beeindruckt.« Er lächelte versonnen und warf einen Chip in den Schlitz, woraufhin sich das Auto schlagartig in Bewegung setzte. Kluftinger musste seinen Bauch einziehen, weil das Lenkrad daran ripste. Dann zog er tatsächlich schnell und elegant seine Bahnen, suchte Lücken und fand sie auch, so dass sie eine Weile unbehelligt und schnell durch das Gewimmel glitten. Kluftinger war ganz in seinem Element. Er legte seinen Arm auf die Seitenwand des kleinen Wägelchens, blickte stolz nach links und rechts, lenkte behende, schlug Haken und schaute ab und an zu Yumiko, um sich ein respektvolles Lächeln abzuholen. »Siehst du, ich hab's dir gesagt, immer elegant vorbei, nie anecken, nie für Aufsehen sorgen, das muss man erst mal schaffen, durch so ein Chaos – das ist die große Kunst am Bumms...«

In diesem Moment wurden sie von einem derart heftigen Stoß durchgeschüttelt, dass es Kluftinger den Kopf nach hinten riss und sich die Japanerin erschrocken an seinen Arm klammerte. Er hatte das Gefühl, als hätte sie eine Dampfwalze gerammt, und er brauchte ein paar Sekunden, um sich wieder zu orientieren.

Da hörte er ein vertrautes Lachen links hinter sich. Er drehte sich um – und blickte in das breit grinsende Gesicht von Doktor Martin Langhammer.

»Na, mein Lieber, wollen Sie sich mal ein wenig durchbumsen lassen, hm?«

Kluftingers Mund öffnete und schloss sich, er wollte etwas erwidern, doch aus seiner Kehle entwichen nur krächzende Laute. Und dann war der Doktor mit einem glucksenden »Na, dann passen Sie mal auf, dass Sie nicht noch unter die Räder kommen!« verschwunden.

In diesem Moment brannte eine Sicherung bei Kluftinger durch. Sein Körper wurde mit einer Woge Adrenalin geflutet, die sein rationales Denken in einer Woge aus Wut ertränkte.

Er drückte das Gaspedal durch, stemmte sich mit seinem ganzen Gewicht darauf und nahm die Verfolgung des Doktors auf. Er schlug eine regelrechte Schneise durch die fahrenden Wagen, schien gar nicht wahrzunehmen, wie er immer wieder heftig mit anderen zusammenknallte, hatte nur noch Augen für das pinkmetallicfarbene Fahrzeug, in dem Langhammer saß. Immer wieder wippte er vor und zurück, um seinem Gefährt dadurch mehr Schwung zu geben, was den Zusammenstößen noch mehr Wucht verlieh und Yumiko immer wieder schrill aufschreien ließ. Doch auch das nahm er nicht wirklich wahr, sondern hielt auf den Doktor zu, der nichtsahnend langsamer wurde, um eine Linkskurve zu nehmen. Gerade als er entspannt einen Arm auf die Tür lehnte und einhändig den Bogen vollenden wollte, knallte ihm der Kommissar derart heftig in die Seite, dass er durch die Wucht des Aufpralls eine Hundertachtzig-Grad-Drehung vollführte. Etwas benommen versuchte Langhammer, den Ursprung der Erschütterung auszumachen, da hatte Kluftinger schon ein paar Meter zurückgesetzt, um das Gaspedal sofort wieder durchzutreten und erneut auf ihn zuzurasen. Noch bevor der Doktor ihn erblickt hatte, rumste es schon wieder so gewaltig, dass dem Arzt die riesige Brille von der Nase rutschte und er sich nach unten beugte, um sie wieder aufzuheben. Da sah Kluftinger seine Chance: Er vollführte eine elegante Drehung und raste nun frontal auf das Arztmobil zu, prallte heftig dagegen, woraufhin der Kopf des Doktors schmerzhaft gegen das Armaturenbrett schlug.

»Autsch!« Erst Langhammers Aufschrei lichtete den Nebel in Kluftingers Kopf, und er kam wieder etwas zur Besinnung. Er sah zu Yumiko, die mit weit aufgerissenen Augen und bleichem Gesicht neben ihm saß – und erschrak über sich selbst. Der ganze Frust der vergangenen Tage, all die Ungewissheit, seine Angst hatten sich in einem Moment Bahn gebrochen und waren in dieser Höllenfahrt kulminiert.

Fast ein wenig beschämt trat er den Rückzug an.

»Na, Angst bekommen?«, rief ihm der Doktor hinterher, was Kluftingers Adrenalinspiegel wieder gefährlich anschwellen ließ. Doch eingedenk seiner Beifahrerin beherrschte er sich – zumindest ein bisschen. Auf seinem Weg in die Parkposition stachelte er die Jugendlichen, an denen er vorbeifuhr, gegen den Doktor auf, behauptete, der habe sich abfällig über ihre Kleidung oder ihre Freundin geäußert, was zur Folge hatte, dass drei Viertel der auf der Bahn befindlichen Fahrzeuge nun Jagd auf Langhammer machten.

Dessen selbstsicheres Grinsen wich einem leicht panischen Gesichtsausdruck – mutmaßte Kluftinger jedenfalls, denn so genau konnte man das nicht erkennen, weil der Arzt alle paar Sekunden von einem heftigen Zusammenstoß durchgeschüttelt wurde.

Als er Yumikos Hand ergriff, um ihr aus dem Fahrzeug zu helfen, spürte der Kommissar, dass sie eiskalt, feucht und zittrig war.

»Ich glaub, wir gehen dann mal«, sagte er, wobei er ihr heftiges Atmen bemerkte.

Beim Hinuntersteigen begegneten sie Annegret, die fassungslos das Treiben auf der Bahn beobachtete. Kluftinger grüßte sie kurz, beugte sich dann zu Yumiko und flüsterte:»Das bleibt vielleicht besser unter uns.«

Die Japanerin nickte mechanisch, ging dann zu dem Fahrgeschäft zurück und bückte sich. Kluftinger fürchtete schon, sie müsse sich übergeben, doch sie hatte nur seinen Schlumpf aufgehoben und drückte ihn dem Kommissar mit den Worten»Den hättest du beinahe vergessen« in die Hand.

»Ja, mei, das wär ein Unglück gewesen«, entgegnete er und entfernte sich schnellen Schrittes vom Autoscooter.

»So, Papa Schlumpf ist auch wieder da.« Markus klopfte seinem Vater kumpelhaft auf die Schulter, als sie wieder zu ihnen stießen.

»Jesses, Miki, ist dir schlecht?«, rief Erika besorgt, als sie ihre zukünftige Schwiegertochter erblickte. Dann sah sie mit einem verwirrten, aber irgendwie auch hoffnungsfrohen Blick zu ihrem Sohn, der jedoch sofort abwinkte:»Mach dir keine Hoffnungen, Oma. Noch passen wir auf beim ...«

»Jetzt erspar uns doch mal die ganzen Details immer, Herrgottzack!«, schimpfte der Kommissar.

»Und, wie war die Spritztour mit dem alten Meisterbumser?«, wollte Markus wissen und nahm seine Freundin in den Arm.

»Nett«, entgegnete Yumiko einsilbig.

»Fährt halt wie ein Rentner, oder?«

»Nein, gar nicht. Ganz ... flott, eigentlich.«

Kluftinger entspannte sich innerlich. Sie schien dichtzuhalten. Er nahm seiner Frau den Zuckergussapfel aus der Hand und biss ein paarmal herzhaft hinein. War schließlich gesund, immerhin handelte es sich um Obst, auch wenn ihm die klebrige Glasur in den Zähnen hängen blieb.

»Also, geh'n wir weiter«, sagte Erika und setzte sich in Bewegung, wurde von ihrem Mann jedoch umgehend in die andere Richtung geschoben. Er wollte ein weiteres Zusammentreffen mit dem Doktor um jeden Preis verhindern.

Eine Weile ging das auch gut, doch als sie vor einem besonders lärmenden, von Kunstnebel umwaberten Fahrgeschäft standen, kam Langhammer schnurstracks auf sie zu. Kluftinger schaute sich hektisch um und drängte die anderen kurzerhand zum Eingang, was ihm in diesem Moment der einzige Ausweg zu sein schien. Er stürzte auf das Kassenfensterchen zu und löste seine Karte. Erst als er den Einlass passiert hatte und in einem kleinen Wagen Platz nahm, realisierte er, dass seine Familie gar nicht mitgekommen war.

»Was ist denn?«, rief er noch, während sich ein dicklicher Junge neben ihn zwängte.

»Ihr ist schlecht«, sagte Markus und zeigte auf Yumiko. Dann forderte er ihn auf, ihm doch den Schlumpf zuzuwerfen, sonst müsse er noch Zuschlag bezahlen. Kluftinger nahm das Angebot an, jedoch nur, um leichter wieder aussteigen zu können. Allerdings schloss sich in diesem Moment der Bügel des kleinen Wagens über seiner Schulter und drückte ihn vehement zurück in seinen Sitz. Sofort setzte sich das Gefährt in Gang. Entsetzt hob Kluftinger den Kopf, sah die gewundene Stahlkonstruktion, die sich über ihm in den Himmel schraubte, blickte angstvoll zurück und sah nun zum ersten Mal die blinkende Schrift, die den Namen der Attraktion verkündete: »Wilde Ratz – Achterbahn«.

Ihm entfuhr ein »Um Gottes willen!«, woraufhin das Kind, das neben ihm saß, ihn frech angrinste.

Das nahm der Kommissar aber nur beiläufig wahr, als er panisch gegen den Riegel vor seinem Oberkörper drückte, der sich jedoch keinen Millimeter rührte. Im selben Moment kippte das Gefährt nach hinten, und sie fuhren fast senkrecht in die Höhe. Kluftinger folgte der Bahn mit den Augen bis an den Scheitelpunkt – und erstarrte: Von dort aus ging es in einem halsbrecherischen Zickzackkurs steil nach unten.

»Kruzifix«, zischte er, doch es klang eher wie ein Wimmern. Wieder schaute der Junge ihn an. »Brauchst keine Angst zu haben, mein Kleiner«, kam es wenig überzeugend vom Kommissar. Da rumpelte es unter ihnen, es klackte metallisch, und der Wagen wurde heftig durchgeschüttelt. Panisch klammerte sich der Kommissar an den Bügel. »Was war das? Ist da was locker?«, fragte er mit zitternder Stimme. Als er bemerkte, dass ihn das Kind wieder angrinste, fügte er hinzu: »Manchmal löst sich bei so Dingern was. Gar nicht so selten kommt das vor, jaja. Dann stürzen die Wagen in die Tiefe und zerschellen am Boden, und alle, die drinsitzen, werden zerschmettert und müssen eines qualvollen Todes sterben.«

Das Lächeln des Buben gefror, und ihr Wagen kippte langsam nach vorn, um unter ohrenbetäubendem Lärm in die Tiefe zu rauschen.

»Hiiiiilfe …«, schrie Kluftinger aus vollem Hals. Es war ihm egal, dass ein Kind neben ihm saß, egal, dass seine Familie vielleicht zusah, er spürte nur nackte, kalte Angst. Würde sein Herz das aushalten? »Neiiiiiin«, entfuhr es ihm, als das Wägelchen schnurgerade auf den Abgrund zuraste, nur um im letzten Moment mit einem heftigen Ruck die Richtung zu ändern. Wer dachte sich nur solche Höllenmaschinen aus?

Auch das Kind neben ihm begann nun, von der Verzweiflung des Kommissars befeuert, zu schreien, und so rasten sie im Chor brüllend durch die Kurven, bis sie nach einer schier endlosen Horrorfahrt ruckartig abgebremst wurden und sanft an die Ausstiegsstelle glitten. Kluftinger war ein bisschen benommen, hatte sich aber schnell wieder gefangen. Das Kind dagegen schrie noch immer wie am Spieß, die Tränen rannen ihm in Bächen die Wangen hinunter. Der Kommissar fühlte sich ein wenig schuldig und half ihm beim Aussteigen, als eine Frau auf sie zugestürzt kam, den heulenden Jungen packte und sagte: »Ich hab dir gleich gesagt, dass das noch nix für dich ist.« Dann entschuldigte sie sich beim Kommissar: »Tut mir leid, ich hoffe, er hat Ihnen nicht die Fahrt verdorben.«

»Ach was.« Er machte eine wegwerfende Handbewegung. »Hat halt nicht jeder die Nerven dafür.«

Erika kam ebenfalls zu ihnen. Als sie das weinende Kind sah, erklärte sie: »Nur gut, dass der Bub mit dir gefahren ist, hat er wenigstens ein bissle Beistand gehabt.«

Um sein Ego wieder aufzurichten, steuerte Kluftinger im Anschluss noch den Schießstand an. Als sie dort ein Schild mit der Aufschrift *Ab sofort: Junger Mann zum Mitreisen gesucht* sahen, meinte er, Markus könne sich da doch eine Weile verdingen, anstatt wieder die ganzen Semesterferien zu vertrödeln und ihm auf der Tasche zu liegen. Dann schnappte er sich eines der Gewehre und schoss für die Frauen ein paar Rosen.

Er drückte sich zwar seit Jahren um das polizeiliche Schießtraining, aber selbst seine rudimentären Fähigkeiten auf diesem Gebiet reichten hier für einen Auftritt als wahrer Meisterschütze, und die Splitter der Plastikröhrchen, auf die er schoss, flogen wild durch die Gegend. Er selbst erhielt als tagesbester Schütze gegen seinen ausdrücklichen Willen eine kleine Stoffkuh, die, wenn man gegen sie schlug, ein lautes Muhen von sich gab.

»Ich muss mein Weltbild komplett revidieren«, sagte Markus, als Kluftinger Erika und Yumiko ihre Plastikrosen überreichte.

»Warum?«

»Es gibt doch tatsächlich ein paar Dinge, die du kannst.«

Kluftinger mied im Folgenden die Fahrgeschäfte und hatte eigentlich auch keine richtige Lust mehr, auf dem Jahrmarkt zu bleiben. Zu groß schien ihm die Gefahr, doch noch einmal auf Langhammer zu treffen. Sicher würde der Doktor ihn bei der ersten Gelegenheit zum Tod von Gordian Steiner ausfragen, um dann in Arztkreisen mit Insiderinformationen glänzen zu können. Oder, noch schlimmer, mit ihm über seine Laborergebnisse diskutieren wollen.

Er drängte zum Aufbruch, doch Markus schlug vor, zum Abschluss der Geisterbahn noch einen gemeinsamen Besuch abzustatten. Kluftinger musste sofort an seinen Gang über den Markt vor zwei Tagen denken und an den Anblick des grünen Monsters, das im Morgennebel seine knöcherne Hand nach ihm ausgestreckt hatte. »Ach was, wir haben doch heut schon genug erlebt, und es ist ja auch spät geworden, die Frauen sind müde und …«

»Stimmt doch gar nicht«, protestierte Erika. »Ist doch eine tolle Idee vom Bub.«

»Ja, aber ich bleib draußen, ich hab ja …«, er überlegte kurz, »… den Schlumpf.«

»Ich glaub, der Vatter hat ein bissle Angst«, feixte Markus, woraufhin Kluftinger sofort heftig protestierte und, um seinen Worten Nachdruck zu verleihen, als Erster auf den Eingang zuschritt. Doch ihm war alles andere als wohl dabei, weil ihn die Geisterbahn auf so rüde Art mit dem Thema Tod konfrontierte, dem er durch ihren gemeinsamen Ausflug gerade für eine Weile entflohen war. Wortlos seinen Gedanken nachhängend, wartete er also in der Schlange.

»Komm, ich mach ein Foto von euch zweien«, forderte Markus ihn auf, als sie einen Käfig passierten, in dem eine Mumie mit gesenktem Kopf saß.

»Hör auf, so eine alberne Gummipuppe, da …«

Ansatzlos sprang die Figur im Käfig auf, schlug wild scheppernd gegen die Gitterstäbe und streckte ihre bandagierten Hände nach dem Kommissar aus. Kluftinger ließ mit einem spitzen Schrei seinen Schlumpf fallen. Er atmete keuchend, der Schock war ihm in alle Glieder gefahren.

Alle um ihn herum brachen in lautstarkes Lachen aus. Sein Schreck wurde von kalter Wut abgelöst. »Ja bist denn du narrisch, du, du depperte … Mumie!« Er war außer sich. »Einen so zu erschrecken! Wenn ich's jetzt mit dem Herzen hätt. Tot könnt ich dann sein, dann würdest du aber ganz blöd aus der Wäsche …«

Eine dumpfe Stimme aus dem bandagierten Gesicht unterbrach ihn: »Das ist eine Geisterbahn. Die ist ab zwölf. Und au-

242

ßerdem …« Die Mumie zeigte auf ein Warnschild, auf dem ein durchgestrichenes Herz zu sehen war. »Nicht für Herzkranke«, kam es unter den Bandagen hervor.

Kluftinger war froh, dass sie noch eine Weile anstehen mussten, denn er brauchte die Zeit, um sich wieder zu beruhigen. Beim Einsteigen ergab es sich dann, dass er mit seinem Schlumpf in einem eigenen Wagen Platz nehmen musste, eine Anweisung, der er sich zähneknirschend fügte. Da hörte er aus der Schlange ein Rufen: »Warten Sie, ich bin auch Einzelfahrer!« Zwei Sekunden später schwang sich Doktor Langhammer auf den Platz neben ihm.

Es wäre dem Kommissar bei weitem lieber gewesen, die Mumie wäre mitgefahren, aber ganz offensichtlich hatte sich das Schicksal heute gegen ihn verschworen.

»Haben's denn das Fahren noch nicht über heut?«, fragte er seinen unwillkommenen Nebenmann.

»Ich kann einfach nie genug bekommen von der Kirmes. Ist wohl das Kind in mir.«

»Wie, ist da noch einer drin? Hab ich mir doch gleich gedacht, dass … aaaah!« Kluftinger machte einen regelrechten Satz, als der Wagen von der Dunkelheit verschluckt wurde und sie ein scharfer Luftstoß streifte.

Langhammer lachte laut auf. »Nichts für schwache Nerven, so eine Geisterbahn, was? Ihre scheinen ja gerade bloß zu liegen, so wie Sie vorhin ausgetickt sind. Da hätte man direkt Angst vor Ihnen bekommen können – also, wenn man weniger stabil gebaut wäre wie ich natürlich.«

Der Kommissar senkte schuldbewusst den Kopf.

»Wenn Sie jetzt wieder den Flattermann kriegen sollten, halten Sie sich einfach an Ihrem Schlumpf fest. Notfalls auch an mir, wenn Sie meine harte Männerschulter bevorzugen.«

Kluftinger krallte sich tatsächlich in die Stofffigur, allerdings, um so seine aufwallende Aggression in Zaum halten zu können.

Die weitere Fahrt verlief zunächst wortlos, wenn man von Langhammers zur Schau gestellten Langeweile absah, die darin gipfelte, dass er bei jeder der unheimlich beleuchteten Gruselszenen laut gähnte oder ein teilnahmsloses »na ja« vernehmen ließ. Der Kommissar dagegen versuchte so gut wie möglich, sich gedanklich abzuschotten gegen all die Kreuze, Leichen und die herausgerissenen Eingeweide, die ihm auf der Fahrt begegneten.

Erst als der Doktor bemerkte, dass Kluftinger immer wieder erschrocken zusammenzuckte, änderte er sein Verhalten und begann zu lachen. Entnervt sah der Kommissar zu ihm hinüber und erschauderte. Das verzerrte Gesicht des Doktors, von Rotlicht geisterhaft erhellt, wirkte beängstigender als alles andere.

Als sie um eine Kurve bogen, lauerte eine riesige Spinne in einem Netz auf sie. Sie streckte ihre dürren Beine nach ihnen aus, woraufhin Kluftinger nach hinten auswich. Da packte ihn eine knochige Hand mit festem, kaltem Griff im Nacken. Kluftinger schrie gellend auf, griff reflexartig hinter sich und drückte so fest zu, wie er nur konnte. Panisch schlug er um sich, wobei er den Doktor so heftig im Gesicht traf, dass der seine Hand aus Kluftingers Nacken zurückzog. In diesem Moment blendete ein greller Blitz den Kommissar, und er verlor kurz die Orientierung. Er blinzelte ein paarmal, dann sah er zum Doktor, der seine Brille zurechtrückte und dann mit schmerzverzerrtem Gesicht die Finger seiner linken Hand knetete. Mit eingefrorenem Grinsen presste er hervor: »Ich hoffe, Sie haben ein freundliches Gesicht gemacht, denn der Blitz eben gehörte zu einer Kamera.«

Dann wurde es schon wieder hell, doch diesmal war es das Tageslicht, denn sie hatten die Geisterbahn endlich hinter sich gebracht. Der Kommissar wartete gar nicht, bis sie vollständig zum Stehen gekommen waren, sondern hechtete mit seinem Schlumpf aus dem Wagen, rief dem Doktor noch ein »Wenn's mit der Medizin nicht mehr klappt, kommen Sie hier jederzeit als Hauptattraktion unter!« zu und lief zu den anderen, die bereits inmitten einer grinsenden Menschentraube vor dem Bildschirm standen. Darauf wurden die gerade geschossenen Fotos aus der Geisterbahn gezeigt.

Ohne den Bildern weiter Aufmerksamkeit zu schenken, drängte Kluftinger seine Familie unsanft zum Gehen. Erst als sie das Gelände schon fast verlassen hatten, drehte er sich noch einmal um. Das Letzte, was er vom Jahrmarkt sah, war ein gut gelaunter Doktor, der mit gezücktem Geldbeutel vor der Geisterbahn-Kasse stand. Er kaufte etwas, das auf die Weite wie ein Foto aussah.

Achter Tag

Der Kommissar war spät dran, als er am nächsten Morgen in Kempten ankam. Er hatte sich mit dem Start in die neue Woche schwergetan. Was hätte er dafür gegeben, wenn es ein ganz normaler Montagmorgen gewesen wäre, einer ganz ohne Serienmorde, ohne Sonderkommission, ohne den Druck, möglichst schnell einen Mörder zu finden, der hier im Allgäu sein Unwesen trieb und von dem man nicht wusste, ob und wo er das nächste Mal zuschlagen würde. Und ein Montag ohne Schmerzen. Ohne dieses Stechen im … Er wollte gar nicht weiterdenken.

Eine Woche wie die letzte hatte er bislang nicht erlebt – nicht nur beruflich, sondern auch, was ihn selbst anging.

Er hatte das Gefühl, bei den Ermittlungen auf der Stelle zu treten. Es war ungewöhnlich, dass sie nach so langer Zeit noch nicht einmal Anhaltspunkte hatten, die für eine bestimmte Motivlage und damit eine Tätergruppe sprachen. Stattdessen: ein paar Ölflecken, ein ominöses Fahrzeug, das nicht zu identifizieren war, eine Handvoll DNA-Spuren, die zu keinem Eintrag im Zentralregister passten. Dafür hatten sie die Öffentlichkeit im Nacken, wie die beinahe stündlichen Nachfragen der Pressestelle verrieten, und einen Polizeipräsidenten, der keine Gelegenheit ausließ, darauf hinzuweisen, wie »hoaklig die ganze Soch« sei.

Er nahm seinen Janker vom Rücksitz und warf ihn sich über die Schulter. Immerhin: Es würde ein sonniger Tag werden, zwar nicht warm, aber für diese Jahreszeit ... Er stutzte. Irgendetwas war gerade heruntergefallen. Er lächelte, als er sah, dass es eine der Rosen war, die er am Vortag an der Schießbude geschossen hatte. Er hob die Plastikblume auf, gefror mitten in der Bewegung und starrte sie an. »Kruzifix!« Mit der Hand schlug er sich an die Stirn. Himmelarsch, waren ihm denn so die Sinne vernebelt durch diese ganze Sache mit seinem Herzen, dass er all die Tage nicht daraufgekommen war? Wenigstens gestern hätte es ihm auffallen müssen. Aber gestern war er privat unterwegs gewesen, erst jetzt war sein Gehirn wieder auf den Fall gepolt.

Gebannt stierte er auf die Rose und auf das kleine weiße Plastikröhrchen, mit dem sie auf der Konsole in der Bude befestigt gewesen war. Er hatte so ein Röhrchen vor kurzem schon einmal gesehen, allerdings nicht an einer Rose, sondern in einer Blutlache. In der Wohnung des Versicherungsmaklers. Und keiner von ihnen hatte bislang den Zusammenhang mit dem Jahrmarkt hergestellt! Er steckte die künstliche Blume zurück in die Jackentasche und machte sich fast im Laufschritt auf zum Büro. Endlich. Ein Anhaltspunkt. Das musste er sofort den Kollegen mitteilen.

Er riss die Tür zum Soko-Raum auf, wo sogleich Richard Maier aufgeregt auf ihn zugelaufen kam.

»Chef, es gibt Neuigkeiten! Die Frau, also die Witwe von unserem Taxifahrer, war heut früh schon da!«

»Aha«, knurrte der Kommissar, der doch eigentlich viel Wichtigeres zu vermelden hatte. »Und was wollte sie? Sie hat sich doch schon neulich wirklich nett für die schnelle Aufklärung und unsere Arbeit bedankt. Und der Leichnam müsste doch auch längst zur Beerdigung freigegeben sein, oder?«

»Nein, deswegen ist sie nicht gekommen, sie hat was gebracht.« Maier schwenkte eine Klarsichthülle mit einem aufgerissenen Briefkuvert direkt vor den Augen des Kommissars.

»Herrgott, Richie, muss das sein?«, fragte Kluftinger und

schob den Kollegen rüde beiseite. »Das ist doch jetzt nicht so wichtig, in dem Fall haben wir den Täter ja schon. Dafür bin *ich* bei Serienmorden weitergekommen!«

Maier ließ sich nicht abwimmeln. »Ich denke aber, dass das sogar von eminenter Wichtigkeit sein dürfte. Schau doch mal genau hin, bitte!« Wieder hielt er die Hülle vor Kluftingers Gesicht.

Diesmal sah Kluftinger, was sich noch darin befand. »Ja, mich lecksch am Arsch!«, entfuhr es ihm. Er ließ sich auf den erstbesten Drehstuhl fallen.

Maier sah ihn triumphierend an. »Da schaust du, gell?«

Der Kommissar schüttelte gedankenversunken den Kopf. In der Klarsichtfolie befand sich ein Streichholzheftchen. Schwarz, ohne Aufdruck. Das würde heißen, dass … »Lass mich raten: Fünf Hölzchen sind noch drin, oder?«

Maier nickte. Inzwischen hatten sich auch die anderen Kollegen um Kluftinger versammelt.

»Jetzt heißt es ganz neu denken, Männer!«, brummte der Kommissar mit starrem Blick auf die Tüte in Maiers Hand. Der Taximord sollte also nicht nur ein singulärer Fall sein, der sich zufälligerweise zeitlich mit den anderen Morden überschnitten hatte, sondern der Auftakt zu der schrecklichen Mordserie? Kluftinger konnte es kaum glauben. Er sah seine Kollegen einen nach dem anderen an und las auch in ihren Augen diese Mischung aus Schock und Zweifel. Jetzt wurde es noch komplizierter, denn in ihrer ganzen Recherche waren sie nicht auf den Hauch eines Zusammenhangs zwischen den Fällen gestoßen, wären nie auch nur ansatzweise auf die Idee gekommen, dass …

»Der Countdown läuft«, sagte Strobl plötzlich halblaut, und Kluftinger musste schlucken. Ja, sein Kollege hatte recht. Spätestens jetzt gab es keinen Zweifel mehr, was die Botschaft der Streichhölzer war: Fünf Morde waren geplant. Von Anfang an. Ein Hölzchen für jeden Mord.

»Für wen sind dann die letzten beiden Streichholzbriefchen bestimmt?«, stellte Kluftinger die Frage, die allen auf dem Herzen lag.

249

»Wieso zwei?«, fragte Maier.

»Ja, weil es jetzt fünf sind, dann haben wir das mit vier beim Doktor Steiner und dann das mit drei beim Hübner. Macht nach Adam Riese …«

»Ja, aber wenn er bis auf null runterzählt?«

»Hm?«

»Na, wenn du einen Countdown hast, geht es doch auch bis null. Null und dann: Start.«

»Ja, aber ein leeres Heftchen wär doch Schmarrn«, protestierte Hefele. »Wenn du so was machen würdest, dann würdest du doch auch so zählen, dass beim letzten noch ein Hölzchen übrig ist.«

»Vielleicht haben sie auch rückwärts gerechnet und die geplanten Morde abgezählt, und dann wär die Null dabei gewesen, und …«

»Herrgott, Richie, du machst mich ganz verrückt mit deinen Zahlenspielen. Wir dürfen es eh nicht so weit kommen lassen. Wenn die wirklich danach aufhören, dann war's das vielleicht, dann finden wir die möglicherweise nie.« Kluftinger stand auf. »In fünf Minuten alle zur Besprechung hier! Ich hab auch noch ein kleines Detail zu vermelden.«

»So, meine Herren«, sagte Kluftinger kurz darauf feierlich im Kreise der Kollegen, »zum Abschluss unserer kleinen Lagebesprechung wie versprochen noch eine Erkenntnis, die uns durchaus weiterbringen könnte. Ihr erinnert euch an das ominöse Röhrchen, das ich in Hübners Blutlache in der Fürstenstraße gefunden habe?«

Die anderen nickten gespannt.

»Ich weiß jetzt, woher das stammt.«

Fragende Blicke.

»Jetzt überlegt halt auch noch mal!«, forderte der Kommissar.

Hefele schüttelte den Kopf. »Jetzt mach uns nicht den Maier. Sag's uns einfach!«

»Es ist ein Röhrchen aus der Schießbude, ihr wisst schon, die Dinger, auf die man schießt, wenn man so eine Rose haben will.« Er zog die Plastikblume wie ein Zauberer mit großer Geste hinter seinem Rücken hervor.

Zustimmendes Gemurmel.

»Das heißt, wir sollten uns nachher mal in dieser Szene umsehen, oder?«, dachte Strobl laut.

»Schon. Es ist doch auffällig, dass der Jahrmarkt gerade hier in der Stadt gastiert. Solche Fahrgeschäfte und Buden gibt es natürlich wie Sand am Meer. Nicht gesagt, dass wir ausgerechnet unten am Königsplatz weiterkommen«, dämpfte Kluftinger die Hoffnung der Kollegen ein wenig. »Aber klar, probiert will es sein.«

Die Tür ging auf, und sie sahen wortlos dabei zu, wie zwei uniformierte Beamte eine Pinnwand in den Raum trugen. Es hätte wohl kein besseres Bild für ihre Ermittlungsfortschritte geben können als diese zusätzliche Wand, die notwendig wurde, weil nun auch der Taximord der Serie zuzuordnen war.

Maier stand auf und dirigierte die Polizisten an die richtige Stelle. »Ich hab ganz neue Zusammenhänge aufgedeckt, deswegen brauchen wir noch mal so eine«, erklärte er ihnen, erntete dafür jedoch nur fragende Blicke. »Na, wegen dem neuen und dem alten Fall, da habe ich entdeckt …«

»Wir müssen dann auch wieder«, sagte der Ältere der beiden, als sie die Wand abgestellt hatten, tippte sich an die Mütze und verließ mit seinem Kollegen den Raum.

»Wollten sie gar nicht die ganze Geschichte hören, hm?«, fragte Hefele und schüttelte mit gespielter Empörung den Kopf. »Dabei hätten sie doch noch so viel lernen können von dir.«

Maier ignorierte die Stichelei und bestückte die neue Tafel mit den Fotos von Tatort, Täter, Opfer und Beweismitteln des Taximords. Er zog einige Pfeile zwischen den Wänden und versah sie allesamt mit Fragezeichen. Dann stellten sich alle drei mit verschränkten Armen davor.

»Wie passt der Taximord da rein?«, murmelte Kluftinger laut.

Plötzlich weiteten sich seine Augen. »Wenn nun unser Taximörder auch den Arzt um die Ecke gebracht hat? Ich mein, das hätt er ja gekonnt, zeitlich.«

»Wär schon möglich.« Strobl rieb sich das Kinn. »Aber wer hat dann den Brief mit den Streichhölzern geschickt? Und wer hat unseren Versicherungsmenschen umgebracht?«

»Wir müssen ja eh von einem Team ausgehen. Schließlich waren doch auch in dem Auto, das die Ölflecken macht, zwei Leute, oder? Vielleicht morden zwei einfach weiter, während ihr Kumpel einsitzt.«

»Beängstigende Vorstellung, oder?«, fand Hefele.

»Sehr beängstigend«, pflichtete ihm Kluftinger bei. »Wir müssen uns den Herrn Schratt noch mal vorknöpfen. Kann man den denn schon vernehmen?«

Maier schüttelte den Kopf. »Koma«, erklärte er.

»Okay. Dann widmen wir uns mal den anderen offenen Fragen. Zunächst mal: das schwarze Haar in der Wohnung vom Hübner. Gut, das hat vielleicht auch gar nix mit der Tat zu tun – aber wissen können wir es nicht. Und was ist mit dem Pärchen, das der Nachbar und die Imbissbesitzerin gesehen haben?«

»Du meinst, sie sind sogar zu viert?«, argwöhnte Strobl.

»Das will ich nicht hoffen«, flüsterte Kluftinger. »Vor allem: Wie kommt man weiter mit der Identität des Pärchens?«

Das Telefon klingelte. Er ging hin, hörte eine Weile zu, brummte hin und wieder ein »Mhm« und beendete das Gespräch. »Sie haben die Verbindungsdaten aus dem abgesoffenen Handy von Doktor Steiner rekonstruieren können. Ich bin tatsächlich der Letzte, den er angerufen hat.«

»Macht dich zu einem Hauptverdächtigen«, befand Strobl grinsend.

»Nur gut, dass der Richie, der Lodenbacher und die gesamte deutsche Presse Zeugen sind, dass ich während dem Mord telefoniert hab.«

Maier ging nicht auf die Bemerkung ein, sondern sagte stattdessen: »Schratt war übrigens viel unterwegs die letzten Jahre. Er hat sich mit so Gelegenheitsjobs über Wasser gehalten. Und er ist immer wieder aufgefallen wegen Verstößen gegen das Betäubungsmittelgesetz. Aber: nie Beschaffungskriminalität. Hin und wieder hat er wohl auch gedealt – das mutmaßen zumindest die Kollegen von der Sucht, und das hat ja auch der Frey im Gefängnis angedeutet. Ein klassischer Giftler, haben die gemeint. Passt also eigentlich nicht in unser Schema. Scheint auch eher Zufall gewesen zu sein, dass er hier im Allgäu war. Auch wenn er von hier stammt und ein kleines Zimmer in der Stiftsstadt gemietet hat. Wir haben uns das noch mal angesehen, da lässt auch nix auf etwaige Auftraggeber schließen.«

»Was hat er denn so gemacht, beruflich?«

Maier zog sein Telefon heraus.

»Rufst du ihn jetzt an und fragst ihn, oder was?«, wollte Strobl wissen.

»So was Ähnliches.« Maier tippte auf seinem Touchscreen herum, dann las er vor: »Also, er war zuerst bei einer Comedyshow dabei, als Bühnenhelfer von so einem Krimiautorenduo. Die haben ihn anscheinend zu schlecht bezahlt, denn er hat bei einer Kfz-Firma angeheuert und Autos überführt. Immer wieder hat er in der Münchener Großmarkthalle als Tagelöhner geschafft. Dann war er noch Hilfsarbeiter auf dem Bau, Erntehelfer und auf dem Jahrmarkt. Hier steht nichts davon, dass er schon mal dauerhaft im Allgäu gearbeitet hätte.«

»Na, wenn's in deinem Handy nicht steht, dann kann's ja auch nicht so gewesen sein.« Strobl zwinkerte Hefele mit einem Auge zu.

»Vorschlag, Richie«, nahm der den Ball auf, »gib doch einfach mal ein, wer der Mörder ist, vielleicht können wir uns dann das Ermitteln sparen.«

»Ich könnt mal eine Statistik abrufen über die geleisteten Arbeitsstunden in unserem Kommissariat, aufgegliedert nach Mitarbeitern.«

Strobl hob abwehrend die Hände. »Brauchst nicht gleich so grätig werden.«

»Darf ich jetzt weitermachen? Also, der Schratt ist jedenfalls auch öfter mal rausgeflogen, weil er zu Gewalttätigkeit neigt.«

»Ja, das kann man wohl so sagen.« Kluftinger stieß hörbar die Luft aus. Er dachte nach: Sein Gefühl sagte ihm, dass er irgendetwas übersehen hatte. Einen Zusammenhang, den er nicht hergestellt hatte, eine Verbindung …»Der Jahrmarkt«, sagte er atemlos.

»Was?«

»Der Jahrmarkt! Das Röhrchen im Blut vom Hübner! Das war doch vom Jahrmarkt. Dann die Verbindung zwischen dem Taximord und unseren anderen Leichen. Und jetzt hören wir vom Richie, dass der Schratt beim Jahrmarkt gearbeitet hat. Na, klingelt's?«

»Mensch, stimmt, das kann kein Zufall sein!« Strobl klang ebenso aufgeregt wie Kluftinger.

»Richie, steht bei dir auch, in welchem Geschäft auf dem Jahrmarkt er gearbeitet hat?«

»Moment, schau grad.« Der Beamte machte Wischbewegungen auf seinem Display, die Kluftinger an das Malen mit Fingerfarben erinnerten. »Würd mich persönlich ja nicht wundern, wenn wir bei dem Jahrmarktspack fündig werden. Ich mag die überhaupt nicht … Da, ich hab's. Er war …«

»Sag's nicht«, unterbrach ihn der Kommissar.

»Warum, was ist …«

»Bei der Schießbude. Aber ich weiß noch mehr: nicht bei irgendeiner. Sondern bei genau der, die im Moment auf dem Königsplatz steht, stimmt's?«

Maier fiel geradezu die Kinnlade herunter. »Wie, um alles in der Welt, bist du darauf gekommen?«

Kluftinger lächelte. Er dachte an seinen gestrigen Besuch und das Schild, über das sie noch gefeixt hatten: *Ab sofort: Junger Mann zum Mitreisen gesucht.* Klar brauchten die jemanden, denn ihre bisherige Hilfe lag jetzt unter strenger Bewachung im Krankenhaus. »Ach, kleine private Recherche«, antwortete der Kommissar nebulös. Ein Zauberer verriet seine Tricks schließlich auch nicht.

Nach gerade mal einer halben Stunde standen Strobl und Kluftinger vor der Schießbude auf dem Kemptener Jahrmarkt. Noch war hier kaum Betrieb; am Vormittag drückte die Hauptzielgruppe des Rummels schließlich noch die Schulbank.

Da die Kollegen ohnehin am Morgen beschlossen hatten, während der Mittagspause auf dem Jahrmarkt zu essen – eine lange Tradition, die von Kluftingers Vorgänger irgendwann eingeführt worden war –, hatten sie sich mit den anderen um halb eins am Imbissstand verabredet. Maier war zeitgleich mit einem Foto von Wolfgang Schratt auf dem Markt unterwegs und versuchte, auf diese Weise bei den Schaustellern etwas mehr über ihn herauszufinden.

Junger Mann zum Mitreisen gesucht. Dieser Satz klang wie aus einer anderen Zeit. Dabei war die Bude an sich gar nicht so schlecht in Schuss – eine glänzende Airbrush-Lackierung zeigte Westernszenen mit rauchenden Colts, und in der Mitte prangte in erhabenen Lettern, die aussahen, als wären sie aus Holz zusammengezimmert, der Schriftzug »RIFLE«.

Der Kommissar wandte sich an die gut fünfzigjährige Frau, die in dem Wagen vor all den Plastikblumen, die in den weißen Röhrchen steckten, saß und häkelte.

Als sie ihn sah, tönte sie: »Auweh, der Rosenkavalier von gestern! Haben Ihre beiden Damen schon wieder Verlangen nach frischen Blumen?«

Strobl zog die Brauen zusammen, doch Kluftinger winkte ab. »Entschuldigen Sie, wir sind von der Kriminalpolizei, ist denn der Herr Riefle da?«

Der Frau sah man die Strapazen eines Lebens auf Achse deutlich an. Lediglich die schwarzen, zum Zopf gebundenen Haare mochten nicht zu ihrer restlichen Erscheinung passen, gaben ihr fast indianische Züge. Sie legte ihre Handarbeit weg, zündete sich eine Zigarette an, saugte genüsslich daran und fragte dann mit belegter Stimme: »Der Herr wer?«

»Der Herr Riefle. Ich geh davon aus, dass das der Inhaber ist, oder nicht?«

Der Frau entfuhr ein krächzendes Lachen, das in heiseres Husten überging.

»Sie sind ja eine Marke! Rifle, das ist englisch und heißt Gewehr.«

Schnell sah der Kommissar zu Strobl, der etwas abgewandt vor sich hin grinste.

»Ich … logisch, das ist mir schon klar. Gewehr. Aber ich bin jetzt davon ausgegangen, dass der Inhaber eben durch Zufall … Wie heißt er denn dann?«

Die Frau aschte erst sorgfältig ab, bevor sie antwortete: »Er heißt Fink. Genauso wie ich, er ist nämlich mein Mann. Ich heiß Gertrud, er Wolfhart.«

Dabei wies sie auf ein Blechschild direkt über dem Stellenangebot, auf dem der gesamte Firmenname samt Inhaber und Adresse angegeben war.

»Wo ist er denn jetzt, Ihr Mann?«, hakte Strobl ungeduldig nach.

»Der ist hinten. Er putzt die Gewehre und macht ein paar Reparaturen. Aber gut, dass Sie gekommen sind. Wurde ja auch Zeit.«

Hatte Frau Fink mit ihrem Besuch gerechnet? Das kam dem Kommissar seltsam vor. Sie zwängten sich zwischen dem Wagen und einem Bauzaun durch, der mit einer Plane als Sichtschutz versehen war. Dahinter versteckte sich eine Art Parallelwelt: Abgeschirmt von den Blicken der Jahrmarktsbesucher hatte sich das Ehepaar Fink, so gut es ging, häuslich eingerichtet und einen Hinterhof auf Zeit angelegt. Der Boden bestand aus alten Paletten, über die ein grüner, ziemlich fleckiger Kunstrasen gespannt war, ein paar Blumentöpfe mit gerade erst gekeimten Pflanzen standen herum, unter einem Gartentisch lagen ein Sack Blumenerde und Päckchen mit Sämereien. Dem Zaun gegenüber, vor der offenen Eingangstür zu dem beige-goldenen Wohnwagen, stand eine Batterie Gartenzwerge in Reih und Glied. Über alldem war eine bunte Lichterkette montiert, die angesichts des geringen Lichteinfalls hier hinten anscheinend den ganzen Tag brannte. Auf einem Plastiktisch lagen einige Gewehre der Schießbude, ein Metallfläschchen, einige Lappen, Putzwolle, etwas Draht. Vom Inhaber jedoch keine Spur.

Der Geräuschpegel hier hinten war enorm: Das tiefe Brummen von Kompressoren, Stromerzeugern und Dieselmotoren bildete den Grundton, dazu kamen das Zischen und Pfeifen der großen Hydraulikanlage, die den »Fliegenden Teppich« durch die Luft wirbelte. Und immer wieder spitze Schreie aus der »Wilden Ratz« und den anderen Fahrgeschäften, dazu laute Musik und der gelangweilte Singsang der Anheizer in den Kassenhäuschen, die damit die Leute in ihre Höllenmaschinen locken wollten: »Kommense näher, steigense ein, hier geht es rund, hier geht es ab, hier macht es Spaß, hier bleibt kein Auge trocken. Jetzt noch zusteigen und dabei sein …«

»Herr Fink?«, rief Kluftinger laut, um diese verwirrende Kakophonie zu übertönen.

Kurz darauf kam hinter dem Wohnanhänger ein großgewachsener, kräftiger Mann hervor, das graue Haar mit Pomade nach hinten frisiert. Er trug einen Staubmantel und schlangenlederne Cowboystiefel, in die er die Hosenbeine seiner verwaschenen Jeans gestopft hatte.

Cowboy und Indianer, dachte Kluftinger nur und lächelte.

»Was ist los? Ich muss was arbeiten. Wer sind Sie?«, fragte er die beiden Besucher. Der Satzmelodie und dem gerollten »r« nach zu urteilen, kam er aus dem Raum Augsburg.

»Kluftinger, Kripo, der Kollege Strobl.«

Er hatte es sich in all den Jahren zur Gewohnheit gemacht, genau zu beobachten, wie die Leute auf seine Begrüßung reagierten. Oft schon hatte er ein Schlucken, ein Wimpernzucken, einen erschrockenen Blick zur Seite oder ein nervöses Befeuchten der Lippen wahrgenommen, die mehr verrieten als das anschließende Gespräch.

Fink zuckte nicht mit der Wimper. Er nickte zum Gruß und wies auf die Reihe weißer Gartenstühle, setzte sich an das Tisch-

chen und begann, mit einem Lappen eine Waffe zu polieren.
»Was kann ich für Sie tun?«

»Wissen Sie denn nicht, warum wir hier sind?«, begann Strobl.

Fink kniff die Augen zusammen und fixierte den Beamten.
»Hier ist die Schießbude. Das Hellseher-Zelt ist auf der anderen
Seite.«

»Ihre Frau schien mit unserem Kommen gerechnet zu haben.«

»Ach, das.« Er winkte ab. »Sie denkt, ich hätte mich wegen
einer Diebstahlsache … aber was wollen Sie denn jetzt hier?«

»Es geht um einen Mann, der bis vor kurzem bei Ihnen gearbeitet hat«, erklärte Kluftinger, wegen des Lärms fast schon
schreiend.

»Ich hab die Typen immer angemeldet!«

»Das mag schon sein – deswegen sind wir auch nicht hier! Es
geht um Wolfgang Schratt …«

Fink wurde blass. Dann erhob er sich unvermittelt, legte sein
Gewehr und den Lappen ab, wischte sich die öligen Hände an
einem verdreckten Handtuch ab und schlug vor, man könne sich
ja im Wohnwagen weiter unterhalten, wo es leiser sei.

»Ich muss mir bloß noch schnell die Hände waschen, dieses
Waffenöl stinkt zum Steinerweichen. Gehen Sie schon mal rein.«

Damit machte er sich auf den Weg zu einem Gartenschlauch,
der unter seinem Anhänger hervorkam, entnahm einer rampo-
nierten Emailleschüssel ein altes Stück Seife und wusch sich
ausgiebig.

Kluftinger schaute ihm abwesend dabei zu, dann fiel der Groschen, und er blickte zu Strobl, der ihn bereits erwartungsvoll
ansah. Hastig zog der Kommissar sein Handy heraus und wählte
Willi Renns Mobilnummer, die Augen immer auf das antiquiert
wirkende Ölfläschchen mit der grünen Aufschrift *Abrinol* gerichtet. Mit der Hand vor dem Mikrofon fragte er Renn, ob er
denn sagen könne, um welche Marke es sich bei dem Waffenöl
gehandelt habe, das in Hübners Kopfwunde gefunden worden
war. Der Spurensicherer versprach, im Labor in München nachzufragen und zurückzurufen. Noch bevor Fink seine Hände ab-

getrocknet hatte und wieder auf sie zukam, hatte Kluftinger sein Handy wieder in die Tasche gleiten lassen.

Dann betraten sie hinter dem Mann den Wohnwagen. Es roch nach kaltem Rauch, fettigem Essen und Schweiß, eine Mischung, die Kluftinger fast den Atem stocken ließ. Dann sah er sich um: Sie standen in einer Art Wohnküche vor einer mit abgewetztem Stoff bezogenen Eckbank. Gegenüber eine kleine Küchenzeile mit Eichenfront, auf dem Boden über einem verdreckten moosgrünen Teppichboden mehrere Lagen kleinerer Läufer. Den Esstisch bedeckte ein Wachstuch, darauf zwei leere Kaffeetassen, ein schmuddeliges Handy, ein Aschenbecher und die abgegriffene Fernbedienung des Fernsehers.

So, wie es hier aussah, konnte das Ehepaar Fink mit Ach und Krach von der Schießbude leben. Obwohl man das nie wissen konnte, schränkte Kluftinger innerlich ein: Manche Leute führten ein armseliges Leben und horteten sechsstellige Beträge auf ihren Bankkonten.

»So, was genau wollen Sie wissen über den Schratt?«

Sie hatten alle auf der Eckbank Platz genommen, und Fink fingerte eine Zigarette aus der Packung in seiner Hemdtasche.

»Erzählen Sie uns einfach erst mal von ihm. Mit wem hatte er Kontakt, wie hat er sich benommen, ist Ihnen irgendwann eine Veränderung aufgefallen?«

»Also, wie gesagt, ich hab den hochoffiziell als geringfügig Beschäftigten eingestellt. Der hat sich auf den Zettel vorne an der Bude gemeldet, den ich nach seinem … nennen wir es mal *Ausscheiden*«, er lachte kehlig auf, »wieder hab anbringen müssen. Dass ich da keine Akademiker direkt von der Uni krieg, ist mir auch klar. Das sind meistens arme Schweine, die versuchen, sich so über Wasser zu halten. Sie bekommen bei uns zu essen und können hinten im Anhänger schlafen.«

»Hat Schratt das auch getan?«, hakte Strobl ein.

»Meistens schon. Außer, wenn wir hier in Kempten waren. Da hatte er wohl ein Zimmer, in so einer Art Pension. Ein Bekannter, glaub ich, der ihn da billig hat wohnen lassen. Und er hat ihm dann irgendwelche Hilfsjobs erledigt. Unter der Anschrift war er auch angemeldet.«

Strobl nickte. »Ja, das wissen wir, aber laut dem Bekannten hat er sich immer seltener blicken lassen. Wie viel haben Sie ihm denn bezahlt?«

»Sechshundert im Monat plus Kost und Logis. Mehr ist bei mir nicht drin, glauben Sie mir. Das hat ihm natürlich nicht gereicht. Für das, was der so gebraucht hat.« Er sah wissend zu den Polizisten, dann redete er weiter. »Ja, ich weiß schon, dass der was mit Drogen zu tun gehabt hat. Bin ja auch nicht auf der Brennsuppe dahergeschwommen. Aber ich hab mir gedacht: Lieber arbeitet einer jetzt anständig, als dass er sich das Geld zusammenklaut. Wobei: Meine Kasse hab ich schon immer weggeschlossen. Man weiß ja nie. Der Wolfi hat am Anfang wirklich geackert – und das ist für so Junkies eher selten. Der hat ja auch woanders noch ausgeholfen auf den Märkten.«

»Hatte er denn auch hin und wieder Besuch?«, fragte Kluftinger.

Fink nahm einen tiefen Lungenzug und blies dann heftig den Rauch aus. »Besuch! Was das für ein Gesindel war! Der ist immer für ein paar Stunden am Tag verschwunden – mit wem er sich da getroffen hat: keine Ahnung. Manchmal haben ihn so Typen abgeholt. Alle total abgerissen. Ich hab mir das dann irgendwann verbeten, dass die hier hinten rumschleichen.«

»Hatte er denn auch Kontakte zu den anderen Schaustellern? Oder haben die Kollegen miteinander wenig zu tun?«

»Nein, man trifft sich ja immer wieder, da setzt man sich schon mal zusammen und ratscht bei einem Schnaps. Manche haben damals mit uns angefangen, andere sind schon in dritter Generation dabei. Auch die Jüngeren untereinander stecken oft zusammen. Da war er schon oft dabei, klar. Er hat ja wie gesagt auch mal bei anderen ausgeholfen, bei denen vom alten Kinderkarussell war er öfters, auch bei den Scootern ab und zu. Die haben sich halt auch erbarmt. Obwohl sie genauso wenig haben. Man hilft sich eben in unseren Kreisen.«

»Warum haben Sie ihn denn entlassen, vor … wann war das?«

»Knapp zwei Wochen ist das jetzt her. Der war so aggressiv und patzig zu den Kunden, das hat keinen Wert mehr gehabt. Und irgendwann hat er dann angefangen rumzubrüllen hier hinten und hat uns beschimpft und randaliert. Wir würden ihn ausbeuten und nicht richtig zahlen. Der war nervlich ein Wrack, hat oft nur noch gezittert am ganzen Leib. Das Zeug, was der genommen hat, das hat dem doch allmählich das ganze Hirn weggefressen! Mit den Drogenheinis, das geht nie lange gut. Irgendwann eskaliert es, und dann ist endgültig Schluss für mich. Wenn sie sich nicht mehr im Griff haben, dann müssen sie gehen.«

Er machte eine kurze Pause, um schließlich hinterherzuschieben: »Nicht auszudenken, erschießt der einfach jemanden! Was war der noch? Ein Taxifahrer?«

»Genau.«

»Scheiße. Das muss doch auch mit diesen Drecksdrogen zu tun haben. Ein Normaler macht so was nicht. Tickende Zeitbomben sind das!«

»Haben Sie denn mitbekommen, dass er hier irgendwo mal Drogen deponiert hat?«

Finks Gesicht bekam einen harten Ausdruck.

»Ich lass mir da nichts anhängen, klar? Und dass ich den armen Teufeln eine Chance geb, dafür will ich jetzt nicht auch noch Probleme kriegen.«

Kluftinger verbiss sich einen Kommentar, ob es denn nicht eher Ausbeutung sei, einem jungen Mann sechshundert Euro für einen ganzen Monat harter Arbeit ohne Absicherung, Urlaub und geregelte Arbeitszeiten zu bezahlen. Im Moment kam es darauf an, dass der Schießbudenbesitzer weiter mit ihnen redete – und das war viel wichtiger als eine Grundsatzdiskussion über Arbeitsbedingungen und soziale Fragen.

Strobl kam ihm ohnehin zuvor mit einer Frage, die Kluftinger selbst eigentlich gern noch bis zu Willi Renns Rückruf hinausgezögert hätte: »Kannten Sie einen Mann namens Christian Hübner? Versicherungsmakler in Kempten?«

Fink verneinte mit einem Kopfschütteln. »Mit Versicherungen hab ich's nicht so. Ich hab nur, was für den Betrieb nötig ist. Ansonsten noch nicht mal ne vernünftige Krankenversicherung. Das Billigste vom Billigen, ich glaub, die zahlen fast gar nix, wenn's drauf ankommt. Da muss ich mir schon einen Fuß abtrennen oder Ebola oder so was kriegen. Ich bin ja selbständig, da wird nicht so genau hingeschaut. Das gilt übrigens für fast alle Inhaber von den Fahrgeschäften oder Buden hier. Wir krebsen doch alle nur knapp über dem Existenzminimum rum. Recht romantisch und nostalgisch finden es schon immer alle, was wir hier machen, aber kosten soll's am besten gar nix!«

In diesem Moment unterbrach das Klingeln von Kluftingers Handy Finks Ausführungen. Willi rief an.

»Du, die haben in München genau analysiert, was das für ein Zeug war. Das ist ein Schmier- und Reinigungsmittel auf Weißölbasis, das in der Zusammensetzung heute wohl gar nicht mehr hergestellt wird. War früher im Ostblock recht verbreitet, weil es noch aus DDR-Produktion stammt. Aber ich hab's mal gegoogelt, es gibt einige, die drauf schwören und Restbestände zu kaufen versuchen. Wird aber immer seltener, und im Handel gibt's gar nix mehr. Es heißt Abrinol. Hilft dir das?«

»Ob mir das hilft? Willi, du bist der Beste, danke!« Er beendete das Telefonat und nickte Strobl zu. Die Schlinge um Finks Hals zog sich enger.

»Sie kennen also den Herrn Hübner nicht?«, wiederholte Kluftinger die Frage seines Kollegen.

»Haben Sie's mit den Ohren?«

»Aber Sie haben von ihm gehört …«

»Von diesem Hübner? Nicht dass ich wüsste.«

»Stand einiges in der Zeitung.«

Fink schien nachzudenken. »Ist das der, wo ermordet worden ist?«

»Exakt.«

Kluftinger wartete ab.

»Und?« Fink wirkte nervös.

»Womit reinigen Sie Ihre Waffen?«

»Was hat denn jetzt das mit dem anderen zu tun?«

»Das überlassen Sie mal uns.«

»Mit Öl, mit was sonst?«

»Welches Fabrikat verwenden Sie?«

Finks Unterlippe begann zu beben. Er schien zu spüren, dass sich der Ton des Kommissars verschärft hatte, und fühlte sich offenbar in die Ecke gedrängt. »Ich nehm das alte Zeug aus der DDR, Abrinol, warum? Hab da mal billig eine große Menge gekauft. Schon ewig her. Aber mit meinen Waffen, da ist auch alles okay, die sind nicht aufgebohrt oder sonst was ...«

Die Polizisten schwiegen und fixierten den Mann, der immer mehr die Kontrolle über sich verlor. Und das war ganz in ihrem Sinne.

Plötzlich riss Fink die Augen auf: »Ach du Scheiße, Sie meinen, mit diesem Versicherungsmenschen da, dass ich ...« Er lachte künstlich. »Das ist doch wirklich der letzte Scheißdreck.«

Strobl übernahm: »Lassen Sie uns doch bitte mal Ihre Waffen sehen.«

»Meine Waffen?«, fragte Fink ungläubig nach. »Ich sag Ihnen doch, damit können Sie niemanden erschießen!«

»Aber erschlagen«, erwiderte der Kommissar. »Wir haben in einer Wunde eines Mordopfers genau das Öl gefunden, das Sie hier in rauhen Mengen stehen haben, das es aber nicht mal mehr im Handel gibt. Und ein Röhrchen aus Ihrer Schießbude lag in seinem Blut. Herr Fink, da müssen Sie uns wohl einiges erklären, oder?«

»Erklären? Ich ... aber ich hab doch ...«, stammelte er.

»Also? Was ist?«

»Bitte, die können Sie schon sehen.« Er stand auf – und blieb wie erstarrt stehen. Nach ein paar Sekunden rieb er sich mit einer Hand den Nacken. »Also, das ist jetzt eine saublöde Sache ...«

»Ja?«

»Ich hätt das vielleicht vorher schon ... aber ich hatte ja keine Ahnung. Aber ... ich ... also, weil mir ja eines gestohlen worden ist. Ein Gewehr. Deswegen wollt ich ja schon lange vorbeikommen bei Ihnen, also bei der Polizei.«

Die Polizisten sahen ihn fragend an.

»Ich wollt schon eine Diebstahlsanzeige machen, weil eins von meinen schönen alten Luftgewehren weggekommen ist. Aber ich komm ja kaum raus hier. Und dann: Wiederkriegen werd ich das Ding eh nicht. So einem wie mir hilft doch … also nicht, dass ich irgendwie …«

Strobl warf seinem Chef einen Blick zu, den dieser sofort verstand. Was Fink hier zusammenstotterte, war die typische Geschichte, die sie zu hören bekamen, wenn sie ein belastendes Beweismittel sehen wollten: Entweder war es zufällig gerade weggeworfen worden, gestohlen oder aus Versehen verbrannt, und man wollte *gerade* eben den Verlust melden.

»Aha«, versetzte Kluftinger zynisch, »haben Sie denn einen Verdacht, wer Ihnen zufälligerweise das Gewehr … entwendet haben könnte?«

»Keine Ahnung. Vielleicht der Schratt? Das war beim Jahrmarkt in Landsberg. Was weiß ich. Vielleicht auch einer von seinen Kumpels, ich kann's Ihnen nicht sagen.«

»Das klingt alles ein bisschen vage, Herr Fink«, fand Strobl. »Können Sie uns denn wenigstens sagen, wo Sie in der Nacht von Donnerstag auf Freitag waren? So zwischen elf und drei Uhr morgens?«

Ein hektisches Zucken um Finks Augen verriet erneut seine Nervosität.

»Ich? Wo werd ich schon gewesen sein? Hier, im Geschäft. Wir sind am Donnerstag gekommen und haben angefangen aufzubauen.«

»Gibt es Zeugen dafür?«

»Wollen Sie jetzt ein Alibi?«

»Sozusagen.«

»Nur meine Frau. Wir waren ja hier im Wohnwagen. Keine Ahnung, vielleicht hat mich ja von den Kollegen noch jemand gesehen. Um zwölf bin ich wie jeden Tag ins Bett gegangen.«

Kluftinger schürzte die Lippen.

»Was für ein Auto fahren Sie, Herr Fink?«, fragte er.

»Einen Omega Caravan, wieso?«

»Zeigen Sie uns den mal.«

Fink zuckte die Achseln. »Kommen Sie mit.«

»Herr Fink, jetzt haben Sie ein echtes Problem, würd ich mal sagen.«

Der Mann sah Kluftinger fragend an, seinen Arm auf einem silbergrauen Opel Omega Kombi abgestützt, auf dessen Türen dasselbe Airbrush-Bild wie auf der Schießbude zu sehen war – und unter dem ein handtellergroßer Ölfleck in den Teer eingesickert war.

»Sie werden schon wissen, worum es geht!«

Fink schien verzweifelt. »Nein, das weiß ich nicht, verdammt«, schrie er, »was soll ich denn gemacht haben, hm?«

»Sie sind verdächtig, zwei Menschen umgebracht zu haben.«

»Zwei Leute? Spinnt ihr eigentlich? Wen soll ich denn …«

»In welchem Verhältnis standen Sie zu Gordian Steiner?«

»Gordian … wer?«

»Gordian Steiner, Kardiologe in Oberstaufen, wohnhaft in Lindau.« Kluftinger bemühte sich um einen sachlichen Ton.

»Ich kenn keinen Steiner. Und schon gar keinen Doktor, ich …«

»Wir unterhalten uns wohl am besten bei uns im Büro weiter. Das gilt übrigens auch für Ihre Frau. Eugen, holst du sie bitte? Und verständige doch die Uniformierten, eine Streife soll die beiden Herrschaften abholen. Aber getrennt voneinander. Und kannst du noch dem Willi Bescheid sagen, der muss kommen mit seinen Leuten, das Auto soll er am besten gleich mit raufnehmen in seine Garage.«

Fink sah hektisch zwischen den Polizisten hin und her. »Wenn wir mitmüssen, was ist denn mit dem Geschäft?«

»Sperren Sie zu und verriegeln Sie alles – Sie können sich ja gleich mal auf längere Abwesenheit einstellen.«

»Aber der Betrieb, ich mein …«

»Wie gesagt: Sperren Sie alles ab«, wiederholte der Kommissar. »Und die Autoschlüssel geben Sie gleich mal mir!«

Fink reichte ihm den Schlüsselbund. Kluftinger ging in die Knie, schaute unter den Wagen und betastete den Fleck, doch das Öl war bereits versickert. Nur am Auto hingen noch einige kleine Tropfen. Er streckte seine Hand aus, zerrieb das Öl zwischen den Fingern und stutzte: Die Flüssigkeit war honigfarben und klar. Er stand auf und wandte sich noch einmal an Fink.

»Haben Sie kürzlich einen Ölwechsel gemacht?«

»Gestern.«

»Und das Altöl?«

»Das hab ich bei diesem Autoteilefritzen in den großen Tank geschüttet, wieso?«

»Hm, wir werden uns das Auto trotzdem mal vornehmen. Wir sehen uns später in der Inspektion.«

Zwanzig Minuten später standen Strobl, Hefele und Kluftinger an der Imbissbude, dem vereinbarten Treffpunkt, und der Kommissar wischte sich gerade den Mund ab, nachdem er seine Fischsemmel aufgegessen hatte. »Und gebt dem Willi Bescheid, dass er die Waffen vom Fink spurendienstlich untersuchen soll.«

»Spurendienstlich, soso!«, wiederholte Strobl grinsend. »Und dann zur Sicherheit gleich auch noch erkennungsdienstlich, oder?«

»Deppen! Wenn man sich einmal verspricht. Jedenfalls wisst ihr, was ich mein. Vielleicht ist an einer ja noch ein bissle Hübner dran. Und sagt's mal, wo ist denn jetzt der Richie? Wir haben doch gesagt, wir treffen uns hier.«

»Der wird sich halt noch mit den Jahrmarktsleuten unterhalten, ob die den Schratt kennen …«, mutmaßte Strobl.

Da sie keine Zeit verlieren wollten, beschlossen sie, ihren Kollegen zu suchen. Sie waren noch nicht weit gegangen, da hörten sie ihn bereits: Kurz bevor sie beim »Hau den Lukas« ankamen, übertönte Maiers schrille Stimme das Getöse des Jahrmarktes, und sie beschleunigten ihren Schritt. Dann entdeckten sie ihn mit rotem Kopf neben einem Mann in Latzhose, auf den er lautstark einredete. So laut, dass sich bereits eine kleine Menschentraube gebildet hatte, die dem Disput in einigem Abstand folgte.

Die Beamten zwängten sich zwischen den Leuten durch, um ihrem Kollegen in dieser allem Anschein nach brenzligen Situation beizuspringen.

»Polizei. Was ist hier los?«, fragte Kluftinger, um in Maiers Richtung nachzuschieben: »Brauchst du Hilfe?«

»Hilfe?«, wiederholte der andere, ein großgewachsener Mann Mitte vierzig, mit einer dichten, braunen Lockenmähne und Schnurrbart. »Wer hier Hilfe braucht, bin ich! Ihr württembergischer Freund hier versucht schon die ganze Zeit, mich zu provozieren!« Er sah Maier abfällig an.

»Ich bin bayerischer Beamter, und ich habe Sie nicht provoziert!« Maiers Gesichtszüge waren angespannt, er sah aus, als sei er den Tränen nahe. Dann wandte er sich an Kluftinger. »Der Mann hier hat sein Lukas…dings manipuliert. Damit man keine Freirunden und keine Preise gewinnt. Das geht nicht mit rechten Dingen zu!«

Kluftinger schüttelte den Kopf. »Kannst du mir das gerade mal ein bissle genauer erklären?«

Doch der Lockenkopf kam ihm zuvor. »Er hat mich gefragt, ob ich den Typen auf seinem Foto kenn. Klar, hab ich gesagt, kenn ich den, vom Sehen halt, der hat ja eine Weile beim Fink geschafft. Und dann hat Ihr Kollege hier angefangen, um meinen Lukas rumzuschleichen. So ein paar Buben, die sind halt ein paarmal nicht über ›Hänfling‹ rausgekommen, vor allem nicht so ein kleiner mit Brille. Und zu dem ist Ihr Herr Maier dann hingegangen und hat dem Jungen gesagt, er wird ihm jetzt helfen, weil er weiß, wie es ist, wenn man immer der Schwache ist, der gehänselt wird. Dann hat er selber den Hammer genommen und hat es nur eine Kategorie weiter geschafft, also bis ›Spargeltarzan‹. Dann ist er zu mir gekommen und hat mir Vorwürfe gemacht. Die Buben waren da schon längst gegangen!«

»Stimmt das, Richie?«

»Ich … also … ja.«

Kluftinger stand mit offenem Mund da. Einerseits hatte er überhaupt keine Lust auf Maiers Extravaganzen, andererseits hatte ihm der Kollege in den letzten Tagen sehr zur Seite gestanden. Nun war es an ihm, sich dafür zu revanchieren. »Also, wir machen es so: Mein Kollege hier probiert es jetzt noch mal, und dann kommen wir drei, so können wir die Vorwürfe sicher ausräumen. Wir zahlen natürlich dafür. Aber fangen Sie doch am besten mal an!«

Der Budeninhaber zuckte mit den Schultern, griff sich den Hammer, holte locker aus und schlug so fest zu, dass der kleine Schlitten Sekundenbruchteile später gegen das Glöckchen am Ende des Metallpfeilers donnerte.

»Seht ihr?«, suchte Maier nach Bestätigung, doch die Mienen seiner Kollegen blieben versteinert. Dann nahm er sich den Hammer, wuchtete ihn in die Luft und ließ ihn auf den kleinen Metallstempel fallen. Unmotiviert hob sich der Metallschlitten bis zur Anzeige »Spargeltarzan«.

Wieder sah Maier in die Runde, doch diesmal grinsten ihn die anderen an.

»Wirklich, ich bin mir sicher, er manipuliert das mittels einer Fernbedienung, vielleicht auch über das Smartphone.« Maier gab auch zwei Minuten später noch keine Ruhe, nachdem Kluftinger und Strobl bei ihren Hammerschlägen bis ganz oben zum »Kählen Siach« gekommen waren und Hefele es immerhin bis zur vorletzten Kategorie, dem »Wilden Hund«, geschafft hatte. Dann drängte der Kommissar sie zum Gehen, schließlich wartete ein Hauptverdächtiger in einer Mordserie auf eine Vernehmung.

»Weißt du, Richie, vielleicht gehst du gleich mal zum Lodenbacher und lässt dich als verdeckter Ermittler in die Hau-den-Lukas-Szene einschleusen«, sagte Strobl. »Die stecken alle unter einer Decke, das ist ein riesiger Betrügerring.« Dann legte er ihm

268

die Hand auf den Arm. »Aber trotzdem danke, dass du für uns alle bezahlt hast.«

Maier verzog beleidigt den Mund. »Ich sag's euch, diese Schausteller, das sind zum Teil ganz verkommene Subjekte. Ich trau denen nicht über den Weg.«

Sie nahmen eine Abkürzung durch die Gasse zwischen den Buden, als Kluftinger auf einmal stehen blieb.

»Klufti, was ist denn los, ist wieder was?«, fragte Hefele besorgt und hieb ihm auf die Schulter.

Der Blick des Kommissars war starr auf die Geisterbahn gerichtet.

»Oder hast du Angst vor Gespenstern?«

Kluftinger schüttelte den Kopf und lief los, allerdings wesentlich schneller als zuvor. »Alles gut. Wir müssen, der Lodenbacher wird schon warten.« Das genügte, damit auch die anderen ihre Schritte beschleunigten. Kluftinger entspannte sich etwas. Wenn es gutging, würde niemand bemerken, dass auf einem Bildschirm mit der Aufschrift »Schnappschuss der Woche« gerade zwei ziemlich derangierte Männer und ein knallblauer Schlumpf zu sehen gewesen waren.

Sie hatten das Soko-Büro noch nicht richtig betreten, da stürmte hinter ihnen schon Polizeipräsident Dietmar Lodenbacher herein. Dabei wollte Kluftinger erst ein bisschen verschnaufen, denn seine Brust fühlte sich auf einmal eng und schwer an. Doch daran war gar nicht zu denken, denn Lodenbacher war sichtlich aufgewühlt und fuchtelte beim Sprechen mit den Armen herum. »Jo … des is jo, mei, do wearn mia …« Wie immer, wenn er möglichst viel in möglichst kurzer Zeit loswerden wollte, verfiel der Niederbayer dabei in starken Heimatdialekt, und so bekamen die Kollegen nicht alles von dem mit, was da kaskadenartig auf sie niederprasselte. Immerhin konnten sie sich aus Wörtern wie »Erfoigsmöldung«, »Sensation«, »Ermittlungstriumph« und »Pressemöldung« ausmalen, worauf er hinauswollte.

Seine improvisierte Ansprache, die Kluftinger an den Auftritt eines Fernseh-Kabarettisten erinnerte, endete mit dem Satz: »Und jetzat mocht's den Soock zua.«

Der Kommissar musste ein paarmal durchatmen, um das Gehörte ein wenig sacken zu lassen, da preschte Maier vor: »Kann ich denn da pressemäßig irgendwas tun, Herr Polizeipräsident?«

Hefele rümpfte die Nase: »Da wird man grad so einen Spargeltarzan brauchen!«

Sie lachten laut, doch da Lodenbacher, der die Insiderpointe nicht verstanden hatte, sie wütend anblickte, verstummten sie sofort wieder.

»Wenn ich vorschlagen darf, Herr Lodenbacher«, mischte sich nun Kluftinger ein, der seinem Vorgesetzten mit diplomatischem Geschick den Wind aus den Segeln nehmen wollte, »sollten wir vielleicht erst einmal warten, bis wir die beiden eingehender vernommen haben.«

»Ah wos, Sie wearn's schon aus dene aussa pressn, Kluftinga.«

»Vielen Dank für die Vorschusslorbeeren, aber ich denke ...«

»Ich kann ja schon mal eine Pressemeldung vorformulieren«, schlug Maier vor.

Kluftingers Kiefermuskeln spannten sich an. »Ja, Richie, das kannst du von mir aus, aber raus geht das erst mal noch nicht, verstanden? Herr Lodenbacher, Sie wollen doch auch nicht, dass wir später vielleicht wieder zurückrudern müssen, gell? Das wär schon eine ziemliche Blamage.« Er wusste, dass der Polizeipräsident auf dieses Wort empfindlich reagierte.

»Sie ham schon recht«, sagte er denn auch etwas bedächtiger und weniger dialektal. »Aber beeilen S' Eahna. Sie wissn, die Presse ... also, ich mein, die Bürger warten auf eine erlösende Meldung, ned?«

»Freilich. Nicht nur die. So, und jetzt machen wir uns mal an die Arbeit.« Kluftinger hoffte, dass Lodenbacher dies zum Anlass nehmen würde, sie wieder in Ruhe zu lassen, was er schweren Herzens auch tat.

»Gott sei Dank«, seufzte der Kommissar, als sich die Tür hinter dem Polizeipräsidenten geschlossen hatte.»Aber er hat recht: Jetzt gilt's. Also, Richie, Roland, ihr knöpft euch die Frau vor. Und lasst eine Haarprobe von ihr nehmen. Eugen, wir fühlen dem Mann noch mal auf den Zahn. Richard, schreibst du noch einen Bericht über die Vernehmung der anderen Schausteller? Vielleicht brauchen wir noch die eine oder andere Aussage von denen. Fräulein Henske?«

Sandy war so schnell im Raum, als habe sie darauf gewartet, dass man sie rufen würde.»Ja, kann ich irgendwie helfen?«

»Das können Sie. Könnten Sie veranlassen, dass der Nachbar vom Hübner, der mit dem Hund, und die Frau vom Imbiss schnellstmöglich zu einer Gegenüberstellung kommen?«

»Natürlich, Imbiss und Hund, wird erledigt.«

»Aber die Pressemeldung …«, warf Maier ein.

»Die kannst du ruhig gleich fertig machen. Zusammen mit einer Entschuldigungsmeldung, falls wir zu voreilig waren. Da könnte dann so was drinstehen wie: ›Durch den Übereifer eines nicht genannten Kommissars mit Namen Richard Maier …‹«

Als er mit Strobl wenig später dem Schießbudenbesitzer gegenübersaß, war bei Kluftinger von der Euphorie über den möglichen Ermittlungserfolg nicht mehr viel übrig. Es war zu deprimierend, wie Wolfhart Fink sein Leben als Angehöriger des fahrenden Volkes beschrieb. Seine Schilderungen waren geprägt von Frustration über ein Dasein am unteren Rand der Gesellschaft, Trotz gegenüber der Politik, die zwar von sozialen Netzen redete, die Maschen aber so großzügig knüpfte, dass Menschen wie er und seine Frau hindurchfielen – und Wut. Letzteres zumindest ließ den Kommissar aufhorchen. Wieder und wieder bestritt Fink, mit den Opfern je Kontakt gehabt zu haben. Dafür schien er auf einmal voller Zorn gegen alles und jeden. Nie hatte er Schuld an seiner Situation, immer waren es die anderen.

»Aber das geht doch nicht nur mir so«, presste er mit bitterer Miene hervor.»Erst neulich haben wieder Bekannte von uns dichtmachen müssen. Die hatten ein historisches Karussell. Eigentlich gehört so was unter Denkmalschutz. Stattdessen: sozialer Abstieg. Fragen Sie mal den Wolfi, also den Schratt, der hat bei denen auch gejobbt. Der kann Ihnen genau erzählen, wie so was läuft. Bei uns wird's irgendwann auch so weit sein.« Kluftinger wusste, von welchem Karussell der Mann redete. Zumindest vermutete er es. Markus war als Kind immer damit gefahren; es war das Schmuckstück des Marktes gewesen. Dieses Jahr war es nicht mehr dabei.

»Das nimmt kaum einer zur Kenntnis, den Leuten ist doch scheißegal, in welchem Karussell ihre Kinder fahren. Ob das handgeschnitzte Pferde hat oder chinesische Plastikfiguren, das sehen die nicht mal. Sie verbringen einen schönen Tag, der am besten wenig kostet. Eine unbezahlte Rechnung oder, wie im Fall unserer Bekannten, ein Unfall – und das war's. Der Nächste bitte.«

Jetzt dämmerte es bei Kluftinger. Die Betreiberfamilie war in Schwierigkeiten geraten, weil ein Kind bei einem Unfall im Traditionskarussell verunglückt oder sogar gestorben war. Ob seine Enkel je mit so etwas fahren würden? Und ob er bis dahin das Leben überhaupt noch haben würde? *Das Leben noch haben* – seine Großmutter hatte diese Formulierung immer benutzt, damals kam sie ihm reichlich antiquiert vor. Doch nun verstand er, was sie damit sagen wollte. Das Leben hatte man wie einen Besitz, einen Schatz – der einem auch genommen werden konnte. Sein Herz schlug schneller bei dem Gedanken. Aber immerhin schlug es noch. Er lächelte.

»Aha, finden Sie das zum Lachen, was ich da sage? Na, das freut mich. Denn genau das ist doch der Grund, warum ich hier sitze. Weil wir niemand sind. Weil man mit uns alles machen kann.«

Das Lächeln des Kommissars verschwand. »Nein, Herr Fink, Sie sind hier, weil eine Ihrer Waffen fehlt. Weil dasselbe seltene Waffenöl, das Sie verwenden, in der Wunde eines Mordopfers gefunden wurde. Weil Ihr Auto zu dem passt, das wir auf einem

Überwachungsvideo als Tatwagen eines der Morde identifiziert haben. Weil es Flecken von Motoröl hinterlässt und das Öl sich an einem Schießbudenröhrchen aus der Wohnung von Hübner findet. Wollen Sie noch mehr Gründe?«

»Ach, leckt mich doch am Arsch. Ich sag nix mehr.«

Und Fink hielt sein Versprechen. Kluftinger und Strobl brachten nichts mehr aus ihm heraus, was ihn be- oder entlasten könnte. Entnervt machten sie schließlich eine Pause.

In der Kaffeeküche trafen sie Maier und Hefele, die ebenfalls nicht sehr zufrieden aussahen. »Und bei euch?«, fragte Strobl.

Hefele zuckte nur mit den Schultern. »Was Neues haben wir nicht erfahren. Immerhin: Ihr Alibi ist so dünn wie ihr Bankkonto. Sie können sich nur gegenseitig entlasten. Bin mal gespannt auf die Haarprobe.«

Sie schlürften wortlos ihren Kaffee, als Willi plötzlich an der Tür vorbeilief. »Ach, da hätt ich auch gleich draufkommen können, dass ihr euch einen schönen Nachmittag macht. Ein bissle relaxen, nachdem man so heftig die weiße Schlange gewürgt hat, oder, Klufti?«

Die anderen sahen stirnrunzelnd zum Kommissar, doch der winkte ab.

»Übrigens: Ich hab die Haarprobe fertig«, fuhr Renn fort.

»Wie? Eine DNA-Analyse? In der kurzen Zeit?«, fragte Hefele ungläubig.

»Nix DNA. Ich hab die Haare unter dem guten alten Mikroskop verglichen. Das tut's für eine Vergleichsprobe allemal. Man muss ja nicht wegen jedem Schmarrn gleich die Genetik bemühen.«

»Und?« Vier Augenpaare richteten sich gespannt auf den Erkennungsdienstler.

»Leider keine Übereinstimmung zwischen dem Haar von Frau Fink und dem aus der Wohnung. Tja, da müsst ihr euren Feierabendkaffee wohl noch mal nach hinten schieben. Ich kümmere mich jetzt um den Opel. Von dem Öl lassen wir dann auch einen Vergleich machen, auch wenn es gewechselt worden ist.«

»Hauptsache, du hast's lustig«, maulte Hefele ihm hinterher.
Kaum war Willi gegangen, kam Sandy Henske, um zu vermelden, dass die einbestellten Personen zur Gegenüberstellung da seien.

»Lasst nur, ich geh schon«, sagte Kluftinger und setzte sich in Bewegung. »Drückt uns die Daumen.«

Als er kurz darauf mit dem Nachbarn von Hübner und der Inhaberin der Imbissbude in dem abgedunkelten Raum stand, verfolgte er gespannt jede ihrer Regungen, jede Veränderung ihrer Mimik. Herauslesen konnte er daraus jedoch nichts. Die beiden starrten gespannt durch die Glasscheibe auf die Personen, die ihnen dort vorgeführt wurden. Gegen Ende der Gegenüberstellung konnte Kluftinger sich nicht zurückhalten, auch wenn er wusste, dass man den Zeugen eigentlich viel Zeit lassen sollte, sie am besten selbst beginnen ließ. »Und?«

»Ja, ich meine, ich weiß nicht, also … ehrlich gesagt«, erklärte Hübners Nachbar.

Kluftinger wandte sich der Frau zu, die in ihrer Imbissschürze gekommen war. »Also, ich weiß auch nicht so recht, Herr Kommissar, es könnte sein. Aber es war ja auch wirklich dunkel, an dem Abend.«

»Aha. Vielleicht, vielleicht auch nicht«, fasste er zusammen. »Schade. Trotzdem danke. Falls Sie noch was loswerden wollen, Sie wissen ja, wo Sie uns finden.«

»Ich fürchte, wenn wir weiter nix haben, müssen wir die wieder gehen lassen.« Kluftinger seufzte. Gerade hatte Lodenbacher angerufen, um sich über die neuesten Erfolge »updaten« zu lassen, wie er es formuliert hatte. Leider konnten sie ihm mit solchen nicht dienen, und so hatten sie zur Ablenkung Maier mit ihm über mögliche Pressestrategien fachsimpeln lassen.

»Himmelherrgott, es muss doch was geben, womit wir sie festnageln können.« Strobl klang verzweifelt. »Stellt euch vor, wir lassen die ziehen, und dann passiert wieder was.«

»Ja, oder noch schlimmer: Wir behalten sie da, und es passiert wieder was«, setzte Hefele hinzu.

Sie ließen die Köpfe hängen.

»Wenn wir morgen früh keine zündende Idee haben, lassen wir sie wieder laufen«, fällte Kluftinger schließlich eine Entscheidung. »Einstweilen haben sie's bei uns auch nicht weniger komfortabel als in ihrer Wohnschachtel. Und bis dahin sind wir rechtlich auf der sicheren Seite.« Er verabschiedete sich kurz und ging niedergeschlagen in sein Büro.

Er suchte die Vertrautheit seiner normalen Umgebung, und kaum saß er auf seinem Stuhl, fühlte er sich tatsächlich ein klein wenig besser. Als dann sogar noch Sandy hereinkam, um ihn vor dem Feierabend zu fragen, ob er noch etwas brauche, irgendwas, einen Tee vielleicht, spendete ihm das zusätzlichen Trost. Dennoch: Über allem lag wie ein Schleier noch immer diese Mattigkeit und schwer zu beschreibende Abgeschlagenheit. Wieder einmal wurde ihm klar, wie sehr er seinen Alltag liebte, das Normale, Vorhersehbare, die Routine. Unvorstellbar, dass er sich einmal für diesen Beruf entschieden hatte, weil ihm die Nicht-Planbarkeit, das Spontane, so reizvoll erschienen war. Immer da zu sein, wo gerade etwas passierte. Was war nur aus ihm geworden auf seine alten Tage? Oder sollte er sagen: *auf seine letzten Tage?*

Sein Vorhaben fiel ihm wieder ein. Er hatte es schon viel zu lange vor sich hergeschoben. Nun wollte er nicht mehr damit warten. Sollte, wann und aus welchen Gründen auch immer, der letzte Vorhang fallen, er unerwartet abtreten müssen von dieser großen Bühne, dachte er feierlich, so wollte er wenigstens kein Chaos hinterlassen.

Er stand auf, holte ein frisches Blatt Papier aus dem Drucker, setzte sich, nahm einen Kugelschreiber, ließ seine Hand über dem Papier kreisen, um sie dann andachtsvoll nach unten zu führen und in seiner krakeligen Kinderschrift zu notieren:

Mein Testament

Er schaute sich die Worte einige Sekunden an, dann schüttelte er den Kopf. Sie schienen ihm unangemessen, und er strich sie wieder durch. Darunter setzte er eine neue Formulierung:

~~*Mein Testament*~~

Mein letzter Wille

Ja, das war angemessen, das hatte Größe, wies bedeutungsvoll über sein Dahinscheiden hinaus. Sein Wille immerhin würde ihn überdauern. Er nickte gravitätisch, hielt dann jedoch inne und strich auch diese Überschrift noch einmal durch. Mit ernster Miene schrieb er dann:

~~*Mein Testament*~~

~~*Mein letzter Wille*~~

Mein Vermächtnis

Das war es! Natürlich, er würde etwas hinterlassen, was mehr war als sein materielles Erbe. Ergriffen vom Pathos seiner eigenen Gedanken, grübelte er über die nächsten Worte nach, immer in dem Bewusstsein, dass es die letzten wären, die man von ihm lesen würde.

Hiermit gebe ich im Vollbesitz meiner geistigen Kräfte, wenn auch der körperlichen etwas ermangelnd

Den letzten Halbsatz strich er sogleich wieder durch, er wollte ja nicht als gebrechlicher Mann in Erinnerung bleiben.

meinen Nachlass bekannt.

~~*Meine Frau Erika*~~

~~*Meine angetraute Frau Erika*~~

Meine geliebte angetraute Frau Erika erhält ~~*mein gesamtes Vermögen*~~

~~*Meinen gesamten Besitz*~~

Unseren gesamten Besitz ~~*und mein Auto*~~

Er atmete schwer und rieb sich seine Brust. So ein Testament war eine vertrackte Angelegenheit. Es galt genau abzuwägen, um niemanden posthum zu brüskieren. Erika würde sicher den Rest ihres Lebens daran zu knabbern haben, wenn er beispielsweise *mein Auto* schreiben würde, was es genau genommen zwar auch

war, immerhin hatte er es ausgesucht, geputzt, na ja, nicht sehr
häufig vielleicht, aber hin und wieder, hatte es betankt und zur
Werkstatt gebracht, war im Urlaub, wenn sie schon mal ins Ausland gefahren waren, immer hinter dem Steuer gesessen, während die anderen schliefen. Sein Auto also. Aber aus Erikas Sicht
ihr gemeinsames. Also war »gesamter Besitz« mit dem Zusatz
»unser« sicher die bessere Formulierung, weil es irgendwie einen
gemeinsamen Erwerb einschloss, auch wenn natürlich er allein
das Geld verdiente.

Fehlte jetzt noch etwas? Er kaute auf dem Ende seines Kugel-
schreibers herum, dann fiel es ihm siedend heiß ein, und er wurde
knallrot. Schnell beugte er sich nach vorn und schrieb weiter:

~~*Meinem Sohn Markus*~~

~~*Meinem einzigen Sohn Markus*~~

*Meinem einzigen Kind und geliebten Sohn Markus vermache ich
das rosa Smart-Auto und meine in Expertenkreisen viel beachtete
Sammlung von Sterbebildern Allgäuer Blasmusikdirigenten, ebenso meine Lederhose, er kann sie sich ja etwas enger machen lassen,
aber sie ist noch pfenniggut und möge von nun an als Erbstück von
Generation zu Generation weitergegeben werden. Der Rest meiner
Kleidung soll …*

Er kaute auf seiner Unterlippe herum. Sicher, das meiste war
nicht mehr modern, aber bei einem Flohmarkt könnte es schon
noch ein paar hundert Euro bringen, allein der Lederjanker mit
den Hirschhornknöpfen war mindestens …

~~*der Kirche*~~

~~*der Vereinskasse der Harmoniemusik Altusried zugeschlagen*~~

~~*der Landfrauenvereinigung*~~

einem guten Zweck gestiftet werden.

Kluftinger stand auf und zapfte sich ein Glas Wasser aus dem
Hahn, das er in bedächtigen Schlucken austrank. Sterben war
gar nicht so einfach, sondern eine ziemlich anstrengende Sache.
Aber bis jetzt war er zufrieden mit sich. Er hatte an alles gedacht,
und die Sache mit dem guten Zweck würde ihm da oben – er
blickte zur Decke – sicher auch positiv angerechnet.

Er setzte sich wieder, denn es lief doch gerade so einigermaßen, und das wollte er für ein paar weitere, denkwürdige Zeilen nutzen.

Mein Enkel, den ich vielleicht nie das Glück hatte kennenzulernen, soll meine Großtrommel und meine Spielzeugeisenbahn erben, damit er an seinen Großvater denkt, der weit oben über den Wolken liebevoll über ihn wacht. Sie ist im Keller hinter den Einmachgläsern, unter dem alten Werkzeug, in der grünen Kiste, wo »Küchenfliesen« draufsteht,

Seine Augen wurden feucht vor Rührung. An ihm war ein Priester verlorengegangen. Dann stutzte er: Was, wenn sein Enkel gar kein Enkel, sondern eine Enkelin werden würde? Für einen kurzen Moment zog er die Brauen kraus, doch dann lächelte er. Nein, er hatte da so ein Gefühl. Also ergänzte er den Satzanfang:

Mein Enkelsohn Max Kluftinger ...

Er seufzte. Ganz mit sich und der Welt im Reinen, dachte er über den Schluss seiner finalen Willensbekundung nach.

Meine Asche soll über den Gipfeln der Allgäuer Alpen verstreut werden.

Er hielt inne: Wollte er das wirklich? Die Vorstellung, bei Wind und Wetter in irgendwelchen dunklen Felsspalten herumzuliegen, selbst als Asche, jagte ihm einen Schauer über den Rücken.

Meine Asche soll im Alatsee versenkt werden.

Sofort dachte er an den Fall, der ihn einmal an diesen See geführt hatte, an die unheimliche, sauerstoffarme Schicht in der Tiefe mit den geheimnisvollen Purpurbakterien ...

Meine Asche soll auf dem Altusrieder Friedhof beigesetzt werden.

Noch einmal zögerte er. Ein glühend heißer Ofen, in dem man zu einer Handvoll Staub zusammengeschmurgelt wurde?

Ich wünsche keine Feuerbestattung.

Damit, fand er, durften die wichtigsten Regelungen getroffen sein. Das heißt ...

Doktor Langhammer kriegt das Hirschgeweih aus dem Hausgang, das er immer so bewundert. Aber nur, wenn er einmal die Woche mein Grab gießt.

Er lächelte. So hatte Erika sogar noch etwas Hilfe bei der Pflege seiner letzten Ruhestätte.

Es war so weit. Nun würden seine unwiderruflich letzten Worte kommen, und er wollte etwas Bedeutsames schreiben.

Meine letzten Gedanken gelten meiner Familie, begann er und spürte sofort den Kloß im Hals. Es war komisch: Er war immer sicher gewesen, dass Erika länger leben würde als er. Doch er hatte dabei an ein biblisches Alter für beide gedacht, an sanftes Einschlafen in warmer Herbstsonne, den Blick auf die Berge gerichtet, langsam in die Ewigkeit entschwindend. Was aber, wenn er nun schon viel früher ... Wie würden seine Eltern damit fertigwerden?

Es ist das Schlimmste für Eltern, ihren einzigen, über alles geliebten Sohn zu Grabe tragen zu müssen. Aber ~~ihr werdet mir ja eh bald folgen, und dann sehen wir uns wieder~~ ich bin jetzt an einem besseren Ort. Obwohl es hier mit euch natürlich auch sehr schön war! Meiner Frau und meinem Sohn möchte ich noch sagen:

Ja, was wollte er ihnen sagen? Er wusste es nicht. Wie sollte er in einem Satz zusammenfassen, was da noch alles ungesagt geblieben war?

Lebt wohl und in Frieden.

Nein, das klang nun wirklich zu sehr nach Winnetou. Aber was dann?

Vertragt euch.

Das klang so banal wie der Satz eines Lehrers zu seinen Schülern am Wandertag. Nein, er brauchte etwas Leichtes, Beschwingtes, was aber doch zu ihm passte, erdig, ehrlich ... Plötzlich riss er die Augen auf. Natürlich, es war so einfach. Er nickte sich selbst bestätigend zu, als er die letzten Worte schrieb, die er der Nachwelt zurufen würde.

Pfiat's Euch!

Euer Butzele, Bub und Vatter

Neunter Tag

»Himmelarsch, wir müssen halt Beweise finden, die auch den Richter und den Staatsanwalt überzeugen, und dann mach mer den Sack zu!«, schimpfte Kluftinger und fand selbst, dass er ein wenig nach Lodenbacher klang. Mittlerweile war es schon später Vormittag, in gut einer Stunde müssten sie das Ehepaar Fink wieder laufen lassen.

Sein kleiner Wutausbruch führte sofort zur Intensivierung des Drucks in seiner Brust, der heute Morgen eigentlich noch ganz erträglich gewesen war. Beim Blick in den Spiegel allerdings war er angesichts seiner dunklen Augenringe erschrocken.

»Glaubst du denn wirklich, dass sie es waren?«, warf Strobl ein.

»Was ich glaub, ist nicht wichtig.«

»Schon, aber du hast dich sonst immer auf dein Gefühl verlassen.«

»Ich hab irgendwie keine Intuition bei diesem ganzen Schlamassel. Das ist mir viel zu wirr alles. Keine Ahnung, wie das alles zusammenhängen soll.«

Die anderen zuckten mit den Schultern.

»Ich mein, die Täter müssen auf ihre Opfer einen Riesenhass gehabt haben, sonst hätten sie nicht alle so zugerichtet. Was also haben die ihnen angetan? Ich will nicht glauben, dass die nur aus Mordlust gehandelt haben. Wieso sollte es denn ausgerechnet diese Leute treffen?« Kluftinger lief nervös auf und ab. Niemand sprach ein Wort. »Also, was haben die alle gemeinsam? Na?«

Keine Reaktion.

»Irgendwie hat immer alles mit Herz zu tun, oder? Der Herzspezialist, der Taxifahrer, dem durchs Herz geschossen wird, der Versicherungsmakler, dessen Herz im Kühlschrank liegt ...«

»Was wir sicher sagen können, ist: Nach ihrem Tod hatten sie alle ein massives Herzproblem«, sagte Hefele bitter grinsend in die Runde. Kluftinger schluckte. Seine gesundheitlichen Probleme ließen ihn einfach nicht los. Sofort waren all die schrecklichen Gedanken wieder da. Und auch die Schmerzen. Aber konnte das sein? Nur, weil er daran dachte? Er musste sich wirklich zusammenreißen. »Schon. Aber was ist vorher gewesen? Beim Arzt ist es klar, aber wie sieht's beim Taxifahrer aus? Richard?«

Maier stand wortlos auf und ging an einen der Computer. Dabei kniete er sich auf einen der Stühle – ein groteskes Bild, fand Kluftinger.

»Unglaublich!«, tönte Maier nur wenig später. »Volltreffer, Chef! Der Mann hatte eine Herztransplantation – die ist gerade mal ein Jahr her!«

»Wie bitte? Das gibt's doch nicht.« Er eilte zu Maier und schaute ihm von hinten über die Schulter. »Und wieso weiß ich das nicht schon längst? So ein Zusammenhang muss euch doch auffallen, das ist doch eine riesige Schlamperei. Verlasst euch halt nicht immer nur auf mich, zefix!«

Die Kollegen saßen bedröppelt da.

»Das stellt doch alles in ein ganz neues Licht. Jetzt haben wir sogar zum Taximord einen eindeutigen Bezug. Herrschaftszeiten, warum haben wir das nicht früher erfahren?«

»Weil's nicht relevant war«, verteidigte sich Maier.

»Hast du's etwa gewusst?«

»Nein, das nicht, aber es war ja wirklich nicht von Bedeutung. Ich mein, wenn dir einer ins Herz schießt, dann bist du tot, Transplantation hin oder her.«

»Richie, komm, jetzt hör dir doch mal zu. Das kannst du doch

nicht ernst meinen, was du da sagst. Wenn jemandem ins Herz
geschossen wird, dem das vor einiger Zeit eingesetzt worden ist,
dann hat das natürlich ein ganz anderes G'schmäckle, als wenn
da nix war vorher.«

Keiner widersprach.

»Also, dann, hopp, mal ein bissle Einsatz, die Herren! Wir
müssen rauskriegen, ob der Versicherungsheini auch ein Herzproblem gehabt hat. Und wir müssen das Rätsel lösen, wer die
Person ist, die all diese Opfer verbindet.« Kluftinger ging zur
Pinnwand und machte eine vage Handbewegung. »Wo ist der
Punkt, wo sich die Lebenslinien dieser Menschen kreuzen? Da
müss mer jetzt weiterkommen, sonst hat der Willi irgendwann
ein Streichholzheftchen mit gar keinen Hölzern in einem Asservatenbeutel.«

»Also zählt er doch bis null runter?«, mischte sich Maier ein.

»Herrschaft, jetzt lass mich doch mit deinen Zahlenspielen
zufrieden. Ihr wisst schon, was ich mein.«

Sie sahen ihn mit großen Augen an. Kluftinger erinnerte sich
daran, dass er doch vorgehabt hatte, seine Leute zu motivieren.
Also fügte er an: »Ist doch toll, Männer. Versteht ihr nicht? Das
ist der Zusammenhang, den wir so lange gesucht haben. Auch
wenn wir jetzt scheinbar noch nicht viel mehr wissen: Das wird
uns unweigerlich zu den Tätern führen.« Von seinen eigenen
Worten mitgerissen, fuhr er fort: »So, und jetzt knöpf ich mir
noch mal die Finks vor. Irgendwas muss doch da noch gehen!«

Auf seine Verhörfertigkeit war Kluftinger einigermaßen stolz.
Dabei hatte er, im Gegensatz zu manch anderen Kollegen, weder
dicke Fachbücher über Verhörtechniken gewälzt noch reihen-
weise Kurse dazu besucht. Er verließ sich einfach auf seine Intuition. Und die hatte ihm schon einige spektakuläre Erfolge
beschert, von denen man in der Dienststelle heute noch sprach.

Dennoch war die heutige Befragung in mehrfacher Hinsicht
heikel: Das eigentliche Verhör war geführt und hatte nichts er-

geben. Nun galt es, doch ein bisschen die Hierarchiekarte aus-
zuspielen. Allerdings auf eine Art und Weise, die sich am Rande
des Erlaubten bewegte, denn die Täuschung eines Verdächtigen
war unzulässig. Er konnte nicht einfach sagen: »Wir haben die
Beweise zusammen, Sie brauchen gar nichts mehr zu sagen, wir
wissen, dass Sie es waren!« Auch wenn das manchmal ungemein
hilfreich wäre. Man konnte dieses Verbot aber durchaus ein bisschen dehnen, und genau das hatte Kluftinger nun vor.

Er betrat den Raum, in dem Fink bereits auf ihn wartete. Instinktiv blickte der Kommissar zu der kleinen Kamera, die im
Rücken des Verdächtigen unauffällig an der Decke angebracht
war. Er wusste, dass seine Kollegen ihm nun zusahen, und er
wusste, dass sie wie er auf ein verwertbares Ergebnis hofften.
Sollte das ausbleiben, müssten sie den Schießbudenbetreiber und
seine Frau gehen lassen.

»Guten Morgen, Herr Fink.«

Der Mann brummte etwas, das wie »Mrgn« klang.

»Haben Sie gut geschlafen?« Kluftinger spürte förmlich, wie
die Kollegen am Bildschirm die Gesichter verzogen. Er ärgerte
sich wegen dieses unglücklichen Einstiegs. Natürlich hatte Fink
nicht gut geschlafen, und er würde die Frage entweder als Provo-
kation auffassen oder einfach mit einem »Nein« antworten. Und
ein Nein war so ziemlich der schlechteste Start, den man sich für
eine Vernehmung vorstellen konnte.

»Geht so«, antwortete der Mann überraschenderweise, was
Kluftinger beruhigte. Er hätte gut und gerne sofort »dichtmachen« können, doch die Nacht in der Untersuchungshaft
hatte offenbar Wirkung gezeigt. Seine Einstiegsfrage war wider
Erwarten also genau richtig gewesen.

»Herr Fink, ich will offen zu Ihnen sein.« Das war gut, es
signalisierte Ehrlichkeit. Deutete an, dass man, selbst auf die
Gefahr hin, keine weiteren Informationen zu erhalten, an einem
partnerschaftlichen Gespräch interessiert war.

Fink sah skeptisch auf.

»Wir haben den Zusammenhang zwischen den Morden aufgedeckt.« Diese Formulierung hatte sich der Kommissar auf dem Weg in den Vernehmungsraum genau überlegt. Es war keine Lüge: Sie wussten um Zusammenhänge. Ob Fink damit zu tun hatte, konnten sie nur mutmaßen, aber das hatte er auch gar nicht unterstellt. Der Mann vor ihm reagierte jedoch völlig anders als gedacht.

»Dann wissen Sie also, dass ich nichts damit zu tun hab?« In seinem Blick lag Hoffnung.

Kruzinesn. Das war ja wirklich eine harte Nuss.

»Nein, das hab ich nicht gesagt. Sie müssen mir zuhören. Wir wissen, *warum* die drei Männer umgebracht worden sind. Der Taxifahrer. Der Arzt. Und der Versicherungsmakler.«

Er wartete auf eine Reaktion, die jedoch ausblieb. Fink schien gespannt, wie Kluftinger fortfahren würde. »Es gab nur noch ein paar offene Fragen, gerade was den Mord am Taxifahrer angeht. Aber auch hier konnten wir die Zweifel ausräumen. Wir haben ja auch Ihre Frau vernommen. Der Junkie, den man auf jemanden ansetzt, den man loshaben will. Nicht schlecht. Man sagt dem armen Teufel einfach, da gibt es was zu holen – und schon muss man sich die Finger nicht mehr schmutzig machen.«

Kluftinger blickte in ein leeres Gesicht.

»Das mit den Streichhölzern, das ist schon eine ganz raffinierte Masche gewesen, das muss ich zugeben.« Würde er ihn durch diese Schmeichelei aus der Reserve locken?

»Ich nehm immer ein Feuerzeug. Das heißt, ich hab's ja gestern abgeben müssen. Aber sonst halt.«

Der Kommissar atmete tief durch. Seine Strategie war gescheitert. Also beschloss er, in die Vollen zu gehen: »Wie schon gesagt, wir kennen ja die Zusammenhänge. Aber bei einer Sache müssen Sie mir helfen.«

Fink sah ihn weiter ausdruckslos an. Kluftinger versuchte es dennoch. »Warum so brutal? Warum dieses Blutbad?«

Fink schüttelte den Kopf, seine Kiefermuskeln zuckten.

»Ich will Sie doch bloß verstehen! Vielleicht kann ich Ihnen helfen.«

»Helfen? Sie?«

Kluftinger schürzte die Lippen. Das zumindest schien auf Finks Interesse zu stoßen. »Natürlich. Erstens gibt es ja sicher einen guten Grund, weshalb es zu diesen Taten kam. Kaum jemand tötet aus Spaß. Man wird auch zum Mörder gemacht. Und ich möchte nicht meine Hand dafür ins Feuer legen, dass es nicht Umstände geben könnte, in denen auch ich …«

Fink lachte kurz und bitter auf.

»Sehen Sie, wenn wir nachvollziehen können, warum es zu den Taten kam, dann erst können wir auch Sie verstehen. Vertrauen Sie sich mir an. Haben Sie Angst vor dem Gefängnis?«

Keine Reaktion.

»Wenn es um Ihr Geschäft geht, ich kann da schon schauen, dass das abgewickelt wird für die Dauer Ihrer Haft.«

»Wissen Sie was? Wenn Sie sich doch so sicher sind, dass ich jemanden umgebracht hab, dann legen Sie einfach Ihre Beweise auf den Tisch. Es gibt ja immerhin auch Richter hier im Land, die das entscheiden. Ich kann Ihnen nur sagen, ich hab damit nix zu tun.«

Entweder war der Mann ein guter Schauspieler, oder er wusste tatsächlich nichts. So oder so, das Ergebnis war fürs Erste dasselbe: Sie würden ihn laufen lassen müssen.

»Und, was hatte der Hübner denn mit dem Herzen?«, fragte Kluftinger in die Runde, und als die Kollegen nicht reagierten, schob er nach: »Habt ihr irgendeinen Zusammenhang mit unserer Herzthematik gefunden?«

»Na ja«, begann Hefele, »ich würd's mal so sagen: Er war nicht erst nach dem Mord ziemlich herzlos. Und kalt, sonst wäre wahrscheinlich sein Herz nicht im Gefrierfach gelandet.«

Kluftinger musterte ihn kritisch. »Was heißt das?«

»Das heißt, dass er ein ziemlich ausgebuffter Versicherungsmakler war. Wenn man seine Fälle mal so durchgeht, und das haben wir gemacht, dann stößt man immer wieder auf Abschlüsse von Krankenversicherungen, die dann wenig später Anlass zu Beschwerden gegeben haben.«

»Im Klartext?«

»Hübner scheint immer wieder eine bestimmte Klientel gesucht zu haben. Neben ganz normalen Versicherungen sind das auffallend häufig Neuabschlüsse von privaten Krankenversicherungen für so Kleingewerbetreibende, Kleinstunternehmer, Freiberufler. Diese Versicherungen, meist mit Sitz im Ausland, haben einen ziemlich geringen monatlichen Beitrag, viele von denen hätten sich ja gar nicht mehr leisten können. Aber: Die Versicherungen sind unter einem seltsamen Vorbehalt von Vorerkrankungen abgeschlossen. Ich hab immer gedacht, das geht gar nicht, aber bei denen stand das im Kleingedruckten. Deswegen konnten die es meistens so hindrehen, dass, wenn die Leute ernsthaft krank wurden und die Versicherungen große Zahlungen hätten leisten müssen, es dann geheißen hat: Tut uns leid, Vorerkrankung. Die Versicherungsunternehmen waren fein raus. Und wenn die aus dem Ausland waren, dann hast du juristisch ja kaum eine Chance, allein, was ein Anwalt kostet, der sich mit den Gesetzen da auskennt! Dafür aber war das Ding, wie gesagt, recht günstig, und die Leute haben keine Gesundheitsprüfung gebraucht. Und waren auf dem Papier krankenversichert. Bei einem Schnupfen hätt's wahrscheinlich auch keine Probleme gegeben.«

»Und das ist legal?«, erkundigte sich Strobl.

»Na ja, schwer zu sagen. Das sind ja privatwirtschaftliche Verträge. Da könnte man halt mit Sittenwidrigkeit argumentieren. Klar haben sich ab und zu Patienten beschwert, aber meist keine weiteren Schritte unternommen. Zumindest geht da kaum was aus Hübners Unterlagen hervor. Wenn du mich fragst: Das wär mal eine ganz eigene Ermittlung auch im Hinblick auf die Institute wert, deren Versicherungen er da vermittelt hat. Ich meine: Kann denen was Besseres passieren? Sie haben einen Kunden, aber müssen, wenn's drauf ankommt, nix zahlen. Also, das müsst doch mit dem Teufel zugehen, wenn die nicht irgendwie getrickst haben.«

Die anderen nickten.

Hefele fuhr fort: »Was ich aber gefunden hab, sind massenweise Kärtchen, auf denen er für Versicherungsabschlüsse ohne Gesundheitsprüfung wirbt.«

»Ich hab übrigens auch ein bisschen Fleißarbeit gemacht«, verkündete Richard Maier und drückte auf der Tastatur seines Laptops herum. Die Augen der Kollegen richteten sich auf ihn, doch er schien sich nicht weiter äußern zu wollen.

»Hast du uns ein Bild gemalt?«, fragte Strobl nach einer Weile. »Oder hat der kleine Richie mal wieder einen Film gedreht, den er uns jetzt zeigen will?«, gab Hefele beifallheischend zum Besten, während Maier immer hektischer auf dem Computer herumfuhrwerkte, wobei ihm ein leises »Scheiße!« entfuhr.

Kluftinger ließ sich schließlich zu der Mutmaßung hinreißen, der Kollege habe möglicherweise zu Hause einen Kuchen gebacken und an die Büroadresse gemailt, habe nun aber Probleme, ihn herunterzuladen.

»Sehr nett, Kollegen.« Maier klappte den Computer zu. »Ich habe eine Aufstellung aus den Akten von Hübner gemacht, die zeigt, wie viele von seinen Kunden herzkrank waren. Aber ich glaube, ich hab vergessen, die Tabelle zu speichern.« Er räusperte sich verlegen.

»Und wie sieht das Ergebnis aus? Wie viele waren es?«, insistierte der Kommissar.

»Also … schon einige.«

»Schon einige?«, fragte Hefele. »Das ist das Ergebnis deiner Arbeit in der letzten Stunde? Respekt, Richie. Morgen bring ich dir ein Fleißbildchen mit!«

Maier schaute so ehrlich betroffen drein, dass in Kluftinger eine Art Beschützerinstinkt erwachte. »Aber das kann ja jedem mal passieren, Richard«, wiegelte er daher ab. »Ich will jedenfalls, dass ihr seine Kunden kategorisiert: Wer hatte engeren Kontakt zu ihm, wer hatte Ärger mit ihm, und – das wär natürlich eine

Art Volltreffer – war vielleicht jemand in Oberstaufen in Behandlung?«

»Und ist möglicherweise auch noch mit dem Taxi dahin gefahren …«, fügte Strobl mit bitterem Grinsen an.

Kluftinger war völlig gerädert, als er nach Hause fuhr. Eingestehen wollte er sich das jedoch nicht, seit er auf einer dieser Gesundheitsseiten im Internet gelesen hatte, ein Gefühl völliger Abgeschlagenheit könne Anzeichen für einen Herzinfarkt sein. Als er sah, wohin ihn sein Unterbewusstsein gelenkt hatte, erschrak er ein bisschen: Er hatte nicht etwa den direkten Weg nach Hause genommen, sondern war wie selbstverständlich in die Kirchstraße eingebogen. Nun stand er mit laufendem Motor auf dem Vorplatz des Gotteshauses und wusste nicht so recht, was er tun sollte. Schließlich entschloss er sich, auszusteigen; ein Gebet mehr konnte ja nicht schaden.

Während er jedoch gerade eine Kerze entzündete und das Geld dafür klimpernd in den Opferstock fiel, öffnete sich die Tür zur Sakristei, und der Pfarrer kam herein. Kluftinger ärgerte sich nun doch, dass er nicht gleich nach Hause gefahren war. Dem Geistlichen hatte er wirklich nicht begegnen wollen. Außerdem wunderte er sich, dass der überhaupt noch hier war, hatte er doch gelesen, dass bald ein jüngerer Kollege die Pfarrei übernehmen sollte. Beim fortgeschrittenen Alter des Geistlichen war das auch wirklich an der Zeit. Aber offensichtlich war es noch nicht so weit, und Kluftinger waren auf dem Weg dorthin noch ein paar Prüfungen auferlegt. Er bemühte sich gar nicht, sich in einer tief gebückten Demutshaltung vor dem in eine schwarze Soutane gekleideten Mann zu verstecken. Er wusste, dass der Pfarrer sehr genau registrierte, wer in der Kirche aus und ein ging, und bestimmt vermutete, dass er nicht zufällig hereingekommen war.

»Ja, so was, das gibt's doch gar nicht!« Der Ruf des Priesters hallte von den Kirchenwänden wider. »Der große Kommissar in meiner bescheidenen Hütte.«

»Wohl eher die Hütte vom Chef, oder?« Kluftinger vermied es, den Pfarrer direkt anzusprechen. Zwar duzte ihn der Geistliche, allerdings rührte das noch aus alten Ministrantentagen her. Kluftinger dagegen scheute vor der vertraulichen Anrede zurück. Das lag wohl ebenfalls in seiner Zeit als Messdiener begründet, denn der Pfarrer hatte mit strengem Regiment und der ein oder anderen Backpfeife dafür gesorgt, dass der Respekt – und in manchen Fällen sogar die Angst – vor ihm die Jahre überdauert hatte.

»Na, was treibt dich her? Eheprobleme? Geldsorgen? Oder geht das Böse wieder um?«

Kluftinger spannte die Kiefermuskeln an. Der Mann schaffte es immer wieder innerhalb kürzester Zeit, dass er um Fassung ringen musste. »Er treibt mich her«, sagte der Kommissar mit Blick nach oben. Das nahm dem Geistlichen ein wenig den Wind aus den Segeln, und er setzte sich auf die Bank hinter Kluftinger.

»Ja, Seine Wege sind verschlungen. Also, wie geht's dir?«

»Ganz gut. Und selbst?«

»Hm, bisschen viel Beerdigungen in letzter Zeit.«

Kluftinger lächelte bitter. »Bei mir auch.«

Die Turmglocken schlugen zur vollen Stunde und hallten im Inneren des Kirchenschiffs dröhnend wider. Die Männer saßen schweigend da und lauschten, bis der letzte Ton verklungen war.

Kluftinger fasste in seine Tasche und spielte mit dem Zettel, der sich dort befand. Er rang einen Moment mit sich, ob er den Pfarrer darauf ansprechen sollte. »Ich hab da was, da bräucht ich mal Hilfe«, begann er schließlich. »Von einem Experten, sozusagen.« Er reichte das Papier nach hinten.

»Mein Vermächtnis«, las der Priester laut vor, und der Kommissar meinte, einen ironischen Unterton aus seiner Stimme herauszuhören. Sofort bereute er, dieses intime Dokument einem Außenstehenden ausgehändigt zu haben. Andererseits kannte sich mit der Thematik wohl kaum jemand so gut aus wie der Pfarrer. Zudem kostete dessen Expertise nichts, abgesehen von der Kirchensteuer.

Der Geistliche las das Testament sorgfältig durch, bewegte dabei die Lippen, ohne die Worte laut auszusprechen, schmunzelte hin und wieder und blickte den Kommissar ab und zu streng an. Dann zog er einen Bleistift heraus und begann nun, mit süffisantem Grinsen zu korrigieren. Als er jedoch einige Dinge großzügig durchstrich und durch andere Passagen ersetzte, stieg in Kluftinger die kalte Wut hoch.

Er war doch kein Schuljunge mehr, dessen Hausaufgabe es zu verbessern galt. Noch dazu handelte es sich um ein Schriftstück, in dem er sein Innerstes nach außen kehrte. Gedanklich formulierte er ein leidenschaftliches Stoßgebet, dass der Herr doch ein Einsehen haben möge mit ihm, dass er doch schon auf einem guten Weg sei, dass er ihn aus dieser Situation …

In diesem Moment stimmte Kluftingers Handy die Bayernhymne an.

Sofort bewölkte sich das Gesicht des Geistlichen, und er funkelte Kluftinger mit einer Miene an, die nach Fegefeuer und Jüngstem Gericht aussah. Der Kommissar jedoch war ganz entspannt, denn hier schien ja der Herr direkt auf sein Gebet geantwortet zu haben.

»Ja, Kluftinger«, sagte er in den Hörer. »Was? Einen Kreuztreffer? Nein, nein, passt wunderbar. Ich bin sofort bei euch.« Er stand rasch auf und riss dem Pfarrer das Papier aus den Fingern. »Ich lass es dann daheim vom Papa unterschreiben und bring's wieder, Herr Pfarrer.«

»Aber bedenke: Auch die Kirche ist auf Spenden angewiesen. Ein kleiner, diesbezüglicher Vermerk im Testament sollte bei keinem gläubigen Katholiken fehlen«, rief ihm der Pfarrer hinterher, als er zum Ausgang eilte. »Wird dir auf die Zeit im Fegefeuer angerechnet werden. Und lass dich mal wieder in der Messe sehen – auch das Ritual des Gottesdienstes kann Trost in schwerer Zeit sein!«

Dann tauchte der Kommissar zwei Finger in den Weihwasserkessel, deutete ein schludriges Kreuzzeichen an, weil er wusste, dass der Pfarrer das hasste, und verließ die Kirche.

»Schau, das muss das Auto von diesem Baur sein!«
Strobl zeigte auf einen alten lindgrünen Mercedes-Kombi, der vor einer Wellblechgarage im Hinterhof parkte. Vinzent Baur war bei Doktor Steiner in Behandlung gewesen, hatte sogar an dessen Testreihe teilgenommen. Er wohnte mitten in Kempten, unweit des Königsplatzes. Der Jahrmarkt war als dröhnende Geräuschkulisse präsent, und hinter dem riegelförmigen Betonbau aus den siebziger Jahren zuckten immer wieder bunte Lichter hervor. Kluftinger ging in die Hocke und suchte den Boden unter dem Wagen ab.

»Kein Tropfen Öl«, erklärte er.

Da öffnete sich im ersten Stock eine Wohnungstür, die wie alle anderen auf einen offenen Gang führte, von dem man den Hof einsehen konnte. Heraus trat ein Mann, etwa in Kluftingers Alter, einen Trachtenjanker über einem weißen Unterhemd, Jogginghose, die nackten Füße in Sandalen. »Was machen Sie an meinem Auto?«, rief er ihnen zu.

»Sind Sie Vinzent Baur?«

»Schon mein ganzes Leben lang, ja. Was gibt's denn?«

Der Kommissar wollte sich schon über den Hof schreiend vorstellen, besann sich aber eines Besseren, hob eine Hand und stieg hinter Strobl die Außentreppe hoch. »Ein schönes Auto haben Sie da, Herr Baur«, begann er oben im Plauderton.

»Schön, ja von wegen! Ein alter Bock ist das. Der ist bald dreißig Jahre. Ich kann mir halt keinen neueren leisten. Und fahren kann ich in meinem jetzigen Zustand eh nicht. So schaut's aus.«

Der Kommissar stutzte. Der Kombi war ungefähr so alt wie sein geliebter Passat.

»Aber Sie werden kaum wegen meinem alten Daimler gekommen sein, oder?«

»Nein, wir sind von der Kriminalpolizei. Mein Name ist Kluftinger, das ist Hauptkommissar Strobl. Wir wollten uns nur ein bissle unterhalten mit Ihnen.«

»Aha. Um was soll's denn da gehen?«

»Könnten wir drinnen sprechen, Herr Baur?«

Sie traten in eine kleine Wohnung, von deren Korridor ein Wohnzimmer mit der obligatorischen Eichenwand abging. Sofort fiel Kluftinger ein vertrauter Geruch auf.

»So, hat's Kässpatzen gegeben bei Ihnen?«, fragte er.

»Wie immer am Dienstagabend. Früher hat sie mir meine Frau immer gemacht. Jetzt gibt es keine Frau mehr.«

Irgendwie kam ihm das alles ziemlich bekannt vor. »Was machen Sie denn beruflich, Herr Baur?«, wollte Strobl wissen, als sie auf der ledernen Couchgarnitur Platz genommen hatten.

»Gar nix mehr«, brummte er bitter, »ich hab da drüben im Finanzamt fünfunddreißig Jahre meinen Dienst versehen, alles war gut. Bis ich's dann auf dem Herzen bekommen hab. Dann war's schnell vorbei mit der Arbeit. Da ging nix mehr.«

»Wie lange ist es denn her, dass Sie krank geworden sind?«

»Ziemlich genau drei Jahre. Es hat alles mit so einem Stechen im Brustkorb angefangen«, begann der Mann, und Kluftinger hörte ihm gebannt zu, »dann bin ich halt mal zum Doktor, hab ein EKG machen lassen, und da haben sie dann was gefunden. Der Arzt hat gesagt, ich soll abnehmen, mich gesünder ernähren, der ganze Schmarrn. Das hilft doch hinten und vorn nix! Wenn die Pumpe nicht mehr will, dann hast du nicht mehr viel zu lachen.«

Der Kommissar wurde bleich.

»Ich hab nie groß Ärzte gebraucht vorher, und irgendwann, mit dreiundfünfzig, hab ich mich neu versichert. Privat.«

»Beim Herrn Hübner«, ergänzte Strobl.

Baur sah ihn verblüfft an. »Genau. Der Hübner, der hat mir so eine Drecksversicherung angedreht, die bei Vorerkrankungen fast nix zahlt. Da war ich verratzt! Ich hätt ein sauteures Ding gebraucht, wissen Sie, das meine Rhythmusstörungen von innen mit Elektroschocks ... na, führt vielleicht auch zu weit jetzt. Jedenfalls ... so einen Defi. Ich geh da hin und sag, ich bin ja privatversichert! Ja, von wegen. Den Kopf haben sie geschüttelt und gesagt, ich müsste das selber zahlen.«

»Und dann haben Sie sich bei Doktor Steiner in Behandlung begeben?«, fragte Strobl.

»Der Kardiologe, bei dem ich immer war, der hat mir den empfohlen. Der Steiner hat ein Medikament getestet – und dafür haben sie Probanden gesucht. Ich hab mich gefreut: Das war wie für meine Situation gemacht. Hat ja nix gekostet, und ich hab keinen Defibrillator gebraucht. Das hat zumindest der Steiner am Anfang gesagt. Das war ein bissle komisch, weil die meisten anderen so ein Gerät eingepflanzt hatten und gleichzeitig das Medikament gekriegt haben. Nein, sagt der Steiner, in meinem Fall kann man auf diesen Defi verzichten. Aber hingehauen hat das nicht. Im Gegenteil: Meine Rhythmusstörungen haben zugenommen, so sehr, dass ich's kaum ausgehalten hab. Dauernd dieses Beklommenheitsgefühl.«

»Beklommenheitsgefühl? Und wie ging's dann weiter?«, fragte Kluftinger mit trockenem Mund.

»Irgendwann bin ich aus dem Programm ausgestiegen. Ich bin immer wieder bewusstlos geworden, das hat dann auch der Steiner nicht mehr übersehen können. Er hat einfach nur gesagt, wenn ich nicht an die Sache glaub, dann muss ich's halt lassen. Als ich gesagt hab, ich will raus und will auch den Defi, wollt er nix mehr von mir wissen. Ich bin wieder zu meinem alten Kardiologen und hab mir so ein Gerät einpflanzen lassen. AICD heißt das. Das ist die Hölle auf Erden, aber es verhindert, dass ich irgendwann über den Jordan geh bei so einer Rhythmusstörung. Denn die wird durch einen Stromschlag beendet. Können Sie sich vorstellen, wie es ist, wenn man Ihnen bei vollem Bewusstsein einen Schlag mit dem Defi gibt? Ein Scheißleben ist das. Das Ding rettet mir das Leben und hat es doch auch völlig zerstört.«

Die Beamten schwiegen betreten.

»Mit der Privatoperation, die ich dann aus eigener Tasche gezahlt hab, hat alles angefangen: Wir haben spät gebaut, ich hab die Kredite nicht mehr zahlen können, die haben mir doch das Gehalt zusammengestrichen. Ich will nicht ins Detail gehen, das

Ergebnis ist schon traurig genug – Haus weg, Frau weg, Geld weg und eine miese Pension! Drum bin ich hier in die kleine Wohnung gezogen. Ich krieg nach fünf Treppenstufen schon Herzrasen, und wenn ich zum Einkaufen geh, muss ich alle zwei Minuten Pause machen, weil ich's nicht mehr verschnaufe. Wie ein Neunzigjähriger! Meine Frau lebt jetzt in Spanien mit einem Doktor zusammen. Wenigstens mein Sohn, der Martin, kümmert sich noch ab und zu um mich.«

Kluftinger blies hörbar die Luft aus. Würde auch er einmal so enden? Unwahrscheinlich, beruhigte er sich, immerhin hatte er eine intakte Ehe. Glaubte er zumindest. Und er war vernünftig versichert, das Haus war bezahlt.

Er versuchte, sich wieder auf seine Arbeit zu konzentrieren: Hatte diese Reihe von Schicksalsschlägen ausgereicht, Baur irgendwann austicken zu lassen? Alle zu töten, die für sein Leid verantwortlich waren? Doch was war dann mit dem Taximord? Und vor allem: Wenn er wirklich in einer so desolaten gesundheitlichen Verfassung war, wie könnte er dann solche brutalen Taten begehen? Oder hatte er sie nur geplant und andere ausführen lassen?

Kluftinger musterte Baur: ein gebrochener, nein, nicht nur das, ein gebrechlicher Mann. Ein Mann, zu dem diese Morde ganz und gar nicht passen wollten. Ein braver, kleiner Finanzbeamter … Aber was hieß das schon? War er nur ein guter Schauspieler, der vorgab, von Krankheit und Ärger so sehr gezeichnet zu sein? War er fitter, als es schien? Der Kommissar beschloss, beim Staatsanwalt Einsicht in die Krankenakten zu beantragen, um seine Aussagen zu überprüfen.

»Wissen Sie«, sagte Baur, »manchmal denk ich, es wär besser gewesen, mich hätt's auch irgendwann erwischt bei so einer beschissenen Rhythmusstörung. Wie die Frau Burlitz, die hat's hinter sich.«

»Wer ist denn das?«, fragte der Kommissar.

»Die Frau Burlitz? Die gleiche Diagnose und die gleiche Drecksversicherung. Auch vom Hübner übrigens.«

»Sie meinen, es gibt noch mehr Menschen mit … Ihrem Schicksal?«

»Davon können Sie ausgehen. Aber das finden Sie ja bestimmt raus, oder? Ich kann das nur für die Frau Burlitz sagen. Wir haben uns immer wieder getroffen, in der Sprechstunde vom Steiner. Nette ältere Frau. Der ist es genauso gegangen wie mir. Nur dass es bei der am nötigen Geld für einen Defi gefehlt hat. Bei uns, in unserer ach so hoch entwickelten Bundesrepublik, gibt's das. Eine Schande! Bis die sich erst mal das Geld für die OP beim Sozialamt zurückgeholt hätt … Also ist sie auch zum Steiner gekommen. Und bumm, irgendwann war sie weg, die Frau Burlitz. Einfach so. Die Kinder haben mich angerufen und es mir gesagt. Das war schon schlimm für die, soviel ich weiß, hat sich ihr Mann gar nicht allzu lang davor das Leben genommen. Ich sag's ja, wenn einen das Unglück mal am Wickel hat, lässt es einen nimmer aus.«

»Sag mal, Eugen, habt ihr diese Frau auch schon in den Unterlagen vom Hübner gefunden?«

»Burlitz? Hm, nein, nicht dass ich wüsste.«

»Herr Baur, wie lange ist das denn her mit ihrem Tod?«

»Ein paar Monate, ein Jahr vielleicht.«

»Wahrscheinlich werden die Akten dann abgeschlossen und gehen zu den Versicherungsunternehmen ins Archiv«, mutmaßte Strobl.

»Wenn Sie was über die Frau Burlitz wissen wollen: Die Tochter von ihr arbeitet in einer Putzkolonne oben im Stadtkrankenhaus. Also im Klinikum, wie es jetzt heißt. Ich seh sie manchmal morgens, wenn ich zur Wassergymnastik muss.«

Kluftinger nickte. Vielleicht würde er einmal mit ihr reden.

In diesem Moment surrte die Türglocke.

»Das wird mein Martin sein«, erklärte Baur, erhob sich jedoch nicht vom Sofa. Stattdessen hörte man den Schlüssel im Schloss der Wohnungstür.

»Vatter? Bist du dahoim?«, tönte es kurz darauf aus dem Gang.

Ein junger Mann betrat den Raum, vielleicht Mitte zwanzig. Er schien ein wenig verwundert über die Besucher, die er nickend grüßte.

»Die Herren sind von der Polizei, Martin. Sie wollen was über den Doktor Steiner aus Oberstaufen wissen und über diesen Versicherungsheini. Stell dir vor, die sind umgebracht worden.«

»Nix anderes hat er verdient. Aber reg dich bloß nicht zu sehr auf, Vatter, du weißt ja, dass du dich schonen musst.« Dann wandte er sich an die Polizisten. »Wie Sie wissen, ist mein Vater schwer herzkrank, bitte nehmen Sie Rücksicht darauf, ja? Wenn Sie sich ein bissle kurz fassen würden«, sagte er in forschem Ton. »Ich geh rüber in die Küche und räum auf, Vatter!«

Baur lächelte ihn dankbar an.

Keine fünf Minuten später fuhr der Kommissar wieder in Richtung Altusried. Versuchte, die neuen Aspekte in ihre bisherige Ermittlung einzuordnen. Waren sie mit den Jahrmarktsleuten einfach auf eine falsche Fährte geraten? Gab es da gar keinen Zusammenhang? Und was war mit Baurs Sohn? Konnte es sein, dass dieser treusorgende Junge das Unglück seines Vaters rächen wollte? Er hatte ein Alibi für die Mordnächte angegeben, aber überprüft war es noch nicht. Er würde Martin Baur jedenfalls noch einmal getrennt vom Vater vernehmen, dann würde man schon sehen. Und am nächsten Morgen würde er sich mit dieser Frau Burlitz unterhalten. Er hoffte nur, dass ihn das ein wenig weiterbringen und nicht wieder in eine ganz neue Richtung lenken würde. Langsam wurden die ständige Unsicherheit und diese immer neuen Wendungen zur echten Belastungsprobe.

Es war schon spät, als er die Wohnung betrat, also sparte er sich seinen Feierabend-Schlachtruf. Er wäre wohl auch nicht mehr dazu in der Lage gewesen: Hatte er sich schon bei seiner ersten Heimfahrt heute wie erschlagen gefühlt, so spürte er nun ganz deutlich, dass er krank war. Nicht mehr belastbar. Er hörte den

Fernseher aus dem Wohnzimmer und vermutete, dass Erika bereits bei einer ihrer Lieblingssendungen – entweder der Magazinsendung »mit diesem Moderator, der wo so nett lächelt« oder dieser Talkshow im Zweiten »mit diesem Moderator, der wo so nett aussieht« – eingeschlafen war. Als er die Tür jedoch öffnete, saß da nur sein Sohn auf der Couch, die Beine in Schlafanzughosen auf das Tischchen gelegt, den Blick gelangweilt auf die Mattscheibe gerichtet. Ohne ein Wort zu sagen, aber mit einem Seufzer, der aus dem tiefsten Inneren kam, ließ Kluftinger sich in seinen Sessel plumpsen.

Sie saßen eine Weile nebeneinander und guckten sich wortlos jene Magazinsendung an, in der es heute um die Zukunft des Urheberrechts ging, ein Thema, das Kluftinger ungefähr so sehr interessierte wie Schuppenflechte bei Lipizzanerpferden. Trotzdem blieb er sitzen. Seit sie die Wohnung von Vinzent Baur vorhin verlassen hatten, hatte sich dieses Gefühl in ihm eingenistet, ein Unbehagen, das noch nicht richtig greifbar war. Doch jetzt, hier neben Markus auf dem Fernsehsessel, wurde ihm plötzlich klar, was ihn umtrieb. Es war das Bild, das sich ihm dort in der kleinen Wohnung in Kempten geboten hatte: der todkranke Mann, der nur noch seinen Sohn hatte, der sich um ihn kümmerte. Und der das sogar gern zu tun schien.

Wie würde das bei ihnen laufen, wenn er … Nein, er wollte seinem Kind nie zur Last fallen. Aber zu wissen, dass es jemanden gab, der für einen da war, war eine beruhigende Vorstellung. Die ständigen Kabbeleien zwischen ihm und Markus, die schon zur Routine geworden waren, erschienen ihm in diesem Moment albern und unnütz. Musste man denn nicht die wenige gemeinsame Zeit genießen? Es musste doch noch einen anderen Weg für Vater und Sohn geben, zusammenzufinden, als eine todbringende Krankheit.

Mitten in diese Überlegungen hinein richtete sich Markus ein wenig auf und schob die zweite Bierflasche, die er sich bereitgestellt hatte, ein Stück nach links. In seine Richtung. Kluftinger bekam einen Kloß im Hals. Diese kleine Geste berührte ihn mit

einer emotionalen Wucht, wie er sie lange nicht gespürt hatte.
Was war zurzeit nur mit ihm los? Er griff sich die Flasche, stieß
sie gegen die bereits halb ausgetrunkene, die danebenstand, nahm
einen großen Schluck und schloss die Augen: Das war doch etwas ganz anderes als diese alkoholfreie Brühe, die er seit ein paar
Tagen immer trank.

»Alles klar?«, fragte Markus auf einmal, und Kluftinger erwiderte seinen Blick.

»Wie man's nimmt.«

»Stress?«

Auf einmal brach es förmlich aus Kluftinger heraus. Er erzählte seinem Sohn alles, von dem Anruf bei der Pressekonferenz
bis zu ihrer heutigen Spur in Kempten. Nur über seinen Gesundheitszustand ging er etwas oberflächlich hinweg und sagte
lediglich, dass er sich das alles wohl zu sehr zu Herzen nehme
und dass es ihn »aufschaffen« würde.

Markus hörte gebannt zu. Es kam nicht oft vor, dass sein Vater
von seinen Fällen erzählte, und es war noch seltener der Fall, dass
ihn diese dann auch noch interessierten. Aber nach einem solchen, wie er ihn nun schilderte, hätte sich jeder seiner Kommili-
tonen die Finger abgeleckt. Jedenfalls diejenigen, die wie er eine
Karriere als operativer Fallermittler bei der Polizei anstrebten.
Oder Profiler, wie er zu sagen pflegte, denn das klang ein bisschen weniger nach deutscher Bürokratie und ein bisschen mehr
nach amerikanischer Krimi-Coolness.

Als Kluftinger fertig war, nahm er noch einmal einen großen
Schluck und ließ sich zurück in den Sessel fallen. Er war irgendwie erleichtert, aber auch völlig ermattet von der Erzählung
und dem erneuten Durchleben der letzten Tage. Markus nahm
die Fernbedienung und schaltete den Fernseher aus. Er blickte
seinen Vater nicht an, sie saßen einfach stumm nebeneinander.
Dann sagte er: »Du sagst, es sind zwei, Papa?«

Er hatte ihn lange nicht mehr so genannt. »Davon müssen wir
ausgehen. Die Spuren deuten jedenfalls darauf hin.«

»Hm. Du weißt schon, was man über Mörderduos sagt?«

»Doppelt hält besser?«

Sie lachten kurz auf und prosteten sich noch einmal zu, was Kluftinger schon wenige Sekunden später ziemlich deplaziert vorkam. Immerhin ging es hier um grausame Morde. »Also, was sagt man denn?«, fragte der Kommissar jetzt ernsthaft.

»Na ja, es gibt ein paar empirische Daten, nicht viele, weil Mörder ja ganz selten in Gruppen agieren. Mord ist etwas sehr Persönliches, wenn man so will. Und oft auch nicht geplant, gemeinschaftlicher Mord aber in der Regel schon. Es gibt jedenfalls ein Muster, das sich durch die meisten Fälle zieht.«

»Und wie sieht das aus?«

»Einer von beiden ist in der Regel dominant. Das Morden liegt einem ja normalerweise nicht im Blut, das brauch ich dir nicht zu erzählen. Dass sich zwei zusammenfinden, die dieser Beschäftigung frönen, ist an sich schon was Außergewöhnliches. Man kann also vermuten, dass die Initiative von einem ausgeht und der andere mitmacht, weil er der dominanten Person folgt. Oft bindet sich diese Person an den anderen, um damit einen familiären Verlust auszugleichen.«

»Was heißt das: ›familiären Verlust ausgleichen‹? Dass der keine Eltern hat, oder was?«

»Das wär eine Möglichkeit. Wenn jemandem eine wichtige Bindung genommen wird, aus welchem Grund auch immer, sublimiert man das gerne, indem man die Bindung auf einen anderen Menschen überträgt.«

Kluftinger dachte über die Worte seines Sohnes nach. »Du meinst, wie die jungen Dinger, die sich mit so alten Dackeln einlassen, nur weil sie ihren Vater nie kennengelernt haben?«

Markus grinste. »Ja, nicht so ganz, aber es geht schon in die Richtung. Der dominante Teil kann quasi so eine Art Vater- oder Mutterersatz sein.«

Sie schwiegen eine ganze Weile, dann fuhr Kluftinger fort: »Es könnte also nicht verkehrt sein, wenn wir noch die familiäre Situation mit in unsere Ermittlungen einbeziehen? Also, ob jemand einen Unfall hatte oder so?«

»Es könnte nicht schaden, ja. Ist nicht garantiert, aber die Empirie spricht dafür.«

»Ja, ja, die Empirie.«

»Ich mein, ihr habt hier ja einen ganz klassischen Fall des Übertötens. Und wenn man bedenkt, dass Spuren immer Entscheidungen des Täters offenbaren …«

»… und ihm das, was über das Töten hinausgeht, sehr wichtig sein muss …« Kluftingers Miene hellte sich auf. »Dann haben wir schon ein bisschen mehr als vor unserem Gespräch.« Er klopfte seinem Sohn auf die Schulter. »Freut mich, dass das viele schöne Geld, das uns dein Studium kostet, nicht ganz umsonst ist.«

»Also, wenn ich ehrlich bin, das meiste geb ich schon für Drogen aus.«

Kluftinger blickte seinen Sohn erschrocken an. Der lachte frech zurück.

»Jetzt jag deinem alten Vater keinen solchen Schrecken ein. Wenn das deine Mutter gehört hätt …«

Sie tranken noch einen Schluck.

»Weißt du«, sagte der Kommissar halblaut, »vielleicht kennst du das auch. Ich hab das Gefühl, ich hab die Teile des Puzzles schon zusammen, ich muss sie nur noch an den richtigen Platz legen.« Fragend sah er seinen Sohn an.

»Nein, kenn ich nicht«, antwortete der gähnend. »Aber von allen Rätselspielen hab ich Puzzles immer am wenigsten gemocht, das weißt du ja.«

Zehnter Tag

Als Kluftinger am nächsten Morgen auf einem der langgezogenen Balkone der Kemptener Klinik oberhalb der Stadt stand, konnte er den Ausblick keine Sekunde lang genießen. Und das nicht nur, weil er sein schwungvolles Aufstehen an diesem Tag mit einem Schmerz in der Brust bezahlt hatte, der ihm beinahe die Tränen in die Augen getrieben hatte. Nun befand er sich auch noch in der Raucherecke des Krankenhauses, die mehr geduldet wurde, als dass sie wirklich offiziell als solche deklariert war. Hier pafften nicht nur die Angestellten, sondern auch die Patienten. Es war ein absurdes Bild: Die Leute standen in ihren Jogginganzügen und Bademänteln herum, einige schoben einen Infusionsständer vor sich her, wieder andere saßen im Rollstuhl. Sie hatten sich alle um zwei Aschenbecher gruppiert und schauten zwischen ihren Zügen mit leeren Augen ins Ungefähre.

Den Mann neben ihm plagte ein so rasselnder Husten, dass Kluftinger zurückwich. Er schüttelte den Kopf. Es schien, als müsse sich der Mann mit dem grauen Gesicht unter Schmerzen zu jedem Zug an seiner Zigarette zwingen. Wie konnte man nur so leichtfertig mit seiner Gesundheit umgehen? Sie war doch das Wichtigste, was man hatte ... Er dagegen hatte heute Morgen wieder mit Magermilchjoghurt, Müsli und koffeinfreiem Kaffee gefrühstückt.

Mit einem Gefühl moralischer Überlegenheit sah er sich um. Etwas abseits standen einige Pfleger und Schwestern, dahinter drei jüngere Frauen, die offensichtlich der Putzkolonne angehörten. Er durchschritt die Reihe der Raucher, wobei er tunlichst darauf achtete, die Luft anzuhalten. Dann fragte er die kleine Gruppe nach Jessica Burlitz.

Die Frau, die sich daraufhin zu erkennen gab, war jung, doch ihre ganze, ein wenig ungepflegte Erscheinung zeigte, dass sie nicht gerade auf der Sonnenseite des Lebens stand: Die dunklen Haare fielen strähnig in ihr Gesicht, der Putzkittel war fleckig, die Gesichtshaut gelblich fahl, die Zähne verfärbt.

»Was wollen Sie denn von mir?«, fragte sie, und der Kommissar wunderte sich über ihre klangvolle, geschmeidige Stimme, die so gar nicht zum restlichen Bild passen wollte.

Er nahm sie ein wenig beiseite, schließlich mussten ihre Kolleginnen ja nicht unbedingt wissen, dass sich die Polizei für sie interessierte – auch wenn es nur um ein paar Informationen ging. Er schien ganz in ihrem Sinne gehandelt zu haben, denn als er sich vorstellte, schaute sie sich prüfend um, als wolle sie sichergehen, dass niemand mitbekommen habe, wer da mit ihr reden wollte. Sie saugte jetzt gierig an ihrer Zigarette, drückte den Stummel aus und steckte sich sofort eine neue an.

»Polizei? Ich … also, was gibt es denn? Mit den Ratenzahlungen sind wir diesen Monat nicht im Verzug. Bitte, die haben doch eh schon alles Mögliche gepfändet, ich mein …«

Nun verstand Kluftinger, warum sein Besuch bei ihr diese Reaktion hervorgerufen hatte. Sie tat ihm leid. »Keine Sorge, Frau Burlitz, ich hab nur ein paar Fragen wegen Ihrer Mutter, es geht nicht um irgendwelche Zahlungen.«

Für einen kurzen Moment war ihr die Erleichterung anzusehen, dann füllten sich ihre Augen mit Tränen. »Wir haben keine guten Erfahrungen mit den Behörden, seit Mama tot ist. Eigentlich auch schon vorher nicht.«

»Ihr Tod hat Sie sehr mitgenommen?«

Wieder ein heftiger Lungenzug, ein Nicken.

»Sagen Sie, als Ihre Mutter in Oberstaufen in Behandlung war, hat sie da hin und wieder vielleicht von einem Herrn Baur erzählt?«

»Der Herr Baur, ja, den kenn ich schon. Mit dem hat sie sich oft noch unterhalten, wenn ich sie abgeholt hab. Das ist ein netter Mann. Ab und zu treff ich ihn hier im Krankenhaus. Ist ihm denn was passiert?«

»Nein, ich wollte nur kurz mit Ihnen über ihn sprechen.«

»Über den Baur? Was wollen Sie denn wissen?«

»Na ja, er war ja in der gleichen Lage wie Ihre Mutter, nur dass bei ihm die Therapie keinen Erfolg hatte, er hat sie ja abgebrochen und …«

Frau Burlitz unterbrach ihn, indem sie zischte: »Keinen Erfolg? Meine Mutter ist gestorben! Weil man ihr keinen Defi … aber lassen wir das …«

Alles Verletzliche war aus ihrem Gesicht verschwunden.

»Woran ist Ihre Mutter denn letztlich gestorben?«

»Was soll ich sagen? Sie hat ihr Leben lang schwer geschafft, obwohl sie fast hundert Kilo hatte. Irgendwann, da kam ihre Pumpe nicht mehr mit. Sie hat sich zwar dann ganz streng an ihre Diät gehalten, aber ihr Herz war schon zu geschädigt. Die Medikamente aus Oberstaufen haben ihr auch nicht mehr geholfen. Eines Tages hat ihr Herz dann einfach aufgehört zu schlagen. Hat der Steiner jedenfalls gesagt. Und dass so ein Defi, dieser Schrittmacher, das angeblich auch nicht verhindert hätte. Ob das stimmt, weiß ich auch nicht. Als einfacher Patient, noch dazu, wenn man unterversichert ist, da hast du keine Rechte. Aber egal, sonst reg ich mich bloß wieder auf.«

Fahrig strich sie sich durchs Haar und zog ihren Kittel weiter zu.

»Im Prinzip ist sie dann an Herzversagen gestorben. Und irgendwie an gebrochenem Herzen. Aber Sie sind ja wegen dem Baur da. Der lebt wenigstens noch. Bloß wie … Der hat auch alles verloren, was er mal hatte.« Sie verschränkte die Arme, und Kluftinger sah, dass sie zitterte.

305

»Hatte denn der Herr Baur einen rechten Hass auf den Doktor Steiner?«

»Schon, natürlich. Den dürften alle haben, die mit dem zu tun hatten.«

»Alle?«

»Jedenfalls die, die in einer vergleichbaren Situation waren wie wir und der Baur. Dem ist es doch nie um die Patienten gegangen, auch wenn er immer so verständnisvoll getan hat. Der wollte nur mit seinem Medikament vorankommen. Vielleicht hat er sogar selbst geglaubt, dass es helfen würde. Schauen Sie doch nur mal den Baur an: Wenn der gleich einen Defi gekriegt hätte, dann hätte er sich viel Leid ersparen können. Aber jetzt ist der Steiner ja tot, hab ich gelesen. Vielleicht gibt es doch so was wie eine göttliche Gerechtigkeit. Das eigentliche Problem, das waren eh die Versicherungen. Hätten die gezahlt, dann sähe vieles anders aus.«

»Kennen Sie den Versicherungsmakler Ihrer Mutter, diesen Hübner?«

Sie schüttelte den Kopf.

»Und Baurs Sohn?«

»Der hat seinen Vater ab und zu abgeholt. Ich hab ihn ein-, zweimal gesehen, aber mich nie wirklich mit ihm unterhalten.«

»Sie können also auch nicht sagen, wie er zu dem ganzen Problem seines Vaters stand?«

Jessica Burlitz schüttelte den Kopf, dann drückte sie ihre Zigarette aus und sah auf ihre Armbanduhr. »Ich müsste dann auch wieder, wir haben nur eine Viertelstunde Pause.«

Sie ging zu ihren Kolleginnen. Eine der beiden fragte: »Soll ich dich heut Mittag wieder mitnehmen, Jessie?«

Jessica Burlitz schüttelte den Kopf. »Nein, geht schon, ich hab heut das Auto wieder. Aber danke, Kathi.«

Den Kommissar beachtete sie gar nicht mehr. Für sie war das Gespräch beendet. Doch er hatte noch eine Frage: »Wo wohnen Sie denn, Frau Burlitz?«, fragte er.

»In Hegge, wieso?«

»Nur, falls ich noch was wissen will.« Dann ging er zum Ausgang, tunlichst bemüht, die rauchenden Patienten nicht mehr anzusehen.

Er hatte den Parkplatz noch nicht erreicht, da klingelte sein Handy. Was die Kollegen ihm zu sagen hatten, verschlug ihm beinahe die Sprache.

»In Augsburg?«, keuchte er in den Hörer. »Und die sind sicher, dass ... Ist gut, ich bin unterwegs.«

Kluftinger kam für seine Verhältnisse ungewöhnlich spät an den neuen Tatort, aber immerhin konnte Willi Renn diesmal keine despektierlichen Bemerkungen deswegen machen, denn schließlich waren sie ja zusammen nach Augsburg gefahren. Auch die *weiße Schlange* hatte er nur einmal erwähnt, allerdings nicht in der für ihn gewohnten Schärfe: Sie waren nervös, denn noch war nicht sicher, ob der Fall überhaupt in ihre Mordserie passte. Sie waren hierherzitiert worden, um vor Ort eine Expertise darüber abzugeben. Kluftinger wagte sich gar nicht auszumalen, was es bedeuten würde, wenn die Serienmorde nun so große geografische Kreise zogen; allerdings hatten die Augsburger sicher stichhaltige Indizien dafür, dass genau dies der Fall war, sonst hätten die ihre Kemptener Kollegen nicht hinzugezogen.

Während der Fahrt in Willis schneeweißem BMW, der noch älter sein musste als Kluftingers Passat, jedoch im Gegensatz dazu mit der Bezeichnung Oldtimer geadelt wurde, hatten sie sich zunächst angeregt über die aktuellen Fälle ausgetauscht. Je mehr sie jedoch feststellten, dass die ganzen Ermittlungen bisher in immer neuen Sackgassen geendet hatten, desto stiller waren sie geworden und hatten den Rest der Fahrt schweigend verbracht.

In Augsburg lenkte sie Willi zielsicher in eine urban wirkende Wohngegend ganz in der Nähe des Zentrums. Vor einem der massiven Gründerzeithäuser, die das Straßenbild prägten, sahen sie die Polizeiwagen, die Absperrung und die Schaulustigen, die den Tatort markierten. Ein allzu bekanntes Bild.

Sie wurden in die Wohnung im zweiten Stock zum leitenden Beamten geführt. »Schneider«, stellte er sich dem Kommissar vor, dann nickte er und sagte: »Willi!«

Kluftinger kannte zwar einige der Augsburger Kollegen, immerhin waren sie vor nicht allzu langer Zeit noch in einem Präsidium zusammengefasst gewesen, dieser Schneider war ihm bisher aber noch nicht untergekommen. Willi dagegen nickte dem Mann zu und presste ein kaum verständliches »Bertl« hervor. Kluftinger brauchte nicht nachzufragen, er sah auch so, dass die beiden offenbar keine großen Sympathien füreinander hegten. Allerdings war ihm das im Moment herzlich egal, denn ihn interessierte etwas ganz anderes.

»Was haben wir?«, fragte er ohne Umschweife.

Schneider, ein Mittvierziger mit rosigen Wangen, begann seinen Bericht: »Valeria Opczinsky, einundsechzig Jahre alt, arbeitete im hiesigen Ordnungsamt. Ihr Mann hat sie heute Morgen in der Badewanne gefunden, nachdem er gestern Nacht gegen zwei völlig betrunken nach Hause gekommen ist und sich angeblich sofort auf die Couch zum Schlafen hingelegt hat. Wir prüfen das gerade. Er ist schon bei uns auf der Dienststelle. Es war ein ziemliches Blutbad. Und ihr könnt euch ja vorstellen, welches Organ ihr entnommen wurde.«

Während Schneider sie weiter über den aktuellen Ermittlungsstand aufklärte, schauten sie dem ihnen sonst so vertrauten Betrieb seltsam befremdet zu. Diese Rolle als Zaungäste war für sie eigenartig, auch wenn die Abläufe, die sie beobachteten, mit ihrem eigenen Vorgehen identisch waren.

»Hey!« Der Schrei, den einer der Männer in den weißen Ganzkörperanzügen ausstieß, ließ sie zusammenzucken.

»Geht's noch? Willst du mir hier die ganzen Spuren versauen?«, rief er einem untersetzten Mann zu, der gerade etwas vom Boden aufheben wollte. Der lief daraufhin rot an und trollte sich in ein anderes Zimmer.

»Ha, ich glaub's nicht«, sagte Willi Renn grinsend. »Die Augsburger haben sogar ihren eigenen Klufti.«

»Und offensichtlich einen ähnlich hysterischen Renn«, raunzte Kluftinger zurück. »Was ist jetzt mit dem Herz, Herr Schneider?«

»Ah ja, genau. Also«, er setzte sich in Bewegung und bedeutete ihnen, ihm zu folgen, »hier drin haben wir's schließlich gefunden.« Sie betraten ein kleines Zimmer, in dem ein antiker Schreibtisch aus dunklem Holz stand, daneben ein Papierkorb, der mit einer Spurennummer versehen war. Davor einige zerknüllte Papiere, die deutliche Blutspuren aufwiesen.

Kluftinger schluckte. Er war froh, dass sie das Herz allem Anschein nach bereits weggeschafft hatten.

»Es lag hier drin, unter ein paar Blättern Papier«, fuhr Schneider fort. »In ihm steckte eine von diesen großen Büroklammern. So, wenn Sie mir jetzt bitte folgen wollen.« Kluftinger fand, dass er ein bisschen wie ein Reiseführer klang, der seine Gruppe von einer Sehenswürdigkeit zur nächsten scheuchte. Vor dem Bad blieb er zunächst stehen und fragte den Mann vom Erkennungsdienst, der vorher seinen Kollegen zurechtgewiesen hatte, ob er eintreten dürfe.

»Die haben wenigstens Respekt vor unsereinem«, flüsterte Willi.

»Die Erkennungsdienstler hier sind auch deutlich größer«, gab Kluftinger schroff zurück – und bereute es im selben Moment. Was seine geringe Körpergröße anging, war Willi empfindlich.

»Hier lag sie, wie man unschwer erkennen kann.« Die Badewanne in dem dunkelbraun gekachelten Raum war über und über mit Blut besudelt. Der Augsburger Beamte wartete eine Weile, dann sagte er: »Und?«

»Wie: und?«

»Na, können Sie schon eine Einschätzung abgeben, ob das was mit Ihrer Mordserie zu tun hat?«

Kluftinger versuchte, seine Konzentration weg von dem schrecklichen Anblick zurück zu ihrem Fall zu lenken. Plötzlich schlug er sich gegen die Stirn: »Schon. Aber sagen Sie, haben Sie eine Streichholzschachtel gefunden?«

»Eine Streichholzschachtel?«

»Ja, nein, ich mein, so ein Briefchen, wo man die abreißt.«

»Nicht, dass ich wüsste.«

Kluftinger blickte zu Willi. »Sie haben vielleicht noch nicht an der richtigen Stelle gesucht. Wo sind denn ihre Wohnungsschlüssel?«

»Meine Schlüssel?«

»Nein, Schmarrn, die von der Frau Koslowski.«

»Opczinsky. Mit cz«, korrigierte Schneider.

»Dann eben so. Also?«

»Manfred?« Schneider rief in die Wohnung hinein und wartete, bis ein Mann mit rundlichem Gesicht und ebensolchem Bauch im Türrahmen erschien. »Hefele«, raunte Willi und nickte vielsagend.

»Hast du den Schlüsselbund?«

»Ja, hier.« Er hielt eine Plastiktüte hoch. Kluftinger griff danach, da zog der Mann sie zurück und hielt ihm einen Gummihandschuh vor die Nase. Als Kluftinger ihn anzog, sagte er zu Willi: »Nix Hefele. Das ist Renn Nummer zwei.« Dann griff er sich die Tüte, rief Willi ein »Komm« über die Schulter zu und verließ die Wohnung. Er lief aufgeregt die Treppe hinunter, bis der Spurensicherer hinter ihm meckerte: »Jetzt mach doch nicht so eine Hektik.«

Doch Kluftinger ließ sich nicht beirren, lief weiter, bis er an der Haustür angelangt war. Davor hatte sich ein Beamter in Uniform postiert und sah ihm erstaunt dabei zu, wie er die Schlüssel aus der Tüte holte, aus dem Bund den kleinsten heraussuchte und damit den Briefkasten aufschloss. Willi stellte sich auf Zehenspitzen hinter ihn und versuchte, etwas zu sehen, doch der Kommissar verdeckte ihm die Sicht.

Schließlich drehte sich Kluftinger um.

»Und, haben wir was?«

»Wir haben was«, sagte Kluftinger. Einerseits war er stolz wegen seines Geistesblitzes, andererseits wusste er, was das bedeutete: Sie hatten eine neue Leiche, und die ging auf ihr Konto, hatten sie doch die Täter nicht schnell genug ermitteln können.

Langsam zog er das schwarze Streichholzheftchen heraus. Er wollte es gerade in die Tüte werfen, da hielt ihn Willi am Arm fest. »Warte mal, siehst du das denn nicht?«

»Willi, da musst du dich jetzt nicht kümmern, auch wenn's dir schwerfällt.«

»Nein, da, schau mal.«

Jetzt sah es auch der Kommissar. Und in ihm keimte so etwas wie Hoffnung auf. In dem Briefchen klemmte ein Haar. Ein anderes Haar als das, das sie in der Wohnung des Versicherungsmaklers gefunden hatten. Dieses hier war dick, fast borstig, und braun. Er schluckte. »Mei, wenn das von den Tätern …« Er wagte nicht, den Gedanken zu Ende zu führen.

Willi nickte. »Lassen wir das die Kollegen mal schleunigst untersuchen.«

»Und es macht dir wirklich nix aus, Willi?«

Renn klopfte dem Kommissar auf die Schulter. »Nein, das ist schon besser so. Ich bin hier von größerem Nutzen, und du daheim.«

»Also dann …« Kluftinger streckte zögerlich die Hand aus und verabschiedete sich von Schneider. »Wenn ich daheim bin …«

»… rufen wir Sie sofort an, und wir besprechen die Ergebnisse, die uns bis dahin vorliegen, ja, Kollege, wie oft soll ich Ihnen das noch bestätigen?« Der Augsburger klang genervt. »Herr Renn wird einstweilen Ihre Kollegen informieren. Und ja, wir kümmern uns wie gesagt um die normalen Ermittlungen, also Umfeld und so weiter, Sie gehen Ihren Spuren in Richtung Serie nach. Einverstanden?«

»Ja, ja, ich geh ja schon.« Kluftinger hob abwehrend die Hand. Dann wandte er sich an Willi. »Gibst du mir dann den Schlüssel?«

»Wieso, den können die doch hier untersuchen.«

»Nein, ich mein deinen Autoschlüssel.«

Renn sah ihn entgeistert an. »Du glaubst doch nicht im Ernst, dass ich dich mit meinem Schmuckstück fahren lass? Du dürftest nicht mal ausparken damit, wenn ich nicht dabei wäre. Eigentlich nicht mal, wenn ich dabei wäre, wenn ich's recht bedenke.«

»Aber wie soll ich denn dann …«

»Die Zugverbindungen ins Allgäu sollen von hier aus ganz hervorragend sein. Neigetechnik, ein echtes Wunderwerk.«

Die Kollegen in Kempten hatten natürlich schon vor seiner Ankunft erfahren, was es mit der Leiche in Augsburg auf sich hatte. Er hätte das auch bemerkt, wenn er Willi nicht damit beauftragt hätte, sie auf den Stand zu bringen. Allein Maiers Miene am Bahnsteig hätte dafür genügt: Schon vom Zug aus sah Kluftinger ihn abseits der anderen Wartenden stehen, die Hände missmutig in seinem Anorak vergraben, den Blick bedrückt auf den Boden gerichtet.

Sie grüßten sich mit einem Kopfnicken, und alles, was sie auf der kurzen Fahrt in die Inspektion sprachen, waren Maiers Frage »Sicher?« und Kluftingers Antwort »Absolut!«.

Der Soko-Raum sah ein klein wenig anders aus als gestern: In der Mitte war ein Extratisch mit einem großen Monitor aufgestellt worden, auf dem eine kleine Kamera steckte.

»Die Kollegen aus Augsburg möchten eine Videokonferenz per Skype machen«, erklärte Maier. Er wartete auf eine ablehnende Reaktion seines Vorgesetzten. Als diese ausblieb, sagte er: »Also, Skype, das musst du dir jetzt ungefähr vorstellen wie eine Art Liveübertragung am Fernseher, wo du praktisch sprechen kannst mit denen, die du siehst … wie am Telefon, aber mit …«

»Sag mal, glaubst du, ich bin deppert?«, unterbrach ihn Kluftinger. »Ich weiß, was das ist. Ich hab sogar einen Namen in dem Skeip drin, so sieht's aus.«

Maier starrte ihn ein paar Sekunden lang entgeistert an, dann begann er, lauthals zu lachen. »Jetzt komm, brauchst uns nix vorzuspielen, das ist ja nicht schlimm, ich hab das früher auch nicht gewusst, das mit dem Skypen …«

»Ich weiß es aber sehr wohl!«, beharrte Kluftinger vehement.

Hefele trat zu ihm und legte eine Hand auf seine Schulter. »Die Augsburger wollen's halt unbedingt so haben. Ich hab denen gleich gesagt, dass die das lassen sollen, dass du ein guter Ermittler bist und so, aber mit der Technik … na ja, dass wir halt im Sinne einer schnellen und effektiven Arbeit vielleicht lieber das Telefon …«

»Sagt's mal, red ich russisch, oder was? Ich habe durchaus bereits … geskeipelt. Halt jedenfalls so über den Bildschirm da telefoniert. Und ich hab so einen …«, er überlegte kurz. »… also Klicknamen.«

»Was hast du?«, fragte Hefele.

»Er meint wahrscheinlich Nickname«, vermutete Maier.

»Ja, aber wenn er einen hat, dann weiß er tatsächlich …«

»Kruzifix, ich steh doch neben euch«, fuhr der Kommissar dazwischen. »Könntet ihr bitte nicht über mich reden, als würde ich im Koma liegen oder so?« Kluftinger stellte sich die Situation bildlich vor: Er, angeschlossen an eine Herz-Lungen-Maschine im Krankenhaus mit einer Vielzahl von Schläuchen, und seine Kollegen daneben, wie sie sich darüber lustig machten, dass ausgerechnet die Technik, mit der er sein ganzes Leben lang auf Kriegsfuß gestanden hatte, ihn nun am Leben erhielt. Mit einem Kopfschütteln versuchte er, dieses Bild wieder loszuwerden. Selbst normale Bürosituationen reichten nun schon aus, seine Gedanken in Richtung Krankheit und Tod zu lenken.

»Wenn ich mich mal einmischen darf«, meldete sich Strobl zu Wort. »Wenn unser Klufti heimlich PC-Kurse belegt, kann uns das nur recht sein, oder? Und wenn er sagt, er hat einen Skypenamen, dann wird das auch so sein.« Er schob Kluftinger einen Stuhl an den Tisch. »Und wie lautet er?«

»Wer?«

»Dein Skypename.«

Kluftinger setzte sich und dachte nach. »Er heißt …« Plötz-

313

lich fiel ihm der Name wieder ein, den Markus ihm gegeben hatte. Und ihm wurde klar, dass er seinen Kollegen damit gleich wieder Nahrung für ihren Spott liefern würde – und den Augsburgern. Andererseits wäre die Blöße, die er sich geben würde, wenn er nun behauptete, er habe ihn vergessen, wahrscheinlich noch größer. Er suchte fieberhaft nach einem Ausweg aus diesem Dilemma – und fand ihn.

»Batselli.« Da das Internet ein anglophiles Medium war, würde es bestimmt nicht auffallen, wenn er seinen Skypenamen einfach englisch aussprach. »Genau, Batselli.« Er tippte den Namen in die Maske am Bildschirm ein, und seine Kollegen sahen ihm dabei über die Schulter. Als er ihn eingegeben hatte, sagte Maier: »Ah, jetzat. Butzele.«

Kluftinger seufzte. Bei der Eingabe des Passworts schirmte er die Tastatur ab, wie sein Banknachbar es bei den Schulaufgaben immer getan hatte. Er legte keinen gesteigerten Wert darauf, dass seine Kollegen den Begriff »blaerhafen« mitlesen konnten. Er musste Markus unbedingt sagen, dass der seine Zugangsdaten ändern sollte.

Anschließend erklang wieder der Ton, der sich anhörte wie ein langgezogener Schluckauf, und seine Kontaktliste erschien.

»Doktor Sazuka«, las Maier laut den einzigen Namen vor, der dort stand. »Ist das dein Yogalehrer?«

»Du machst … Yoga?«, fragte Hefele und hätte auch nicht erstaunter klingen können, wenn er erfahren hätte, dass Kluftinger in seiner Freizeit gerne Damenunterwäsche trug.

»Können wir uns jetzt endlich mal wieder unserer Arbeit widmen?« Kluftinger war genervt. »Oder habt ihr den Fall in der Zwischenzeit schon gelöst?«

Das saß. Sofort sank das Stimmungsbarometer merklich, was dem Kommissar nun auch wieder nicht recht war, war er doch gerade dabei, sich als Motivator seiner Truppe zu etablieren. Aus dem Lautsprecher tönte nun ein metallisches Klingeln, und der Bildschirm zeigte die Nachricht »Datschiburger ruft an«. Kluftinger lächelte. War er also nicht der Einzige mit einem entwürdigenden Skypenamen. Zwei Sekunden später war der Bildschirm ausgefüllt mit dem grinsenden Gesicht von Willi Renn.

»Willi, servus. Was gibt's denn zum Lachen?«

»Servus, Butzele.«

»Ja, komm, schenk's dir.«

»Ist recht, Spätzle. Wir haben ein Foto des Täters.«

Hefele ließ sich in einen Schreibtischstuhl fallen, die anderen rückten dichter an den Bildschirm heran.

»Ist nicht wahr!« Kluftingers Stimme war belegt. Das war natürlich eine Sensation. Wie hatten sie so schnell …

»Du hast doch vorher gesagt, dass das Haar an dem Streichholzheft wahrscheinlich dem Täter gehört, oder?«

»Ja, wäre doch möglich.«

»Also, die DNA-Analyse ist noch nicht ganz abgeschlossen, wir wissen zum Beispiel noch nicht das Geschlecht, aber …«

»Ihr habt ein Foto, wisst aber nicht, was für ein Geschlecht?« Kluftinger war verwirrt. »Ist das so ein … Konvertit?«

»Transvestit«, flüsterte Maier.

Kluftinger drehte den Kopf zu ihm. »Ja, dass du dich mit so was auskennst, hätt ich mir denken können.«

»Jetzt hört's auf zu nerven«, schepperte Renns Stimme aus dem Lautsprecher. »Keins von beiden. Der Täter müsste ungefähr so aussehen.« Renn hielt ein Foto in die Kamera.

»Ich … also ich versteh nicht, Willi«, sagte der Kommissar und starrte auf das Bild eines großen, hellbraunen Kamels.

»Ein Kamel«, erklärte sein Gesprächspartner.

»Ja, das seh ich selber, aber …«

»Das Haar war von einem Kamel. Ein Kamelhaar quasi.«

Einige Sekunden lang herrschte Stille.

»Und was heißt das?«, fragte Kluftinger schließlich.

»Dass die Täter einen Kamelhaarteppich daheim haben? Dass sie gerne in den Zoo gehen? Was weiß denn ich? Das ist doch eure Sache, da was draus zu machen. Vielleicht, dass ein genmanipuliertes Kamel …«

»Jetzt hör halt auf mit dem Schmarrn, Willi.« Der Kommissar ärgerte sich. Für einen Moment hatte er tatsächlich geglaubt, sie hätten den Fall gelöst. Und nun: ein nicht einmal besonders gelungener Scherz. Auch Kluftingers Kollegen schienen wenig amüsiert.

»Ich hab's euch gleich gesagt, dass meine Leut das mit dem Kamel nicht lustig finden«, rief Renn über die Schulter.

»Trampeltier«, raunzte Maier in Richtung Bildschirm.

»Sag mal, spinnst du, Richie?« Renns Gesicht verfärbte sich, das konnte man selbst auf dem Computerbildschirm erkennen. »Musst doch nicht gleich ausfällig werden.«

»Das ist ein Trampeltier, kein Kamel.«

»Also, Herr Zoologe, die DNA-Analyse hat eindeutig ergeben, dass …«

»Das mag schon sein. Aber das auf deinem Foto, das ist ein Trampeltier. Eine spezielle Unterart der Kamele, hab ich mal im Urlaub gelernt. Das war lustig, ich bin da in der Mongolei drauf geritten, als …«

»Könnt es nicht vielleicht ein Dromedar sein?«, ertönte es plötzlich hinter Renn, und das Gesicht von Kommissar Schneider schob sich auf den Bildschirm.

Maier schüttelte den Kopf: »Dromedare haben nur einen Höcker.«

Da mischte sich Strobl ein: »Aber ich hab mal gelesen, dass Dromedare auch zu den Kamelen gehören, also …«

»Himmelherrgottkruzifix!«, schrie Kluftinger plötzlich, und alle zogen die Köpfe ein. »Kamel, Dromedar … sind wir hier im Tierpark, oder was? Wir haben einen Mordfall zu lösen! Wenn ihr mich fragt: Dromedar! Kamele scheinen ja alle hier bei uns zu sein.«

»Also, wie Sie bei so einem Durcheinander Ihre Fälle lösen, ist mir ein ziemliches Rätsel«, kam es plötzlich vom Augsburger Kollegen.

Kluftinger drehte sich zu seinen Mitarbeitern und schnitt eine Grimasse.

»Ich kann Sie sehen, das ist Ihnen schon klar, Herr Kluftinger?«

Der Kommissar schluckte und sagte schnell: »Also, wir kümmern uns um diese Kamelsache. Übrigens: Haben Sie einen Ölfleck gefunden?«

»Nein. Aber eine Reifenspur, die offenbar zu der passt, die Sie schon beim Opfer Nummer eins, oder inzwischen muss man ja wohl sagen, Nummer zwei, gefunden haben.«

»Kein Ölfleck, seltsam. Ich mein, wenn's doch offenbar der gleiche Wagen war.«

»Der Fink hat doch einen Ölwechsel gemacht …«, dachte Hefele laut nach.

»Aber der kann's nicht gewesen sein, der hat das beste Alibi, das man sich wünschen kann«, erklärte Strobl.

»Welches denn?«, fragte Schneider.

»Uns. Wir haben ihn doch observieren lassen.«

»Vielleicht haben die Täter das Auto repariert«, schlug Maier vor.

Strobl kratzte sich am Kinn. »Könnte natürlich sein. Sollen wir mal in den Werkstätten nachfragen? Ich mein, klar können sie das auch selbst gemacht haben, aber schaden tät's nicht, oder?«

»Gute Idee«, befand Kluftinger.

Schneider meldete sich erneut zu Wort: »Was auch nicht unter den Tisch fallen sollte, ist die Vorgehensweise der Täter.«

»Wie meinen Sie das?«

»Na, den ersten Mord haben sie ja noch nicht mal selbst begangen, den zweiten dann irgendwo draußen, den dritten schon in einer Wohnung, mit einem Herz im Gefrierfach, und jetzt mit einem im Papierkorb. Es scheint, als würden sie mit immer kühlerem Kopf vorgehen.«

»Ach ja, gell, das haben wir uns«, Kluftinger räusperte sich, »auch schon gedacht.«

»Kein gutes Zeichen, wenn Sie mich fragen.«

»Was denn?«

»Dass ihnen das Morden offenbar immer leichter fällt.«

Eine Weile blieb es still. Dann sagte Kluftinger: »Es ist nur noch *ein* Streichholz übrig. Wenn wir Glück haben, war's das danach.«

»Du wolltest sicher sagen«, verbesserte ihn Renn, »wenn wir Glück haben, erwischen wir ihn noch vor dem vielleicht letzten Mord.«

Kluftinger hielt ein Blatt vor Willis Bild auf den Monitor und verdrehte dann demonstrativ die Augen in Richtung seiner Kollegen.

»Äh, Klufti, eine Sache noch«, tönte Renn.

Kluftinger nahm das Blatt wieder weg. »Was denn, Willi?«

»Es nutzt nix, wenn du mein Bild verdeckst, du musst schon die Kamera zuhalten, wenn du nicht willst, dass ich dich sehen kann.«

Der Kommissar lief rot an, und die anderen begannen zu kichern.

»Das ist mir schon klar, das war doch bloß Spaß, mein Gott, versteht denn hier keiner mehr, wenn man mal einen Witz macht?«

»Ich denke, wir sollen uns um die Aufklärung des Mordes kümmern?«, fragte Willi provokativ.

»Ja, also, können wir dann mal drüber diskutieren, ob die Frau irgendeinen der Zusammenhänge bedient, die wir schon aufgedeckt haben? Ich meine die Herzthematik oder den Jahrmarkt?«

»Also mit Herz haben wir bisher nichts gefunden.« Nun war es wieder Schneider, der antwortete. »Am ehesten vielleicht Jahrmarkt. Also, jetzt auch nicht direkt, aber …«

»Was denn nun?« Kluftinger wurde ungeduldig. Besprechungen am Bildschirmtelefon schienen doppelt so lang zu dauern wie die herkömmlichen.

»Sie hat die Standgenehmigungen bearbeitet.«

»Frau Obkowski?«

»Opczinsky. Ja, sie war unter anderem für die Zuteilung der Standplätze beim Jahrmarkt hier auf dem Plärrer zuständig.«

Der Kommissar richtete sich auf. »Also, das nenn ich aber mal ziemlich direkt. Da müssen wir ansetzen! Könnten Sie uns bitte gleich alle Infos darüber schicken? Vielleicht auch, wen sie in den letzten Jahren abgelehnt hat oder ob es Streitigkeiten gab und so was. Sie verstehen, oder?«

»Geht klar.«

»Gut, dann bis dann.« Der Kommissar starrte auf den Schirm, doch Schneider guckte noch immer zurück. »Pfiagott, Herr Schneider.«

»Ja, Wiedersehen.« Das Bild des Augsburgers blieb. Kluftinger kam sich vor wie ein Nachrichtensprecher, der bereits das Wetter angekündigt hatte, dann aber merkte, dass die Kamera noch immer auf ihn gerichtet war. Da langte Maier von hinten an ihm vorbei an die Maus, klickte darauf, und das Bild war weg. Kluftinger entspannte sich innerlich. Er sah keinerlei Gewinn darin, seinen Gesprächspartner beim Telefonieren sehen zu können – und noch weniger darin, selbst gesehen zu werden.

»Also, werte Kollegen, da hammer ja wieder einiges zu tun. Bloß das mit den Kamelen … oder Dromedaren oder was das war, das ergibt noch gar keinen Sinn, irgendwie.«

»Hm …« Maier blickte zur Decke, als habe er gerade eine Idee.

»Was ist, Richie?«

»Ach nix, nur so ein Gedanke. Aber ich geh der Sache heut Abend selber mal nach.«

Es war kurz vor halb fünf, als Strobl, ohne anzuklopfen, in Kluftingers Büro kam. Der hatte sich extra zurückgezogen, um in aller Ruhe ein paar Minuten über den Fall nachzudenken. Dementsprechend ruppig fiel sein »Was?« aus, das er dem Kollegen entgegenschmetterte.

»Stör ich dich beim Nachmittagsschläfchen, oder wie?«, erwiderte Strobl mit erstauntem Blick auf Kluftinger, der seinen Janker ausgezogen und die Beine auf die Schreibtischplatte gelegt hatte.

»Red kein Blech. Was willst du?«

»Ich hab da eine Ungereimtheit in den Unterlagen von Doktor Steiner entdeckt.«

Der Kommissar nahm seine Beine vom Tisch und setzte sich gerade hin. »Und zwar?«

»In einem Ordner, den er zu Hause stehen hatte, findet sich ein Gutachten der Ethikkommission der Bundesärztekammer. Die schreiben, dass Voraussetzung für die Durchführung des Medikamententests sein muss, dass alle Probanden einen Defi haben, falls das Medikament sich als nicht wirksam genug herausstellt. Jetzt hat aber doch der Baur gesagt ...«

»... dass er während der Tests kein solches Gerät eingepflanzt bekommen hatte. Und die verstorbene Frau Burlitz auch nicht«, vollendete Kluftinger seinen Satz. »Respekt, Eugen. Das heißt, wir sollten beim Professor Uhl in Oberstaufen mal schnellstens nachfragen, wie es dazu kommen konnte, oder?«

Gerade mal eine Viertelstunde später hatten sie genau das getan – und eine weitere Unregelmäßigkeit aufgedeckt: In Oberstaufen waren weder ein Vinzent Baur noch eine Frau Burlitz jemals als Patienten der Testreihe registriert worden. Es existierten schlichtweg keine Unterlagen über sie.

Auf die Frage, ob er sich vorstellen könne, dass Doktor Steiner neben den offiziellen Versuchen unter der Hand weitere, private Tests durchgeführt haben könnte, hatte der ärztliche Leiter am Telefon ausweichend geantwortet: Man stecke schließlich in niemandem drin, und er sei zu lange im Geschäft, als dass er noch für einen Kollegen unbesehen die Hand ins Feuer legen würde. Zudem sei der Test allein Steiners Sache gewesen. Es sei zwar unwahrscheinlich, aber dennoch theoretisch möglich, dass sich der Kollege auf irgendeine Art und Weise zusätzliche Mengen an Medikamenten beschafft oder echte Medikamentendosen gegen Placebo-Gaben ausgetauscht haben könnte. All dies sei immerhin schon vorgekommen bei vergleichbaren Untersuchungen. Habe er zumindest gehört. Es war deutlich: Uhl hatte kein

Interesse daran, seinen Ruf für den Leumund eines ermordeten Kollegen aufs Spiel zu setzen.

»Ich schau jetzt noch mal die Unterlagen von Steiner durch«, kündigte Strobl an. »Da waren auch so handgeschriebene Patientenlisten dabei. Auf einer war auch der Baur drauf, mein ich. Wenn wir die mit den offiziellen Listen aus Oberstaufen vergleichen, dann könnten wir einen ziemlich interessanten Personenkreis bekommen. Wir haben übrigens den Sohn vom Baur ein bissle durchleuchtet: Der ist bis jetzt in keiner Weise irgendwie aufgefallen. Ich glaub nicht, dass wir da weiterkommen.«

Kluftinger erzählte Strobl noch von der Vernehmung von Frau Burlitz, die ähnlich wenig ergeben hatte, als sich die Tür öffnete und Richard Maier hereinstürmte: »Treffer! Wir haben eine Werkstatt gefunden, die kürzlich eine Ölwanne repariert hat. Und das Auto könnte auf die Beschreibung passen.«

Kluftinger blickte die beiden Kollegen zufrieden an. Seine Motivationsoffensive hatte sich ausgezahlt. »Ihr seid ja voller Tatendrang. Dann fahren wir mal zu der Werkstatt.«

»Jetzt wirst du aber schauen! Der Ort, an den wir fahren, müsste dir eigentlich noch ziemlich bekannt vorkommen«, tönte Richard Maier, als er den Dienstwagen kurz darauf durch die Kemptener Altstadt lenkte. »Ist so eine kleine freie Werkstatt. Der Inhaber hat sich erst gewunden, dann aber eingeräumt, dass er bei einem älteren Opel Astra eine neue Ölwanne eingebaut hat.«

Je näher sie der Sankt-Mang-Brücke kamen, desto klarer wurde Kluftinger, wohin sie da gerade unterwegs waren. Er bekam ein mulmiges Gefühl, als Maier tatsächlich auf den Hof der heruntergekommenen Werkstatt an der Iller einbog: Einer seiner letzten Fälle hatte hier begonnen – man hatte eine ältere Frau umgebracht, die Tat jedoch erst später bemerkt, da der Hausarzt zunächst einen natürlichen Herztod diagnostiziert hatte. Herztod. Damals war dieses Wort nur irgendeine Diagnose für irgendeinen Menschen gewesen, nun löste es Beklemmungen in ihm aus.

»Heu, hat der Zahn nach dem Tod seiner Frau alles verkauft?« Kluftinger deutete auf das neue Firmenschild über dem Werkstatttor. Er hatte nicht weiter verfolgt, was nach Abschluss des Falles aus dem Firmengelände geworden war, sein Weg führte ihn nur selten in diese Gegend.

»Schaut so aus«, sagte Maier nickend. »Auto Hipp«, las er laut, »da müssen wir hin!«

In der Werkstatt erwartete sie bereits der neue Inhaber, ein stämmiger, bärtiger Mann um die fünfzig, der vom Aussehen auch ohne weiteres als Alphirt durchgegangen wäre.

»Hipp, Herbert«, stellte er sich vor. »Ihr könnt aber Hippe zu mir sagen, das machen alle.«

»Wir bleiben vielleicht besser beim Hipp fürs Erste. Mein Name ist Kluftinger, der Kollege Maier, mit dem haben Sie ja gerade schon telefoniert. Also, jetzt erzählen Sie mal.«

»Mei, ich hab vorgestern eine neue Ölwanne in einen silbernen Astra Kombi eingebaut. Baujahr bis 2000, 1,6-Liter-Benziner.«

»Das wissen wir, aber weiter leider nichts. Sie hatten ja am Telefon ausgesagt, Sie wüssten weder das Kennzeichen noch den Namen des Fahrzeughalters.«

»Genau.«

»Das ist aber nach Gesetzeslage schlichtweg unmöglich«, erklärte Maier streng.

Kluftinger sah, dass Hipp nervös wurde.

»Ich weiß, das hört sich blöd an jetzt, ich wollt einfach die Zettel, also den Auftrag und die Rechnung, quasi nachträglich … also … ausfüllen und buchhaltungsmäßig … nachreichen halt, gell?«

»Herr Hipp«, sagte Kluftinger und legte dem Mann die Hand auf den Unterarm, »Sie wollen also sagen, dass Sie das Auto schwarz gerichtet haben?«

»Schwarz ist jetzt aber schon ein bisschen hart, ich hab die Buchhaltung einfach noch nicht ganz so gut im Griff, hab die Klitsche ja erst vor drei Monaten übernommen und das alles gekauft, nachdem der alte Zahn gestorben ist.«

»Ach was, der lebt nicht mehr?« Kluftinger wusste nicht, warum, aber die Nachricht machte ihn betroffen.

»Ja, der ist kurz nach der Geschichte mit dem Mord an seiner Frau und dem Raub … also ich glaub, den hat das alles überfordert. Und ich wollt auch keinen Ärger mit der Polizei, deshalb hab ich das auch gleich gesagt, mit der Ölwanne.«

»Gleich auf mehrmaliges Nachfragen«, ergänzte Maier.

»Ich hab's gesagt, oder? Und bei der Buchhaltung, da gibt es doch immer Anlaufschwierigkeiten. Ich schwör Ihnen aber, dass ich …«

»Herr Hipp«, unterbrach ihn Kluftinger, »uns ist es rechtschaffen egal, ob Sie das schwarz oder illegal oder sonst was gemacht haben, da müssen Sie sich vor anderen verantworten, wenn man Ihnen draufkommt. Ich will wissen, wer das Auto abgegeben hat und wer damit rumfährt.«

»Mir nicht«, zischte Richard Maier.

»Was?«

»Mir ist das nicht egal. Von Amts wegen sind wir verpflichtet, als Polizeibeamte jeder Straftat nachzugehen, von der wir Kenntnis erlangen.«

»Herrschaft, Richie, sei doch nicht immer so pedantisch, das bringt dich noch mal ins Grab. Also, Herr Hipp, uns ist das egal. Wer ist jetzt mit dem Auto gekommen?«

Hipp seufzte erleichtert. »Ein junger Mann, mit langen schwarzen Haaren, die er zu einem Pferdeschwanz gebunden gehabt hat. Der hat ausgeschaut wie ein halberter Indianer!«

»Weiter: groß, klein? Ungefähres Alter, Teile des Kennzeichens?«

»Hat ungefähr ausgeschaut wie der da.« Er zeigte auf eines der zahlreichen Poster, das immer den gleichen Mann zeigte: Bülent Ceylan, stand auf einem. Kluftinger hatte noch nie von dem Mann gehört.

»Ist mein Lieblingskomiker«, erklärte Hipp.

»Aha. Und das Auto?«

»Also, eine OA-Nummer war das. Allenfalls noch OAL.«

»Sehr hilfreich«, schimpfte Maier leise. »Sonst noch was?«

»Mittelgroß war er, also der, der das Auto gebracht hat. Und auf dem Auto, da war mal eine Werbung drauf, von … Herrgott, was war jetzt das? Ich hab ein Scheißgedächtnis, wissen Sie? War das von … einer Wirtschaft oder einer Tankstelle oder … schlagen's mich tot, ich weiß es nimmer! Auf jeden Fall hat man noch gesehen, dass da mal Aufkleber drauf waren, weil drunter der Lack verändert war.«

»Und derselbe Mann hat das Auto auch wieder abgeholt?«

»Gestern Abend, ja. Hat bar bezahlt und sogar noch ein bissle Trinkgeld … also … nicht viel, aber …«

»Meinen Sie, es ist möglich, dass ein Experte ein Phantombild von dem Mann nach Ihren Angaben macht?«, fragte Kluftinger.

»Mei, probiert will's sein, gell?«

»Ist Ihnen sonst noch was aufgefallen an dem Fahrzeug?«

»Saumäßig dreckig war der. Innen mit Erde eingesaut, außen voller Kuhfladen.«

Kluftinger seufzte. Das traf auf gut und gern ein Drittel aller Autos im Allgäu zu.

Sie verabschiedeten sich und bestellten den Mann noch für diesen Tag in die Inspektion. Noch auf dem Weg zurück zur Polizei gab Kluftinger per Funk die Anweisung, man müsse sich anhand der Zulassungsdaten die Halter aller in Frage kommenden silbernen Opel Astra im Oberallgäu und dem Ostallgäu vornehmen. Dass das nicht gerade wenige sein würden, konnte sich der Kommissar durchaus denken. Aber manchmal war eine Ermittlung auch reine Fleißarbeit.

»Endlich, Männer!«, empfing sie Eugen Strobl schon am Eingang zur Dienststelle.

»Heu, kriegen wir heut ein Empfangskomitee?«

»Ich hab euch kommen sehen, da bin ich gleich runter«, erklärte Strobl hastig. »Passt auf, ich hab bei Steiner eine Liste gefunden, die bis auf sechs Namen mit den offiziellen Listen der Klinik, auf denen die Testpatienten vermerkt sind, übereinstimmt. Oder anders gesagt: Auf Steiners Liste stehen sechs Namen mehr, unter anderem zwei, die uns schon mal untergekommen sind – Baur und Burlitz. Die kryptischen Vermerke zu den Namen haben wir allerdings noch nicht entschlüsseln können.«

Zusammen stiegen sie die Treppen zu ihrer Abteilung hinauf, da Kluftinger sich geweigert hatte, den Aufzug zu nehmen. »Wie heißen die anderen?«, fragte er.

»Eine Frau Büttner, ein Herr Klaußner, ein Mehmet Sünalyoglu und eine Frau Marzetti. Allesamt wohnhaft im Allgäu oder zumindest in der weiteren Umgebung.«

»Aber der Name Owsinski steht nicht drauf, oder?«

»Du meinst Opczinsky, die Frau aus Augsburg?«

Kluftinger nickte.

»Nein, Fehlanzeige. Leider.«

»Also, die bitte alle mal kontaktieren und zur Vernehmung einbestellen. Wir wissen ja gar nicht, ob die noch alle leben. Diese Burlitz können wir jedenfalls schon mal streichen.« Sie betraten das Vorzimmer, wo Sandy Henske gerade ein Telefonat beendete.

»Frau Henske, da kommt jetzt dann gleich ein Herr Hipp, mit dem müssen Renns Leute ein Phantombild machen. Das wird sicher nicht ganz einfach werden …«

»Ach, ich hab's heut schon die ganze Zeit mit schwierigen Typen zu tun. Sie glauben nicht, wer da alles anruft und rumnervt!«

Jetzt kam auch Hefele aus dem Gemeinschaftsbüro zu ihnen.

»Schauen Sie hier!« Sandy Henske zeigte auf ihren Computerbildschirm. »Ein Herr Fellner hat um fünfzehn Uhr fünfundvierzig angerufen, um zu sagen, dass er Blut in seiner Küche gefunden habe, um zehn Minuten später Entwarnung zu geben, es sei von einer größeren Menge Rindfleisch, das die Frau als Hundefutter gekauft habe. Dann ungefähr dreißig Leute, die nur mal fragen wollten, wie es denn so mit den Ermittlungen steht, die üblichen Esoteriker und Schamanen, die ihre Dienste bei der Aufklärung anbieten, daneben noch wahnsinnig ambitionierte

Journalisten auf der Suche nach der einen Exklusivstory. Ach ja, und Ihre Frau, Chef, die wissen wollte, ob Sie noch fettarme Milch von unterwegs mitbringen könnten und gefrorene Himbeeren.«

»Milch und Himbeeren«, wiederholte Kluftinger leise, um auf keinen Fall eines der beiden Dinge zu vergessen. »Gut, danke, Fräulein Henske, da werden ein, zwei Tage Überstundenausgleich fällig, das seh ich schon! Bei Ihrem Einsatz rund um die Uhr ...«

»Für uns wäre streng genommen ebenfalls ...«, machte Maier mit quengelnder Stimme auf sich aufmerksam, doch Kluftinger ließ ihn gar nicht aussprechen.

»Ja, Richie, du kommst schon nicht zu kurz. Trauen Sie sich den Telefondienst noch eine Weile zu, Fräulein Henske, oder brauchen Sie eine Ablösung?«

Sandy winkte ab. »Das geht schon. Wird jetzt auch ruhiger gegen Abend.«

Kluftinger nickte anerkennend, dann erklärte er: »Einer von uns müsste halt auf jeden Fall ...«

»Das mach ich«, preschte Hefele vor.

Die Kollegen sahen ihn fragend an. »Ja, ihr könnt ruhig heimgehen, ich halt hier die Stellung. Mit der Sandy ...« Er wurde rot.

»Pass bloß auf, dass du dich da nicht übernimmst, Roland, bei den Stellungen, ich mein, bei der Stellung mit der Sandy«, ätzte Maier.

Es entstand eine peinliche Stille, die Strobl mit den Worten durchbrach: »Ach, und Sandy, wenn du den Roland nicht zu sehr beanspruchen würdest, er ist nicht mehr der Jüngste, gell?«

Letzter Tag

»Herrgottnei, wo isch denn jetzt der Maier?« Kluftinger ärgerte sich maßlos darüber, dass der Kollege sie gerade heute Morgen, in dieser so wichtigen Ermittlungsphase, unentschuldigt im Stich ließ. »Fräulein Henske, haben Sie ihn schon erreicht?«

»Nein, leider noch nicht, aber ich bleib dran.«

»Sagen's ihm, er kann sich gleich eine gute Ausrede einfallen lassen.« Mürrisch betrat der Kommissar wieder den Raum der Arbeitsgruppe.

»Und, habt ihr ihn erwischt?«, fragte Strobl, doch Kluftinger schüttelte den Kopf.

»Also, so schlimm ist das jetzt doch gar nicht«, rief Hefele von seinem Platz aus. »Ich mein, wir müssen ja jetzt nicht Himmel und Hölle in Bewegung setzen. Lasst uns die Zeit einfach genießen.«

»Würd ich ja gern«, brummte Kluftinger, »wenn wir hier nur ein Verkehrsdelikt zu bearbeiten hätten. Aber so brauchen wir jedes Hirn.«

»Und wenn's aus Württemberg kommt«, ergänzte Strobl. »Apropos: Mein Superhirn hat bereits die Liste ausgewertet mit den sechs Namen vom Steiner, die nicht auf der offiziellen Testliste stehen.« Er winkte mit einem Blatt Papier. »Unser Anfangsverdacht hat sich bestätigt: Die hatten alle keinen Defi, war also nicht korrekt, die in die Studie mit aufzunehmen. Wie's aussieht, waren sie alle finanziell nicht grad in einer rosigen Lage und wurden von Steiner in die Sache reingequatscht. Es scheint, nach dem, was seine Kollegen sagen, aber auch die meisten anderen Patienten, alles durchaus aus hehren Motiven gewesen zu sein.«

»Aha, und welche waren das?«, wollte Hefele wissen.

»Er hat wohl wirklich an das Medikament geglaubt. Das zeigen auch seine Unterlagen. Aber, wenn ihr mich fragt: Das nützt den armen Schweinen, bei denen es nicht gewirkt hat, wenig. Zwei von ihnen weilen bereits nicht mehr unter uns. Todesursache brauch ich wohl nicht extra zu erwähnen.«

Kluftinger schluckte. Schon seit dem Aufstehen verspürte er wieder diesen Druck und das Stechen in der linken Brust. Noch war es mehr eine Ahnung, ein Sichanbahnen von etwas Größerem. Er war betrübt, in den letzten Tagen war es ihm doch vergleichsweise gutgegangen.

»Ja, mei, mit dem Herzen geht's oft schnell«, sinnierte Hefele. »Da macht's bumm, und das war's dann. Von einem Tag auf den anderen, ohne Vor…«

»Ist gut, Roland, wir haben verstanden«, unterbrach ihn Kluftinger ärgerlich. »Bist du jetzt neuerdings Kardiologe?«

Die Tür öffnete sich, und Willi Renn betrat den Raum. Er hielt ebenfalls ein Papier in der Hand. »So, da habt's ihr die Zeichnung von eurem Indianer.«

»Was ist los?« Strobl stand auf und nahm dem Erkennungsdienstler das Blatt aus der Hand. Er starrte ungläubig darauf, dann reichte er es an Kluftinger weiter. »Das ist doch dieser Komiker.«

Verwirrt blickte Kluftinger auf die Computerzeichnung. »Ich komm nicht mehr mit: Indianer? Komiker?«

»Das ist das Phantombild, das wir nach den Angaben des Werkstattbesitzers gemacht haben. Du hast ihn doch geschickt. Der das Auto repariert hat, wegen der Ölwanne.«

Kluftinger schlug sich an die Stirn. »Freilich.« Er blickte noch einmal auf das Bild. »Das wird uns nicht viel nützen.«

»Warum?«

»Eugen hat recht. In der ganzen Werkstatt sind so Fotos und Poster gehangen von diesem Komiker. Er hat auch gesagt, dass unser Mann dem irgendwie ähnlich sieht. Aber wie's jetzt aussieht, hat er genau den beschrieben. Und wir können ja wohl schlecht eine Fahndung nach diesem ... na, Cellophan ...«

»Ceylan«, verbesserte Strobl.

»... ja, nach dem halt einleiten. Dann werden wir zu jedem seiner Auftritte gerufen. Der Richie hat ja auch den Eindruck gehabt, dass der ... Kruzifix, wenn halt der Richie schon da wär.«

»Ach komm, jetzt auf einmal entdeckst du die große Zuneigung zu ihm. Fehlt er dir so arg?« Hefele zog eine Schnute. »Schau, wir haben dich doch auch lieb.«

»Depp.« Kluftingers Telefon klingelte. Er hob ab und hörte interessiert zu, wobei er nur ab und zu mit einem »Aha« oder »Wirklich?« sein Interesse signalisierte. Als er einhängte, sahen ihn die Kollegen gespannt an. »Das war der Schneider aus Augsburg«, erklärte der Kommissar. »Die Frau Oblonski ...«

»Wer?«, unterbrach ihn Strobl.

»Na, die aus dem Ordnungsamt, das Mordopfer.«

»Ach, du meinst die Frau Opczynski.«

»Ja, die, danke Roland, zefix.«

»Kein Grund, ausfällig zu werden.«

»Herrgott, jetzt lasst mich doch mal ausreden. Also, die Frau ... Dings, die hat mehrere gerichtliche Auseinandersetzungen gehabt mit Standbesitzern von Jahrmärkten, denen sie die Genehmigung verweigert hat. War wohl eine ganz Scharfe.«

Hefele und Strobl hoben die Augenbrauen.

»Also im dienstlichen Sinne halt. Öfters hat sie auch die Fieranten und Schausteller angezeigt, weil die sie im Streit beleidigt haben. Da war die nicht zimperlich, wie's scheint. Und wisst ihr, gegen wen die schon mal prozessiert hat?«

»Gegen den Indianer«, platzte Hefele heraus. »Oder den Komiker?«

Kluftinger blickte ihn scharf an und sagte: »Ach was. Gegen unseren Wolfhart Fink von der Schießbude.«

329

Strobl stieß einen leisen Pfiff aus. »Mein lieber Herr Gesangs-verein. Jetzt simmer wieder beinand.«

Kopfnickend antwortete Kluftinger: »Ich bin mir sicher, er freut sich irrsinnig über einen weiteren Besuch von uns.«

»So, Herr Fink, Frau Fink, wir sind's wieder. Bitte sperren Sie die Bude zu. Wir gehen nach hinten in Ihren Wohnwagen und un-terhalten uns noch einmal.« Kluftinger hatte beschlossen, nicht lange herumzureden. Es schien ihm das Beste, die Finks ohne Umschweife mit den neuesten Vorhaltungen zu konfrontieren. Vielleicht würden sie dann endlich auspacken.

Die beiden Angesprochenen schauten verdattert drein. »Ich hab gedacht, die Sache wär erledigt«, sagte der Mann, über den Tresen der Schießbude gelehnt. »Sie haben doch nix in der Hand, jetzt sehen Sie endlich ein, dass wir nix getan haben, und lassen Sie uns in Ruh.«

Hefele schaltete sich ein. »Herr Fink, entweder wir unterhal-ten uns jetzt, oder wir lassen Sie wieder festnehmen und bringen Sie auf die Inspektion!«

»Ja, ja, schon recht. Wir kommen ja.«

Zehn Minuten später saßen alle vier im Wohnwagen der Finks.

»Also, Sie wissen ja, dass Frau Ozbinsky ...«

»Opczinsky«, verbesserte Hefele den Kommissar.

»... jedenfalls die Leiterin des Ordnungsamtes Augsburg in der Nacht auf heute getötet wurde.«

Herr und Frau Fink sahen sich überrascht an.

»Der Drachen?«, fragte Frau Fink überrascht. Ihr Mann fun-kelte sie wütend an, woraufhin sie den Kopf senkte und schwieg.

»Ja, der Drachen.« Kluftinger war zufrieden. Es lief besser als erwartet.

»Woher sollen jetzt ausgerechnet wir das wissen, hm?«, blaffte ihn Fink an.

»Wie Sie ja selbst eingeräumt haben, waren Sie nicht gerade die besten Freunde. Sie sind sie wohl schon einmal ziemlich rüde und aggressiv angegangen.«

»Angegangen! Angezeigt hat sie mich, die alte Kuh! Das war eine ganz verbitterte, bürokratische, blöde Ziege! Ja, das sage ich selbst in dieser Situation.« Nun war es seine Frau, die ihn entgeistert anstarrte. »Ist doch wahr. Wenn ich was anderes erzähle, mach ich mich doch nur verdächtig. Außerdem bin ich nicht der Einzige, der das so sieht. Beileibe nicht.«

Seine Frau schüttelte den Kopf.

»Ja, ich weiß schon, über Tote soll man nix Schlechtes sagen, aber die war eine ganz Üble, das können Sie mir glauben. Und überhaupt: Sie sollten doch eigentlich am besten wissen, dass wir ihr nichts getan haben. Oder meinen Sie etwa, wir hätten nicht gemerkt, dass wir überwacht worden sind, hm?«

Genau das hatte Kluftinger zwar gedacht, ging aber nicht weiter auf Finks Bemerkung ein. »Wen haben Sie beauftragt, die Frau zu töten? Wieder so einen armen Teufel wie den Schratt? Einen, der nicht weiß, wo er seinen nächsten Schuss Drogen herbekommt?«

Gertrud Fink ging dazwischen: »Das sind wirklich unerhörte Anschuldigungen, die Sie da erheben! So lassen wir nicht mehr mit uns umgehen. Ich will jetzt einen Anwalt.«

Kluftinger war klar, dass er mit seinen Vorhaltungen eigentlich zu weit gegangen war. Er beschloss, es sich nicht anmerken zu lassen, und zog sein Handy aus der Tasche, um es dann mit großer Geste Frau Fink zu reichen. Sollte sie doch einen Anwalt anrufen. So schnell würde sie keinen aus dem Ärmel schütteln.

Gerade als er das Telefon vor der Frau auf den Tisch legte, fiel sein Blick auf das Display. Irgendjemand hatte ihm ein Foto geschickt. War das von Maier? Er nahm das Telefon wieder an sich und betrachtete das Bildchen mit zusammengekniffenen Augen.

In diesem Moment zog auch Hefele sein Handy heraus und blickte erst auf das Display, dann auf Kluftinger. Er hatte dasselbe Bild bekommen, ein Foto eines silberfarbenen Opel Astra.

»Was soll das?«, fragte der Kommissar leise und schirmte sein Handy vor den Blicken der Schießbudenbesitzer ab, als diese ebenfalls einen Blick darauf werfen wollten. Doch das Bild verschwand von selbst, als das Telefon zu klingeln begann und Strobls Nummer erschien.

»Ja?«

»Ich bin's. Habt ihr das Bild bekommen?«

»Ja.«

»Wisst ihr, was das ist?«

»Nein.«

»Kannst du auch was anderes sagen als ja und nein?«

»Vielleicht …«

Der Kommissar hörte ein Seufzen am anderen Ende. Dann sprach Strobl weiter. »Wir haben ein neues Foto von jemandem aus dieser Reisegruppe bekommen. Du weißt schon, von der Tankstelle in Lindau. Darauf sieht man das Auto viel besser. Also, leider nicht die Nummer, dafür aber die Seite. Inklusive der verblassten Schrift, die da wohl mal drauf war. Von der hat der Werkstattheini doch auch gesprochen. Wir haben das Auto ein bisschen rausvergrößert.«

»Und was steht drauf?«

»Schau's dir an. Ich will euch nicht die Überraschung verderben. Falls ihr's nicht entziffern könnt, ruft zurück.« Es klickte, und auf Kluftingers Display erschien wieder das Foto.

Sie beugten sich beide darüber und starrten ungläubig darauf: Man sah deutlich, dass einmal ein Schriftzug auf dem Wagen geprangt hatte, denn auf dem Lack war offenbar noch der Großteil des Klebstoffes haften geblieben. Obwohl es eigentlich nur noch der Schatten der Schrift war, konnte man sie noch lesen: Rifle.

Kluftinger hielt das Handy jetzt vor die Augen der beiden Besitzer eben dieses Schießstands. »So, reicht Ihnen das als weiteres Indiz, hm?«

»Was soll das sein?«, wollte Frau Fink wissen.

»Da fragen Sie noch? Das Foto wurde an einer Tankstelle in

Lindau gemacht – als ein Wagen, der komischerweise die Werbeaufschrift Ihrer Bude draufhatte, Doktor Steiner auf seiner wahrscheinlich letzten Fahrt gefolgt ist. Wollen Sie jetzt nicht endlich reden?«

Fink lachte bitter auf.

»Was wir Ihnen erzählen können, ist, dass das Auto da drauf zwar mal unseres war, aber wie Sie wissen, fahr ich mittlerweile einen Omega und keinen Astra mehr. Capito?«

»Capito?« Kluftinger schluckte seinen Zorn hinunter. Er würde mehr erreichen, wenn er hier nicht herumschrie. »Auf wen ist der Wagen denn dann zugelassen?«

»Ich sag doch, ich hab ihn verkauft, der war total runter. Hatte über dreihundertfünfzigtausend drauf, das ist ne Menge für nen eins sechser Diesel. Und Öl gebraucht hat der! Lang macht's der nicht mehr, wundert mich, dass er überhaupt noch läuft.«

»Herrgott, dann sagen Sie uns halt endlich, an wen Sie das Auto dann angeblich verkauft haben wollen!«

»Ja, an die Zieglers, vom Karussell!«

»Haben Sie einen Kaufvertrag?«

Fink schüttelte abfällig den Kopf. »Ich hab dreihundert Euro gekriegt, meinen Sie, da mach ich extra Verträge?«

»Klingt ziemlich dünn, finden Sie nicht?«, fragte Hefele.

»Ist deswegen aber nicht weniger richtig.«

»Wo wohnen denn dann diese Zieglers?«

»Das kann ich Ihnen nicht mal genau sagen: Die kennen wir schon ewig, das sind die mit dem Kinderkarussell, wissen Sie? Früher hatten die auch noch zusätzlich das Kettenkarussell. Gab's doch damals den Unfall in Augsburg, und seitdem ist es da bergab gegangen. Früher waren die immer hier, mit den handgeschnitzten Figuren.«

Es entstand eine Pause, in der Kluftinger die beiden intensiv musterte. Dann erklärte er: »Also Herr und Frau Fink, das reicht mir nicht. Immer wieder kommen wir auf Sie, und immer wieder haben Sie irgendwelche Ausflüchte. Gut, den Mord in Augsburg haben Sie nicht begangen, das wissen wir tatsächlich.

333

Aber irgendwas haben Sie mit der Sache zu tun, da müsst ich mich schon schwer täuschen. Und deswegen ...«, er machte eine Handbewegung in Richtung Tür, »... darf ich Sie mal wieder zu uns bitten. Den Weg kennen Sie ja.«

»Recherchiert mal bitte über einen Karussellbetrieb Ziegler. Das alte Kinderkarussell vom Jahrmarkt. Und überprüft bitte, ob auf jemand von denen ein Astra zugelassen ist.«

Kluftinger war bereits wieder in ihrem provisorischen Gemeinschaftsbüro, während Hefele sich noch einmal die Finks vornahm. Er hatte es dem Kollegen überlassen, denn das Stechen in seiner Brust hatte sich verstärkt, und er wollte sich etwas ausruhen. Wenn es so weiterging, würde er nicht mehr lange arbeiten können.

»Ziegler – waren das nicht die mit dem Unfall damals? In Ulm oder Augsburg oder so?«, mutmaßte Strobl.

»In Augsburg, ja. Schau doch bitte, ob du da was drüber findest, Eugen. Notfalls bei den Kollegen.«

»Etwas hab ich schon«, erklärte der und zog seine schwarze Aktentasche unter dem Schreibtisch hervor. »Neulich war doch so eine Sonderbeilage über den ›Jahrmarkt im Wandel der Zeit‹ in der Zeitung. Da war auch ein Foto vom alten Kinderkarussell dabei.«

Er schlug die Zeitung auf, blätterte eine Weile darin herum, dann hatte er offenbar gefunden, wonach er suchte: »Schau, da steht, dass der Betrieb insolvent und heuer zum ersten Mal nicht mehr da ist.«

Dann reichte er Kluftinger die Zeitung. Der betrachtete das Foto oberflächlich und war bereits drauf und dran, es wieder wegzulegen, als er etwas entdeckte. Er kniff die Augen zusammen und bemühte sich, auf ein klitzekleines Detail zu fokussieren. Doch je mehr er sich anstrengte, desto mehr verschwamm es vor seinen Augen.

»Herrgott, der Richie wenn endlich mal kommen tät, der hat

wenigstens gute Augen! Schau mal, Eugen, kannst du da was entziffern? Da steht doch: Karussellbetrieb Ziegler, Inhaber …«

»Inhaber J. Burlitz«, ergänzte Strobl.

»Was?« Kluftinger war für einen Moment sprachlos. »Himmelherrgottsakrament!« Nun purzelten die Puzzleteile in seinem Kopf an ihren Platz. »Jetzt wird's Tag«, keuchte er. »Die Burlitz! Die haben ein Karussell! Das ist der Zusammenhang zwischen den Herzen und dem Jahrmarkt, den wir so lange gesucht haben!«

Strobl ließ sich bass erstaunt auf einen Stuhl sinken.

»Nix, Eugen. Jetzt geht's los. Komm mit!«

Als sie mitten in Hefeles Vernehmung von Wolfhart Fink platzten, sah sie ihr Kollege mit großen Augen an.

»Herr Fink«, legte Kluftinger sofort los, »warum haben Sie uns nicht gleich gesagt, dass Sie das Auto an die Familie Burlitz verkauft haben?«

»Burlitz?«, wiederholte Fink. »Ach so, genau. Klar, die vom Karussell heißen Burlitz! Der Roger und die Jessica halt. Aber alle haben immer nur Ziegler gesagt zu denen. Weil ja auch das Karussell und der ganze Betrieb so heißt. Wissen Sie, bei uns, da gibt's noch richtige Dynastien, und …«

»Geschenkt.« Kluftinger wandte sich um. »Männer, mitkommen.«

Als sich die Tür hinter ihnen schloss, fragte Hefele verwirrt: »Wie jetzt, Ziegler? Burlitz? Kann mich mal einer auf den Stand bringen?«

»Kann ich, Roland, kann ich. Mach ich alles auf dem Weg nach Hegge.«

Der Weg zur Wohnung des Ehepaars Burlitz war nicht weit, aber Kluftinger kam es vor, als seien sie Stunden unterwegs. Dabei waren es nur wenige Kilometer bis nach Hegge, einem tristen Ortsteil von Waltenhofen, der mit dem Stadtrand von Kempten zusammengewachsen war. Kluftinger fuhr mit Strobl und Hefele im Dienstwagen, auf dem nervös ein Blaulicht zuckte; er saß hinten und verbrachte die meiste Zeit damit, herauszufinden, ob das nicht mehr zu leugnende Ziehen in seiner Brust durch die Aufregung, die die neue Entwicklung verursachte, nun stärker oder schwächer geworden war. Oder ob es sich gar nicht veränderte, was er als positives Zeichen deuten würde. Allerdings war er sich am Schluss überhaupt nicht mehr sicher, zu sehr hatte er sich auf sich selbst konzentriert. Das war eines der Mysterien des menschlichen Körpers: Das Herz beispielsweise schlug unaufhörlich und vom Menschen unbeachtet wie eine Maschine vor sich hin, aber wenn man einmal damit begann, auf das Schlagen zu achten, auf den nächsten Schlag zu warten, konnte es zur Qual werden. Dann erschien nichts mehr natürlich, jede kleine Arrhythmie wurde beängstigend – obwohl man sie vielleicht erst durch die übertriebene Aufmerksamkeit ausgelöst hatte.

So war der Kommissar also doppelt froh, als sie mit dem Einsatzteam endlich vor der Wohnung der Verdächtigen, einem schmucklosen Wohnblock, ankamen. Hier übernahmen zunächst die schwarz gewandeten Kollegen des Spezialeinsatzkommandos, die für Zugriffe ausgebildet waren. Sie pirschten sich, ihre Maschinenpistolen im Anschlag, an die Eingangstür heran, die Kriminaler folgten ihnen in ein paar Metern Abstand. Der Eingang zu dem Mehrparteienhaus stand offen, und so gelangten sie ins Treppenhaus. Im Hochparterre blieben sie vor der Tür stehen, deren Klingel mit einem schon etwas abgeschabten Aufkleber versehen war, auf dem kaum lesbar der Name »Burlitz« stand.

Drei Männer des SEK brachten sich auf der Treppe neben der Tür in Stellung, einer positionierte sich mit einem großen Schild frontal davor, ein anderer mit der Waffe im Anschlag daneben. Direkt dahinter standen Kluftinger und Strobl, Hefele hatte sich zwei Stufen unter ihnen plaziert. Jetzt hob der Mann mit dem Schild die Hand und vollführte mit den Fingern einen lautlosen Countdown. Als er bei drei war, geschah etwas, was keiner erwartete: Die Bayernhymne erklang. *Gott mit dir, du*

Land ... Strobl und Hefele zuckten bei den ersten Tönen nervös zusammen, doch die vermummten Männer blieben ruhig. Ganz langsam drehte sich der Bewaffnete zu ihm, und Kluftinger blickte in zwei zu Schlitzen verengte Augen. Noch während der Mann den Kopf schüttelte, holte der Kommissar sein Handy aus der Tasche und schaltete es mit zitternden Fingern aus. Er sah gerade noch, dass es Erika war, die ihn anrief, dann wurde das Display schwarz.

Noch einmal hob der Mann am Schild die Hand, spreizte fünf Finger ab und begann den Countdown erneut. Bei drei hielt er kaum merklich inne, dann zählte er weiter, bis seine Hand sich zur Faust ballte. Auf einmal ging alles ganz schnell: Es krachte gewaltig, als einer der Vermummten mit einem Rammbock die Tür aufbrach und die schwarzen Männer ins Innere stürmten, dabei laut durcheinanderriefen und sich von Zimmer zu Zimmer vorarbeiteten. Nach nicht einmal einer Minute war der Tumult vorbei.

»Keiner da«, lautete der knappe Kommentar eines der schwarz Gekleideten, der daraufhin seine Maske vom Gesicht zog. Kluftinger blickte in ein für ihn überraschend jungenhaftes Gesicht. Nach dem Auftritt eben hatte er ein Gegenüber mit markanteren Zügen erwartet. Er zuckte mit den Schultern und sah den Mitgliedern der Spezialeinheit dabei zu, wie sie die Wohnung wieder verließen. Als sich der Letzte an ihm vorbeischob, tippte der sich zum Gruß an die Stirn und sagte zum Kommissar: »Gott mit dir.«

Du mich auch, lag dem Kommissar auf der Zunge, doch er verkniff sich jeglichen Kommentar. Er hoffte, dass die Episode möglichst schnell in Vergessenheit geraten würde –, obwohl er insgeheim wusste, dass sie noch in vielen bierseligen Runden hervorgekramt werden würde.

Hefele trat zu ihm. »Ich hab die Fahndung schon veranlasst. Jetzt können wir nur noch hoffen.«

»Das reicht mir nicht«, erwiderte Kluftinger und begann, sich in der Wohnung umzusehen. Sie war so ärmlich eingerich-

tet, wie das die finanzielle Situation von Herrn und Frau Burlitz hatte vermuten lassen. Allerdings war alles penibel sauber,
das fiel Kluftinger auf. Ob sie einfach über einen ausgeprägten
Ordnungssinn verfügten oder versucht hatten, möglichst wenig
Spuren zu hinterlassen, vermochte er im Moment nicht zu sagen.
Komisch allerdings kam ihm vor, dass die beiden offensichtlich
nicht über ein gemeinsames Schlafzimmer verfügten. Stattdessen befanden sich in zwei kärglich eingerichteten Räumen lediglich Einzelbetten.

»Klufti?« Strobl rief aus dem Treppenhaus.

Als der Kommissar hinaustrat, sah er seinen Kollegen neben
einer älteren Frau in Leggins und Pullover stehen, die nervös ihre
Finger knetete.

»Frau Merk hier wohnt zwei Stock weiter oben«, erklärte
Strobl. Bevor er weiterreden konnte, platzte es aus der Frau heraus:
»Ich hab heut Nacht einen Lärm gehört, also, Lärm ist vielleicht
das falsche Wort, eher so ein, ich weiß auch nicht, jedenfalls bin
ich wach geworden, ich schlaf ja so schlecht, seit der Geschichte
mit meinem Kreuz, jedenfalls bin ich wach geworden und gleich
zum Fenster, also nicht, dass ich neugierig bin, aber man liest ja so
viel, und wo ich sowieso grad wach war, hab ich gedacht, aber ist
ja jetzt egal, ich bin jedenfalls zum Fenster, und da hab ich sie im
Auto wegfahren sehen.«

Kluftinger wartete ein paar Sekunden, um die Informationen
aus dem Redeschwall herauszufiltern. Dann fragte er: »Wen?«

»Die Burlitzens. Also beide. Sind weggefahren. Und es war ja
schon spät, also eher früh, ich hab nicht auf die Uhr geschaut.
Fünf Uhr vierunddreißig. Ungefähr.«

Die Polizisten blickten sich an. »Können also noch nicht so
weit sein«, formulierte Strobl den Gedanken, den sie beide hatten.

»Haben sie denn irgendwas ausgefressen?«

Kluftinger hatte schon auf die Frage gewartet. Sie kam immer,
wenn Nachbarn etwas gesehen haben wollten. »Bin mir nicht
sicher«, antwortete er knapp.

Die Frau nickte. »Ja, freilich, ich mein ja nur, weil ich mir das schon immer gedacht hab, dass da was nicht stimmt mit denen.« Kluftinger seufzte.

»Seit sich der Vater umgebracht hat, damals wegen dem Unfall, also da war's vorbei. Da sind die ganz anders geworden. Die ganze Familie wohnt ja schon immer hier.«

»Wann hat die Jessica Burlitz denn geheiratet?«

»Geheiratet? Nicht dass ich wüsste.«

»Na ja, der Herr … also dieser Roger …«

»Ach was, das ist doch ihr Bruder! Die sind beide ledig.«

Kluftinger nickte. Nun fügten sich noch mehr Bausteine zusammen. Das verwaiste Geschwisterpaar, das mit seinem Kummer über den Tod der Eltern nicht hinwegkam.

»Die Mutter ist ja dann auch krank gewesen, schlimm, also ich will nix sagen, aber das hat denen den Rest gegeben, da würd man sich ja nicht wundern, wenn einen so was aus der Bahn wirft. Es kommt immer eins zum anderen. Jedenfalls der Auslöser, das war der Selbstmord, da können Sie fragen …«

»Danke, Frau Merk.« Kluftinger hatte keine Nerven mehr für die redselige Nachbarin und ging wieder in die Wohnung. Dort betrat er die Küche, in der Hefele wie versteinert in eine Schublade starrte.

»Was gefunden?« Der Kommissar schaute ebenfalls hinein und schluckte, als er sah, was die Aufmerksamkeit seines Kollegen erregt hatte. Es waren dieselben Streichholzhefte, die sie bei den Opfern gefunden hatten: schwarz, ohne Aufschrift, mit schwarzen Hölzchen darin. An die zwanzig Packungen, allesamt unversehrt. Drum herum lag allerdings etwa ein Dutzend loser Streichhölzer. Wie es schien, war das Paar mit einem weiteren präparierten Heftchen bereits unterwegs zu seinem letzten Opfer.

»Fräulein Henske, hat sich jetzt der Maier Richie endlich mal gemeldet?«, fragte Kluftinger, als sie wieder in die Dienststelle zurückkamen. Er stützte sich auf dem Schreibtisch seiner

Sekretärin auf, denn die Schmerzen in seiner Brust hatten stark zugenommen, seit er vor gut einer Stunde von hier aufgebrochen war. Er war kurzatmig und verschwitzt.

»Nee, bei mir nich. Hab's immer wieder probiert, der hat das Handy aus.«

Kluftinger bemerkte einen leicht besorgten Unterton in Sandys Stimme. Ob wegen ihm oder wegen Maier, vermochte er nicht zu sagen.

»Bitte weiter probieren. Gibt es was von der Einsatzzentrale wegen der Fahndung nach den Burlitz?«

Sandy Henske schüttelte den Kopf. »Noch nicht. Die machen aber im ganzen Umland Kontrollen, vor allem nach dem Astra natürlich. Ach ja, der ist übrigens tatsächlich auf den Karussellbetrieb Ziegler angemeldet, kein Wunder also, dass der Name Burlitz in den Zulassungslisten nirgends aufgetaucht ist.«

»Gut, sobald es was Neues gibt, bitte gleich her damit.« Er winkte seinen beiden Kollegen und zog hinter ihnen die Tür zu ihrem improvisierten Gemeinschaftsbüro zu.

»Also, Männer, was haben wir?« Kluftinger nahm ächzend auf seinem Drehstuhl Platz. Die Kollegen beobachteten mit gerunzelter Stirn, wie er versuchte, eine möglichst schmerzfreie Sitzposition zu finden. Schließlich legte er die Beine auf den Schreibtisch und verschränkte die Arme hinter dem Kopf. Dann begann er, laut zu denken: »Die Burlitz haben den Hübner umgebracht, weil der ihrer Mutter eine miese Versicherung angedreht hat. Für den Mord an Doktor Steiner dürfte das Motiv auch klar sein: Die Testreihe hat ihre Situation nur verschlimmert und möglicherweise zu ihrem Tod geführt. Damit sind wir bei der Frau Jablonski.«

»Opczinsky«, korrigierte Hefele.

»Genau. Die Verbindung zu ihr liegt ja auf der Hand, schließlich waren die mit dem Karussell auch immer wieder auf dem Plärrer in Augsburg. Aber inwiefern die Händel hatten mit der Frau, wissen wir noch nicht.«

»Ich geh dem mal nach«, bot Strobl an und griff nach den

Zeitungsartikeln über das Karussell, die auf dem Schreibtisch vor ihm lagen.

»Moment«, hielt ihn Kluftinger noch zurück, »wegen dem Unfall beim Karussell, der war doch in Augsburg … Vielleicht ist das ja der Schlüssel zu dem Ganzen!«

Strobl nickte. »Ich hab's vorher mal überflogen: In der Zeitung steht irgendwas von einem Vorschaden, aber ich klär das.«

»Wend dich doch am besten an die Augsburger Kollegen. Die sollen dir alles an Akten schicken und mailen, was sie über den Unfall haben.«

Eugen Strobl seufzte. »Danke. Da wär ich von selbst nie draufgekommen.«

»Schon recht. Jedenfalls muss der dritte Mord irgendwie damit zu tun haben.«

»Der vierte, Klufti«, korrigierte Hefele.

Kluftinger sah ihn stirnrunzelnd an.

»Der Taximord!«

»Mein Gott, freilich! Logisch, wir müssen ja noch rausfinden, was sie dazu bewogen hat, den Taxifahrer umbringen zu lassen. Apropos: Wie geht es dem denn?«

»Er ist tot.«

»Was?«

»Der Taxifahrer ist tot.«

»Herrgott, freilich, ich mein den Täter.«

»Unverändert«, erklärte Hefele. »Soviel ich weiß, ist der noch immer nicht bei sich.«

»Ich red noch mal mit der Witwe des Taxifahrers, die war doch kurz nach der Festnahme da und hat sich so nett bedankt für den Ermittlungserfolg.«

»Ja, das hat dir wieder geschmeichelt, gell?«, sagte Strobl grinsend. »Klufti, der Tröster aller Witwen und Waisen.«

»Deppen«, entfuhr es dem Kommissar, dann zog er sich in die Stille seines eigenen Büros zurück.

»Frau Holz, wie geht es Ihnen?«

Auch wenn Kluftinger nicht bei der Witwe angerufen hatte, um sich nach ihrem Befinden zu erkundigen: Ein wenig Einfühlungsvermögen konnte trotz des Zeitdrucks, unter dem die momentanen Ermittlungen standen, nicht schaden. Allerdings löste seine Frage einen mehrere Minuten dauernden Weinkrampf bei der Frau aus, nur einzelne Wortfetzen konnte er noch verstehen. Kluftinger stellte das Telefon auf Lautsprecher und legte den Hörer auf den Tisch. Er sah aus dem Fenster, die Augen auf einen unbestimmten Punkt gerichtet. Nur hin und wieder streute er in die Klage der Frau ein bestätigendes oder verständnisvolles »Mhm« ein. Alles war heute grau in grau, fast schien es, als wolle der Winter doch noch einmal zurückkehren. Während er so dasaß, legte er eine Hand auf seine linke Brust. Das Stechen machte sich inzwischen bei jedem Luftholen bemerkbar. Sobald das hier vorbei war, musste er dringend zu einem Facharzt. Half ja nichts.

Das Schluchzen der Frau ebbte ab, und er nutzte die Pause für eine weitere Frage: »Hören Sie, Frau Holz, ich bräuchte von Ihnen ein paar Informationen über die Krankengeschichte Ihres Mannes. Wir müssen wohl die Hintergründe des Verbrechens ganz neu bewerten. Allem Anschein nach handelt es sich gar nicht um einen Raubmord.«

Noch zwei-, dreimal ein leises Schniefen, dann hatte sich Kluftingers Gesprächspartnerin offensichtlich wieder gefangen. »Um Himmels willen! Was könnte denn dann der Grund sein …«

»Genau um das zu klären, müssten Sie mir noch ein paar Fragen beantworten.«

»Was möchten Sie wissen?«

»Mich interessiert vor allem die Sache mit der Transplantation. Würden Sie mir kurz erzählen, wie es dazu kam?«

»Nun, mein Mann war ziemlich weit oben auf der Liste vom Transplantationszentrum in Ulm. Das haben die Ärzte uns schon so signalisiert. Es ging ihm immer schlechter, und bald war klar, dass ihm am Ende nur ein Spenderorgan dauerhaft helfen würde. Aber man weiß doch nie, wann irgendwo ein passendes Herz zur

Verfügung steht. Wir waren eigentlich schon auf Abruf bereit. Es ging mehr schlecht als recht, bis dann eines Tages eine weitere Krise kam. Mein Mann ist von einer Minute auf die andere völlig zusammengebrochen. Die haben ihn sofort nach Ulm geflogen, mit dem Hubschrauber, und was da passiert ist, das war für uns wie ein Wunder.«

Die Frau sprach nicht weiter. Der Kommissar wartete eine Weile, ohne etwas zu sagen, dann fuhr sie mit brüchiger Stimme fort: »Wissen Sie, wir hatten ja damit gerechnet, dass er diese Krise nicht überstehen würde, und dann hat die Klinik angerufen. Später haben wir erfahren, dass sie bereits jemand anders benachrichtigt hatten, der war schon kurz vor der OP, aber wegen des Zustands meines Mannes wurde er vorgezogen bei der Transplantation.«

»Und die andere Person?«

»Das weiß ich nicht, man erfährt da ja eigentlich nichts drüber. Auch nicht über den Spender. Aber vermutlich ging die leer aus. Schreckliche Vorstellung.« Frau Holz machte eine kurze Pause, um mit resigniertem Ton nachzuschieben: »Wahrscheinlich hätte das Herz dem anderen mehr gebracht als meinem Siegfried! Hätte jemand anders es gekriegt, würde es wohl noch schlagen.«

»Da können Sie recht haben, Frau Holz, wenn auch nicht so, wie Sie meinen. Vielen Dank, Sie haben mir sehr geholfen, ich melde mich bei Ihnen, wenn es gesicherte neue Erkenntnisse gibt.«

Als er zurück ins Gemeinschaftsbüro kam, war nur Hefele da. Er berichtete ihm von seinem Telefonat und schloss mit den Worten: »Ich hab so eine gewisse Ahnung, wer diese Person gewesen sein könnte, die da auch auf das Herz gewartet hat.«

Hefele nickte. »Soll ich deine Ahnung in Gewissheit verwandeln?«

»Das wäre ein Traum«, antwortete Kluftinger und nahm wieder seine Schonhaltung ein.

»Also, wenn ich dir damit einen Traum erfülle, dann bin ich dabei!«

Erst als die Tür hinter seinem Kollegen ins Schloss fiel, wurde dem Kommissar durch die einsetzende Stille bewusst, wie turbulent der heutige Tag verlaufen war. Die letzten Stunden waren von einer beispiellosen Hektik erfüllt gewesen, weswegen ihm die plötzliche Ruhe bleiern und schwer erschien. Er rieb sich die Brust. Immerhin hatte er mittlerweile herausgefunden, welche Bewegungen besonders heftige Stiche auslösten, und vermied diese tunlichst. Dennoch blieb ein dumpfer, drückender Grundschmerz, der seinen Tag noch beschwerlicher machte, als er ohnehin schon war.

Er versuchte, an etwas anderes zu denken. Der Fall war nun in einer entscheidenden Phase. Wie von selbst wanderte sein Blick hinüber zur Pinnwand, auf der die bisherigen Morde verzeichnet waren. Der Taxifahrer, der Versicherungsmakler, der Arzt, die … Ein erneuter Stich im Brustkorb ließ Kluftinger zusammenzucken. Doch diesmal war es keine falsche Bewegung, die den Schmerz ausgelöst hatte, sondern ein Gedanke, der ihn regelrecht durchfuhr und ihm Schweißperlen auf die Stirn trieb. Er setzte sich auf. Seine gesamte Aufmerksamkeit galt nun der Pinnwand vor ihm. Natürlich, das war es! Er musste regelrecht vernagelt gewesen sein, dass ihm das nicht schon früher aufgefallen war. Jetzt, wo es ihm dämmerte, schien es so offensichtlich. Doch noch vor ein paar Minuten waren sie allesamt an diesem Problem gescheitert.

»Die Reihenfolge auf der Wand ist falsch«, flüsterte er in die Stille des Raums, als habe er Angst, der Gedanke könne wieder verschwinden, wenn er ihn nicht aussprechen würde. Langsam erhob er sich, ging auf die Wand zu und ordnete die Notizen, die dort hingen, neu. Als er fertig war, trat er ein paar Schritte zurück, ohne die Wand aus den Augen zu lassen. Er stieß gegen die Tischkante und setzte sich wie in Trance darauf, das Bild vor sich ungläubig fixierend.

Sie hatten die Dokumente in der Abfolge der Leichenfunde angeheftet, tatsächlich war aber die zweite Leiche, die sie gefunden hatten, also die des Versicherungsmaklers, bereits der dritte Mord gewesen. Das wussten sie längst, aber wegen der Anordnung auf der Pinnwand hatte der Gedanke, der Kluftinger gerade wie ein Blitz getroffen hatte, keine Gestalt annehmen können, war eine vage, lähmende Ahnung geblieben, dass sie irgendetwas Wesentliches übersehen hatten.

Doch jetzt, im Angesicht der richtigen zeitlichen Abfolge und mit den Informationen über die Täter, die er heute gewonnen hatte, war es klar: Er blickte nicht nur auf eine lose Folge verschiedenster, brutaler und willkürlicher Morde. Nein, er blickte auf eine Kausalkette. Alle diese Morde hatten ein und denselben Ursprung, und jeder Mord bedingte den anderen.

Er ließ sich ein paar Sekunden Zeit, um diese Erkenntnis zu verdauen. Dann fiel ihm ihr Abstecher in die Wohnung der Täter wieder ein: Hatte nicht die Nachbarin des Geschwisterpaars das heute schon angedeutet? *Es kommt immer eins zum anderen,* hatte sie gesagt. Vielleicht war es genau dieser Satz gewesen, der sich in seinem Unterbewusstsein festgesetzt und ihn nun zu dieser Klarheit geführt hatte.

Natürlich kam hier eins zum anderen.

Und Ausgangspunkt war der Selbstmord des Vaters, hatte die Frau außerdem gesagt. Aber das stimmte nicht, das war nicht der Auslöser, nicht in den Augen der Mörder, die tote Ordnungsamtschefin belegte das.

Der alte Mann hatte sich umgebracht, weil es mit seinem Betrieb, seinem Lebenswerk, dem Lebenswerk mehrerer Generationen seiner Familie bergab gegangen war. Doch auch für diesen wirtschaftlichen Niedergang hatte es einen Grund gegeben: den Unfall mit dem schwerverletzten Kind. Natürlich wollte danach niemand mehr in ihr Kettenkarussell einsteigen. Ob sie etwas dafür konnten oder nicht. Egal, ob das Sicherheitsrisiko überhaupt noch bestand. Schließlich war dann nur noch das alte Kinderkarussell mit den geschnitzten Figuren geblieben.

Die Geschwister gingen davon aus, dass die Schuld bei anderen lag. Und machten die Frau vom Ordnungsamt, die ihnen einen vermeintlich schlechten Platz zugewiesen hatte, als Verantwortliche und damit als Opfer aus.

345

Damit war diese Frau zwar die letzte Leiche, aber der erste Dominostein, der die anderen unweigerlich umgestoßen hatte, das am weitesten zurückliegende Glied der Kausalkette, die dem mordenden Geschwisterpaar die Richtung vorgab. Weiter ging es mit der daraus resultierenden Krankheit der Mutter, die nur deswegen nicht richtig behandelt werden konnte, weil der Versicherungsmakler ihr das falsche Produkt angedreht hatte: Christian Hübner. Dann der Arzt, der sie trotz fehlendem Defibrillator in die Studie aufgenommen hatte. Doktor Steiner, Opfer Nummer zwei. Und schließlich der Taxifahrer, der das Herz bekommen hatte, das eigentlich für die Mutter reserviert gewesen war. Vielleicht das tragischste Opfer von allen. Hatte er bei der Zuteilung nachgeholfen? Es hatte in letzter Zeit ja einiges über dubiose Praktiken bei Organspenden in der Zeitung gestanden. Eigentlich spielte das hier aber nur am Rande eine Rolle, darum würden sich andere kümmern müssen. Am Ergebnis änderte es ohnehin nichts.

Der Kommissar war bestürzt. Es war eine pervertierte Opferrolle, in die sich die Familie geflüchtet hatte. Eine Kette von Schuldzuweisungen, die jegliche Verantwortung für das eigene Leben negierte. Wäre denn das Unglück auf einem anderen Platz nicht passiert? Hätten sie das Ruder trotz des Unfalls noch herumreißen können, wenn die Mutter noch am Leben wäre?

Wäre, hätte, könnte … Kluftinger wurde mit einem Mal die Gefährlichkeit solch hypothetischer Überlegungen bewusst. Hatte er nicht in den letzten Tagen immer wieder selbst so gedacht: *Hätte er sich in der Vergangenheit weniger Kässpatzen einverleibt, wäre seine Fitness besser. Wäre seine Fitness besser, hätte er sich leichter zum Sport aufraffen können. Hätte er mehr Sport getrieben, hätte er nun nicht die Probleme mit dem Herzen.* Allerdings gab es einen entscheidenden Unterschied zwischen seinen Überlegungen und denen der Geschwister Burlitz: Er sah sich selbst als Ausgangspunkt aller Versäumnisse. Er stellte die Weichen in seinem Leben, und er allein konnte den Zug auch wieder aufs richtige Gleis setzen.

Doch die mörderischen Geschwister hatten sich bei ihrer Suche nach dem Ursprung ihres verpfuschten Lebens vergaloppiert. Und irgendwann wohl nicht mehr den geringsten Zweifel daran gehabt, dass es diese Verkettung negativer Ereignisse war, die sie alle ins Unglück gestürzt hatte.

Aber wenn man das in aller Konsequenz weiterdenken würde: Wie weit konnte man dann gehen? Bis zur Kindergärtnerin, die einen gekränkt hatte, woraufhin die Eltern das Kind trösten mussten, statt sich mit dem neuen Kreditantrag zu beschäftigen, was dazu führte ... Er hielt inne: Nein, sie hatten durch ihre Streichhölzer deutlich zu verstehen gegeben, dass sie nur noch ein Glied in ihrer Kette hatten, um das sie sich »kümmern« wollten. Einen letzten Grund. Der Ursprung allen Leids, das sie erfahren und nun mit vielfachem Leid vergolten hatten.

Er schluckte, als ihm bewusst wurde, dass sie nun tatsächlich alle Fäden in der Hand hielten, um dieses letzte Glied rechtzeitig zu finden. Sollte es einen weiteren Toten zu beklagen geben, wäre es allein ihrer mangelnden Kombinationsgabe zuzuschreiben.

Die Tür ging auf. Kluftinger wirbelte herum, woraufhin Strobl erschrocken stehen blieb. »Hast du einen Geist gesehen?«, fragte er seinen Vorgesetzten.

»Ich ... hm?«

»Du bist ja käseweiß. Bist du wieder krank?«

»Schmarrn. Ich mein ... was hast du denn rausgekriegt?«

»Also: Ich hab mit denen vom Augsburger Ordnungsamt telefoniert und außerdem noch mit einem Gutachter, der damals mit dem Karussellunfall zu tun hatte. Das ist ganz interessant. Die Burlitz haben wohl den Standplatz verantwortlich gemacht dafür, dass das Unglück passiert ist. Damit hätten wir das Motiv. Das Gerät ist irgendwie aus der Achse gekommen, und weil es eng war, hat sich eine der Karussellketten in einer Absperrung verfangen. Ganz genau hab ich das nicht verstanden, der Gutachter schickt uns da aber noch was dazu. Schicksal, würd ich sagen.« Strobl zuckte mit den Schultern.

347

»Das sehen die beiden wohl anders«, erwiderte Kluftinger und zeigte auf die Pinnwand.

»Mhm, scheint so. Übrigens hat der Gutachter noch was Interessantes gesagt.«

Kluftinger stand auf. »Was denn?«

»Es wär wohl nix passiert, wenn das Karussell in einwandfreiem Zustand gewesen wäre. Aber irgendwas war mit dem zentralen Gestänge vorher schon nicht in Ordnung.«

Kluftinger strich sich nachdenklich übers Kinn. Wie passte das zu der These, dass es aus Sicht der Geschwister noch einen weiteren Verantwortlichen in der Vergangenheit gab?

»Die Beschädigung rührt nach Meinung des Gutachters von einem unsachgemäßen Transport von einem Standplatz zum nächsten.«

»Hm?« Kluftinger hatte nicht richtig zugehört.

»Es war so.« Strobl setzte sich und blickte in seine Notizen. »Sie hatten wohl einen Standplatz, auf dem sie immer waren, wo sie ihre Sachen abgestellt haben, wenn kein Markt war. Du weißt schon, so eine Art Winterquartier. Und da hat man sie irgendwann vertrieben. Genaueres wussten die auch nicht. Aber bei diesem ziemlich hektischen Transport muss ein kleiner Unfall passiert sein. Und der hat dann …«

»… die ganze Kette in Gang gesetzt«, vollendete Kluftinger und setzte sich wieder.

»Was für eine Kette denn?« Strobl schien verwirrt, doch Kluftinger winkte ab.

»Wo war denn der Standplatz, von dem sie vertrieben worden sind?«

»Warte, das war irgendwo in der Nähe. Muss ja sein, schließlich wohnen die hier. Haben gewohnt, mein ich.« Er blätterte hektisch in dem Papierstapel vor sich. Kluftinger beugte sich ungeduldig vor. Er spürte, dass sie der Lösung ganz nah waren.

»Leutkirch«, sagte Strobl schließlich.

»Und wer hat sie von dem Platz verscheucht?«

»Keine Ahnung, die Stadtverwaltung vielleicht. Aber das

müsste ja rauszufinden sein.« Strobl stand auf, öffnete die Tür und rief: »Sandy, kannst du für uns mal beim Ordnungsamt in Leutkirch anrufen? Oder den Richie, falls der wieder erreichbar ist, dann soll er das machen, der kennt da doch vielleicht jemanden.«

Schon eine Minute später klingelte das Telefon.

»Ja, Kluftinger? Ist gut, stellen Sie mal durch, Fräulein Henske.« Er drückte auf die Lautsprechertaste, so dass Strobl mithören konnte. In diesem Moment betrat auch Hefele wieder das Zimmer. Strobl legte seinen Zeigefinger an die Lippen und bedeutete ihm, sich zu setzen. Dann lauschten sie gespannt.

»Kappler?«, meldete sich eine hohe Stimme, von der Kluftinger im ersten Moment nicht sagen konnte, ob sie zu einem Mann oder einer Frau gehörte. »Grüß Gott, Kripo Kempten, Kluftinger mein Name. Wir haben ein etwas spezielles Anliegen. Es geht um so einen Standplatz der Stadt, auf dem vor ein paar Jahren Schausteller ihre Karussells und so geparkt hatten. Anscheinend gab es dann Schwierigkeiten, und die Leute mussten mit den Sachen umziehen. Vielleicht könnten Sie mich mit jemandem verbinden?«

»Nein.«

»Nein?«

»Nein. Das brauch ich nicht, mein ich. Ich kann mich noch gut dran erinnern. Das hat mich einiges an Arbeitszeit gekostet. Vielleicht sogar Lebenszeit. Alles wegen so einem Wichtigtuer. Wir hatten da einen nervigen Anwohner, ich glaub, einen überkorrekten Beamten. Also, nix gegen Beamte, bin ja selbst einer. Der aber hat sich permanent beschwert, weil bei ihm vor der Haustür illegal diese Leute ihr Zeug abstellen würden und weil da verkommene Subjekte hausen würden und so. Wir haben sie zwar all die Jahre auf dem Platz geduldet, viele wohnten tatsächlich auch in den Wägen, aber als dann Beschwerden kamen, mussten wir einschreiten. Erst einige Zeit später haben wir draußen am Stadtrand ein neues Gebiet für sie ausgewiesen. Aber die mussten erst mal weg. Das war für die vom Jahrmarkt natürlich eine beschissene Situation.«

»Verstehe. Wissen Sie zufälligerweise noch den Namen des Anwohners, der sich beschwert hat?«

»Hm, wie war das noch …«

Sie konnten förmlich durchs Telefon hören, wie ihr Gesprächspartner nachdachte. »Nee, tut mir leid, das weiß ich wirklich nicht mehr.«

Enttäuscht blickte Kluftinger seine Kollegen an.

»Aber ich hab die Akte noch, soll ich Ihnen die betreffenden Stellen faxen?«

»Ja, ja, das wär perfekt, danke«, rief der Kommissar überschwenglich in den Hörer. »Danke, Herr … Frau …«

Ein Knacken in der Leitung sagte ihnen, dass das Gespräch beendet war.

»Wir sind so nah dran«, erklärte Kluftinger und hielt Daumen und Zeigefinger ein winziges Stück auseinander.

Hefele wollte nun auch nicht länger mit seinen Neuigkeiten warten. »Männer, hört's zu: Wie ihr euch denken könnt, es war natürlich die Burlitz, die in der Klinik schon auf das Herz gewartet hat. Deshalb musste Siegfried Holz sterben. Ohne dass er selbst irgendetwas getan hätte. Sieht so aus, als hätten die Burlitz bei ihrem ersten Mord noch Skrupel gehabt, es selbst zu tun. Aber nachdem es so glatt gelaufen ist, haben sie die allem Anschein nach über Bord geworfen.«

Das Faxgerät sprang an, und Kluftinger stellte sich ungeduldig daneben, bis die Maschine das Papier ausgespuckt hatte. Dann griff er es sich und begann, die Blätter zu überfliegen.

Die Tür ging auf, und Sandy Henske kam herein. »Also, ich hab's noch mal versucht, aber niemanden erreicht. Is er denn immer noch nich da, der …«

»Richard Maier.« Kluftingers Stimme klang belegt und brüchig.

»Ja, genau. Warum so förmlich, isser denn jetzt da?«

Der Kommissar hob den Kopf, doch er schien durch seine Sekretärin hindurchzublicken. Dann hielt er das Papier hoch und sagte: »Richard Maier steht hier.«

»Wo?« Hefele hatte noch nicht begriffen.

»*Er* war der Anwohner.«

»Der pingelige Beschwerdeführer, wegen dem die Familie Burlitz umziehen musste?«, fragte Strobl.

Verwirrt sah Sandy zwischen ihnen hin und her, doch sie schien zu spüren, dass die Lage ernst war, und verkniff sich eine Nachfrage.

Jegliche Farbe war aus Kluftingers Gesicht gewichen. Zittrig zog er sich einen Stuhl heran. »Und ausgerechnet seit heute früh fehlt der Richie unentschuldigt ...«

Auch die anderen waren geschockt. Hefele versuchte halbherzig, ein wenig Zuversicht zu verbreiten: »Aber wegen so was, da bringt man doch keinen um!«

»Die schon«, erwiderte Kluftinger tonlos, »das haben sie eindrucksvoll bewiesen, würde ich sagen.«

Es hatte ein paar Sekunden gedauert, bis sich die Polizisten aus ihrer Schockstarre befreit hatten. Jetzt liefen sie nervös hin und her. Plötzlich blieb Kluftinger stehen.

»Sagt's mal, Männer: Hat der Richie nicht gestern noch so Andeutungen gemacht? Dass er irgendwas nachprüfen will?«

Strobl nickte. »Ja, das hat er. Aber deutlicher ist er nicht geworden.«

»Zefix! Woher sollen wir jetzt wissen, was er machen wollte?«

»Vielleicht gibt es in seinem PC Hinweise darauf«, schlug Hefele vor.

»Gute Idee.« Kluftinger sprintete zum Platz des Kollegen und fuhr dessen Computer hoch. Als die Sanduhr verschwand, erschien das Bild eines lachenden Buddhas, darauf mehrere Ordner. »Erkenntnisse« hieß einer, ein anderer »Vorfälle«.

Kluftinger tippte auf *Vorfälle,* Strobl und Hefele schauten ihm gespannt über die Schulter. Eine Textdatei mit der Bezeichnung »Kluftinger« erschien, und er klickte noch einmal. Er überflog den Text, und ihm wurde schnell klar, dass sie hier wohl eher nicht fündig werden würden. Die ersten Sätze lauteten: *Chef heute sehr viel einfühlsamer als sonst. Es scheint ihm jedoch nicht gut-zugehen. Mental oder physisch, kann ich noch nicht sagen. Weiß nicht, wie ich an ihn rankommen soll, seine Schale ist zu hart. Weiter dran-bleiben. Die zwei anderen Eisklötze dürfen keinesfalls merken, dass es nun eine emotionale Verbindung zwischen Chef und R. M. gibt, sonst erneute Anfeindungen.*

»Emotionale Verbindung?«, zitierte Strobl, doch Kluftinger schüttelte nur den Kopf. Unter anderen Umständen hätte das Stoff für eine ganze Monatsration hämischer Witze gegeben, nun jedoch war niemand dazu in der Stimmung.

Während Kluftinger mit der Maus auf dem Tisch herumfuhr, spürte er, wie seine Kehle enger wurde. War das nun schon eine verfrühte Reaktion auf einen möglicherweise tragischen Aus-gang des Ganzen? Oder hatte er sich heute einfach überfordert? Er nahm die Hand von der Maus und stand auf. »Übernimm du mal«, sagte er zu Strobl und lehnte sich an die Tischkante. Be-sorgt blickte ihn sein Kollege an, setzte sich dann aber und such-te ebenfalls weiter nach brauchbaren Informationen. Vergeblich.

»Verreck«, schimpfte Strobl.

»Fahren wir?«, fragte Kluftinger nur.

Die anderen nickten.

»Gut, ich fahr selber, ihr extra. Damit wir flexibel bleiben. Auf geht's nach Leutkirch.«

Strobl und Hefele rannten bereits los. Kluftinger lief ihnen keuchend hinterher. Das Stechen in seiner Brust war nun perma-nent zu spüren, doch er konnte jetzt nichts dagegen tun. Er hatte einen Kollegen zu retten. Und wenn es das Letzte sein würde, was er tat.

»Herrgottzack, Eugen, jetzt sperr endlich die Tür auf!« Kluftin-ger drängte seinen Kollegen beiseite, nahm ihm die Schlüssel ab, den sie in Richard Maiers Spind gefunden hatten, und steckte den ersten ins Schloss.

»Du weißt doch, wie der Richie ist – der geht uns an die Gurgel, wenn er das erfährt! Und außerdem: Wer sagt uns denn, dass das überhaupt die Schlüssel zu der Wohnung sind und nicht die von seinen Eltern oder sonst wem«, wandte Hefele ein.

»Roland, wir können froh sein, wenn er überhaupt noch die Gelegenheit hat, irgendjemandem an die Gurgel zu gehen!«

»Mein Gott, ist ja schon wieder gut.«

Der dritte Schlüssel passte. Wortlos betraten die drei die Wohnung ihres Kollegen. Keiner von ihnen war jemals hier gewesen. Wie wenig er doch von Maier wusste, schoss es Kluftinger durch den Kopf – dabei hatte er immer geglaubt, ihn in- und auswendig zu kennen. Und nun hätte er noch nicht einmal sagen können, ob er gerade in einer Beziehung oder allein lebte. Er wusste lediglich, dass er sich vor einiger Zeit von seiner Frau getrennt hatte. Warum und wie die Trennung verlaufen war, hatte Maier allerdings nie erzählt. Und sie hatten auch nicht nachgefragt. Vielleicht wollte er deswegen umziehen. Und er hatte ihn deswegen so angeraunzt. Es war mehr ein Reflex, der ihn »Hallo, ist da wer?« rufen ließ.

Es dämmerte bereits, und er knipste das Licht an. Maier hatte viel Platz, wenn er hier allein wohnte. Sicher hatte er keinen Zettel hinterlassen, auf dem er vermerkt hatte, wohin er gegangen war. Für wen auch …

Dafür fand der Kommissar diverse andere Klebezettel und schüttelte ungläubig den Kopf darüber: Richie, der Ordnungsfanatiker, hatte nicht nur Erinnerungsnotizen wie »Licht aus? Fenster zu? Rekorder programmiert?« am Spiegel kleben. Nein, es schien zu jedem Handgriff einen kleinen Vermerk zu geben: zum richtigen Händewaschen (»Zwischen den Fingern, 20–30 Sek.!«), zum Zähneputzen (»Gut ausspülen nicht vergessen!«), zum Eierkochen (»7 Min. 30 Sek. => hart«), zum Biseln (»Nur im Sitzen!«) und zur sparsamen Verwendung des Klopapiers (»Zweimal falten genügt!«). Er schluckte. Würde er den Kollegen jemals fragen können, für wen er diese seltsamen Zettel schrieb? Im Wohnzimmer fiel sein Blick auf den Couchtisch:

Maier hatte mit roten Pfeilaufklebern die Stelle markiert, an der die Fernbedienung zu liegen hatte.

Unter normalen Umständen hätten sie jetzt losgelegt mit Tiraden über dieses befremdliche Verhalten. Doch im Moment war ihnen ganz und gar nicht danach.

Kluftinger fiel auch auf, dass Maiers große, modern und sachlich eingerichtete Wohnung penibel sauber war. Kein Stäubchen lag auf dem Marmorboden, der sich durch die ganze Wohnung zog, kein Geschirr lag herum, nirgendwo benutzte Wäsche. Nicht einmal ein gebrauchtes Glas. Kluftingers Büro musste dem Leutkircher Kollegen dagegen wie der reinste Seuchenherd vorkommen.

»Ich glaub, der Richie, das ist ein ganz einsamer Hund seit seiner Trennung«, sinnierte Hefele mit bitterer Stimme.

»Ja, aber wundern tut's mich nicht«, stimmte Strobl zu. »Wenn du mich fragst: Der hat so Ticks, das macht kein Mensch freiwillig mit.«

Kluftinger dachte an das, was ihm Maier auf der Fahrt nach Lindau vor ein paar Tagen vorgebetet hatte: Durch ein Mantra könne man sich von allen Zwängen befreien, die einen belasteten. Davon war er selbst offenbar meilenweit entfernt. »Männer, das ist egal jetzt: Wenn wir dem Richie wirklich helfen wollen, müssen wir möglichst schnell rausfinden, wohin er gestern Abend noch gegangen ist! Sonst ist es vielleicht zu spät, wenn es das nicht eh …« Er vollendete den Satz nicht, und die anderen schwiegen betreten.

Auf dem Sportplatz vor dem Fenster wurde im Flutlicht Fußball gespielt. Auf dem angrenzenden Parkplatz hatten früher die Schausteller Quartier genommen. Bis »jemand« dagegen vorgegangen war. So massiv, dass man seinem Drängen schließlich nachgegeben hatte. »Was bisch du für ein Granatendepp, Richie«, presste Kluftinger kaum hörbar hervor. »Weil du nie dein blödes Maul halten kannst!« Dann stützte er sich einen Moment am Fenster ab. Jeder Atemzug schmerzte. Strobl kam zu ihm, legte ihm seine Hand auf die Schulter, doch der Kommissar schob sie weg und ging auf den kleinen Schreibtisch zu, auf dem ein aufgeklappter Laptop stand.

Als Kluftinger gegen die kleine, weiße Computermaus stieß, die daneben lag, ging der Bildschirm an. »Schaut's mal!«, rief er, und sofort gesellten sich die anderen zu ihm.

Das Hintergrundbild zeigte Maier in Wanderkleidung, umringt von einem Dutzend asiatisch aussehender, klein gewachsener Menschen, vielleicht Mongolen, die vor einem großen Zelt um ein Lagerfeuer saßen und Tee tranken. Im Hintergrund standen Kamele.

»Also für die Viecher scheint der Richie ja wirklich was übrigzuhaben«, kommentierte Hefele, und Strobl konnte sich den Hinweis nicht verkneifen, der verschollene Kollege sei eben solidarisch mit seinen Artgenossen. Doch im Gegensatz zu sonst fehlte seiner Stimme der ironische Unterton, er klang bitter, und Kluftinger wusste, dass das seine Art war, mit der Angst umzugehen, die sie alle um ihren Kollegen hatten.

»Da, er hat sogar das Kamelhaar samt Asservatenbeutel mit heimgenommen.« Hefele zeigte auf das kleine Plastiktütchen, das ebenfalls auf dem Schreibtisch lag.

»Vielleicht ist was im Computer«, mutmaßte Strobl.

»Dann schau halt mal, du kennst dich doch am ehesten aus mit dem Computerzeug«, forderte Kluftinger ihn ungeduldig auf. »Also, ich mein, bis auf den Richie halt …«

Strobl setzte sich. »Auweh, das ist so ein Mac. Ich weiß fei nicht, ob wir da weiterkommen. Kennst du dich da aus, Roland?«

»Ich? Gott bewahre! Ich bin schon froh, wenn ich mein Windows einigermaßen im Griff hab.«

»Jetzt stellt euch halt nicht so an. So schwierig kann das auch nicht sein, mit diesem Meck da! Ist doch auch bloß ein Computer«, erklärte Kluftinger.

»Na, wenn du das sagst …«

Nach einigen Minuten hatte Strobl es immerhin geschafft, ein Dokument auf dem Bildschirm anzuzeigen, das mit »Akte

Herzblut« überschrieben war. Kluftinger setzte sich und überflog den Text.

»Schaut's mal, das ist wieder so eine Datei wie im Büro. Da hat der Richie fein säuberlich alles archiviert über unseren derzeitigen Fall – nur aus seiner Sicht. Inklusive unserer Fehler und wie er sich dabei fühlt.« Der Kommissar seufzte. Ihm lag eine Bemerkung über ihren Fund auf der Zunge, aber angesichts der Umstände brachte er sie nicht über die Lippen.

Die anderen beiden Polizisten sahen dem Kommissar über die Schultern. Viele der Dateien auf dem Desktop trugen Namen der letzten großen Fälle. Doch auch zu jedem der Kollegen, einschließlich Willi Renn und Sandy Henske, hatte er eigene Ordner angelegt.

»Schau, Klufti, hier schreibt er: *Stillen, intensiven Moment mit dem Chef verbracht. Positive Energie*«, zitierte Hefele.

Kluftinger verwies auf eine Stelle, die ihm momentan viel wichtiger erschien: »Hier, ganz am Schluss, das bezieht sich auf euch: *Hefele und Strobl haben heute mit Sandy über mich getuschelt. Habe daher nicht meine Idee bezüglich möglicher Spur ausgebreitet. Asservat Kamelhaar über Nacht mitgenommen. Werde nun auf eigene Faust meiner Spur nachgehen. Ergebnis:*«

Dann brach der Text ab. Kluftingers Kollegen sahen sich betreten an.

»Willst du jetzt sagen, dass wir schuld sind am …«

»Ich will überhaupt nix sagen, zefix! Ich weiß nur, dass die Zeit drängt und wir uns nicht mit Kindereien aufhalten können. Wann hat er denn den letzten Eintrag in diese Datei gemacht, kann man das sagen?«

»Wart mal«, sagte Strobl und machte einige Klicks, »es ist gestern Abend um kurz vor acht das letzte Mal geändert worden.«

»Scheint also, als hätte er sich danach auf den Weg gemacht. Herrgott, wenn wir bloß wüssten, wohin.« Kluftinger wirkte ratlos. »Und jetzt? Ist sein Handy eigentlich immer noch aus?«

»Die Kollegen sind informiert. Sobald es angeht, orten sie es«, erklärte Hefele.

»Klufti, schau mal her!« Strobl winkte den Kommissar zu sich. »Ich kann den Computer nicht ausmachen, weil hier noch ein Foto geöffnet ist.«

Kluftinger stützte sich auf den Schreibtisch und besah sich das streichholzschachtelgroße Bild: Zwei Kamele standen auf einer leicht verschneiten, matschigen Wiese. »Wieder ein Bild aus der Mongolei?«

»Nein, schau doch mal genauer hin. Ich mein, dass das eher hier ist, irgendwo bei uns. Die Landschaft da im Hintergrund, die Bäume …«

Kluftinger ging so nahe an den Computer, bis seine Nase fast den Bildschirm berührte. »Zieh das mal größer.«

»Ich? Ja, wie denn?«

»Geht das nicht über Touchscreen, bei dem Apple?«, mutmaßte Hefele und wischte mit den Fingern ein paarmal hektisch über den Monitor. Doch es tat sich nichts.

»Toll, jetzt haben wir deine Fettschlieren drauf.«

»Und mit dem Scroll…dings…rad?«

»Gibt's doch keins auf der komischen Maus da.«

Die drei sahen sich resigniert an.

»Herrgottzack, das gibt's doch nicht!«, entfuhr es Kluftinger laut. »Das kann doch jetzt nicht sein, dass der Maier der einzige von uns Deppen ist, der mit so einer Kiste umgehen kann. Das ist ja erbärmlich!«

»Ich hab's«, vermeldete Strobl plötzlich.

Tatsächlich sah man im Hintergrund nun heimische Vegetation, Büsche, Bäume, dazu eine Bushaltestelle, ein Plakat …

»Himmelarsch, das ist in Leutkirch! Schaut's doch Männer, das ist ein Plakat von der Fasnet dieses Jahr.«

»Heu, die Fasnet, bist du jetzt neuerdings auch noch Faschingsfan?«, fragte Hefele.

»Nein, aber die Erika wollt da halt hin, zu diesem Faschingsumzug. Und die Langhammers auch, aber das tut jetzt nix zur Sache. Auf jeden Fall erkenn ich das wieder, das Plakat. Das heißt, dass hier irgendwo in Leutkirch oder in der näheren Umgebung Kamele waren. Und mit viel Glück sind die auch noch da. Daher könnte dann das Haar stammen, das wir bei der Frau Jablonski ...«

»Opczinsky.«

»... genau, gefunden haben. Bloß, wo genau kann das aufgenommen sein?«

Sie schwiegen.

»Wer könnt das wissen, außer dem Richie?«

»Lass uns das mal an die Polizei hier in Leutkirch schicken«, schlug Kluftinger vor. »Ich kenn da zwei Beamte, die dürften sich noch an mich erinnern, die hab ich an Weihnachten mal kennengelernt ... Egal.«

»Ich kann hier nix mailen«, entgegnete Strobl. »Alles passwortgesichert.«

Nachdem Versuche, diese Sperre mit Begriffen wie »kluftisliebling«, »kamelflüsterer« und »allesimmerbesserwisser« aufzuheben, gescheitert waren, beschloss der Kommissar, mit einem Ausdruck des Bildes selbst zur Polizeidienststelle in Leutkirch zu fahren.

»Meinst du überhaupt, das bringt was, Klufti?«, fragte Hefele skeptisch, als sein Vorgesetzter bereits die Wohnungstür aufgezogen hatte.

»Mei, sicher weiß ich das auch nicht. Aber immerhin hat er das Kamelhaar dabeigehabt und sich das komische Bild da angeschaut. Bis gleich, ich meld mich, wenn ich neue Informationen hab. Schaut mal, ob ihr noch irgendwas findet, was auf Richards Aufenthaltsort hinweisen könnte!«

Damit verließ er Maiers Wohnung.

Wie ferngesteuert fuhr Kluftinger durch die Straßen der Kleinstadt, die so nahe an Altusried lag und die er doch so wenig kannte. Er saß nach vorn gebeugt in seinem Sitz, so waren die Schmerzen in seiner Brust am besten zu ertragen. Dennoch machte er sich im Moment keine Sorgen um sich selbst; er würde es sich nie verzeihen, wenn Maier etwas zustoßen würde, nur weil er zu viel Rücksicht auf seine eigenen Zipperlein genommen hatte.

Er kniff die Augen zusammen und starrte mit Tunnelblick durch die beschlagene Scheibe in die Nacht hinaus. Jetzt, bei der schummrigen, orangefarbenen Beleuchtung, sahen alle Straßen des Städtchens gleich aus. Wo war schnell wieder die Polizeistation ... Kluftinger hielt in einer kleinen Parkbucht und beschloss, erst einmal die Scheiben zu trocknen, um wenigstens klare Sicht zu haben. Er zog sein Stofftaschentuch heraus und begann zu wischen, als sein Blick auf ein Plakat an einem Laternenmast fiel. Es war vom Regen wellig geworden, ein großer Fetzen fehlte, aber es war eindeutig das Fasnetsplakat. Langsam stieg er aus. Natürlich, jetzt erkannte er auch die Bushaltestelle, die Bäume im Hintergrund – hier musste es sein. Ungläubig schüttelte er den Kopf. Sollte er wirklich durch Zufall die gesuchte Stelle gefunden haben?

Er sah sich um. Auf der gegenüberliegenden Straßenseite konnte er im Halbdunkel einen gekiesten Platz ausmachen und schemenhaft auch ein paar Bauwagen, die sich in der Dunkelheit verloren. Mechanisch langte er nach der Taschenlampe in der Wagentür und lief ohne zu zögern über die Straße. Möglicherweise zählte jede Sekunde.

Sobald er den Lichtkegel der Straßenlaterne verlassen hatte, umfing ihn tiefschwarze Nacht. Das Gelände schien verlassen zu sein. Er schlich sich zum ersten Wagen, noch ohne die Taschenlampe anzuschalten. Als er ihn erreicht hatte, erstarrte er. Ein tiefes Grunzen oder Stöhnen drang dahinter hervor. Stöhnen? War das am Ende das Wehklagen seines gefangenen Kollegen?

Mit bis zum Hals pochendem Herzen tastete er sich an dem Wagen vorbei. Kurz vor der Ecke atmete er noch einmal so tief durch, wie es die Schmerzen zuließen, und zog seine Waffe.

»Auf drei! Zammreißen!«, flüsterte er sich selber zu, zählte herunter, sprang mit vorgehaltener Pistole aus dem Schutz des

359

Wagens und knipste die Lampe an. Er zuckte zusammen, als er sah, wer ihn da im Lichtkegel dümmlich angrinste. Oder vielmehr: was. Es war ein Kamel. Oder Dromedar oder …

»Zefix!«, entfuhr es ihm scharf. Er schüttelte über sich selbst den Kopf. Von wegen Maier! Das Licht seiner Lampe flackerte nervös über den Platz. Außer den seltsam grunzenden Tieren war hier gar nichts. Die Bauwagen schienen verschiedenen Schaustellerbetrieben und einem Zirkus zu gehören, schloss Kluftinger aus den verwitterten Aufschriften, die daran prangten. Das also war der neue Platz, das Winterquartier, das sie Maier zu verdanken hatten.

Es sah nicht so aus, als ob in den Wagen irgendjemand … Auf einmal flog im hinteren Teil des Geländes eine Tür auf. Kluftinger sah jedoch nichts als den grellen Lichtschein, der herausfiel. Sofort schaltete er seine Lampe aus und pirschte sich im Schutz der Dunkelheit etwas näher heran. Hinter einem zerbeulten Auto ohne Scheiben ging er in Deckung und spähte zu dem offenen Bauwagen. Jetzt entdeckte er daneben auch das alte Karussell, das er noch von früher kannte und das er am Morgen erst auf dem Zeitungsfoto gesehen hatte. Es war notdürftig mit Planen abgedeckt, aus denen einige Figuren herausragten. Einmal mehr jagten ihm diese Gebilde, die doch eigentlich für Fröhlichkeit standen, Angst ein.

Er wandte sich schaudernd ab und blickte wieder zur Tür. Doch es war nichts weiter zu sehen. Wieder schlich er sich gebückt durch die Dunkelheit, bis er den Wagen daneben erreicht hatte. »Aua, himmelherrgottkruzinesn!« Er spürte einen heftigen Schmerz an seiner Stirn und zog zischend die Luft durch die Zähne. Dann spürte er warmes Blut. Er musste irgendeinen Nagel oder Haken gestreift haben, der aus den Brettern herausstand. Er verfluchte sich innerlich dafür, dass er auf eigene Faust hierhergegangen war. Nur weil Maier gestern Abend einen ebensolchen Alleingang gewagt hatte, befand er sich jetzt in dieser misslichen Lage!

Er steckte die Hand in die Hosentasche, um sein Handy herauszuholen, als plötzlich zwei Schatten in der Tür auftauchten,

360

die zusammen etwas Schweres, Großes heraustrugen. Es war in eine alte Wolldecke oder einen Teppich geschlagen. Er schluckte. Es gab keinen Zweifel: Das Bündel, das die beiden Schatten trugen, war ein Mensch. Und er brauchte keine hellseherischen Fähigkeiten, um zu erraten, welcher. Maier! Das *musste* Maier sein. Was er allerdings nicht zu sagen vermochte, war, ob er noch lebte oder bereits … Bei dem Gedanken schnürte es dem Kommissar die Kehle zu. Aber was war das? Hatte das Bündel nicht eben gezuckt? Oder bildete er sich das nur ein? Noch einmal rannte er los und fand schließlich Schutz hinter dem erleuchteten Wagen. Die Gestalten hatten ihr Bündel mittlerweile in ein Auto verfrachtet. Kluftinger schluckte. Ein silbergrauer Opel Astra, wenn er richtig gesehen hatte. Nun kam eine der Gestalten zurück. Sofort zog Kluftinger den Kopf wieder hinter den Wagen zurück und presste sich eng an die Seitenwand. Er entsicherte seine Waffe und lugte noch einmal um die Ecke. Nun war die andere Gestalt vor der geöffneten Tür zu sehen. Und was der junge Mann mit den langen schwarzen Haaren in der Hand trug, ließ ihm das Blut in den Adern gefrieren: ein Schlachtermesser, dessen Klinge im Lichtschein glänzte.

Der Kommissar steckte die Lampe weg und ballte entschlossen die Faust. Er hatte sich allein in diese Gefahr begeben, und nun musste er auch allein handeln. Würde er jetzt nicht eingreifen, gab es keine Chance, Richard Maier lebend wiederzusehen. Wieder atmete er durch, wieder zählte er innerlich bis drei. Mit der Waffe im Anschlag setzte er zum Sprung in den Lichtkegel an. Doch er kam nicht mehr dazu, denn mit einem Mal wurde es stockdunkel.

Ein Lichtstrahl drang durch die Finsternis. Nur ein kleiner, feiner Lichtstrahl, doch er übte eine unwiderstehliche Anziehungskraft auf Kluftinger aus. Er sah so schön aus, so klar, so hell, so …

Kreuzkruzifix, ich bin tot!

Der Gedanke dröhnte mit donnernder Gewissheit in seinem

Kopf. Und doch verspürte er nur Bedauern, keine Angst. Er hatte sein Herz überanstrengt, hatte sich zu viel zugemutet, und nun war es so weit, nun gab es nur noch dieses Licht, das die Dunkelheit erhellte, diesen Punkt, der ihn lockte, der ihm den Weg zeigte an einen Ort, der keinen Schmerz mehr kannte, nur Glückseligkeit und immerwährende Ruhe.

Dieser Lichtstrahl, der von Richard Maiers Mickey-Maus-Krawattennadel reflektiert wurde, war für ihn der Hoffnungs… *Moment! Richies Krawattennadel?* Was hatte die in Kluftingers Paradies zu suchen? Oder war es gar nicht das Paradies, sondern die Hölle, die ihn in Gestalt eines bis in alle Ewigkeit nervenden Württemberger Kollegen willkommen hieß? Hatte er wirklich so viele Minuspunkte gesammelt? Im selben Augenblick, in dem er realisierte, dass er ganz und gar nicht tot war, sondern halbwegs lebendig neben seinem Kollegen auf einem dreckigen, vibrierenden Boden lag, kamen auch die Schmerzen. Mit einer Wucht, die ihm kurzzeitig den Atem verschlug. Doch es waren keine Brustschmerzen, es war sein Kopf, in dem es tobte, als übe jemand auf seinen Schläfen »Hau den Lukas«. Diese Höllenqualen machten ihn wieder wach, holten ihn endgültig ins Hier und Jetzt zurück. Er schlug die Augen vollends auf – und blickte in das angstverzerrte Gesicht von Richard Maier.

Als der realisierte, dass sich sein Chef wieder bewegte, entspannten sich seine Züge ein bisschen. Kluftinger wollte etwas sagen, doch nun musste er feststellen, dass sein Mund mit Klebeband verschlossen war. Er wollte sich aufsetzen, aber seine Hände hatte man ihm auf dem Rücken zusammengebunden. Auch seine Beine waren gefesselt. Ein kurzes Ruckeln zeigte ihm, dass er keine Chance hatte, sich selbst zu befreien.

Sakrament!

Er schloss die Augen wieder und atmete ein paarmal tief durch. Hörte bewusst auf seinen Atem, ließ ihn fließen, wie man es zu Beginn der Yogaübungen machte. Dann konzentrierte er sich auf seine Umgebung.

Warum vibrierte der Boden unter ihm? Warum … ein Auto!

Natürlich, das Brummen, das Ruckeln: Er lag gekrümmt auf der Ladefläche eines Autos. Ein Kombi. *Vielleicht ein Opel Astra*, dachte er bitter. Er hob den Kopf etwas an, was sofort ein Schmerzfeuerwerk zündete. Ihm wurde übel. Immerhin konnte er sehen, dass man eine fusselige alte Decke über sie geworfen hatte. Wo würde man sie hinbringen?

Er versuchte, sich durch Blicke mit Maier zu verständigen, doch es blieb bei einem unverständlichen Hin-und-Her-Nicken, garniert mit heftigem Augenbrauenhochziehen und Stirnrunzeln. Dann deutete Kluftinger mit dem Kopf in Richtung des Fahrersitzes. Maier zuckte nur die Achseln.

In diesem Moment begann der Mann, der dort saß, zu sprechen. »Diese Dreckskarre macht's wirklich nicht mehr lang.«

»Reg dich ab«, entgegnete eine Frauenstimme ruhig, »ich war in der Werkstatt.«

Kluftinger wurde hellhörig. Die Stimme kam ihm bekannt vor. Er versuchte, sich auf die Unterhaltung zu konzentrieren.

»Scheißdreck abregen. Wenn uns die Karre verreckt, dann ist es aus.«

Die Stimme des Mannes war brüchig. Er schien nervös zu sein. Kein gutes Zeichen für seine und Maiers Überlebenschancen, schoss es dem Kommissar durch den Kopf.

Die Frau dagegen schien wesentlich beherrschter. Sie fragte ihn ganz ruhig, aber mit einem düsteren Unterton: »Warum hast du den Fettsack mitgenommen?«

Maiers Kopf ruckte zu Kluftinger, und erst da verstand der Kommissar, dass sie von ihm gesprochen hatte. Er verspürte eine Mischung aus Wut und Scham und hätte am liebsten protestiert.

»Der hätt uns doch verraten, wenn der aufgewacht wär.«

»Du Depp, dann hättest du ihn halt gleich für immer zum Schweigen gebracht.«

Jetzt wusste er, wem die Stimme gehörte. Es war keine Überraschung: Jessica Burlitz. Was ihn überraschte, war höchstens die kalte, gefühllose und selbstsichere Art, mit der sie redete und die nicht zu der verzweifelten Frau passen wollte, mit der er gestern Morgen im Krankenhaus gesprochen hatte.

»Jetzt hör mal gut zu, Schwesterherz, wir haben immer gesagt: nur unsere Liste, niemand sonst.«

»Wenn er uns aber daran hindert, dass wir die Liste zu Ende bringen? Hast du vergessen, dass wir das unseren Eltern schuldig sind? Der Fette muss weg – sonst gehen wir beide für alle Ewigkeit in den Knast.«

»Aber er hindert uns doch an gar nix. Wir können doch nicht alle Polizisten einfach ...«

»Er hält uns auf. Einer mehr oder weniger, darauf kommt's nicht an.«

Die Frau konstatierte das mit so viel Gleichgültigkeit, ja Kälte, dass Kluftinger fröstelte. Und ein Blick zu Maier verriet ihm, dass es ihm ähnlich ging. Ihre Lage war ernst. Todernst, gewissermaßen.

»Jetzt wach mal langsam wieder auf aus deinem Blutrausch, Jessie!«

»Vorsicht!«, schrie sie, und das Auto machte einen Schlenker, der Kluftinger schmerzhaft gegen einen länglichen Gegenstand prallen ließ. Er drehte den Kopf und erkannte im schwachen Lichtschein ein Gewehr. Doch es war kein normales Gewehr. Es war eines, wie man es auf Jahrmärkten benutzte. Es musste das sein, das in Finks Schießbude fehlte und mit dem Hübner erschlagen worden war. Er schluckte.

»Am Schluss sind wir auch noch hin, weil du jetzt das große Nervenflattern kriegst«, schimpfte Jessica Burlitz, dann schwiegen sie wieder.

Markus schien recht zu behalten: Einer von beiden war hier dominant, und das war eindeutig nicht der Mann. Half ihm diese Erkenntnis irgendetwas? Vielleicht, er musste jedenfalls die Frau im Auge behalten. Der Bruder schien bereits ans Aufgeben zu denken. Während Kluftinger versuchte, das Gespräch weiter zu deuten, bemühte er sich, den ein oder anderen Blick durch die Heckklappe nach draußen zu erhaschen, um so vielleicht ihre aktuelle Position ausmachen zu können. Doch alles, was er sah, war ab und zu eine Straßenlaterne.

»Was machen wir jetzt?«, fragte nach einigen Minuten der Mann.

Wie war noch mal sein Vorname? Roger, richtig. Kluftinger hielt den Atem an. Wenn sie nun etwas verraten würden über das weitere Vorgehen, vielleicht über den Ort, an den sie sie bringen wollten, dann hätten sie womöglich eine Chance. Könnten Spuren legen, oder …

»Wir machen weiter wie geplant.«

Der Kopf des Kommissars sank entkräftet zurück auf den Boden. Zum ersten Mal spürte er nackte Angst. Seit Tagen lebte er mit der Möglichkeit eines frühzeitigen Ablebens. Aber nun erkannte er, dass er es nicht als realistische Möglichkeit akzeptiert hatte. Denn die Furcht, die nun von ihm Besitz ergriff, seinen ganzen Körper packte, war ein überwältigendes, neues Gefühl.

Sein Gedankengang wurde von einem kräftigen Scheppern aus dem Motorraum unterbrochen. »Hurenscheißdreck, jetzt verreckt uns die Karre wirklich.« Wütend drosch der Mann gegen das Lenkrad. »Der hat keinen Öldruck mehr, jetzt ist's gleich aus.«

In Maiers Blick las Kluftinger dieselbe Regung, die nun auch bei ihm wieder Oberhand gewann: Hoffnung.

»Was sollen wir denn jetzt machen?«, hörte er Roger Burlitz. Ohne zu zögern antwortete die Frau: »Wir fahren dahin, wo all die Jahre unser wirkliches Zuhause war. Da schließt sich der Kreis.«

»Auf den Jahrmarkt? Um halb drei nachts?«

Kluftinger überschlug, dass er etwa fünf Stunden lang weggetreten gewesen sein musste.

»Klar, weit kommen wir nicht mehr, und ich wüsste nicht, wo wir sonst hinsollten mit den beiden. Du weißt doch, wo der Fink den Schlüssel für seine Karre hat, oder?«

Roger Burlitz lachte laut auf. »Nicht verkehrt, Schwesterchen, nicht verkehrt.«

365

Fink! Der Jahrmarkt! Nun wusste Kluftinger endlich, wo es hinging. Allem Anschein nach hatten sie den Schießbudenbesitzern unrecht getan. Oder arbeiteten sie am Ende zusammen?

Der Wagen gab nur noch ein Jaulen von sich und holperte mehr vorwärts, als dass er fuhr. Auf einmal fiel ein heller blauer Schein ins Innere, dann wurde es dunkel, und das Auto neigte sich nach vorn, so dass die Köpfe der beiden Polizisten gegen die Rückseiten der Sitze knallten. Eine kurze Benommenheit umfing den Kommissar, dann brachte ihn sein Verstand zurück in die Realität. *Das Parkhaus,* klar, sie waren in die Einfahrt der großen Tiefgarage am Königsplatz gerollt. Das blaue Licht musste vom Einfahrtsschild gekommen sein. Kein übles Versteck um diese Zeit.

Mit einem metallischen Schlag erstarb der Motor vollends. Kluftinger und Maier rissen wie verrückt an ihren Fesseln, doch es tat sich nichts. Deswegen versuchte der Kommissar, wenigstens seine Knie noch etwas anzuwinkeln, um so notfalls mit den Beinen zustoßen zu können, wenn man sie packen wollte. Dann hörte er, wie sich die vorderen Türen öffneten. Die Stimmen der Geschwister drangen nun nur noch gedämpft nach innen, und Kluftinger hielt den Atem an, um sie verstehen zu können.

»… du denn hin?«, kam es von der Frau.

Von der Antwort verstand er nur das Wort »abhauen«.

In seinen Schläfen begann es wieder zu pochen. Würden sie sie einfach hier zurücklassen? *Bitte, wenn sie jetzt …*

Der Kofferraum wurde geöffnet, und er hörte Jessica Burlitz sagen: »Wir bringen das jetzt zu Ende.«

Zefix! Wild trat Kluftinger um sich, doch ein harter Griff schloss sich sogleich um seine Beine, und er wurde über die Ladefläche nach draußen gezogen. Endlich atmete er wieder frische Luft und sog sie begierig durch die Nase ein, bevor ihn Roger Burlitz unsanft packte und aufrichtete. Das Gleiche geschah mit Maier. Schließlich standen die beiden an das Auto gelehnt wie zwei Pakete, die darauf warteten, ausgeliefert zu werden.

»Und jetzt?« Roger zeigte auf die Polizisten.

»Wir nehmen sie mit.«

»Spinnst du?«

»Wenn wir sie hierlassen, machen sie Dummheiten. Und wir können gleich abhauen, wenn wir den Schlüssel haben, und müssen nicht erst wieder hierher zurück. Die können uns noch viel nützen, falls man uns erwischt, bevor wir am Ziel sind. Los, mach ihnen das Klebeband von den Beinen.«

Murrend kniete sich Roger hin und zog das Band ab.

Abhauen!, schoss es Kluftinger sofort durch den Kopf, doch die Situation war alles andere als günstig. Mit ihren auf dem Rücken zusammengebundenen Händen konnten sie schlecht laufen, zudem waren ihre Kidnapper wesentlich jünger und hätten zumindest ihn schnell eingeholt. Er blickte zu Maier und schüttelte kaum merklich den Kopf. *Noch nicht*, sollte das heißen.

Jetzt wurden sie von Roger Burlitz am Kragen gepackt und vorwärtsgestoßen.

»Keine Mätzchen, sonst …«, flüsterte er ihnen drohend ins Ohr. Er führte nicht aus, was dann passieren würde, aber der Kommissar konnte es sich ausmalen. Also ließ er sich vorwärtstreiben, wobei er darauf achtete, möglichst langsam zu gehen. Irgendeine Gelegenheit musste sich doch einfach ergeben.

Doch die Geschwister waren vorsichtig: Kaum hatten sie das Jahrmarktsgelände betreten, mieden sie den direkten Weg, arbeiteten sich nur noch von Nische zu Nische vor, die die verschachtelt aufgestellten Wagen zuhauf boten. Mit schmerzhaften Stößen ins Kreuz trieben sie ihre Geiseln vor sich her. Kluftingers Hoffnung, dass sich eine Chance zur Flucht bieten würde, schwand mit jedem Meter. Kein Mensch war zu sehen, der Jahrmarkt, ja die ganze Stadt, lag wie ausgestorben da. Nur einzelne Notlichter schienen hier und da trübe auf, rissen angsteinflößende Details aus der Dunkelheit.

»Da drüben«, zischte der Mann. Kaum fünf Meter vor ihnen war die Schießbude, die Kluftinger in den letzten Tagen so oft besucht hatte. Schmerzlich erinnerte er sich daran, wie glücklich er sich gefühlt hatte, als er mit seiner Familie dort gewesen war,

367

da packte ihn auch schon wieder der Schraubstockgriff des Mannes im Nacken und stieß ihn vorwärts. Sie liefen geduckt über die Gasse, dann tauchten sie in den Schatten zwischen der Schießbude und einem Imbissstand. Auf dem improvisierten Vorplatz der Finks drückten ihre Kidnapper sie in die Plastikstühle, die dort herumstanden. Keuchend saßen die beiden Polizisten da, Schweißperlen glänzten auf ihren Gesichtern.

Jessica Burlitz flüsterte ihrem Bruder etwas ins Ohr, der nickte und verschwand in der Finsternis.

Kluftinger sah sich vorsichtig um. Die Zeit wurde knapp. Wenn sie noch eine Chance zur Flucht hätten, dann hier. Waren sie erst wieder im Auto, würde die beiden nichts mehr aufhalten. Fieberhaft glitten seine Blicke durch das Halbdunkel. Maier kauerte zusammengesunken auf dem Stuhl neben ihm und atmete schwer. Er schien die Hoffnung bereits aufgegeben zu haben. Kluftinger machte sich große Sorgen um seinen Kollegen. Jessica Burlitz stand nicht einmal zwei Meter vor ihnen an den Wohnwagen gelehnt und hatte sie stets im Auge.

In diesem Moment sah Kluftinger die Kuh. Es war ein so vertrautes, unschuldiges Bild, dass ihm das Herz ganz schwer wurde. Dasselbe Stofftier hatte er drei Tage zuvor an ebendieser Schießbude gewonnen. Doch er ließ sich von der Nostalgie nicht überwältigen, denn seine Aufregung rührte von einem anderen Umstand her: Er wusste, dass das Vieh einen Höllenlärm machen konnte. Und er wusste, dass es losging, sobald man nur fest genug dagegen drückte. Oder es fallen ließ. Was er jedoch nicht wusste, war, wie er an das Ding rankommen sollte. Es befand sich außerhalb seiner Reichweite, etwa einen Meter neben der Frau, halb unter dem Wohnwagen. Offenbar hatte es irgendjemand verloren, vermutlich, als er eine Ladung dieser Dinger in die Schießbude getragen hatte.

Maier hatte den Blick noch immer nach unten gerichtet. Als Kluftinger Jessica Burlitz ansah, hatte er das Gefühl, als kneife sie die Augen etwas zusammen. *Hatte sie was bemerkt?* Sofort stierte er wieder zu Boden. Wie sollte er nur an dieses verfluchte Stofftier rankommen? Vielleicht könnte Maier … Er verwarf den Gedanken gleich wieder, wie hätte er ihm erklären sollen, was er wollte? Zumal der Kollege gar nicht mehr ganz bei Sinnen zu sein schien, so wie der jetzt in seinem Stuhl vor- und zurückwippte.

Auf einmal wusste Kluftinger, was er zu tun hatte. Er schätzte die Entfernung zwischen ihnen und der Frau, wog die Kraft ab, die er würde aufwenden müssen, beobachtete genau die Bewegungen seines Kollegen, versuchte, den Rhythmus zu erspüren, in dem sich Maier bewegte. Dann ging er im Geiste die Yogaübung durch, die ihm von Anfang an so gut gefallen hatte – als hätte er damals schon geahnt, wozu er sie einmal brauchen würde. Er sah sich vor seinem geistigen Auge wie ein Karatekämpfer dastehen, sah die Drehung und dann den Kick: *Auf den Fuß klatschen und den Tiger zähmen.* Ja, er würde den Tiger jetzt zähmen – und wie: Er winkelte seinen Fuß an und streckte ihn explosionsartig wieder.

Seltsam teilnahmslos beobachtete er, wie Maier durch seinen Tritt nach vorn kippte. Wie in Zeitlupe nahm er wahr, wie Maier ihm den Kopf zudrehte, die Augen eine einzige Frage, bevor er der Länge nach hinfiel und mit dem Kopf voraus auf dem Boden aufschlug.

Dann ging alles ganz schnell: Jessica Burlitz sprang wie eine Furie auf Maier zu, so dass Kluftinger für einen Moment unbeobachtet war, aufstand, die Kuh unter dem Wagen herauskickte und gegen eine Bretterwand donnerte. Es war wahrscheinlich der beste Schuss seines Lebens gewesen. Sofort zerriss das metallische Muhen der Kuh die Stille. Jessica Burlitz, die sich über Maier gebeugt hatte, sah erschrocken auf. In diesem Moment drehte sich Kluftingers Kollege auf den Rücken und mähte die Frau mit einer schwungvollen Bewegung seiner Beine nieder.

Der Kommissar war derart baff, dass er für den Bruchteil einer Sekunde zögerte, doch dann begegnete sein Blick dem von Richard Maier, und was er in den Augen des am Boden liegenden Polizisten las, war eine einzige Aufforderung: *Hau ab!* Dann traf ein Tritt von Jessica Burlitz Maiers Kinn, woraufhin der die Augen verdrehte und reglos liegen blieb.

Egal, was Maier widerfahren war, Kluftinger würde ihm nur helfen können, wenn ihm die Flucht gelang. Er nahm all seine Kraft zusammen und spurtete los. Im Augenwinkel sah er noch, wie die Hintertür der Schießbude aufflog und Roger Burlitz erschien, dann hatte ihn die Dunkelheit des engen Ganges zwischen Bude und Imbisswagen verschluckt.

Begleitet vom unermüdlichen Muhen der Kuh, zwängte er sich hindurch, was mit seinen gefesselten Händen gar nicht so einfach war. Als er den Vorplatz erreicht hatte, auf dem sonst die Jahrmarktsgäste lachend flanierten, rannte er buchstäblich um sein Leben. Instinktiv hatte er sich für die linke Seite entschieden. Er war noch keine fünf Schritte gelaufen, da hörte das Muhen auf. Eine gespenstische Stille setzte ein, in der ihm sein dampfender Atem ohrenbetäubend laut vorkam. Er schnaufte schwer, schließlich konnte er nur durch die Nase atmen. Der Schweiß brannte in seinen Augen, verschleierte ihm die Sicht, während er ziellos weiterstürmte.

Wo sollte er hin? Sich mit den Händen auf dem Rücken gegen einen Wohnwagen werfen und hoffen, dass jemand aufmachen würde, bevor sein Verfolger ihn eingeholt hatte? Gehetzt blickte er sich um – und geriet ins Stolpern: Burlitz kam um die Ecke der Schießbude geschossen, er war höchstens zwanzig Meter hinter ihm.

Verzweifelt versuchte Kluftinger, noch einmal zu beschleunigen, doch er wusste, dass ihn der junge Mann in wenigen Augenblicken einholen würde. Also änderte er die Richtung und hastete nun in einen der dunklen Gänge in der Hoffnung, dort irgendein Versteck zu finden. Obwohl es stockfinster war, verlangsamte er seinen Schritt nicht, bis er krachend gegen eine Wand stieß. Tränen schossen dem Kommissar in die Augen, doch Grund dafür war nicht Schmerz, sondern bloße Verzweiflung. Sollte er sich selbst in eine Sackgasse manövriert haben? Ohne Ausweg? Er drehte den Kopf in alle Richtungen, konnte aber nirgendwo etwas entdecken, was ihm hätte Schutz bieten können. Da sah er den Lichtstreif. Es war nur eine dünne, golden glänzende Linie, doch ihm war sofort klar, dass hier eine Tür war und dahinter ein Raum sein musste, in dem eine schwache Lampe brannte. *Vielleicht war ja noch jemand auf?*

Vom Vorplatz hallten Burlitz' Schritte. Deswegen entschied er sich für die einzige Richtung, die ihm blieb: die Tür. Als er sich dagegenwarf, gab sie merklich nach, doch sie öffnete sich nicht. Er versuchte zu schreien, aber durch seinen Knebel drang nur ein dumpfes Gurgeln. Verzweifelt nahm er Anlauf und schmiss sich noch einmal mit der Schulter gegen die Tür, woraufhin sie tatsächlich aufflog und er mit Schwung ins Innere stolperte. Atemlos hetzte der Kommissar einen engen Korridor entlang, bog zweimal ab, rannte an einem Podest vorbei, wollte weiter, blieb dann aber abrupt stehen und machte kehrt. Er ging in die Hocke und nickte, bevor er unter das Podest kroch, was sich mit den nach wie vor gefesselten Händen schwierig gestaltete. Nur ein Versteck konnte ihn retten. Er war noch keine drei Meter in die Dunkelheit gekrochen, da hörte er die Schritte und das Keuchen des jungen Mannes. Jetzt kam es darauf an: noch fünf Meter, noch drei – Kluftinger hielt den Atem an. Burlitz passierte das Podest. Kluftinger meinte zu hören, dass er seine Schritte verlangsamte – doch schließlich war er vorbei. Der Kommissar wartete noch ein paar Sekunden, dann sog er gierig Luft durch die Nase in seine Lungen, wobei er allerdings das Gefühl hatte, nicht ausreichend Sauerstoff zu bekommen. Ihm wurde flau. Panik flackerte in ihm auf, und er musste sich zur Ruhe zwingen, bis sich seine Atmung normalisierte.

Er legte seinen schweißnassen Kopf gegen einen der Metallpfeiler in seinem Versteck. Wo war er hier nur? Er hatte in der Aufregung nicht darauf geachtet, in welches Fahrgeschäft er eingebrochen war. Jetzt verfluchte er sich für seine Unaufmerksamkeit. Immerhin, die Kälte, die von dem Metall ausging, tat ihm gut, beruhigte ihn etwas. Bis ihn ein so heftiger Schmerz in der Brust durchzuckte, dass ihm mit einem Mal speiübel wurde …

Jetzt war es also so weit: Hier, im Innern irgendeiner Jahrmarkts-
bude, würde er also seinem lange gefürchteten Herzinfarkt erlie-
gen. Er hoffte nur, dass er seinen letzten Atemzug wenigstens an
einem würdevolleren Ort als etwa Ferdl's Witzstadl tun würde.
Dann schloss er in trotziger Erwartung die Augen. So verharrte
er ein paar Sekunden lang, doch nichts passierte, er kippte nicht
um, blieb bei Bewusstsein, der Schmerz ebbte sogar wieder ab.

Zum ersten Mal seit seinem Erwachen aus der Ohnmacht
spürte er seinen Körper wieder bewusst. Die Angst und das Adrenalin hatten jegliche andere Pein überlagert. Das Adrenalin!
Was würde es seinem Herzen antun? Würde der kranke Muskel
dieser Belastung standhalten? In diesem Moment wurde ihm
auch das quälende Pochen in seinen Schläfen bewusst.

Er versuchte, so gut es eben ging, klar und rational nachzudenken: Sollte er sich aus seinem Schlupfwinkel wagen? Er wusste
nicht, wie lange Roger Burlitz brauchen würde, bis ihm klar war,
dass er sich versteckt hatte, und der junge Mann zurückkehren
würde. Vielleicht würde er genug Zeit haben, nach draußen zu
gelangen und von dort aus … In diesem Augenblick tauchte
das Gesicht des jungen Mannes am Rande des Podests auf. Der
Kommissar erstarrte, als er die nur vom grünen Notlicht erhellte
Fratze sah, den flackernden Blick, die langen Haare, die wirr am
schweißnassen Schädel klebten.

Aus!, schoss es ihm durch den Kopf, *jetzt ist es aus!* Dann erkannte er, dass Burlitz ihn noch gar nicht entdeckt hatte, seine
Augen hatten sich noch nicht an das Dunkel hier unten gewöhnt.
Kluftinger fackelte nicht lange und kroch von ihm weg, als sein
Verfolger einen dumpfen Schrei ausstieß. Jetzt hatte er ihn offenbar gesehen. Kluftinger riskierte einen schnellen Blick über
die Schulter. Burlitz krabbelte in seine Richtung, er musste also
weiter und darauf hoffen, dass irgendwo eine Öffnung war, durch
die er schlüpfen konnte. Tatsächlich tat sich wenige Meter vor
ihm eine Lücke auf, durch die er gerade so passte. Er sprang auf
die Beine – und sah sich plötzlich einem skelettierten Schädel
gegenüber, der ihn aus toten Augen anstierte. Jetzt wusste er, wo

er war, denn er hatte diese furchteinflößende Gestalt schon einmal gesehen: bei seiner Fahrt durch die Geisterbahn mit Doktor Langhammer.

Er versuchte, sich zu erinnern, welche Richtung schneller zum Ausgang führte, dann rannte er wieder los, allerdings in gebückter Haltung, denn wenn er sich aufzurichten versuchte, loderte der Schmerz in seiner Brust derart heftig, dass er ihn sofort wieder in die Horizontale zwang. Wie der Glöckner von Notre-Dame humpelte er durch die düsteren Gänge, als wäre er selbst eine der furchterregenden Attraktionen.

Er musste schnellstens seine Fesseln loswerden, sonst würde er ebenso als Leiche enden wie der Vampir da vor ihm, der mit einem Pflock im Herzen in einem Sarg lag. Ruckartig blieb Kluftinger stehen. Sollte er wirklich …? Andererseits: Hatte er eine Wahl? Er stieg über eine kleine Absperrung, krabbelte in den Sarg, legte sich flach auf die Figur, die daraufhin ein unheilvolles Ächzen von sich gab, und versuchte, mit den Beinen den Deckel zuzuziehen, was ihm schließlich gelang.

Völlig erschöpft und mit rasenden Brustschmerzen ließ er sich nach hinten sinken: ein schwitzender, gequälter, keuchender Körper, mehr war von dem einstmals kraftstrotzenden Mannsbild Kluftinger nicht übrig. Jetzt war er also doch schon früher als geplant in die Kiste gestiegen. Der Gedanke entlockte ihm ein bitteres, lautloses Lachen. Doch gleichzeitig machte sich ein anderes Gefühl in ihm breit: Panik. Er lag in einem Sarg! Das hier war seine persönliche Hölle! Es kostete ihn den ganzen Rest Selbstbeherrschung, nicht sofort kopflos aus dem Sarg zu springen.

Zuerst musste er seine Fesseln auftrennen. Und er wusste auch schon, wie: Er robbte in der erstaunlich geräumigen Totenkiste herum, bis seine Hände auf Höhe des Pflocks waren, der im Brustkorb des Vampirs steckte. Dann rieb er das Klebeband daran – und fühlte das erste Mal seit Stunden wieder so etwas wie Freude: Die Fessel riss, und seine Hände waren frei. Hastig zog er auch von seinem Mund das Band ab. Sein erster Impuls war, tief einzuatmen, doch er scheute davor zurück, immerhin lag er in einem Sarg. Auch wenn es sich nur um eine Attrappe handelte, schien ihm die Luft modrig, erfüllt von Verwesung und Tod. Wieder spürte er das Verlangen, sofort hinauszuspringen, und diesmal gab er ihm nach, ein bisschen zumindest. Er drückte den Sargdeckel auf. Nur einen winzigen Spalt, durch den er nach draußen sehen konnte. Atemlos linste er in das Halbdunkel der Geisterbahn. Sein Blick glitt über grausige Folterszenen, halbverweste Leichen mit gespaltenen Schädeln, einen Mann mit einem Holzprügel, eine ... *Burlitz!* Mit dem Rücken zu Kluftinger stand er da und schaute sich suchend um. Der Kommissar wagte nicht zu atmen, er verharrte einfach in seiner Position, bewegte sich auch nicht, als Burlitz' Blick über den Sarg glitt – bis er schließlich langsam weiterging.

Kluftinger wartete ein paar Sekunden, dann drückte er den Deckel auf und stieg aus seinem makabren Versteck. Er biss die Zähne zusammen, als ihn eine erneute Schmerzwelle erfasste, und schlich in die andere Richtung, eine Hand in seine linke Brust verkrallt, als könnte er dadurch irgendetwas bewirken, das Unvermeidliche aufhalten. Stattdessen wurden die Schmerzen schlimmer, und Kluftinger fürchtete, es nicht mehr bis zum Ausgang zu schaffen. Und dann sah er hinter zwei Figuren ein schwach leuchtendes Schild: Notausgang. Selbst das Wort *Himmelspforte* hätte keine größere Freude in ihm auslösen können. Um zu der Tür zu gelangen, musste er sich allerdings erst zwischen dem Sensenmann und einer Mumie hindurchzwängen. *Ausgerechnet der Sensenmann!* Er schob sich seitwärts voran, krampfhaft bemüht, weder die eine noch die andere Figur zu berühren, streifte aber die Sense des schwarz gewandeten Gerippes, was ihm einen Schauer bis in die Haarspitzen jagte. Er sah gerade noch, dass hinter dem Skelett ein Schaltpult angebracht war, da donnerte eine Stimme: »Halt!«

Der Kommissar fuhr herum und blickte in die blutunterlaufenen Augen von Roger Burlitz. Fast war er erleichtert, denn für einen Augenblick hatte sein angst- und schmerzvernebeltes

Gehirn tatsächlich geglaubt, der Gevatter höchstpersönlich rufe ihn zu sich. Wobei, das musste er sich bei dem irren Blick des jungen Mannes eingestehen, diese Variante wahrscheinlich nicht viel besser war. Obwohl er ihn nicht dazu aufgefordert hatte, hob Kluftinger automatisch die Hände.

Während er bewegungslos verharrte, suchte der Kommissar fieberhaft nach einem Ausweg: Nach hinten zu rennen würde zu lange dauern, und im direkten Kampf gegen Burlitz würde er in seinem Zustand keine Chance haben. Zumal der junge Mann einen großen Holzprügel in der Hand hielt, den er nun geräuschvoll auf die Gleise niedersausen ließ, auf denen sonst die Wagen fuhren. Kluftinger kniff die Augen zusammen – er hatte eine Eingebung. Allerdings gab es nur einen Versuch, und der musste funktionieren: Er drehte den Kopf ein kleines bisschen zur Seite und suchte das Schaltpult ab. Dann sah er wieder zu Burlitz – und kippte ansatzlos zur Seite, wobei er im Fallen mit der ausgestreckten Hand auf den Knopf hieb, den er sich vorher ausgeguckt hatte.

Burlitz war völlig überrumpelt und zuckte zusammen, als die Bahn quietschend und stampfend zum Leben erwachte und die Leichen ihre schauerlichen Totentänze begannen. Mit den Figuren setzten sich auch die Waggons in Bewegung – und der direkt hinter Burlitz rammte ihn in die Kniekehlen und brachte ihn zu Fall. Er schrie auf und strampelte in dem Wagen wie ein Käfer, der auf dem Rücken lag.

Kluftinger wartete, bis der Wagen an ihm vorbei war, dann lief er in die entgegengesetzte Richtung. Er kam jedoch nur wenige Meter weit, als ihn ein derber Schlag ins Kreuz ebenfalls in einen der Wagen krachen ließ. Der Holzprügel prallte von ihm ab und knallte so sehr gegen ein schuppiges Monster, dass dessen Kopf von seinen grünen Schultern gerissen wurde.

Der Kommissar versuchte, sich aufzurichten, doch die Schmerzen in seiner Brust waren unerträglich. Er schaffte es lediglich, sich irgendwie herumzudrehen. In diesem Moment sprang sein Verfolger mit irrem Gebrüll zu ihm in den Wagen und schlug ihm

375

mit der Faust ins Gesicht. Kluftinger hob verzweifelt die Hand, doch schon diese Bewegung sandte ein Stechen in seine Brust, das ihn aufschreien ließ. Wieder klatschte ein Schlag auf seine Nase. Kluftinger schmeckte Blut. Sein eigenes Blut. Dieser Geschmack gab ihm den Rest. Noch bevor ihn der dritte Hieb traf, gab er auf. Er wurde vollkommen ruhig, denn er wusste, dass er nun nichts mehr ausrichten konnte. Es war nun nicht mehr die Frage, wann, sondern nur noch, wie es zu Ende gehen würde. Würde ihn Burlitz in seiner rasenden Wut erschlagen, oder würde ihn vorher die gnädige Schwärze eines Herzanfalls verschlingen?

Was auch immer, es stand nicht mehr in seiner Macht, sich dagegen zu wehren. Er ließ sich einfach fallen.

Der junge Mann hielt inne, als Kluftinger so in sich zusammensackte. Für einen Augenblick schien er zu glauben, er habe ihn bereits umgebracht, doch dann packte er ihn mit seinem Schraubstockgriff, hievte ihn hoch und quetschte den Brustkorb des Kommissars zusammen, als wolle er den letzten Lebensfunken aus ihm herauspressen. Da krachte es in Kluftingers Wirbelsäule so gewaltig, dass selbst Burlitz es zu spüren schien und seinen Griff lockerte. Auf einmal wurde es dem Kommissar ganz leicht. Der Schmerz war weg, und er wunderte sich, dass es nun also ein gebrochenes Rückgrat sein sollte, das ihm den Rest gab. Doch es war schön, völlig schmerzlos. Sein Peiniger wich einen Schritt zurück, und Kluftinger war verblüfft, dass er nicht wie ein Sack in sich zusammenfiel, sondern immer noch aufrecht in dem fahrenden Wagen stand. *Mit einer gebrochenen Wirbelsäule?* Aber das war unmöglich, mit gebrochenem Rückgrat konnte man nicht mehr stehen, außer …

Neben ihm schoss eine mannshohe Spinne mit leuchtenden Augen und unheilvollem Zischen aus ihrem Netz auf sie zu. Burlitz zuckte zusammen. Das war alles, was Kluftinger brauchte: Er lehnte sich zur Seite, riss der Spinne mit furchterregendem Geheul ein Bein aus, schnappte sich das Netz, warf es über den perplexen Mann vor sich und drosch wie von Sinnen mit dem Spinnenbein auf ihn ein. Außer sich, schlug er immer und immer wieder zu, getrieben von einer unbändigen Wut. Erst als ihn ein grelles Blitzlicht blendete, ließ er von ihm ab. Erschrocken über sich selbst, sah er den zusammengekrümmt vor sich liegenden Roger Burlitz, der die Hände schützend um seinen Kopf gelegt hatte und immer wieder »Aufhören, aufhören!« schrie. Nun wirkte er gar nicht mehr bedrohlich.

Mitleidig blickte Kluftinger auf ihn hinab, dann ließ er sich ebenfalls in den Sitz fallen.

Der Spuk war vorbei.

Wie in Trance bekam er mit, dass ihm draußen jemand eine Decke um die Schulter legte, beruhigend auf ihn einsprach, ihn dazu drängte, sich zu setzen, und ihm ein Glas in die Hand drückte. Er trank es mechanisch aus – es brannte höllisch in seiner Kehle. Und dieses Brennen brachte ihn zurück in die Realität. Er hustete so lange, bis ihm jemand mit einer mächtigen Pranke auf den Rücken hieb. Als er aufblickte, sah er in die Augen von Wolfhart Fink.

»Ihrem Kollegen geht's gut«, sagte er. »Wir haben die Kuh gehört und ihn zusammen mit der Jessie in unserem Hof gefunden. Da haben wir nicht schlecht gestaunt, das können Sie sich denken. Und als dann die Geisterbahn mitten in der Nacht losging, sind natürlich auch die anderen wach geworden.«

Fassungslos blickte er den Schießbudenbesitzer an. Sie hatten ihm übel mitgespielt, und nun saß er hier im Bademantel und kümmerte sich um ihn, als seien sie alte Freunde.

»Ich ... Herr Fink ...« Der Kommissar bekam kein weiteres Wort heraus. Seine Augen begannen, feucht zu schimmern.

Fink winkte ab. »Schon gut. Das hätt jeder gemacht.«

Kluftinger schüttelte den Kopf. »Nein, Herr Fink.« Er hielt ihm das Glas hin, und der Mann schenkte ihm lächelnd nach.

»Ein guter Obstler ist das, Herr Fink.«

Der lächelte. »Schwarzgebrannt. Aber ... pscht.«

»Chef!« Richard Maiers Stimme hallte über den Platz. Hinkend rannte er auf den Kommissar zu. »Chef, Gott sei Dank, du lebst. Hat mein Plan also funktioniert. Ich hab mich extra von der Burlitz verprügeln lassen, damit du wegkommst, ich hatte die Situation natürlich zu jeder Zeit voll im Griff, aber dann ist der Herr Fink auch noch gekommen und hat mir ein bissle geholfen, und dann ...«

»Ganz ruhig!« Kluftinger legte seinem Kollegen eine Hand auf die Schulter. Er betrachtete ihn lange, dann sagte er: »Ich freu mich saumäßig, dich zu sehen, Richie.«

Ein Lächeln breitete sich auf Maiers Gesicht aus. »Wie geht's dir denn? Du blutest ja!«

Kluftinger musterte seinen Kollegen. Maier hatte selbst einige Schrammen im Gesicht. »Hm, gute Frage«, antwortete er schließlich. Er horchte in sich hinein. Außer einem dröhnenden Schädel ging es ihm erstaunlich ... gut. Ja, ausgezeichnet sogar. Der Druck in seiner Brust war weg, ebenso das Stechen im Herzen verschwunden, als hätte er beides nie gehabt. Er griff sich an die Brust, dann dämmerte ihm: Es hatte gottserbärmlich geschnackelt, als Burlitz ihn in die Mangel genommen hatte, und dabei hatte er ihm ganz offensichtlich einen verschobenen Wirbel eingerenkt. Davon waren die Stiche gekommen, die er immer für Herzschmerzen gehalten hatte. *Himmelarsch!*

Das bedeutete, dass sein Herz gar nicht geschädigt war, sondern er es nur mit dem Kreuz gehabt hatte. Hatte Langhammer bei der Untersuchung nicht sogar etwas in der Richtung gesagt? Ein unbändiges Glücksgefühl machte sich in ihm breit. Er fühlte sich jung und kraftvoll, als könne er Bäume ausreißen. Er sprang förmlich auf, was einen leichten Schwindelanfall zur Folge hatte.

»Nicht übertreiben, nur weil Sie dem da ...«, Fink zeigte über die Schulter auf eine knöcherne Geisterbahnfigur mit Sense, »... noch einmal von der Schippe gesprungen sind.«

»Ja, Sie haben recht«, pflichtete Kluftinger ihm bei und setzte sich wieder. Dann grinste er: »Das war die heftigste Behandlung, die ich je hatte. Dagegen ist eine Sprechstunde beim Langhammer ein Spaziergang.«

Maier sah ihn fragend an. »Ich hab keine Ahnung, wovon du sprichst. Ist wirklich alles in Ordnung?«

In der Ferne heulten zahlreiche Polizeisirenen. Offenbar schickten die Kollegen ein ganzes Aufgebot.

»Passt schon, Richie. Lass uns mal unser Rettungskommando empfangen.« Er stand auf.

»Moment noch«, rief Fink ihm hinterher. Er hatte ein Papier in der Hand. »Vielleicht wollen Sie das mitnehmen? Als Beweismittel, sozusagen.«

Er reichte dem Kommissar das Blatt. Ein Foto. Es zeigte einen Mann mit verzerrtem Gesicht, der mit einem haarigen Prügel auf eine Gestalt in einem Spinnennetz einschlug.

Epilog

»Schön, Bub, dass du dich wieder vernünftig ernährst!«

Hedwig Maria Kluftinger strahlte ihren Sohn an und strich ihm über den Unterarm. »Ich bin froh, dass alles wieder gut ist – das mit dem Diätfraß, das hat dich richtig krank gemacht! Wie viel hast du abgenommen?«

»Viereinhalb Kilo, Mutter. Nicht schlecht, oder?« Kluftinger klopfte sich auf den Bauch und sah stolz in die Runde. Eine Woche waren die turbulenten Ereignisse nun her. Und auch wenn er den strikten Diätplan, den er sich selbst auferlegt hatte, nicht mehr im Detail einhielt, war er zufrieden mit sich.

»Nicht schlecht? Abgemagert bist, Bub!«

Kluftingers Blick wanderte zu Erika. Er wusste: Sie kochte innerlich angesichts der Kommentare ihrer Schwiegermutter. »Kannst ihm ja wieder ein paar Salamischeiben zustecken, die ich dann aus dem Flusensieb der Waschmaschine kratzen kann«, meckerte sie.

Kluftinger überging die Bemerkung: »Ja, schon gut, Mutter. Ich bin froh, dass ich ein bissle weniger Ballast mit mir rumschleppen muss, und vor allem natürlich, dass ich nix weiter hab als ein bissle Rücken und Cholesterin.«

Behaglich nahm er einen Schluck aus seinem Krug, in dem sich diesmal echtes, dunkles Bockbier befand. Mit einem zufriedenen »Ahhhh« setzte er ihn ab. Was für ein schöner Abend das doch war. Seine Lieben waren alle um ihn versammelt, sogar Markus und Yumiko hatten sich Zeit genommen. Zumindest der Vorsatz, die Familie öfter als bisher zusammenzuführen, hatte die erste Woche überdauert.

Es klingelte an der Tür.

»Wer kann jetzt das sein?«, fragte Erika erstaunt.

Kluftinger legte seine Gabel und das Butterbrot neben den Teller mit der riesigen Portion Wurstsalat, wischte sich die öligen Hände an seiner Jogginghose ab und ging schweren Schrittes in den Hausgang. Er runzelte die Stirn. Wer konnte denn jetzt, am Samstagabend, noch etwas von ihnen wollen? Als er die Haustür einen Spalt öffnete und hindurchspähte, hätte er sie am liebsten sofort wieder zugeknallt: Was er draußen gesehen hatte, verhagelte ihm sofort die gute Laune. Oder besser gesagt: *wen*. Lieber hätte er mit seiner Mutter weiter über seine angehende Magersucht gestritten, als einen Hausbesuch von Doktor Langhammer zu erhalten. Andererseits: Er hatte sich doch ändern wollen. Positiver denken, weniger ruppig sein. Auch wenn sich sein drohender Herzinfarkt als Blockade eines Brustwirbels herausgestellt hatte, die für die stechenden Schmerzen verantwortlich gewesen war: Einen Warnschuss hatte ihm das Schicksal allemal vor den Bug gesetzt.

Lecktsmichdochallemalkreuzweiskreuzkruzifixnochamalihrmalefizhuramentverrecktesaubande, murmelte er, schloss zwei weitere Knöpfe seines Daheimrumjankers über dem Feinrippunterhemd und zog mit einem Lächeln, das so breit war, dass es in den Backen schmerzte, die Tür ganz auf. »Lieber Herr Doktor Langhammer, ja das ist ja mal eine schöne Überraschung, was verschafft mir denn die Ehre Ihres späten Besuchs?«, flötete er mit eingefrorenem Lächeln.

Sein Gegenüber schien perplex. »Was? Ich ... ich meine, wenn ich störe, kann ich auch ...«

»Neeiiin, Herr Langhammer, Sie und stören! Das wär ja noch schöner. Wie geht es Ihnen denn? Gut, hoff ich?«

Der Doktor sah ihn entgeistert an. Vielleicht hatte er doch etwas zu dick aufgetragen.

»Wie es … mir? Gut, ja, danke. Wobei, die Lebensdauer dieser alten Pumpe ist jetzt endgültig abgelaufen, da lässt sich nichts herumdiskutieren.«

Kluftinger wurde blass. Ging das schon wieder los?

»Aber was soll's, die Heizperiode ist ja fast vorbei, und nächste Woche kommt die Sanitärfirma und bringt alles wieder auf den neuesten Stand in der Praxis. Von so was lässt man sich doch nicht die Frühlingslaune verhageln, nicht wahr?«

Heizungsanlage, wiederholte Kluftinger im Geiste und lachte innerlich auf.

»Aber was ist denn, mein Guter, Sie sind schon wieder so blass.«

»Mir ist nur grad was klargeworden.«

»Was denn? Selbsterkenntnis ist der erste Weg zur …«

»Ach nix, ich denk mir bloß: Hoffentlich macht's meine Öl-heizung noch eine Weile, das ist ja ein riesiger Aufwand, wenn man da alles … auswechseln muss, gell?«

»Wem sagen Sie das. Wie auch immer, ich bin ja auf das Wohl gerade meiner älteren Patienten bedacht, und da kamen Sie mir unvermittelt in den Sinn. Bei Ihrem Check-up vor drei Wochen haben wir ja schon von Ihren Verspannungen am Rücken ge-sprochen, nicht wahr? So, und deshalb, liebe Kinder, gebt fein acht, ich hab euch auch was mitgebracht!«

Strahlend zog er ein weiß glänzendes, längliches Ding mit Kabel hinter seinem Rücken hervor, das aussah wie ein elektro-nisch aufgemotzter Trommelschlägel.

»Aha«, kommentierte der Kommissar.

Der Doktor erklärte: »Das ist ein Massagestab.« Er zwinkerte ihm mit einem Auge zu. »Das macht Sie bestimmt ein wenig lockerer. Kann übrigens auch die Erika bei Ihnen anwenden, oder ihr verwöhnt euch einfach gegenseitig ein bisschen.«

Kluftingers Lächeln erstarb vollends. »Sagen Sie mal, Sie meinen wohl, alle haben's so nötig wie Sie, oder? Und das ist ja auch abartig ekelhaft. Sie bringen mir hier Ihren Vibrator und …«

Der Arzt zog die Brauen kraus. »Vibrator? Nein, den würden wir nicht hergeben, den haben wir zu oft im Einsatz! Ich kann Ihnen aber gern mal einen mitbestellen, das geht ganz diskret und anonym.«

Die gebleachten Schneidezähne des Doktors blinkten den Kommissar an.

Einatmen. Ausatmen. Einatmen. Ausatmen. Langhammerlanghammerlanghammer …

»Hier handelt es sich um ein Infrarot-Massagegerät für Ihre Schulterpartie und den Nacken. Inklusive Wärmetherapiefunktion. Zu Fango und Massage bei einem Fachmann sind Sie doch eh nicht zu bewegen, oder?«

Kluftinger hob die Schultern. »Ich komm halt schlecht dazu. Zeitlich.«

»Verstehe, immer im Dienst, ich weiß schon. Hier, einfach einschalten, und los geht's mit der Entspannung.«

Er hielt ihm das Gerät hin, dessen Massagekopf zu vibrieren begann. Kluftinger nahm es widerwillig entgegen, legte eine Hand auf den Kopf – und war überrascht. Es fühlte sich eigentlich ganz angenehm an, er konnte sich durchaus vorstellen, das Ding mal auszuprobieren.

»Also, dann: Danke, Herr Langhammer!«

»Ist ein Vorführgerät, ich hatte es bei einer Muskelzerrung im Gesäß schon im Einsatz, mir hat es wirklich gute Dienste bei der Pobackenmassage geleistet!«

Kluftinger riss die Hand zurück. Hastig drückte er auf dem Ausschaltknopf herum und legte das Gerät auf die kleine Kommode im Windfang. Reflexartig führte er die Hand zur Nase und roch daran, dann wischte er sie sich an der Hose ab und schob den Doktor unwirsch aus der Tür. »So, ich muss jetzt bloß leider, Herr Langhammer. Termine, Sie verstehen? Ich meld mich dann und sag, wie es geht mit dem Massage…dings, gell? Gruß an die Gattin, pfiagott.«

»Wer war's denn, Butzele?«, wollte Erika wissen, als er wieder ins Wohnzimmer kam.

»Du, irgend so ein perverser Hausierer. Hab ihn weggeschickt und gesagt, er soll sich nicht mehr blicken lassen. Ein Gesindel gibt's hier.« Seufzend ließ er sich in seinen Sessel fallen. Sein Vater und Markus hatten mittlerweile den Fernseher eingeschaltet und saßen auf der Couch. Er lugte nach der Fernbedienung, obwohl er wusste, dass ihm die beiden niemals gestatten würden, an einem Samstagabend von der Sportschau wegzuschalten.

Kluftingers Desinteresse am Thema Fußball war bereits in frühester Jugend voll ausgeprägt gewesen. Das Kicker-Gen ihrer Familie hatte wohl eine Generation übersprungen, denn sein Vater und Markus waren echte Fans. Beide hatten in der Mannschaft gespielt, wofür Kluftinger zur großen Enttäuschung seines Vaters weder Begeisterung noch Begabung gezeigt hatte. Nicht einmal in den TSV Altusried war er eingetreten, ein Umstand, den ihm der Senior nie recht verziehen hatte.

Statt dem Spielgeschehen zu folgen, lauschte er mit einem Ohr der angeregten Unterhaltung am Esstisch. Wenn ihn nicht alles täuschte, hatte er mehrmals das Wort *Urlaub* vernehmen müssen, was ihn sofort in Alarmbereitschaft versetzte. Er beschloss, sich vorsichtshalber in das Gespräch mit dem prekären Thema einzuschalten, um Fehlentwicklungen im Keim zu ersticken und überzogene Wünsche seiner Frau … Auf einmal durchzuckte ihn wieder der Gedanke an seine Vorsätze, mehr noch: an sein neues Ich. Er schämte sich ein wenig und beschloss, dieses neue Ich einmal mehr in der Praxis zu erproben. Ja, heuer würde er Urlaub machen. Eine ganze Woche lang. Ohne Wenn und Aber. Für sich und seine Gesundheit. Und seine Erika.

Als er sich jedoch zu den Frauen setzte, musste er schlucken: Der komplette Tisch war gepflastert mit bunten Reiseprospekten und Katalogen. Die Bilder zeigten weiße Sandstrände und palmenbestandene Poollandschaften. *Fernreise*, donnerte ein Gedanke in Kluftingers Kopf, flankiert von *Hitzewelle*, *Darmgrippe* und *Tropenfieber*.

385

»Du, Butzele, wir reden grad über den Urlaub«, sprach Erika das Offensichtliche aus.

»Heu, hab ich gar nicht mitbekommen.«

Sie blickte ihn prüfend an und fügte hinzu: »Aber nicht, dass du denkst ... also, das ist alles noch ganz unverbindlich, ist ja noch gar nix besprochen, ich hab mir nur gestern mal ein paar Kataloge geholt.«

Kluftinger bemerkte ihre Anspannung. Er holte tief Luft und verkündete mit großer Geste: »Ich wollt dich auch schon fragen, wohin wir heuer am besten fahren.«

Erika sah ihn fassungslos an.

Für ihren Mann war dieser Blick Kompliment und Bestätigung seiner Wandlung zugleich. »Ja, dieses Jahr wird Urlaub gemacht. Erholung pur. Vier Tage. Fünf! Also ... mindestens.«

Der erstaunte Gesichtsausdruck seiner Frau wich einem Lächeln. Schnell raffte sie die Kataloge zusammen, stapelte sie zu einem kleinen Stoß und schob ihn ihrem Mann hin. »Ich hab bei den besten Sachen ein paar Eselsohren reingemacht ...«

Mit großen Augen beobachtete seine Mutter, wie er die Hefte betrachtete, sie aufschlug und darin zu blättern begann.

Kluftingers Lippen umspielte ein selbstgefälliges Grinsen. Ja, da konnten die Damen ruhig schauen, er war jetzt eben ein anderer, großzügiger, ein Mann von ... *Sizilien?* Er zog die Brauen zusammen. Das konnte ja wohl nicht Erikas Ernst sein: Sizilien! »Viel zu heiß«, erklärte er ihr. »Und ich sag bloß: Mafia!« Dann legte er den Katalog beiseite.

Griechenland? »Auweh: Euro-Krise! Und auch zu weit weg. Schade eigentlich, gell?«

Wellness-Resorts in Katalonien? »Ganz bestimmt«, versetzte er lauter, als er gewollt hatte, und fügte schnell an: »Auch Krise.«

Kreuzfahrt? »Ja, das wär mal was, mei, wär das schön.« Er streichelte schwärmerisch über Erikas Hand. »Aber leider viel zu ... eng für mich!«

Nachdem er die Seiten über Malta, Madeira und die Azoren überblättert hatte (»Inseln sind ja mit der Erderwärmung und

386

dem steigenden Meeresspiegel auch nicht mehr sicher«), die Rundreise durch Schweden wegen seiner Stechmücken-Unverträglichkeit sowie die Côte d'Azur wegen Wald- und Sonnenbrandgefahr verworfen hatte, hielt er noch drei Heftchen in den Händen: »Wandern im Schwarzwald«, »Zauberhaftes Südtirol« und »Genussvolles Elsass«.

Erwartungsvoll lächelnd blickte er wieder auf und erschrak ein wenig. Erikas Lächeln war verschwunden, ihre Mundwinkel zuckten, und ihre Augen schimmerten feucht. Er reagierte sofort, sah den Abgelehnt-Stapel noch einmal durch und zog zähneknirschend »Kroatien – Perle der Adria« heraus.

»Heu, Vatter, *du* willst nach Kroatien?« Markus blickte ihm von hinten über die Schulter. »Ist das nicht ein bissle exotisch für dich? Die reden da fei ausländisch. Außerdem haben die auch noch fremdes Geld da unten.« Dann beugte er sich vor und flüsterte: »Und ich sag nur: Balkan!«

Bevor Kluftinger reagieren konnte, schaltete sich Yumiko ein: »Ich habe mir das auch vorhin angesehen, das ist ja zauberhaft! Dieses kristallklare Meer … Wir könnten doch auch einmal dorthin fahren, oder, Markus? In den Semesterferien? Was meinst du?«

Markus ließ sich auf die Eckbank fallen und verwies nebulös auf seinen angespannten Kontostand, da gab Erika einen spontanen Einfall zum Besten: »Wisst ihr was? Dann fahrt doch einfach mit! Der Papa und ich, wir laden euch ein. Das wär doch mal toll, so ein richtiger Familienurlaub, wie früher!«

Dem letzten Satz folgten Sekunden eisigen Schweigens. Kluftinger sah besorgt zu Markus, der ganz blass geworden war. Dann schüttelte sein Sohn vehement den Kopf: »Ganz ehrlich, Mutter, nix für ungut, aber dann ja noch lieber Campingurlaub im Gaza-Streifen!«

»Also, Bub«, schaltete sich nun Hedwig Maria ein, »jetzt sei doch nicht so grantig. Das wär doch bestimmt nett!«

»Nett, Oma? Dann fahrt *ihr* doch mit!«

Offenbar hatte Markus' Großmutter nur auf diese Aufforderung gewartet, denn sie schürzte die Lippen und sagte: »Müsst man sich halt mit dem Autofahren ein bissle abwechseln.«

Wieder war es ein paar Sekunden lang still, doch diesmal war es Erika, die blass wirkte. »Ach, weißt du, da unten ist es schon wahnsinnig heiß im Sommer«, gab sie zu bedenken. »Und wer weiß, wie unbequem da die Betten sind. Ich mein, mit deinem Rücken? Und so ein enges Hotelzimmer und das ewige Essen im Restaurant, wo ihr doch gar keinen Fisch mögt. Und da gibt's ja praktisch nix anderes!«

»Ach woher denn, essen gehen«, protestierte Kluftingers Mutter. »Ist eh viel zu teuer. Wir nehmen uns einfach eine Ferienwohnung für uns alle.«

»Eine für ... alle?« Markus' Stimme überschlug sich fast.

»Ich hab schon welche im Katalog gesehen«, sagte seine Großmutter schnell. »Da können wir immer selber kochen, wie daheim, dass man auch was Gescheites hat. Und wir nehmen eigene Marmelade, den guten Apfelsaft und Gemüse aus dem Garten mit, dann müssen wir da unten schon nicht so viel kaufen.« Mit einem triumphierenden Lächeln blickte sie in entgeisterte Gesichter, da rief sie in Richtung Fernseher: »Du, Opa, komm doch mal rüber, es gibt was zu besprechen wegen dem Urlaub!«

»Urlaub?« Ihr Mann klang ängstlich. Ächzend stand er auf, schnappte sich sein Bierglas und blickte stirnrunzelnd auf den Katalog, der in der Mitte des Tisches lag wie ein Buch mit schwarzmagischen Beschwörungsformeln. »Was? Zusammen nach Kroatien? Mitten im Sommer?« Er kratzte sich am Kinn. »Ganz schwer. Eigentlich unmöglich. Weißt du, was da im Garten los ist? Die Johannisbeeren, die Himbeeren und dann die frühen Zwetschgen! Wer erntet denn das alles, hm? Und wer macht Saft und Marmelade, hm? Hm?« Er redete sich regelrecht in Rage: »Wer gießt die Tomaten? Und das Gewächshaus, die Geranien, und überhaupt, wer schaut nach dem Haus von Erika und dem Bub? Und nach denen ihrem Garten? Da muss man ein Auge drauf haben!«

Da witterte Markus wieder Morgenluft: »Du, Opa, lass mal, ich mach das schon.«

Kluftinger verfolgte das Treiben mit wachsendem Unbehagen. Hier hieß es jeder gegen jeden, hier wechselten die Koalitionen schneller, als man *Fernreise* sagen konnte, hier ging es nur noch darum, die eigene Haut zu retten. »Wir sollten das vielleicht ein anderes Mal … ich mein, man darf da jetzt auch nix übers Knie …«

Dem Einspruch des Kommissars wurde mit einhelliger Begeisterung stattgegeben. Alle bis auf seine Mutter schienen erleichtert.

Die Sache mit dem neuen Ich war komplizierter als erwartet. Ein gemeinsamer Urlaub hätte ihren Familienverbund wohl für alle Zeiten gesprengt. Und mindestens so viel Unbehagen bereitete ihm der Gedanke, sich vor Yumiko halbnackt am Strand präsentieren zu müssen.

Da eröffnete Markus ein neues Schlachtfeld: »Aber sag mal, Vatter, wie willst du eigentlich in Urlaub fahren? Am Ende mit deiner alten Karre?«

»Der Passat hat's noch immer getan! Der war dir früher auch recht bei unseren Reisen.«

»Meinst du das eine Mal, als wir in der Früh um sechs am Fernpass umkehren mussten, weil du die Konservendosen und den Filterkaffee vergessen hast? Ich sag nur: Bohneneintopf Texas!«

»Mein Gott, damals war das italienische Essen halt noch nicht das, was es heute ist.«

»Du willst sagen, es gab noch keine Würstel und kein Schnitzel.«

»Man hat damals viele Sachen ja noch gar nicht gekannt. Gerade an der Adria …«

»Ja, logisch.« Markus fand immer mehr Gefallen an dem Disput. »Das war damals ja noch völlig unerschlossen und urtümlich. Rimini und so. Und bei so einem Bohneneintopf weiß man wenigstens, was drin ist. Im Gegensatz zu einer Pizza zum Beispiel …«

389

»Ja, ja, red du nur recht gescheit daher! Was wär denn gewesen, wenn du so eine Magen-Darm-Sache bekommen hättest?«

»Ein bissle scheiße wär's gewesen.« Markus grinste. »Sonst gar nix! Wobei: Man hört ja schon öfter von der tödlichen Gefahr, die von Spaghetti bolognese ausgeht.«

»Da hat dein Vater aber schon recht«, mischte sich Hedwig Kluftinger ein. »Bei denen weiß man nie, da muss man aufpassen.«

»Das weißt du wahrscheinlich gar nicht mehr, Markus«, meldete sich Erika grinsend zu Wort, »der Vatter hat damals immer geschaut, dass deine Limo schön warm ist, nicht, dass du dich erkältest! Bei den Italienern kam nämlich immer alles aus dem Kühlschrank.«

Markus verzog das Gesicht. »Klar weiß ich das, die warme Brühe, pfui Teufel. Manchmal hat er die Dosen doch sogar aufs Armaturenbrett gelegt. Zum Anwärmen!«

Kluftinger unterrichtete seine Familie, dass man sich in fremden Ländern Krankheiten holen könne, deren Namen für sie alle unaussprechlich seien. Damit wollte er das leidige Thema beenden, doch Erika kam ihm zuvor: »Markus, erinnerst du dich noch, wie der Vatter damals zwei verschiedene Schuhe dabeigehabt und die dann den ganzen Urlaub über getragen hat?«

»Klar, weil er zu geizig war, dass er sich in Italien welche kauft.«

»Das waren ein schwarzer Lederturnschuh und ein sehr sportlicher schwarzer Halbschuh, das hat kein Mensch gemerkt. Auf so was warten die da unten in Italien doch bloß, dann ziehen sie einem für ihr Glump das Geld aus der Tasche.«

»Mhm, darauf spekulieren die, Vatter. Das ganze Land lebt quasi von deutschen Touristen, die daheim nicht richtig gepackt haben.«

»Verdien dir erst mal selber dein Geld, dann sitzt es bei dir auch nicht mehr so locker!«

Markus verzog das Gesicht. »Oh, bitte, jetzt nicht die alte Leier.«

Erika schien es schon zu bereuen, das Urlaubsthema überhaupt angeschnitten zu haben, versuchte sich jedoch an einem versöhnlichen Abschluss. »Wie wär's denn dann mit so einem Spa-Hotel, Butzele? Da sind einige drin im Kroatien-Katalog.«

Kluftingers Miene hellte sich auf. »Spar-Hotel? *Das* hört sich gut an. Man muss ja auch nicht so einen Haufen Geld nur fürs Schlafen ausgeben.«

»Nicht Spar-Hotel. Spa, mein ich. Wellness-Hotels mit Badelandschaft, Thalasso, Massagen, Sauna, Shiatsu und so.«

»Ein Langhammer-Hotel?« Kluftinger beugte sich vor, sah seiner Frau tief in die Augen und sagte: »Erika, überspann den Bogen nicht.«

Er hätte nicht sagen können, wie lange er schon auf dem kleinen Bänkchen in ihrem Garten gesessen war. Er hatte noch ein wenig Luft schnappen wollen. Das erste Grün zeigte sich schon, und er genoss mit geschlossenen Augen den frischen Duft nach Frühling, nach neuem Leben. Da spürte er plötzlich eine Hand auf seiner Schulter.

»Da bist du, Vatter! Alles klar bei dir?« Markus machte ein besorgtes Gesicht.

»Freilich, alles klar. Komm, setz dich halt ein bissle her.«

»Okay. Sag mal, Vatter …« Markus knetete seine Hände. Er schien etwas auf dem Herzen zu haben.

»Hm?«

»Das mit dem Heiraten …«

»Ja?«

»Ach … nix. Du, was ich noch wissen wollt wegen dem Fall: Wie haben die eigentlich den Schratt dazu gebracht, den Taxifahrer zu erschießen?«

»Das haben wir uns auch gefragt. Aber sie haben ihm ganz einfach weisgemacht, dass er ihn erpressen will. Weil er angeblich Bescheid weiß, dass er in seiner Zeit als Drogenkurier das Rauschgift gestreckt hat. Ich mein, wenn das gestimmt hätt und der ihn an die entsprechenden Leute verpfiffen hätt – das wär übel für ihn ausgegangen.«

»Raffiniert. Aber sag mal: Der Arzt hatte doch eine Unmenge von diesem Medikament im Blut, hast du erzählt, oder? Wie sind denn die da rangekommen?«

»Der Arzt hat's denen einfach mitgegeben für ihre Mutter, stell dir das mal vor. Die sollten ihr das selber spritzen, weil sie ja rumgereist sind auf den Märkten.«

»Meinst du, die hätten nach dem letzten Opfer, also dem Maier …«

Kluftinger räusperte sich demonstrativ.

»… ja, dich wollten sie auch aus dem Weg räumen, weil du ihnen in die Quere gekommen bist, schon klar. Aber mit dem Maier Richard hätt die Serie mit Sicherheit geendet. Beziehungsweise mit dir, oder?«

»Die Burlitz hat jedenfalls einen vorbereiteten Zettel in der Tasche gehabt, zusammen mit dem letzten Streichholzheftchen. Darauf stand, dass jetzt keine Gefahr mehr von ihnen ausgeht. Andererseits …« Kluftinger dachte nach. »Wer kann das schon sagen?«

Markus nickte.

»Aber du wolltest mich was wegen der Yumiko fragen.«

»Ich … ach, eigentlich …«

»Dann kann ich dir ja was sagen, Bub.« Kluftinger freute sich auf seine Mitteilung, er ging schon ein paar Tage damit schwanger und war sicher, dass sein Entschluss für alle die beste Lösung war. »Ich hab doch den kleinen Flitzer da in der Garage.«

»Die Keksschachtel?«

»Ja … nein, du weißt schon. Nachdem ihr es ja nicht als Hochzeitsauto wolltet …«

Markus holte schon Luft, doch Kluftinger hob die Hand. »Nein, schon gut, ich hab mir gedacht, wenn ihr zwei, also du und Yumiko, wenn ihr jetzt eine Familie gründet, dann braucht ihr ja auch irgendeinen fahrbaren …«

»Vatter, bevor du weiterredest: Das kann ich nicht annehmen.«

»Doch, ehrlich, ich mein …«

Markus unterbrach ihn. »Nein, Vatter, ich mein das wörtlich: *Das* kann ich nicht annehmen. Sonst war's das gleich wieder mit dem jungen Glück.« Bevor Kluftinger etwas antworten konnte, erhob er sich. »Ich geh mal wieder rein, nicht dass die Damen des Hauses schon eine gemeinsame Reise in nen Nudistenclub gebucht haben. Ist eh ziemlich kalt. Kommst du nicht mit?«

Kluftinger winkte ab. »Ich komm gleich, geh ruhig schon mal rein, zur Mutter und zur Muschi!«

»Vatter, nur zu deiner Information: ›Moshi moshi‹ ist in Japan die gängige Begrüßung am Telefon!«

Kluftinger schluckte. »Ist das nicht der Spitz…«

Markus schüttelte grinsend den Kopf.

»Ach so, ich mein, schon klar! Logisch. Also, jetzt geh, bevor du dich erkältest, ich will bloß noch ein bissle an der Luft sein.«

Es war wirklich etwas frisch. Er steckte die Hände in seine Jackentasche, da merkte er, dass sich etwas darin befand. Er zog ein zerknittertes Blatt heraus und begann, es zu lesen. Schon nach den ersten Worten lächelte er milde. »Mein Vermächtnis«, las er laut die Überschrift und schüttelte schmunzelnd den Kopf.

Was war nur mit ihm los gewesen in dieser seltsamen Zeit, diesen zwei Wochen zwischen Winter und Frühling, zwischen Tod und Leben, zwischen Hoffen und Bangen?

Er überlegte kurz, dann zog er ein Streichholzheftchen aus der Tasche, spielte ein wenig damit herum und zündete schließlich das Blatt an.

Es war noch nicht an der Zeit.

Er sah zu, wie die Flammen erst nur an einer Ecke hinaufzüngelten, sich dann ausbreiteten und immer mehr von diesem unleidigen Kapitel seines Lebens vertilgten und zu Asche werden ließen. Nun brannte das ganze Papier, und er ließ es fallen, woraufhin es langsam zu Boden schwebte. Dabei lösten sich ein paar rußschwarze Teile und wurden vom aufkommenden Wind weggetragen. Als sein Testament auf der Terrasse landete, beugte er sich vor und beobachtete, wie die Schrift sich schwarz verfärbte und für immer verschwand. Bevor die Flammen auch den letzten Fetzen verschlangen, las er, was dort stand.

Er lächelte.

Leben war das einzige Wort, das noch zu entziffern war, bevor eine Böe den winzigen Schnipsel aufwirbelte und mit sich nahm.

Dank

Für die Unterstützung bei unseren Recherchen bedanken wir uns bei der Allgäuer Kripo, besonders beim Kemptener Kripochef Albert Müller und bei Alwin Bunk. Außerdem bei Dr. Horst Bock, der alles über Leichen weiß – er ist Gerichtsmediziner in Memmingen.

Ein großer Dank geht nach Köln an den Exilallgäuer Dr. Frank Diet, der uns auch bei diesem Buch wieder medizinisch beraten hat.

Und dann dürfen wir uns bei unseren Lesern und Facebook-Freunden bedanken, die unserem Aufruf im Netz gefolgt sind und uns Namensvorschläge für unsere erste Leiche geschickt haben. Sie haben uns mit fast 1000 Namen versorgt – was täten wir ohne sie. Ein paar der Namen finden sich in diesem Buch. Weil wir noch so viele übrig haben, müssen wir jetzt eben bis Band 78 weiterschreiben.

Paten für Figuren in diesem Buch waren: Anna Kerner, Heike Ulbrich, Katrin Eckert, Gerhard Jung, Sandra Polleschner, Monika Brunert, Flo Josch, Susanne Zeile, Nancy Brand, Dani Lieberum, Julia Haug, Peggy Laue, Martina Zierer.